www.tredition.de

MICHAEL VAHLENKAMP

***

JENSEITS DER ZEIT

Historischer Mystery-Thriller

www.tredition.de

Verlag und Druck:
tredition GmbH, Halenreie 40-44, 22359 Hamburg

ISBN
Paperback: 978-3-347-18826-6
Hardcover: 978-3-347-18827-3

MORGEN

Und dann wurde es schlagartig dunkel.

Von einer Sekunde auf die nächste wich der strahlende Sonnenschein des Vormittags einer dunklen Nacht, gerade so, als wäre das Licht ausgeknipst worden.

Zugleich verstummten die Geräusche. Das Menschengeplapper, das Kinderlachen, der Autolärm von der nahen Straße, nichts davon war noch zu hören.

Auch die Leute waren verschwunden. Dort, wo sich gerade noch Passanten in der Fußgängerzone aneinander vorbei drängten, sah sie keine Menschenseele mehr, soweit ihre Augen die Dunkelheit durchdringen konnten.

Doch das Schlimmste bemerkte sie erst jetzt: Timo war nicht mehr an ihrer Hand. Wo war ihr Sohn geblieben? Sie hatte ihn doch festgehalten, um ihn in der Menge nicht zu verlieren.

Was passierte hier mit ihnen?

Panik befiel sie. Ihr Herzschlag wollte sich beschleunigen – doch er tat es nicht. Sie musste stehen bleiben, vor Angst erstarren – doch sie konnte es nicht. Sie ging weiter, gegen ihren Willen. Und dazu noch in eine andere Richtung als gerade noch. Wie war das möglich?

Durch Pfützen bewegte sie sich auf den Lappan zu. Sein Glockenturm zeichnete sich wie ein Scherenschnitt vor dem Nachthimmel ab. Trotz der Dunkelheit konnte sie erkennen, dass er anders aussah als vor wenigen Sekunden, auch wenn sie nicht wusste, was sich genau unterschied.

Inzwischen war sie ohne ihr Dazutun einen weiteren Schritt gegangen. Das musste ein Traum sein, ein Albtraum. Aber *solch* einen Traum hatte sie noch nie gehabt. Normalerweise waren ihre Träume irgendwie diffus, dieser hier dagegen war völlig klar, real wie das wirkliche Leben. Dennoch *musste* es ein Traum sein. Denn was sollte es sonst sein?

Dieser Gedanke beruhigte sie, denn in einem Traum konnten Timo und ihr nichts passieren. Die Angst ließ nach und als hätte diese es vorher blockiert, nahm Editha jäh ein zweites Bewusstsein wahr. Wie eine Seele, die nicht in ihren Körper gehörte. Sie empfand eine Verärgerung, die nicht ihre eigene war, fühlte eine Verunsicherung, die nicht zu ihr gehörte. Sie hatte fremde Gedanken, die durch ihren Kopf kreisten. Und sie spürte Schmerzen, überall am Körper, als wäre sie arg gestürzt oder geschlagen worden.

Dann hatte sie für solcherlei Betrachtungen keine Gelegenheit mehr, weil sich im nächsten Moment die Ereignisse überstürzten. Denn eine Gestalt kam aus der Seitengasse rechts vor dem Lappan herausgeschossen und stürmte auf sie zu. Sie erschrak sich wieder, und sie spürte, dass das andere Bewusstsein es ebenfalls tat, stärker noch als sie.

Gerne hätte sie eine Verteidigungshaltung eingenommen und so ihren Angreifer erwartet. Doch da ihr Körper ihrem Willen nicht gehorchte, musste sie nun ertragen, wie ihre Knie weich wurden und zitterten. Sie wich zurück, stolperte über ihre eigenen Füße und plumpste rücklings auf ihren Hintern, dass es nur so schmerzte. Der Angreifer hatte damit nicht gerechnet und war schon so nahe, dass er in der Dunkelheit ebenfalls über ihre Füße stolperte und auf die Straße fiel, die Hände voraus. Aber das wusste sie schon und auch, was nun weiter passieren würde. Denn mittlerweile hatte sie gemerkt, dass dieser Traum die Geschehnisse wiedergab, von denen sie vor kurzer Zeit erst gelesen hatte.

Derjenige, der ihren Körper lenkte, nutzte den Moment, in dem der Angreifer außer Gefecht war, und rappelte sie auf. Er rutschte mit ihr im Schlamm einer Pfütze aus und fing sie sofort wieder. Er lief mit ihr, von seiner Angst getrieben, mit einer irrsinnigen Geschwindigkeit weiter in die Richtung, in die er auch vorher mit ihr unterwegs war. Ihr kam es viel zu schnell und unbeholfen vor. Sie fühlte sich gnadenlos ausgeliefert.

Ihr Angreifer musste sofort reagiert haben. Er folgte ihr auf dichtem Fuße, wie sie an den Schritten hören konnte. Sie brachte ihre ganze Willenskraft auf, um anzuhalten und sich umzudrehen. Sie wollte nicht weglaufen, sondern kämpfen, aber sie hatte keine Chance: Ihr Körper gehorchte ihr weiterhin nicht.

Doch dann entfernten sich die Schritte hinter ihr auf einmal, und Editha erkannte, woran das lag. Sie näherten sich einem Tor. Links und rechts davon befanden sich je zwei Steinpfeiler mit kleineren Gittertoren dazwischen. Vor dem Haupttor standen zwei Männer. Sie waren in schwarze Umhänge gekleidet und trugen jeder einen Dreispitz auf dem Kopf. Beide hatten ein Signalhorn umgehängt und hielten eine lange Waffe mit einer Klinge am Ende in der Hand. Editha glaubte, dass es Hellebarden waren. Die Männer sahen aus, wie Wachleute in früheren Zeiten ausgesehen haben mussten. Sie kam sich vor, wie in einem Film, der vor ein paar hundert Jahren spielte.

Als sie sich weiter näherte, richteten sich die Wachen zu ihrer vollen Größe auf und nahmen ihre Hellebarden in beide Hände. Sie riefen etwas, das zwar wie Deutsch klang, aber doch irgendwie ungewohnt. Der Fremde in ihrem Körper stoppte ihren Lauf. Er antwortete in der gleichen Sprache, aber nicht mit *ihrer* Stimme, sondern mit einer Männerstimme.

In dem Moment wurde ihr klar, dass nicht in *ihrem* Körper ein fremdes Bewusstsein war.

Sie war die Fremde.

HEUTE

Diese verflixten Rechnungen!

Als Editha in ihr frisch geerbtes Haus eingezogen war, hatte sie geglaubt, sie wüsste, was auf sie zukommen würde. Schließlich hatte sie in ihrer Studienzeit zusammen mit den beiden Mitbewohnern der damaligen Wohngemeinschaft ebenso eine eigene Wohnung unterhalten. Dort hatte sie, neben ihrem Anteil an den Kosten für Telefon, Strom, Heizung und Müll, auch noch ihren Teil der Miete gezahlt. Dieser Posten entfiel dank der schuldenfreien Immobilie immerhin jetzt, aber trotzdem war die Mahagoniplatte von Opas altem Schreibtisch unter den ausgebreiteten Rechnungen und Mahnungen kaum zu sehen.

Sie zog ihre Beine unter ihr Gesäß und erzeugte dabei auf dem Leder des antiken Stuhls ein knarzendes Geräusch. Dem Schreiben der Telefongesellschaft, in dem der Betrag für den Telefon- und Internetanschluss angemahnt wurde, würdigte sie keines Blickes mehr. Sie legte es zu den anderen Papieren, in denen es um Versicherungen, Steuern und diverse Reparaturen ging.

Wie sollte sie das alles bezahlen? Leider hatte Opa ihr kein Geld vermacht, das hatten Papa und Tante Gerda bekommen, was ja nur gerecht war. Sie konnte sich schon nicht erklären, womit sie das Haus verdient hatte. Von den 26 Jahren, die sie auf Erden weilte, hatte sie Opa maximal die ersten 15 Jahre zusammen mit Papa und Mutter dann und wann besucht. Sie konnte sich kaum erinnern, wann sie das letzte Mal von Hamburg nach Oldenburg gekommen war. Und dann hatte sie als Einzige der vier Enkel etwas von dem Kuchen abbekommen. Nur halt keine Barschaften.

Sie schaute sich im Arbeitszimmer um. Die antiken Möbel, die im ganzen Haus herumstanden, würden sicher einiges einbringen, wenn sie die verkaufte. Das hatte sie schon erwogen, brachte es aber nicht übers Herz. Es wäre ihr wie Verrat vorgekommen. Opa hatte ihr das alles anvertraut, warum auch immer, dann konnte sie das doch nicht einfach verkaufen.

Wenn sie sich also nicht auf Prostitution einlassen oder einen reichen Mann heiraten wollte, um Geld zu beschaffen - beides schloss sie aus - oder sich von Papa etwas leihen wollte - das schloss sie noch mehr aus - musste sie sich auf die Dinge besinnen, die sie konnte. Ihr Beruf als Journalistin brachte ihr allerdings zurzeit noch nicht genug ein, geschweige denn ihre

Ambitionen als Schriftstellerin. Die Nebenbeschäftigung als Karatetrainerin, die sie überraschend schnell in Oldenburg gefunden hatte, verschaffte ihr allenfalls ein Zubrot.

Gut, dass das Haus so groß war und sich ihr damit die Möglichkeit bot, einen Teil davon zu vermieten. Zu dumm nur, dass sich das alles so lange hinzog, bis sie die erste Miete kassieren konnte. Das Wohnungsangebot war am nächsten Tag in der Nordwest-Zeitung, im Samstagsteil. Und die Renovierungsarbeiten hatten noch nicht mal begonnen.

»Oh Gott«, sagte sie, als ihr einfiel, dass ihr auch dafür wieder Rechnungen ins Haus flattern würden. Die erste Miete konnte sie wahrscheinlich komplett für diese Dinge aufwenden. Wenn das so weiter ging, hatte sie bald den Gerichtsvollzieher am Hals. Aber noch mussten ihre Gläubiger warten. Sie hoffte, dass sie das auch taten.

Ein Knacken aus dem Babyfone riss sie aus ihren Gedanken. Offenbar hatte Timo ein Geräusch gemacht. Mit seinen drei Jahren schlief ihr Sohn schon längst durch, und das Babyfone war nur zur Sicherheit.

Editha stand auf, raffte das Papier zusammen und legte es in die Schublade, die am meisten Platz bot. Überall waren noch Opas Sachen drin. Mit dem Babyfone in der Hand verließ sie das Arbeitszimmer und begab sich ins obere Stockwerk, wo noch Arbeit auf sie wartete. Bevor die Zimmer oben für die Vermietung renoviert werden konnten, mussten sie leer geräumt werden, und das konnte sie am besten machen, wenn Timo schlief.

Im größten Raum, der am ehesten als Wohnzimmer für den Mieter geeignet war, herrschte das meiste Chaos. Die Sachen, die sie schon aus Schränken und Regalen herausgeholt hatte, waren größtenteils in Kartons verstaut, aber zum Teil lagen sie noch auf dem Fußboden herum. Editha blieb im Türrahmen zwischen dem Zimmer und dem oberen Flur stehen und seufzte bei dem Anblick des Schlachtfeldes. Hier hatte sie sich am Vortag festgearbeitet, weil sie keinen Schritt mehr gehen konnte, ohne irgendwo drauf zu treten, und dann hatte sie die Lust verloren.

Zuerst mussten die Kartons verschwinden, damit sie wieder Platz hatte. Die konnte sie bestimmt auf dem Dachboden verstauen. Sie wandte den Blick zur Flurdecke, in der sich der herunterklappbare Zugang befand. In diesem Teil des Hauses war sie noch nicht gewesen. Dann wurde es ja mal

Zeit. Bevor sie gleich einen Karton mitschleppte, war es sinnvoll, sich dort erst umzuschauen.

Nachdem sie Luke und Leiter heruntergeklappt hatte, machte sie sich ans Hochsteigen. Jede einzelne Stufe knarrte unter ihrem Gewicht. Als sie halb durch die Öffnung der Bodenluke gestiegen war, blieb sie auf der Klappleiter stehen, damit sich ihre Augen an die Dunkelheit gewöhnen konnten. Es wurde jetzt, Mitte September, schon recht früh dunkel, sodass durch die vereinzelten gläsernen Dachschindeln wenig Licht von außen hereindrang. Aber genug, um zu erkennen, dass der Dachboden sehr groß und mit allerlei Gegenständen vollgestellt war. Rechts vom Aufgang erkannte sie einen Lichtschalter. Sie erklomm die Leiter vollends und schaltete die Beleuchtung ein. Zwei einfache Lampen, die an den Dachbalken befestigt waren, leuchteten auf und spendeten zwar nicht viel aber ausreichend Licht, um sich auf dem Dachboden zu bewegen.

Als Editha sich zur anderen Seite der Bodenluke wandte, wäre sie vor Schreck beinahe zurück in die Öffnung gefallen, denn eine große, schlanke Frau sah ihr mit aufgerissenen Augen und Mund entgegen. Dann musste sie lachen und den verzierten Holzrahmen des antiken Standspiegels bewundern. Welche Schätze hier oben wohl noch unbeachtet herumlagen?

Sie begab sich zu der großen Seite des Dachbodens. Hier war alles vollgestellt, nur in der Mitte befand sich ein schmaler Gang. Dort ging Editha hinein und an den vielen Dingen vorbei. Sie sah noch mehr alte Möbelstücke, die mit weißen Laken überdeckt waren, ausgestopfte Tiere, einige Koffer und Kartons, einen Christbaumständer, Schachteln mit Christbaumkugeln und weitere unzählige Kleinigkeiten. Das übliche Bild eines Dachbodens: Die anfangs vorhanden gewesene Ordnung verlor sich nach und nach durch mehrfaches Umräumen.

Wo konnte sie in diesem Gewühl ihre Kartons unterbringen? Musste sie hier etwa erst aufräumen und die Sperrmüllabfuhr bestellen? Sie ging weiter in den Gang und sah sich suchend um.

Ganz hinten stand eine alte, massive Truhe. Dort konnte sie die Kartons vielleicht draufstellen. Editha bückte sich und pustete einen Teil des Staubes von der Truhe, einen weiteren Teil wischte sie mit der Hand weg. Kunstvolle Holzschnitzereien kamen zum Vorschein. Lächelnd fuhr Editha mit den Fingern daran entlang. Dann befreite sie die Truhe weiter vom Staub und musste dabei mehrmals husten, weil die Luft inzwischen kaum noch atembar war. Mit der Hand vor dem Gesicht wedelnd zog sie sich ein Stück zurück und wartete, bis sich das Gewusel in der Luft wieder einigermaßen gelegt hatte.

Was sich ihr dann offenbarte, erinnerte sie ein wenig an die Schatztruhen, die sie aus Filmen kannte. Rundherum war sie mit Schnitzereien bedeckt, die verschiedene Szenen darstellten. In einer saß ein König auf seinem Thron und zu seinen Füßen knieten seine Untertanen, in einer anderen Szene wurde von zwei Männern Korn gedroschen und eine weitere zeigte, wie Krieger mit Schwertern kämpften. Die Truhe war viel zu schade, um hier zu verstauben, sie gehörte nach unten in die Wohnung.

Editha klappte den eisernen Riegel hoch und öffnete den Deckel. Ein muffiger Geruch schlug ihr entgegen, sodass sie erneut husten musste. Zuoberst lagen in der Truhe Unmengen an Briefumschlägen. Sie nahm ein paar in die Hand: Sie enthielten alle Briefe. Das war vielleicht auch mal interessant, die alten Briefe zu lesen, aber das würde jetzt zu lange dauern. Sie schob die Umschläge beiseite und entdeckte mehrere Bücher, außerdem noch eine Tasche aus Fell, ein Fläschchen mit schwarzem Inhalt, der früher wohl Tinte war, ein kleines Säckchen und eine Feder. Die Bücher sahen sehr alt aus, es waren Klassiker aus dem 18. und 19. Jahrhundert; da sie Sprache und Medien studiert hatte und sich für Literatur interessierte, kannte sie sich ein wenig damit aus. Nur eines der Bücher fiel aus dem Rahmen. Es war ein schlichter, hellbrauner Einband, auf dessen Deckel sich zwei verschnörkelte Buchstaben befanden. Sie war keine Expertin für Schriften, aber scheinbar handelte es sich dabei um ein »J« und ein »R«, in altdeutscher Druckschrift geschrieben. Als sie das Buch aufschlug, war es mit dem Lesen allerdings vorbei, denn im Inneren war es handschriftlich in altdeutscher Schreibschrift beschrieben. Einige der leicht verblassten Buchstaben konnte sie erahnen, aber viel zu wenige, um irgendeinen Zusammenhang erfassen zu können. Was sie erkennen konnte, war, dass jeder Abschnitt chronologisch aufsteigend mit einem Datum des 18. Jahrhunderts versehen war, denn die Zahlen waren lesbar. Ein Tagebuch vielleicht?

Interessant, dachte sie. Damit musste sie sich mal beschäftigen.

Sie klemmte das Buch unter ihren Arm und klappte den Deckel der Truhe wieder zu. Wenn sie die hier wegzog, hatte sie Platz, um dort ein paar Kartons zu stapeln. Sie fasste die Truhe an einen ihrer Griffe, zog sie in den Gang und hinter sich her bis zur Luke.

Jetzt kam der schwierige Teil.

Drei Stunden später ließ sich Editha erschöpft auf das Sofa fallen. Für heute reichte es wirklich. Nachdem sie die Truhe endlich vom Boden herunterbekommen hatte - sie musste sie dazu erst ausräumen - und die schweren Kartons auf den Boden hinauf - gut, dass sie für ihr Karate-Training auch ein wenig mit Gewichten trainierte - hatte sie alle Sachen vom Fußboden und aus den Schränken in weitere Kartons verpackt und diese ebenfalls nach oben gewuchtet. Es grenzte an ein Wunder, dass Timo bei dem Krach, den sie damit gemacht hatte, nicht aufgewacht war. Aber die Anstrengungen hatten sich gelohnt: Der große Raum war fast bereit, renoviert zu werden, nur die Schränke mussten noch abgebaut oder in die Raummitte geschoben werden.

Vor ihr auf dem Tisch lag das Buch, das sie gefunden hatte. Die geprägten Buchstaben glänzten in dem Licht der Stehlampe.

»J. R.«, murmelte sie vor sich hin.

Das waren bestimmt Initialen. Für welchen Namen sie wohl standen?

Sie nahm das Buch vom Tisch und schlug es an verschiedenen Stellen auf, aber es zu lesen, war für sie unmöglich. Auf der ersten Seite befand sich das Datum »17.5.1785«. Sie durchblätterte die Seiten wie ein Daumenkino, um zu sehen, welche Daten folgten. Dabei fiel ihr auf, dass vor dem ersten Viertel ein loses Blatt in dem Buch steckte. Sie zog es heraus. Auch hierauf war ein Datum vermerkt. Es stimmte mit dem Datum überein, das sich auf der Buchseite befand, vor dem das Blatt gesteckt hatte. Unter dem Datum auf dem losen Blatt stand ein längerer, lesbarer Text, denn er war mit Schreibmaschine geschrieben. Sie verglich den Text mit dem im Buch und erkannte, dass es sich um die gleichen Wörter handeln musste. Irgendjemand hatte sich scheinbar die Mühe gemacht, einen Abschnitt des Buches in die moderne Schrift zu übertragen. Warum er sich gerade diesen Abschnitt ausgesucht und nicht vorne angefangen hatte, würde wahrscheinlich das Geheimnis des Verfassers bleiben.

Editha begann zu lesen. Bei dem Text handelte es sich um ein nächtliches Erlebnis eines Mannes, dem am sogenannten Lappan aufgelauert wurde. Eigentlich hatte sie ja erwartet, dass sie einen Tagebucheintrag in der Ich-Form vorfinden würde. Der Text war aber geschrieben wie ein Roman, in der dritten Person. Handelte es sich hierbei nur um eine Geschichte, die im Jahre 1788 spielte?

Von diesem Lappan hatte sie nun schon öfter gehört, seit sie in Oldenburg wohnte. Er schien sowohl Wahrzeichen als auch zentrale Anlaufstelle zu sein. Gleich, als sie aus Hamburg mit dem Zug ankam, fiel er ihr das erste Mal auf, weil scheinbar alle Busse eine Haltestelle »Lappan« hatten. Vielleicht sollte sie sich ihn mal ansehen. Da am folgenden Tag Samstag war, beschloss sie, dann mit Timo einen Bummel durch die Innenstadt zu unternehmen.

Der Bus fuhr auf seine nächste Haltestelle zu, an einigen hübschen Häusern vorbei. Davon hatte das Stadtviertel, in dem ihr Haus lag, wirklich viel zu bieten. Editha sah auf den Stadtplan, damit sie nicht aus den Augen verlor, wo sie entlangfuhren.

»Haarenufer ... Ofener Straße ...«, murmelte sie vor sich hin.

Sie wollte sich die Straßen einprägen. Sich hier in Oldenburg bald auszukennen, konnte nicht so schwierig sein. Von Hamburg war sie da schließlich wesentlich Schlimmeres gewohnt. Oldenburg war vergleichsweise klein und überschaubar.

»Wofür sind die?«

Timo deutete mit seinem winzigen Zeigefinger auf einen der roten mit »STOP« beschrifteten Taster, der an der senkrechten Haltestange vor seinem Sitz angebracht war.

»Wenn man die drückt, weiß der Fahrer, dass man bei der nächsten Haltestelle aussteigen möchte.«

Editha zog die Ärmel von Timos Jacke wieder nach unten. Ständig schoben die sich durch seine Bewegungen von selbst hoch. Eine Fehlanschaffung diese Jacke, dabei war sie ausnahmsweise nicht einmal gebraucht gekauft.

»Warum weiß er das denn, wenn man da drückt?«

Ihr Sohn war gerade in einer Phase, in der er unzählige Fragen hintereinander stellen konnte. Auch, wenn es ja gut war, dass er neugierig war, ging ihr das manchmal ziemlich auf die Nerven.

»Hm, wahrscheinlich leuchtet dann bei ihm ein Lämpchen auf.«

Sie ahnte seine mögliche nächste Frage: »Wieso leuchtet ein Lämpchen auf, wenn man da drückt?« Aber offenbar musste Timo darüber erst mal nachdenken. Er betrachtete weiterhin mit einer beachtlichen Menge an Runzelfalten auf seiner kleinen Stirn den Taster.

Links glitt eine Kirche vorbei und geradeaus fuhren sie auf einen halbrunden Platz zu. Editha warf wieder einen Kontrollblick auf ihren Stadtplan. »Julius-Mosen-Platz. Sieht ja ganz nett aus«, flüsterte sie.

Sie entdeckte ein Eiscafé, in das sie sich vielleicht mal setzen und das Geschehen beobachten könnte.

Der Bus fuhr links ab und folgte anschließend einer seichten Rechtskurve. Die automatische Frauenstimme erklang betonungslos aus den Lautsprechern und sagte den Lappan als nächste Haltestelle an. Das ging ja schnell. So kurze Fahrten war sie von Hamburg gar nicht gewohnt. Ohne Timo wäre sie das kleine Stück zu Fuß gegangen. Zusammen hätten sie das Fahrrad nehmen können. Aber so hatte sie zugleich das Busfahren in ihrer neuen Heimat kennengelernt.

»Jetzt kannst du den Knopf mal drücken«, sagte sie zu ihrem Sohn, der sich gleich danach reckte. Bevor er ihn erreichte, erklang ein Gong, und die Anzeigetafel zeigte »Wagen hält« und »Lappan« an. Timo, der davon nichts mitbekommen hatte, streckte sich noch ein Stück, drückte die Stopptaste und ließ sich zufrieden lächelnd wieder in den Sitz plumpsen. Editha lächelte zurück.

Ruppig bremste der Fahrer an der Haltestelle den Bus ab und die Türen öffneten sich mit einem Zischen. Die meisten Fahrgäste drängten zusammen mit Editha und Timo zum Ausgang. Dieses Gewühl war genauso wie in Hamburg. Erst als sich der Menschenstrom in die Breite verteilte, stellte sie fest, dass sie sich auf einem großen Platz befanden.

Das war also die viel genannte Haltestelle Lappan. Sie gingen ein paar Schritte, bis sie in der Mitte des Platzes ankamen. Hier standen sie direkt vor der Fußgängerzone der Innenstadt in einer Ecke einer großen Straßenkreuzung. Auf der anderen Straßenseite konnte sie das Gebäude einer Versicherung und weitere Geschäftsgebäude erkennen. Von einem Komplex die Straße weiter runter wusste sie, dass es ein Museum war. Sie drehte sich um und sah vor sich eine schmale Gasse, die schon zur Fußgängerzone gehörte, wie sie am Schild erkannte. Rechts der Gasse stand ein altes, weißes Haus, in dem sich eine Gaststätte befand.

»Krieg ich ein Eis?«

Timo zog an ihrem Arm.

»Wenn wir an einem Eisladen vorbei kommen, kannst du eine Kugel kriegen, okay?« Sein Gesicht strahlte und er zerrte stärker, damit sie sich beeilte.

»Aber vorher musst du Mama in Ruhe gucken lassen.«

Schon wieder die kleine Runzelstirn. Kaum zu glauben, dass man mit drei Jahren so viele Falten aufbringen konnte.

»Was willst du hier denn gucken?«

»Ich will mir nur diesen Platz und diese Gasse ansehen. Das dauert ein paar Minuten.«

Er gab Ruhe und folgte ihr, als sie in die Gasse ging. Sie war nicht lang, schnell hatten sie das Ende erreicht. Das musste der Ort sein, der in dem Buch geschildert wurde. Sie sah nach rechts und nach oben, wo der alte Turm stand, der Namensgeber für die Haltestelle war, der Lappan. Was für ein eigenartiger Name für einen Glockenturm, fand Editha.

Auf der linken Seite der Gasse ragte die Hauswand ein wenig weiter vor. Sie versuchte, sich vorzustellen, wie es hier vor ein paar hundert Jahren ausgesehen haben mochte. Der Halunke aus der Erzählung, ob es nun Tagebuch oder Fiktion war, musste sich an dieser Stelle versteckt und darauf gelauert haben, dass der Mann, aus dessen Perspektive alles geschildert wurde, aus der größeren Straße von links kam. Das war die Lange Straße, was sie dem Schild an dem Haus gegenüber entnehmen konnte. Sie hoffte, dass Timo nicht den Burger King sah, der dort untergebracht war, denn obwohl sie nur sehr selten in Fast-Food-Läden aßen, hatte er schon eine Vorliebe für dieses Essen entwickelt. Wenn er es sah, war die nächste Quengelei so gut wie sicher.

Sie drehte sich mit ihrem Sohn zur anderen Seite und ging Schritt für Schritt in die Lange Straße hinein, in die Richtung, aus der der Mann in der Erzählung gekommen sein musste. Denn er kam von der Innenstadt und lief auf den Lappan zu. Sie malte sich aus, wie die alten Häuser damals ausgesehen haben mochten, welcher Geruch hier geherrscht haben musste - wahrscheinlich kein guter, wegen der Verschmutzungen in den Straßen.

Sie gingen wieder ein paar Schritte und näherten sich gleichzeitig der Straßenmitte. Dort blieben sie kurz stehen, um eine junge Mutter vorbei zu lassen, die einen Kinderwagen in beinahe gefährlichem Tempo vor sich herschob, und bummelten dann weiter.

Welche Geräusche man wohl damals gehört hatte? Da es keine Autos gab, war es vermutlich völlig still, vor allem, da es ja Abend war. Genau: Es war natürlich dunkel, als der Erzähler das Erlebnis hier hatte.

Und dann *wurde* es schlagartig dunkel.

1788

Ein lautes Knurren seines Magens holte Jacob in die reale Welt zurück. In seiner Leibesmitte rumpelte es so sehr, dass er es nicht länger ignorieren konnte. Er blinzelte, richtete sich auf und spürte einen Schmerz zwischen den Schulterblättern. Sein Körper verlangte Genugtuung für das lange vornübergebeugte Sitzen. Er kreiste mit den Schultern und ließ die Feder aus seiner linken Hand auf den Tisch gleiten. In den Fingern, mit denen er sie gehalten hatte, hinterließ sie tiefe Einkerbungen. Wie er wusste, waren diese erst nach mehreren Stunden ganz wieder verschwunden.

Jacob streckte sich und sah durch das kleine Fenster, dass es draußen dunkel wurde. Wie sehr oft hatte er beim Schreiben die Zeit vergessen, war so tief in seine Geschichte eingetaucht, dass die Wirklichkeit um ihn herum in den Hintergrund getreten war. Er steckte den Holzstopfen ins Tintenfässchen und erhob sich, um sich etwas Essbares zu suchen.

In der Küche fand er einen Kanten Brot und ein Stück Schinken. Herold, der wahrscheinlich noch in der Mühle arbeitete, hatte ihm wie immer etwas übrig gelassen. Mit dem zwar scharfen aber viel zu kleinen Messer schnitt er umständlich ein paar Scheiben von dem Fleisch ab. Dabei fiel ihm ein, dass es heute, trotz des Verbots, eine Tanzveranstaltung in der Stadt geben sollte. Vermutlich war die bereits in vollem Gange.

Er schlang das Brot und den Schinken herunter, holte seinen guten Rock und eilte aus dem Haus. Hoffentlich hatte er nicht schon zu viel verpasst.

Im Halbdunkel rannte er durch die Wiesen, den Weg konnte er noch gut erkennen. Am Himmel erschienen die ersten Sterne. Es war klar und musste fast Vollmond sein. Für den Rückweg konnte er auf eine helle Nacht hoffen. Schon lief er an den nördlichsten Häusern vom Bürgerfelde vorbei. Er musste sich beeilen: Wenn es beim Eintreffen ganz dunkel sein sollte, würde er für den Durchgang durch das Stadttor bezahlen müssen.

Kurze Zeit später kam das Heiligengeisttor in Sicht. Zum Glück waren die Gitter noch geöffnet. Doch bevor er die letzten Schritte hindurch machen konnte, fiel Jacob eine Menschenansammlung in Richtung Haarentor unmittelbar vor dem Knick des Stadtgrabens auf. Er blieb stehen und versuchte zu erkennen, was da vor sich ging. Mindestens zwanzig Menschen standen dort zusammen, viele von ihnen hielten eine Laterne hoch. Ein Mann schritt an ihm vorbei, auf die Menge zu.

»Was ist denn da los?«, rief Jacob ihm nach.

Der Mann drehte sich im Gehen kurz um.

»Schon wieder eine Leiche im Graben«, antwortete er knapp und eilte weiter.

Jacob wich unwillkürlich einen Schritt zurück. Schon wieder! Das musste der Dritte innerhalb weniger Wochen sein, der auf diese Weise um sein Leben kam. Ein Schauer prickelte seinen Rücken entlang.

Unschlüssig schaute er zum Stadttor. Jeden Moment würden die Wachen es schließen, ungewöhnlich, dass sie es noch nicht getan hatten. Das war die letzte Gelegenheit, ohne Bezahlung in die Stadt zu gelangen. Doch die Möglichkeit einen Toten zu sehen, übte eine gruselige Anziehungskraft auf ihn aus. Man erzählte sich, dass die anderen Leichen grauenhaft und widerlich ausgesehen hatten, dass sie seit mehreren Tagen im Stadtgraben gelegen haben mussten. Einigen sollte von ihrem Anblick übel geworden sein, und es sollte sich sogar jemand übergeben haben.

Aber *ihm* würde schon nicht schlecht werden. Dazu gehörte ganz sicher mehr als eine Wasserleiche. Und wer wusste, wann er solch ein Erlebnis noch mal würde haben können. Als echter Schriftsteller musste er so viele Erfahrungen sammeln, wie er konnte. Er straffte seinen Körper und marschierte auf die Menschenmenge zu.

Bei ihr angekommen, drängelte er sich mithilfe der Ellenbogen durch die überwiegend größeren Männer nach vorne. Einige Beschimpfungen handelte er sich damit ein, aber so etwas konnte er gut ignorieren.

Als er endlich freien Blick auf das Geschehen hatte, sah er, dass man noch dabei war, die Leiche aus dem Graben herauszuziehen. Die drei Kerle, die sich damit abmühten, kannte Jacob vom Sehen: Sie waren Männer des Vogts. Der Vogt selbst stand einige Meter vor den Schaulustigen am oberen Grabenrand, hochgewachsen und mit vorgestreckter Brust, und beobachtete das Geschehen genauso wortlos wie alle anderen Anwesenden. Direkt neben ihm beugte sich ein weiterer Mann so weit über die Grabenkante, dass Jacob befürchtete, er würde jeden Moment die Böschung herunterkugeln und der Leiche im Wasser Gesellschaft leisten. Er war enorm dick, hatte eine Vollglatze und einen langen Bart, den im unteren Drittel ein Bindfaden zusammenhielt.

Jacob wusste, dass das der Bader war. Auf halber Höhe zum Graben stand noch ein Mann, der mit einer Laterne die Bergungsaktion beleuchtete.

Die Kerle im Graben hatten wahrlich keine leichte Aufgabe. Einer von ihnen war klitschnass, die Haare klebten ihm am Kopf. Die Kleidung der anderen beiden war mit Matsch beschmutzt. Immer wieder sanken sie mit ihren Stiefeln in das durchweichte Ufer ein, während sie keuchend und stöhnend versuchten, das dunkle, unförmige Etwas aus dem Wasser zu ziehen. Einen Schritt machten sie hoch und zwei zurück nach unten.

Erst jetzt fielen Jacob zwei weitere Männer auf, die offiziell aussahen. Sie standen neben der Menge, nur ein Schritt trennte sie davon. Dennoch war offensichtlich, dass sie nicht zu ihr gehörten.

»Wer sind die denn?«, fragte Jacob den Mann an seiner Seite, mit dem Kopf zu den beiden weisend.

»Die sind vom Magistrat zur Beobachtung herbeordert. Wenn der Magistrat schon nicht direkt tätig werden darf, so will er wohl wenigstens über alles gut informiert sein«, gab der Mann zur Antwort und lachte dabei glucksend auf.

Der Kerl schien gut Bescheid zu wissen.

»Wieso darf der Magistrat nicht tätig werden? Wie kam es denn zu dieser Entscheidung?«

Der Mann sah Jacob kurz an, als würde er sich bei der Beobachtung des Schauspiels gestört fühlen, ließ sich aber doch zu einer Antwort herab.

»Als die erste Leiche von einem Knaben entdeckt wurde, verständigte dieser zuerst den Vogt. Da der Junge außerhalb der Stadtmauern wohnte, war es für ihn wahrscheinlich auch selbstverständlich. Der Vogt begann also mit seiner Arbeit. Aber dann bekamen die Amtsmänner der Stadt Wind von der Sache. Daraus entwickelte sich ein Streit über die Zuständigkeiten.«

»Hm, aber wenn sich die Leiche nicht innerhalb der Stadtmauern befand, sondern in der Hausvogtei, dann war doch der Vogt dafür zuständig.«

»Dieser Meinung war der Vogt auch. Doch der Magistrat behauptete, dass der Stadtgraben - ob er nun außerhalb oder innerhalb der Stadtmauern liegt - zur Stadt gehöre. Das sei schon am Namen erkennbar, da er ja nicht Hausvogteigraben heiße.«

Der Mann zwinkerte Jacob zu. Jener musste grinsen, dieses Wortspiel gefiel ihm natürlich und nahm ihn fast für die Position des Magistrats ein.

»Schließlich wurde im Schloss entschieden, an höchster Stelle«, fuhr der Mann fort. »Aus praktischen Gründen beließ man die Angelegenheit beim Vogt, da er bereits damit begonnen hatte.«

Der Mann zuckte mit den Schultern und Jacob nickte verstehend.

Unten im Graben war von einem Fortschritt nichts zu erkennen.

»Versucht es weiter dort«, rief der Vogt hinunter und deutete in die Richtung des Stadttors.

Die Männer zerrten den Klumpen, der eine Leiche sein sollte, einige Meter in die gewiesene Richtung, wo der Boden noch nicht so zertrampelt, aber zweifellos genauso weich war. Dort zählte der Durchnässte bis drei und sie zogen alle auf einmal. Auf diese Weise gelang es ihnen, das nass-triefende Ding auf die Böschung zu hieven. Jacob machte einen Schritt nach vorne, um besser sehen zu können.

»Warum nehmt ihr nicht ein Seil?«, rief einer aus der Menge.

Der Vogt sah sich zornig zu den Leuten um. Dann zeigte er auf Jacob, der ja ganz vorne stand.

»Du, nimm ihm die Laterne ab und leuchte.« Er deutete auf den Mann, der auf der Böschung stand. Jacob wollte protestieren, aber die anderen Männer, denen er zuvor seine Ellenbogen in die Rippen gestoßen hatte, lachten und schubsten ihn zum Laternenträger. Der hatte sich auf Jacob zubewegt und drückte ihm die Laterne kurzum in die Hand. »Geh und hol ein Seil, schnell«, wies der Vogt den Mann an, der sich sofort umdrehte und losrannte.

Jacob stand mit der Laterne in der Hand unschlüssig herum. Der Vogt wandte sich wieder Jacob zu, und als er ihn nun im Laternenlicht sah, schien es, als würde er Jacob von irgendwoher erkennen. In der nächsten Sekunde widmete er sich aber wieder der Leichenbergung.

»Du musst ihnen leuchten. Geh ein wenig die Uferböschung hinab«, befahl er Jacob. Sein strenger Ton duldete keine Widerrede.

Unter dem Tuscheln und Lachen der Menge - »Geschieht ihm recht«, sagte jemand - tapste Jacob vorsichtig zwei Schritte den schrägen Teil des Ufers hinab. Das hatte er davon, dass er immer so vorwitzig sein musste. Warum hatte er sich auch ganz nach vorne gedrängelt? Hoffentlich beschmutzte er sich nicht seinen guten Rock oder purzelte gar hinunter.

»Noch weiter«, rief der Vogt.

Jacob machte einen weiteren Schritt die Böschung hinab.

Die drei Männer bei der Leiche hatten alles mitbekommen und unternahmen deshalb keine weiteren Bemühungen. Die Hände in die Hüften gestemmt standen sie um den dunklen Haufen herum und sahen auf ihn hinunter. Ihre sich hebenden und senkenden Brustkörbe zeugten von den Anstrengungen, die sie bereits hinter sich hatten. Mit ihnen wollte Jacob schon gar nicht tauschen.

»Er kommt schon zurück«, hörte er eine weibliche Stimme aus der Menge sagen.

Einen Augenblick später traf der Mann mit dem Seil atemlos wieder ein.

»Die Wächter hatten ein Seil im Wächterhaus«, sagte er zum Vogt.

Jacob wähnte sich von seiner Aufgabe erlöst und machte Anstalten, die Böschung hinaufzugehen.

»Du bleibst schön dort, wo du bist«, kommandierte sogleich der Vogt, der seine Absicht wohl erkannte. »Und du wirfst ein Ende des Seils hinunter«, sagte er zu dem Mann, der das Seil geholt hatte. Dann etwas lauter zu den Männern unten am Graben: »Ihr schlingt der Leiche jetzt das Seil unter den Achseln hindurch und über die Brust und macht auf dem Rücken einen festen Knoten.«

»Sie sollen vorsichtig sein, damit der Leiche nichts geschieht. Diese Wasserleichen sind äußerst empfindsam«, ließ sich der Bader vernehmen.

»Hört ihr? Ihr sollt vorsichtig mit der Leiche umgehen«, gab der Vogt weiter.

Seine Männer führten die Anordnungen sofort aus und kurze Zeit später erhielt der Vogt von unten eine Fertigmeldung. Er drehte sich um, musterte kurz die Menge und zeigte nacheinander auf einige Männer.

»Du, du ... und du: herkommen und ans Seil treten.«

Die ausgesuchten Kerle, von denen wahrscheinlich jeder alleine ausgereicht hätte - alle drei recht groß und kräftig - traten mit bedröppelten Mienen hervor und nahmen das obere Seilende in die Hände.

Der Vogt gab noch einige Anweisungen - wie unten die Leiche zu drehen war, damit sie möglichst wenig durch den Matsch gezogen wurde, wie die Männer sie führen sollten, wann die Männer oben wieder ein Stück ziehen sollten - und schließlich lag das Bündel, in dem Jacob nun eher einen Menschen erkannte, am oberen Grabenrand.

»Komm her, Bursche.« Der Vogt winkte Jacob, der mit hoch gegangen war, näherzukommen. »Wir brauchen mehr Licht.«

Jacob stellte sich mit der Laterne so hin, dass möglichst viel von ihrem Schein auf das Bündel fiel. Die Menge bildete im gebührenden Abstand einen Halbkreis um das Geschehen. Zwei der Männer vom Vogt zerrten an der Kleidung der Leiche herum. Im Wasser hatte sich diese wohl um den Kopf gewickelt.

Dann endlich war das Gesicht der Leiche zu sehen und ein Aufstöhnen ging durch die Menge. Jacob, der ja mit seiner Laterne wieder ganz vorne stand, hatte den besten Blick. Der Tote war ein Mann, der vielleicht 40 Jahre alt sein mochte, genau konnte er es nicht schätzen, weil das Gesicht ziemlich aufgeschwemmt war. So schrecklich sah die Leiche aber gar nicht aus. Die Haut wirkte unnatürlich wächsern, doch ansonsten hätte man meinen können, er schliefe. Es war überhaupt nicht verständlich, warum jemandem bei diesem Anblick schlecht werden sollte. Einzig das Wissen, dass es sich um einen Toten handelte, machte Jacob ein mulmiges Gefühl.

Die Männer hatten inzwischen mit Messern den Rock der Leiche entfernt. Dieser hatte sich auch um dessen Hände geschlungen. Sie sahen ebenfalls aufgedunsen und wächsern aus.

Nun drängelte sich der Bader vor, wobei er sich mehrfach bei den Männern in der Menge entschuldigte. Als er ganz vorne stand, betrachtete er die Leiche zunächst genauso, wie alle anderen.

»Zieht ihn gänzlich rauf« sagte der Vogt.

Ein Bein hing noch über der Böschung.

Als sie den Toten aus dem Wasser gezogen hatten, hatten sie ihn an der Kleidung angefasst. Nun griff einer der Männer, sicherlich ohne darüber nachzudenken, nach dem Unterarm, um daran zu ziehen.

»Halt, nicht ...!« rief der Bader.

Doch die Warnung kam zu spät. Im nächsten Moment gab es ein knucksendes Geräusch, gefolgt von einem Schmatzen, und der Mann hielt den gesamten Unterarm losgelöst von der Leiche in der Hand. Mit vor Ekel verzerrtem Gesicht warf er ihn sofort von sich. Eine Woge fauliger Luft schlug Jacob entgegen.

Nach einer Schrecksekunde merkte er, dass das nun doch zu viel für ihn war. Ein unaufhaltsamer, säuerlicher Schwall stieg in seinem Hals empor. Er musste hier weg. Die Laterne ließ er fallen, wodurch sie sofort erlosch, und er drängelte sich noch rücksichtsloser als zuvor durch die gaffende Menge. Nachdem er hindurch war, kam er keine drei Meter mehr weit, bevor er sich krampfartig übergeben musste. Während er vornübergebeugt halb verdaute Schinkenstücke im Schein der Laternen erkennen konnte, musste er erneut das Gelächter der Menge über sich ergehen lassen.

Er musste hier weg.

Die ersten Schritte stolperte er fast, im Bemühen nicht in sein Erbrochenes zu treten. Dann lief er ein Stück und nach kurzer Zeit hatte die klare Nachtluft die Übelkeit größtenteils beseitigt. Den Rest des Weges zum Tor ging er so, als wäre nichts geschehen.

Die Gitter waren nun natürlich geschlossen.

Normalerweise hätte Jacob sich darüber geärgert, dass er an die Torwachen zwei Schwaren zahlen musste und deshalb ein Bier weniger trinken konnte, aber er war gedanklich viel zu sehr mit dem gerade Erlebten beschäftigt. Während er im kümmerlichen Licht der tranbefeuerten Straßenlaternen die Langestraße entlangmarschierte, schwirrten ihm ständig Bilder der aufgequollenen Leiche durch den Kopf, die ihm im Rückblick weitaus schrecklicher schienen. Ein Schauer überlief ihn bei der Erinnerung an die Geräusche und Gerüche, als der Arm abgetrennt wurde.

Er bog zweimal ab, während er versuchte, diese Gedanken zu verdrängen. Dass er sich jetzt der Tanzveranstaltung näherte, half dabei, denn die lauter werdende Musik weckte die Vorfreude. Und als er dann die fröhlichen Stimmen hörte, war sein Kopf wieder klar.

Nur sein Hals war es nicht: Der säuerliche Geschmack des Erbrochenen steckte ihm noch immer im Rachen. Den wollte er jetzt schnell hinunterspülen. Er bog um die letzte Ecke und kam in eine kleine Seitengasse, wo sich die Leute zum Feiern getroffen hatten. In der Mitte tanzten mehrere Paare und drum herum standen viele weitere Männer und Frauen und unterhielten sich. An der Seite hatte ein geschäftstüchtiger Gastwirt, den Jacob aus einer Wirtschaft in der Nähe des Haarentors kannte, ein großes Fass aufgestellt. Er war eifrig dabei, Bier zu zapfen. Zu ihm ging Jacob als erstes.

»Ein Bier, bitte«, sagte er zu dem Gastwirt, ein dicker Kerl mit fettigem Haar.

23

Der sah ihn durch die Schlitze seiner zusammengekniffenen Augen an.
»Du bist doch der Müller Riekhen.«

Was sollte das denn nun? Wenn das eine Frage sein sollte, hörte es sich aber nicht so an. Warum gab der ihm nicht einfach das Bier, damit er den schlechten Geschmack loswerden konnte?

»Um genau zu sein, ist mein Bruder Herold der Müller. Ich bin nur sein Gehilfe,« antwortete Jacob. »Was ist nun mit meinem Bier?«

Ein anderer Mann erschien beim Fass und wollte ebenfalls etwas von dessen Inhalt. Der Wirt überließ ihm den gerade gefüllten Krug und nahm sich einen neuen, um weiter zu zapfen.

»Gehilfe, was?« Er sah Jacob so an, wie zuvor. »Das macht es nicht besser. Der Gehilfe vom Gauner ist ein ebensolcher Gauner.«

»Was soll das heißen?«, fuhr Jacob ihn an. »Du nennst meinen Bruder und mich Gauner?«

»Das seid ihr Müller doch alle, wie man hört. Mehlverschlechterer, die sich von den Bauern ihren Wohlstand zusammengaunern.«

Wohlstand! Wenn Jacob nicht so wütend geworden wäre, hätte er darüber lachen können. Das mochte vielleicht für andere Müller gelten, sein Bruder und er spürten von diesem Wohlstand jedenfalls nichts. Ihre Einnahmen reichten gerade so aus, um die Mühlenpacht und ihren Lebensunterhalt davon zu bezahlen. Arm waren sie sicherlich nicht, von Wohlstand konnte jedoch keineswegs die Rede sein. Aber Jacob war an solche Verleumdungen von klein auf gewöhnt. Alle glaubten, dass Müller Betrüger waren, sich von ihrem Lohnanteil am Mahlgut durch Zusätze oder falsche Gewichte mehr ergaunerten, als ihnen zustand, und es gab sogar noch einige, die die Mühlentechnik für Teufelswerk hielten. Schon als Kind konnte er keine Freunde finden, weil er der Müllersohn war und daran hatte sich bis heute nicht viel geändert.

Doch es war eine Sache, hinter vorgehaltener Hand über ihn zu tuscheln, und eine andere, ihn direkt als Gauner zu beschimpfen. Jacob hatte große Lust, dem Wirt in sein feistes Gesicht zu schlagen. Der Gast, der soeben sein Bier bekommen hatte, mischte sich rechtzeitig ein.

»Nun gib ihm doch eines, Fritz. Wir wollen hier heute Abend nur gute Laune haben und keinen Streit.«

»Wer sagt mir denn, dass er auch bezahlen kann?«, fragte der Wirt.

Der Gast wandte sich an Jacob.

»Hast du auch Geld?«

Jacob zog zur Antwort seinen Geldbeutel hervor und ließ ihn klimpern. Als der Wirt das sah, gewann sein Geschäftssinn die Oberhand.

»Also gut.« Er stellte Jacob das neu gezapfte Bier auf das Fass. »Das macht dann ... drei Schwaren.«

»Fritz!«, ermahnte der andere Gast. »Du kannst ihm doch nicht mehr abknöpfen als allen anderen.«

Der Wirt wand sich, schien mit sich zu kämpfen.

»Na schön, also *zwei* Schwaren. Aber im Voraus.«

Jacob legte das geforderte Geld neben das Bier, nahm den Krug an sich und drehte dem Wirt den Rücken zu. Dann trank er mehrere tiefe Züge, nach denen es ihm viel besser ging.

Mit dem Krug in der Hand schlenderte er zu den Tanzenden. Die drei Musikanten, die auf der anderen Seite der Gasse spielten, machten ihre Sache wirklich gut. Mit einem Kribbeln in den Beinen sah Jacob sich nach einer Tanzpartnerin um. Und er wurde schnell fündig: Direkt neben den Musikanten stand mit ihren Freundinnen ein Mädchen, das ihm vor kurzem in der Kirche aufgefallen war. Im Takt der Musik schaukelte sie leicht ihren Rock hin und her. Sie war ein paar Jahre jünger als er, ungefähr siebzehn musste sie wohl sein. Ganz gewiss hatte sie sich aus ihrem Elternhaus gestohlen und würde eine Menge Ärger bekommen, wenn dies auffallen sollte. Ihre Schönheit war umwerfend: Langes, rotblondes Haar umspielte ihr ebenmäßiges Gesicht und fiel ihr anschließend auf den Rücken, ihre Haut war rosig zart und ihre Wimpern waren so lang, wie er es bisher bei keinem anderen Menschen gesehen hatte. Doch am meisten reizte ihn der kecke Ausdruck in ihren Augen: Sie sah sich um, als suchte sie nach Gelegenheiten, so ausgiebig wie möglich gegen möglichst viele Regeln zu verstoßen. Offenbar reichte es ihr nicht, dass sie zu Hause ausgebüxt und auf eine verbotene Tanzveranstaltung gegangen war.

Jacob kippte die zweite Hälfte seines Bieres in einem Zug herunter und wand sich durch die Leute, um zu dem Mädchen zu gelangen. Unterwegs stellte er den Krug auf einer Fensterbank ab. Bei jedem Schritt, den er sich dem Mädchen näherte, nahm das aufregende Gefühl in seinem Bauch zu. Er liebte das. Sie bemerkte seine Annäherung, lächelte und senkte in gespielter

Verlegenheit den Blick. Doch allzu gut war sie nicht in dem Spiel, denn Jacob entging nicht der kesse Zug um ihren Mund.

Als er bei ihr ankam, merkten ihre Freundinnen, was vor sich ging, und traten kichernd beiseite. Für ein paar Sekunden stand er grinsend vor ihr und wusste nicht, was er sagen sollte. Der einzige Gedanke in seinem Kopf war die Verwunderung darüber, dass jemandem, der mit Worten sein Geld verdienen wollte, einfach keine einfielen. Dann sah sie auf, wahrscheinlich weil sie langsam ungeduldig wurde.

»Lass uns tanzen«, sagte er, um ihr zuvorzukommen, griff ihre Hand und zog sie mit sich zur Mitte der Gasse, die als Tanzfläche diente.

Dort schmiegte sie sich schon nach zwei, drei Tanzschritten dichter an ihn, als er zu hoffen gewagt hatte. Sie fühlte sich unbeschreiblich gut an und ihr Duft erinnerte ihn an frische Blüten. Eine Weile war er wie in einem Rausch, während sie wild tanzten.

Dann wurde die Musik langsamer.

»Wie heißt du?«, fragte er sie.

Erst jetzt fiel ihm auf, dass sie sich fortwährend in die Augen gesehen hatten. Ihre waren genauso blau wie seine eigenen, nur unendlich viel schöner.

»Rosa.« Ihre Stimme war so zart wie ihre Haut. »Und du?«

»Jacob.«

Sie lächelten sich an und tanzten weiterhin in die Runde. Jacob nahm sie nun fester in den Arm und wie aus Versehen rutschte seine Hand auf ihrem Rücken immer tiefer, bis er den Beginn der Rundung ihres Gesäßes spüren konnte. Es fühlte sich fest und aufregend an. Sie sahen sich noch immer in die Augen, und die ihren verengten sich leicht, als wollte sie ihn einen Schelm nennen. Er konnte nur bübisch grinsen.

Nach einigen Minuten des Tanzens zog er sie wieder an der Hand mit sich.

»Lass uns ein Bier trinken«, sagte er, ohne auf den Weg zu achten, den er nahm, denn er konnte nicht den Blick von ihr wenden.

Trotzdem kamen sie ohne einen Zusammenstoß mit den anderen Tänzern beim Gastwirt an. Sogleich ließ er vier Schwaren auf das Fass kullern und verlangte nach zwei Bieren. Der Wirt sah ihn zwar wieder böse an, doch

Jacob erhielt ohne Murren seine Bestellung. Er und Rosa prosteten sich lächelnd zu und nahmen jeder einen ordentlichen Zug.

»Ahh«, machte Jacob und wischte sich den Schaum vom Mund. »Das ist mal was anderes als das Dünnbier, das man sonst bekommt.«

Während sie tranken, sah er sich ein wenig um und bemerkte jenseits der tanzenden Leute zwei Männer, die ständig zu ihnen herüberstarrten. Sie waren beide groß und breitschultrig und machten finstere Gesichter, während sie miteinander sprachen. Jacob tat so, als merkte er es nicht. Bösen Hunden soll man nicht in die Augen sehen.

Er unterhielt sich lieber weiter mit Rosa. Sie behauptete, dass sie bereits 24 Jahre alt wäre, was er ihr nicht eine Sekunde glaubte. Dass sie in einer feineren Straße innerhalb der Stadtmauern Oldenburgs wohnte, glaubte er ihr allerdings sofort.

Zwischendurch sah er immer wieder unauffällig zu den Männern. Er hatte das Gefühl, je länger er sich mit Rosa unterhielt, desto wütender wurden sie. Der größere der beiden ballte unentwegt die Fäuste und trat von einem Bein auf das andere.

»Hast du eine Ahnung, was das da drüben für Kerle sind?« Er wies mit seinem Bierkrug zu den Männern. »Die starren uns schon die ganze Zeit an.«

Rosa trank gerade von ihrem Bier und schielte währenddessen in die angezeigte Richtung. Im nächsten Moment prustete sie den Inhalt ihres Mundes auf Jacobs Rock. Sie sah aus, als hätte sie ein Gespenst gesehen.

»Igitt!« Jacob wich vor Schreck einen Schritt zurück. »Was ist denn in dich gefahren?«

»Der kleinere der beiden ist mein Bruder und der andere ist sein Freund, der schon länger ein Auge auf mich geworfen hat.« Sie sah ängstlich zu ihnen hin. Jegliche Keckheit war aus ihrem Blick gewichen. »Mein Bruder wird mich bestimmt bei meinen Eltern verraten. Du musst wissen, dass ich eigentlich nicht hier sein darf.«

Jacob konnte sich ein Grinsen nicht verkneifen, während er versuchte, mit seinem Ärmel den Rock zu trocknen.

»Aber du bist doch schon 24 Jahre alt. Dann kannst du doch tun und lassen, was du willst.«

Rosa senkte den Blick.

»Ja, aber ...«, setzte sie an.

»Ach, sei's drum.« Gerne hätte er sich noch ein wenig in ihrer Verlegenheit gebadet, aber ebenso sehr wollte er ihre Laune nicht verderben. »Von denen lassen wir uns doch nicht die Stimmung kaputtmachen.«

Er grinste die beiden Männer demonstrativ an und hob zum Gruß seinen Bierkrug. Fast glaubte er, sehen zu können, wie ihnen vor Wut Dampfwolken aus den Ohren stoben. Dann drehte er ihnen den Rücken zu und beschloss, ihnen keine weitere Beachtung zu schenken.

»Komm, lass uns wieder tanzen.«

Er kippte den Rest seines Biers in einem Zug herunter. Rosa sah nicht glücklich aus und schielte weiterhin zu den Männern. Doch dann setzte sie eine trotzige Miene auf und tat es ihm mit dem Bier gleich. Was ganz beachtlich war, denn ihr Krug war noch halb voll.

Einen Moment später drehten sie sich wieder wild in die Runde. Sogar mehr als vorher schmiegte sie sich immer wieder an ihn und gewiss mehr, als es sich geziemte. Die Wirkung des Biers sorgte dafür, dass Jacob mutiger wurde. Die eine Hand hatte längst ihre alte Position oberhalb des Gesäßes eingenommen, vielleicht ein wenig tiefer als vorher, und die andere Hand wanderte langsam die Hüfte hoch, bis sie sich seitlich kurz unterhalb ihres Busens befand. Er konnte die Fülle spüren, das Auf und Ab, verursacht durch die Tanzbewegungen. Auch meinte er zu spüren, dass sich ihre Atmung weiter beschleunigte. Ihr Blütenduft vermischte sich mit dem Geruch ihres Schweißes. Jacob fühlte sich wie benommen. Alles um Rosa und ihn schien zu verschwimmen. Es gab nur sie und ihn, wie in einem Rausch.

Doch plötzlich wurden sie in die Wirklichkeit zurückgerissen. Die beiden Männer, Rosas Bruder und sein Freund, standen auf einmal mitten unter den Tanzenden und Jacob wäre fast mit ihnen zusammengeprallt. Er reagierte impulsiv, ohne darüber nachzudenken, vor allem über die körperliche Überlegenheit der beiden viel größeren Männer.

»Was fällt euch ein, euch hier einfach in den Weg zu stellen?«, schnauzte er sie an. »Seht zu, dass ihr euch davon macht.«

Er zog Rosa zu sich, bis sie dicht an seiner Seite war, und legte den Arm um ihre Taille. Dabei merkte er, dass sie etwas unsicher auf den Beinen stand, sei es wegen der Drehungen beim Tanz oder wegen des zu schnellen Genusses von zu viel Bier.

Der Größere der beiden, der vorher schon wütend aussah, verengte seine Augen noch mehr.

»Nimm deine unegalen Arbeiterfinger von ihr. Rosa ist *mein* Mädchen«, zischte er Jacob an.

Wenn Jacob etwas hasste, dann war es, wenn man ihn seine gesellschaftliche Stellung spüren ließ. Er musterte sein Gegenüber. War er Soldat in Zivil oder Beamter? Gerade wollte er zu einer passenden Entgegnung ansetzen, als Rosa ihm zuvorkam.

»Ich bin niemandess Mädjen«, fuhr sie den Mann an.

Aha, da war wohl doch das Bier für ihre Gleichgewichtsstörungen verantwortlich. Fast musste er wieder lachen wegen ihrer lallenden Aussprache.

»Halt du dich da raus«, entgegnete der Kerl, ohne sie anzusehen, aber in einem milden Tonfall.

»Warum tanzt sie dann mit mir und nicht mit dir, wenn sie doch angeblich dein Mädchen ist?«, fragte Jacob.

»Das tut nichts zur Sache. Ich werbe schon länger um sie.«

Jacob schnaubte verächtlich durch die Nase.

»Seit wann spielt es eine Rolle, wie lange jemand um ein Mädchen wirbt? Ist sie dir versprochen?«

Der Kerl zögerte. Sein Blick senkte sich, er wurde merklich unsicher.

»Nein, das nicht.« Er sah wieder auf. »Aber dir auch nicht.«

»Das stimmt. Ich kann also gleichwohl nicht verlangen, dass sie mit mir tanzt.« Jacob beobachtete, wie sein Gegenüber Zuversicht schöpfte. »Jedoch kann ich sie genauso gut wie du fragen, ob sie lieber mit mir tanzen möchte.« Der Kerl machte ein belämmertes Gesicht und Jacob wurde klar, dass er bei der Intelligenz kein Beamter sein konnte. An Rosa gewandt fragte er: »Mit wem willst du tanzen und den weiteren Abend verbringen?«

Rosa zögerte nicht eine Sekunde.

»Middir nnnatürlich«, lallte sie.

»Da siehst du es. Und nun lass uns gefälligst in Ruhe.«

Er ließ die beiden Männer stehen und bewegte sich mit Rosa tanzenderweise auf die andere Seite der Gasse. Doch auch dieses Mal wurde der Spaß nach kurzer Zeit unterbrochen.

»Die Polizei kommt!«, rief jemand, der Schmiere gestanden haben musste, um die Feiernden rechtzeitig warnen zu können.

Die Wirkung dieser Worte war enorm. Die Musik verstummte sofort und die Musiker verstauten ihre Instrumente hastig in Säcken. Die Leute strömten eilig davon. Jacob hörte einige entsetzte Schreie aus der Menge. Diejenigen, die einen Bierkrug in der Hand hielten, stellten ihn auf den Boden und rannten los. Unzählige umgekippte Krüge lagen bereits herum.

Eigentlich gar nicht so übel, dachte Jacob. Jetzt brauchte er sich keinen Vorwand auszudenken, weshalb Rosa mit ihm alleine die Feier verlassen sollte, damit er sich an sie ranmachen konnte.

Soweit er wusste, führten Anzeigen wegen des Lärms und die Vermutung der Behörden, dass die Tanzveranstaltungen Ursache der vielen unehelichen Kinder waren, im vergangenen Jahr zu dem Verbot. Er hatte noch niemanden gesprochen, der erwischt wurde, aber man erzählte sich, dass man zuerst verhaftet wurde und dann eine empfindliche Geldstrafe zahlen musste. Na, das wollte natürlich niemand, er auch nicht.

Er ergriff Rosas Hand und zog sie mit sich. Sie rannten los, umrundeten den Gastwirt, der sein Bierfass auf einer Sackkarre vor sich herschob, und folgten zunächst der wegströmenden Menge. Nach einigen Straßenecken nahm Jacob dann andere Wege, immer Rosa im Schlepptau, der die Flucht offenbar ziemlich zu schaffen machte. Und endlich erreichten sie eine einsame Straße, mit der er zufrieden war. Hier waren sie ungestört.

Rosa sah reichlich mitgenommen aus. Sie musste sich wohl erst von der Flucht erholen. Er lehnte sie an eine Hauswand und betrachtete sie. Selbst jetzt, wo sie so erschöpft wirkte, war sie wunderschön. Ihr Atem verlangsamte sich. Gerade als Jacob sie küssen wollte, atmete sie wieder zunehmend schneller. Sie drehte sich von ihm weg und erbrach sich vor die Hauswand.

Na prima, dachte Jacob. So hatte er sich den Ausgang des Abends nun wirklich nicht vorgestellt.

Jacob öffnete die Eingangstür zur Schenke und ein muffiger, abgestandener Geruch schlug ihm entgegen. Dabei waren gerade mal eine Handvoll Männer anwesend. Wie würde es hier erst in ein paar Stunden riechen, wenn literweise Bier geflossen war und die Trinkenden ihre Ausdünstungen verbreitet hatten?

Er sah sich kurz um, entdeckte seinen Bruder nirgendwo und setzte sich auf einen der Hocker an der Theke. Der Wirt nickte ihm grüßend zu und kam einen Moment später herbei. Jacob bestellte ein Bier. *Schon wieder ein Starkbier*, dachte er. Das letzte hatte er vor nur einer Woche, auf dieser missglückten Tanzveranstaltung. Kurz überlegte er, wie es um den Inhalt seines Geldbeutels stand. Musste er aufpassen, dass er nicht über seine Verhältnisse lebte? Nein, er hatte vor zwei Wochen erst seinen Lohn von Herold erhalten und seitdem nicht viel davon ausgegeben. Vielleicht sollte er für Herold auch ein Bier bestellen. Dann konnten sie sofort anstoßen, wenn er gleich eintraf. Doch wer wusste schon, wann sein Bruder kam? Sie waren zwar in dieser Minute verabredet, aber er war so in die Arbeit in und an der Mühle vernarrt, dass er mitunter dabei die Zeit vergaß. Es konnte also sein, dass Jacob länger warten musste, und dann wäre es zu schade, wenn das Gebräu schal würde.

Seine Gedanken versanken in die Geschichte, die er gerade schrieb. Die Umgebung nahm er kaum noch wahr, während er sich den Fortgang der Handlung überlegte, verschiedene Wendungen erwog und darüber nachdachte, wohin sie führen würden. Ab und zu nippte er an dem Bier, das er aber kaum schmeckte.

Nach einer Weile ließ ein Gast die Eingangstür zuknallen, was Jacob aus seine Gedanken wieder herausriss. Er hob den Krug zum Mund, doch der war mittlerweile leer getrunken. Auf dem Hocker drehte er sich zum Gastraum und stellte fest, dass der sich inzwischen gefüllt hatte. Er sollte einen Tisch für sich und Herold besetzen, bevor es zu spät dafür war. In der hintersten Ecke war noch einer frei.

Gerade als er aufstehen und sich dorthin begeben wollte, merkte er, dass die zwei Männer vom Nebentisch direkt zu ihm herüberstarrten. Jacob musste kurz überlegen, dann fiel ihm ein, woher er sie kannte: Es waren die beiden Kerle, die auf dieser Tanzveranstaltung so wütend auf ihn waren, Rosas Bruder und dessen Freund. Heute sahen sie genauso wütend aus, wie vor einer Woche. Was musste das für ein bemitleidenswertes Leben sein, in dem sie ständig schlecht gelaunt waren.

Jacob grinste sie an und nickte zum Gruß mit dem Kopf. Das schien ihre Launen nicht zu verbessern, denn sie wirkten noch wütender. Sie sahen sich kurz an, erhoben sich und kamen mit finsteren Mienen zu Jacob an die Theke.

Was wollen die denn nun schon wieder von mir, dachte er, grinste ihnen aber weiterhin entgegen.

Sie bauten sich vor ihm auf, doch obwohl Jacob oftmals allen Grund dazu hatte, war er niemand, der sich leicht einschüchtern ließ.

»Seid gegrüßt«, sagte er fröhlich. »Wie ich sehe, habt ihr heute wieder die beste Laune. Wie schmeckt euch das Bier?«

Sie sahen sich erneut kurz an.

»Lass Rosa in Ruhe«, knurrte dann ihr Bruder.

Der tat ja gerade so, als würde Jacob jeden Abend unter ihrem Fenster stehen und ihr ein Ständchen bringen. Dabei hatte er sie seit der Tanzveranstaltung nicht wieder gesehen.

»Ja, lass die Finger von ihr«, stimmte der Freund des Bruders ein.

Jacob hatte zwar nicht mehr an sie gedacht, seit er die betrunkene Schönheit an jenem Abend sicher vor ihrem Haus zurückgelassen hatte. Trotzdem ließ er sich nicht gerne etwas vorschreiben, egal von wem. Er schob sein Kinn vor.

»Und wenn ich es nicht tue?«

Rosas Bruder kam so nahe an Jacob heran, dass sich ihre Nasen fast berührten.

»Dann brechen wir dir jeden Knochen, den du im Leibe hast«, zischte er durch zusammengebissene Zähne.

Ganz weit hinten in Jacobs Kopf flüsterte eine Stimme, dass er klein beigeben sollte. Sie sprach ihm zu, dass diese Angelegenheit keine besondere Bedeutung für ihn hatte, und er einfach sagen könnte, dass er Rosa fortan in Ruhe lassen würde. Die beiden großen und viel stärkeren Männer würden dann von ihm lassen und die Sache wäre erledigt. Jacob war geneigt auf diese Stimme zu hören. Aber da war noch eine andere Stimme. Diese schrie, dass er sich das nicht bieten lassen konnte, dass die Männer ihm gar nichts zu sagen hatten.

»Genau«, sagte da der andere Mann. »Wir werden dir deinen Verstand aus deinem hübschen Köpfchen herausprügeln, du dämlicher Müllerjunge.«

Dieser Hornochse nannte ihn Müllerjunge? Die laute Stimme in Jacobs Kopf gewann.

»Oh, nein«, entgegnete er in übertriebenem Tonfall. »Dann werde ich ja ein so hässlicher Strohkopf wie du.«

Dem Mann war förmlich anzusehen, wie die Wut ihn übermannte. Sein ohnehin nicht freundliches Gesicht verwandelte sich in eine Hassfratze. Er packte Jacob am Kragen, hob ihn wie einen Jungen vom Hocker und schleuderte ihn gegen einen Pfeiler, der sich wenige Schritte von der Theke befand. Der Schmerz explodierte in Jacobs Rücken und er bekam für einen Moment keine Luft. Rosas Bruder setzte sogleich hinterher, dicht gefolgt von seinem Freund, und packte Jacob erneut am Kragen. Jacob wollte um Hilfe rufen, doch gerade als er dachte, er hätte wieder den Atem dafür, rammte ihm der andere die Faust in den Magen. Wiederum blieb Jacob so sehr die Luft weg, dass er dachte, er müsste sterben.

Nun drängte sich der Freund nach vorne. Offenbar wollte auch er seinen Anteil beitragen. Jacob sah noch, dass er weit ausholte, während Rosas Bruder ihn festhielt, dann schloss er die Augen und wartete auf sein Ende.

Doch es kam anders. Er hörte ein Ächzen und als er die Augen wieder öffnete, kniete der Freund von Rosas Bruder vor *seinem* Bruder. Herold hielt die Faust, mit der der andere gerade noch ausgeholt hatte, in seiner Hand und quetschte sie dermaßen zusammen, dass dem anderen Tränen über das schmerzverzerrte Gesicht liefen. Dann schlug Herold mit seiner freien Faust zu, woraufhin der Mann sofort in sich zusammensackte.

Rosas Bruder hielt Jacob immer noch am Kragen, aber jetzt kam Herold auf ihn zu. Er ließ Jacob los, richtete sich auf und nun war ersichtlich, dass Herold ihn um Haupteslänge überragte. Er ging auf Jacobs Peiniger zu und gab ihm eine schallende Ohrfeige.

»Scher dich weg«, fuhr er ihn an.

Er machte rückwärts einige Schritte zum Ausgang, drehte sich dann um und rannte los. Aber kurz vor der Tür blieb er stehen und wandte sich zu Jacob und Herold.

»Das werdet ihr noch bereuen«, schrie er. »Das wenige, was euch geblieben ist, werden wir euch auch noch nehmen.«

Dann machte er kehrt und floh aus der Tür.

Herold rieb sich die Faust und sah ihm hinterher. Jacob rappelte sich hoch. Sein Rücken fühlte sich an, als wäre er gebrochen, und sein Magen, als hätten sie ihm alle Eingeweide zerquetscht.

Herold drehte sich zu ihm um und packte ihn am Kragen, so wie es der Andere gerade gemacht hatte.

»Was hatte das zu bedeuten?«, fuhr er ihn an. »Das hatte doch bestimmt wieder mit Weibern und deiner vorlauten Klappe zu tun.«

Jacob ging nicht darauf ein, denn die Worte des Geflohenen kamen ihm eigenartig vor.

»Wie hat er das gerade gemeint? Was ist uns wovon geblieben?«

Herold sah eben noch wütend aus, doch jetzt änderte sich sein Gesichtsausdruck unvermittelt. Es schien Jacob, als wäre er verlegen. Und dann wurde er wieder ärgerlich, schüttelte den Kopf und machte eine abweisende Handbewegung.

»Ach, woher soll ich wissen, wie dieser Dummkopf das gemeint hat?«

Er dreht sich um und verließ die Schenke, wobei er einen Mann, der nicht schnell genug ausweichen konnte, unsanft zur Seite stieß.

Jacob blickte mit gefurchten Brauen die Tür an, die Herold hinter sich zugeschlagen hatte. Erst die eigenartige Bemerkung von Rosas Bruder und dann diese merkwürdige Reaktion seines Bruders. Er wusste nicht, was er davon halten sollte.

Als er schließlich den Blick von der Tür abwandte, bemerkte er, dass die eine Hälfte der Gäste ihn anstarrte und die andere den Bewusstlosen.

Vielleicht sollte er sich lieber davon machen, bevor der aufwachte.

Im schwachen Schein der Straßenlaternen musste Jacob aufpassen, dass er nicht in eine der Pfützen oder Schlammansammlungen trat. So gut das löchrige Straßenpflaster es zuließ, umkreiste er die betreffenden Stellen. In den letzten zwei Tagen hatte es häufig geregnet und durch die Außenwälle flutete in solchen Zeiten immer viel Wasser in das Innere der Stadt und brachte Schmutz und Schlamm mit sich.

Mittlerweile war er bei einem der beiden Stadtbrunnen angelangt, bei der Einmündung der Achternstraße in die Langestraße. Das Heiligengeisttor lag nicht mehr weit vor ihm. Er glaubte, schon den Schein der Wachlaternen erkennen zu können. Bei jedem Schritt schmerzte sein Rücken. Die Prügel, die er gerade bezogen hatte, würden ihm noch ein paar Tage zu schaffen machen.

Er dachte an die Situation in der Schenke vorhin. Was hatte das zu bedeuten? Wenn Herold glaubte, dass er ihm einfach so davonlaufen und eine Antwort schuldig bleiben konnte, dann hatte er sich gewaltig getäuscht. Gleich morgen wollte Jacob ihn wieder darauf ansprechen.

Die charakteristische Form des Lappans zeichnete sich vor dem Nachthimmel ab. Jacob machte einen großen Schritt über eine Pfütze und im nächsten Moment spürte er dieses eigenartige Kribbeln auf der Kopfhaut.

»Nein, nicht jetzt«, seufzte er.

Dann wurde es plötzlich hell um ihn herum und die Schmerzen in Rücken und Magen waren verschwunden.

Er war wieder in dieser unglaublichen Welt, von der er nach unzähligen Besuchen seit seiner Kindheit glaubte, dass es die Zukunft war. Irgendwann hatte er herausgefunden, dass er sich dabei immer im Körper einer Frau befand. Aber er war dort nur Beobachter: Auch wenn er alle Sinneseindrücke der Frau wahrnahm, einschließlich ihrem Denken, konnte er selbst nicht aktiv werden. Dieser Zustand dauerte ein paar Minuten an, doch wenn er in seine eigene Welt zurückkehrte, war dort nicht einmal die Zeit eines Wimpernschlags vergangen.

Dieses Mal wimmelte es von Menschen. Generell gab es sehr viele Menschen in dieser Welt, viel mehr als er es aus seiner kannte. Nun waren es aber besonders viele, die um ihn herum, auf ihn zu und von ihm weg liefen. Einige von ihnen trugen diese bunten, glatten Taschen mit sich herum. Die meisten hatten es eilig durch die Straßen zu gelangen, die die gleichen waren, wie zu seiner Zeit, wenngleich sie anders aussahen. Zum Glück war keine der lauten, pferdelosen Kutschen in der Nähe. Zwar hatte er inzwischen keine Angst mehr vor ihnen, ein mulmiges Gefühl befiel ihn aber immer noch, wenn er sie sah. Außerdem war die Luft besser, wenn sie nicht da waren, innerhalb der Stadt sogar besser als zu seiner Zeit.

Er spürte ihr flaues Gefühl im Magen, aber nur ziemlich schwach. Da war er Schlimmeres nach der Rückkehr gewohnt. An ihrer Hand war ihr Sohn und er stellte fest, wie erleichtert sie deswegen war. Auch war sie äußerst verwirrt. Sie fragte sich, was mir ihr geschehen war, wie sie in einen anderen Körper geraten konnte, oder, ob sie nur einen Traum gehabt hatte. Jacob wurde klar, dass es ihr erstes Mal gewesen war. Er versuchte, sich an sein erstes Mal zu erinnern, es lag jedoch zu lange zurück.

In dem Versuch, eine Erklärung für das Geschehene zu finden, dachte sie ständig an ein Buch, und dass es alles genauso passiert war, wie darin beschrieben war. Was für ein Buch konnte es geben, in dem geschrieben stand, was er erlebte? Doch nur sein Tagebuch.

Während er darüber nachdachte, sagte sie etwas zu ihrem Sohn und ging zu einem Kaffeehaus, das draußen Tische aufgestellt hatte. Er hatte nun Gelegenheit, sich ein wenig in der Zukunft umzusehen.

Wie er es schon kannte, hielten sich einige Menschen diese kleinen Dinger aus schwarzem Glas an ein Ohr und hatten Gesprächspartner, die er nicht sehen konnte. Andere hielten die Dinger vor sich und berührten sie mit ihrem Zeigefinger oder Daumen. Vor allem die Jüngeren sahen kaum von diesen Dingern hoch.

An einem Nebentisch hielt eine Frau einen kleinen weißen Stängel zwischen den Fingern. Jacob hielt ihn für eine Art Zigarre, denn von ihm stieg ein dünner Rauchfaden empor und er roch nach Tabak. Mit der freien Hand zog die Frau ein Kleidungsstück aus einer dieser glatten Taschen, die dabei so ähnlich knisterte wie ein Lagerfeuer. Jacob glaubte zumindest, dass es ein Kleidungsstück sein konnte, weil es aus Stoff war. Für dessen Farbe kannte er nicht mal einen Namen.

Jetzt bemerkte Jacob, dass die Frau, in deren Bewusstsein er sich befand - er wusste, dass sie Editha hieß - nicht nur an ihr neuestes Erlebnis dachte. Sie hatte überdies noch Sorgen. Sie hatte Angst, dass sie nicht genug Geld verdiente, um ihren Sohn zu versorgen. Sie machte sich Gedanken darüber, wie sie Rechnungen bezahlen sollte.

In diesem Moment kam der Wirt des Kaffeehauses. Jacob hörte gerade noch, wie er fragte, was Editha wünschte, als das Licht flackerte und es wieder dunkel wurde.

Er war auf dem Heimweg, von der Schenke kommend, und die plötzlich einsetzenden Schmerzen in Rücken und Magen erinnerten ihn daran, was dort passiert war.

Zusätzlich setzte die Übelkeit ein, die ihn immer nach einer Reise in den anderen Körper überfiel. Er wusste, dass Editha in diesem Moment das erste Mal in ihm drin war und dass auch ihr übel war. Er wollte anhalten und sich irgendwo abstützen, doch dazu kam er nicht mehr.

Aus der Gasse vor dem Lappan kam ein großer Mann herausgestürmt und hielt auf ihn zu. Jacob erkannte an den Bewegungen sofort, dass es sich um Rosas Bruder handelte. Offenbar hatte Herold ihm nicht genug Respekt eingeflößt. Jacob wäre am liebsten weggelaufen, aber er war immer noch zu sehr geschwächt von allem. Er wich zurück, stolperte und plumpste auf seine ohnehin schon geschundene Rückseite. Rosas Bruder fiel über ihn und landete auf der Straße. Diesen Moment musste er ausnutzen. Seine Schmerzen missachtend und unter Aufbringung seiner ganzen Willenskraft rappelte er sich hoch und begann zu laufen. Wenn er es bis zu den Torwachen schaffte, war er in Sicherheit, dort würde Rosas Bruder ihn bestimmt nicht anfassen. So schnell er konnte, rannte er, alles tat ihm dabei weh, aber der Angreifer war ihm auf den Fersen. Dann kam das Tor in Sicht und einen Augenblick später die Wachen. Und wie er es erwartete, ließ Rosas Bruder sich zurückfallen.

»Wer kommt da?«, riefen die Wachen ihn an. »Gib dich zu erkennen.«

Jacob verlangsamte auf normale Gehgeschwindigkeit und nannte den Wachen seinen Namen.

Heute Abend war er gleich zwei Mal einer Tracht Prügel entkommen. Das Glück war halt auf seiner Seite.

HEUTE

Genauso plötzlich, wie es dunkel geworden war, wurde es wieder hell. Die Helligkeit blendete sie nicht, obwohl sie mehrere Minuten in der Dunkelheit verbracht hatte. Sie blinzelte nur, wie gerade erwacht, und sie taumelte ein wenig hin und her. Ein flaues Gefühl hatte sie im Magen, als hätte sie etwas gegessen, das ihr nicht bekommen war. Immerhin konnte sie sich ein wenig festhalten, denn Timo war wieder an ihrer Hand.

Was war mit ihr geschehen? Das, was sie gerade erlebt hatte, entsprach genau dem, was sie in dem Buch gelesen hatte. Wie konnte das sein?

Lange konnte sie nicht abwesend gewesen sein, vielleicht eine Sekunde. Die Mutter mit dem Kinderwagen hatte nur wenige Schritte zurückgelegt und auch die anderen Passanten hatten sich kaum von der Stelle bewegt.

Das flaue Gefühl nahm zu, sie musste sich dringend setzen. Sie taumelte auf das Café an der Ecke gegenüber des Lappans zu und zog Timo mit sich.

»Wo wollen wir denn hin? Ich will jetzt ein Eis.« Ruckartig zog er an ihrem Arm. Er hatte wahrscheinlich nicht mal bemerkt, dass sie für einen Moment geistig nicht anwesend war.

»Dort in dem Café gibt es bestimmt Eis.«

Jetzt kam er bereitwillig mit.

Sie überlegte, ob sie sich reinsetzen sollte. Aber dieser Septembertag war verhältnismäßig warm, sodass sie am ersten freien Tisch, an den sie kam, Platz nahm, damit sie nicht mehr Schritte als notwendig tun musste.

Sitzend ging es ihrem Magen schon etwas besser. Sie sollte einen Tee trinken, während Timo sein Eis aß. Ein Kellner kam und sie bestellte eine Kugel Schokoladeneis und grünen Tee. Timo blätterte in der Eiskarte und sah sich die Bilder der Eiskreationen an.

Noch immer versuchte sie zu verstehen, was gerade mit ihr geschehen war. Ein Traum war das nicht. Sie würde kaum stehend und im wachen Zustand einen Tagtraum erleben und eine Sekunde später an derselben Stelle wieder zu sich kommen. Wahrscheinlich war es eine Art Vision. Nur, dass sie in dieser Vision das gesehen hatte, was sie zuvor in einem Buch gelesen hatte. Und zwar so, als wäre sie im Körper des Erzählers gewesen. Das ging sogar so weit, dass sie die Gefühle und Gedanken des Erzählers erlebt hatte. Sie wusste nun, dass er über eine Situation nachgedacht hatte, in der er kurz vorher gewesen war. Und sie konnte sich nicht daran erinnern, von diesen Gedanken in dem Buch gelesen zu haben.

Das Eis und der Tee wurden gebracht. Timo klatschte erfreut in die Hände. Der Tee war so heiß, dass sie nur schlürfend davon trinken konnte. Die Frau vom Nachbartisch sah missbilligend zu ihr herüber. Editha kümmerte sich nicht darum. Sie dachte weiter über die Vision nach. Wie aus einem dichten Nebel kam eine Erinnerung hervor. Ihr wurde vage bewusst, dass das nicht ihre erste Vision gewesen war. Als kleines Mädchen hatte sie so etwas schon mal erlebt. Das war lange her, und sie hatte nicht mehr daran gedacht. Doch jetzt fiel es ihr wieder ein. Zwei oder drei Mal hatte sie solche Erlebnisse, aber sie hatte diese Erinnerungen als Tagträume abgetan und irgendwann ganz vergessen. In einem dieser Träume, oder auch Visionen, war es, als wäre sie ein alter Mann, der auf einen Stock gestützt über einen Platz humpelte. Aber mehr wusste sie nicht und an die anderen Visionen hatte sie nicht die geringste Erinnerung. Und schon gar nicht daran, ob sie über deren Inhalt zuvor gelesen oder davon gehört hatte.

Editha beschloss, sich das Buch noch mal vorzunehmen, wenn sie wieder zu Hause war. Sie wollte nachsehen, ob die Gedanken des Erzählers wirklich nicht beschrieben waren. Und außerdem wollte sie wissen, was weiter in dem Buch geschildert war. Wahrscheinlich hatte das unmittelbar mit dem gerade Erlebten zu tun.

Sie hatte einige Minuten vor sich hingestarrt, während sie nachdachte und ihren Tee austrank, und Timo nicht beachtet. Als sie sich ihm jetzt wieder zuwandte, musste sie feststellen, dass er seine neue Jacke vollständig mit Schokoladeneis eingekleckert hatte.

»Oje, Timo, was machst du denn?«

Ihr Sohn, dessen halbes Gesicht ebenfalls braun verschmiert war, sah fast gelangweilt auf seine Jacke hinunter.

Sie hatte nur eine Serviette am Tisch, mit der sie versuchte, den größten Schlamassel zu beseitigen. Der Rest musste auf der Toilette erledigt werden. Sie fasste Timo an seiner klebrigen Hand und zog ihn mit sich.

Zum Glück war das flaue Gefühl im Magen wieder verschwunden.

Editha schaltete die Schreibtischlampe ein, um das Entziffern der Schrift zu vereinfachen. Doch nach weiteren fünf Minuten pustete sie die Luft mit dicken Backen aus und ließ sich in die Lehne des Stuhls zurückfallen. Frustriert klappte sie das Buch zu, sodass es knallte.

Der braune Einband glänzte im Licht. Die beiden Buchstaben darauf waren eindeutig die, wofür sie sie hielt: J. R. Zur Vergewisserung hatte sie sich aus dem Internet eine Entsprechungstafel für altdeutsche Druckschrift heruntergeladen und die Buchstaben verglichen. Es bestand kein Zweifel. Doch die altdeutsche Schreibschrift im Inneren machte ihr zu schaffen. Zwar hatte sie auch dafür etwas im Internet gefunden, allerdings keine Entsprechungstafel, sondern verschiedene Schriftbeispiele, in denen die Buchstaben leicht variierten. Und ihr schien es, als ob die Handschrift im Buch eine weitere Möglichkeit zur Ausführung der Schriftzeichen darstellte. Deshalb war sie sich bei vielen Buchstaben nicht sicher, ob sie sie richtig deutete. Hinzu kam, dass manche Seiten derart verblasst waren, dass sie mehr raten als lesen musste.

Sie nahm das Buch auf. Vielleicht sollte sie erst einmal herausfinden, was die mutmaßlichen Initialen bedeuteten. Könnte sein, dass das bereits mit einem Anruf bei ihrem Vater erledigt war.

Dass es möglich war, den Text im Innern zu entziffern, bewies das lose Blatt. Dafür würde sie aber möglicherweise einen Experten hinzuziehen müssen.

Sie hatte sich die Schilderung noch einmal durchgelesen. Darin wurden zwar auch Gefühle und Gedanken des Erzählers beschrieben. Doch von denen, die sie empfangen hatte, worin es um eine Situation in einem Gasthaus ging, war kein Wort zu finden.

Okay, genug für heute. Sie wollte noch einmal nach Timo sehen und dann ins Bett gehen. Der morgige Sonntag war ein guter Tag, um ihren Vater anzurufen.

Am nächsten Morgen holte Timo sie früh aus dem Schlaf. Nach dem Frühstück war für ihn mal wieder ein Bad fällig. Während er in der Badewanne planschte, kümmerte sich Editha um die Wäsche. Auf diese Weise war ein großer Teil des Vormittags verstrichen, als sie Timo zu seinen Spielfiguren auf den Boden setzte und aus dem Augenwinkel sah, dass die rote LED ihres Telefons blinkte.

Siedendheiß fiel ihr ein, dass sie die Anzeige zur Mietersuche vergessen hatte. Durch die Ereignisse vom Vortag war sie völlig darüber hinweg gekommen. Mit Zettel und Stift bewaffnet hörte sie den Anrufbeantworter ab und notierte sich die Namen und Telefonnummern der Wohnungssuchenden. Insgesamt waren es vier, alles Männer. Anschließend rief sie die Interessenten an, führte kurze Gespräche über Miethöhe und andere Konditionen und vereinbarte für die kommenden Tage Besichtigungstermine.

Dann war es höchste Zeit für das Mittagessen und als sie Timo für seinen Mittagsschlaf im Bett hatte, kam der nächste Schock: Sie musste sich für den folgenden Tag noch überlegen, was sie mit der Karategruppe machen wollte und für den Artikel, den sie für die Zeitung schrieb, musste sie zumindest noch recherchieren. Das wollte sie eigentlich alles am Samstag erledigt haben.

So kam es, dass für das Telefonat mit ihrem Vater keine Zeit mehr blieb.

Am Donnerstag waren die letzten beiden Besichtigungstermine der Einliegerwohnung relativ kurz hintereinander. Als sie den einen Mietinteressenten gerade an der Haustür verabschiedete - ein älterer Herr, der sich nach 49 Ehejahren von seiner Frau getrennt hatte und nun eine neue Unterkunft brauchte - bückte sich schon der nächste zu der niedrigen Vorgartentür.

Die beiden Männer begegneten sich auf halber Strecke. Während der ältere Herr den anderen höflich grüßte, sah dieser sich nur geistesabwesend im Vorgarten um und schob dabei seine Brille die Nase hoch. Der Mann sah ein wenig kauzig aus: Er mochte wohl Anfang 40 sein, soweit man das erkennen konnte. Denn sein Gesicht war größtenteils durch langes, wirres Haar und einem ebenfalls langen, ungepflegten Bart verdeckt, beides leicht ergraut. Weit in die Stirn hatte er eine verblichene grüne Stoffmütze gezogen, auf der in gelben Buchstaben »Nix darunter!« stand.

»Wäre die Nutzung des Vorgartens mit inbegriffen?«, fragte er, als er bei Editha angekommen war, ohne sie anzusehen. Dabei zog er ein Stofftaschentuch aus der Hosentasche seiner zerbeulten Cordhose und schnäuzte hinein. Er steckte das Taschentuch wieder weg und wischte sich die Hände an der beige-farbenen Regenjacke ab.

»Darüber könnte man sich sicherlich einigen«, antwortete Editha. Sie bot ihm die Hand zum Gruß und nahm sich vor, diese nachher gründlich zu waschen. Glücklicherweise schien der Mann von normalen Gebräuchen der

Höflichkeit nichts zu halten. Ihre Hand ignorierend sah er sich weiterhin um und nickte dabei, als fühlte er sich in etwas bestätigt.

Editha räusperte sich verunsichert.

»Äh ... mein Name ist Editha Riekmüller. Ich bin die Vermieterin der Wohnung.«

Nun sah er sie flüchtig an und fuhr dann gleich mit der Betrachtung des Hauses fort.

»Schön, schön. Kann ich mir die Wohnung jetzt mal ansehen?«

»Äh ... ja, folgen Sie mir bitte.«

Sie führte den komischen Kauz durch den Hausflur und die Treppe hinauf in den großen Raum, dessen Zustand nicht verändert war, seit sie hier aufgeräumt hatte. Die Möbel warteten immer noch darauf, in die Mitte gerückt zu werden, damit das Zimmer renoviert werden konnte. Dafür brauchte sie Hilfe, die sie bisher nicht hatte. Mit der Renovierung wollte sie ohnehin erst beginnen, wenn sie einen Mieter hatte: Je später sie das Geld investierte, desto besser.

Der Kauz lief durch den Raum, die Arme hinter dem Rücken verschränkt, betrachtete die Wand, sah aus dem Fenster und nickte fortwährend vor sich hin.

»Das soll das Wohnzimmer werden«, begann Editha. »Das wird selbstverständlich noch reno...«

»Wo ist das Bad?«, unterbrach er sie.

Vielleicht sollte sie einfach gar nichts mehr sagen, dachte Editha.

Sie drehte sich um und schritt Richtung Badezimmer voran, der Kauz kam hinterher. Dort angekommen wiederholte sich die Prozedur von vorher, ebenso im Schlafzimmer und in dem Raum, der die Küche werden sollte. Editha verzichtete auf irgendwelche Erklärungen und hoffte, dass das bald vorbei war. Diesen komischen Typen wollte sie als Untermieter eigentlich gar nicht haben.

»Wie hoch soll die Miete sein?«, fragte er schließlich.

Editha nannte ihm einen Betrag, der weit über das hinausging, was sie den anderen Interessenten gesagt hatte. Er nickte wieder, dieses Mal mit geschlossenen Augen. Eine ganze Weile.

»In Ordnung, ich nehme sie.«

Editha war verdutzt. Damit hatte sie jetzt nicht gerechnet.

»Äh ... ja, aber«, stotterte sie. »Ich ... äh ... muss mir in Ruhe überlegen, für welchen Interessenten ich mich entscheide.«

Der Kauz kehrte ihr den Rücken zu und ging die Treppe hinunter.

»Ich melde mich Anfang nächster Woche bei Ihnen«, sagte er. »Bis dahin werden Sie sich ja wohl entschieden haben.«

Er verließ das Haus. Die Haustür ließ er offenstehen.

»Von diesen Bedingungen, von denen ich gehört habe, haben Sie mir vorher aber nichts gesagt! Das ist eine Ungeheuerlichkeit, ja, eine Unverschämtheit.«

Im nächsten Moment hörte Editha den Freiton. Verwundert sah sie das Telefon an, als hätte dieses sich merkwürdig benommen und nicht der Mietinteressent, den sie gerade angerufen hatte. Was war denn in *den* gefahren? Was meinte der mit »Bedingungen«? Und wo hatte er davon gehört?

Na ja, jedenfalls konnte sie diese Reaktion getrost als Absage interpretieren. Und damit hatten, bis auf den komischen Kauz, alle Interessenten abgesagt. So wütend war dabei allerdings nur der letzte gewesen. Die anderen hatten einigermaßen plausible Begründungen parat: Die Lage gefiel nicht, die Zimmeraufteilung erschien ungünstig oder die Wohnung sagte allgemein nicht zu. Als wahren Grund vermutete Editha, dass sie mit dem Preis vielleicht zu hoch rangegangen war.

Die Zeit lief ihr davon. Sie würde halt den Kauz als Mieter annehmen. Schließlich sollte er ja nicht mit ihr in den gleichen Räumen leben. Die Miete, die er bereit war zu zahlen, würde sie für manches entschädigen. Sie hoffte, dass er sich allmählich meldete, damit alles unter Dach und Fach gebracht werden konnte. Dann musste sie die Renovierung wohl doch bald starten.

1788

Den ganzen Vormittag über hatte Jacob bei der Arbeit in der Mühle die Zähne zusammengebissen. Die Schmerzen durch die Blessuren vom Vorabend machten ihm ziemlich zu schaffen, aber er wollte sich nicht vorwerfen lassen, dass er nicht ordentlich arbeitete. Besonders der Rücken tat ihm höllisch weh, dort wo er in der Schenke gegen den Pfeiler geprallt war. Zum Glück war heute Friedhelm da, um sich seinen Tagelohn zu verdienen. Dann fiel es wahrscheinlich nicht auf, wenn er sich zwischendurch eine Pause gönnte.

Die Mittagspause verbrachten sie draußen. Es war ein warmer Märztag, der die Hoffnung auf den Frühling stärkte. Sie setzten sich auf größere Steine am See und aßen ihre Brote.

Jacob bemerkte irgendwann, dass Herold ihn betrachtete, und sah ihn deshalb fragend an.

»Du hast Schmerzen durch diesen Vorfall gestern Abend?«, fragte Herold.

Er hatte es also doch mitbekommen. Jacob erwog, ihm von dem Überfall beim Lappan zu erzählen, es fiel ihm dafür aber kein Grund ein.

»Viel mehr Kopfschmerzen bereitet mir eigentlich immer noch das, was dieser Kerl gesagt hat. Was sollte das bedeuten?«

Herold wandte den Blick ab und kaute weiter sein Brot.

»Was meinst du?«, brachte er endlich zwischen zwei Bissen hervor.

»Du weißt doch genau, was ich meine.« Das Thema regte Jacob auf. Er musste aufstehen. »Er sagte, uns wäre irgendwas geblieben, das er uns auch wegnehmen will. Was sollte das heißen?«

Herold kaute wieder eine Weile, bevor er antwortete, den Blick auf einen Punkt auf dem See gerichtet.

»Gar nichts.«

Jacob fehlten die Worte. Hier stimmte etwas nicht. Herold sah ihn sonst immer an, wenn er mit ihm sprach und nun sah er geradezu angestrengt weg. Jacob wusste nicht, warum ihn dieses Thema so aufregte. Vielleicht, weil Herold für gewöhnlich so ehrlich war und man ihm an der Nasenspitze ansah, dass er gerade etwas verschwieg.

»Gar nichts? Und wieso bist du dann so merkwürdig?« Jacobs Stimme wurde lauter.

Jetzt sah Herold ihn grimmig an.

»Dieser Kerl hat Unsinn geredet. Er wurde von mir gedemütigt, und er wollte es mir heimzahlen, mehr nicht.«

Jacob musterte ihn. Stimmte das? Oder wich Herold ihm nur aus?

Friedhelm begriff mit seinem begrenzten Verstand nicht, was los war. Einen großen Bissen Brot in der Backe sah er staunend vom einen zum anderen.

»Mit deinen Schmerzen musst du heute nicht weiter in der Mühle arbeiten«, sagte Herold. »Wir brauchen noch einige Lebensmittel. Heute ist Markttag. Geh' du hin und mache unsere Besorgungen.«

Friedhelm fing an zu grinsen.

»Oh ja, darf ich mit?«

»Dich brauche ich hier.«

Herold steckte den letzten Bissen in den Mund, stand auf und ging wieder zur Mühle rüber. Friedhelm machte ein muffeliges Gesicht und folgte ihm. Jacob blieb noch kurz sitzen und sah ihnen nach.

Wahrscheinlich hatte Herold recht: Rosas Bruder war einfach nur in seinem Stolz verletzt gewesen und hatte irgendeinen Unfug dahergeredet.

Als Jacob mit dem Sack voller Lebensmittel vom Markt kam, ging er nicht in die kürzere Achternstraße, um direkt nach Hause zurückzukehren, sondern in die Langestraße, und bog hinter dem Rathaus gleich wieder ab. Er wollte noch zur Nikolai-Kirche, um Pastor Gabriel zu besuchen. In seiner Hasenfelltasche befand sich neben den Schreibutensilien die Arbeit der letzten Tage. Dazu wollte er gerne die Meinung des Pastors hören.

Wenn man es genau nahm, war der Pastor sein einziger Freund. Friedhelm war zwar auch so etwas wie ein Freund, aber ihn konnte er nicht richtig zählen, denn er war geistig zurückgeblieben. Der Pastor jedoch war ein Mann mit Verstand. Und vor allem jemand, dessen Meinung für sein Schreiben sehr wertvoll war, denn er war schließlich Mitglied der Literarischen Gesellschaft Oldenburgs. Zu diesem erlauchten Kreis würde Jacob wohl nie gehören.

Er trat durch die stets geöffnete hölzerne Tür in die Kirche ein und ging in der Mitte durch die Reihen der Bänke hindurch. Er musste kurz an Rosa denken, weil er sie hier das erste Mal gesehen hatte. Bei der Tür zur Schreibkammer klopfte er an und betrat nach der Aufforderung das kleine Zimmer.

»Ach, du bist es«, sagte der Pastor, der an seinem Schreibtisch saß. »Ich bin gleich für dich da.«

Er wandte sich seinen Papieren zu und schrieb etwas auf.

Jacob setzte sich auf einen Stuhl und holte seine eigenen Papiere hervor. Er hatte sie mit einem Bindfaden fein säuberlich zusammengebunden. Diesen kleinen Stapel legte er auf eine freie Stelle des Schreibtischs.

Inzwischen war der Pastor mit seiner Arbeit soweit fertig, dass er Zeit für Jacob hatte.

»Hast du mir wieder etwas zum Lesen gebracht?«, fragte er.

»Ja, Pastor. Sie werden staunen, wie die Geschichte weitergeht.«

Jacob war stolz auf sein Werk. Aber er hatte auch ein wenig Angst vor dem Urteil des Pastors. Er war immer sehr ehrlich und Jacob hatte so manches Mal heftige Kritik über sich ergehen lassen müssen.

»Ich freue mich schon darauf, sie zu lesen.«

Sie unterhielten sich noch ein wenig über den bisherigen Verlauf der Geschichte und dann über ein paar andere Dinge, bevor es so spät war, dass Jacob sich verabschieden musste. Schließlich wollte er nicht schon wieder die Passage durch das Stadttor bezahlen müssen.

Dieses Mal ging er ohne Umwege direkt nach Hause.

Was ...?

»Hier nimm. Da ist jemand in der Mühle. Komm schnell.«

Schlaftrunken griff er nach dem Knüppel, den Herold ihm hinhielt. Jacob saß bereits im Bett, begriff aber nicht, was los war. Es musste mitten in der Nacht sein. Herold hatte ebenfalls einen Knüppel in der Hand.

»Was ...? In der Mühle? Wer ist ...?«

»Das weiß ich nicht. Ich habe Lärm gehört. Nun beeil dich.«

Herold zog ihm die Decke weg und war schon auf dem Weg nach draußen. Jetzt dämmerte es allmählich bei Jacob. Er sprang aus dem Bett, stieg in seine Schuhe und stürzte, ansonsten nur mit seinem Nachthemd bekleidet, hinterher.

Herold war nur wenige Schritte vor ihm. Er eilte ihm nach, konnte aber nicht aufschließen, fiel sogar noch weiter zurück. Langsam verlor sich die Silhouette in der Dunkelheit. Jacob geriet aus der Puste und verwünschte innerlich den Müller, der vor langer Zeit sein Haus nicht direkt an der Mühle, deren Bauplatz ja wahrscheinlich windgünstig ausgewählt worden war, sondern am See haben wollte.

Kurz bevor er bei der Mühle ankam, hörte er Rufe. Zuerst Herolds Stimme, dann riefen sich zwei fremde Männerstimmen etwas zu. Anschließend erklangen Schritte in verschiedene Richtungen.

Er erreichte die Mühle, stolperte über einen am Boden liegenden Gegenstand, fing sich wieder und ging vorsichtig hinein. Es war niemand mehr dort.

Stattdessen fiel ihm, neben einem strengen Geruch, sofort auf, dass der Mahlstein nicht dort war, wo er hingehörte, sondern auf dem Boden lag. Er nahm eine Laterne und entzündete sie. Als er nacheinander alles ausleuchtete, erkannte er das ganze Ausmaß der Beschädigungen.

Die Ursache des Geruchs befand sich gleich neben dem Mahlstein auf dem Boden: Der Übeltäter hatte dort seine Notdurft verrichtet. Nach der Größe des Haufens zu urteilen, musste er lange damit zurückgehalten haben.

Neben dem Haufen wiederum lag ein längliches Stück Holz. Jacob brauchte eine Weile, bis er begriff, dass es sich dabei um den Hebel der Bremse handelte. Das Mehlrohr lag dort herum und viele Holzsplitter, die offenbar von den Getrieberädern stammten, denn die lagen ebenfalls auf dem Boden. Die Namen der Räder bekam Jacob ständig durcheinander: Eines war das Stockrad und eines das Stirnrad. Und dann gab es noch das Kammrad. Welche auch immer das waren, sie waren kaputt. Den Namen des riesigen, senkrechten Bauteils kannte Jacob: Das war die Königswelle. Auch dort hatten sich die Rabauken zu schaffen gemacht. Aber mehr als ein paar Macken, die wohl von Äxten stammten, hatten sie der Königswelle nicht beifügen können.

Als Jacob den Umfang des Schadens realisierte, wurde sogar ihm klar, dass die Mühle nicht mehr funktionieren konnte. Somit hatten sie jetzt keine Möglichkeit mehr, sich ihren Lebensunterhalt zu verdienen.

Er ging hinaus und fand einen Mühlenflügel auf dem Boden liegend. Darüber war er also gestolpert.

In einiger Entfernung sah er Herold auf einem größeren Stein sitzen, das Gesicht in die Hände gestützt. Ihm wurde klar, dass es für seinen Bruder noch viel schlimmer sein musste als für ihn. Beiden war die Mühle ein Mittel, um sich ihren Lebensunterhalt zu verdienen. Die Müllerei hatten sie von ihren Eltern gelernt. Etwas anderes konnten sie nicht. Aber für Herold war die

Mühle wesentlich mehr: Sie war sein Ein und Alles. Das war eine Sache, die Jacob nie verstanden hatte. Herold hatte immer für die Mühle gelebt. Wenn sie ihre normale Arbeit verrichtet hatten, arbeitete und flickte er noch an der Mühle herum. Und danach dachte er darüber nach, wie er sie weiter verbessern konnte. Er konnte sich beim besten Willen nicht ausmalen, wie sich sein Bruder jetzt fühlen mochte.

»Wer war das?«, fragte Jacob.

Es dauerte einen Moment, bis Herold antwortete, ohne seine Körperhaltung zu verändern.

»Ich weiß es nicht. Sie sind in verschiedene Richtungen geflohen. Ich musste mich für einen entscheiden und der ist mir entkommen. In der Dunkelheit konnte ich ihn nicht erkennen.«

Aber Jacob konnte sich denken, wer es war. Gestern war er zwei Mal Männern entkommen, die ihm nichts Gutes wollten. Und heute Nacht passierte das hier. Er konnte sich nicht vorstellen, dass das ein Zufall sein sollte.

Herold erhob sich ruckartig. Er machte ein grimmiges Gesicht.

»Irgendwann muss ich mir den Schaden ja ansehen«, sagte er.

Mit großen Schritten ging er an Jacob vorbei, nahm ihm dabei die Laterne aus der Hand und betrat die Mühle. Nach kurzem Zögern folgte Jacob ihm.

Jacob schritt neben seinem Bruder daher, über den Marktplatz auf das große, weiße Gebäude zu, und ihm war zugleich freudig und mulmig zumute. Einerseits war es das erste Mal in seinem Leben, dass er das Rathaus betreten würde. Von außen hatte er es ebenso oft gesehen, wie er den Marktplatz überquerte, und deshalb war er gespannt darauf, wie es von innen aussah. Ob es so prunkvoll war, wie er es sich vorstellte? Andererseits war der Anlass für diesen Besuch wenig erfreulich. Schließlich mussten sie melden, dass die Mühle zerstört war.

Herold wollte ihn dabei haben, falls es etwas aufzuschreiben gab. So gut sein Bruder in technischen Dingen auch war, wenn es um den Umgang mit der Feder ging, stellte er sich äußerst unbeholfen an. Also hatte Jacob Papier, Löschpapier, Tintenfass, einen Federkiel und noch einen als Ersatz in die Tasche gepackt, um Herold zu begleiten.

Kurz bevor sie bei den beiden Männern der Rathauswache ankamen, schaute Jacob an der Fassade des Rathauses hoch. Über dem Eingang zierte es auf halber Höhe das Oldenburger Wappen, direkt zwischen den zwei Fensterreihen. Und ganz oben zeichneten sich die drei dreieckigen, verzierten Dachausbauten vor dem mit Schleierwölkchen bedeckten Himmel ab.

Die Wachmänner sahen ihnen grimmig entgegen. Das gehörte bestimmt zu ihrer Aufgabe dazu. Ihre Röcke waren so weit zurückgeschlagen, dass die Griffe ihrer Degen zu sehen waren. Na, die würden sie bei Herold und ihm nicht brauchen.

»Guten Tag«, sprach Herold die beiden an. »Wir müssen in einer dringenden Angelegenheit jemanden sprechen, der entscheidungsbefugt ist. Am besten den Bürgermeister oder einen Ratsherren.«

Der linke Wachmann, dessen Antlitz eine enorm große Hakennase zierte, sah Herold geringschätzig an.

»Habt ihr einen Termin vereinbart?«, fragte er.

»Nein.«

Der Wachmann sah kurz seinen Kollegen an, der ziemlich stark schielte, sie lachten, wurden dann aber sofort wieder ernst.

»Ohne Termin werdet ihr nicht vorgelassen, oder glaubst du, jeder Dahergelaufene könne so einfach hier reinspazieren«, fuhr er Herold an. »Scher dich hier weg und nimm diesen Hänfling gleich mit.«

Jacob setzte zu einer frechen Erwiderung an, ein warnender Seitenblick seines Bruders hielt ihn jedoch davon ab. Herold war einen Kopf größer als die beiden Dummköpfe und wesentlich breiter gebaut. Doch dank seiner besonnenen Art, die ihnen in dieser Angelegenheit wahrscheinlich nützlicher war als Jacobs Temperament, antwortete er ruhig und gelassen.

»Wie ich schon sagte, ist es wichtig«, wandte sich Herold an die Hakennase. »Das Eigentum des Herzogtums Oldenburg ist zerstört worden.«

Nun wurden die Wachmänner hellhörig.

»Was meinst du damit?«

»Ich meine die Nordmühle. Jemand hat sie zerstört und wir sind hier, um über das Ausmaß des Schadens zu berichten.«

Hakennase fasste sich ans Kinn.

»Hm, ohne Termin kann ich euch auf keinen Fall vorlassen. Aber etwas so Schwerwiegendes muss natürlich berichtet werden. Ich werde einen Rathausdiener losschicken. Der soll zusehen, dass irgendein Amtsmann euch anhört. Wartet hier.«

Er drehte sich um, lehnte sich gegen die solide Tür bis diese aufschwang und betrat das Rathaus.

Ratsherr von Zölder saß an seinem Schreibtisch und ging die Liste der städtischen Einnahmen vom letzten Monat durch. Er verglich sie mit den Listen der Vormonate. Vielleicht ließ sich an der einen oder anderen Stelle zukünftig noch mehr herausschlagen. Seite um Seite blätterte er um, fuhr mit dem Zeigefinger an den aufgelisteten Fällen entlang und schaute sich die dazugehörigen Beträge an. Aber ihm fiel einfach keine Möglichkeit ein, seine persönlichen Einnahmen, die neben einigen Privilegien 45 Reichstaler jährlich betrugen, noch weiter zu erhöhen. Die Stirn voller Konzentrationsfalten flog der Blick fortwährend von einem Blatt zum anderen.

Als er nach etwa zehn Minuten das Ende einer Seite erreichte, hielt er inne. Er raufte sich die restlichen grauen Haare, die sich links und rechts von seiner Glatze befanden. Warum eigentlich musste er sich über solche Dinge noch Gedanken machen? Wollte er nicht schon längst so weit sein, dass er sich in einen Sessel zurücklehnen und bedienen lassen konnte? So weit, dass er das Sagen hatte und alle auf ihn hören mussten? Dass er nicht *ganz* nach oben kommen konnte, war ihm klar. Schließlich konnte er ja nicht Herzog werden. Doch zumindest zum Bürgermeister hätte es für ihn, Barthel von Zölder, ja wohl schon reichen können. Aber so lange er es noch nicht war, musste er nach Wegen suchen, dorthin zu kommen, und dafür konnte es nicht schaden, so viel Geld anzuhäufen, wie es nur ging. Nicht zuletzt weil die Zuwendung von Barschaften an die richtigen Stellen seinem bisherigen Karriereweg nicht geschadet hatte.

Gerade wollte er mit dem verdrießlichen Schaffen fortfahren, als es an der Tür klopfte. Zum Glück, jede Ablenkung war ihm jetzt recht. Er klappte die Mappe mit den Listen zu, setzte sich aufrecht hin und machte ein Gesicht wie jemand, der ungern gestört wurde.

»Ja, bitte«, rief er in einem ebensolchen Tonfall.

Einer der Rathausdiener trat ein. Wie hieß er noch: Hans, Hannes, Johannes? *Sei's drum*, warum sollte er sich die Namen dieser Leute merken? Wichtig war, dass sie den seinen wussten.

»Bitte verzeihen Sie die Störung, Herr von Zölder«, sagte er kleinlaut.

»Ja, ich hoffe für dich, dass du einen gewichtigen Grund dafür hast.«

Dem Rathausdiener war anzusehen, dass ihm nicht wohl war in seiner Haut. Von Zölder musste innerlich grinsen. Es war ja so einfach, diese Leute einzuschüchtern.

»Der liegt vor, denke ich.« Der Rathausdiener klang, als hätte er einen Kloß im Hals. »Draußen stehen zwei Männer, die einen Amtsmann sprechen möchten.«

»Wenn sie keinen Termin haben, bring sie zu irgendeinem Schreiber. Das ist doch wohl kein Grund, mich bei der Arbeit zu stören.«

»Das wollte ich ja. Aber die Schreiber sind nicht zugegen.«

»Nicht zugegen? Ja, und was soll ich dann daran ändern?«

Der Rathausdiener betrachtete ausgiebig die Spitzen seiner Schuhe.

»Nun ja, ich dachte, dass Sie vielleicht ...«

»Was erlaubst du dir? Ich habe viel zu tun und kann nicht einfach irgendwelche Trottel empfangen, die keinen Termin haben.«

»Das hat der Wachmann ihnen auch schon erklärt«, beeilte sich der Rathausdiener zu erwidern. »Aber dann erzählten sie von einer Zerstörung der Nordmühle und, dass sie von dem Schaden berichten wollen.«

»Die Details interessieren mich nicht«, schnauzte von Zölder. »Scher dich aus meiner Amtsstube hinaus.«

»Jawohl, Herr von Zölder. Ich bitte um Entschuldigung für die Störung.« Der Rathausdiener drehte sich um und bewegte sich in Richtung der Tür.

Die Nordmühle. Irgendetwas assoziierte von Zölder mit der Nordmühle. Was war noch damit? Ach, stimmt ja!

»Die Nordmühle sagst du?«, rief er dem Rathausdiener hinterher, der gerade die Tür schließen wollte. Er öffnete sie wieder und kam zurück in die Amtsstube.

»Ganz recht.«

»Wird die nicht von der Familie Riekhen bewirtschaftet? Und die wurde zerstört?« Ein Grinsen legte sich auf von Zölders Gesicht. »Nun, die Zerstörung vom Eigentum des Herzogtums ist natürlich eine wichtige Angelegenheit. Schicke sie zu mir rein.«

Der Rathausdiener guckte irritiert, wandte sich aber der Tür zu, um den Befehl auszuführen, als von Zölder etwas ergänzte. »Aber lass sie erst eine Stunde warten.«

Noch eine ganze Weile nachdem der Rathausdiener gegangen war, grinste von Zölder vor sich hin. Weiterhin grinsend legte er dann die Mappe mit den Listen der Einnahmen in die oberste Schublade des Schreibtisches und lehnte sich in seinen Stuhl zurück.

Von Zölder schreckte vom Klopfen an der Tür hoch. Er musste kurz eingedöst sein. Mit weit aufgerissenen Augen schüttelte er den Kopf. Jetzt wäre kaltes Wasser nicht schlecht, um munter zu werden. Es klopfte ein zweites Mal.

»Ja doch, herein bitte«, rief von Zölder ungehalten.

Bevor die Tür aufschwang, ergriff er hastig den Federkiel und legte vor sich auf den Schreibtisch ein Blatt Papier mit Notizen. Keine Sekunde zu früh, denn im nächsten Moment trat ein hakennasiger Wachmann ein, gefolgt von zwei jungen Männern und einem weiteren Wachmann, der so stark schielte, dass einem vom Anblick schwindelig werden konnte.

Das waren also Riekhens Söhne. Der Ältere hatte eine wahrlich hünenhafte Gestalt. Bestimmt zwei Meter groß, breit wie ein Schrank, Arme wie Baumstämme mit bratpfannengroßen Händen, doch der Gesichtsausdruck war sanft und besonnen. Er sah seinem Vater ganz und gar nicht ähnlich. Anders der jüngere Sohn, der ein Abbild seines alten Herrn war: klein, eher schmächtig und mit einem wilden, temperamentvollen Blick. Sogar die Haare ragten ihm lang und lockig ins Gesicht, ebenso wie es die seines Vaters früher taten.

Na, dachte von Zölder, dann kann der Spaß ja beginnen.

Er bemühte sich, so streng zu gucken, wie es ihm nur möglich war.

Eine und eine halbe Stunde hatten Jacob und Herold gewartet. Davon hatten sie eine Stunde in einer muffigen, kleinen Kammer ohne Fenster gestanden, bis Hakennase sie schließlich wieder abholte. Jacobs Kehle war ausgedörrt und seine Geduld längst aufgebraucht. Langes Warten war nichts für ihn.

Als sie ihnen durch die Flure folgten, konnte er das Gespräch der Wachmänner hören, obwohl sie nur flüsterten.

»Dieses Mal gehst du zuerst zu diesem Ekelpaket in die Amtsstube«, raunte Hakennase.

»Das könnte dir wohl gefallen«, erwiderte der Schielende ebenso leise.
»Aber das kannst du gleich wieder vergessen.«

»Warum soll ich immer derjenige sein, der sich von ihm zusammenschei-
ßen lassen muss?«

»Von ‚immer‘ kann gar nicht die Rede sein. Als wir die Nachricht über
den Fund der dritten Leiche überbringen sollten, war ich es, der sich von ihm
ausschimpfen lassen musste, weil er angeblich erst so spät davon erfuhr. Nein,
nein, du hast in dieser Angelegenheit angefangen und du führst es auch zu
Ende.«

Hakennase schimpfte leise vor sich hin.

»Was ist eigentlich mit dieser Leiche? Weiß man darüber schon etwas
Neues?«, fragte Schielauge.

Hakennase unterbrach sein Schimpfen.

»Woher soll ich das wissen?«, gab er muffelig zurück.

»Dein Schwager ist doch bei den Polizei-Dragonern. Hat der noch nichts
davon mitbekommen?«

»Ja, doch. Er sagt, dass man völlig im Dunkeln tappt. Genau wie bei den
ersten beiden Leichen. Man weiß nur, dass es keine Unfälle waren.«

»Woher?«

»Das kann man wohl feststellen. Die ersten beiden wurden erschlagen
und der letzte erwürgt, bevor sie in den Graben geworfen wurden. Das soll
der Bader jedenfalls gesagt haben.«

Interessant, dachte Jacob. Wie man das wohl feststellen konnte? Wahrscheinlich hinterließ das Erwürgen Verletzungen am Hals. Wenn das so war,
dann mussten sie kaum sichtbar sein, denn Jacob konnte sich nicht an irgendetwas Auffälliges am Hals des Toten erinnern.

Die Wachmänner blieben vor einer Tür stehen. Hakennase atmete einmal
tief durch und klopfte an. Als nach einer Weile immer noch keine Antwort
kam, klopfte er erneut an, woraufhin eine unwirsche Stimme von drinnen die
Erlaubnis zum Eintreten erteilte.

Als sie die Amtsstube betraten, war der Ratsherr dabei, etwas zu schreiben.
Er hob den Blick und musterte sie. Gewiss arbeitete er bereits seit Stunden,
so müde und verquollen wie seine Augen aussahen. Trotzdem wirkte sein
Blick herrisch, als er zuerst auf Herold und dann auf Jacob ruhte. Jacob

wandte den seinen nicht ab. Der Ratsherr sollte nicht glauben, dass er sich ihm unterlegen fühlte, nur weil er ein einfacher Müllergehilfe war.

Hakennase stellte sich an die rechte Seite und starrte die gegenüberliegende Wand an, der andere Wachmann blieb hinter ihnen stehen.

»Was höre ich da?«, sagte der Ratsherr, sich wieder an Herold wendend. »Ihr habt die Nordmühle zerstört, die euch vom Herzogtum und insbesondere der Stadt Oldenburg zur Bewirtschaftung zur Verfügung gestellt wurde?«

Jacobs Puls beschleunigte sich sofort. Welche Anschuldigung! *Sie* sollten sie zerstört haben? Was hatte dieser Esel von Rathausdiener dem Ratsherrn denn erzählt? Er hatte schon den Mund geöffnet, um ihm klar zu machen, welchen Unsinn er da von sich gab, als ihn ein neuer kurzer Seitenblick von Herold wieder davon abhielt.

»Guten Tag, Herr von Zölder«, sagte Herold. Woher kannte er den Namen des Ratsherren? Vielleicht stand der draußen an der Tür und Jacob hatte ihn nur nicht bemerkt. »Sie sind, was die Mühle betrifft, womöglich falsch informiert worden. Nicht wir haben sie zerstört. Das wäre auch nicht in unserem Interesse gewesen, weil sie uns schließlich ernährt. Nein, es waren andere Männer«, erklärte Herold ruhig.

»So, so! Und woher soll ich wissen, ob du mir auch die Wahrheit sagst?« Darüber hätte Jacob wohl lachen können: Herold sollte lügen? Nie und nimmer. Der war stets absolut ehrlich, sogar wenn es zu seinem eigenen Nachteil gereichte. Da war Jacob eher jemand, der es mit der Wahrheit nicht immer ganz genau nahm. »Vielleicht habt ihr die Mühle ja durch ein Missgeschick zerstört«, fuhr von Zölder fort, während er um seinen Schreibtisch herum auf sie zukam, »und wollt euch jetzt mit diesen Lügen aus der Verantwortung herauswinden.«

Das war nun wirklich zu viel. Jacob machte zwei Schritte auf den Ratsherren zu, sodass die beiden sich unmittelbar gegenüber standen.

»Wie reden Sie eigentlich mit meinem Bruder?«, schimpfte er. »Wissen Sie nicht, dass ...?«

Weiter kam er nicht. Der Ratsherr hatte Hakennase ein Zeichen gegeben und im nächsten Moment war dieser bei ihm, drehte seine Arme auf den Rücken und hielt ihn fest. Jacob spürte eine Bewegung seines Bruders, doch im gleichen Augenblick hörte er am metallischen Klang, dass der andere

Wachmann seinen Degen aus der Scheide zog, was Herold sofort innehalten ließ. Auch Jacob unterließ seine Befreiungsversuche.

Auf dem Gesicht des Ratsherren bildete sich ein hämisches Lächeln. Mit den Händen hinter dem Rücken stolzierte er auf Jacob zu und blieb dicht vor ihm stehen.

»Wie ich mit deinem Bruder rede?«, sagte er. »Ich rede mit ihm so, wie es mir beliebt.« Er sah Jacob in die Augen. »Ts, ts, ganz der Vater. Immer gleich so aufbrausend.«

Ganz der Vater? Der Ratsherr kannte seinen Vater? Jacob selbst hatte ihn nie kennengelernt, weil seine richtigen Eltern beide kurz nach seiner Geburt bei einem Unfall gestorben waren.

»Auch ansonsten siehst du Diether Riekhen sehr ähnlich. Er war vor 20 Jahren ein genauso kleines, mageres Bürschchen«, fügte von Zölder hinzu.

Er meinte also tatsächlich seinen Vater. Jacob war so überrascht, dass er sogar die Schmerzen in seinen Armen nicht mehr spürte, die der Wachmann ihm zufügte. Er hatte noch nie jemanden getroffen, der seinen Vater kannte.

»Zu dumm, dass es so ein Ende mit ihm genommen hat«, raunte er Jacob zu und hatte dabei ein hässliches Grinsen im Gesicht.

»Uns ist aber kein Missgeschick passiert«, versuchte es Herold weiterhin mit Vernunft. Jacob sah ihm an, dass selbst er sich dazu enorm zusammen-reißen musste. »Es waren andere Männer, die letzte Nacht in die unbewachte Mühle einbrachen und sie zu einem großen Teil zerstörten.«

Von Zölder wandte sich wieder Herold zu.

»Und welche anderen Männer sollen das gewesen sein?«

Herold sah zu Boden.

»Das wissen wir nicht. Wir haben zwar eine Vermutung, aber beweisen können wir es nicht.«

»Unterlasse es ja, aufgrund von Vermutungen, irgendwelche Männer zu beschuldigen. Das würde euch ohnehin nichts nützen. Selbst, wenn ich euch eure Geschichte glauben würde, was ich nicht tue, hättet ihr es versäumt, die Mühle ausreichend gegen einen Einbruch zu sichern und zu bewachen. So oder so, ich laste *euch* die Zerstörung der Mühle an.« Von Zölder schritt hin-ter seinen Schreibtisch zurück. »Deshalb bestimme ich hiermit, dass ihr die Mühle wieder zum Funktionieren bringen müsst. Wie, ist mir egal. Lasst euch etwas einfallen. Alles geht auf eure Kosten und den Pachtzins müsst ihr trotzdem weiter bezahlen. Und nun seht zu, dass ihr hier rauskommt.«

Nach diesen Worten schubste Hakennase Jacob in Richtung Tür und ließ ihn dabei los. Jacob rieb sich die schmerzenden Arme.

»Aber wie sollen wir das denn bezahlen?« Herold klang verzweifelt. »Nicht nur, dass wir mit der Mühle keine Einnahmen erzielen können, wir müssen auch noch Material für den Wiederaufbau kaufen und die Gebühren aufbringen.«

»Das ist ganz allein euer Problem. Nehmt halt eine weitere Arbeit an, damit ihr das finanzieren könnt. Mir ist nur daran gelegen, dass das Herzogtum und die Stadt durch eure Schuld keinen Nachteil erfahren.«

Von Zölder sah die Wachmänner an und machte eine nickende Kopfbewegung zur Tür. Hakennase fasste nun ebenfalls seinen Degen am Griff, ohne ihn herauszuziehen, und drängte sie zusammen mit dem anderen Wachmann zum Ausgang.

So kann man sich täuschen, dachte Jacob. Vor einer Stunde war er noch in dem Glauben, dass die Wachmänner ihre Waffen bei ihnen nicht brauchen würden. Nun hatten beide ihre Degen angefasst. Und von Prunk hatte er gar nichts gesehen in den Gängen, die zu der Amtsstube führten.

HEUTE

Der Zeitungsartikel für die Sonderausgabe war fast fertig, der Mietvertrag unterschrieben, die Handwerker bestellt. Timo war satt und machte seinen Mittagsschlaf. Sie hatte sich einen Tee bereitet und saß mal wieder am Schreibtisch.

In den letzten Tagen fiel ihr immer wieder ein, dass sie ihren Vater wegen des Buches noch nicht angerufen hatte. Sie hatte sogar schon überlegt, ob sie dieses Telefonat aus einem bestimmten Grund unbewusst ständig verschob, weil sie es vielleicht nicht führen wollte. Aber der einzige Grund, der ihr einfiel, war, dass sie womöglich ihre Mutter am Apparat haben könnte, mit der sie ganz und gar nicht sprechen wollte. Und das ließ sich leicht umgehen, indem sie ihren Vater auf seinem Handy anrief.

Also nahm sie das Telefon und wählte seine Mobil-Nummer. So wie sie ihn kannte, drückte er sich gerade vor der Gartenarbeit, indem er vorgab, noch etwas für das Büro tun zu müssen, und saß ebenfalls an seinem Schreibtisch.

»Hallo, meine Kleine«, vernahm sie nach zwei Klingeltönen seine warme Stimme. »Wir haben uns schon gefragt, wann du mal anrufst.«

Typisch: Ihre Eltern erwarteten immer, dass sie sich bei ihnen meldete. Umgekehrt kam es nicht in Frage.

»Hallo Papa. Ich hatte viel zu tun. Aber du hast ja auch meine Nummer für den Fall, das etwas anlag.«

»Okay, okay, ich habe schon verstanden. Erzähl schon, wie geht es euch alleine im großen Haus.«

Eine Weile brachten sie sich gegenseitig auf den neuesten Stand. Dann kam Editha zum eigentlichen Grund ihres Anrufs und sie berichtete dafür zunächst vom Fund des Buches. Sie beschrieb es ihm, so ausführlich wie möglich.

»Ich könnte dir auch ein Foto senden.« Sie hatte ihr Handy schon in der Hand und rückte das Buch auf dem Schreibtisch zurecht. Im nächsten Moment war das Foto unterwegs.

»Kannst du machen, aber ich glaube, dass ich dieses Buch noch nie gesehen habe,« meinte ihr Vater. »Ah, da ist das Bild ja. Nein, nie gesehen. Und auch die Initialen sagen mir nichts. Das ‚R‘ könnte natürlich für unseren

Nachnamen stehen, aber ich kenne keinen aus unserer Familie, dessen Vorname mit ,J' begann.«

Editha seufzte enttäuscht.

»So ein Mist. Ich hatte so gehofft, dass du darüber etwas weißt.«

»Na ja, ein wenig weiß ich schon. Die Truhe, die du gerade beschrieben hast, die kenne ich. Die hat dein Opa gehütet, wie seinen Augapfel, wir Kinder durften dort nie ran. Sie ist ein altes Familienerbstück und ich weiß, dass er darin andere Erbstücke aufbewahrte.«

»Das Buch ist also von einem unserer Vorfahren?«

»Darauf deutet alles hin.«

»Hm, hast du nicht irgendwelche Unterlagen? In Familienbüchern, oder so?«

»Nein, so weit reicht das nicht zurück. Ich kann dir Unterlagen über Oma und Opa schicken, aber von deinen Urgroßeltern habe ich schon nichts mehr. Die Namen weiß ich natürlich, die sende ich dir am besten mit. Die weitere Recherche müsste für dich als Journalistin ja ein Leichtes sein.«

Sie verabredeten, dass er die Unterlagen scannen und per Mail senden würde, und verabschiedeten sich.

Als ob er nichts anderes zu tun gehabt hätte, fand Editha eine halbe Stunde später seine Nachricht im Postfach ihres Mailprogrammes. Sie umfasste sämtliche Familienbucheinträge bis hin zu ihren Großeltern.

In der Zwischenzeit hatte sie mit einer Suchmaschine im Internet herausgefunden, wie sie ihre Urgroßeltern ermitteln konnte. Es gab einige Seiten über Ahnenforschung, die darüber umfassend informierten. Sie musste sich dazu an das Standesamt wenden, weil dort seit Ende des 19. Jahrhunderts alle Geburten, Eheschließungen und Sterbefälle registriert wurden. Bevor Timo wieder aufwachte, schaffte sie es noch gerade, einen Brief an das Standesamt zu schreiben, in dem sie um die Daten ihrer Urgroßeltern bat. Dafür konnte sie sich von einer Internetseite ein Musterschreiben herunterladen. Zur Identifizierung gab sie die Namen an, die ihr Vater ihr gesendet hatte, und die Daten ihrer Großeltern aus dem Familienbuch. Zur Sicherheit sendete sie noch einige der gescannten Seiten mit.

Zwei Tage später erhielt sie eine Mail vom Standesamt, in der um die Überweisung der Gebühr gebeten wurde. Das erledigte sie umgehend. Ein

58

paar weitere Tage danach kam dann die Post mit den gewünschten Auszügen aus den Akten. Sie enthielten die Daten ihrer Urgroßeltern und den Hinweis, dass die Aufzeichnungen nur bis in das Jahr 1876 zurückreichten und man ihr deshalb über frühere Vorfahren keine Auskunft geben könnte. Dafür riet man ihr, sich an die zuständige Kirchengemeinde zu wenden. Ihr fiel ein, dass sie auf den Internetseiten, die von der Ahnenforschung handelten, auch davon gelesen hatte, dass man sich in bestimmten Fällen an die Kirchengemeinde wenden solle.

Doch das musste warten, denn im nächsten Moment klingelte das Telefon.

»Gruning hier, vom Antiquariat Gruning«, meldete sich eine fremde Stimme. »Sie haben auf meinem AB um Rückruf gebeten?«

Editha hatte ebenfalls über das Internet und mit ein paar Telefonaten versucht herauszufinden, wer ihr bei der Übertragung der altdeutschen Schrift aus dem Buch in lateinische Buchstaben helfen könnte. Das Antiquariat Gruning fiel ihr dabei an mehreren Stellen auf. Leider war keiner da, als sie dort anrief, also hatte sie auf den Anrufbeantworter gesprochen.

»Ja, vielen Dank dafür. Mein Name ist Riekmüller. Ich habe hier ein altes Buch. Das ist in einer Schrift verfasst, die ich nicht lesen kann, vermutlich altdeutsch. Ich habe im Internet gelesen, dass Sie sich damit auskennen. Ist das richtig?«

»Das ist mein Spezialgebiet, ja.«

»Wäre es möglich, dass Sie sich das Buch mal ansehen?«

Sie vereinbarten für den Nachmittag einen Termin und verabschiedeten sich wieder.

Editha sah kurz nach Timo, der auf dem Wohnzimmerfußboden mit seinen Autos spielte, und ging dann ins obere Stockwerk, um sich über den Fortschritt der Renovierungsarbeiten zu informieren. Der Maler und sein Auszubildender waren dabei, die Unebenheiten in den Wänden mit Spachtelmasse auszugleichen. Irgendwie hatte sie den Eindruck, dass die Arbeiten noch ewig dauern würden. Hier konnte sie jedenfalls nichts ausrichten, also begab sie sich wieder in ihr Arbeitszimmer, um den Artikel zu Ende zu schreiben.

Das Antiquariat hatte eine Schaufensterscheibe, hinter der einige alte Bücher ausgestellt waren. Alles sah ein wenig altmodisch aus, als wäre die Zeit hier vor drei Jahrzehnten stehengeblieben. So auch die Eingangstür: Der Holzrahmen sah verblichen aus, die Scheibe war teilweise blind und dort, wo man hindurchsehen konnte, erblickte man dahinter einen Vorhang, der wohl früher einmal weiß gewesen war und jetzt schmuddelig grau aussah.

Als Editha die Tür öffnete, betätigte sie mit ihr eine kleine Ladenglocke, die ihre Ankunft ankündigte.

»Eine Glocke«, sagte Timo, der ihr an ihrer Hand folgte.

Sie traten ein und ihnen schlug ein muffiger Geruch entgegen, so wie sie es in einem Geschäft mit alten Büchern erwartet hatte. Ringsherum waren Regale, in denen von oben bis unten Buchrücken zu sehen waren. Dazwischen standen mehrere Ausstellungstische mit Stapeln von weiteren Exemplaren.

Editha schloss die Tür, wodurch sie die Glocke erneut zum Klingen brachte. Timo sah zu der Quelle des Geräuschs hoch und war sichtlich über den hellen Klang erfreut.

Von dem Läuten angelockt, betrat ein Mann den Verkaufsraum. Editha ging davon aus, dass das Herr Gruning war. Das erste, was ihr an ihm auffiel, war, dass er offenbar ziemlich alt war, bestimmt über siebzig, aber dafür einen sehr fitten Eindruck machte. Mit einem dynamischen Gang kam er auf sie zu und bewegte sich dabei, als wären ihm orthopädische Probleme fremd. Aus seinen kurzen Hemdsärmeln ragten muskulöse Unterarme, wie sie sie von ihren männlichen Karate-Kollegen kannte, und der Rest seines Oberkörpers sah ebenfalls breit und muskelbepackt aus. Sein akkurat gestutzter grauer Vollbart war etwa genauso lang wie die grauen Haare, die allerdings nicht mehr ganz so flächendeckend vorhanden waren. Er hatte eine Halbbrille auf der Nasenspitze sitzen und die Lachfalten seiner Augenpartie, die Editha darüber sehen konnte, machten ihn gleich sympathisch.

»Moin, wie kann ich helfen?«, fragte er.

»Wir hatten telefoniert. Sie wollen sich mein Buch ansehen.«

Sie holte den braunen Einband aus der Tasche und hielt ihn hoch.

»Ach, die altdeutsche Schrift.« Er nahm ihr das Buch aus der Hand und betrachtete die Buchstaben auf dem Deckel. »J. R.? Initialen? Wissen Sie, was die bedeuten?«

»Noch nicht, aber ich bin dabei, es herauszufinden.«

»Hm, und *du* weißt wohl auch nicht, was das heißen soll, oder?«

Er bückte sich zu Timo herunter, der sich schnell zur Hälfte hinter ihrem Rücken versteckte und nur ein scheues »Nein« hervorbrachte.

Gruning erhob sich schmunzelnd.

»Na, dann kommen Sie mal mit nach hinten durch, damit ich mir das Buch genauer ansehen kann.«

Er drehte ihr den Rücken zu, wieder ganz in der Betrachtung des Einbandes vertieft, und ging durch einen Vorhang voran ins Hinterzimmer. Editha folgte ihm mit Timo.

Als sie durch den Vorhang traten, saß der Mann bereits an einem Schreibtisch und zog ein Vergrößerungsglas heran, das mit einer verstellbaren Halterung, wie bei einer alten Schreibtischlampe, an den Tisch angebracht war. Damit betrachtete er eine ganze Weile das Äußere des Einbandes. Falls er etwas dabei feststellte, ließ er es sich nicht anmerken, und er äußerte sich auch nicht dazu.

Dann schlug er das Buch auf, blätterte auf die erste beschriebene Seite und   betrachtete   sie.

»Oh, nein«, sagte er und blätterte weiter, überblätterte ein paar verblasstere Seiten und sagte wieder »oh, *nein*«.

Editha verließ ihre ganze Hoffnung. Dann würde sie wohl nicht erfahren, was in dem Buch stand. Vielleicht war deshalb nur der eine Abschnitt übertragen worden, weil der Rest nicht leserlich war.

»Dann ist demnach also nichts zu machen? Sie können die Schrift nicht in lateinische Buchstaben übertragen?«

Gruning sah sie überrascht an.

»Wie bitte? Nein. Doch. Natürlich kann ich die Schrift übertragen. Ich kann nur gar nicht glauben, was Sie mir hier für ein Schmuckstück gebracht haben. Das ist ja eine ganz hervorragende, alte Schrift.«

Edithas Hoffnung kehrte zurück, ihr Herz machte einen Hüpfer.

»Dann können Sie sie lesen?«

»Aber ja doch. Das ist Kurrentschrift, eine Laufschrift, die bis Anfang des 20. Jahrhunderts in Deutschland verwendet wurde. Der Verfasser dieser Zeilen hat zwar eine - sagen wir mal - etwas eigenwillige Schrift und manche

Buchstaben werden auch noch unterschiedlich ausgeführt, aber sie ist absolut lesbar.«

»Und die verblichenen Seiten? Die kann man wohl vergessen, oder?«

»Nein, überhaupt nicht. Da gibt es Methoden, den Kontrast wieder zu vergrößern. Das kriege ich hin.« Er klappte das Buch zu und besah es sich von der Seite. »Allerdings dauert das eine Weile und dementsprechend wird das auch kein billiger Spaß. Dieser Schinken hat bestimmt 500 Seiten. Wenn ich die alle übertrage, wird der Preis so um die 1.000 Euro betragen, vielleicht etwas weniger.«

Die gerade aufgekeimte Freude verpuffte wieder.

»Oh, nein! Unmöglich, das kann ich mir nicht leisten.«

Sie dachte an die ganzen Rechnungen auf ihrem Schreibtisch. Auf keinen Fall konnte sie sich weitere Schulden aufladen. Dabei hätte sie so gerne gewusst, was in dem Buch stand. Was es mit diesen Visionen auf sich hatte.

Gruning musste ihr die Enttäuschung angesehen haben. Fast mitleidig schaute er zu ihr hoch.

»Pass auf, Mädchen, ich mach´ dir einen Vorschlag: Ich übertrage erst mal ein paar Seiten, sagen wir mal die ersten zehn. Danach kannst du es dir immer noch überlegen, ob ich weiter machen soll. Was hältst du davon?«

Dieser Vorschlag war vielleicht gar nicht so schlecht. Ein paar Seiten würde sie sich leisten können.

»In Ordnung. Wann haben Sie das fertig?«

»Hm, das muss ich nebenbei machen. Zwei, drei Tage werde ich wohl brauchen. Ich melde mich, wenn ich fertig bin.«

1788

Das Aufräumen der kaputten Mühle dauerte länger, als Jacob gedacht hatte. Er hatte das gesamte Ausmaß des Schadens nicht ansatzweise erkannt, als er ihn das erste Mal gesehen hatte. Im Nachhinein fanden sie noch unzählige Beschädigungen und herumliegende Bauteile. Und nicht alles ließ sich so einfach beseitigen, wie der Haufen Scheiße. Sie brachten einige Tage damit zu, verkeilte Holzstücke aus den Getrieben zu entfernen, immer vorsichtig, um die noch brauchbaren Bauteile dabei nicht zu beschädigen. Die kaputten Teile sammelten sie hinter der Mühle. Die wollten sie zunächst behalten, falls sie teilweise bei der Reparatur zum Ausbessern verwendbar waren.

Heute Morgen hatte ein Bote der Stadt ein Schreiben überbracht. Darin wurde ihnen noch einmal mitgeteilt, was der Ratsherr von Zölder im Rathaus bereits gesagt hatte: Sie sollten die Mühle wieder aufbauen, auf ihre eigenen Kosten und bei weiter laufendem Pachtzins. Es wurde erneut ausdrücklich betont, dass es für die Stadt Oldenburg unerheblich war, wie sie das anstellten. Der amtliche Stempel unter dem Schreiben grinste Jacob höhnisch an, nachdem er Herold vorgelesen hatte.

In einer Pause – sie hatten gerade die Aufräumarbeiten abgeschlossen und wollten mit dem Wiederaufbau anfangen – begann Herold wieder von dem Brief zu sprechen.

»Dieser verdammte Ratsherr«, sagte er, bestimmt bereits zum zehnten Mal. »Ich bin mir nicht sicher, ob der das überhaupt so einfach bestimmen darf.« Und nach einer kurzen Pause. »Aber was wollen wir dagegen tun?«

Jacob kaute weiter auf seinem Brot und antwortete nicht. Die Frage hatte Herold schon mehrfach gestellt. Sie war nicht an Jacob gerichtet.

»Wir werden uns nach Arbeit umsehen müssen.«

Jacob horchte auf. Das war seit der Zerstörung der Mühle das erste Zukunftsweisende, das Herold von sich gab. Aber Jacob erkannte sogleich einige Probleme, die dieses Vorhaben mit sich brachte.

»Nach was für Arbeit? Wir können doch nichts anderes außer der Arbeit des Müllers.«

»Oh, das glaube nicht. Ein Müller kann so manches. Ich habe erfahren, dass die Gerber noch Leute suchen. Notfalls müssen wir uns halt als Tagelöhner verdingen.«

Als Gerber! Jacob hatte schon viel von dieser Arbeit gehört. Schwere Tierhäute musste man dabei schleppen, ständig panschte man im Wasser herum und war ätzenden Dämpfen und Gasen ausgesetzt. Darauf konnte er gut verzichten.

»Aber als Tagelöhner wird man schlecht bezahlt. Wenn wir davon leben wollten, müssten wir viele Stunden dort arbeiten. Wer repariert dann die Mühle?«

Herold, dessen Gesichtsausdruck seit Tagen verdrießlich war, schaute tatsächlich noch verdrießlicher drein.

»Ich weiß, dass das ein Problem ist und dafür habe ich bisher keine Lösung. Doch fest steht, dass wir Geld brauchen. Wir haben zwar ein paar Reserven, doch die reichen nur, um uns ein paar Tage über Wasser zu halten. Wir *müssen* eine Arbeit annehmen. Vielleicht nimmst auch nur du eine an und wir leben dann beide davon, während ich mich mit Friedhelms Hilfe um die Mühle kümmere.«

»Das reicht doch niemals. Als Tagelöhner könnte ich doch nicht so viel verdienen, dass wir beide davon leben und auch noch Friedhelm bezahlen könnten.«

»Dann müssen wir uns eben einschränken.« Herold wurde lauter, bis er fast schrie. »Verdammt, ich weiß es doch auch nicht.«

Er sprang auf und schleuderte seinen Blechteller zu Boden. Die paar Krumen, die sich noch darauf befunden hatten, kullerten in alle Richtungen. Mit geballten Fäusten ging er ein Stück auf den See zu.

Jacob hatte vor Schreck aufgehört zu kauen. Wenn Herold, der sonst immer die Ruhe und Besonnenheit selbst war, so aus der Haut fuhr, musste es in seinem Inneren schlimm zugehen. Er stellte seinen Teller ebenfalls auf den Boden und ging Herold nach.

»Wir kriegen das schon irgendwie hin«, sagte er, obwohl er nicht daran glaubte. »Du wirst sehen, alles kommt wieder in Ordnung.«

Herolds Fäuste entspannten sich. Nach einer Weile drehte er sich langsam zu Jacob um. Sein Gesichtsausdruck war jetzt weder wütend noch verdrießlich. Er schaute Jacob prüfend an.

»Entschuldige«, sagte er. »Du musst auch einiges durchmachen und dann benehme ich mich derart.« Er fasste Jacob bei den Schultern. »Ich verspreche dir, dass das jetzt anders wird. Und noch eins: Mache dir keine Sorgen, ich gebe dir nicht die Schuld an dem, was passiert ist.«

Er sah zur Mühle, ließ Jacob los und schritt mit entschlossener Miene die Anhöhe hoch.

»Los, komm her«, rief er Jacob zu. »Wir wollen die Mühle wieder aufbauen.«

Jacob war verwirrt. Was sollte das heißen: Er gab ihm nicht die Schuld? Warum sollte er ihm auch die Schuld geben? Was konnte er dafür, dass diese Kerle, Rosas Bruder und ihr Verehrer, die Mühle kaputt gemacht hatten?

Jacob zog einen Stapel Papiere aus seiner Hasenfelltasche und eilte mit einem Stück Brot in der Hand aus der Mühle hinaus. Schon im Gehen biss er eine große Ecke ab. Auf der Rückseite des Gebäudes ließ er sich mit dem Rücken an die Wand gelehnt auf den Boden nieder und fummelte sein hölzernes Tintenfass und den Federkiel aus seiner Tasche hervor. Nebenbei verschlang er das Brot so hastig, als würde es ihm sonst jemand wegnehmen. Nachdem er den letzten Krümel auf diese Weise hinuntergeschluckt hatte, stürzte er sich auf den Text, der sich bereits auf einigen Seiten befand, indem er die Blätter auf seinen Oberschenkel legte und mit dem Kiel in der linken Hand Geschriebenes durchstrich oder Notizen an den Rand hinzufügte. Seine Haare, die ihm aufgrund seines vorgeneigten Kopfes ständig ins Gesicht fielen, strich er mit einer unbewussten Geste immer wieder hinter die Ohren. Als er die Überarbeitung des vorhandenen Textes beendet hatte, sah er eine Weile auf den See. Er spürte dabei einen absoluten inneren Frieden.

Und plötzlich wusste er, wie es weiterging in der Geschichte. Aufgeregt wendete er sich den leeren Blättern zu und schrieb eilig auf, was ihm eingefallen war.

Dieser Vorgang – auf den See blicken, anschließend schreiben – wiederholte sich einige Male, mindestens eine Viertelstunde lang. Dann zuckte er vor Schreck zusammen, als Herold, den er nicht hatte kommen hören, ihn unvermittelt ansprach.

»Tut mir leid, Jacob, aber du musst mir jetzt weiter helfen.«

Jacob sah zu seinem Bruder auf. Er stand keine zwei Meter von ihm entfernt und machte ein Gesicht, als wollte er sich für die Unterbrechung entschuldigen. Dann wandte er sich ab und verschwand hinter der Rundung der Mühlenwand.

Seit diesem Wutausbruch vor zwei Tagen war er wieder ganz der Alte. Er war voller Tatendrang, wobei sich alles nur um die Mühle drehte. Von der Tagelöhnerarbeit war keine Rede mehr gewesen, aber es war natürlich nur eine Frage der Zeit, bis das Thema erneut aufkam. Schließlich hatten sie bald kein Geld mehr. Jacob hatte jetzt kaum noch Gelegenheiten zu schreiben. Wenn er erst mal von morgens bis abends als Tagelöhner schuften würde, hätte er gar keine Zeit mehr dafür.

Mit zusammengepressten Lippen raffte er die Blätter zusammen und verstaute sie wieder in der Tasche. Wenn er am Abend nicht zu kaputt war, hatte er vielleicht noch einmal Gelegenheit zu schreiben. Er erhob sich und folgte Herold in die Mühle, im Gedanken weiterhin bei seiner Geschichte. Herold stand dort an einem großen, hölzernen Zahnrad. Doch das bemerkte Jacob nur nebenbei, während er über den Fortgang der Handlung nachdachte.

»Willst du mir jetzt vielleicht mal helfen?«, hörte er Herold schließlich sagen. Jacob sah ihn an. Sein Bruder lächelte und schüttelte leicht den Kopf. »Aha, bist du jetzt wieder in *dieser* Welt?« Er klopfte auf das Zahnrad. »Nun pack endlich mit an.«

Das Zahnrad sah aus, als wäre eine Herde Rinder darüber hinweg gelaufen.

»Na, das hat wohl auch schon bessere Tage erlebt«, sagte Jacob.

»Ja, das ist das alte Zahnrad, das zerstört war. Ich habe es einigermaßen repariert, um Geld zu sparen, weil wir noch genug andere Ersatzteile kaufen müssen. Hoffentlich hält es eine Weile durch.«

Jacob hatte sich dem Zahnrad genähert, begriff aber nicht, was er machen sollte. Herold lächelte weiterhin mild. Er wusste, wie unbeholfen Jacob sich anstellte, wenn es um technische Dinge ging.

»Du musst es dort anfassen und mit anheben«, erklärte er. »Wir stecken es dann auf diese Welle, die ich schon dafür vorbereitet habe.«

Er deutete auf ein zylindrisches Bauteil, das in Jacobs Brusthöhe aus dem Durcheinander der anderen Bauteile hervorstand. Oben auf diesem Bauteil saß etwas Rechteckiges drauf. Jacob fragte sich gerade, was es wohl damit auf sich hatte, da erläuterte es Herold schon für ihn.

»Diese Einkerbung in der Nabe«, er deutete auf eine eckige Aussparung, die oberhalb des runden Lochs in der Mitte des Zahnrads war, »müssen wir auf dieses rechteckige Teil schieben. Dann haben die beiden Bauteile eine Verbindung, mit der die Kraft des Windes übertragen werden kann.«

»Aha«, sagte Jacob. Da sein technisch begabter Bruder es sagte, musste es wohl stimmen, auch wenn ihm nicht klar war, wie das funktionieren sollte.

Zusammen wuchteten sie das Zahnrad hoch. Während Herold es scheinbar mühelos anheben konnte, musste Jacob sich enorm anstrengen. Sie schoben es, wie Herold vorher beschrieben hatte, auf diese sogenannte Welle. Für Jacob waren Wellen etwas ganz anderes. Er musste an den See denken und wie ihm beim Beobachten der Wellen immer gute Ideen für seine Geschichte kamen.

»So, jetzt musst du von außen gegendrücken. Dann kann ich es befestigen.«

Jacob tat, wie ihm geheißen und stemmte sich gegen das Zahnrad. Herold holte eine große Holzscheibe und schob sie ebenfalls über die Welle. Anschließend nahm er einen Bolzen und schlug ihn mit einem Hammer genau vor der Scheibe in ein Loch, das Jacob erst jetzt bemerkte, quer durch die Welle.

»Du kannst loslassen«, sagte Herold und grinste über das ganze Gesicht. »Gut gemacht. Ich bin immer wieder erstaunt, wie viel Kraft doch in deinem kleinen Körper steckt.«

Jacob trat von dem Zahnrad zurück.

»Findest du?« Er war noch gedanklich bei seinem See. »Sag mal, warum heißt das Ding eigentlich Welle? Wir haben doch eine Windmühle und keine Wassermühle. Was haben wir also mit Wellen zu tun?«

Herold lachte auf.

»Das Bauteil wird nunmal so genannt, auch wenn wir mit Wasser nichts zu tun haben. Wenn gerade mal wieder Flaute ist, wünsche ich mir allerdings manchmal schon, wir hätten eine Wassermühle.«

»Ja, das ist schon zu dumm. Wir haben einen ganzen See voller Wasser mit richtigen Wellen vor der Haustür und können ihn nicht nutzen«, lachte Jacob, denn er konnte sich über solche Wortspielereien köstlich amüsieren.

»Vielleicht sollten wir, statt zu hoffen, dass dem lieben Gott nicht die Puste ausgeht, lieber das Wasser mit Eimern auf die Flügel schütten.«

Mit einem Schlag wurde Herold ganz ernst.

»Was ist?«, gluckste Jacob weiter. »Kannst du solche Scherze über deine geliebte Mühle nicht ertragen?«

Herolds Augen verengten sich. Er sah aus, als hätte er gerade auf den See geschaut und einen Einfall gehabt.

»Mit Eimern sagst du? ... hmm.« Er sah zu Boden und machte einige Schritte durch die Mühle, als suchte er etwas, das ihm runtergefallen war. Dann wandte er sich wieder Jacob zu. »Wer sagt, dass wir das Wasser im See nicht nutzen können?«

Endlich saß Jacob mal wieder an dem kleinen Tisch in seiner Kammer und schrieb an seiner Geschichte. Seitdem Herold ihn am Vortag zum Helfen in die Mühle geholt hatte, war es das erste Mal, denn abends war er so müde, dass er es gerade noch so ins Bett geschafft hatte. Er hoffte, dass er heute ein wenig durchhalten würde, bevor die Konzentration nachließ. Eine Seite hatte er immerhin schon geschrieben und die Ideen sprudelten momentan nur so aus ihm heraus, auch ohne die Wellen des Sees.

Mit seiner Bemerkung über die Nutzung des Wassers hatte er sich schön was eingebrockt. Permanent redete Herold seitdem von seinem Einfall. Woraus der genau bestand, wusste Jacob immer noch nicht. Er wurde aus Herolds Geschwafel über künstliche Becken und Becherwerke einfach nicht schlau. Es war nur zu hoffen, dass dieses Hirngespinst bald wieder der Vergangenheit angehörte und Herold zur Normalität zurückkehrte. Dann würde das unverständliche Gerede endlich ein Ende haben.

Nur kurz ließ Jacob sich von diesen Gedanken unterbrechen. Die Ideen für den Handlungsfortgang flogen ihm nur so zu und die Formulierungen flossen wie von selbst aus der Feder. Als Jacob alles um ihn herum ausgeblendet hatte und mit Geist und Seele in seinem kreativen Schöpfungsprozess abgetaucht war, holte ihn plötzlich ein Klopfen an der Tür an die Oberfläche zurück. Schlagartig befand er sich wieder in der Realität. Er musste ein paar mal blinzeln, bevor er das bemerkte und sogleich die Augenbrauen zusammenzog.

»Ja, was ist denn?«, rief er dann ärgerlich.

Herold trat herein. Als Jacob sah, dass es ihm unangenehm war, ihn beim Schreiben zu stören, konnte er ihm nicht mehr so richtig böse sein.

Das erinnerte ihn an eine Situation vor einigen Jahren, als er noch nicht mit in der Mühle gearbeitet hatte, er hatte etwa ein Jahr davor die Schule beendet. Damals hatte Herold ihn auch unterbrochen und ihm danach mitgeteilt, dass er nicht mehr länger nur schreiben durfte und stattdessen in der Mühle mithelfen musste. Für Jacob war eine Welt zusammengebrochen. Zu der Zeit glaubte er noch, dass er nur als Schriftsteller arbeiten könnte, so wie Goethe, und damit sein Geld verdienen. Heute, nach mehreren Werken, die er trotz der Mühlenarbeit nebenbei fertigstellen konnte, wusste er, dass das nicht so einfach war.

Na, hoffentlich war der heutige Anlass für die Störung nicht ein solch aufrührender.

»Wir müssen etwas besprechen«, sagte Herold. »Es geht um die Mühle.«

Oh nein, nicht schon wieder die Mühle. Jacob seufzte. Dann und wann musste er doch mal Ruhe vor der verdammten Mühle haben können.

»Und bring bitte deine Feder, Tintenfass und ein paar Blatt Papier mit«, ergänzte Herold.

»Na gut.« Er stand auf, griff nach den genannten Utensilien und folgte Herold in den Raum, den sie Esszimmer nannten, der aber auch für alle sonstigen Zwecke herhalten musste. Er setzte sich an den alten Tisch aus Kiefernholz, an dem Herold bereits saß.

»Gut«, begann Herold. »Du weißt ja bereits, dass du mich gestern auf eine Idee gebracht hat.«

»Wieso sollte ich das wissen?«, lachte Jacob. »Vielleicht, weil du seitdem von nichts anderem mehr sprichst?«

»Ja, ja, schon gut. Aber du wirst gleich verstehen, warum ich so begeistert bin. Diese Idee könnte für uns ein Ausweg aus der Situation sein, in der wir uns gerade befinden.«

Jacob konnte sich nicht vorstellen, wie das Wasser im See ihre Situation verbessern sollte.

»Jetzt bin ich aber gespannt«, sagte er und lehnte sich zurück.

Herold ignorierte seine vorlaute Art und begann zu erklären.

»Als du gestern meintest, dass man das Wasser aus dem See nutzen müsste und es mit Eimern auf die Flügel der Mühle schütten sollte, hatte ich eine Idee.«

»Ja, ja, ich weiß. Nun erzähl schon, welcher Art deine Idee ist. Aber möglichst so, dass man es auch verstehen kann.«

»Also: Wir werden das Wasser aus dem See schöpfen. Dazu bauen wir ein Becherwerk. Das sind viele Becher hintereinander, die mit einem Band verbunden sind. An diesem Band laufen sie über Räder. Auf der Oberseite sind sie mit dem geschöpften Wasser aus dem See gefüllt und auf der Unterseite kehren sie leer zum See zurück.«

Herold zog ein Blatt Papier heran, tunkte die Feder in die Tinte und malte versetzt zueinander zwei Kreise.

»Das sind die Räder.«

Die Kreise verband er mit geraden Linien.

»Das ist das Band, das um die Räder läuft.«

Oben und unten auf den Linien malte er viele kleine Halbkreise, die mit der runden Seite dem »Band« zugewandt waren.

»Hier haben wir die Becher ... und das ist das Wasser darin.«

In die Becher oberhalb des »Bandes« malte er kleine Wellenlinien.

Selbst Jacob konnte erkennen, dass es eine Art Riementrieb von der Seite darstellen sollte, auf dem rundherum diese Becher befestigt waren. Er konnte sich vorstellen, dass oben das Wasser in den Bechern blieb, während es unten rausfallen musste.

»Hm, ... aber wie wird das Wasser geschöpft? Muss sich das Ganze nicht irgendwie bewegen, damit es funktioniert?«

»Genau«, fuhr Herold fort. Er malte eine weitere, größere Wellenlinie oberhalb des unteren Rades. »Die untere Seite des Becherwerks muss im Wasser vom See eingetaucht sein. Die beiden Räder drehen sich. Dadurch werden die Becher vorwärts bewegt, schöpfen unten das Wasser aus dem See und schütten es oben wieder aus.«

»Aber wodurch drehen sich die Räder? Müssen wir dort kurbeln?«

»Natürlich nicht. Wir lassen die Räder von der Mühle drehen.«

»Von der Mühle?«

»Ja. Wenn wir Wind haben, hat die Mühle doch genug Kraft. Da macht es ihr nichts aus, dieses Becherwerk noch mit anzutreiben.«

Jacob kratzte sich am Kopf.

»Das verstehe ich nicht. Wie soll die Mühle die Räder drehen?«

Herold nahm ein neues Blatt Papier und malte die Mühle von der Seite.

»Bisher endete die Hauptantriebswelle, die man Königswelle nennt, direkt beim Mahlstein.« Er malte die Königswelle mit zwei senkrechten Strichen in die Mitte der Mühle und darunter den Mahlstein als liegendes Rechteck. »Wir werden den Mahlstein versetzen«, er malte ein Rechteck neben dem vorherigen, »verlängern die Königswelle weiter nach unten durch, sodass wir über Zahnräder den Mahlstein und beliebige andere Dinge antreiben können. Also auch das Becherwerk.« Unten an die verlängerte Königswelle malte er ein flaches, waagerechtes Rechteck und daran ein flaches, senkrechtes Rechteck, die wohl die Zahnräder darstellen sollten. An das senkrechte Rechteck ergänzte er zwei parallele Linien, die nach außerhalb der Mühle führten.

Herold schwieg, während Jacob eine ganze Weile auf die Zeichnung starren musste, bis er glaubte, alles verstanden zu haben. Die Königswelle reichte bis nach unten, dort wandelten Zahnräder die senkrechte in eine waagerechte Drehbewegung um, die wiederum das Rad vom Becherwerk antrieb.

»In Ordnung. Soweit habe ich begriffen. Jetzt musst du mir aber noch verraten, wozu es gut sein soll, das Wasser da oben auszuschütten. Willst du einen Gemüsegarten bewässern und zukünftig Kartoffeln und Wurzeln auf dem Markt verkaufen?«

Herold lachte.

»Wir haben doch den Hügel bei der Mühle. Dort hinauf bringen wir das Wasser«, sagte er.

»Willst du dort oben dein Gemüse anbauen?«

»Nein, dort oben bauen wir ein Becken, in dem wir das Wasser sammeln, wenn wir Wind haben.«

Jacob sah Herold mit offenem Mund an.

»Und wozu soll das wieder gut sein? Wenn du schwimmen willst, kannst du es doch auch direkt im See tun, ohne diesen Aufwand zu betreiben.«

Wieder lachte Herold.

»Weißt du denn immer noch nicht, was ich vorhabe? Wir hatten doch bisher oft Zeiten, in denen kein Wind wehte und die Mühle still stand. Das ist in Zukunft vorbei, zumindest so lange wir Wasser in dem Becken haben.

Denn wenn wir nicht genug Wind haben, lassen wir einfach das gesammelte Wasser wieder den Hügel herunterlaufen und treiben damit die Mühle an.«

»Mit dem Wasser? Aber wir haben doch eine Windmühle.«

»Ja, das wird der schwierigste Teil. Dazu brauchen wir zusätzlich ein Wasserrad. Auf der einen Seite der Mühle holen wir das Wasser mit dem Becherwerk aus dem See und auf der anderen Seite führen wir es dem See wieder zu und treiben damit das Wasserrad an, welches den Mühlstein bewegt.«

Einen Moment herrschte Schweigen. Jacob brauchte wieder eine Weile, bis er alles begriffen hatte.

»Verstehst du denn nicht?« Herold wurde langsam ungeduldig. »In Zukunft können wir bei Flaute mahlen, was bedeutet, dass wir unseren Ertrag erhöhen können.«

Jetzt war es Jacob, der lachen musste, als er den gesamten Umfang von Herolds Idee endlich verstand.

»Das ist ja grandios«, überschlug er sich. »Herold, du bist ein Genie.«

»Na ja, mal langsam. Diese Umbauten dauern leider viel länger als die einfache Reparatur. Wenn wir nebenbei noch einer Tagelöhnerarbeit nachgehen müssen, haben wir keine Kunden mehr, wenn wir damit fertig sind. Die sind dann zu anderen Mühlen abgewandert.«

Jacob musterte Herold. Er war noch nicht fertig mit seinen Ideen, das sah man ihm an. Irgendetwas hatte er noch auf Lager.

»In Ordnung, raus damit. Wie können wir dieses Problem lösen.«

»Also gut«, fuhr Herold fort. »Ich sagte eingangs, dass diese Idee der Ausweg aus unserer momentanen Situation sein könnte. Es sieht doch so aus, dass wir gerade keine Einnahmen durch die Mühle haben. Ein paar Tage halten wir es noch aus, aber dann müssen wir uns eine andere Arbeit suchen. Und wir müssen nicht nur unseren Lebensunterhalt bestreiten, sondern zusätzlich die Mühlenpacht zahlen und Ersatzteile zur Reparatur kaufen. Das bedeutet, dass wir sehr viel bezahlt arbeiten müssen und nur wenig Zeit für die Reparatur haben. Also wird das alles sehr lange dauern, sodass uns wohl tatsächlich irgendwann die Kunden abwandern.«

Herold machte eine Pause, damit Jacob das Gesagte verarbeiten konnte.

»Na gut«, meinte Jacob. »Wie kommen wir nun aus dieser Situation heraus?«

»Wenn wir die Mühle auf die Art umbauen, wie ich gerade beschrieben habe, werden wir danach mehr Einnahmen haben als bisher. Und diese Mehreinnahmen müssen wir beleihen. Wir müssen jemanden finden, der uns einen Kredit gibt, den wir später mit Zinsen zurückzahlen. Der Kredit muss so hoch sein, dass wir nicht gezwungen sind, eine andere Arbeit anzunehmen und zugleich noch zwei oder drei Hilfskräfte bezahlen können, die uns bei den Umbauten helfen. Auf diese Weise, denke ich, werden wir schneller fertig sein, als ohne Umbauten.«

»Das hört sich doch prima an«, begeisterte sich Jacob, der erleichtert war, keine Knochenarbeit bei den Gerbern verrichten zu müssen. Dann fiel ihm jedoch etwas ein. »Aber, die Mühle gehört uns doch nicht. Wir dürfen sie nicht einfach umbauen.«

»Auch darüber habe ich schon nachgedacht«, erwiderte Herold. »Jacob, was genau hat der Ratsherr von Zölder gesagt und geschrieben, wie wir die Mühle wieder aufbauen sollen?«

»Was meinst du?«

»Hier, das Schreiben.« Herold reichte ihm den Brief der Stadt über den Tisch. »Sieh es dir noch mal an. Was steht dort?«

Jacob las sich den Text erneut durch und dann ging ihm ein Licht auf.

»Dort steht, dass es egal ist, wie wir es machen.«

»Genau, der Stadt Oldenburg ist es egal, wie die Mühle aufgebaut wird. Und da nehmen wir den Ratsherrn beim Wort und bauen die Mühle nach unserem Ermessen wieder auf.« Nun zog Herold die Augenbrauen zusammen. »Ich sehe da eher ein anderes Problem: Woher bekommen wir das Geld?«

Jacob fiel ein, dass sie in Oldenburg für solche Zwecke seit zwei Jahren eine Einrichtung besaßen.

»Warum gehen wir nicht einfach zu unserer Ersparungscasse? Wenn ich es richtig verstanden habe, wurde sie für solche Zwecke gegründet.«

»Hmm, daran habe ich noch gar nicht gedacht. Eine gute Idee.« Herold kniff die Augen zusammen und kratzte sich am Kopf. »Wir müssen uns allerdings eine ziemlich große Summe leihen, und das, ohne irgendeine Sicherheit bieten zu können. Ich könnte mir vorstellen, dass ein privater Investor einfacher von unseren Plänen zu überzeugen wäre.«

»Wie viel Geld brauchen wir denn?« Jacob hatte nicht den geringsten Hauch einer Vorstellung, was die Umbauarbeiten kosten könnten.

»Na ja, allein das Wasser-Mühlenrad kostet 18 bis 20 Reichstaler. Dann ist es noch nicht mal zur Mühle transportiert und eingebaut. Die Anschaffung eines Mahlsteins, was ich für einen zweiten Mahlgang erwäge, wird bei etwa 3 Reichstalern liegen.« Während Herold aufzählte, welche Kosten entstehen würden, schrieb er die Zahlen untereinander auf das Papier. »Hinzu kommen die Arbeitslöhne für 2 bis 3 Gehilfen mit etwa 12 Grote je Mann und Tag, deren Verpflegung, unsere Verpflegung und sonstige Bedürfnisse, das alles für einen Zeitraum von schätzungsweise 4 Wochen. Dann brauchen wir noch Material für die Erweiterungen, Ersatzteile und den Pachtzins dürfen wir auch nicht vergessen. Vielleicht sollten wir auch einen kleinen Betrag für unerwartete Ausgaben einplanen.«

Herold hatte nun viele Zahlen untereinander auf dem Papier notiert. Er zog einen Strich darunter und ermittelte die Summe. Obwohl das Rechnen nicht gerade Jacobs bevorzugte Disziplin war, schwante ihm schon bei den Einzelbeträgen Böses, und er erwartete mit Spannung das Ergebnis. Als er es sah, pustete er mit aufgeblähten Wangen die Luft aus.

»90 Reichstaler!«, platzte er heraus, und er merkte selber, dass ihm der Schreck anzuhören war. »Das ist ja der Lohn von einem ganzen Jahr!«

»Wie ich schon erwähnte: Wir brauchen eine große Summe«, sagte Herold.

»Wer käme denn außer dieser Ersparungscasse in Frage, uns einen solchen Betrag zu leihen?«

Herold kratzte sich am Kopf und stand auf.

»Darüber habe ich mindestens genauso lange nachgedacht, wie über die Umbauten der Mühle. Und mir ist jemand eingefallen. Ein früherer Freund unseres Vaters.«

»Ein Freund von Bernhard?«

»Nein, ich meine nicht unseren Stiefvater, sondern unseren leiblichen Vater. Ich war damals noch ziemlich klein, aber wenn ich mich recht erinnere, beteiligte sich dieser Herr an allerlei Geschäften. Ein Versuch wäre es wert.«

Jacob sah seinen Bruder ungläubig an. Er hatte noch nie davon erzählt, dass er frühere Freunde ihres Vaters kannte. Und nun wollten sie einen solchen sogar um Geld bitten. Er war gespannt, wie das enden würde.

HEUTE

Marko steckte den Putter in die Golfbag, fasste sie am Griff und zog sie über den Rasen hinter sich her. Auf dem Grün hatte er nur noch einen Versuch gebraucht, wodurch er bei dem letzten Loch einen Schlag unter Par geblieben war. So hatte er insgesamt heute 81 Schläge gemacht, also 9 über Par. Damit war er einigermaßen zufrieden.

Endlich bei seinem Porsche angekommen, verstaute er die Golfbag auf dem Rücksitz und zündete sich erst noch eine Zigarette an, bevor er losfuhr. Man kaufte sich keinen Panamera für über zweihunderttausend, um darin zu rauchen.

Er polierte gerade einen Fleck mit dem Ärmel seiner Golfjacke von der Motorhaube, als ein Golfkollege auf ihn zu marschierte. Auch das noch: Der hatte seinen Audi TT direkt neben ihm abgestellt. So war ein Gespräch mit diesem Schwachkopf wohl unvermeidbar. Marko überlegte, ob er schnell ins Auto schlüpfen sollte, bevor er bemerkt wurde, aber dann hätte er die halb aufgerauchte Zigarette wegwerfen müssen. Das kam nicht in Frage.

Also musste er da jetzt durch. Dieser spezielle Blödmann unterschied sich von den anderen Blödmännern im Golfclub dadurch, dass er Marko immer vollschwafelte. Er ließ sich nicht einmal davon abschrecken, dass Marko zu ihm besonders unfreundlich und herablassend war. Wie hieß er noch gleich: Jens, Hans ... na ja, wen interessierte das?

»Oh, hallo Marko.«

Allein wie der schon sprach, mit seiner nasalen Stimme.

»Hallo Jens.«

»Dass du dir meinen Namen auch nie merken kannst.« Er kicherte dümmlich. »Ich heiße doch Werner.«

»Ach ja, Jens ist ja der andere Kleinwagen-Fahrer.«

Werner lachte laut los.

»Immer am Scherzen, was?«

»Wie kommst du darauf?«

Wieder dieses dämliche Lachen. Marko sah ihn an, als wäre er ein Studienobjekt. Interessant, wie dieser Armleuchter reagierte, wenn man ihn verarschte.

»Wo ich dich gerade treffe ...« Oh nein, jetzt ging die Schwafelei erst richtig los. Er warf einen Blick auf seine Zigarette. Noch etwa ein Viertel übrig, nicht einzusehen, sie schon wegzuwerfen. Er nahm einen weiteren Zug. »Wir wollen doch abstimmen, welche Investition als Nächstes im Club getätigt wird: das neue Clubhaus oder ein neues Driving Range. Wofür wirst du stimmen?«

Mein Gott, die sollten ihn mit dieser *Kacke* in Ruhe lassen, er wollte einfach nur Golf spielen. Er musste ein Gähnen unterdrücken.

»Ich habe mich noch nicht entschieden.« Weil es ihm völlig egal war.

»Nein?« Werner kam näher und beugte seinen Kopf vor, als müsste er ihm etwas Vertrauliches erzählen. Seine Golfbag hatte er hinter seinem Audi gelassen. Sie standen jetzt zwischen den beiden Autos. »Nicht, dass ich dich beeinflussen will, aber soll ich dir verraten, wofür ich bin?«

Eigentlich nicht, dachte Marko.

»Das lässt sich wohl nicht vermeiden«, sagte er stattdessen.

»Ich bin für die neue Driving Range. Die alte ist nicht etwa schlecht, aber wir könnten gut eine zweite gebrauchen, dann hätten wir eine für die Anfänger und eine für die alten Hasen. Und die Kosten dafür lägen voll im Budget und wir bräuchten nichts dazu zahlen, wie bei einem neuen Clubhaus. Was meinst du? Wir könnten endlich ungestört lange Schläge üben.«

Marko nahm den letzten Zug von seiner Zigarette, warf den Stummel auf den Boden und zertrat ihn.

»Was ich meine?« Er öffnete die Fahrertür seines Porsches. »Nun, ich bin dir wirklich dankbar, dass du mir bei meiner Entscheidung geholfen hast.« Auf Werners Gesicht machte sich ein zufriedenes Grinsen breit. »Ich werde für das neue Clubhaus stimmen.«

Das Grinsen verschwand schlagartig und wurde von einem irritierten Stirnrunzeln ersetzt.

»Aber du weißt doch, dass wir ein paar Tausend Euro dazu zahlen müssten.«

Marko setzte sich auf seinen Fahrersitz. Jetzt war es an ihm, zu grinsen. Werners verdattertes Glotzen war zu köstlich.

»Was soll's. Die sollen mir einfach die Rechnung schicken.«

Er rückte die Ray-Ban zurecht, zog die Tür heran und drückte den Start-Knopf. Der satte Sound des Panamera erzeugte ein wohliges Kitzeln in seinem Magen. Als er losfuhr, hatte er den Schwachkopf schon fast wieder vergessen.

Vor Markos Haus auf dem Parkplatz an der Straße stand ein silber-metallic-farbener S-Klasse-Mercedes. Das konnte nur der Anwalt seines Vaters sein, der zwar immer ein neues Auto fuhr, aber seit einer Ewigkeit das gleiche Modell. Wenn der ihm hier auflauerte, war das Jahr wohl wieder rum. Das fehlte ihm heute noch.

Marko wartete, bis das elektrische Tor die Auffahrt freigab, und fuhr dann hinein. Im Rückspiegel sah er, wie der Alte aus seinem Wagen ausstieg und unbeholfen durch das Tor eilte, bevor es wieder geschlossen war.

»Moin Marko«, rief er ihm schon von Weitem zu, sobald Marko die Fahrzeugtür geöffnet hatte.

»Moin Gerhard. Willst du deine jährliche Pflicht erfüllen?«

Als er näher kam, fiel Marko auf, dass er seit dem letzten Jahr stark gealtert war. Sein weißes Haar war zwar immer noch voll, aber sein Gesicht schien Tausende von Falten dazubekommen zu haben und es machte insgesamt einen müderen Eindruck. Auch die Körperhaltung schien gebückter als früher zu sein. Dabei konnte der langjährige Advokat seiner Familie eigentlich erst Mitte sechzig sein. Er trug immer noch die bunten Fliegen zum grauen Anzug, wie Marko feststellte. Heute war sie grün-pink getupft.

»So lange ich noch praktiziere, werde ich dich und deinen Bruder einmal im Jahr aufsuchen. Und ich habe noch nicht so bald vor, in den Ruhestand zu gehen.«

Er taxierte Marko. In seinem Blick lag die gleiche Scharfsinnigkeit wie eh und je. Rechtsanwalt und Notar Gerhard Breimer, wie Marko ihn von klein auf kannte.

»Du siehst ein wenig matt aus«, sagte Gerhard schließlich. »Hängst du noch an der Flasche?«

Marko wusste nicht, was ihn das anging. Er drehte sich von ihm weg und ging zur Haustür, wohin Gerhard ihm folgte.

»Nein, neuerdings benutze ich Gläser.« Er schloss auf, beide gingen hinein und, nachdem er die Alarmanlage deaktiviert hatte, begaben sie sich ins Wohnzimmer. »Darf ich dir etwas zu trinken anbieten?«

Gerhard reagierte nicht auf sein Angebot.

»Ich muss dir die gleiche Frage stellen, wie jedes Jahr wieder, auch wenn du dich im gegebenen Fall eigentlich von dir aus melden sollst«, begann er unvermittelt, wie es seine Art war. »Ist irgendetwas Außergewöhnliches vorgefallen?«

Marko lachte kurz auf und schüttelte den Kopf. Er drehte eines der Whiskygläser mit der Öffnung nach oben und füllte es zu einem Drittel mit dem unvergleichlichen Connemara Bog Oak. Davon nahm er einen großen Zug und ließ ihn eine Weile auf der Zunge ruhen, bevor er ihn hinunterschluckte. Dann machte er ein ernstes Gesicht und furchte die Stirn.

»Halt, warte mal, da fällt mir doch etwas ein.« Gerhard sah ihn betont gelangweilt an und legte den Kopf schief, sodass die Hängebäckchen und das Doppelkinn stärker zur Geltung kamen. »Wie konnte ich das nur vergessen: Der Golfclub bekommt eine neue Driving Range. Na, wenn das nichts Außergewöhnliches ist, dann weiß ich auch nicht ...«

»Ja, ja, wirklich komisch.« Gerhard setzte sich in einen Sessel. »Ich weiß ja, dass du diese jährliche Befragung nicht ernst nimmst. Ich muss aber wie immer betonen, dass es sehr wichtig ist. Darf ich also deinem Vater berichten, dass du darüber nachgedacht hast und dir nichts eingefallen ist, das im Verlaufe des letzten Jahres irgendwie ungewöhnlich war?«

»Du kannst meinem Vater erzählen, was du willst. Das interessiert mich nicht sonderlich.« Er nahm einen weiteren Schluck und genoss das Brennen in der Kehle.

»Marko, bitte, ich muss es aus deinem Munde hören.«

Marko musterte den Anwalt. Der war zwar seit jeher ein Korinthen-Kacker, aber heute nahm er es noch genauer als sonst. Er gab sich normalerweise mit Markos flapsigen Antworten zufrieden und deutete sie als ein Nein.

»Was ist denn los? Warum so ernst?«

Gerhard schaute erst auf das Bild an der gegenüberliegenden Wand, dann auf eine Stelle des Fußbodens kurz vor seinen Füßen. Schließlich sah er wieder Marko an.

»In deinem Elternhaus sind momentan alle ein wenig nervös. Es ist jemand von dieser Sippschaft aufgetaucht, jemand Neues. Und dieser Jemand wühlt in alten Geschichten rum.«

»Oh, mein Gott, jemand wühlt in alten Geschichten rum«, sagte Markus übertrieben betont. Noch nie hatte er verstanden, warum es um seine Familie eine solche Geheimniskrämerei gab. Er ging zum anderen Sessel und setzte sich hinein. »Jetzt geht das wieder los. Dieses Thema geht mir immer wieder auf die Nerven. Entweder erzählt Vater mir diese Geschichten, oder auch du, oder ihr lasst mich damit in Ruhe. Aber dieses Getue darum ist einfach unerträglich. Was sollen das schon für besondere Dinge sein, die man über uns in Erfahrung bringen könnte?«

»Du weißt ganz genau, dass dein Vater es für besser hält, wenn möglichst wenige Menschen davon wissen. Zu gegebener Zeit wirst du alles erfahren.«

»Zu gegebener Zeit ...« Markus schüttelte den Kopf. »Immer dieselbe Leier. Klemens weiß wahrscheinlich schon längst alles.« Er sah Gerhard prüfend an.

»Dein Bruder wird zum gleichen Zeitpunkt davon erfahren wie du. Seine Nähe zu eurem Vater macht diesbezüglich keinen Unterschied.«

Marko war recht gut darin, einzuschätzen, ob jemand die Wahrheit sagte, und bei Gerhard Breimer war er sich gerade sicher, dass er es tat.

»Ist bei Klemens denn etwas Ungewöhnliches passiert?«

»Nein. Ihn habe ich schon besucht, auch wenn ich bei ihm die Befragung nicht unbedingt durchführen müsste, da seine Bürotür direkt neben der eures Vaters liegt und die beiden sich allein im Geschäftsleben täglich begegnen. Bei dir muss ich es aber schon. Also noch mal: Ist im Verlaufe des letzten Jahres irgendetwas Ungewöhnliches passiert? Und rede jetzt keinen Unsinn, du weißt genau, wie ich das meine.«

»Nein, zum Teufel. Und wenn, wüsste Klemens ja davon. Schließlich sehen wir uns regelmäßig.«

»Nun gut, wenn das so ist.« Gerhard erhob sich aus dem Sessel. »Damit habe ich meine Schuldigkeit getan und kann für heute Feierabend machen. So viel muss man in meinem Alter nicht mehr Arbeiten.«

»Moment mal. Was für eine Person ist das denn, die da in den alten Geschichten herumwühlt?«

»Ich denke, es ist besser, wenn ich dir auch davon nichts erzähle. Könnte sein, dass deinem alten Herrn das nicht recht wäre. Wenn du etwas darüber wissen willst, fragst du am besten ihn.«

»Pff, eher gefriert die Hölle.«

Marko überlegte, wie viele Jahre er mit seinem Vater schon kein Wort mehr gewechselt hatte. Es mussten mindestens fünf sein.

Gerhard war bereits bei der Wohnzimmertür angekommen.

»Bemühe dich nicht«, sagte er und hob die rechte Hand zum Abschied.

Ganz sicher nicht, dachte Marko und nippte an seinem Whisky. Einen Moment später hörte er, wie die Haustür ins Schloss fiel.

Sein Vater machte sich also Sorgen, wegen eines Schnüfflers. Von *dieser Sippschaft*.

Seit jeher wurde diese andere Familie, von der Marko nicht wusste, welche es war, von seiner Familie nur »Sippschaft« genannt. Der Alte von der Sippschaft machte dieses oder jenes, hieß es dann. Als Kind fand Marko es faszinierend, dass diese Sippschaft existierte: Es gab eine gegnerische Familie, wie zwei verfeindete Indianerstämme. Er stellte sich damals vor, wie sie gegeneinander in den Krieg zogen. Als er erwachsen wurde, fand er das alles ziemlich albern. Er hielt es für ein Hirngespinst seines überdrehten Vaters.

Zuletzt hieß es, der Alte von der Sippschaft sei gestorben, wie Marko von seinem Bruder erfahren hattte. Aber das interessierte ihn, wie so vieles aus seiner Familie, so gut wie gar nicht. Die einzigen Dinge, die ihn noch mit ihr verbanden, waren sein Bruder und der Nachname von Zölder.

Marko nahm den letzten Schluck aus dem Whiskyglas und erhob sich, um duschen zu gehen.

1788

Sie durchschritten durch das Heiligengeisttor die Stadtmauer, so wie sie es meistens taten, da sie von Norden in die Stadt kamen. Auf diese Weise gelangten sie von der Hausvogtei Oldenburg, also dem zu Oldenburg gehörenden Teil außerhalb der Stadtmauern, in die Stadt Oldenburg. Sie folgten dem Verlauf der Langen Straße und dann dem der Achternstraße. Kurz bevor diese endete, bogen sie in die Ritterstraße ein. In die feine Gegend, wie Herold immer sagte. Ritter gab es hier allerdings schon lange nicht mehr, eher gut betuchte als gut beschmiedete Bürger. Hier sollte der Herr von Elmendorff wohnen, der Mann, den sie um das Geld zum Aufbau und Umbau der Mühle bitten wollten.

Da standen sie nun zwischen den vornehmen Häusern und schauten sich um. Die Fassaden sahen sich alle sehr ähnlich und es waren nicht wenige. Bei welchem Haus sollten sie anfangen?

Ein Mann mit einem Handwagen kam aus der Richtung des Marktes die Ritterstraße herunter. Als er näherkam, erkannte Jacob, dass er noch einige Äpfel und Pflaumen auf dem Wagen hatte. Den Großteil konnte er wohl auf dem Markt verkaufen.

»Weißt du, in welchem Haus Herr von Elmendorff wohnt?«, fragte Jacob ihn.

Der Mann deutete, ohne ein Wort zu sagen, auf das Haus neben dem, vor dem sie standen, und schlurrte mit seinem Wagen weiter Richtung Stautor. Welch ein Glück, dass gleich der erste Passant den Namen kannte.

Herold schritt zu der Eingangstür und schlug den gusseisernen Türklopfer drei Mal gegen die Platte. Nach kurzem Warten öffnete sich die Tür, und eine ältere Frau mit Kittelschürze und hochgesteckten, grauen Haaren stand darin, die Haushälterin, wie Jacob vermutete. Sie musterte Herold und Jacob von oben bis unten, vermittelte dabei aber nicht den Eindruck, als würde sie sie gering schätzen.

»Ja, bitte?«, fragte sie und wandte sich gleich an Herold.

»Guten Tag«, sagte Herold. »Wir würden gerne den Herrn von Elmendorff sprechen.«

Die Haushälterin sah noch mal zu Jacob, dann wieder zu Herold.

»Herr von Elmendorff hält seine Mittagsruhe. Wer seid ihr denn und was wollt ihr von ihm?«

»Entschuldigen Sie bitte mein Versäumnis.« Herold deutete eine leichte Verbeugung an. »Mein Name ist Herold Riekhen und das ist mein Bruder Jacob. Unser Vater war ein alter Bekannter des Herrn von Elmendorff. Wir wussten nicht, dass der Herr noch schläft. Um welche Uhrzeit kommen wir denn gelegen?«

In dem Moment als Herold ihre Namen nannte, bemerkte Jacob eine leichte Veränderung im Gesicht der Haushälterin. Ihm entging zudem nicht, dass Herold die Angabe des Grundes ihres Besuches geschickt umgangen hatte. Es wäre wahrscheinlich auch nicht sonderlich klug gewesen, schon vor dem Einlass davon zu sprechen, dass sie Geld haben wollten.

»Nun, es ist nicht so, dass er schläft. Zu dieser Zeit pflegt der Herr zu lesen.« Sie zögerte, blickte kurz ins Hausinnere und wirkte, als müsste sie eine Entscheidung treffen. »Also gut, ich denke, dass ich bei euch eine Ausnahme machen kann.«

Sie zog die Eingangstür weiter auf und machte eine einladende Geste. Herold folgte dieser und Jacob sofort hinterdrein. Er war ganz gespannt, denn er würde gleich jemanden kennenlernen, der jeden Tag eine längere Zeit las. Außer seinem Freund, dem Pastor, war er so jemandem noch nie begegnet. Zudem war dieser Jemand früher ein Freund seines Vaters. Offenbar kannte sogar die Haushälterin ihre Namen. Wie sonst ließ sich dieser Wandel ihrer Haltung erklären, der eintrat, als Herold sie vorstellte?

Die Frau führte sie durch einige Flure in den hinteren Teil des Hauses. An den Wänden hingen kostbar wirkende, riesige Wandteppiche, auf denen Landkarten aus verschiedenen Gebieten der Welt abgebildet waren. Jacob kannte sich in Geografie nicht gut aus, aber er erkannte eine Darstellung Italiens und eine Spaniens. Vielleicht war Herr von Elmendorff ein Mann, der viel reiste.

Dann durchquerten sie einen Flur, an dessen Seiten edle Kommoden standen und auf ihnen die schönsten Vasen, die Jacob je zu Gesicht bekommen hatte. Oberhalb der Kommoden hingen Ölgemälde an den Wänden, welche sehr unterschiedliche Motive zeigten, von Landschaften über Gebäuden, von denen Jacob einige aus Oldenburg kannte, bis hin zu Porträts.

»Ich führe euch zur Bibliothek«, informierte die Haushälterin sie, ohne den Schritt zu verlangsamen. »Aber bevor ihr mit reinkommen könnt, muss ich den Herrn fragen, ob ihm euer Besuch recht ist.«

Jacobs Bauch kribbelte vor Aufregung. Eine Bibliothek. Das wurde ja immer besser. Erstaunlich, dass es private Personen gab, die sich so etwas einrichteten. Er war ganz gespannt, welche Bücher sich in von Elmendorffs Sammlung befanden.

Als der Flur um eine Ecke verlief, drehte sich die Haushälterin plötzlich um und erhob die Hand mit der Handfläche voran in seine und Herolds Richtung.

»Wartet kurz hier«, sagte sie und verschwand um die Ecke.

Jacob ging zwei Schritte vor und spähte in den nächsten Gang, der sich hinter der Ecke erstreckte. Dort stand die Frau vor einer zweiflügeligen Tür mit Glasfenstern, die durch Vorhänge verdeckt waren, und klopfte an. Jacob hörte eine Stimme aus dem Zimmer. Er konnte zwar nicht verstehen, was sie sagte, aber dass die Person, der sie gehörte, von der Störung nicht erfreut war, konnte er am Tonfall ausmachen. Die Haushälterin trat daraufhin ein und lehnte die Tür hinter sich an.

Von dem Gespräch war dann hauptsächlich die höhere Stimme der Frau zu vernehmen, doch leider war kein einziges Wort zu verstehen. Gerade wollte Jacob näher an die Tür herangehen, er fing sich schon einen missbilligenden Blick von Herold ein, da kam die Haushälterin wieder heraus. Sie zog die Augenbrauen hoch, als hätte sie ihn beim Lauschen erwischt, dabei hatte er ja noch gar nicht damit angefangen.

»Bitte tretet ein, der Herr möchte euch empfangen«, sagte sie und machte die gleiche einladende Geste wie kurz zuvor.

Das erste, was Jacob in der Bibliothek wahrnahm, war der muffige Geruch. Aber der war für ihn nicht unangenehm, denn er wusste, dass er von den Büchern herrührte. Und davon gab es hier Hunderte, wie er feststellte, bevor er den Herrn von Elmendorff auch nur ansah. Herold dagegen war bereits dabei sie vorzustellen.

»Guten Tag Herr von Elmendorff«, vernahm Jacob nebenbei, während seine Augen hin und her schnellten, in dem Bemühen möglichst alles zu erfassen. Die Bücher reihten sich in Regalen, die sich an drei Zimmerwänden vom Fußboden bis zur Decke erstreckten. Für die oberen Reihen stand eine rollbare Leiter bereit. »Das ist mein Bruder Jacob und ich bin Herold Riekhen, Söhne von Diether Riekhen. Ich dachte mir, dass Sie uns vielleicht anhören würden, wenn wir Ihnen seinen Namen nennen.«

»Ja, das habt ihr richtig vermutet. Schon lange habe ich nicht mehr den Namen meines alten Freundes gehört.«

Als Jacob nun die gutmütige Stimme des Mannes hörte, der seinen Vater einen »Freund« nannte, sah er ihn das erste Mal an. Von Elmendorff war ein mittelgroßer, dicklicher Mann, dessen Arme zu kurz für seinen Körper schienen. Dem schlechten Sitz der weiß gepuderten Perücke nach zu urteilen, hatte er sie sich unmittelbar vor ihrem Eintreten hastig wieder auf dem Kopf platziert. Unter diesem Ungetüm einer Frisur befand sich ein pausbackiges Gesicht, das dafür, dass dessen Besitzer wohl bis vor zwei Minuten in dem wuchtigen Polstersessel hinter ihm gesessen hatte, recht rot war. Auch sein himmelblaues Justeaucorps hatte er sich offenbar schnell übergeworfen, denn nicht nur, dass es nicht zugeknöpft war, der Hemdkragen wurde zudem vom Revers zusammengeknautscht. Die Knöpfe der ebenfalls himmelblauen Weste waren zwar geschlossen, wurden jedoch aus eben diesem Grunde einer harten Probe unterzogen, da der darunter befindliche Bauch kurz davor war, sie zu sprengen. Der Blick von Elmendorffs war ebenso gutmütig und freundlich wie seine Stimme. Er war permanent auf Jacob gerichtet und der Glanz seiner Augen verriet, dass er ebenfalls in Jacob seinen Vater sah und sich in frühere Zeiten zurückwünschte.

Neben dem Sessel stand ein Tischchen, auf dem ein dickes Buch abgelegt war. Den Titel konnte Jacob nicht erkennen. Als gehörte der Wälzer zu einem Gedeck, waren drum herum eine leere Teetasse, eine Teekanne sowie ein kleiner Teller mit Krümeln darauf angeordnet.

»Räume bitte das Geschirr ab«, wies von Elmendorff seine Haushälterin an, als hätte er Jacobs Gedanken gelesen und falsch gedeutet. Sein Tonfall war bestimmend, aber trotzdem freundlich und gar nicht gebieterisch. »Und bring uns bitte Kaffee.«

Kaffee, dachte Jacob. Wann bekam er den schon mal zu trinken? Vielleicht in Zukunft öfter, falls sie mit der neuen Mühlentechnik wohlhabender werden sollten, doch bisher war der für sie zu teuer.

Die Haushälterin sammelte das Geschirr vom Tisch und verließ das Zimmer. Jacob konnte seine Aufmerksamkeit nicht mehr länger von den Büchern fernhalten. Ein ganzer Raum voller Bücher ging eigentlich über sein Fassungsvermögen.

»Die Bücher scheinen dich zu interessieren. Das ist schon mal ein sympathischer Wesenszug«, meinte von Elmendorff.

Jacob machte einen Schritt auf die rechte Regalwand zu.

»Haben Sie die alle gelesen?«

Er konnte sich nicht vorstellen, dass ein Mensch in seinem Leben so viele Bücher lesen konnte.

»Die meisten.«

Etliche der Titel, die er beim Näherkommen entziffern konnte, interessierten Jacob nicht, denn es gab beispielsweise reihenweise Gedichtbände und Reiseberichte. Seine Vorliebe galt den Geschichten. So wurde er eher aufmerksam, als er die »Geschichte des Agathon« von Christoph Martin Wieland entdeckte. Dann sah er ein Buch, von dem er schon gehört hatte und das er gerne einmal lesen würde: »Gullivers Reisen« von Jonathan Swift. Ohne nachzudenken, griff er zu und zog es aus dem Regal.

»Halt, halt, bitte nicht!«, sagte von Elmendorff und bewegte seine Leibesfülle erstaunlich schnell zu ihm herüber. »Lass mich das bitte machen.«

Doch Jacob blätterte bereits in dem Buch und erfreute sich an einigen Formulierungen, die er beim Überfliegen aufschnappte.

»Du magst Abenteuer, ja? Wie wäre es dann hiermit?« Von Elmendorff zog ein Buch heraus, das ein paar Plätze neben der Lücke stand, die die »Gulliver« hinterlassen hatte. »Miguel de Cervantes Saavedras amüsante Geschichte eines Möchtegernritters.«

Jacob las »Don Kichote de la Mantzscha« auf dem Buchdeckel. Das berühmte Werk, das es bereits so lange gab. Doch von Elmendorff stellte es schon wieder zurück.

»Oder das hier?« Jetzt zog er ganz vorsichtig ein kunstvoll verziertes Buch heraus, und als er es aufschlug, sah Jacob detaillierte Kupferdrucke zwischen dem Text. »,Robinson Crusoe' von Daniel Defoe, eines meiner Lieblingswerke. Aber wir wollen unsere deutschen Meister nicht vergessen.« Er stellte »Defoe« ins Regal zurück und ging zu der Stelle, wo Jacob den ersten Titel gelesen hatte. »Unser Friedrich Schiller hat uns schließlich ,Kabale und

Liebe' geschenkt. Das hier ist die Erstausgabe von 1784.« Stolz schwang in seiner Stimme mit. Doch das Buch stellte er schon wieder zurück und entnahm ein weiteres. »Aber allem voran natürlich ‚Die Leiden des jungen Werther'«

»Goethe«, rief Jacob. Sein Vorbild! Er steckte schnell »Gulliver« an seinen Platz und eilte zu von Elmendorff, der ihm schmunzelnd das Meisterwerk überließ.

Herold, dessen Anwesenheit gar nicht mehr zu bemerken gewesen war, räusperte sich.

»Herr von Elmendorff, darf ich zu dem Anlass unseres Besuches kommen?«, fragte er.

»Aber natürlich, erzählt mir, wie ich zu der Ehre komme, die erwachsenen Söhne meines alten Freundes kennenzulernen.«

Von Elmendorff ging wieder zu seinem Sessel zurück und ließ sich hineinplumpsen. Mit einer Handbewegung bot er Herold einen Platz auf einem Stuhl an. Herold setzte sich.

Jacob stellte fest, dass der »Werther« drei Mal im Regal stand. Warum kaufte sich jemand das gleiche Buch mehrfach?

»Wir betreiben die Nordmühle«, fing Herold an zu erzählen und von Elmendorff nickte, als wusste er das bereits. »Vor einigen Tagen wurde sie zerstört, ohne unser Verschulden. Wir verdächtigen zwei Männer, mit denen wir einen Streit hatten, können aber nichts beweisen. Die Stadt Oldenburg, der die Mühle gehört, hat uns auferlegt, sie zu reparieren, aber weiterhin müssen wir den Pachtzins zahlen. Deshalb suchen wir einen Geldgeber. Ich erinnerte mich an Sie und dachte, dass Sie vielleicht interessiert wären.«

Ein Klopfen ließ, obwohl es leise war, die Glasscheiben in der Tür erzittern. Von Elmendorff bat einzutreten und die Haushälterin kam mit einem gefüllten Tablett in die Bibliothek.

»Warum glaubst du, dass ich daran interessiert sein könnte?«, fragte von Elmendorff.

»Es wäre ein gutes Geschäft für Sie. Das Geld erhalten Sie mit Zinsen zurück. Und wir können auch noch über eine Gewinnbeteiligung reden«, antwortete Herold.

Die Haushälterin deckte das Tischchen mit einer Kaffeekanne, drei Porzellantassen, Behältern mit Milch und Zucker, kleinen Löffeln sowie einem Teller mit Gebäck.

»Hm, ein gutes Geschäft, sagst du.« Von Elmendorff linste zu dem Gebäckteller. »Aber gute Geschäfte mache ich zu Hunderten und fast alle sind weniger riskant, als dieses wäre. Wie ist denn sichergestellt, dass ich mein Geld überhaupt zurückbekomme, geschweige denn die Zinsen oder eine Gewinnbeteiligung?«

Jacob stellte den »Werther« ins Regal zurück und setzte sich an den Tisch, um sich dem Kaffee zu widmen, den die Haushälterin in die Tassen goss. Anschließend ließ sie die Männer wieder allein.

Herold schilderte von Elmendorff seinen Plan, so wie er ihn schon Jacob geschildert hatte. Nur die Zeichnungen konnte er nicht anfertigen, da er Papier und Tinte nicht zur Verfügung hatte. Aber Jacob hatte den Eindruck, dass von Elmendorff, der sich außerordentlich an dem Gebäck gütlich tat, trotzdem gut verstand, worum es ging. Die Kekse fand Jacob auch sehr köstlich, vom Kaffee war er enttäuscht - er hatte ihn weitaus leckerer in Erinnerung, vielleicht gab es da aber Unterschiede.

Nachdem Herold seine Pläne erläutert hatte, trat ein kurzes Schweigen ein.

»Euer Vorhaben leuchtet mir ein.« Der Herr des Hauses nahm einen Schluck Kaffee und griff zum nächsten Keks, der einseitig mit Schokolade überzogen war. »Das ist ein wirklich guter Plan. Geradezu genial. Ich verstehe ein wenig von diesen technischen Dingen. Und ich teile deine Einschätzung, dass ihr in Zukunft eure Einnahmen mit der Erweiterung der Mühle vergrößern werdet.« Er biss von dem Keks ab und betrachtete ausgiebig die Bissstelle. »Doch es gibt da ein paar Sachen, die ich noch nicht so richtig verstanden habe. Zum einen: Warum müsst ihr den Aufbau einer Mühle finanzieren, die doch nicht euer Eigentum, sondern das der Stadt Oldenburg ist?« Den Rest des Kekses steckte er sich als Ganzes in den Mund.

»Wir waren beim Ratsherrn von Zölder ...«, setzte Herold an.

»Ach, bei dem Zölder wart ihr!« Von Elmendorff lehnte sich im Sessel nach vorn, wodurch die Belastungsprobe der Westenknöpfe auf ein Maximum erhöht wurde. Noch hielten sie, aber Jacob konnte sie fast stöhnen hören.

»Ja«, fuhr Herold offenkundig leicht irritiert fort. »Der Ratsherr macht uns für die Zerstörung verantwortlich und sieht uns in der Pflicht die Mühle wieder aufzubauen.«

Herold gab eine kurze Zusammenfassung der Unterredung mit von Zölder. Währenddessen wurde die Miene von Elmendorffs immer grimmiger und er vergaß sogar die Kekse.

»Aber das braucht ihr so nicht stehen zu lassen«, schimpfte er dann. »Wendet euch an Peter Friedrich Ludwig. Das ist ein gerechter Mann. Oder zumindest an den Bürgermeister. Ich würde euch dabei unterstützen.«

Herold zog die Stirn in Falten und sah zu Boden. Seine unverkennbare Grüblergeste. Jacob wusste, was in ihm vorging.

»Wenn Sie uns diesen Vorschlag vor sechs Tagen gemacht hätten, wäre mein Bruder sicherlich sofort darauf eingegangen. Doch jetzt möchte er seinen genialen Einfall in die Tat umsetzen. Die Mühle ist sein Ein und Alles, auch wenn sie ihm nicht gehört.«

Herold sah wieder auf.

»Ja, aber es ist nicht nur deswegen«, sagte er. »Die Mühle wird durch den Umbau schließlich zukünftig einen höheren Ertrag einbringen. Das haben Sie selber gerade gesagt.«

»Hmm, ... in Ordnung, kommen wir damit zu meiner nächsten Frage: Warum glaubst du, dass man dir den Ertrag lassen wird? Dadurch, dass du die Mühle umbaust, gehört sie immer noch nicht dir.«

»Der Ratsherr hat gesagt, wir sollen die Mühle wieder aufbauen, wie es uns beliebt. Es sei ihm egal, wie wir das anstellen. Wir nehmen ihn beim Wort, handeln also nach seinen Anweisungen. Dafür kann er uns doch nicht die Pacht erhöhen.«

»Oh, er kann so einiges. Nehmt euch vor diesem Mann in acht. Er ist so verschlagen, dass er sicherlich einen Weg finden wird, euch das Geld abzunehmen.«

Von Elmendorff nahm sich wieder einen Keks und lehnte sich im Sessel zurück. Anders als vorher biss er immer nur ein kleines Stück ab, mümmelte darauf herum und starrte ins Leere. Das war dann wohl seine Art, über etwas nachzudenken.

Schließlich sah er Jacob und Herold abwechselnd an.

»In Ordnung. An welche Summe habt ihr denn gedacht?«

Herold machte einen verlegenen Eindruck, da er nun den Betrag nennen sollte.

»Nun, ja, wir haben ausgerechnet, dass wir etwa 90 Reichstaler bräuchten, um uns und die Arbeitskräfte zu versorgen und Ersatzteile und Material zu kaufen.«

Jacob beobachtete von Elmendorff mit angehaltener Luft, doch der zuckte mit keiner Wimper, als er den Betrag hörte. Er wirkte, als würde er im Kopf rechnen.

»Also gut«, sagte er nach einem Augenblick. »Ich leihe euch 60 Reichstaler und nicht einen Schwaren mehr. Der Zinssatz soll 10 Prozent aufs Jahr betragen, aber dafür verzichte ich auf eine Gewinnbeteiligung.«

Jacob glaubte, seinen Ohren nicht trauen zu können. Das waren ja nur zwei Drittel von dem, was sie brauchten.

»Aber wir brauchen doch 90 Reichstaler. Wie sollen wir das denn mit 60 Reichstalern schaffen?«, platzte er heraus.

»Jacob!«, schalt Herold ihn.

Von Elmendorff begann zu lachen, dass sein Bauch wippte und sein Doppelkinn nur so schwabbelte.

»Junge, du bist ja ganz wie dein Vater vor 30 Jahren. Und ihm habt ihr es zu verdanken, dass ich euch das Geld überhaupt leihe, jeden anderen hätte ich zum Teufel gejagt.« Er wurde wieder ernst. »Versteht mich nicht falsch. Ich glaube, dass euer Vorhaben gut ist, und ich besitze genug Menschenkenntnis, um zu wissen, dass ihr das hinbekommt und durchsteht. Die neue Mühle wird funktionieren und ihr werdet letztendlich mehr Einnahmen haben, davon bin ich überzeugt. Wovon ich aber nicht überzeugt bin, ist, ob man euch das Geld lassen wird. Denn ich kenne auch von Zölder. Bisher hat er immer Mittel und Wege gefunden, seinen Willen durchzusetzen. Deshalb bin ich nicht bereit, mehr zu riskieren, und ihr solltet es auch nicht sein. Seht zu, dass ihr es mit 60 Reichstalern schafft.«

Jacob war verwirrt. Was sollte das bedeuten? Dass er ihnen zu ihrem eigenen Besten weniger Geld leihen wollte? Und was hatte es immer mit diesem Gefallen auf sich, den ihr Vater ihm getan hatte?

»Warum reden Sie immer von diesem Gefallen? Was hat er Ihnen denn für einen Gefallen getan?«, brauste er weiter auf.

Erneut musste sich von Elmendorff den Bauch halten vor Lachen, bevor er antwortete, was Jacob noch mehr in Aufruhr versetzte, weil er sich ausgelacht fühlte.

»Die alten Geschichten sollte man nicht wieder aufwärmen. Vielleicht erzähle ich euch irgendwann einmal davon, aber im Moment soll es mal gut sein.« Er wischte sich Tränen aus den Augenwinkeln. »Es ist nur so, dass ich immer sehr bedauert habe, was damals geschehen ist und welches Ende Diether nahm, und ich freue mich, dass ich jetzt auf diese Weise seinen Söhnen helfen kann. Vorausgesetzt, ihr wollt meine Hilfe annehmen.«

Er sah Herold an.

»Ja, sehr gerne, vielen Dank«, entgegnete dieser auf der Stelle.

»Dann lasse ich bis morgen von meinem Advokaten einen Vertrag aufsetzen und das Geld besorgen. Kommt am besten morgen um die gleiche Zeit wieder her, damit wir den Rest regeln können.«

Anschließend ging alles sehr schnell. Herold gab von Elmendorff die Hand und verabschiedete sich, und als hätte sie auf ein Stichwort gewartet, stand die Haushälterin im Raum, um sie hinauszubegleiten. Dabei hätte Jacob noch so viele Fragen gehabt. Sehnsüchtig warf er einen letzten Blick auf die Bücher, als sie die Bibliothek verließen. Und kurze Zeit später waren sie wieder vor dem Haus auf der Straße.

Herold marschierte strammen Schrittes in Richtung Norden. Jacob hatte Mühe, hinterherzukommen. Wollte sein Bruder ihm etwa ausweichen? Ahnte er vielleicht, dass Jacob nicht nur verwirrt, sondern auch verärgert war? Alle Welt sprach von Dingen, die ihn etwas angingen, aber niemand wollte ihm diese Dinge näher ausführen. Jeder Dahergelaufene schien mehr über Jacobs Familie und deren Vergangenheit zu wissen, als er selbst. Das konnte er nicht länger auf sich beruhen lassen.

»Nun warte doch mal«, keuchte er Herold hinterher, doch der dachte gar nicht daran. »Was meinte von Elmendorff gerade damit? Von welchen Ereignissen hat er gesprochen? Was soll Vater geschehen sein? Und was für einen Gefallen hat Vater ihm getan?«

Herold hob sein Tempo eher noch an, als er von der Ritterstraße in die Achternstraße rechts einbog. Warum musste er immer so stur sein? Diese

Halsstarrigkeit brachte Jacob zur Raserei. Und dieses Hinterhergehetze! Davon hatte er jetzt genug. Er blieb stehen.

»Verdammt noch mal, nun erzähle mir endlich, was mit unserer Familie los ist!«, brüllte er Herold hinterher, so laut, dass sich diverse Passanten zu ihm umdrehten.

Herold hielt ebenfalls an und schaute sich verlegen nach den Passanten um, die anfingen, miteinander zu tuscheln. Er ging die Schritte zurück, die ihn von Jacob trennten, packte ihn am Handgelenk und zog ihn mit sich, nun nicht ganz so eilig wie vorher.

»Musst du hier so rumschreien? Es muss ja nicht jeder unsere Angelegenheiten mitbekommen.« Sein Griff war so stark, dass Jacobs Handgelenk schmerzte. Er riss sich los und blieb wieder stehen.

»Dann erzähl mir endlich, was mit unserer Familie los ist«, giftete er Herold an.

»Ja, in Ordnung, aber komm mit. Die Leute zeigen ja schon auf uns.« Er ging voraus, wesentlich langsamer, und Jacob folgte ihm. »Was diesen Gefallen angeht, weiß ich genauso wenig wie du. Ich habe keine Ahnung, welchen Gefallen Vater ihm getan hat.«

»Und was ist mit den anderen Dingen?«

»Welchen anderen Dingen?«

»Nun stell dich nicht dumm. Diese Häufung von Andeutungen über unsere Familie ist ja wohl äußerst merkwürdig. Zuerst die Bemerkung dieser Raufbolde in der Gastwirtschaft: Der Rest würde uns auch noch genommen werden. Der Rest wovon? Heißt das, uns wurde schon mal etwas genommen?« Herold sagte nichts. Sie überschritten jetzt den Marktplatz, die Silhouette der Gebäude glitt an ihnen vorüber: die Lambertikirche, das Rathaus. Normalerweise genoss Jacob das, doch heute hatte er andere Dinge im Kopf.

»Dann von Zölder, ich wäre genauso wie Vater vor 20 Jahren. Kannte er ihn damals?«

Herold räusperte sich.

»Naja, 20 Jahre ist eine lange Zeit ...«, antwortete er ausweichend.

Jacob schüttelte den Kopf. Sein Bruder wollte ihm schon wieder keine Antworten liefern.

»Und jetzt spricht von Elmendorff von irgendwelchen Ereignissen und sagt, dass er bedauere, was damals geschehen ist.« Erneut blieb er stehen und wurde wieder lauter. »Verdammt, nun rücke schon raus mit der Sprache.«

Herold packte ihn abermals am Handgelenk und zog ihn mit.

»Ja, es stimmt«, raunte er. »Es ist damals etwas geschehen, wodurch sich unser Leben verändert hat. Ich war damals jedoch noch ein Kind und habe daher auch nicht alles mitbekommen. Das, was ich weiß, werde ich dir erzählen. Aber nicht jetzt.«

»Warum nicht?«

»Weil wir jetzt da sind, wo wir hinwollen.«

Herold wies auf das Gebäude, vor dem sie standen.

»Was willst du denn hier?«

»Na, was will man schon bei der Post«, sagte Herold und stieg die Stufen zum Eingang hoch. »Einen Brief versenden.«

»Einen Brief? Wem willst du denn einen Brief schicken?«

Herold drehte sich auf der obersten Stufe zu ihm um.

»Nachdem ich diesen Einfall für den Umbau der Mühle hatte, habe ich mich daran erinnert, dass bei uns vor einiger Zeit ein Müller auf der Durchreise übernachtet hatte. Der hatte mir damals von einer Wassermühle in Hamburg erzählt, die wohl die modernste und beste Wassermühle ist, die er kennt. Den Bauherrn dieser Wassermühle will ich einstellen. Deshalb brauche ich seinen Namen und seine Adresse, und um die zu erfragen, sende ich dem Müller von damals diesen Brief.«

Herold drehte sich um und betrat das Postgebäude.

Jacob unten an der Treppe schüttelte lächelnd den Kopf. Sein Bruder! Wahrscheinlich hatte er schon den ganzen Mühlenumbau komplett durchgeplant.

Die nächste Gelegenheit, Herold zu den Ereignissen in ihrer beider Kindheit zu befragen, ergab sich am folgenden Tag in der Frühstückspause. Herold machte gerade ein grüblerisches Gesicht und schaffte es, dabei glückselig zu lächeln. Als Jacob ihn wieder drängte, von den Geschehnissen zu erzählen, verschwand das Lächeln.

»Na gut«, brummte Herold. »Du gibst sonst ja doch keine Ruhe.«

Er sah zum See, dachte kurz nach und begann dann.

»Ich erinnere mich an unsere Eltern so, wie man sich als dreißigjähriger Mann an Geschehnisse erinnern kann, bei denen man zehn Jahr alt war oder sogar jünger. An Geschehnisse, die 20 Jahre zurückliegen.« Er räusperte sich. »Unsere Mutter habe ich als unnahbar in Erinnerung. Sie war wenig herzlich, eher kühl und abweisend. Ich weiß nicht, ob sie mich überhaupt jemals in den Arm genommen hat. Als weibliche Bezugsperson hatte ich vielmehr unsere Zugehfrau.«

Jacob traute seinen Ohren nicht.

»Wir hatten eine Zugehfrau? Eine Haushälterin?«

»Ja, aber unterbrich mich nicht. Es fällt mir schwer genug, aus dieser Zeit zu erzählen. Unterbrechungen kann ich nicht gebrauchen. Hinterher kannst du mich fragen, was du willst.«

Herold hatte auf seinem Teller noch einen Bissen Brot. Den steckte er sich jetzt in den Mund. Nachdem er ihn hinuntergeschluckt hatte, fuhr er fort.

»Unser Vater war da ganz anders. Es stimmt, dass er ähnlich war, wie du heute bist, nicht nur äußerlich. Er war immer fröhlich, lustig, herzlich. Er war es, der mich in den Arm nahm und mir zeigte, dass er mich liebte. Wir haben viel zusammen gemacht. Als ich zehn wurde, sagte er mir, dass ich langsam ein Mann werde und bald mitkommen könnte zur Jagd. Aber dazu kam es nicht mehr.«

Herold machte eine kurze Pause, in der er wieder auf den See schaute.

»Dann kam der Tag, an dem er schwermütig wurde. Er hatte irgendwelche Sorgen, aber ich wusste nicht, was für welche. Als ich unsere Zugehfrau danach fragte, sie hieß übrigens Duretta, meinte sie, dass das schon vorbeigehen würde und ich mir keine Sorgen machen sollte. Aber so kam es nicht, es wurde sogar schlimmer. Unser Vater lachte kaum noch und hatte tiefe Ringe unter den Augen, als würde er kaum noch schlafen. Dann kam alles ganz schnell hintereinander. Zuerst starb unsere Mutter bei einem Unfall. Unseren Vater habe ich danach nur noch einmal gesehen, wie er das Haus verlassen hatte. Er war so aufgelöst, dass er mich nicht einmal bemerkt hatte, obwohl er mich umgerannt hätte, wenn ich nicht schnell zur Seite gesprungen wäre. Das war das letzte Mal, dass ich ihn sah. Meine Fragen nach seinem Verbleib wurden mir nicht beantwortet und kurze Zeit später sagte man mir, dass auch er tot sei.«

Herolds Stimme brach bei den letzten Worten. Jacob sah ihn an und bemerkte, dass er Tränen in den Augen hatte. Auch Jacob wurde ganz beklommen und er musste schlucken, um den Kloß im Hals loszuwerden.

Nach einer Weile fuhr Herold fort, die Stimme immer noch brüchig.

»Wie es zum Tod unserer Eltern kam, hat man mir nie erzählt. Es dauerte auch nicht lange und wir mussten unser Haus verlassen. Wir sind zu unseren Stiefeltern gekommen, dem alten Müllerehepaar Bernhard und Martha. Sie zog dich auf und ich musste Bernhard in der Mühle mithelfen. Den Rest kennst du.«

Beide schwiegen eine Weile. Der eine musste sich erholen, so wie es Jacob schien, und er selber musste das Gehörte verarbeiten. Eigentlich hätte er Herold jetzt gerne in Ruhe gelassen, aber ein paar Dinge musste er unbedingt wissen.

»Du sagst, wir hatten ein Haus?«

»Oh, ja, und was für eines. Ein großes, schönes Haus. Ich hatte ein eigenes Zimmer. Alles war prunkvoll eingerichtet. Und wir hatten Stallungen und Pferde. Soweit ich weiß, hatten wir auch viele Ländereien. Aber das wurde uns alles weggenommen. Ich weiß nicht, warum. Mir als Zehnjährigen hatte man das nicht erzählt und Bernhard wusste es auch nicht. Heute weiß ich nicht mal mehr, wo sich unser Haus befand und ob ich es heute wiedererkennen würde, wenn ich es sähe.« Er kniff die Augen zu Schlitzen zusammen. »Woran ich mich erinnern kann, ist eine weiße Pferdeskulptur, ein aufbäumendes Pferd aus Stein. Darauf hat Vater mich manchmal gesetzt.«

»Und wir hatten eine Zugehfrau?«

»Nicht nur das. Wir hatten noch mehr Personal. Jemanden, der sich um die Stallungen kümmerte, einen Gärtner, ich hatte einen privaten Lehrer. Die habe ich alle später nie wieder gesehen.«

»Das heißt, wir hatten einmal viel Geld?«

»Ja, Geld und Ansehen. Die anderen Menschen begegneten unserem Vater immer mit viel Respekt. ‚Herr von Riekhen dieses‘ und ‚Herr von Riekhen jenes‘ ...«

»Was? Wieso ‚Herr *von* Riekhen‘?«

»Weil wir früher einen Adelstitel führten. Unser Vater war Freiherr von Riekhen.«

1768

Das Pferd preschte über die Wiesen. Das Wasser aus den Pfützen, die sie durchritten, spritzte auf, selbst Diethers Gesicht war bereits nass. Doch es machte ihm nichts, er genoss es. Sie galoppierten am Rande eines Waldes entlang, setzten über einen liegenden Baumstamm. Er rang schon ebenso nach Luft wie sein Hengst. Am Ende des Waldes zog er die Zügel straff und brachte ihn zum Stehen. Lobend tätschelte er den Hals des stolzen Tieres, während beide wieder zu Atem kamen.

Es würde gleich beginnen, dunkel zu werden. Er sollte sich auf den Heimweg machen. Dafür wollte er eine andere Route einschlagen. Er zog am linken Zügel und wendete sein Pferd, um gemäßigter zurück zu reiten.

Etwa eine Stunde später ritt er in seine Stallungen und übergab den Hengst zum Abzäumen und zur Pflege an Klatti, seinem Stallknecht. Er selbst begab sich ins Haus, um sich frisch zu machen. Bald würde das Abendessen gereicht werden. Sicherlich würde es wieder Braten geben, von dem Fleisch des Hirsches, den er vor einigen Tagen erlegt hatte.

Als er kurze Zeit später den Speiseraum betrat, kam ihm der köstliche Duft der Speisen entgegen. Im Kamin loderte ein schönes Feuer, was bei dem recht fortgeschrittenen Herbst wohl angebracht war. Alheyt und Herold saßen bereits an der langen Tafel und erwarteten schweigend seine Ankunft.

»Ah, ihr wartet schon auf mich«, sagte Diether gut gelaunt zur Begrüßung.

Sein Sohn lächelte ihm zu, aber seine Frau zeigte keine Regung.

Diether ging an der Tafel entlang und strich dabei mit den Fingern über die weiße Tischdecke. In der Mitte standen dampfend große Porzellanplatten mit verschiedenen Gemüsen und Kartoffeln. Als er an Herold vorbeikam, strubbelte er ihm über das Haar. Zu Alheyt bückte er sich zum Kusse und sie hielt ihm ihre blasse Wange entgegen. Sie saß nicht sehr dicht am Tisch, weil ihr dicker Bauch es unmöglich machte. Nicht mehr lange bis Diether das zweite Mal Vater werden würde.

Er schritt an der anderen Seite der Tafel entlang, zurück zu seinem Platz, und kaum hatte er sich niedergelassen, betrat Duretta mit der Bratenplatte den Raum. Sie begrüßte ihn, stellte die Platte ab und begann damit, die Speisen und den Wein zu servieren.

Der Hirschbraten schmeckte vorzüglich. Diether ließ sich zwei Mal nach-
geben. Die Nachspeise war eine Kombination aus geschlagener Sahne und
Äpfeln. Eine sehr süße Angelegenheit, die er kaum anrührte, dem Rest seiner
Familie aber zu schmecken schien. Sollte Herold doch seine Schale bekommen.

»Wie war der Unterricht heute?«, fragte er seinen Sohn, den stummen Teil
des Abends beendend.

»Hervorragend!« Herold strahlte über das ganze Gesicht. »Jedenfalls
nachdem wir mit dem leidigen Lesen fertig waren und uns der Mathematik
zugewandt hatten.«

Ja, dachte Diether, ein Dichter würde sein Sohn wohl nicht werden, dann
schon eher ein Wissenschaftler. Aber er musste nichts von beidem. Irgendwann würde er das Vermögen erben, von dem seine Familie seit Generationen lebte. Nichtsdestotrotz war Bildung wichtig, weshalb Diether den besten
Privatlehrer beschäftigte, den er finden konnte.

Herold berichtete weiter vom Unterricht und davon, was er am Nachmittag draußen unternommen hatte, was er geschnitzt hatte, dass er in den Stallungen geholfen hatte und was ein Zehnjähriger sonst alles erlebte. Diether
hörte ihm wohl zu, aber seine halbe Aufmerksamkeit galt Alheyt. In ihrer
Schwangerschaft war sie sogar schöner als ohnehin schon. Er musste sie fortwährend anschauen, doch sie erwiderte seinen Blick nicht ein einziges Mal.
Die ganze Zeit waren ihre Lider gesenkt und die Augen auf den Teppich
gerichtet, als hätte sie dessen Muster zuvor nie gesehen. So verhielt sie sich
nicht erst seit heute, sondern bereits eine geraume Weile. Das tat Diether
weh. Sicher, sie wurden sehr früh verheiratet, Alheyt war sechzehn und er
zwanzig Jahre alt. Aber er hatte sie damals schon geliebt und er liebte sie
immer noch, wenn auch auf eine andere Weise. Heute war die Liebe nicht
mehr leidenschaftlich, sie war zur Gewohnheit geworden. Seit vielen Wochen hatten sie nicht das Bett geteilt. Er nahm sich vor, das heute Abend zu
ändern. Die Schwangerschaft machte ihm dabei nichts aus.

Kurz vor der Schlafenszeit schlüpfte er zu ihr ins Schlafzimmer. Sie saß
an der Frisierkommode und bürstete ihr langes blondes Haar. Überrascht sah
sie auf, als sie die Tür hörte, und unterbrach das Bürsten. Sie sah ihn erst
verwirrt an, doch schnell dämmerte ihr sein Anliegen.

»Was willst du denn noch hier?«, fragte sie trotzdem.

Diether hatte sich vorher nicht überlegt, wie er vorgehen wollte. Er hatte einfach den Entschluss gefasst, dass er mal wieder mit seiner Frau zusammensein wollte, und wollte diesen jetzt in die Tat umsetzen. Deshalb war er ein wenig verlegen darum, wie er antworten sollte, ohne sofort auf den Punkt zu kommen.

»Was für eine Frage. Man darf doch wohl noch seine Ehefrau besuchen.«

»Ts!«, machte sie und setzte das Bürsten fort.

Na ja, dachte Diether, leicht hatte er es noch nie bei ihr gehabt. Ein wenig sanftes Drängen war schon immer nötig gewesen.

Er ging zu ihr und umfasste von hinten ihre Schultern. Sie hatte bereits ihr Nachthemd an, ein dünner Hauch von Stoff, der sich an ihren Körper schmiegte. Mächtig trat der Bauch darin hervor. Er betrachtete sie in dem zweiten Spiegel mit dem verzierten Holzrahmen, der seitlich von ihr stand. Wie sie dort saß mit ihren offenen Haaren, zum Bürsten seitlich nach vorne geholt, war sie einfach wunderschön. Er begann, ihre Schultern zu streicheln. Ihr zarter Nacken bot sich ihm dar, sodass er nicht widerstehen konnte: Er bückte sich und hauchte einen Kuss auf ihre Haut. Alheyt wich dem nach vorne aus.

»Bitte lass mich meine Haare bürsten«, sagte sie und arbeitete sich weiter mit der Bürste vor.

Diether umrundete den Stuhl, auf dem sie saß, nahm ihr die Bürste aus der Hand und legte sie auf die Kommode. Er fasste sie unter Beine und Rücken, hob sie hoch, was aufgrund ihres Zusatzgewichts nicht einfach war, und brachte sie zum Bett. Dort legte er sie ab und schmiegte sich sogleich an ihre Seite. Er öffnete die Schleife ihres Nachthemds und küsste sie seitlich auf Hals und Schultern.

Doch dann merkte er, wie sie dalag: stocksteif, mit geöffneten Augen und zusammengepressten Lippen. Ihre Hände hielten die offenen Seiten des Nachthemds, damit sie nicht wegrutschten und ihre Brust entblößten.

»Was ist mit dir?«, fragte er.

Sie raffte das Nachthemd noch weiter zusammen.

»Glaubst du wirklich, dass das eine so gute Idee ist?«

Ihre Stimme klang schneidend.

»Was meinst du?«

»Denkst du wirklich, dass das, was du vorhast, in meinem Zustand ratsam ist?«

»Aber warum denn nicht? Wir haben es schon so lange nicht mehr gemacht. Und ich werde wirklich vorsichtig sein.« Er gab ihr einen Kuss auf die Wange. »Weißt du, ich liebe dich doch, und wir waren uns in letzter Zeit nicht besonders nahe.«

»Das liegt vielleicht daran, dass ich dein Kind austragen muss«, sagte sie kalt.

Er stützte sich auf seinen Ellenbogen, um ihr ins Gesicht sehen zu können, doch sie drehte den Kopf zur anderen Seite.

»Aber was sagst du denn da? *Mein* Kind? Es ist doch *unser* Kind.« Darauf gab sie keine Erwiderung. »Unser Kind, das aus Liebe entstanden ist. Wir haben es doch gezeugt, weil wir uns lieben.«

»*Du* hast es gezeugt. *Ich* war nur dabei.«

Diether bekam einen Kloß im Hals. Er konnte nicht verhindern, dass ihm Tränen in die Augen stiegen. Er wartete einen Moment, denn er wusste, dass seine Stimme brechen würde, wenn er jetzt sprechen würde. Doch als er dachte, es ging wieder, tat sie es trotzdem.

»Liebst du mich denn gar nicht mehr?«

Er wartete ein paar Minuten vergeblich auf eine Antwort. Sie lag weiterhin steif und mit abgewandtem Gesicht da und schwieg.

Inzwischen rannen Diether die Tränen über das Gesicht. Er löste sich von ihr und verließ leise ihr Schlafzimmer. Auf dem Korridor lehnte er sich an ihre Tür und wischte sich mit den Fingern die Wangen trocken. Er dachte an frühere Zeiten, in denen sie sich noch geliebt hatten. Sie waren jung gewesen, äußerst jung. Sie waren leidenschaftlich. Ja, damals hatte er sie sehr geliebt. Aber hatte sie ihn auch geliebt? Oder war sie nur jung und schüchtern und ihm deshalb ergeben?

Er wusste es nicht.

In Diethers Schlafzimmer war es einsam. Und langweilig. Er ging deshalb bald zu Bett, doch er konnte nicht einschlafen. Immer wieder musste er darüber nachdenken, was denn in seiner Ehe fehlgelaufen war. Er fragte sich, was er falsch gemacht haben könnte, dass es so gekommen war, und wälzte sich von einer Seite auf die andere.

Irgendwann hatte er davon genug: Er stand wieder auf. Vielleicht ließ sich in der Küche noch etwas von dem Braten ergattern. Danach war es mit dem Schlafen bestimmt einfacher. Mit bloßen Füßen stieg er die Treppe hinunter. Er versuchte, möglichst wenig Geräusche zu machen, da der Rest der Hausbewohner vermutlich schlief. Auf dem Weg zur Küche ging er an den Räumen der Bediensteten vorbei. Die Türen waren alle verschlossen, und es war kein Lichtschein mehr in den Spalten zu sehen. Doch dann kam er bei dem letzten Raum vor der Küche an, Durettas Zimmer. Diese Tür stand ein Stück offen und drinnen brannte Licht. Diether trat heran und öffnete die Tür weiter. Auf einem Schemel sah er Durettas Arbeitskleidung liegen, aber sie selbst war nicht anwesend.

Diether setzte seinen Weg zur Küche fort und hörte bald scheppernde und klappernde Geräusche. Nanu, war sie noch am Arbeiten? Und tatsächlich: Er betrat leise die Küche und sah Duretta, wie sie Töpfe und andere Kochgegenstände wegräumte. Ihre Haare hatte sie offen. Sie war barfuß, wie er, und trug nur ein leichtes Nachthemd. Das war nicht so hübsch und fein wie das seiner Frau, aber der ansehnliche Körper, der darin steckte, machte diesen Nachteil mehr als wett. Durch den dünnen Stoff konnte er sehen, wie die Brüste bei ihren Bewegungen hin und her schaukelten.

»Du räumst noch auf?«

Duretta hatte ihn nicht reinkommen gehört, und als er sie nun ansprach, erschrak sie dermaßen, dass sie am ganzen Körper zusammenzuckte. Sie fasste sich ans Herz, wodurch die Rundung unter dem Nachthemd noch entzückender aussah. Ihr Haar war durch die plötzliche Bewegung so stark durcheinandergeraten, dass es ihr halb ins Gesicht hing. Was für ein hinreißend süßer Anblick das war! Diether musste schmunzeln.

»Haben Sie mich erschreckt«, keuchte sie. Der Schreck hatte ihr den Atem genommen. »Ja, mir fiel noch ein, dass ich vergessen habe, das hier wegzuräumen. Bitte entschuldigen Sie, aber ich dachte, dass alle schon schlafen würden.«

Diether ging ein paar Schritte auf sie zu. Ihre Hände presste sie immer noch unter ihren Busen, und er musste sich bemühen, nicht dorthin zu starren.

»Ja, das wollte ich auch, aber ich konnte nicht. Und dann fiel mir der Braten ein ...«

»Soll ich Ihnen noch etwas davon holen?«

Sie nahm ihre Arme nach vorne und deutete auf die Speisekammer. Wie schade, dass das Nachthemd nun nicht mehr über ihrer Brust gestrafft war.

»Nein, nein, das ist nicht nötig.« Er ging weiter auf sie zu. »Ich habe jetzt doch keinen Hunger mehr.«

Je näher er ihr kam, desto größer wurde seine Erregung. Als er nun direkt vor ihr stand, konnte er sich nicht länger beherrschen. Doch immerhin noch so weit, dass er nur ihre Wange streichelte.

»Aber, Herr«, flüsterte sie und lächelte dennoch.

Er fasste sie ans Kinn und küsste sie auf den Mund. Sie erwiderte den Kuss. Ihre vollen Lippen fühlten sich fest und weich zugleich an. Sein ganzer Körper war inzwischen am Kribbeln und insbesondere in der Körpermitte war seine Erregung nicht mehr zu verheimlichen. Doch gerade jetzt musste er an Alheyt denken. Er löste seinen Mund von Durettas und drehte den Kopf zum Kücheneingang.

»Keine Sorge«, sagte Duretta, seine Bewegung missdeutend. »Die schlafen alle tief und fest.«

Sie zog sich das Nachthemd über den Kopf und ließ es zu Boden gleiten. Ihre Arme schlang sie um seinen Nacken, und sie setzte sich auf seine Hüfte, indem sie die Beine hinter seinem Rücken verschränkte. Er konnte nicht anders, als sie mit den Händen unter ihrem nackten Gesäß zu halten. So küssten sie sich erneut, bis sie ihm zu schwer wurde und er sie auf der Tischkante absetzte. Nun hatte sie die Arme frei, mit denen sie begann, an seinem Nachtgewand herumzunesteln, bis er davon befreit war. Anschließend umschloss sie ihn sofort wieder mit einer Kraft und Hingabe, als hätte sie diesen Augenblick schon lange erwartet und als wollte sie ihn, Diether, nun nicht wieder hergeben.

In den darauf folgenden zwei Stunden, in denen sie sich drei Mal liebten, dachte Diether nicht ein einziges Mal an Alheyt. Später sollten ihn deswegen große Gewissensbisse plagen.

HEUTE

Wie, zum Teufel, sollte sie so ihren neuen Auftrag der Nordwest-Zeitung rechtzeitig fertig bekommen? Dieser Krach machte sie wahnsinnig. Den ganzen Tag ging das schon so. Am Vormittag hatten die Handwerker unzählige Löcher in die Wände gebohrt. Das damit verbundene Dröhnen ging ihr durch Mark und Bein. Und im Moment stemmten sie mit Bohrhammern die Wände für die Wasser-, Strom- und Abflussleitungen der neuen Küche auf. Gegen diesen Lärm war das Löcherbohren ein Flüstern gewesen. Zu allem Überfluss war Timo nun auch noch quengelig. In seinem Mittagsstündchen hatte er wahrscheinlich keine Minute geschlafen, was ihm jetzt natürlich fehlte. Ständig hing er ihr am Rockzipfel und wollte dieses oder jenes. Inzwischen war sie mit ihren Nerven am Ende. Sämtliche Konzentrationsfähigkeit war dahin.

Sie klappte ihr Notebook zu.

»Komm Timo.« Ihr Sohn spielte auf dem Fußboden ihres Arbeitszimmers. Die Fahrgeräusche der Spielzeugautos, die er mit seiner Stimme imitierte, fielen bei dem Lärm in ihrem Haus kaum auf. »Wir gehen an die frische Luft.«

Sie machten eine halbe Runde um die Dobbenwiese und quer darüber hinweg zurück. Die Luft war herrlich. Es war noch ein schöner Sommertag. Der kleine Spaziergang hatte sie spürbar entspannt.

Im Haus war es bei ihrer Rückkehr tatsächlich ruhiger als vorher. Der Bohrhammer hatte Pause. Stattdessen war jemand nur mit einem normalen Hammer zu Gange, was verglichen mit der vorherigen Geräuschkulisse wie ein leises Klacken war.

Sie begaben sich wieder ins Arbeitszimmer, wo Timo sich erneut seinen Autos widmete. Edithas Blick fiel auf das Schreiben vom Standesamt. An Telefonieren war bei der Geräuschkulisse bisher heute nicht zu denken gewesen, aber jetzt konnte sie den Moment nutzen.

Im Internet hatte sie auf der Homepage der Evangelisch-Lutherischen Kirche in Oldenburg ein paar Durchwahl-Nummern des Archivs herausgefunden. Davon rief sie aufs Geratewohl eine an. Es meldete sich eine freundliche Dame, mit der sie einen Termin vereinbarte, an dem sie Einsicht in die

Mikrofiches nehmen konnte. Wie sie im Internet gelesen hatte, waren in diesen Mikrofiches die Kirchenbücher gespeichert, bis ins Jahr 1640 zurückgehend.

Kaum hatte sie das Gespräch beendet, stand plötzlich einer der Handwerker in der Tür des Arbeitszimmers und klopfte an den Türrahmen. Er sah aus wie ein Bäcker kurz vor Feierabend, überall mit weißem Staub bedeckt.

»Entschuldigen Sie, Frau Riekmüller«, sagte er. »Es gibt da ein Problem. Das sollten Sie sich vielleicht mal ansehen.«

Er führte sie nach oben in die werdende Küche. Editha erschrak: Dort herrschte das reinste Chaos. Überall lag Schutt, in der Wand klaffte ein riesiges Loch.

»Oh, mein Gott«, konnte sie nur sagen, bevor sie sich die Hand vor den Mund hielt.

Der Handwerker räusperte sich.

»Das sieht schlimmer aus, als es ist«, meinte er mit einer abwinkenden Handbewegung. »Das Problem ist ein anderes.« Er deutete in das Loch. »Wir wollten die neuen Leitungen ja hier entlang legen.« Er zeigte Editha, wie der Verlauf sein sollte. »Aber jetzt sind wir auf einen alten Kaminschacht gestoßen. Der war vorher nicht zu sehen. Und das Problem ist, dass der undicht ist.«

Der Handwerker erzählte davon, dass es reinregnete und es an dieser Stelle immer wieder feucht werden würde, dass sie den Schacht ganz entfernen und die Stelle neu wieder zumauern müssten, dass sie nach oben hin abdichten müssten, dass dies mit Mehrkosten verbunden wäre, und dass er aber dringend dazu raten würde, weil sie sonst immer wieder Ärger damit bekäme. Schon in der Mitte seiner Rede resignierte Editha. Es würde also noch teurer werden und sie konnte nichts dagegen tun.

»Sollen wir diese Arbeiten durchführen?«, schloss der Handwerker seinen Wortschwall ab.

Editha seufzte.

»Wie hoch wären denn die Mehrkosten?«

»Schwer zu sagen. Man weiß bei einem solch alten Haus nie, was noch dazu kommt, wenn man erst mal anfängt.«

Dann klingelte es an der Haustür.

Sie musste es ja sowieso machen lassen. Ansonsten würde sie wahrscheinlich tatsächlich später Ärger kriegen. Ihr Mieter, Mads Burges, war bereits mehrmals hier, um sich über den Fortschritt der Renovierungsarbeiten zu informieren. Er hatte in manchen Punkten extrem genaue Vorstellungen und stellte immer wieder Forderungen. Irgendwie schien er zu ahnen, dass er der einzige übrig gebliebene Interessent war. Und leider war er sehr kleinlich.

»Na gut«, seufzte sie noch mal. »Führen Sie die Arbeiten durch.«

Sie ging nach unten und öffnete. Wenn man an den Teufel dachte: Es war Mads Burges. Was wollte der denn schon wieder? Na ja, was wohl: Mal wieder nach dem Rechten sehen. Angesichts des Zustands der Küche passte ihr das ganz und gar nicht.

»Guten Tag, Herr Burges. Sie schon wieder?«

»Dürfte ich noch mal einen Blick auf die Wohnung werfen?«

Er drückte bereits die Haustür auf und drängelte sich an ihr vorbei. Abermals musste Editha seufzen. Sie folgte ihm nach oben.

Vor der Küche blieb er stehen. Sie hatte mit einem Aufschrei oder mit irgendeiner anderen erschrockenen Reaktion gerechnet, aber Burges sah sich das Geschehen in aller Ruhe an.

»Da drin sieht es schlimmer aus, als es ist«, wollte Editha den Zustand so erklären, wie er ihr gerade erklärt worden war.

Sein kurzer Seitenblick wirkte überrascht.

»Das ist ja wohl normal, wenn eine Küche in einem Raum eingerichtet wird, der ursprünglich nicht dafür vorgesehen war.«

Was war das für ein komischer Kerl, auch wenn er wahrscheinlich recht hatte.

Er sah sich noch die anderen Räume an, ging dann ohne ein weiteres Wort die Treppe hinunter und verließ ihr Haus. Editha sah ihm kopfschüttelnd hinterher.

Die Handwerker packten ihr Werkzeug zusammen.

»Feierabend«, sagte der Lehrling, und ging grinsend an ihr vorbei.

Zum Glück, dachte Editha, dann hatte sie endlich Ruhe für heute.

Unten im Arbeitszimmer fing Timo an zu schreien.

Das Archiv der Evangelisch-Lutherischen Kirche war nicht weit von ihrem Haus entfernt. Deshalb beschloss sie, zu Fuß dorthin zu gehen. Timo durfte sein Gokart benutzen, das er über alles liebte, seit er es von seinen Großeltern geschenkt bekommen hatte. Es war zwar nicht so sonnig wie gestern, aber trotzdem ziemlich warm. Editha spazierte und Timo fuhr durch die ruhigen Straßen des Dobbenviertels. Sie überquerten die Hauptverkehrsstraße, die Ofener Straße, wenn sie sich recht entsann, und kamen nach ein paar Querstraßen, die wieder relativ ruhig waren, bei ihrem Ziel an.

Das Gebäude, zu dem sie mussten, sah sehr schön aus. Es war mit einem hellbraunen Stein geklinkert und helleren, beigen Steinen abgesetzt. Das und der kleine Turmausbau an der Vorderseite gaben ihm ein fast schloss-ähnliches Aussehen. Der Eingang befand sich an der Seite. Timo ließ sein Gefährt vor der Treppe stehen und sie gingen hinein.

Drinnen nannte sie ihren Namen und verwies auf ihren Termin. Ihr wurde ein Platz mit Mikrofiche-Gerät zugewiesen. Hier breitete sie ihre Unterlagen aus, ließ aber ein kleines Plätzchen frei, wo sie Timos Malsachen hinlegte. Er machte sich sofort eifrig ans Werk. Und sie ebenfalls.

Das Kirchenbuch hatte ein Personenregister. Also suchte sie zunächst nach dem Namen »Riekmüller«. Sie fand auch einige, die ihr allerdings schon bekannt waren. Die weiteren Eintragungen hatten eine leicht abgewandelte Schreibweise: »Riekhmüller« mit »h«. Das musste sie sich genauer ansehen. Sie wählte also die im Register genannten Seiten. Dort waren die Daten von Taufen, Konfirmationen, Trauungen und Beerdigungen vermerkt sowie die Geburts- und Sterbedaten der jeweiligen Personen. Vom Standesamt hatte sie ja bereits die Daten ihrer Urgroßeltern erhalten. Diese verglich sie mit den Daten im Kirchenbuch und fand schließlich ihre Ururgroßeltern, bei denen sich der Nachname also noch anders schrieb. Das »h« ist dann wohl nach dieser Generation unter den Tisch gefallen, warum auch immer. Von den Seiten fertigte sie sich eine Kopie an.

Auf diese Weise ging sie weiter vor, und sie fand die Daten ihrer Vorfahren bis ins Jahr 1835 zu ihren vier Mal Ur-Großeltern. Dort endeten die Einträge im Personenregister, die Kirchenbücher reichten aber noch weiter zurück. Die Suche wurde also mühseliger, denn sie musste alle Seiten durchblättern. Irgendwann entdeckte sie ihre fünf Mal Ur-Großeltern. Und nach langer Suche, als sie fast aufgeben wollte, fand sie zwar nicht den Namen »Riekhmüller«, aber »Riekhen«. Sollte es vorher schon einmal eine Änderung des Namens gegeben haben? Warum nicht? Vielleicht war einer ihrer Vorfahren ein Müller und deshalb wurde aus »Riekhen« irgendwann »Riekhmüller«. Auch von dieser Seite machte sie eine Kopie.

Ihre sechs Mal Ur-Großeltern hießen demnach vermutlich Herold und Cecilie Riekhen. Das war enttäuschend. Denn die Jahreszahlen in dem Buch vom Dachboden lagen zeitlich zwischen den Jahresdaten von Geburt und Tod des Ehepaars Riekhen, das passte also. Die Initialen stimmten aber nicht.

Deshalb forschte sie eine weitere Generation zurück und fand, nach erneuter langer Suche, noch mal den Namen Riekhen. Jedoch passten die Initialen wieder nicht, denn ihre sieben Mal Ur-Großeltern hießen Diether und Alheyt. Außerdem waren die beiden schon viele Jahre, bevor das Buch verfasst wurde, gestorben. Der Sohn, Herold, war noch ein Kind.

Timo wurde langsam maulig. Er hatte keine Lust mehr, zu malen. Ständig fragte er, wann er denn wieder Gokart fahren könnte und ob er es nicht ein wenig auf dem Flur tun könnte.

Sie machte schnell Kopien von den letzten gefundenen Seiten und verließ den Platz.

Mit Timo im Schlepptau suchte sie noch einmal die Dame an der Information auf.

»Entschuldigen Sie bitte, ich hätte eine Frage«, sagte Editha. Die Frau lächelte sie an. »Ist es möglich, dass in den Kirchenbüchern Einträge fehlen?«

»Theoretisch schon«, antwortete die Frau, eine graue Maus in den Vierzigern. »Die Kirchenbücher sind nur so vollständig, wie die Pastoren, die sie führten, gewissenhaft waren.

»Also könnte es sein, dass eine Person komplett fehlt?«

»Das ist eher unwahrscheinlich. Wahrscheinlicher ist in dem Fall, dass von einer Person ein kirchliches Ereignis nicht eingetragen ist, dass zum Beispiel die Trauung fehlt.«

Editha war enttäuscht. Was sollte sie nun tun?

»Wissen Sie, ich bin mir ziemlich sicher, dass einer meiner Vorfahren, der Ende des 18. Jahrhunderts gelebt hat, die Initialen ‚J‘ und ‚R‘ hatte. In den Kirchenbüchern ist aber niemand mit diesen Initialen zu finden.«

Die Dame lächelte geduldig weiter.

»Sie könnten es mal im Staatsarchiv probieren. Dort gibt es über die kirchlichen Daten hinausgehend noch andere Daten für die Ahnenforschung.«

»Staatsarchiv? Und wo finde es das?«

Die Dame griff nach einem Notizzettel, gab etwas in ihren Computer ein und schrieb die Adresse auf. Editha nahm den Zettel entgegen.

»Am Damm«, las sie laut. »Können Sie mir sagen, wo das ist?«

»Im Innenstadtbereich. Dort müssen Sie sich aber auch einen Termin holen.«

»Mist! Dann kann ich ja wieder ein paar Tage warten.«

»Die Zeit können Sie aber nutzen: Sie können bereits online recherchieren, welche Dokumente für Sie interessant sein könnten.«

Am nächsten Vormittag kam sie mit ihrem Artikel für die Zeitung gut voran. Die Handwerker waren heute vergleichsweise ruhig. Die schlimmsten Arbeiten hatten sie am Vortag erledigt, weil sie da den alten Kaminschacht abgerissen hatten. Nun hatten sie anscheinend leisere Aufgaben zu erledigen. Auch Timo hatte sie weitgehend in Ruhe arbeiten lassen, sodass sie mit dem, was sie geschafft hatte, sehr zufrieden war.

Nun wollte sie die Zeit nutzen, in der Timo seinen Mittagsschlaf hielt, und sich wieder ein wenig ihrer privaten Ahnenforschung widmen. Im Internet fand sie die Homepage des Oldenburgischen Staatsarchivs und dessen Telefonnummer. Sie rief an und vereinbarte einen Besuchstermin, der leider erst am Ende der folgenden Woche war. Aber sie konnte ja schon in der Online-Recherche suchen, was sie auch sofort begann.

Als erstes stellte sie einen Benutzungsantrag, den sie für ihren Vor-Ort-Termin benötigen würde, wie ihr der Herr am Telefon sagte. Dann rief sie die Recherche-Funktion auf und fand eine Gliederung der im Archiv vorhandenen Dokumente vor mit einer enormen Anzahl von Untergliederungspunkten. Wenn sie sich dort überall durchklicken wollte, würde sie am Sonntagabend noch hier sitzen. In der Titelleiste entdeckte sie den Begriff »Suche«. Also klickte sie darauf. Es erschien ein Fenster, in das sie einen Suchbegriff eingeben konnte. Sie tippte »Riekhen« ein. Insgesamt gab es 94 Treffer, allerdings für ganz Niedersachsen. In der Navigationsleiste bestand die Möglichkeit, die Suche nach Regionen weiter einzugrenzen. Neben »Oldenburg« stand in Klammern eine 39. Also klickte sie hierauf. Und wieder erschienen viele Untergliederungspunkte, jeweils mit der Anzahl der Treffer dahinter.

Da sie nicht genau wusste, wonach sie hier eigentlich suchte, klickte sie diese der Reihe nach an. Das meiste von dem, was daraufhin auf der rechten Seite erschien, überflog sie nur kurz, bevor sie es als uninteressant einstufte und sich dem nächsten Dokument widmete. Dabei waren Dinge wie Militärsachen und Kirchensachen, ein Dokument sollte von einer Jagdverletzung eines Riekhen handeln, ein anderes von einer Zollstrafsache. Die meisten dieser Dokumente konnte sie aufgrund der nicht zutreffenden Jahreszahlen von vorneherein ausschließen.

Als sie dann bei den Untergliederungspunkten auf »Oldenburgische Vogteien« klickte, wurde rechts endlich ein Dokumenttitel angezeigt, der interessant klang. Es handelte sich um einen Übertragungskontrakt zwischen Diether von Riekhen und der Grafschaft Oldenburg aus dem Jahre 1768. Sie konnte sich dazu noch eine Detailseite aufrufen, die sie ausdruckte. Dieses Dokument wollte sie sich auf jeden Fall ansehen, wenn sie das Staatsarchiv aufsuchte.

Sie dachte über den Titel des Dokuments nach. Zum einen fiel natürlich das »von« im Namen auf. Sie holte die Kopie aus dem Kirchenbuch hervor. Tatsächlich, das hatte sie vorher übersehen: Auch hier stand »Diether *von* Riekhen«. Sein Sohn Herold hieß aber nur Riekhen, ohne »von«. Ungeheuerlich, welche Wandlung der Name durchgemacht hatte: Aus »von Riekhen« wurde »Riekhen und danach kamen »Riekhmüller« mit »h« und »Riekmüller« ohne »h«. Aber wie es wohl zu dem Wegfall des Adelsprädikats kam?

Doch in dem Zusammenhang fiel noch etwas anderes auf: Zur gleichen Zeit wurde ein Besitz Diether von Riekhens an das Herzogtum Oldenburg übertragen. Dort stand zwar nicht, um welche Art von Besitz es sich dabei handelte, aber wenn es extra eine Urkunde dafür gab, musste es einen gewissen Wert gehabt haben, wie beispielsweise Grundbesitz.

Sie rief die Suchfunktion erneut auf und gab »Herzogtum« ein, doch bereits bei der Eingabe merkte sie, dass sie damit nicht weiterkommen würde. Denn allein »Herzogtum« hatte über 13.000 Treffer, und dann gab es noch weitere Varianten, wie zum Beispiel »Herzogtums«, »Herzogthum« und »Herzogtume«. Deshalb versuchte sie es mit der Kombination aus »Herzogtum« und »Übertragungskontrakt«. Dafür gab es 12 Treffer. Danach probierte sie die anderen Varianten und kam auf insgesamt 33 Treffer, von denen 27 zeitlich nach dem Kontrakt Diether von Riekhens ausgestellt wurden. Von allen druckte sie sich die Detailseiten aus.

Sie sah auf die Uhr. Es war Zeit, Timo aus dem Bett zu holen, sonst würde er am Abend nicht müde werden.

Die Handwerker waren schon lange ins Wochenende gegangen und Editha musste langsam das Abendbrot fertig machen. Sie hatte sich von Timo dazu breitschlagen lassen, ihm Pfannkuchen zu backen. Also suchte sie die Zutaten dafür zusammen.

Das Telefon klingelte in einem ungünstigen Moment. Sie hatte Teig an den Fingern und auch von der Rührmaschine tropfte er in großen Flatschen herunter. Hastig wischte sie sich die Hände am Küchenhandtuch ab und griff zum Telefon.

»Gruning hier«, meldete sich die andere Seite.

»Oh, hallo Herr Gruning.«

Sie stellte fest, dass doch noch Teig an ihren Fingern war und sie damit das Telefon eingeschmiert hatte. Verdammter Klehkram!

»So, mein Mädchen. Die ersten 30 Seiten sind fertig und können abgeholt werden«, meinte Gruning fröhlich.

Editha riss mit der freien Hand ein Küchenkrepp ab und versuchte, den Teig vom Telefon zu wischen und gleichzeitig zu telefonieren, was sich als schwer machbar herausstellte.

»Oh, das ist schön.« Fast fiel ihr der Apparat herunter. »Äh ... was? Wir hatten doch gesagt, dass Sie erst mal nur 10 Seiten übertragen.«

Vor Schreck vergaß sie die Schmiererei und hielt sich das Telefon direkt ans Ohr.

»Ja, ja, keine Sorge. Ich werde nur 10 Seiten in Rechnung stellen. Es war einfach so interessant, dass ich nicht aufhören konnte. Ich musste zumindest die Ereignisse des aktuellen Datums komplett übertragen.«

Zum Glück, dachte Editha. Sie hatte ein klebriges Gefühl am Ohr. Mit dem Krepp von vorher wischte sie einmal zwischen Telefon und Ohr entlang.

»Weißt du«, fuhr Gruning fort, »ich liebe diese Berichte aus früheren Zeiten. Daran kann ich mich gar nicht sattlesen. Wann möchtest du denn herkommen?«

Editha ging im Geiste schnell den weiteren Tagesablauf durch. Das war zwar alles ein wenig knapp, aber er hatte sie neugierig gemacht und sie brannte darauf, den Text zu lesen.

»Würde es heute noch gehen?«

Sie vereinbarten einen Abholtermin für den Abend und beendeten das Gespräch.

Das Telefon war immer noch voller Pfannkuchenteig. Sie nahm ein neues Küchenkrepp und wischte zuerst ihre Finger und dann das Telefon sauber. Ihr Ohr fühlte sich auch noch klebrig an. Sie ging mit frischem Krepp bewaffnet auf den Hausflur, doch als sie dort ihre Haare im Spiegel sah, merkte sie, dass hier nur eine Dusche half.

Die 30 Blätter Papier, ausgedruckt mit einem Tintenstrahldrucker, der einen Patronenwechsel nötig hatte, und mit einem hellblauen Heftstreifen zusammengeheftet, lag am Samstagmorgen zuerst auf dem Küchentisch, falls Editha beim Frühstück nebenbei einen Blick hätte hineinwerfen wollen. Zwei oder drei Male hätte sie auch die Gelegenheit dazu gehabt. Doch bevor sie dazu kam, wollte Timo wieder irgendetwas.

Dann lag der Papierstapel eine ganze Weile auf ihrem Schreibtisch. Immer wieder sah sie ihn sekundenlang an, war im Begriff, darin zu lesen, aber stets fielen ihr andere Dinge ein, die sie zuerst machen wollte.

Zur Mittagszeit lag er wieder auf dem Küchentisch und nachmittags erneut auf dem Schreibtisch und das Spiel vom Vormittag wiederholte sich.

Am Abend saß Editha auf ihrem Sofa. Timo war schon eine Weile im Bett. Die Blätter mit der in lateinische Buchstaben übertragenen Version der ersten 30 Buchseiten befand sich vor ihr auf dem Couchtisch. Jetzt hatte sie Zeit, in Ruhe darin zu lesen. Sie atmete tief durch und genoss die Ungestörtheit. Gleich würde sie anfangen, nur einen Moment die Augen schließen.

Nach diesem Moment sah sie das Heftchen wieder an und sie begriff, warum sie den ganzen Tag noch kein Wort davon gelesen hatte. Nicht etwa, weil sie keine Zeit oder keine Ruhe dazu hatte. Nein, da hatte sie schon weitaus stressigere Tage hinter sich. Der eigentliche Grund war, dass sie Angst hatte.

Was wäre, wenn es so wie letztes Mal sein würde? Wenn sich der Ablauf der Dinge wiederholte? Wenn sie von einem Geschehnis läse, und sie hinterher abermals eine Vision davon hätte? Beim ersten Mal fand sie es erschreckend. Und anschließend wäre ihr womöglich wieder so schlecht. Der Gedanke daran machte ihr eine Gänsehaut.

Aber andererseits wollte sie genau das. Sie wollte nochmal durch die Augen dieses Mannes aus längst vergangener Zeit sehen, wollte seine Gefühle fühlen, wollte das erleben, was er erlebte. Diese Möglichkeit übte eine gewaltige Anziehungskraft auf sie aus, als wäre sie einer Sucht bereits nach dem ersten Anfixen verfallen.

Sie starrte die Blätter an. Das war doch Unsinn. Wer sagte, dass es wieder so kommen würde? Wahrscheinlich war das sowieso ein einmaliges Erlebnis.

Mit einem Ruck beugte sie sich nach vorn und griff sich die Blätter. Sie lehnte sich ins Sofa zurück und begann, auf der ersten Seite zu lesen.

Wie sie bereits in der Originalfassung anhand der Jahreszahlen festgestellt hatte, hatte J. R. etwa drei Jahre vor diesem Überfall am Lappan damit begonnen, das Buch zu schreiben. Im Gegensatz zu der Szene, die sie schon kannte und die in einer Art Romanstil verfasst war, wurden die ersten Seiten im typischen Tagebuchstil geschrieben. Dabei waren die Einträge eher sporadisch, alle paar Wochen oder Monate wurden nur besondere Erlebnisse ergänzt. Die Beschreibungen waren sehr kurz und knapp gehalten, sodass die ersten 30 Seiten bereits mehr als zwei Jahre überspannten. Neben der Schilderung der Erlebnisse hatte J. R. das beschrieben, was sie Visionen nannte. Er nannte sie »Gesichte«. Diese hatte er seit frühester Kindheit. Er lebte im 18. Jahrhundert und schrieb von Dingen, die er eigentlich noch nicht kennen konnte, wie Autos und Smartphones. Die Begriffe kannte er natürlich nicht, sodass er die Dinge umschrieb. So bezeichnete er Autos als pferdelose Kutschen.

Die Geschehnisse, die er schilderte, hatte er durch die Augen einer Frau gesehen, wie man an den Formulierungen merkte, aber ihr kamen sie gänzlich unbekannt vor. Vielleicht hatte er diesen Austausch mit verschiedenen Frauen in ihrer Zeit.

Andererseits kamen ihr die Gefühle und Sinneswahrnehmungen seltsam vertraut vor, so als würde er von ihr sprechen. War es möglich, dass diese Ereignisse ihr noch bevorstanden, also in ihrer Zukunft lagen?

Aber das würde ja bedeuten, dass dieser Mann regelmäßig in ihrem Körper steckte. Er bekam mit, was sie fühlte, was sie dachte und tat. Jederzeit könnte er erscheinen und sie beobachten.

Editha lief ein Schauder über den Rücken. Wenn ein Fremder Kameras in ihrer Wohnung installiert hätte und sie ständig beobachten würde, hätte sie sich nicht anders gefühlt.

Unheimlich berührt warf sie die Blätter zurück auf den Tisch, als wären sie mit ekligem Schleim bedeckt.

Plötzlich war sie völlig erschöpft. Sie beschloss, heute sehr früh ins Bett zu gehen.

Zu ärgerlich: Editha knurrte jetzt schon der Magen, weil sie heute früh in der Eile noch nicht zum Essen gekommen war und sich nur etwas eingepackt hatte mit dem Hintergedanken, es während der Recherche zu essen. Doch auf der Glastür, durch die sie in den großen Hauptraum des Staatsarchivs gehen wollte, prangte ein Schild, das sogar die Mitnahme ihres Rucksackes untersagte. Eigentlich hätte sie sich das aber auch denken können, dass man hier die Dokumente vor schmierigen Fingern und Kaffeeflecken bewahren wollte. Da sie jetzt keine wertvolle Zeit verlieren wollte, musste sie wohl eine Weile Kohldampf schieben.

Zu ihrer Linken sah sie einen Bereich mit Schließfächern für die Dinge, die im Rechercheraum unerwünscht waren oder von den Besuchern aus eigenem Interesse nicht mitgenommen werden sollten. Sie ging zum ersten Schrank, fütterte ihn mit einem Euro, schloss ihre Sachen ein und war dann bereit den Hauptraum zu betreten.

Die Dokumente, die sie für die Einsichtnahme angemeldet hatte, lagen schon für sie parat. Ein recht freundlicher Mann mittleren Alters gab ihr dazu noch ein paar Hinweise und bat sie dann an einem der Tische für ihre Recherche Platz zu nehmen.

Editha breitete die Unterlagen, so gut es ging, auf der vorhandenen Fläche aus. Sie hatte nun alle 28 Übertragungskontrakte, die sie vorab online entdeckt hatte, vor sich liegen: den einen zwischen Diether von Riekhen und dem Herzogtum Oldenburg und die 27 zwischen dem Herzogtum Oldenburg und verschiedenen anderen Personen.

Zuerst nahm sie sich Diether von Riekhens Kontrakt vor und las ihn sorgfältig durch. Er war zwar auch in altdeutscher Schrift verfasst, aber es handelte sich um Druckschrift, die sie einigermaßen entziffern konnte. In dem Dokument stand, dass das gesamte Grundeigentum inklusive aller Gewerke an das Herzogtum Oldenburg übergegangen war, und zwar ohne Gegenleistung. Unter Zuhilfenahme natürlicher Begrenzungen wie Bäche und Erhebungen war angegeben, wo sich die Ländereien befanden.

Editha runzelte die Stirn. Sehr eigenartig: Warum wurde der gesamte Landbesitz Diether von Riekhens, mit allem, was sich darauf befand, einfach an das Herzogtum übergeben? Das war ja quasi eine Enteignung.

Ob so etwas öfter vorkam? Sie nahm sich die 27 weiteren Kontrakte und ging sie einen nach dem anderen durch. Tatsächlich kam es noch mehrmals vor, dass Grundeigentum in den Besitz des Herzogtums überging. Aber es wurde auch Grundeigentum vom Herzogtum an Bürger übereignet. In einem Fall behandelten zwei zeitlich aufeinander folgende Kontrakte das gleiche Landstück, das zuerst von einem Bürger auf das Herzogtum überging und einige Tage später auf einen anderen Bürger.

Das brachte Editha auf eine Idee: Vielleicht wurde Diether von Riekhens Grundbesitz ja ebenfalls später einem anderen Bürger übereignet. Sie verglich die Daten der Ländereien mit denen der anderen Kontrakte. Beim neunten Dokument wurde sie fündig. Hierbei handelte es sich, bis auf ein kleineres Landstück, das nicht mit aufgeführt war, um die gleichen Ländereien, die früher Diether von Riekhen gehörten. Diese wurden drei Jahre später an einen Barthel von Zölder übertragen für die Gegenleistung von einem Reichstaler.

Editha wusste nicht, wie hoch der Wert eines Reichstalers gewesen war, doch sie war sich ziemlich sicher, dass er als Bezahlung für einen größeren Landbesitz niemals ausreichend gewesen war.

Aber was war damals mit dem kleineren Landstück passiert, das nicht an diesen Barthel von Zölder gegangen war? Sie nahm den Übertragungskontrakt mit den Daten des Landstücks, ging damit an einen der Recherche-Computer und gab die Daten in die Suchmaske ein. Mehrere Dokumente wurden angezeigt: Zum einen natürlich die beiden Übertragungskontrakte und außerdem noch drei Pachtverträge für dieses Landstück. Sie notierte sich die Bezeichnungen der Dokumente und ging zu dem Herrn von vorhin, der die Dokumente – ausnahmsweise, wie er betonte – für sie heraussuchen wollte. Während der damit verbundenen Wartezeit begab sie sich kurz in den Vorraum und holte ihr Essen aus dem Schrank, um sich zu stärken. Danach galt es, schnell zurück an die Arbeit zu gehen.

Die Pachtverträge für das Land lagen schon für sie bereit. Sie nahm sie mit zu ihrem Platz und sah sich den ersten an. Er wurde genau an dem Tag ausgestellt, als auch der Grundbesitz Diether von Riekhens an das Herzogtum übereignet wurde. Der Pächter des Landes war ein Bernhard Stuhrke. In einer Bemerkung war ausgeführt, dass er mit seiner Frau Martha in gleicher Weise wie bisher fortfahren soll, die auf dem Landstück befindliche Mühle zu bewirtschaften. Dann war noch der Pachtzins angegeben, mit dem Hinweis, dass dessen Höhe ebenfalls unverändert war.

Editha nahm sich den zweiten Pachtvertrag vor, der 14 Jahre später abgeschlossen worden war. Sie las den Namen des Pächters und näherte sich mit ihrem Gesicht unwillkürlich dem Papier, weil sie nicht glauben konnte, was dort geschrieben stand: Herold Riekhen. Ihr Mehrfach-Urgroßvater war der spätere Pächter des Landstücks, das seinem Vater einmal gehörte. Warum war ihr das Dokument nicht schon bei ihrer Online-Recherche vom heimischen Computer aus aufgefallen? Ja, richtig, nachdem sie das Übertragungsprotokoll gefunden hatte, hatte sie sich so auf diese Spur fokussiert, dass sie die anderen Treffer gar nicht weiter durchgegangen war.

In dem Pachtvertrag mit Herold Riekhen war, neben der Angabe des Pachtzinses und sonstiger Konditionen, wieder eine Bemerkung vorhanden: Er sollte mit seinem Bruder Jacob in gleicher Weise wie bisher sein Stiefvater fortfahren, die auf dem Landstück befindliche Mühle zu bewirtschaften.

Und wieder starrte Editha überrascht auf das Papier. Jacob? Herolds Bruder? Also Jacob Riekhen? Da waren sie, die Initialen: J. R. stand für Jacob Riekhen. Das Buch war demnach vom Bruder ihres Soundsoviel-Urgroßvaters geschrieben worden.

Merkwürdig nur, dass es in den Kirchenbüchern keinen Eintrag zu Jacob Riekhen gab, als wäre er nie geboren worden und auch nicht gestorben, zumindest nicht in Oldenburg.

Sie warf noch einen Blick auf den dritten Pachtvertrag und wie sie schon vorher vermutete, war dieser mit dem Nachkommen Herold Riekhens abgeschlossen worden, von dem sie ja die Daten in den Kirchenbüchern gefunden hatte.

Nun hatte sie alles, was sie wollte. Sie machte von den für sie interessanten Dokumenten Kopien und sortierte sie wieder an die richtigen Plätze.

Ein Blick auf die Uhr sagte ihr, dass es soweit war, nach Hause zu gehen. Sie hatte ein älteres Mädchen aus dem Karatekurs zum Babysitten gewinnen können und die vereinbarte Zeit war bald herum.

1788

»Komme so bald wie möglich wieder zurück«, mahnte Herold. »Eigentlich brauche ich dich auch hier.«

»Ja, ja.«

Jacob war schon fast weg, froh mal fortzukommen. Bei der normalen Mühlenarbeit konnte er zwischendurch wenigstens mit Friedhelm herumulken, aber da der für die Reparaturarbeiten nicht zu gebrauchen war, hatte Herold ihn vorerst nach Hause geschickt.

Jacob sollte wieder eine Besorgung in der Stadt machen. Herold hatte ihm etwas von dem Geld mitgegeben, das sie sich von Herrn von Elmendorff geliehen hatten und ihm aufgetragen, was er kaufen sollte. Also schmiss sich Jacob seine Hasenfelltasche über die Schulter und machte sich auf den Weg.

Doch keine hundert Schritte von der Mühle entfernt kamen ihm ein Mann in den Vierzigern und zwei jüngere Kerle, die diesem sehr ähnlich sahen, entgegen. Was wollten die hier? Sie alle guckten grimmig, und sie sprachen miteinander, als sie ihn erblickten.

Schließlich standen sie sich gegenüber.

»Ist er das?«, fragte der Ältere. Er war nicht viel größer als Jacob, aber sehr kräftig gebaut.

Der Kerl zu seiner Linken nickte. Er und der andere waren wohl ein paar Jahre jünger als Jacob. Sie hatten die typische schmächtige Statur von Heranwachsenden.

»Wer soll ich sein?«, fragte Jacob. Er kannte weder den Älteren noch seine Söhne. Was sollte er mit ihnen zu tun haben?

Anstatt zu antworten, stellte der Ältere ihm eine Frage.

»Kennst du meine Tochter Clara? Ungefähr so groß,« er zeigte eine Höhe mit der flachen Hand, »braunes, langes Haar.«

An Clara konnte Jacob sich allzu gut erinnern. Aber er hatte das Gefühl, dass es besser war, sie erst mal nicht zu kennen.

»Hm, sagt mir nichts. Wieso?«

»Meine Söhne hier sagen aber, dass du es bist, den sie meint. Vor einigen Wochen hast du mit ihr auf dem Markt angebändelt.«

Jacob zuckte mit den Schultern. Er hatte zwar mit Clara ein paar äußerst süße Stunden verbracht, doch das war nicht gerade etwas, das man ihrem Vater und ihren Brüdern anvertraute.

»Tut mir leid, dass ich euch da nicht weiterhelfen kann.«

Er wollte weitergehen und die drei einfach stehenlassen, aber der Alte packte ihn am Ärmel und hielt ihn fest.

»Wir sind noch nicht fertig, Jungchen. Clara ist schwanger.«

Ach, du Scheiße, das fehlte ihm noch.

»Äh - das war ich nicht.« Er merkte selber, wie dumm das klingen musste. »Kann sein, dass ich ihr auf dem Markt begegnet bin, aber wir haben nur kurz miteinander gesprochen.«

»Clara sagt aber, dass du der Einzige bist, mit dem sie je zusammengewesen ist. Du musst dazu stehen, sie heiraten und sie und das Kind versorgen.«

»Nie und nimmer! Ich bin nicht der Vater des Kindes.«

Jacob erinnerte sich, dass er Clara entjungfert hatte. Doch das hieß ja nicht, dass sie nicht hinterher etwas mit anderen Männern gehabt hatte.

»Clara behauptet es aber.«

Verdammt noch mal, wie kam er hier bloß wieder heraus?

»Vielleicht lügt sie ja. Kann doch sein, dass sie sich an mich vom Markt her erinnert und dass sie mit jemanden zusammen war, den sie nicht kennt, oder der nicht von hier ...«

Weiter kam er nicht. Claras Vater packte ihn erneut an der Jacke und schüttelte ihn so, dass seine Tasche herunterfiel und der Inhalt auf dem Boden verteilt wurde.

»Willst du damit sagen, dass meine Tochter eine Hure ist?«, schrie er Jacob an. »Du verdammter Weiberheld. Du bist genau so ein Halunke, wie dein Vater früher war.«

Er holte weit aus und verpasste Jacob eine schallende Ohrfeige, sodass er zu Boden ging. Der Mann packte ihn erneut und zog ihn wieder hoch.

»Was ist hier los?«, hörte Jacob unvermittelt hinter sich Herolds Stimme.

Einmal mehr kam sein Bruder im rechten Moment.

Ellas Vater lockerte den Griff und sah zu Herold.

»Was geht dich das an?«, fragte er.

Herold nickte in Jacobs Richtung und kam näher.

»Ich bin sein Bruder, und wenn du ihn angreifst, geht mich das sehr viel an. Lass ihn los.«

Die beiden Jungen wichen ängstlich vor Herolds hünenhafter Gestalt zurück und der Vater ließ Jacob los. Es schien, als wollte er etwas zu Herold sagen, tat es dann aber doch nicht. Offenbar hielt er momentan alle Mühe für vergebens.

»Für heute lass ich es darauf beruhen. Aber so lange du nicht zu deinen Taten stehst, solltest du dich gut umsehen, wenn du alleine unterwegs bist«, sagte er zu Jacob.

Er winkte seinen Söhnen und sie gingen fort.

»Was sollte das bedeuten?«, fragte Herold.

Jacob bückte sich und suchte seine Schreibutensilien zusammen, die auf dem Boden verteilt waren.

»Keine Ahnung, die müssen mich verwechseln.«

Mit der Wahrheit nahm er es ja nie so genau, aber er fühlte sich nicht gerade wohl dabei, seinen Bruder anzulügen. Es war halt eine Notlüge.

Herold sah ihn scharf an.

»Fang nicht mit allen Leuten, die dir begegnen, Streit an. Als Müller haben wir es auch so schon nicht leicht. Da muss man sich nicht noch zusätzliche Feinde machen.« Er dreht sich um und ging zur Mühle zurück.

Jacob legte seine Sachen in seine Tasche und machte sich auf den Weg zur Stadt, in der Hoffnung, den Kerlen nicht nochmal zu begegnen.

Auf dem Markt herrschte ein reges Treiben. Viele Oldenburger Bürger waren unterwegs, um sich mit Lebensmitteln einzudecken. Die meisten sahen gut gelaunt aus, wozu das schöne Wetter sicherlich seinen Teil beitrug. Jacob ging an ein paar Kindern vorbei, die eine tote Maus an einen Faden gebunden hatten und nun versuchten, eine Katze zum Spielen zu bewegen. Die Katze, die offenbar wusste, dass kein Leben mehr in der Maus war, hatte daran nicht das geringste Interesse, sie sah den Anstrengungen der Kinder mit halb geschlossenen Lidern zu.

Am Gemüsestand reihte sich Jacob in die wartenden Kunden ein, meistenteils Frauen. Wie sein Bruder ihm eingebläut hatte, schloss er seine Hand um das gefüllte Geldsäckchen, um nicht im Gedränge bestohlen zu werden.

Das allgegenwärtige Gesprächsthema waren die Morde. Wohin man auch hörte, wurde darüber gesprochen. Und so sprachen die Frauen vor ihm in der Schlange ebenso darüber.

»Drei Tote sind es jetzt schon. Und wer weiß, wie viele noch dazu kommen«, sagte eine dünne Frau mit heruntergezogenen Mundwinkeln wichtigtuerisch.

»Ja, man traut sich abends ja schon gar nicht mehr auf die Straße«, meinte eine andere, die sich fortwährend die Nase in einem Tuch schnäuzte.

»Wahrscheinlich wird man nie herausfinden, wer die Leute umgebracht hat.« Die Dünne nickte bedeutungsvoll.

»Ach, was heißt hier ‚wer‘? Es müsste ‚was‘ heißen. Ein Fluch ist es, was die Leute umbringt, nichts anderes. Es ist genauso wie damals.«

»Ja, genauso wie damals«, echote die Dünne.

Jacob wurde hellhörig. Wie damals? Gab es so etwas denn schon mal in Oldenburg?

»Was heißt hier ‚wie damals‘?«, fragte er.

Die Dünne sah ihn über ihre Schulter hinweg an, als wollte sie ihn mit ihrem Blick für die Einmischung strafen.

»Na, eben wie damals, als schon mal die ganzen Toten im Stadtgraben gefunden wurden.«

Davon hörte Jacob zum ersten Mal.

»Wann war das?«

Die andere Frau schien ihm wohlgesonnener. Sie nahm das Tuch von der Nase und lächelte ihn an.

»Das war vor ungefähr zwanzig Jahren. Es geschah immer auf die gleiche Weise. Das liegt daran, dass ein Fluch auf dieser Stadt lastet. Ein Fluch, der alle zwanzig Jahre wiederkehrt.«

Sie schnäuzte sich weiter und drehte sich zum Gemüsestand um, weil sie an der Reihe war.

Hinter ihm gab es plötzlich lautes Gekreische. Die Kinder wollten die Untätigkeit der Katze wohl nicht so einfach hinnehmen. Sie hatten ihr die tote Maus an den Schwanz gebunden. Das arme Tier rannte wie geistesgestört herum und wälzte sich auf dem Boden, um den Fremdkörper wieder loszuwerden. Die Kinder gaben lautstark ihre Freude darüber zum Ausdruck.

»Du solltest dich doch beeilen«, sagte Herold, als Jacob wieder bei der Mühle eintraf.

»Das habe ich doch.«

Das hatte er wirklich, schon alleine, weil er nicht unbedingt dem Vater und den Brüdern der schwangeren Clara nochmal begegnen wollte.

Herold brummte unwillig zur Antwort. Er nagelte gerade zwei Bretter aufeinander.

»Sag' mal, wusstest du, dass es vor zwanzig Jahren schon einmal mehrere Tote gegeben hat?«

»Hmm«, Herold kniff die Augen zusammen. »Ja, stimmt. Damals war ich noch klein. Das muss zu der Zeit gewesen sein, als wir zu Bernhard gekommen sind. Oder vielleicht auch etwas früher.«

»Dann weißt du wahrscheinlich nicht viel darüber, oder?«

»Nein, das ist zu lange her.«

»Und was weißt du darüber, dass unser Vater ein Halunke war?«

Mit dieser Frage wollte er Herold überrumpeln, in der Hoffnung, dass er mit seinem Wissen nicht so wie sonst hinter dem Berg hielt. Seit Ellas Vater das heute zu ihm gesagt hatte, ging es ihm nicht mehr aus dem Kopf.

Die Überrumpelungstaktik funktionierte leider nicht.

»Woher hast du das denn?«

»Ellas ... ich meine, der Mann von heute Vormittag hat es gesagt.«

»Ich weiß nicht, was der meint. Für mich war unser Vater kein Halunke.«

Jacob sah seinem Bruder an, dass er ihm irgendetwas verschwieg. Aber er wusste, dass es keinen Zweck hatte: Wenn Herold etwas nicht erzählen wollte, dann war es äußerst schwierig, das aus ihm herauszubekommen.

Im nächsten Moment lenkte er auch gleich mit einem anderen Thema ab.

»Morgen will ich übrigens anfangen, nach Hilfsarbeitern zu suchen. Für den Anfang will ich zwei einstellen. Dann kommen wir schneller voran.«

Damit wandte er sich ab und kümmerte sich wieder um die Bretter. Für ihn gab es halt nur seine Mühle.

1768

»Haben Sie dieses Monstrum gesehen, als es zwischen den Sträuchern hervorpreschte und auf mich zukam? Das war der größte Keiler, der mir je untergekommen ist.«

Der Freiherr zu Gehrsbach, der extra für den Ball aus Münster angereist war, unterstützte seine Erzählung mit weiträumigen Gesten. Er steigerte sich derart in sein Jagdglück vom Vortag hinein, dass sein ohnehin schon rotes Gesicht - vom übermäßigen Weingenuss, erzählte man sich - aussah, als wäre es einen ganzen Tag lang der prallen Sommersonne ausgesetzt gewesen. Die weißgepuderte Perücke verstärkte diesen Eindruck noch mehr. Seine Zuhörer, unter ihnen Diether, saßen auf Sofas und auf Sesseln oder standen um ihn herum, die meisten mit einem gefüllten Stielglas in einer Hand, und amüsierten sich köstlich über ihn.

»Der war doch wahrlich gewaltig, habe ich recht? Wer war dabei? Herr von Riekhen, haben Sie jemals zuvor ein solch gewaltiges Tier gesehen?«

Diether war natürlich bei der Jagd dabei gewesen. So etwas ließ er sich nicht entgehen. Der Keiler, von dem die Rede war, hatte tatsächlich eine respekteinflößende Größe gehabt, doch es war ganz und gar nicht der größte, den Diether je gesehen hatte. Aber er wollte weder Herrn zu Gehrsbach noch den anderen Gästen den Spaß verderben.

»Nein, solch ein wildgewordenes Wildschwein habe ich vorher noch nie gesehen. Das war wirklich gewaltig«, antwortete er deshalb lachend.

Zu Gehrsbach nickte begeistert und fuhr mit dem Bericht fort. Diether dagegen war jetzt abgelenkt, denn in seinem Blickfeld tauchte eine Frau von atemberaubender Schönheit auf. Eingehakt in den Arm eines etwa 60-jährigen Greises schritt sie am Rande des Saales entlang. Sie mochte vielleicht Mitte zwanzig sein, war ziemlich groß für eine Frau und hatte blondes ins Rötliche gehende Haar, das zu einer kunstvollen Frisur hochgesteckt war. Ein leichtes Lächeln, das aufgesetzt wirkte, umspielte ihre geröteten Lippen. Das verstärkte sich in dem Augenblick als ihr Blick für einen Moment zufällig den Blick Diethers traf. Sein Herzschlag beschleunigte sich und hatte sich immer noch nicht beruhigt, als diese Frau bereits in den angrenzenden Saal entschwunden war. Versonnen sah er auf die Stelle, wo er sie zuletzt gesehen hatte.

Bis er plötzlich seinen Namen hörte.

»... Herr von Riekhen, meinen Sie nicht auch?«

Zu Gehrsbach sah ihn fragend an.

»Äh ... ja, ja, sicherlich«, stammelte Diether.

Scheinbar zufrieden mit Diethers Beipflichtung fuhr zu Gehrsbach damit fort, in allen Einzelheiten zu erzählen, wie er den Keiler erlegt hatte.

Unter den Zuhörern war auch Diethers guter Freund Utz von Elmendorff. Der kam nun auf ihn zu und nahm ihn zur Seite.

»Ich wollte dich noch wegen einer geschäftlichen Sache sprechen«, sagte er.

Oh, nein, nicht schon wieder. Ständig wollte Utz ihn an irgendwelchen Geschäften beteiligen, woran Diether nicht das geringste Interesse hatte. Er war kein Geschäftsmann, und er hatte genug Geld. Es war nicht nötig, dieses weiter zu vermehren.

Bei Utz sah das anders aus, da er nicht in eine reiche Familie geboren wurde. Ihr war das Adelsprädikat vor langer Zeit für außerordentliche Verdienste zugesprochen worden, damit hatten sie allerdings noch kein Geld gehabt. Mehr recht als schlecht hatten sie sich zunächst mit verschiedenen Aktivitäten und Diensten über Wasser gehalten und sich dadurch im Laufe der Zeit einen kleinen Wohlstand aufgebaut. Utz hatte es mit Investitionen in unterschiedliche Geschäfte, wie er es nannte, versucht. Die meisten davon waren gut gelaufen, manche auch schlecht, aber alles in allem hatte er das Familienvermögen anständig vermehrt. Einen guten Teil hatte Diether dazu beigetragen, indem er seine Beziehungen genutzt hatte. Seine Familie genoss ein exzellentes Ansehen, und er kannte viele Männer in einflussreichen Positionen. Nachdem er einige davon angesprochen und Utz dabei ins Gespräch gebracht hatte, hatten sich für seinen Freund mehrere äußerst lukrative Geschäfte ergeben. Seitdem wollte sich Utz erkenntlich zeigen, was aber aus Diethers Sicht überhaupt nicht nötig war.

»Wenn du möchtest«, fuhr Utz fort, »kannst du dich zum gleichen Teil wie ich an der Finanzierung einer ...«, doch Diether unterbrach ihn.

»Utz, wie oft soll ich es dir noch sagen: Ich bin an deinen Geschäften nicht interessiert.«

»Aber das ist eine sichere Sache. Wir könnten zusammen einen beträchtlichen Gewinn erzielen.«

Diether schüttelte den Kopf.

»Ich habe keine Ahnung davon, weil ich nun mal kein Geschäftsmann bin. Ob das Geschäft gut oder schlecht wäre, könnte ich gar nicht entscheiden.«

»Das kannst du getrost mir überlassen. Vertraue mir, ich habe es von allen Seiten geprüft.«

Diether schüttelte noch heftiger den Kopf und seufzte. Diese Diskussionen hatten sie schon stundenlang geführt, und er war es einfach leid. Hier half nur die Flucht und da kam es ihm gerade recht, dass er seine Frau erblickte, die ihren dicken Bauch vor sich herschob und sich nach einer Sitzgelegenheit umsah.

»Entschuldige mich bitte, meine Gattin benötigt meine Hilfe.«

Er eilte an Alheyts Seite und hatte ein schlechtes Gewissen, weil er dort nicht schon die ganze Zeit war. Als Ehemann wäre es eigentlich seine Pflicht gewesen, und er sorgte sich tatsächlich auch um sie, aber sie machte es ihm wirklich nicht leicht. Sie war ja bereits eine ganze Weile sehr abweisend zu ihm, seit dem einen Abend vor zwei Wochen war es jedoch wesentlich schlimmer geworden. Auch jetzt sah sie ihn wieder an, als könnte er sich ruhig zum Teufel scheren.

»Dort drüben habe ich einen freien Sessel gesehen«, sagte er und führte sie am untergefassten Arm mit sich.

Sie folgte ihm und lächelte den anderen Gästen des Balls artig zu, doch Diether hatte gespürt, wie sie sich bei seiner Berührung versteift hatte. Zu gerne würde er wissen, was er ihr getan hatte.

Er half ihr in den Sessel und stellte sich neben sie. Das Stehen hatte sie erschöpft. Er konnte erkennen, wie gut es ihr tat, endlich zu sitzen. Sie hatte sich heute ebenfalls eine hochgesteckte Frisur machen lassen, was ihr ganz ausgezeichnet stand. Diether war stolz darauf, dass eine der schönsten Frauen des Balls seine Ehefrau war.

Alheyt schien bemerkt zu haben, dass er sie fortwährend ansah, denn sie sah zu ihm hoch.

»Du brauchst nicht neben mir zu stehen«, sagte sie. »Ich weiß doch, wie gerne du tanzt. Geh ruhig und vergnüge dich.«

Die Worte klangen wohlwollend, aber Diether wurde das Gefühl nicht los, dass sie ihn nur loswerden wollte. Er glaubte allerdings, dass sie nur wieder mehr zusammensein mussten, damit alles wieder gut wurde.

»Ich stehe gerne neben dir«, antwortete er und meinte es auch so. »Hier gehöre ich als dein Mann schließlich hin.«

Für einen Moment erschien fast unmerklich ein spöttischer Gesichtsausdruck, bevor Alheyt wieder gelangweilt die Menschen ansah.

»Möchtest du etwas zu trinken haben?«, fragte Diether. Er sah sich um. Es war kein Bediensteter mit einem Tablett in der Nähe. »Ich besorge dir etwas.«

Er begab sich unter die Gäste und schaute sich suchend um, doch es war nirgendwo jemand mit Getränken zu sehen.

Dann plötzlich sah er *sie* wieder, die Schönheit. Sie war tatsächlich noch schöner als Alheyt und momentan ohne ihre männliche Begleitung in Richtung des Ballsaals unterwegs. Er konnte genauso gut dort die Suche nach Getränken fortsetzen. Also folgte er ihr. Dabei konnte er beobachten, wie galant sie sich bewegte. Und ihre Haut war nicht gepudert, aber trotzdem bezaubernd hell und klar. Beim Übergang zum Ballsaal gab es ein größeres Gedränge, in dem er sie kurz aus den Augen verlor. Er beeilte sich, hinterher zu kommen, und dann stand er plötzlich unmittelbar vor ihr.

Sie sahen sich direkt in die Augen und er stellte fest, dass die ihren von einem reinen Grün waren. Beide waren sie verlegen, sie fasste sich schneller und lächelte ihn an, als wollte sie ihm Mut machen.

Gerade wurde zu einem neuen Tanz aufgespielt und Diether konnte aus den Augenwinkeln erkennen, wie ein paar Männer in ihre Richtung drängten, um die schönste Frau des Abends zuerst aufzufordern. Nur einen Moment noch dachte er an Alheyt. Sie hatte ja gesagt, er sollte sich vergnügen und tanzen gehen.

»Darf ich bitten?«, sagte er zu ihr und bot ihr seinen Arm.

Sie neigte zustimmend den Kopf, hakte sich unter und ließ sich von ihm zum Tanzbereich führen. Die anderen Männer blieben kurz mit hängenden Schultern stehen und sahen sich dann nach anderen Tanzpartnerinnen um.

Diether machte mit der Schönheit zwei aufeinanderfolgende Tänze. Sie blickten sich fortwährend in die Augen, und wenn eine Drehung den Blickkontakt unterbrach, wurde er im Anschluss daran sofort wieder aufgenommen. Jedes Mal, wenn sie sich beim Tanz berührten, durchlief ein wohliger Schauer seinen Körper, und er war sich ziemlich sicher, dass es ihr ebenso erging. Wenn er zur Drehung um ihre Hüfte fasste, musste er sich zügeln, damit er nicht fester zupackte und sie zu sich heranzog. Als die Musik verklang und die Musikanten eine Pause machen wollten, bedauerte er es zutiefst. Während des Tanzens hatten sie kein Wort gewechselt. Diether wollte noch unbedingt den Namen der Schönheit erfahren.

»Wir haben uns gar nicht vorgestellt, was ich gerne nachholen möchte«, sagte er. »Mein Name ist Freiherr Diether von Riekhen.«

Er deutete eine Verbeugung an.

»Sehr erfreut. Der meine ist Enngelin Henningsen«, erwiderte sie mit zarter Stimme.

»Ich habe Sie noch nie hier gesehen. Sind Sie und Ihr Gatte neu in Oldenburg?«

»Wir sind aus Flensburg. Momentan sind wir zu Gast in Oldenburg. Da mein Gatte ein entfernter Verwandter der Gastgeberin ist, wurden wir zu diesem Ball eingeladen.« Einen Moment unterbrach sie den Blickkontakt und sah zu etwas hinter ihm. »Wenn Sie mich nun entschuldigen würden. Mein Gatte erwartet mich dort drüben.«

Sie deutete einen Knicks an und schwebte davon. Diether schaute ihr bedauernd hinterher und sah, dass der ältere Mann, mit dem er sie vorher gesehen hatte, ihr lächelnd entgegensah.

Ein Diener ging mit einem Tablett voller Gläser an Diether vorbei. Er nahm zwei davon herunter und machte sich damit auf den Rückweg zu Alheyt, die immer noch so auf dem Sessel saß, wie er sie verlassen hatte.

»Es war gar nicht so einfach, das hier zu ergattern.«

Er reichte ihr eines der Gläser. Sie hatte wieder diesen Ausdruck, den man als spöttisch deuten könnte, sagte aber nichts.

Der Rest des Abends war langweilig. Diether wollte nicht von Alheyts Seite weichen. Ein Gespräch fand natürlich nicht statt.

Immer wieder sah er sich nach der Schönheit um, Enngelin Henningsen, doch scheinbar hatte sie den Ball verlassen, denn er erblickte sie leider nicht mehr.

HEUTE

Im Telefonbuch standen nur wenige »Zölder« oder »von Zölder«. Und direkt in der Stadt Oldenburg lebte lediglich einer, ein Marko von Zölder. Eigentlich versprach sie sich nicht viel davon. Aber wenn sie überhaupt weiterforschen wollte, hatte sie momentan nur zwei Anhaltspunkte: den Namen desjenigen, der den Grundbesitz ihres Vorfahren für einen Reichstaler erworben hatte, und die Angaben zu den früheren Ländereien. Sie glaubte zwar, dass keins von beidem ihr weiterhelfen würde, aber beim Namen machte sie sich etwas mehr Hoffnung. Wenn es hier so wenige mit diesem Namen gab, war die Wahrscheinlichkeit, dass es sich um einen Nachfahren jenes Barthel von Zölder handelte, nicht unbedingt klein.

Sie sah nochmal auf die Telefonnummer, zuckte mit den Schultern und gab sie direkt in das Telefon ein. Doch es meldete sich eine unpersönliche Standardansage des Anrufbeantworters. Bevor der Piepton kam, legte Editha wieder auf.

Na ja, vielleicht würde sie es irgendwann erneut probieren, vielleicht auch nicht.

Sie hatte das Telefon noch nicht zurückgelegt, da klingelte es in ihrer Hand. Ein Blick auf das Display sagte ihr, dass es Mads Burges war. Nicht schon wieder. Sie war versucht, das Gespräch einfach nicht anzunehmen, entschied sich dann aber doch dafür. Der Kerl würde sowieso nicht aufgeben. Sie drückte auf die grüne Hörertaste.

»Guten Tag, Herr Burges.«

»Heute kann ich leider nicht herkommen«, legte er gleich los, wie immer ohne Begrüßung.

Na, wie schade, dachte Editha.

Ihr fiel ein Stein vom Herzen. Wenigstens einen Tag blieb ihr das erspart. Burges war bisher jeden Tag erschienen.

»Das macht doch nichts, Herr Burges. Hier läuft alles bestens. Die Arbeiten stehen kurz vor dem Abschluss.«

»Ich hätte schon gerne einen Blick darauf geworfen.«

»Das ist nicht nötig. Sie können wahrscheinlich sogar schon vor dem 15. einziehen, wenn sie möchten.«

Das wollte er dann allerdings. Er fragte noch nach einigen Details, die er bei seinem Besuch vom Vortag angemerkt hatte und als die Leitung plötzlich stumm war, wusste Editha, dass er das Gespräch auf seine Weise beendet hatte.

Da sie das Telefon schon in der Hand hielt, konnte sie eigentlich auch gleich noch beim Antiquariat Gruning anrufen und nach dem Fortschritt der Übertragung fragen. Sie hatte es zwar erst kurz vor dem Wochenende beauftragt, nachdem sie selbst einen neuen Auftrag für eine Artikelserie erhalten hatte und ihr dafür ein Vorschuss versprochen wurde. Aber so begierig wie Gruning darauf war, mit der Arbeit fortzufahren, hatte er vielleicht schon einen Teil fertig.

Sie sah auf die Uhr. Ob in der Mittagszeit wohl jemand ans Telefon gehen würde? Probieren konnte sie es.

Gruning hob schon nach dem ersten Klingeln ab.

»Hallo, mein Mädchen«, sagte er. »Woher wusstest du, dass ich jeden Moment fertig bin?«

»Wirklich? Das hätte ich ja gar nicht zu hoffen gewagt.«

»Schnapp dir deinen Sohn und schwing dich aufs Fahrrad. Wenn du hier bist, habe ich es geschafft.«

Sie holte Timo aus dem Bett und zog ihn an.

»Wir fahren wieder zu dem netten Onkel mit der Türglocke.«

»Oh, ja.«

Der kleine Pullover war völlig ineinander verdreht. Sie zog ihn mal hierhin und mal dorthin, um herauszufinden, wie sie die Ärmel in die richtige Position bekam.

»Fragt sich nur, wann ich die Grobplanung für die neue Artikelserie aufstelle.«

Das wollte sie eigentlich heute Nachmittag machen. Am Abend konnte sie es wegen des montäglichen Karatekurses jedenfalls nicht einplanen.

Endlich hatte sie den Pullover enttüdelt. Sie zog ihn Timo über den Kopf.

»Meinst du, ich sollte das Buch wirklich weiterlesen?«

Timo sah sie mit verschlafenen Augen an.

»Weiß ich nicht.«

Wie sollte ein dreijähriges Kind das auch wissen. Sie wusste es ja selbst nicht einmal. Ein Teil von ihr brannte darauf Jacob Riekhens Buch zu lesen.

Sie glaubte, dass dort etwas passierte, was sie anging. Andererseits fand sie das alles sehr gruselig und wollte es am liebsten vergessen.

»Vielleicht komme ich nachher ja noch ein wenig dazu, an der Artikelserie zu arbeiten. Und wenn nicht, muss das halt bis morgen warten, stimmt's?«

Timo nickte und gähnte.

Editha sagte den Handwerkern bescheid und fuhr mit Timo los.

Gruning war von dem Text mindestens genauso begeistert wie Editha. Er blätterte hin und her und erläuterte einige Stellen.

»Siehst du, zuerst geht es noch so knapp weiter wie auf den ersten Seiten, die ich für dich übertragen habe. Nur die wichtigsten Ereignisse sind in Kurzform eingetragen, wie in einem Tagebuch.«

Er fuhr mit dem Zeigefinger über den ausgedruckten Text und lugte durch eine Halbbrille, die überhaupt nicht zu seinem dynamischen Erscheinungsbild passen wollte.

»Doch dann, kurz vor der Stelle, die schon vor mir jemand in die lateinische Schrift übertragen hat, kommt ein Zeitpunkt, zu dem der Autor den Schreibstil radikal ändert.« Er sah zu ihr auf, über die Brille hinweg. »Er schreibt ab dann in einem Romanstil, in der dritten Person. Als wäre es gar nicht er selbst, von dem er spricht.«

»Ja, so ist ja auch die Szene am Lappan geschrieben.«

»Lappan, da hatte ich Schokoladeneis«, krähte Timo.

»Genau, mein Schatz.« Editha streichelte ihrem Sohn über das Haar. »Aber sagen Sie, warum lesen Sie eigentlich nicht schon weiter, wo Sie doch so neugierig auf den Fortgang sind?«

Gruning schüttelte heftig mit dem Kopf.

»Nein, nein, das kommt gar nicht in Frage. Ich will auf dem gleichen Stand sein wie du und nicht vorgreifen.«

»Aber, warum nicht?«

Plötzlich wurde er ganz ruhig.

»Ich habe das Gefühl, dass das Buch für dich eine tiefere Bedeutung hat. Und das nicht nur, weil es einer deiner Vorfahren geschrieben hat. Ich glaube, da steckt mehr dahinter.« Er nahm die Brille von der Nase und legte sie neben den Ausdruck. »Ich werde immer genau so viel lesen, wie du für die Übertragung beauftragst, kein Wort mehr. Ansonsten käme es mir vor, als dränge ich in deine Privatsphäre ein.«

Editha dachte an das komische Gefühl, das sie nach dem Lesen des ersten Teils hatte. Als würde sie beobachtet werden. Dass Gruning bei der Übertragung auch von ihr las, hatte sie bisher gar nicht bedacht. Ob er wohl ahnte, dass es sich bei den Visionen Jacobs um sie handelte?

Vorerst wollte sie ihm das jedenfalls nicht auf die Nase binden.

Doch ihr kam noch ein weiterer Gedanke.

»Wundern Sie sich gar nicht darüber, wie ein Mann aus dem 18. Jahrhundert diese Dinge wissen kann? Ich meine, er nennt es zwar nicht so, aber er schreibt von Autos, Flugzeugen und anderen Sachen.«

»Wieso sollte ich mich darüber wundern? Die Fantasie der schreibenden Zunft war seit jeher groß. Was hat beispielsweise Jules Verne schon alles vorausgesehen? Oder H. G. Wells? Oder sieh dir die modernen Science-Fiction-Geschichten an. Ich bin überzeugt, dass es, vieles was darin beschrieben ist, irgendwann mal geben wird.«

Editha nickte. War ihr Erlebnis vielleicht doch nur ein Zufall? Eine Einbildung? Aber es war so real. Und das, was Jacob über seine Visionen aufgeschrieben hatte, kam ihr so vertraut vor.

»Sie glauben also nicht, dass er wirklich diese Visionen hatte?«, fragte sie vorsichtig.

Gruning wandte sich ihr auf seinem Drehstuhl ganz zu und sah ihr eine Weile in die Augen.

»Mädchen«, sagte er. »Du glaubst doch nicht etwa, dass du diejenige bist, mit der er Kontakt aufnimmt? Ist dir so etwas denn schon mal passiert?«

»Nein«, antwortete sie, wie aus der Pistole geschossen.

Schließlich wollte sie nicht, dass Gruning sie für verrückt hielt. Und außerdem war sie sich auch immer noch nicht ganz sicher, was ihr passiert war. Vorerst wollte sie das jedenfalls niemandem anvertrauen.

»Na also. Steigere dich da bloß nicht in etwas hinein. Das kann nur mit einer Enttäuschung enden.«

Der Antiquar machte sich Sorgen um sie, stellte Editha fest. Wie rührend.

Gerne hätte sie sich länger mit ihm über das Buch unterhalten, aber Zeit war momentan bei ihr eine Mangelware. Die Stunden, die ihr heute blieben, wollte sie in irgendeiner Form produktiv nutzen. Sie bezahlte ihn, verstaute den neuen Blätterstapel in ihrem Rucksack und verabschiedete sich.

Als sie sich am Abend in ihr Sofa fallen ließ, hatte sie mehr geschafft, als sie erwartet hatte. Noch vor dem Karatekurs war sie mit der Grobplanung für ihre neue Artikelserie halb fertig. Damit war sie einigermaßen zufrieden. Den Rest würde sie morgen machen.

Timo schlief bereits. Er war, wie immer, mit zum Karate und hatte an der Seite auf den Matten herumgetobt. Anschließend war er total fertig und ließ sich ohne Murren ins Bett bringen.

Nun hatte sie Zeit, Jacobs Buch weiterzulesen. Sie würde es nicht abermals vor sich herschieben. Zwar wurde sie wieder hin- und hergerissen zwischen Angst und Neugier, aber ihr Verstand ist durch Grunings Worte zu einer Ernüchterung gekommen. Wahrscheinlich hatte sie sich das alles nur eingebildet: Zuerst las sie diese Szene, dann hatte sie einen Tagtraum davon und anschließend las sie im Buch, dass einer ihrer Vorfahren Visionen hatte. Diese zufälligen Übereinstimmungen mussten ja ihre Fantasie verrückt spielen lassen. Ab jetzt würde sie hier ganz sachlich und ohne Emotionen herangehen.

Sie nahm sich das neue Heftchen und begann zu lesen.

Wie Gruning schon sagte, ging es zunächst in dem knappen Stil der ersten 30 Seiten weiter. Dann beschrieb Jacob eine Szene, in der er dabei war, wie eine Leiche aus dem Stadtgraben gezogen wurde. Ab da fand der Stilwechsel statt, er schrieb plötzlich in der dritten Person. Warum, erschloss sich ihr nicht. Vielleicht hatte dieses Erlebnis einen besonderen Eindruck auf ihn gehabt, und er wollte sich unbewusst distanzieren? Fest stand, dass er schon vorher andere Dinge in der Form geschrieben haben musste, denn es war durchaus eine gewisse Übung darin zu erkennen.

Der Szene mit der Leiche im Stadtgraben folgte eine, bei der Jacob auf einer Tanzveranstaltung war. Dann wurde er in einem Wirtshaus verprügelt und anschließend beschrieb er den Überfall am Lappan, der nicht von Gruning, sondern einer anderen, unbekannten Person in die lateinische Schrift übertragen wurde.

Editha sah auf, rieb sich die Augen und nahm einen Schluck von ihrem Zitronenwasser. Sie sah sich den Blätterstapel von der Seite an und stellte fest, dass Gruning erneut weit mehr als den vereinbarten Umfang übertragen hatte. Ein schlechtes Gewissen befiel sie, weil er den Mehraufwand wieder nicht bezahlt haben wollte. Wenn sie bedachte, dass sie nach und nach wahrscheinlich alles bearbeiten lassen würde, bekam er dadurch weniger Geld für seinen Einsatz. Andererseits hatte er selbst auch Spaß an der Bearbeitung, und schließlich wollte er es ja so. Am besten sie dachte nicht länger darüber nach.

Sie trank noch einen Schluck und machte dort weiter, wo sie vorhin aufgehört hatte, vor der Szene am Lappan. Sollte sie die nochmal lesen? Irgendetwas in ihr sträubte sich dagegen. Und eigentlich kannte sie die ja schon. Es konnte jedoch auch nicht schaden, die Szene einmal im zeitlichen Ablauf zu lesen. Die Geschehnisse hatte sie aber immer noch bildhaft vor Augen, also war es nicht nötig. Sie blätterte weiter.

Halt! Stopp! »Ohne Emotionen« hatte sie gesagt. Sie würde doch wohl ein paar Wörter in einem Buch lesen können.

Sie blätterte wieder zurück und las die Lappan-Szene zum zweiten Mal. Nur dass dieses Mal das, was sie in ihrer Vision, oder ihrem Traum oder was auch immer es gewesen war, gesehen hatte, noch lebhaft präsent war. Obwohl sie versuchte, es zu verdrängen, kamen die Schrecken, die Überraschung, die Schmerzen und alles andere wieder hervor. Am Ende war sie so mitgenommen, dass sie sich zwingen musste, nicht mit dem Lesen aufzuhören. Sie las also weiter, wie Jacob sich damals den Torwachen näherte und dadurch vor dem Angreifer in Sicherheit war.

Und dann kam ein Satz, den sie beim ersten Lesen entweder übersehen oder nicht beachtet hatte, weil er für sie zu dem Zeitpunkt noch keine Bedeutung hatte: »Für sie war es heute das erste Mal, dass sie in mir drin war.«

Sie erschrak und atmete hörbar ein.

Also doch.

Sie ließ das Heftchen auf ihren Schoß fallen und schlug die Hände vor den Mund.

Was hatte sie sich vor ein paar Minuten noch überlegt? Dass es Zufall war? Dass es ein Traum war? Dieser eine Satz machte ihr gesamtes Gedankengerüst, das sie sich zum Schutz aufgebaut hatte, zunichte. Nun wusste sie gar nicht mehr, was sie denken sollte.

Mindestens zehn Minuten saß sie nur da und sah den Blätterstapel an, bis sie sich einigermaßen beruhigt hatte. In ihrem Kopf herrschte das reinste Durcheinander, doch schließlich wusste sie, dass sie auf jeden Fall weiterlesen musste.

Mit zitternden Fingern nahm sie die Blätter wieder hoch und fuhr fort.

In der folgenden Szene wurde die Mühle überfallen und zerstört. Hier gab es also eine Übereinstimmung mit ihren Recherchen: Jacob und Herold bewirtschafteten eine Mühle. Die beiden hatten anschließend das Rathaus aufgesucht und einem Ratsherrn von der Zerstörung berichtet. Ihnen wurde die Schuld daran gegeben, und sie sollten die Mühle mit eigenen Mitteln wieder aufbauen. Gerade als Editha sich über so viel Ungerechtigkeit aufregen wollte, fiel ihr der Name des Ratsherrn, der diese Entscheidung getroffen hatte, ins Auge: Barthel von Zölder.

Wie bitte? Derjenige, der die Ländereien des Vaters der beiden Brüder für einen Apfel und ein Ei erworben hatte? Wenn das ein Zufall war, dann allerdings ein sehr merkwürdiger. Sie dachte an die Telefonnummer dieses Mannes aus Oldenburg mit gleichem Namen, die auf einem kleinen Zettel geschrieben auf ihrem Schreibtisch lag. Ganz gewiss würde sie dem jetzt hinterhergehen.

Editha las weiter, davon dass Herold eine Idee für den Mühlenaufbau hatte, dass sie sich für die Realisierung der Idee Geld geliehen hatten und dass Jacob von Herold erfuhr, dass die Familie adelig war und ein »von« im Namen hatte.

Ja, das hatte Editha auch inzwischen herausgefunden.

Dann wurde Jacob von einem Mann aufgesucht und beschuldigt, seine Tochter geschwängert zu haben. Kurz darauf war er nach Hamburg gereist. Dort hatte er eine seiner »Gesichte«, wie er sie nannte. Er war dort im Körper eines kleinen Mädchens gewesen. Zum Schluss dieser Szene stand geschrieben: »Dann war es letztens wohl doch nicht das erste Mal für sie.«

Editha trat der Schweiß auf die Stirn. Ihre Hände begannen erneut zu zittern. Die Blätter ließ sie aus den Fingern gleiten, sie landeten vor dem Sofa auf dem Fußboden.

Und plötzlich kamen sie, die Erinnerungen. Nur verschwommen, unklar, aber sie wusste, dass sie real waren. Ja, als sie klein war, hatte sie ein Erlebnis gehabt, das sehr viel Ähnlichkeit mit ihrer kürzlichen Vision gehabt hatte, sie hatte es nur vergessen. Damals war sie mit ihrem Vater in Hamburg unterwegs. Sie hatten sich die Sehenswürdigkeiten angesehen, die sonst nur die Touristen besuchten. Und mit einem Mal hatte sie gesehen, wie es früher dort ausgesehen hatte. Editha erinnerte sich verschwommen an einzelne Bilder von Menschen in altertümlicher Kleidung, von Pferdekutschen und ungewohnt aussehenden Straßen.

Sie wusste noch, dass sie ihrem Vater davon erzählt hatte und dass der es als Einbildung abgetan hatte. Er hatte damals ihre blühende Fantasie für diese Bilder verantwortlich gemacht.

Und als hätten diese Erinnerungen eine Art Sog erzeugt, kamen weitere hinzu. Sie waren noch schwächer als die aus Hamburg. Wahrscheinlich war sie wesentlich jünger bei diesem Erlebnis. Hauptsächlich spürte sie wieder das mulmige Gefühl, das sie befallen hatte. Ja, und sie hatte den Eindruck, dass sie gehumpelt hatte und am Stock gegangen war, als wäre sie sehr alt und schwach gewesen. Vermutlich hatte sie damals eine Verbindung mit dem greisen Jakob gehabt.

Sie kam aus ihren Gedanken zurück und hob die Blätter vom Boden auf. Sie hatte nun alle übertragenen Texte gelesen. Und sie war froh, dass sie zunächst fertig war, denn sie hatte genug für heute. Wenn noch mehr da gewesen wäre, hätte sie sicherlich weitergelesen, und sie wusste nicht, wie sie das verkraftet hätte.

Sie legte die Blätter auf den Tisch und holte sich eine Flasche Wein. Zitronenwasser war jetzt nicht das Richtige.

Einen Montagabend später hatte sich viel getan und alles parallel zu dem Arbeitspensum, das Editha sich durch die Artikelserie aufgehalst hatte. Das Überraschendste war, dass die Handwerker am Donnerstag verkündeten, mit den Arbeiten fertig zu sein. Zufälligerweise war ihr Mieter gerade anwesend, wie ja nahezu jeden Tag. Er wollte dann schnellstmöglich in sein neues Reich einziehen und vergaß nicht, zu erwähnen, dass sie dadurch früher an Mieteinnahmen gelangen würde. Die darauffolgenden Tage, hauptsächlich am Wochenende, schleppten Burges und ein Umzugsunternehmen, haufenweise Kartons und Möbel in die neu renovierten Räume, sodass er bereits seit heute Morgen darin wohnte.

Genau seitdem wünschte sie, sie hätte ihn niemals als Mieter ausgewählt.

Angefangen hatte es damit, dass er ständig bei ihr ankam. Gut, als neuer Mieter konnte es schon sein, dass man die eine oder andere Frage hatte, wenn man gerade eingezogen war. Insofern war ihm wohl nachzusehen, dass er wissen wollte, wie lange er das Wasser in der Küche laufen lassen musste, bis es heiß wurde, auch wenn man es durch Ausprobieren leicht herausfinden konnte. Andere Fragen konnten ebenso verziehen werden, wie die, ob sie im Haus Handyempfang hatte, oder die, mit welchen Sicherungsgrößen die einzelnen Räume elektrisch abgesichert waren. Seiner komischen Art konnte sie es zuschreiben, dass er bei diesen Fragen nicht nach ihr rief oder an der Haustür klingelte, sondern unvermittelt neben ihr stand. In der Küche, im Wohnzimmer, egal wo sie gerade war. Sie wartete noch auf den Moment, in dem sie ihn beim Duschen plötzlich durch die Scheibe erblickte.

Doch das konnte ja alles vorübergehend sein. Irgendwann mussten ihm die Fragen ja mal ausgehen.

Es war eine andere Sache, die sie absolut nicht hinnehmen konnte. Zuerst glaubte sie an Zufälle: Sie ging unten den Hausflur entlang und er lungerte oben an der Treppe herum und sah hinunter. Beim zweiten Mal stand er sogar fast mittig auf der Treppe. Beim nächsten Mal wieder etwas höher. Den ganzen Tag kam es vielleicht zwei Mal vor, dass er nicht in Sichtweite war, wenn sie über den Flur ging. Was hatte er davon dort zu stehen?

Sie fühlte sich beobachtet und belauscht.

Sollte sich das nicht ändern, würde sie etwas unternehmen müssen. Auch wenn sie noch nicht wusste, was.

1788

Jacob führte den Kunden, der sein Korn zum Mahlen brachte, zum Nebengebäude, wo auch alle anderen ihr Getreide bereits abgeladen hatten.

»Hier kannst du es reinstellen«, wies er ihn an. »Notiere auf diese Zettel deinen Namen, damit wir die Säcke kennzeichnen können.«

Er gab dem Mann Papier und eine Kohle zum Schreiben. Dieser kritzelte ungeschickt seinen Nachnamen auf die Zettel, die Jacob anschließend an den Säcken festband.

»Das sieht ja nicht so aus, als wäre die Mühle so schnell wieder in Ordnung«, sagte der Mann. Er hatte ein kleines Holzstäbchen im Mund stecken. Zwischendurch kaute er immer wieder darauf herum und schob es mit der Zunge von einem Mundwinkel in den anderen.

»Och, wir sind gut dabei«, antwortete Jacob.

»Wann kann ich denn mit dem Mehl rechnen?«

»Mein Bruder meint, dass es zwei Wochen dauern kann.«

Eigentlich hatte Herold die doppelte Zeit veranschlagt, aber Jacob mochte dem Mann das nicht sagen. Vom Gesetz her musste er nur 24 Stunden warten, bevor er vom Mahlzwang befreit war und sich frei eine andere Mühle aussuchen konnte, allerdings wussten das die Wenigsten.

»Was?« Der Mann funkelte Jacob an. Das Holzstäbchen fiel im aus dem Mund. »Wenn ich so lange warte, habe ich für meine Familie kein Brot mehr.«

Jacob zuckte mit den Schultern.

»Verdammter Mahlzwang. Das kann man uns doch nicht antun. Ich werde mich beim Stadtrat beschweren.«

Er drehte sich um und stapfte davon. Wenn er sich wirklich beschwerte, würde er erfahren, dass er nicht gezwungen war, so lange zu warten. Nachdenklich sah Jacob den Hügel hinauf, wo Friedhelm damit beschäftigt war, Büsche auszureißen. Er befürchtete, dass sie in der nächsten Zeit noch eine Menge Arbeit verlieren würden.

Jacob kehrte zurück zu den beiden Gehilfen, die seit einigen Tagen bei ihnen arbeiteten. Zu dritt waren sie dabei, in runde Holzblöcke Mulden einzumeißeln. Herold hatte ihnen gezeigt, wie sie es machen sollten. Das sollten die Becher für das Becherwerk werden, hatte er Jacob erklärt. Für Jacob sahen sie eher aus wie Schüsseln.

1788

Nach einer Stunde schmerzten ihm die Hände, und er war froh, dass sein Bruder kam und für eine Unterbrechung sorgte.

»Komm mal kurz mit«, sagte er zu Jacob. Und als sie außer Hörweite der beiden Tagelöhner waren: »Ich möchte, dass du nach Hamburg gehst.«

»Was ... ich ...?« Jacob war überrascht von dieser Neuigkeit. Dann dämmerte ihm, worum es ging. »Ach, der Müller dort, von dem du neulich erzählt hast? Aber warum soll *ich* dorthin gehen und nicht du? Du kennst dich doch viel besser mit alldem aus.«

»Ich kann hier nicht weg. Der Bau der Mühle muss weitergehen. Die Helfer müssen angewiesen und ihre Arbeit muss kontrolliert werden. Das wirst du wohl kaum übernehmen können.« Er zwinkerte Jacob zu, wurde dann aber gleich wieder ernst. »Außerdem traue ich den Helfern nicht. Es sind immerhin Fremde für uns. Hinzu kommt, dass die Kerle, die unsere Mühle zerstört haben, jederzeit wiederkommen könnten. Du musst zugeben, dass ich diese Menschen mehr abschrecke als du.«

Das musste Jacob allerdings.

»Hast du denn Antwort auf deinen Brief bekommen und weißt jetzt den Namen und die Adresse des Müllers in Hamburg?«

Herold schüttelte den Kopf.

»Leider nicht. Aber wir können nicht länger warten, wir brauchen den Mann. Es kann ja nicht so schwer sein, die modernste und beste Wassermühle in Hamburg zu finden.«

Natürlich würde er das schaffen, dachte Jacob. Schließlich war er nicht auf den Mund gefallen. Und es war eine gute Gelegenheit, herauszufinden, wie hübsch die Mädchen Hamburgs waren.

»Wir überlegen uns noch zusammen, wie du dort am besten vorgehst«, meinte Herold. »Aber zuerst müssen wir noch mal zu Herrn von Elmendorff. Wir müssen ihn dazu überreden, uns mehr Geld zu leihen.«

Jacob und Herold hatten wieder Glück, dass Herr von Elmendorff, der sehr viel reiste, wie ihnen seine Haushälterin versicherte, nicht nur zu Hause war, sondern auch die Zeit hatte, sie zu empfangen. Wie zuletzt wurden sie in die Bibliothek geführt und mit Kaffee und Gebäck bewirtet, von dem der

Hausherr selbst das meiste verzehrte. Offenbar hatten sie ihn nicht so überrumpelt wie bei ihrem ersten Besuch, denn sowohl Perücke als auch Kleidung, die dieses Mal in einem dunkleren Blau gehalten war, saßen perfekt.

»Ihr wollt euch mehr Geld leihen?«, fragte von Elmendorff, nachdem Herold ihr Anliegen vorgetragen hatte. »Sagte ich euch nicht, dass ihr mit dem auskommen müsst, was ich bereit bin zu riskieren?«

Herold sah ihrem Geldgeber fest in die Augen.

»Ja, das sagten Sie. Aber seitdem wir angefangen haben, habe ich noch einen viel besseren Überblick über die zu erwartenden Ausgaben für Material und Hilfskräfte. Dafür kommen wir mit dem Geld auch fast hin.«

»Wo liegt dann das Problem?«

»Wir kommen eben nur *fast* hin. Und dann kommt noch eine Sache, die ich vorher nicht bedacht hatte, hinzu: Einer von uns muss nach Hamburg reisen, weil wir die Hilfe eines dort ansässigen Wassermüllers in Anspruch nehmen wollen. Wir wissen nicht, wie er heißt und auch nicht, wo sich die Mühle genau befindet. Die Reise kostet Geld, und den Mann werden wir ohne einen finanziellen Anreiz auch nicht nach Oldenburg locken können.«

Jacob sah Herold von der Seite an. Sein Bruder war ja doch des Lügens fähig, selbst wenn es nur eine kleine Lüge war, jedenfalls aus Jacobs Sicht. Diesen Müller aus Hamburg hatte Herold doch schon bei ihrem letzten Gespräch mit von Elmendorff mit eingeplant. Hatte er etwa von vornherein beabsichtigt, auf diese Weise mehr Geld aus ihm herauszubekommen?

»Und warum muss es gerade *dieser* Müller sein?«

»Weil er die beste Mühle weit und breit hat, aber weit genug weg ist, damit wir ihm keine Konkurrenz sind. Wenn wir ihm einen entsprechenden Lohn zahlen, wird er uns dazu verhelfen, die beste Wind-Wasser-Mühle zu bauen, die es gibt.«

»An wie viel mehr hast du gedacht?«

»Zehn weitere Reichstaler.«

»Hm.«

Herr von Elmendorff lehnte sich in seinen Sessel zurück, sah Herold an und dachte nach, während er auf Keksen mümmelte. Schließlich, nach drei Keksen, richtete er sich auf.

»Einverstanden«, sagte er. »Ich vertraue dir. Wenn du sagst, dass es dieser Müller wert ist, dann wird es so sein. Aber ihr werdet das Geld erst dann bekommen, wenn das bereits erhaltene tatsächlich am Ende nicht reichen sollte.«

»Ich danke Ihnen.«

Herold und von Elmendorff gaben sich die Hand.

»Wer von euch beiden wird denn nach Hamburg reisen?«

»Ich werde es tun«, antwortete Jacob nicht ohne Stolz. Eigentlich konnte er sich etwas darauf einbilden, dass sein Bruder ihm diese Aufgabe zutraute.

»Na, dann wollen wir hoffen, dass du in solchen Dingen ein besseres Händchen hast, als dein werter Vater es hatte. Ebendieser hatte mit Geschäften jeglicher Art nicht viel am Hut. Kurz vor seinem gewaltsamen Ende konnte ich ihn zwar noch für ein Geschäft gewinnen, aber das war auch das einzige Mal.«

»Warum gewaltsam? Wie ist mein Vater denn gestorben?«

Herold erhob sich unvermittelt von seinem Stuhl.

»Wir danken Ihnen, Herr von Elmendorff«, sagte er. »Komm Jacob.«

Er wandte sich um und verließ den Raum. Jacob sah ihm ungläubig hinterher.

»Na, so wie ich es sehe, will da jemand nicht über dieses Thema sprechen. In dem Fall musst du dich für die Beantwortung deiner Frage wohl an deinen Bruder wenden.« Herr von Elmendorff erhob sich und bot Jacob die Hand. »Gute Reise, mein Junge.«

Jacob hatte seinen Bruder nicht mehr einholen können, nachdem auch er von Elmendorff verlassen hatte. Auf der Straße war Herold weit und breit nicht zu sehen, er schien spurlos verschwunden zu sein. Jacob wollte den normalen Weg nach Hause rennen, um ihn einzuholen, aber dann sah er Ellas Vater und ihre Brüder und musste sich eine Weile hinter einer Kutsche verstecken. Denen wollte er möglichst nicht begegnen.

Also traf er Herold erst bei der Mühle wieder. Er hatte sich wieder in die Arbeit gestürzt und war dabei verschiedene Holzteile mit Nägeln zu versehen. Jacob hatte wie fast immer keine Ahnung, wozu diese Teile später dienen sollten. Er ging direkt auf seinen Bruder los.

»Was sollte das gerade heißen? Was meinte von Elmendorff?«

Herold sah nur kurz auf.

»Womit?«

Jacob spürte seinen Herzschlag in seinen Schläfen pochen.

»Womit wohl?« Er musste sich zusammenreißen, um es nicht herauszubrüllen. »Damit, dass unser Vater ein gewaltsames Ende genommen hat.«

Falls Herold etwas von Jacobs Wut gemerkt hatte, ließ er es sich nicht anmerken.

»Keine Ahnung, was er damit meinte.«

»Aber er sagte, dass du mir das beantworten kannst.«

Herold legte den Hammer zur Seite, kam zu Jacob her und stellte sich so, dass sie sich direkt in die Augen sehen konnten.

»Ich weiß nicht, warum er das sagte. Beim besten Willen kann ich dir die Frage nicht beantworten.«

Damit ging er weg und holte weitere Bretter.

Jacob sah ihm kochend vor Wut nach. Er glaubte ihm kein Wort. Gerade erst bei von Elmendorff hatte er mitbekommen, dass Herold doch lügen konnte.

Mit der Postkutsche zu fahren, war zwar für Jacob die beste Möglichkeit zu reisen, aber gleichzeitig alles andere als angenehm. Jede Unebenheit der Straße, jeder Stein, der überfahren wurde, übertrug sich in Form eines Stoßes, eines Schaukelns, eines Hüpfens der Kutsche oder eines Zusammenspiels dieser drei Unannehmlichkeiten auf die Fahrgäste. Sie rumpelten die Strecke entlang und wurden dermaßen durchgeschüttelt, dass sie nicht mal einen Gedanken fassen konnten.

Jacob musste an die pferdelosen Kutschen und die glatten Straßen denken, die er in seinen Gesichten kennengelernt hatte. Damit wäre das Reisen sicherlich wesentlich angenehmer. Aber er hatte auch gesehen, dass vielerorts, wo es heute Wiesen und Wälder gab, dann überall diese glatten Straßen waren, und er glaubte nicht, dass es diesen Preis wert war.

Die anderen Fahrgäste schienen das Reisen noch anstrengender zu finden als er, was daran liegen konnte, dass er mit Abstand der Jüngste war. Der Herr, der ihm gegenüber saß, mochte etwa 50 Jahre alt sein, der daneben kaum jünger. Beide waren gut gekleidet und wenn sich auf besseren Strecken die Gelegenheit zu einem Gespräch bot, konnte Jacob an ihrer Ausdrucksweise erkennen, dass sie eine gute Bildung genossen hatten.

Jetzt kam gerade einer dieser ruhigeren Wege. Jacob lehnte sich aus dem Fenster. Sie waren soeben aus einem Wald herausgefahren, der Postweg war gut als Schneise zwischen den Bäumen zu sehen. Von da an war ein Bohlenweg verlegt, auf dem sie nun fuhren. So wie es aussah, war hier ein Moorgebiet. Er sah in die Fahrtrichtung. Die Bohlen würden ihnen noch, so weit er es erkennen konnte, eine ruhigere Reise bescheren. Auf dem Fahrerbock konnte er die linke Seite des Kutschers sehen. Sein roter Rock mit den gelben Aufschlägen flatterte im Fahrtwind. Der Bläser saß auf der rechten Seite und damit außerhalb des für Jacob sichtbaren Bereichs.

Jacob zog seinen Oberkörper wieder ins Kutscheninnere zurück. Die Mitreisenden unterhielten sich gerade über Bremen, dem Ziel der Kutsche. Weiter fuhr diese Postkutsche der Fürstlich-Ostfriesischen Post nicht. Dort musste er sich eine Herberge suchen, in der er bleiben konnte, bis die Anschlusskutsche der Kaiserlichen Reichspost nach Hamburg aufbrach.

Nun wechselten die beiden Herren ihr Gesprächsthema.

»Ich war in Oldenburg ja nur auf der Durchreise«, sagte der Herr, der Jacob schräg gegenüber saß, ein kleiner Mann, glattrasiert und mit so vielen Warzen auf der Nase, dass sie wie ein pusteliger Ball aussah. »Was man da so hört: Offenbar gab es dort jetzt schon mehrere mysteriöse Todesfälle.«

Der graue Vollbart des anderen war so dicht, dass man seinen Mund nur sah, wenn er ihn zum Sprechen öffnete.

»Ja, ja. Das ist ganz furchtbar. Drei Tote. Sie wurden alle im Stadtgraben gefunden und bisher weiß man nicht, wie sie dort hinein kamen.«

Der Bärtige nickte wichtigtuerisch.

»Nein, wirklich nicht?«

»Nein, aber dass sie keines natürlichen Todes gestorben sind, das weiß man sehr wohl.«

Na, die hatten sich auch kaum selbst in den Stadtgraben gelegt, um dort auf ihr altersschwaches Ende zu warten, dachte Jacob.

»So? Woher weiß man das denn?«

Jacob musste grinsen.

»Na, weil der Bader sie untersucht hat. Und er kann zweifelsfrei feststellen, woran jemand gestorben ist.« Der Bärtige gebärdete sich, als hätte er selbst die Todesursache der Leichen festgestellt. »Sie müssen nämlich wissen, dass der Bader ein Freund von mir ist.«

»Nein, wirklich?«, sagte Pustelnase. »Aber wie kann der das denn feststellen?«

»Na, so genau weiß ich das auch nicht. Er untersucht sie halt. Und er hat eine gewisse Erfahrung darin. Schließlich füllt er schon seit mehr als 25 Jahren diese Aufgabe für die Stadt aus.«

»Nein, wirklich? Seit 25 Jahren schon?«

»Jawohl, mein Herr. Und zwar untersucht er alle, die nicht in ihrem Bett gestorben sind. Ist Vorschrift.«

Seit 25 Jahren? Jacob kam da ein Gedanke.

»Sagen Sie, dann hat der Bader auch diese Todesfälle untersucht, die es vor 20 Jahren schon mal gab?«, mischte er sich ein.

Der Bärtige schien begeistert, dass er nun Jacob ebenso mit seinen Erzählungen beeindrucken konnte.

»Aber selbstverständlich. Wie ich sagte: Er hat alle untersucht, die nicht eines natürlichen Todes gestorben sind.«

»Also auch Menschen, die bei Unfällen ums Leben kamen?«

»Jawohl, auch die.«

Jacob dachte, dass er den Bader ja mal nach dem Tod seiner Eltern fragen könnte. Wenn ihm sonst keiner darüber erzählen wollte, tat *er* es ja womöglich, falls er sich noch daran erinnerte. Er kramte seine Schreibutensilien aus seiner Tasche.

»Könnten Sie mir vielleicht den Namen und die Adresse des Baders aufschreiben? Meine Eltern sind bei einem Unfall ums Leben gekommen und ich würde ihm dazu gerne eine Frage stellen.«

»Ja, sicher. Obgleich ich nicht die Hausnummer weiß.«

Der Mann notierte die Informationen, so gut es bei den Bewegungen der Kutsche möglich war, auf ein Blatt Papier und reichte Jacob alles zurück.

Und das keinen Moment zu früh. Denn kaum hatte Jacob die Sachen verstaut, ging es wieder mit der Rumpelei los. Offenbar hatten sie den Bohlenweg gerade verlassen.

In Bremen fand Jacob eine günstige und einfache Herberge, in der er zweimal übernachten musste, bevor die Postkutsche nach Hamburg fuhr. Für diese Strecke brauchte die Kutsche mehr als doppelt so lange wie für die erste Etappe. Die reine Fahrtzeit betrug 27 Stunden, unterbrochen von mehr oder minder großen Pausen an diversen Relaisstationen, einige Pausen nur für eine halbe Stunde, um die Pferde zu wechseln, andere Pausen zur Übernachtung. So brauchte er insgesamt sechs Tage, um von Oldenburg nach Hamburg zu kommen.

Zum Glück traf er dort bereits zur Mittagszeit ein, denn die Suche nach einer Herberge gestaltete sich um einiges schwieriger als in Bremen. Die Preise waren einfach zu hoch, sodass er sich länger durchfragen musste, bevor er etwas fand, das zu seinem Reisebudget passte. Dabei handelte es sich zwar um eine ziemlich heruntergekommene und dreckige Spelunke, aber er ging davon aus, dass er es wohl überleben würde.

Am nächsten Morgen begann er die Suche nach dem Müller. Herold hatte ihm gesagt, dass er einfach nach der neuesten Mühle im Ort fragen sollte, diese musste dann zugleich die modernste sein. Weil es das Naheliegendste war, erkundigte er sich zuerst bei seinem Wirt. Der machte allerdings den Eindruck, als wäre er sein bester Gast: Entweder wusste er noch nie, wo welche Mühle war, oder er hatte es in seinem Suff vergessen. Was er wusste, war, wo der nächste Markt stattfand. Dorthin machte sich Jacob auf den Weg.

Zwischen den ganzen Händlern fand er dann auch einen, der Brot verkaufte. Auf seine Nachfrage stellte sich jedoch heraus, dass er einer anderen Mühle zugeteilt war. Er glaubte aber, ein Zunftmitglied zu kennen, das in der besagten Mühle sein Korn mahlen ließ, und beschrieb Jacob, wie er dieses fand.

Der Weg war so lang und kompliziert, dass Jacob zwischendrin mehrfach Passanten fragen musste, ob er noch richtig lief. Die meisten kannten den Bäcker, zu dem er wollte, nicht, also nahm auch das wieder viel Zeit in Anspruch. Inzwischen war es Mittagszeit und sein Magen meldete sich. An einem Straßenstand aß er eine Kartoffelsuppe und setzte seine Suche fort. Kurz danach wurde er dann fündig.

Der Bäcker stand in seinem Geschäft und verkaufte die in den frühen Morgenstunden gebackenen Waren, als Jacob ihn antraf. Tatsächlich ließ er sein Korn in einer Wassermühle mahlen, und er war der Meinung, dass es sich dabei um die neueste und beste Mühle in Hamburg handelte. Erneut erhielt Jacob eine Wegbeschreibung und auch den Namen des Müllers. Und wieder machte er sich auf den Weg.

Jetzt war die Suche glücklicherweise von kürzerer Dauer. Nur wenig später erreichte er die Mühle. Diese machte auf Jacob tatsächlich den Eindruck, als wäre ihr Bau kürzlich erst abgeschlossen worden. Allerdings war er auch nicht gerade derjenige, der das am besten beurteilen konnte, schon gar nicht bei einer Wassermühle. Vor dem Gebäude war ein Bursche, der ungefähr in seinem Alter war, am Arbeiten. Den fragte er nach dem Müller und wurde dadurch auf eines der Nebengebäude verwiesen. Dort traf er eine Frau und fragte nochmal nach, woraufhin sie ihn zum Müller brachte.

Der Herr des Hauses war dabei, mit einem Scheffel Mehl abzumessen. Rund um ihn herum standen Helfer, die ihm assistierten. Die Frau bedeutete Jacob zu warten, begab sich zum Müller und sagte ihm etwas. Dieser nickte, antwortete und fuhr mit seiner Arbeit fort. Die Frau kam zu Jacob zurück.

»Herr Lamprecht kommt gleich zu dir«, sagte sie und ging wieder hinaus.

Jacob beobachtete, wie der Müller das Befüllen eines Sacks beendete und anschließend seinen Helfern erklärte, wie sie mit der Arbeit ohne ihn fortfahren sollten. Das war offenbar nicht unbedingt nötig, denn kaum hatte er ihnen den Rücken zugekehrt, um in Jacobs Richtung zu gehen, machten die Helfer sich diensteifrig ans Werk. Man konnte erkennen, dass es sich um eine routinierte Arbeitsgruppe handelte, bei der jeder Einzelne wusste, was zu tun war.

»Was willst du denn mit mir besprechen?«, fragte der Müller schon, als er noch vier Schritte von Jacob entfernt war. Er hatte eine auffallend tiefe Stimme, die zu seiner kräftigen Statur passte. Von Weitem hatte er groß gewirkt, er überragte Jacob jedoch tatsächlich nur geringfügig.

Jacob überlegte kurz, ob er ihn siezen müsste, aber er war schließlich ein Kollege, sodass er sich durchaus das Recht zu duzen herausnehmen konnte.

»Es geht um ein Angebot für einen Auftrag.« Herold hatte ihm eingebläut, dass er das Gespräch so beginnen sollte, um ihn neugierig zu machen. Jeder geschäftstüchtige Müller würde sich anhören wollen, was für einen Auftrag man ihm anzubieten hatte. »Aber gestatte mir eine Frage vorab: Hat hier vor einiger Zeit ein ganz bestimmter Müller für eine Zeitlang gearbeitet?«

Jacob nannte ihm den Namen des Müllers, an den Herold den Brief geschrieben hatte.

Lamprecht sah ihn eine Weile musternd an. Seine Augen hatten eine Form, die eine große Besonnenheit erahnen und sein Gesicht gutmütig erscheinen ließen. Als er schließlich antwortete, drehte er sich schon halbwegs weg, um Jacob stehen zu lassen.

»Ja, der Mann hat hier mal gearbeitet, aber ich bin an Aufträgen nicht interessiert. Meine Mühle und die Arbeit, die ich damit habe, sind mir genug.«

Dieser Müller gehörte also nicht zur geschäftstüchtigen Sorte. Doch diese Möglichkeit hatte Herold vorausgeahnt und Jacob entsprechende Handlungsanweisungen mitgegeben. Das Honorar sollte er dann zunächst nicht nennen, weil das in diesem Fall nicht entscheidend war.

»Die Aufgabe, um die es geht, wäre bestimmt interessant für dich«, rief er Lamprecht lauterwerdend hinterher. »Wir wollen eine Wind-Wassermühle bauen, mit der wir die Windkraft für Flautezeiten speichern können.«

Lamprecht blieb stehen und sah auf den Fußboden, als müsste er das soeben Gehörte verarbeiten. Dann kam er wieder zu Jacob zurück und sah ihn erneut so an wie zuvor.

»Ihr wollt Windkraft speichern?« Er machte eine kurze Pause und lachte dann schallend los. »Wie soll das denn gehen? Ich glaube, du willst mich veräppeln.«

»Nein, ganz und gar nicht. Mein Bruder ist eher der Techniker, ich nur sein Gehilfe. Aber wenn ich es richtig verstanden habe, geht es mit einem Becherwerk, einem Staubecken und einem Wasserrad. Ja, und dann soll es noch ... neue Wellen geben und ... und ... wie heißt das noch ... ja, genau, Kupplungen, und ...«

»Moment, was sagst du da? Becherwerk, Staubecken, Wasserrad? Hm, das Becken müsste höher gelegen sein ...«

»Ja, es soll auf dem Hügel liegen. Herold hat es schon abgesteckt.«

»Und woher kommst du?«

»Aus Oldenburg.«

Lamprecht sah auf den Boden, dann zu seinen Leuten, die noch fleißig zu Werke waren, und wieder nach unten.

»Ich kann hier nicht weg. Meine Mühle ...«

»Deine Mühle ist in besten Händen, wenn ich mir das so ansehe. Offensichtlich hast du deine Helfer perfekt ausgebildet. Wenn sie bei allen Aufgaben so abgestimmt vorgehen wie hier, hast du außer einer Sintflut oder einem

Sturm nichts zu befürchten. Und dagegen könntest du auch nichts ausrichten, wenn du hier wärst.«

»Hm, vielleicht hast du recht. Aber woher soll ich wissen, ob ich euch vertrauen kann. Ich kenne euch schließlich nicht.«

»Was hast du schon zu verlieren, außer ein wenig Zeit?«

»Und was ist mit meinen Reisekosten?«

Jacob holte den kleinen Beutel mit Münzen hervor und warf ihn dem Müller zu.

»Die sollen dir erstattet werden. Und darüber hinaus bekommst du ein angemessenes Honorar. Die Hälfte von allem im Voraus, womit wir unser Vertrauen beweisen wollen.«

Herold hatte ihm gesagt, dass er sich auf seine Menschenkenntnis verlassen sollte. Wenn Jacob glaubte, dass der Müller vertrauenswürdig wäre, sollte er ihm einen Vorschuss anbieten, falls es nicht anders ging. Und dieser Mann hier hatte noch gutmütigere Augen als sein Bruder. Der war mit Sicherheit derart rechtschaffen, dass er nicht mal seinem Feind, wenn er denn überhaupt einen hatte, etwas nehmen konnte.

Lamprecht wog den Münzbeutel in der Hand und ein leichtes Lächeln erschien in seinem Gesicht.

»Und wenn ihr nur zwei Spinner seid? Vielleicht komme ich zu euch nach Oldenburg und alles, was ihr dort zustande bekommen habt, sind Luftschlösser.«

»Das wird nicht so sein. Glaube mir: Mein Bruder Herold ist der findigste Techniker, den du jemals getroffen haben wirst.«

Jacob sah dem Müller in die Augen und erkannte, dass er ihn im Sack hatte.

Bis zur Abfahrt der Postkutsche, die ihn zurück nach Bremen bringen sollte, musste Jacob nur einen Tag warten. Er würde alleine zurückfahren, denn der Müller Lamprecht hatte noch einige Dinge zu regeln, bevor er in ein paar Tagen nachkommen konnte.

Jacob nahm sich vor, den Tag sinnvoll zu nutzen. Er wollte früh aufstehen und durch Hamburg streifen, um die Stadt ein wenig kennenzulernen. Wenn es sich einrichten ließ, wollte er noch in eine Kirche gehen. Und am Abend wollte er seine Eindrücke niederschreiben.

Hamburg war natürlich viel größer als Oldenburg, das im Vergleich nur ein Dorf war. Allein im Hafenbereich hielt Jacob sich eine ganze Weile auf und beobachtete die Männer bei ihrer Arbeit. Zur Mittagszeit kaufte er sich einen gebratenen Fisch.

Dann schlenderte er in Richtung Stadtmitte und sah in der Ferne bereits einen hohen Turm mit einer Uhr. Das musste ein Kirchturm sein. Welch ein Glück, da er doch noch eine Kirche aufsuchen wollte. Er ging weiter und kam zu einem großen Marktplatz, der hier sicherlich nur einer von vielen war, in den der Oldenburger Markt allerdings mehrfach hineinpasste. Auch hier gab es einiges Interessantes zu sehen, aber Jacob wurde wie magisch von diesem Kirchturm angezogen. Er verließ den Marktplatz und hatte eine Straße weiter bereits das Gotteshaus erreicht.

Die Kirche hieß Sankt Michaelis. Sie hatte einen wirklich schönen Turm, der sich grün von dem bewölkten Himmel absetzte. Über dem Hauptportal prangte eine große Engelsstatue, ebenfalls grün. Dem Namen der Kirche nach zu urteilen, sollte das wohl der Erzengel Michael sein. Hier wollte Jacob eintreten und einige Gebete sprechen, bevor er seinen Erkundungsgang fortsetzte.

Aber kaum hatte er die erste Stufe des Hauptportals betreten, spürte er die Anzeichen, die das Auftreten eines seiner Gesichte ankündigten. Seine Kopfhaut kribbelte, dann dauerte es einen Moment, und er fühlte sich sonderbar leicht, das Licht flackerte, und er war in ihrem Körper.

Doch was war das? Es fühlte sich alles anders an. Sofort wusste er, dass Editha hier viel jünger war als sonst. Er war auch dichter über dem Boden, woran er erkannte, dass sie nicht so groß war wie bisher. Dann sagte sie etwas, und die Stimme klang wie die eines kleinen Mädchens. Ihre Gedanken und Gefühle waren ebenfalls die eines Kindes. Andererseits spürte er ganz deutlich, dass es Editha war. Dann war also die Verbindung am Lappan doch nicht ihre erste. Als Kind hatte sie auch schon eine, und die hatte sie vermutlich nur vergessen.

An jemandes Hand verließ sie die Treppe und sie entfernten sich von der Kirche. Nach einigen Schritten drehte sie sich um, legte den Kopf in den Nacken und Jacob sah mit ihr den Erzengel, der die Jahrhunderte überdauert hatte und noch immer über dem Hauptportal thronte.

»Sieh mal, Papa. Der Engel will dem anderen Mann wehtun«, sagte Editha und streckte den Zeigefinger nach oben. »Er tritt ihm auf dem Kopf.«

Jacob spürte das Grauen, das Edithas kindliches Gemüt befiel, während sie die Szene betrachtete, in der Erzengel Michael in Siegerpose seinen Fuß auf das Haupt Satans stellte. Sie klammerte sich fester an die Hand ihres Vaters und fühlte sich sogleich geborgener. So musste man sich fühlen, wenn man wusste, dass der Vater einen vor allen Gefahren der Welt beschützte, dachte Jacob.

Ihr Vater lachte.

»Haha, ja, dann hat der Mann das bestimmt verdient.«

Jacob spürte, wie er plötzlich den Boden unter den Füßen verlor, als Edithas Vater ihn hochhob. Sie sah ihrem Vater ins Gesicht und die Angst war ganz und gar verflogen. Sie schlang die Arme um seinen Hals und quietschte vor Freude.

In dem kurzen Augenblick, in dem Jacob ihren Vater gesehen hatte, wurde ihm etwas klar, was er bei all seinen Besuchen in Edithas Körper über die Jahre nicht einmal in Erwägung gezogen hatte: Editha war seine Nachfahrin. Ihr Vater hatte mit seinem Bruder Herold dermaßen viel Ähnlichkeit, dass ein Irrtum ausgeschlossen war. Sie sahen sich zum Verwechseln ähnlich, nur dass Edithas Vater nicht solch ein Hüne war. Jacob wusste nicht warum, aber die Erkenntnis, dass Editha von ihm abstammte, veränderte das über die Jahre immer herzlicher gewordene Verhältnis zu ihr komplett. Es kam eine Verbundenheit hinzu, die er vorher nie so gespürt hatte.

Editha wurde wieder auf den Boden gesetzt und sie entfernten sich weiter von der Kirche.

»Papa?«, sagte sie. »Wo sind denn die Pferde geblieben?«

»Was meinst du? Welche Pferde?«

»Na die, die eben noch die Kutschen gezogen haben. Dort saß der Mann mit den komischen Klamotten drauf. Und die Straße sah auch ganz anders aus.«

Jacob konnte die Bilder der Erinnerung sehen. Editha war gerade in seiner Welt gewesen, in seiner Zeit.

»Ist das ein Spiel? Oder willst du mich hinters Licht führen?«, fragte ihr Vater.

»Nein, wirklich! Da waren gerade Kutschen.«

»Das musst du dir eingebildet haben. Hier waren keine Kutschen.« Er lachte, hielt es wahrscheinlich immer noch für einen Spaß. »Aber wir können später eine Kutschfahrt machen, wenn du möchtest.«

»Au ja!«

Dann flackerte kurz das Licht und Jacob war wieder in seinem Körper.

Es hatte sich nichts verändert: Er stand auf der ersten Stufe der Portaltreppe. Eine Sekunde glaubte er, sich vor Übelkeit übergeben zu müssen, doch dann ging es wieder. Hinter sich hörte er eine Kutsche vorbeifahren. Er drehte sich um, damit er sehen konnte, was Editha in ihrer Kindheit gesehen hatte, und fragte sich, ob er sich auch umgedreht hätte, wenn er nicht vorher durch Edithas Augen geschaut hätte. Die Passanten liefen weiter und beachteten ihn nicht. Der Kutscher des Gespanns schnalzte mit der Zunge, um die Pferde anzutreiben.

Nachdem das flaue Gefühl verschwunden war, setzte Jacob seinen Weg in die Kirche fort. Eines wusste er: In Zukunft würde er Editha mit ganz anderen Augen sehen.

1768

»Dein Zug«, sagte Utz von Elmendorff.

»Hm?« Diether war ganz in Gedanken versunken. »Ach so, ja.«

Er starrte auf das Schachbrett und versuchte, sich für eine Figur zu entscheiden. Doch so recht konnte er sich nicht konzentrieren. Seine Gedanken schweiften immer wieder ab. Schließlich setzte er den linken Springer, ohne durchdacht zu haben, ob das wirklich die beste Option war.

»Oha!«

Utz machte ein amüsiertes Gesicht, verfiel aber anschießend sofort in ein ernstes Grübeln.

Diether gab sich wieder der Betrachtung Durettas hin. Ein ums andere Mal bückte sie sich, um die Äpfel, die sein Sohn ihr zuwarf, vorsichtig in einen Korb zu legen. Herold saß oben im Apfelbaum und pflückte die reifen Früchte ab. Jetzt musste er auf einen anderen Ast klettern, um an weitere Äpfel zu gelangen. Duretta drehte sich kurz zu ihrem Tisch, den sie für ihre Schachpartie herausgeholt hatten, weil sie bei dem schönen Herbsttag nicht drinnen sitzen wollten. Sie sah, dass er sie beobachtete, lächelte ihm zu und wandte sich wieder ab. Schon kam der nächste Apfel geflogen. Sie fing ihn geschickt auf und legte ihn in den Korb. Ihr hübsches Hinterteil streckte sie dabei Diether mehr entgegen, als sie musste.

Diether beobachtete sie zwar, seine Gedanken waren aber nicht bei ihr.

Schnipp!

»Ach, bist du wieder da?«

Utz hatte mit den Fingern vor seinen Augen geschnipst.

»Was? Bin ich am Zug?«

Sein Freund schüttelte den Kopf.

»Sag mal, was ist eigentlich mit dir los? Du bist ja schon die ganze Zeit geistesabwesend. Und du spielst heute wie ein Anfänger. Noch drei Züge und ich habe dich schachmatt gesetzt.«

»Was soll denn schon los sein?«

Utz nickte in die Richtung der beiden Apfelpflücker.

»Ist sie es?«

»Duretta? Ach, hör auf. Sag mir lieber, welchen Zug du gerade gemacht hast.«

Utz sah ihn durch Augenschlitze an.

»Ich kenne dich. Irgendetwas ist los. Ist es vielleicht die Frau, mit der du auf dem Ball getanzt hast?«

»Enngelin? Das hast du gesehen?«

»Natürlich habe ich das. Und wahrscheinlich nicht nur ich. Zumindest in der Öffentlichkeit solltest du dich ein wenig zurückhalten. Sonst wird schneller über dich gesprochen, als dir lieb sein kann. Und letztendlich landet es auch bei deiner Frau.«

»Als ob das noch etwas ausmachen würde.«

Diethers ganzer Frust kam nun an die Oberfläche. Er fühlte sich zutiefst deprimiert. Was war nur aus seinem Leben geworden? Seine Frau erwartete das zweite Kind von ihm und sie waren weiter entfernt voneinander als je zuvor.

»Was soll das heißen? Was ist los?«

Utz sah ihn besorgt an.

»Ach, Utz. Sie liebt mich nicht mehr und sie will nichts mehr von mir wissen. Immer, wenn ich ihre Nähe suche, weist sie mich zurück.«

»Na ja, entschuldige, dass ich das sage, aber besonders herzlich war sie ja noch nie.«

»Das stimmt wohl. Aber das war nichts gegen ihre jetzige Art. Sie ist kalt wie ein Fisch.« Diether geriet wieder ins Träumen. »Nicht so wie Enngelin. Sie ist leidenschaftlich, heißblütig. Wie schade, dass sie zurück nach Flensburg musste.«

Utz wurde jetzt zornig.

»Du meinst Frau Henningsen, und so solltest du sie auch nennen. Und nein, sie ist keineswegs zurück nach Flensburg. Herr Henningsen hat immer noch in Oldenburg zu tun.«

Diethers Herz machte einen Hüpfer.

»Wirklich? Das ist ja großartig.«

»Diether, ich beschwöre dich: Halte dich zurück. Es ist ja schon schlimm genug, dass eure Zugehfrau dir schöne Augen macht.«

Doch Diether hörte gar nicht mehr zu.

Sie war noch in Oldenburg! Wenn er Glück hatte, könnte er sie wiedersehen!

Herold hatte nicht oft den feinen Anzug an. Irgendwie war er für das Feine nicht geschaffen. Wenn er seine Sonntagskleidung trug, dauerte es nicht lange, und sie war entweder nur schmutzig oder sogar gänzlich ruiniert. Zu gerne befasste er sich mit den praktischen Dingen: Er half bei den Pferden im Stall, fuhr mit dem Stallknecht Klatti zur Mühle, um dem Ehepaar Stuhrke zu helfen, oder spielte einfach nur draußen, vorzugsweise dort, wo man sich am meisten dreckig machen konnte. Nein, er war gar nicht so wie Diether. Doch wer wusste es schon, vielleicht bekam er ja jetzt *noch* einen Sohn, und der war ihm ähnlicher.

Heute jedenfalls trug Herold seinen besten Anzug. Man sah ihm an, dass er sich ausgesprochen unwohl fühlte. Aber er musste auch das lernen, wenn er sich später als Freiherr Herold von Riekhen zeigen wollte.

Seite an Seite, Vater und Sohn, flanierten sie durch Oldenburgs Innenstadt. Zuerst waren sie die Promenaden auf den Wällen entlangspaziert, dann sind sie beim Everstentor in die Stadt gelangt. Hier und da trafen sie Bekannte, wechselten ein paar Worte und gingen weiter ihres Weges.

»Warum siehst du dich eigentlich immer so viel um, Vater? Suchst du jemanden?«

Offenbar war Herold ein guter Beobachter. Diether musste sich vorsehen, damit er nichts von seinen wahren Absichten mitbekam. Die standesgemäße Erziehung seines Sohnes und die Pflege des Vater-Sohn-Verhältnisses kamen für ihn nämlich erst an zweiter und dritter Stelle. Die größere Bedeutung hatte für ihn die Möglichkeit, Enngelin wiederzusehen. Er konnte nicht anders, er musste sie *unbedingt* wiedersehen. Doch bisher, so wie auch in den vergangenen »Erziehungsstunden« seines Sohnes in den letzten Wochen, hatte er damit kein Glück gehabt.

»Nein, ich sehe mich nur nach Bekannten um«, antwortete er. »Es wäre doch peinlich, wenn wir welche träfen und einfach so an ihnen vorbeigingen.«

»Ja, das stimmt.«

Für heute würden sie bald wieder heimkehren müssen. Inzwischen spazierten sie schon eine ganze Weile herum. Er war nicht gerade unbekannt, sodass es irgendwann auffallen würde, wenn er weitersuchen würde. Gleich würden sie noch einmal den Markt überqueren und danach Richtung Heiligengeisttor gehen, wo sie ihre Pferde gelassen hatten.

Dann sah er sie. An der Seite ihres Mannes schritt sie über den Markt. Mit einer Hand hatte sie sich untergehakt, und die andere hielt einen aufgespannten Schirm im gleichen Grün wie ihr Kleid gegen die gelegentlich fallenden Regentropfen hoch. Sie war tatsächlich so bezaubernd, wie er sie in seiner Erinnerung hatte. Nicht nur er sah sie an. Alle umstehenden Passanten hatten die Köpfe zu ihr hingedreht, so schien es ihm.

»Die Frau in dem grünen Kleid ist sehr schön, nicht wahr?«, fragte sein Sohn.

»Allerdings«, murmelte er, ohne den Blick von ihr abzuwenden.

Enngelin sah ihn nicht. Und wenn sie ihn gesehen haben sollte, erkannte sie ihn nicht. Sie und ihr Mann stolzierten am Rathaus entlang und grüßten allerlei Leute. Wie es schien, hatten sie in ihrer kurzen Zeit in Oldenburg schon einige Bekanntschaften gemacht.

Als er sie jetzt wieder sah, spürte Diether, wie sein Inneres zerfließen wollte vor Glück. Sein Herz vollführte wahre Purzelbäume und der grau bedeckte Himmel schien ihm nicht mehr so trüb wie vorher. Ja, er glaubte, er hatte sich in Enngelin verliebt. Aber wo sollte das hinführen? Er war verheiratet, hatte bald zwei Kinder. Und Enngelin war ebenfalls gebunden. Nein, er musste sich das wieder aus dem Kopf schlagen, er musste diese Frau vergessen. Doch für diesen Moment konnte er den Blick nicht von ihr abwenden.

»Diether von Riekhen, es freut mich Sie zu treffen.«

Eine hohe Frauenstimme keifte ihm von der Seite ins Ohr.

Diether drehte sich zu ihr hin. Es war die Frau Nordhusen mit ihrem Gatten. Die kam eigentlich *immer* ungelegen, weil sie die Angewohnheit hatte, ihn eine Ewigkeit zu bequatschen, aber heute passte ihm das sogar noch weniger als sonst. Jedoch war die Familie Nordhusen schon lange mit seiner Familie befreundet. Und wie sein Vater immer gesagt hatte: Freundschaften muss man pflegen.

»Guten Tag Frau Nordhusen«, entgegnete er zunächst nur, in der Hoffnung, dass sie vielleicht einfach weiterziehen würden. »Guten Tag Herr Nordhusen.«

»Äh, ja, guten Tag.« Herr Nordhusen drehte sich nur kurz zu Diether, um anschließend seine Aufmerksamkeit, so wie die meisten anderen Männer in Sichtweite, wieder ganz der Frau im grünen Kleid zu schenken.

»Hach, ja, sehen Sie es sich an: *Dagegen* kann ich nicht mehr anstinken.«
Gut gelaunt zwinkerte sie Diether zu. Ihr schien es nicht das Geringste
auszumachen, dass ihr Gatte gerade einer anderen Frau hinterhergaffte.
Wenn Diether es recht bedachte, war Frau Nordhusen eigentlich immer gut
gelaunt, wenn auch von einer nervenden Penetranz. Sie und ihr Ehemann
mochten knapp über fünfzig sein. Sie war eher klein und von einer quirligen
Rundheit, ihr Gatte machte stets den Eindruck, als wäre er mürrisch, wenn
man sich mit ihm unterhielt, konnte er jedoch allerlei interessante Geschichten aus seinem Leben erzählen.

»Aber dann weiß ich wenigstens«, fuhr Frau Nordhusen fort, »dass die
Grundreflexe noch funktionieren. Solange er diese dann zu Hause auslebt,
will ich mich nicht beschweren.«

Erneut zwinkerte sie Diether zu.

»Frau Nordhusen!«, tadelte Diether die Anzüglichkeit.

Sie ging darauf nicht ein. Herr Nordhusen schien ihnen gar nicht zuzu-
hören. Er strich sich die Perücke glatt, kratzte die rot geäderte Nase und gab
sich mit griesgrämiger Miene wieder der Betrachtung der Frau hin.

»Ja, Sie haben ja gar keinen Grund, sich nach dieser zugegebenermaßen
wunderschönen Dame die Augen aus dem Kopf zu starren. Schließlich ist
Ihre Gattin zu Hause genauso wunderschön, wenn auch im Moment vielleicht ein wenig unpässlich.«

Wieder ein Zwinkern. Wie immer bereitete es Frau Nordhusen eine riesige Freude, mit Frivolitäten um sich zu werfen.

»Also Frau Nordhusen, ich muss schon bitten«, sagte Diether grinsend,
um das Spielchen mitzumachen.

Zugleich nahm er sich vor, Enngelin nicht mehr hinterherzustarren. Zum
einen wollte er sich nicht dem Verhalten der breiten Masse anschließen und
zum anderen hatte Frau Nordhusen absolut recht: Zu Hause hatte er eine
wunderschöne Ehefrau, die er obendrein noch liebte.

»Aber ich stimme Ihnen zu, Frau Nordhusen: Ich habe keinen Grund
dieser Frau hinterherzusehen.«

Sie hatte gerade anderen Bekannten zugewunken und wandte sich wieder
ihm zu, die Stirn in leichten Falten.

»Nun lassen Sie sich doch nicht so schnell ins Bockshorn jagen. Jeder
Mann, der sie nicht ansieht, hat selber Schuld. Warum soll man das Schöne

nicht würdigen? Sie erfreuen sich doch ebenso an der Betrachtung eines schönen Gemäldes.«

Jetzt wusste Diether gar nicht mehr, was er tun sollte, denn auch damit hatte sie recht.

»Die Gelegenheit sie zu sehen, wird man hier in der nächsten Zeit wohl noch öfter bekommen«, fuhr sie fort. »So wie man hört, wird das Ehepaar Henningsen noch eine Weile in Oldenburg bleiben.«

»Wirklich?« Diether merkte, dass er auf seine Reaktionen achtgeben musste. »Ich meine, tatsächlich? Warum das denn?«

»Herr Henningsen bekleidet eine wichtige Position am Hofe. Fragen Sie mich nicht nach seinen genauen Aufgaben, aber er hat wohl einen hohen Beamtenstatus inne. Angeblich wird er für eine längere Zeit gebraucht, und wer weiß: vielleicht ja auch für immer.«

Diese neue Information überraschte Diether, hatte es doch bisher geheißen, dass Enngelin nur für kurze Weile in Oldenburg wäre.

»Aha«, sagte er nur.

»Herr von Riekhen, wie immer war es uns eine große Freude.« Sie streckte sich zu ihm hoch und raunte: »Meinem Mann auch, er kann es nur nicht so zeigen.« Dann hakte sie sich wieder bei ihrem Gatten unter. »Aber nun wollen wir Sie und Ihren wohlgeratenen Sprössling nicht länger aufhalten. Wir wünschen einen schönen Tag.«

Damit zogen die beiden weiter.

Diether sah sich noch einmal um. Das Ehepaar Henningsen war inzwischen ebenfalls gegangen. Das Treiben auf dem Markt war wieder alltäglich geworden.

»Komm Herold«, sagte Diether zu seinem Sohn. »Lass uns heimkehren.«

HEUTE

Seinen fünften Whisky hatte Marko fast ausgetrunken, als Klemens sein Wohnzimmer betrat. Sein Zwilling hatte seit Langem die Schlüssel zu seinem Haus, sodass er ein- und ausgehen konnte, wie er wollte.

»Hallo Bruderherz.«

Zu Markos Erstaunen ging ihm die Begrüßung nur schwer über die Zunge.

Klemens schloss kurz die Augen und sah ihn mit schief gelegtem Kopf an. Auf Marko wirkte das sehr vorwurfsvoll.

»Marko, es ist früher Nachmittag und du lallst schon.«

»Pfff! Was hat die Uhrzeit damit zu tun? Dieser Zusammenhang erschließt sich mir nicht.«

Aber grundsätzlich hatte er natürlich recht. Markos Kopf fühlte sich an, als wäre er mit einer dickflüssigen Masse gefüllt. Die Gedanken flossen nur zäh hindurch. Er mochte es eigentlich nicht, wenn er nicht richtig denken konnte. Das war leider ein großer Nachteil seines geliebten Whiskys. Er musste seinen Denkapparat irgendwie wieder auf Touren bringen.

»Lust auf einen Kaffee?«, fragte er deshalb und schwang sich aus dem Sofa hoch, was den Dusel verstärkte. Die Espressomaschine war noch eingeschaltet und somit heiß.

Auf dem Weg in die Küche versuchte er, nicht zu schwanken. Klemens folgte ihm.

»Ich möchte etwas mit dir besprechen«, sagte er.

»Ja, ja, nun lass uns erst mal Kaffee trinken«, antwortete Marko und drehte den Siebträger mit dem Doppio-Sieb aus der Halterung der Espressomaschine. Wenn Klemens ihm so offiziell kam, war es etwas Ernstes, was er besprechen wollte, und dafür musste Marko klar denken können.

Klemens Erwiderung ging im Mahlgeräusch der Kaffeemühle unter. Er machte ein resigniertes Gesicht, setzte sich auf einen Barhocker an die Küchentheke und verschränkte die Arme vor der Brust.

Den ersten Doppio trank Marko selber mit wenigen Schlucken. Er brannte ein bisschen im Hals. Dann bereitete er gleich den nächsten vor und stellte unter den doppelten Auslauf zwei Espresso-Tassen. Mit den beiden fertigen Espressi setzte er sich zu Klemens. Das Koffein brachte seine Gedanken bereits wieder in Bewegung, zumindest bildete er sich das ein.

»So, dann rück' mal raus mit der Sprache.«

Klemens sagte zunächst nichts, sondern griff nach seiner Tasse, hob sie betont langsam zum Mund und nahm einen kleinen Schluck. Er nickte anerkennend.

»Mmh, das hast du drauf, muss man dir lassen.« Er lächelte und nahm noch einen Schluck. Doch er wurde sofort wieder ernst. »Und, hast du dein versoffenes Hirn genug in Schwung gebracht, damit ich etwas mit dir besprechen kann?«

Mist, sein Zwillingsbruder hatte Marko mal wieder durchschaut. Er grinste Klemens an.

»Wird wohl gehen.«

»Nein, im Ernst, Marko. Wie lange willst du mit der Sauferei noch so weitermachen?«

Ein Teil von ihm wusste natürlich, dass Klemens mit seiner Kritik recht hatte. Aber erstens konnte er ihm im Moment einfach nicht recht geben und zweitens war der Meinung, dass es ihn nichts anging.

»Bist du gekommen, um *das* mit mir zu besprechen? Dann gehe ich jetzt ins Wohnzimmer und schenke mir noch einen Drink ein.«

»Mensch, jemand muss es dir doch mal sagen. Ich weiß nicht, ob du schon ein Alkoholiker bist, aber wenn nicht, bist du auf dem besten Wege, einer zu werden.«

Marko tat, als wollte er gehen, indem er sich halbwegs von seinem Barhocker erhob.

»Bleib hier.« Klemens legte ihm eine Hand auf die Schulter. »Ich will mit dir ja etwas ganz anderes besprechen.« Marko setzte sich wieder und nippte an seinem Espresso. »Es geht um Vater.«

Oh nein! Das war ein Thema, über das Marko nun wirklich nicht reden wollte.

»Ich wüsste nicht, was mich dazu bewegen sollte, über den alten Stinkstiefel zu sprechen.«

Klemens zog spöttisch eine Augenbraue hoch.

»In Sachen Stinkstiefligkeit tut ihr euch ja wohl nicht viel. Genau wie du auch hat Vater eine weiche Seite. Die leidet extrem darunter, dass ihr euch seit Jahren nicht gesehen habt.«

Klemens kannte Marko wirklich sehr gut. Mit fast allen Aussagen über seine Gemütsverfassung oder seine Beweggründe traf er ins Schwarze. Aber Marko bezweifelte seit jeher, dass er in Bezug auf ihren Vater die gleiche Treffsicherheit besaß.

»So ein Unsinn. Das Verhältnis von Vaters weicher zu seiner harten Seite ist ungefähr so wie das von Stahl zu gehärtetem Stahl.«

»Schon komisch: Ähnliches sagt Vater über dich.«

Marko sah von seiner Tasse auf. Konnte es möglich sein, dass es stimmte, was sein Bruder ihm seit jeher beteuerte? Nämlich, dass sein Vater und er sich zu sehr ähnelten und sich deshalb nicht verstanden? Er glaubte es nicht.

»Sagt Vater über mich? Soll das heißen, ihr sprecht über mich?«, fragte er.

»Natürlich, oft sogar. Unzählige Male hat Vater schon bedauert, dass du ihn nicht in seinem Unternehmen unterstützt. Nicht minder häufig hätte er deine Hilfe gebrauchen können, vor allem mit deinen Kenntnissen des US-Marktes.«

Das sagte Klemens ihm das erste Mal. Marko sah ihn prüfend an.

»Hör doch auf. Das hättest du mir doch schon viel früher erzählt.«

»Warum hätte ich das tun sollen?« Er nahm den letzten Schluck aus seiner Tasse, stand auf und holte sich ein Glas aus dem Schrank. Damit ging er zum Kühlschrank, entnahm ihm eine Flasche Mineralwasser und kam mit beidem zur Theke zurück. »Ich weiß doch, wie du auf Vater zu sprechen bist. Mit Sicherheit hätte ich mir eine Abfuhr geholt, und geändert hätte es trotzdem nichts.«

Was bezweckte er damit, das gerade jetzt zu erzählen? Wenn es Marko doch nur halb so gut gelungen wäre, so hinter die Fassade seines Bruders zu blicken, wie er hinter seine. Leider war er dazu total unfähig.

Diese Neuigkeit verunsicherte ihn jedenfalls, was nicht oft passierte. Er musste wissen, was dahinter steckte, aber er wusste, dass er mit einer direkten Frage keine Antwort bekommen hätte. Deshalb war erst mal die Flucht nach vorne angesagt.

»Ja, und daran ändert sich auch so schnell nichts. Also können wir ja mit diesem Thema endlich abschließen.«

»Es ist aber etwas Einschneidendes passiert, etwas, das einiges verändern wird: Vater ist todkrank.«

Marko war so sehr geschockt, dass er sich fast an seinem Espresso verschluckte. Sein Puls beschleunigte sich.

»Wie ... was bedeutet ‚todkrank‘?«

»Dass er nicht mehr lange zu leben hat.«

Marko stand der Mund offen.

»Wie lange?«

»Das können die Ärzte nicht so genau sagen. Vielleicht drei Monate, vielleicht auch nur zwei.«

Markos Gedanken wirbelten durcheinander. Natürlich muss man damit rechnen, dass die Eltern irgendwann sterben, aber doch nicht so plötzlich. Zumal sein Vater so alt noch gar nicht war.

Jetzt brauchte er auch etwas zu trinken. Er stand auf und holte sich ebenfalls ein Glas, während er versuchte, seine Gedanken zu ordnen.

»Woran leidet er denn?«

»Krebs. Er hat einen Hirntumor. Inoperabel.«

Scheiße! Bisher dachte er immer, er hätte mit seinen Eltern abgeschlossen. Doch nun machte er ein Wechselbad der Gefühle durch. Das Wissen vom nahen Tod seines Vaters rief in ihm den plötzlichen Drang hervor, ihn vorher noch mal zu sehen.

Klemens sah ihn die ganze Zeit reglos an.

»Wie lange ist das schon bekannt?«

»Noch nicht lange. Seit ein paar Tagen.« Klemens taxierte ihn mit schiefem Blick. »Vermute ich richtig, dass sich damit deine Meinung ändert?«

Verdammt, verdammt. Er hatte sich geschworen, nie wieder etwas mit seinem Vater zu tun haben zu wollen. Er wollte nie wieder mit ihm reden. Konnte er das jetzt noch durchziehen?

Er traf eine Entscheidung.

»Ich werde zu ihm fahren und mit ihm sprechen.«

Editha hätte nicht gedacht, dass es noch schlimmer kommen konnte. Vor allem nicht, nachdem die Renovierungsarbeiten abgeschlossen waren. Sie hatte erwartet, dass sie danach wieder mehr Zeit haben würde, weil sie sich darum nicht mehr kümmern musste. Weit gefehlt. Und als sie es sich jetzt bewusst machte, wusste sie auch, warum das so war: Ihr wurde klar, dass es ihr zwar immer so vorkam, aber dass sie eigentlich gar nicht so viel Zeit in die Renovierung stecken musste, nachdem die Handwerker angefangen hatten. Sie musste dafür nicht mehr tun, außer gelegentlich etwas zu entscheiden oder begutachten. Der kleine Zeitgewinn, der durch den Wegfall dieser Tätigkeiten entstand, wurde im Nu durch die viele Arbeit an der Artikelserie aufgefressen. Diesen Aufwand hatte sie absolut unterschätzt. Er überstieg bei Weitem alles, was sie bisher gemacht hatte.

Eigentlich hatte sie für das Karatetraining gar keine Zeit mehr. Doch wenn sie das aufgab, war die Stelle weg. Sie wollte darauf aber auf keinen Fall verzichten. Schließlich war nicht vorauszuahnen, wie es sich mit den Aufträgen der Zeitungen weiterentwickelte. Sollte das später wieder weniger werden und sie den Job als Trainerin nicht haben, hatte sie gar nichts mehr, außer den Mieteinnahmen.

Dann kam jetzt, zu einem äußerst ungünstigen Zeitpunkt, eine Anfrage für einen Artikel einer anderen Zeitung. Das konnte sie ebenfalls unmöglich ablehnen, wenn sie dort im Geschäft bleiben wollte. Wenn sie als freie Journalistin Fuß fassen wollte, musste sie diese Aufträge durchpauken, kostete es, was es wollte. Selbst wenn sie dafür eine Zeitlang nur vier Stunden je Nacht schlief.

Und letztendlich wollte sie unbedingt mit ihren Nachforschungen über das Buch und darüber, was damals passiert war, weitermachen. Momentan ein unmögliches Unterfangen.

Deshalb hatte sie überlegt, ob sie Timo zeitweise irgendwo abgeben konnte. Dadurch hätte sie ungestört Arbeiten und gerade Außer-Haus-Termine effektiver gestalten können. An einen Kinderhort hatte sie natürlich schon länger gedacht. Aber das war finanziell nicht drin. Ihre Finanzsituation hatte sich nämlich auch eher verschärft. Die ganzen Handwerkerrechnungen standen an. Die ersten Mieteinnahmen waren demgegenüber ein Witz.

Doch dann fiel ihr ihre Tante ein. Kurz vor ihrem Umzug nach Oldenburg hatte ihr Vater gesagt, dass sie seine Schwester ruhig mal besuchen sollte. Sie und ihre Familie waren schließlich ihre einzigen noch lebenden Verwandten in Oldenburg und sie war sicherlich froh, ihre Nichte mal wiederzusehen. Editha hatte ihre Tante noch seltener gesehen als ihren Opa, gerade in den letzten Jahren nicht mehr. Darum mochte sie den Kontakt zuerst nicht aufnehmen. Jetzt könnte sie jedoch die Lösung ihres Problems sein.

Sie fasste sich also ein Herz und rief ihre Tante an. Wenn sie vorher gewusst hätte, wie herzlich ihre Reaktion ausfiel, hätte sie das schon viel eher getan. Für den gleichen Nachmittag verabredeten sie sich zum Kaffeetrinken, Editha sollte mit Timo vorbeikommen.

Sie fuhren kurz nach Timos Mittagsschlaf mit dem Fahrrad los nach Osternburg, wo ihre Tante wohnte. Editha kannte diesen Stadtteil Oldenburgs noch nicht und freute sich, durch eine für sie neue Gegend zu fahren. Das Haus fand sie mit der Beschreibung ihrer Tante sehr schnell. Es war ein schicker, rot geklinkerter Bau mit hübschem, großen Garten.

Ihre Tante hatte sie wohl aus dem Fenster durch den Vorgarten gehen sehen, denn als Editha bei der Haustür ankam, stand sie schon darin. Sie hatte sich seit ihrer letzten Begegnung nicht wesentlich verändert, sie war nur ein wenig dicker geworden. Und ihre ergrauten Haare trug sie nun in einem peppigen, kurzen Schnitt, der nicht so recht zu ihrer sonstigen, eher altmodischen Erscheinung passen wollte.

»Hallo, Tante Gerda.«

Editha war zuerst ein bisschen befangen, aber das legte sich nach der sehr netten Begrüßung sofort.

»Hallo, Editha. Mensch, was bist du hübsch geworden. Ja, und was ist das denn für ein kleiner Engel?«

Nachdem sie auch Timo im Übermaß geherzt hatte, gingen sie in die Küche, wo Butterkuchen und Filterkaffee bereitstanden. In der dann folgenden Stunde quatschten sie über Edithas Vater und Mutter, über ihren Umzug nach Oldenburg und ihre Situation, über ihren Onkel, der momentan nicht zu Hause war, und über ihre ebenfalls schon erwachsenen Cousinen und Cousins.

Gerade als Editha das Thema ansprechen wollte, das der Grund ihres Besuchs war, machte ihre Tante es ihr leicht, indem sie das Kernproblem selber zur Sprache brachte.

»Wenn ich mir das alles so anhöre, frage ich mich, wo du die ganze Zeit hernimmst«, sagte sie. »Du kommst ja überhaupt nicht zum Durchatmen. Hast du denn eine Möglichkeit, Timo mal abzugeben?«

Timo schaute von seinen Spielautos hoch.

»Mich abgeben?«

Tante Gerda lachte und streichelte ihm über den Kopf.

»Nur für ein paar Stunden, damit deine Mama mal ungestört sein kann.«

Editha freute sich, dass ihre Tante und ihr Sohn sich so gut verstanden. Sie konnte ein gutes Gefühl haben, wenn sie ihn bei ihr lassen würde.

»Ehrlich gesagt: nein. Da habe ich keine Möglichkeit«, sagte sie. »Einen Kinderhort kann ich mir nicht leisten und sonst ...«

»Ich könnte ihn doch manchmal nehmen.«

Editha lachte auf.

»Ich muss dir etwas beichten: Genau danach wollte ich dich fragen. Ich habe mich aber nicht so recht getraut.«

»Ach, Unsinn. Das mache ich doch gerne.«

Editha druckste herum. Sie musste noch zum heiklen Thema kommen: zu der finanziellen Seite.

»Ähm, wie viel würdest du denn dafür pro Stunde haben wollen?«

»Jetzt hör aber mal auf.« Tante Gerda wirkte empört. »Dafür will ich gar nichts haben. Ich freue mich doch, wenn ich helfen kann.«

Editha hätte nie damit gerechnet, dass ihre Tante keinen Babysitter-Lohn haben wollte.

»Aber ... das kann ich doch nicht annehmen ...«

»Weißt du was: Wenn du mir unbedingt etwas dafür geben willst, bringe mir ab und zu Blumen oder etwas Süßes mit. Und jetzt will ich davon nichts mehr hören.«

Na, das klang endgültig, und eigentlich wollte sich Editha auch gar nicht mehr wehren.

»Tante Gerda, ich weiß gar nicht, wie ich dir danken soll.«

»Dann versuche es am besten gar nicht erst.«

Ihre Tante lächelte breit abwechselnd sie und Timo an. Editha hätte nie gedacht, dass sie solch ein herzliches Verhältnis zu ihr haben würde. Warum war ihr das früher eigentlich nie aufgefallen? Aber sie war ja auch die Schwester ihres Vaters und diesem sehr ähnlich. Von daher lag es nahe, dass die Chemie zwischen ihr und Editha stimmen musste.

Ob sie wohl etwas über das Buch wusste? Sie war ja im Gegensatz zu Edithas Vater immer hier in Oldenburg gewesen, also in der Nähe ihres Opas. Vielleicht hatte sie mal etwas mitbekommen.

»Sag mal, Tante Gerda, hat Opa dir jemals von einem Buch erzählt, das einer unserer Vorfahren geschrieben hat?«

Tante Gerda zupfte ihre Bluse zurecht.

»Ein Buch von einem Vorfahren? Nein, davon weiß ich nichts.«

»Schade.«

Editha war enttäuschter, als sie gedacht hatte. So sehr, dass Tante Gerda es ihr scheinbar anmerkte. Sie ergriff ihre Hand.

»Was hat es denn mit diesem Buch auf sich?«

»Ach, nichts weiter, ich habe es nur auf dem Dachboden gefunden. Es ist eine Art Tagebuch, größtenteils in einem Romanstil geschrieben.«

Editha hatte sich schon wieder gefasst. Was hätte es ihr auch geholfen, wenn ihre Tante von dem Buch gewusst hätte? Von ihrem ambivalenten Verhältnis dazu hätte sie sie bestimmt nicht befreien können. Aber irgendwie hatte Editha das Bedürfnis, endlich jemandem von den Merkwürdigkeiten, die sie mit dem Buch erlebt hatte, zu erzählen. Jemandem, der sie nicht gleich für bekloppt halten würde.

»Tante Gerda, darf ich dir etwas sagen, das sich vielleicht etwas ... eigenartig anhört?«, fragte sie deshalb.

Ihre Tante runzelte die Stirn.

»Natürlich, du kannst mir alles erzählen.«

»Nachdem ich in diesem Buch gelesen hatte, ging ich zu dem Ort, wo das Erlebnis damals passierte.« Editha musste schlucken. Sie hatte immer noch Beklemmungen, wenn sie an ihre Vision am Lappan dachte. »Und dort habe ich plötzlich dieses Erlebnis vor mir gesehen.«

Der Ausdruck auf Tante Gerdas Gesicht wurde ernster, die Stirnfalten tiefer. Würde sie Editha doch für verrückt halten?

»Du hast es vor dir gesehen? In welcher Form?«

»Ähm ... ich ... hatte eine Art Vision. Ich befand mich mitten im alten Oldenburg und erlebte das, was ich zuvor gelesen hatte.«

Tante Gerda sah ihr scharf in die Augen. Plötzlich wirkte sie überhaupt nicht mehr herzlich, eher konzentriert.

»Wie kann man sich das vorstellen? Wie kannst du es erlebt haben?«

Na gut, Editha hatte damit angefangen und jetzt würde sie es auch zu Ende führen.

»Ich war im Körper unseres Vorfahren. Jacob hieß er. Alles was Jacob erlebte, habe ich auch erlebt. Ich habe gesehen, gehört und gerochen, was er sah, hörte und roch. Und ich habe seine Gedanken und Gefühle gedacht und gefühlt. Und noch etwas: Aus dem Buch weiß ich, dass es umgekehrt auch Jacob so ergeht. Er befindet sich in mir, in dieser Zeit, und sieht Dinge, die noch kein anderer Mensch vor ihm gesehen hatte.«

Nun war es raus.

Ein Moment der Stille entstand, in dem Editha damit rechnete, dass ihre Tante in schallendes Gelächter ausbrechen würde und sie anschließend nicht mehr für voll nahm.

Doch dann schüttelte Tante Gerda den Kopf.

»Nein, du täuscht dich«, sagte sie. »Dein Jacob war nicht der erste Mensch, dem so etwas widerfahren war.«

Editha glaubte, ihren Ohren nicht trauen zu können.

»Was?«

»Außer Jacob und dir gab es schon einige in unserer Familie, die diese Fähigkeit, oder besser gesagt Eigenschaft, hatten. Und es ist nicht auszuschließen, dass es vor Jacob schon mal jemanden gab, der diese Verbindung mit einem Familienmitglied hatte, das sogar noch in unserer Zukunft lebt.«

Jetzt wusste Editha gar nicht mehr, was sie denken sollte. In ihrem Kopf entstanden gerade tausend Fragen auf einmal. Aber eine Sache überraschte sie am meisten.

»Du weißt davon?«

Tante Gerda nickte.

»Oh ja, schon lange. Dein Opa erzählte mir davon, als ich noch eine Jugendliche war. Und auch später war noch öfter die Rede davon. Er hatte vermutet, dass *du* vielleicht eine Verbindung haben könntest.«

»Warum? Wieso hat er das bei *mir* vermutet?«

»Weil du ihm als Kind davon erzählt hast, dass du bei einem Ausflug mit deinem Vater plötzlich Kutschen, Pferde und altertümlich gekleidete Menschen gesehen hast.«

Daran, dass sie das ihrem Opa erzählt hatte, konnte sich Editha nicht erinnern.

»Vielleicht hattest du das vergessen«, fuhr Tante Gerda fort. »Aber danach hattest du keine Verbindung mehr, weder in Hamburg noch in Oldenburg, wo deine Vorfahren ja gelebt haben.«

»Warum ist es wichtig, dass meine Vorfahren *hier* gelebt haben? Woher wusste Opa überhaupt von alldem? Hatte er so etwas auch? Oh Mann, ich weiß gar nicht, was ich zuerst fragen soll.«

Tante Gerdas Augen strahlten wieder die Wärme aus, die Editha brauchte. Lächelnd legte sie ihre Hand auf Edithas Unterarm.

»Eines nach dem anderen«, sagte sie. »Ich werde dir alles erzählen, was ich darüber weiß. Also: Vater, dein Opa, hatte keine Verbindung zu einem Vor- oder Nachfahren. Er hat von seinem Vater erfahren, dass so etwas in unserer Familie vorkommt. Und dieser hat es wiederum von seinem Vater erfahren. Von Generation zu Generation wurde es immer weitergegeben. Dein Vater sollte es auch erfahren. Aber, was glaubst du wohl, wie er reagiert hatte? Er ist Ingenieur. Alles, was man nicht beweisen kann, gibt es für ihn nicht. Nach den ersten Worten zu diesem Thema hatte er deinen Opa belächelt und ihm gesagt, dass er Unfug redete.«

»Moment, du sagst Vor- oder Nachfahre? Kann man auch eine Verbindung zu einem Nachfahren haben?«

»Ja, allerdings, wie du an deinem Jacob siehst«, lachte Tante Gerda. Natürlich, Editha hätte sich vor den Kopf schlagen können. »Manche haben das eine, manche das andere und manche sogar beides.«

Editha überlegte, was sie faszinierender fand: in die Vergangenheit oder in die Zukunft sehen zu können.

»Und wie kommt diese Verbindung zustande?«, fragte sie.

»So genau weiß man das nicht. Voraussetzung scheint zu sein, dass sich beide Partner der Verbindung nahezu am selben Ort aufhalten müssen. Wie auch immer es passiert, kommt es dann zu dieser Kopplung der beiden Bewusstseine.«

»Hm, heißt das, dass Jacob in Hamburg gewesen sein muss und dadurch die Verbindung in meiner Kindheit entstand?«

»Ja, genau. Zufällig müsst ihr euch an der gleichen Stelle befunden haben.«

»Und bis jetzt hatte ich so wenige von diesen Visionen, weil ich eher selten in Oldenburg war, während Jacob sein Leben hauptsächlich hier verbrachte?«

»Richtig, vermutlich jedenfalls.«

»Wenn ich mich hier in Oldenburg bewege, muss ich also jederzeit damit rechnen, wieder eine Vision zu bekommen.« Editha nickte unbewusst. »Erlebt Jacob seine Visionen genauso, wie ich meine?«

»Ja, soviel ich weiß, ist derjenige, der die Verbindung hat, nur für eine Sekunde nicht in seinem eigenen Bewusstsein. Aber er ist für mehrere Minuten in dem Bewusstsein seines Partners. Wie du ja schon gesagt hast, nimmt er dann alles wahr, was das andere Bewusstsein auch wahrnimmt, also sämtliche Sinneseindrücke, Gedanken, Gefühle und Erinnerungen, die der andere gerade hat.«

»Ja, ich habe gespürt, dass es Jacob nicht sehr gut ging.«

»Das kann daran gelegen haben, dass diese Verbindungen nicht ohne Nebenwirkungen sind. Hinterher geht es beiden Partnern schlecht.«

»Mir war auch nicht gut, als ich wieder bei mir war. Ich musste mich erst mal ins Café setzen und mich erholen«, erinnerte sich Editha.

»Es kann alles Mögliche sein, doch meistens ist es Übelkeit. Je mehr Verbindungen schon hinter einem liegen, desto schlimmer wird es. Angeblich soll es auch schon vorgekommen sein, dass für neue Erinnerungen, die man durch die Verbindung erhält, alte Erinnerungen verloren gehen.«

»Mein Gott, das wäre ja schrecklich.«

Tante Gerda nickte.

Wieder trat ein Moment des Schweigens ein. Editha fühlte sich jetzt furchtbar erschöpft. Diese ganzen neuen Informationen hatten sie total ermüdet.

Die Küchentür ging auf und Onkel Hubert kam herein.

»Was ist hier denn für eine Trauerstimmung«, sagte er. »Kaum ist man mal kurz aus dem Haus, vergeht den Frauen das Lachen.« Tante Gerda und Editha grinsten ihn an. »Will meine Lieblingsnichte mich nicht begrüßen?«

Wieder zu Hause angekommen, wollte Editha schnell das Abendbrot fertigmachen, damit Timo bald ins Bett kam. Dann konnte sie noch ein wenig arbeiten. Ihr Besuch bei Tante Gerda hatte länger gedauert, als sie eigentlich wollte.

Sie schloss die Haustür von innen ab, drehte sich um und ... bekam einen fürchterlichen Schrecken.

»Huch!«

Mads Burges stand plötzlich vor ihr. Sie war einem Herzinfarkt noch nie so nah gewesen. Wie kam der so schnell und lautlos hierher? »Herr Burges, Sie haben mich vielleicht erschreckt. Meine Güte, was ist denn los?«

Burges sah sie an, als hätte sie nicht alle Tassen im Schrank.

»Es geht um die Türklingel«, sagte er schließlich knapp.

»Ja? Was ist denn damit?«

Editha spürte, wie sich ihr Puls langsam wieder normalisierte.

»Der Ton. Er ist furchtbar. Ich hätte gerne einen anderen.«

»Sie wollen einen anderen Klingelton?«

»Genau.«

Editha konnte es nicht fassen. Es war ein ganz normaler Ding-Dong-Klingelton. Was sollte daran furchtbar sein? Außerdem bekam er ja sowieso nie Besuch. Nicht ein Mal hatte es bei ihm geklingelt, zumindest nicht, wenn sie zu Hause war.

»Aber wie stellen Sie sich das vor, Herr Burges? Das ist eine Türklingel und kein Telefon. Die kann man nicht so einfach umprogrammieren.«

»Es gibt aber Türklingeln, die man umprogrammieren kann.«

Der Typ ging Editha enorm auf die Nerven.

»Das mag zwar sein, aber bei dieser Klingel kann man es nicht. Das ist eine ganz normale, einfache Standardklingel.«

»Dann tauschen Sie sie halt aus.«

Editha atmete tief durch. Was hatte sie sich da nur eingefangen? Musste sie als Vermieterin auf solche Wünsche eingehen?

Sie musterte Burges. Er sah ziemlich fertig aus. Seine Augen waren stark gerötet und klein. Darunter lagen dunkle Schatten, fast schon schwarz. Litt er an Schlaflosigkeit? Er schaute aus, als hätte er seit Tagen nicht mehr richtig geschlafen. Na ja, das sollte nicht ihr Problem sein.

Editha seufzte.

»Ich kann ja mal den Elektriker fragen, der die Klingel installiert hat. Vielleicht tauscht er mir die Klingel ja noch kostenlos gegen eine andere aus. Versprechen kann ich allerdings nichts.«

Burges machte ein unwilliges Geräusch, halb Brummen halb Grunzen, drehte sich um und stapfte die Treppe hoch. Kopfschüttelnd sah Editha ihm nach. Mit dem würde sie wohl noch viel Spaß haben.

Nach dem Abendbrot ging Timo heute wieder bereitwillig ins Bett. Der heutige Ausflug hatte ihn scheinbar genug ermüdet. Editha gab ihm einen Gute-Nacht-Kuss und wollte ihn schon zudecken, da schlang er seine kleinen Arme noch einmal kräftig um ihren Nacken.

»Du gibst mich aber nicht ab, oder?«

Editha musste ihr Lachen unterdrücken, denn ihr Sohn machte sich offenbar ernsthafte Sorgen. Sie drückte ihn genauso kräftig zurück.

»Nein, wie kommst du denn darauf? Das war doch nur ein Scherz von Tante Gerda.« Sie löste ihre Umarmung leicht und küsste ihn auf die Wange. »Aber vielleicht kannst du manchmal Tante Gerda zum Spielen besuchen. Wie wäre das?«

»Gibt es dann wieder Kuchen?«

»Bestimmt. Und manchmal vielleicht auch Eis.« Ein kleines schlechtes Gewissen befiel sie, weil sie ihn damit ködern wollte. »Und während du mit ihr spielst und Kuchen oder Eis isst, könnte ich andere Dinge erledigen.«

»In Ordnung.«

Er gähnte und legte sich entspannt zurück, die Augen schon geschlossen. Editha küsste ihn noch einmal, deckte ihn zu und verließ das Kinderzimmer. Wenn sie sich vorstellte, dass Timo Angst davor hatte, dass sie ihn weggeben wollte, zerriss es ihr das Herz.

Am Schreibtisch wollte sie sich wieder in die Arbeit stürzen. Die Uhrzeit war aber genau die richtige, um ihren Vater anzurufen. Er saß am frühen Abend auch meistens am Schreibtisch. Und die Sache mit dieser Fähigkeit in der Familie wollte sie zwischen sich und ihm nicht unausgesprochen lassen.

Sie wählte seine Handynummer. Er ging wieder sofort an den Apparat.

»Gerade habe ich an dich gedacht«, sagte er.

Editha lachte.

»Vielleicht liegt das daran, dass wir heute über dich gesprochen haben.«

»Wen meinst du mit ‚wir'?«

»Tante Gerda und ich.«

»Du hast Gerda besucht? Das freut mich. Ich hoffe, sie hat nicht allzu viel Schlimmes von mir erzählt.«

Auch er lachte jetzt.

»Eigentlich nur, dass du so ein sturer Ingenieur bist und deshalb nichts von irgendwelchen spirituellen Verbindungen über die Zeit hinweg hältst.«

Sein Lachen verstummte.

»Ach, diese Geschichte. Du wirst ihr das ja wohl nicht glauben.«

»Das werde ich wohl müssen. Denn ich hatte selbst solch eine Verbindung.«

Editha erzählte ihm, was ihr am Lappan widerfahren war.

»Und nun glaubst du, dass du eine Verbindung in die Vergangenheit hattest?«, sagte er darauf. »Lass dir von deiner Tante doch keinen Floh ins Ohr setzen. Das ist doch absoluter Blödsinn. Früher hat Opa immer gedacht, ich hätte solch eine Verbindung. Ständig hat er mich gefragt, ob mir etwas Derartiges passiert sei. So ein Humbug.«

Er klang fast ärgerlich.

»Aber als Kind hatte ich doch auch schon mal eine Vision, damals als wir am Michel waren, und in dem Buch ...«

»Du hattest eben auch schon als Kind eine überschäumende Fantasie. Lass dir deshalb doch nicht so einen Unfug erzählen.«

Jetzt klang er definitiv ärgerlich. Es hatte wohl keinen Sinn, mit ihm über dieses Thema zu sprechen.

Editha lenkte ab, erzählte von ihren neuen Aufträgen, der Fertigstellung der Einliegerwohnung und ihrem Vorhaben, Timo öfter bei Tante Gerda zu lassen. Aber irgendwie wollte im Gespräch keine Herzlichkeit mehr aufkommen, sie nahm ihm seine Reaktion übel.

Nach dem Telefonat arbeitete sie noch ein wenig an der Artikelserie, viel schaffte sie jedoch nicht. Sie konnte sich nicht mehr so richtig konzentrieren. Ihre Gedanken waren ständig bei dem, was ihre Tante ihr erzählt hatte.

1788

Am frühen Abend traf Jacob von seiner Reise wieder zu Hause ein. Schon von Weitem sah er, dass sich einiges getan hatte, seit er vor 15 Tagen aufgebrochen war. Vom See aus erstreckte sich den Hügel hinauf ein Gebilde, bei dem es sich um das Becherwerk handeln musste. Oben auf dem Hügel sah er einen der Männer, die Herold eingestellt hatte, mit einem Spaten arbeiten. Anscheinend hatten sie einen großen Teil des Buschwerks, das auf dem Hügel wuchs, herausgerissen.

Herold arbeitete direkt bei der Mühle. Er war so sehr in seine Arbeit vertieft, dass er nicht bemerkte, wie sich Jacob annäherte. Das, was er dort machte, sah für Jacob aus, wie eine Verbindung zwischen dem Becherwerk und der Mühle.

»Heda Bruder, der Weltreisende ist zurück«, sprach Jacob ihn an.

Herold sah hoch und über sein Gesicht breitete sich ein Strahlen aus.

»Jacob!« Sie umarmten sich. Herold hielt ihn dann an den Schultern um Armeslänge von sich und betrachtete ihn. »Wohlbehalten wieder da. Ich dachte mir schon, dass du diese Tage zurückkehren würdest. Komm, erzähl mir, was dir widerfahren ist.«

Sie setzten sich in die Mühle und Jacob berichtete, wie die Reise verlaufen war, wie er den Müller gefunden hatte und wie das Gespräch mit ihm war. Herold war froh, zu hören, dass nicht das Geld das ausschlaggebende Argument für Lamprecht war, sondern die Aussicht, etwas ganz Neues zu bauen. Das machte den Müller ausgesprochen sympathisch, meinte er.

Dann führte er Jacob herum und zeigte ihm die Fortschritte am Mühlenumbau. Das Becherwerk war noch nicht fertig. Es fehlten einige Becher und andere Bauteile. Herold musste dafür erst neues Material besorgen. Die Verbindung, an der Herold gearbeitet hatte, war natürlich wieder eine dieser Wellen. Er zeigte Jacob, dass sie durch ein Loch in der Mühlenwand nach innen führte. Dort endete sie kurz vor der Königswelle, die vom Wind angetrieben wurde. Herold erklärte, dass hier noch zwei Zahnräder fehlten. Wenn diese erst eingebaut waren, würde die Mühle das Becherwerk mit antreiben.

Dann stiegen sie an dem Becherwerk entlang den Hügel hinauf. Links und rechts der Schneise, die sie dafür in die Büsche geschlagen hatten, lag das ganze Gestrüpp herum. Unterwegs erklärte Herold die Wirkungsweise, aber Jacob hörte kaum zu, da er sowieso nur die Hälfte verstehen und davon das meiste wieder vergessen würde. Er wusste, dass damit das Wasser aus dem See den Hügel hinauf transportiert werden sollte. Das reichte. Die genaue Funktionsweise musste er nicht kennen.

Auf halber Höhe trafen sie den Tagelöhner, den Jacob schon von Weitem gesehen hatte. Sie grüßten sich kurz und Herold und er gingen weiter. Oben war der zweite Mann dabei, das Becken auszuheben. Auch hier waren bereits die ganzen Büsche entfernt worden. Ohne diese sah der abgesteckte Bereich, der die Grenzen des Beckens darstellte, beachtlich groß aus. Hier würden sie noch viel buddeln müssen.

Herold erzählte, wie sie die Wände des Beckens ausgestalten wollten, wie diese abgedichtet werden sollten, wo das Wasser hineinkommen würde und wo der Abfluss eingebaut werden sollte, durch den das Wasser den Hügel wieder hinunterlaufen sollte. Jacob war ziemlich beeindruckt. Schon als Herold ganz zu Beginn seine Idee geschildert hatte, war er sicher gewesen, dass dabei etwas Großartiges herauskommen würde. Aber nun da die Idee langsam Form annahm, wurden seine Vorstellungen bei Weitem übertroffen. Wie wohl erst das Endergebnis werden würde?

Zum Schluss meinte Herold, dass Jacob jetzt wieder mit voller Kraft mit anpacken müsste. Sie lagen mit dem Fortschritt der Arbeiten etwas zurück und mussten sich deshalb ranhalten.

Eigentlich hatte Jacob ja vorgehabt, am nächsten Tag den Bader aufzusuchen. Es war möglich, dass er das erst noch verschieben musste.

Vier Tage später traf der Müller Thomen Lamprecht ein. Für Jacob war es interessant zu beobachten, wie diese beiden Charaktere, sein Bruder und Lamprecht, sich begegneten. Sie befanden sich einfach auf derselben Spur. Beide hatten dieses technische Verständnis, diese Besonnenheit und scheinbar die gleiche Art zu denken. Jacob beobachtete mehrmals, dass einer der beiden den angefangenen Satz des anderen beendete. Er fragte sich, ob es nicht unter Brüdern eigentlich so sein müsste. Herold und er waren jedoch grundverschieden, in allen Belangen.

Herold erläuterte Lamprecht die technischen Einzelheiten noch viel detaillierter als er es ihm oder von Elmendorff gegenüber getan hatte. So dauerte es eine Weile, bis Lamprecht den vollen Überblick über das Vorhaben erhalten hatte. Dann aber war er begeistert und übernahm sofort den Bau des Wassermühlenteils, zunächst indem er stundenlang Berechnungen anstellte.

Am nächsten Vormittag schickte Herold Jacob in die Stadt, um einige Dinge zu besorgen. Jacob wollte die Gelegenheit nutzen. Es konnte sein, dass es so schnell keine andere geben würde. Er beeilte sich also, um Zeit zu gewinnen, und besuchte zuerst seinen Freund, den Pastor. Um diese Stunde saß er immer am Schreibtisch, das wusste Jacob. Deshalb konnte er erst anschließend zum Bader gehen. Er begab sich direkt zur Nikolai-Kirche und klopfte dort an die Tür zur Schreibkammer des Pastors Gabriel.

»Es freut mich, dich zu sehen, Jacob«, begrüßte ihn der Pastor. »Du warst lange nicht hier. Das, was du mir das letzte Mal gebracht hast, habe ich schon längst durchgelesen. Wie immer habe ich einige Notizen an den Rand geschrieben.«

Ja, ja, diese Notizen kannte Jacob. Es war eher vernichtende Kritik. Aber er wollte es ja so.

Sie gingen den letzten Text zusammen durch und Jacob staunte wieder einmal über den klugen Kopf seines Freundes. Anschließend holte Jacob den neuen Text hervor.

»Ah«, machte Pastor Gabriel. »Du hast die Geschichte also trotz deiner Reise weiterschreiben können.«

»Nein«, sagte Jacob. »Hierbei handelt es sich nicht um die Fortsetzung der Geschichte. Die kommt später auch noch. Das hier ist etwas selbst Erlebtes. Seit einiger Zeit bin ich dazu übergegangen, die Dinge, die ich erlebe, nicht mehr in Tagebuchform zu schreiben, sondern wie eine Geschichte.«

Jacob hatte sich lange überlegt, ob er dem Pastor das zum Lesen geben sollte. Er war zwar sein Freund, aber so einfach gewährte man auch dem nicht Einblick in etwas, das ja eigentlich ein Tagebuch war. Auf keinen Fall würde er ihm alles überlassen und die Texte gut aussuchen. Dieser hier von der Verbindung mit der kleinen Editha war ihm jedoch besonders gut gelungen, und er brannte darauf zu erfahren, was der Pastor davon hielt.

»Durch diese Gesichte, die ich habe, ist das bestimmt interessant und spannend genug für ein Buch«, fuhr er fort.

Von seinen Gesichten hatte Jacob ihm schon vor langer Zeit erzählt. Er hatte allerdings immer noch den Eindruck, dass der Pastor ihm nicht so recht glaubte.

»So, so«, sagte Pastor Gabriel mit einem Schmunzeln. »Dann werde ich mir das mal ansehen.«

Eine kurze Weile unterhielten sie sich anschließend über Jacobs Reise. Dann fiel ihm ein, dass er vor den Besorgungen für Herold jemanden besuchen wollte.

»Ach, ich muss mich jetzt leider verabschieden. Ich will ja noch zum Bader«, sagte er.

Nervös kaute Jacob auf seiner Unterlippe herum, während er sich auf dem schmalen Hausflur umschaute. An den Wänden herrschten schäbig-graue Flächen vor, nur unterbrochen durch die Rücklehnen vier einfacher Stühle, zwei auf Jacobs Seite, zwei auf der gegenüberliegenden. Der Fußboden war in einem schmuddeligen Braun gehalten, die Decke mit einer Holzvertäfelung versehen. Das war der Wartebereich des Baders, dessen Haus Jacob schnell gefunden hatte, auch ohne die Hausnummer zu kennen. Der Bader war ein bekannter Mann in der Stadt, so dass Jacob, als er erst mal in seiner Straße angekommen war, sich nicht lange hatte durchfragen müssen.

Ein lautes Aufstöhnen aus der Behandlungsstube ließ Jacob zusammenzucken. Es riss ihn aus seinen Betrachtungen und sorgte dafür, dass sich sein Zittern verstärkte. Warum fürchtete er sich eigentlich? Er hatte doch gar keinen Grund zur Sorge. Er war ja nicht zur Behandlung hier. Nur ein Gespräch wollte er mit dem Bader führen, sonst nichts. Er atmete tief ein und aus, wodurch er diesen komischen Geruch tiefer inhalierte, beruhigte sich aber trotzdem ein wenig.

Der arme Mann, der ihm eben noch gegenüber gesessen hatte, bevor ihn der Bader in die Behandlungsstube gerufen hatte: Seine Backe war so dick und rot gewesen wie ein reifer Apfel. Was jetzt wohl gerade mit ihm passierte? Jacob hatte selbst bislang keine Zahnbehandlung ertragen müssen, aber darüber schon die fürchterlichsten Geschichten gehört.

Ein markerschütternder Schrei dröhnte aus der Behandlungsstube. Jacob erschrak so sehr, dass er sich auf die Zunge biss. Er hatte gar nicht bemerkt, dass er sich erhoben hatte, doch er stand nun vor seinem Stuhl und starrte mit aufgerissenen Augen die Tür zur Behandlungsstube an. Drinnen herrschte jetzt absolute Stille.

Jacob rang mit sich: Sollte er nachsehen, ob dort wirklich alles in Ordnung war? Bevor er zu einem Entschluss kam, öffnete sich die Tür, und der Mann trat putzmunter heraus. Er sah, wenn auch etwas mitgenommen, doch viel besser aus als vorher, er lächelte sogar. Die Backe war zwar noch dick, aber Jacob schien sie nicht mehr ganz so prall. Ein Mief von verbranntem Fleisch und Alkohol ging von ihm aus. Freundlich nickte er Jacob zu, schritt forsch über den Flur und verschwand durch die Ausgangstür.

Die Tür der Behandlungsstube stand immer noch offen. Jacob streckte in Erwartung des heraustretenden Baders unbewusst den Kopf vor, als wollte er um die Ecke schauen. Doch es trat niemand heraus. Trotz seiner größer werdenden Angst schlich er zur geöffneten Tür und spähte vorsichtig daran vorbei in die Behandlungsstube, in der ein leises Klappern zu hören war.

Dort saß der Bader, von dem er inzwischen wusste, dass er Eilers hieß. Die Glatze glänzte wie poliert, der lange mit einem Bindfaden zusammengeschnürte Bart baumelte hin und her. Mit irgendetwas hantierte er emsig herum. Jacob konnte nicht sehen, was es war, aber der Geruch nach verbranntem Fleisch wurde intensiver. Er machte einen Schritt in den Raum hinein. Und dann erkannte er es: Eilers wusch verschiedene Instrumente in einer Schüssel mit Seifenwasser, wie am Schaum auf der Oberfläche unschwer zu erkennen war. Scheren, Klingen, spitze Nadeln schrubbte er mit einer Bürste, spülte sie noch mal ab und legte sie auf ein Handtuch neben der Schüssel nieder.

Als Jacob diese Dinge sah, wurde sein Zittern stärker. Im nächsten Moment erstarrte er vor Panik, nämlich als er begriff, woher der verbrannte Gestank herrührte: Hinter dem Bader, auf einer Ablage des hölzernen Baderstuhls, lag in einer Porzellanschale einer dicker, gebogener Draht, der noch immer so heiß war, dass von ihm ein dünner Rauchfaden hochstieg. Damit musste gerade der Mann behandelt worden sein, deshalb auch die Schmerzensschreie.

Jacob wollte nur fliehen, laufen so schnell er konnte. Er schaffte es, die Erstarrung abzuschütteln, drehte sich um, rannte los und ... stolperte über seine eigenen Füße, sodass er der Länge nach auf den Holzfußboden knallte. Seine Knie schmerzten und seine Hände brannten von dem Aufprall.

Bevor er sich wieder aufrappeln konnte, war Eilers schon bei ihm.

»Was machst du denn, Junge? Geht es dir gut?«

Er packte Jacob am Arm und half ihm beim Aufstehen.

»Ja, geht schon«, erwiderte Jacob, während er sich umständlich erhob.

Kaum stand er wieder, zog ihn der Alte mit sich zu seinem Baderstuhl, wohin Jacob ihm nur widerstrebend folgte.

»Nun sträube dich doch nicht so«, knurrte der Bader. »Hier haben es schon gestandene Mannspersonen mit der Angst zu tun bekommen, aber hinterher fühlen sich immer alle besser.«

»Aber, aber ... ich muss doch nicht ...«

»Ja, ja, auch das sagen sie alle: Es tut plötzlich gar nicht mehr weh. Was glaubst du wohl, wie oft ich das schon gehört habe, Jungchen?« Er verlieh seinen Worten Nachdruck, indem er Jacob in den Stuhl schubste. Sogleich begann er, mit seinen nach Seife riechenden Fingern zwischen Jacobs Zähnen herumzufummeln, sodass er gar nicht anders konnte, als den Mund weiter zu öffnen. »Ah, da sehe ich schon den Peiniger. Den haben wir schnell gezogen und danach geht es dir geschwind wieder besser.«

Er griff nach einer Zange, bei deren Anblick sich Jacobs Atem beschleunigte. Doch um das Werkzeug erreichen zu können, musste sich Eilers zurücklehnen und für einen Moment Jacobs Mund verlassen. Diese Gelegenheit nutzend biss Jacob die Zähne aufeinander und beschloss, erst wieder locker zu lassen, wenn der Bader keine Gefahr mehr für ihn und sein Gebiss war. Er zog die Beine an, sprang über die Seitenlehne des Stuhls und stellte sich hinter die Rücklehne.

»Halt, nun hör mir doch erst mal zu«, keuchte er. »Mir fehlt nichts, ich bin nicht zur Behandlung hier. Ich will dir nur eine Frage stellen.«

Der Alte krauste die Stirn.

»Mir eine Frage stellen? Ich habe jetzt keine Zeit für Fragen. Meine Patienten warten auf mich.«

»Aber da sind doch gar keine Patienten. Draußen wartet jedenfalls keiner mehr.«

»Keiner mehr?«, echote der Bader und watschelte zur Tür. Sein Geschäft schien gut zu laufen: Beleibt wie er war, konnte es ihm an Speisen nicht mangeln. Er trat auf den Flur hinaus, drehte den Kopf nach links und nach rechts und kam rückwärts in die Stube zurück, wobei er die Tür mit sich zog und schloss. »Na gut, was willst du denn fragen?«

Jacob nahm an, dass für ihn und seine Zähne keine Gefahr mehr bestand, und atmete erleichtert aus. Er kehrte zur Sitzfläche des Baderstuhls zurück und ließ sich hineinplumpsen, verlor aber den heißen Draht dabei nicht eine Sekunde aus den Augen. Der rauchte immer noch vor sich hin und verbreitete diesen penetranten Geruch nach Verbranntem. Jacob rümpfte die Nase und wandte sich dem Bader zu, der sich wieder an seine Schüssel mit Seifenwasser gesetzt hatte.

»Es geht um meine Eltern, Diether und Alheyt Riekhen.«

Eilers hielt mit seiner Arbeit inne und sah Jacob erstaunt an.

»Du bist Diether von Riekhens Sohn?« Er musterte ihn kurz und wandte sich wieder seinen Instrumenten zu. »Ja, jetzt wo du es sagst, erkenne ich eine gewisse Ähnlichkeit. Was gibt es denn zu fragen? Deine Eltern sind doch schon lange tot.«

Er erinnerte sich also an sie. Und er schien sie auch vor ihrem Tod gekannt zu haben.

»Genau darum geht es: um ihren Tod.«

Eilers sah nochmals von seiner Arbeit auf.

»Du willst etwas über ihren Tod wissen? Weißt du, ich habe so etwas wie eine Verschwiegenheitspflicht. Ich darf dir darüber nichts erzählen.«

»Aber ich bin doch der Sohn. Habe ich da nicht ein Recht, darüber etwas zu erfahren?«

»Hm ...« Eilers strich über den langen Bart und nässte ihn dadurch mit Seifenwasser. »Na, mal sehen. Was willst du denn wissen?«

Jacob überlegte. Wie ging er am geschicktesten vor? Wenn er zu schnell vorpreschte, würde sich Eilers vielleicht gleich hinter der Verschwiegenheitspflicht verschanzen. Wenn seine ersten Fragen zu belanglos waren, würde er jedoch nichts erfahren.

»Also?«, drängelte Eilers.

»Ja, ... äh. Wie ist meine Mutter gestorben?«

Eilers wusch seine Instrumente, sah ihn mit einem kurzen Seitenblick an, wusch weiter.

»Du weißt nicht, wie deine Mutter gestorben ist? Nun gut, ich denke, das ist etwas, das man wissen sollte. Diese eine Frage werde ich dir beantworten. Deine Mutter ist von einem Balkon gestürzt.«

»Von einem Balkon gestürzt?« Früher, als er erfuhr, dass der Müller Bernhard Stuhrke und seine Frau Martha nur seine Stiefeltern waren, hatte man Jacob erzählt, dass seine richtigen Eltern bei einem Unfall gestorben waren. Darunter hatte er sich alles Mögliche vorgestellt, aber nicht einen Sturz von einem Balkon. »Wie ... wie war es dazu gekommen?«

Eilers zögerte und Jacob dachte schon, dass er darüber hinaus nichts erzählen würde.

»Das weiß ich nicht. Ich sollte damals zwar untersuchen, ob sie gefallen war, gesprungen war oder gar gestoßen wurde. Allerdings ließen die Verletzungen darauf keinen Rückschluss zu«, sagte er dann doch.

Gesprungen? Gestoßen? Jacob war verwirrt. Wieso sollte so etwas passiert sein?

»Sie war gefallen«, platzte er heraus. »Es soll doch ein Unfall gewesen sein.«

Eilers nickte.

»Ja, so wurde es dann offiziell festgehalten. Aber ich war mir da gar nicht so sicher. Damals sind so viele Todesfälle in kurzer Abfolge aufgetreten. Und auch die Tode dieses Mannes und dieser anderen Frau wiesen Ungereimtheiten ...« Er verstummte jäh. »Aber darüber darf ich, wie gesagt, nicht sprechen.«

»Welcher Mann und welche andere Frau? Sind die auch von dem Balkon gestürzt?« Jacob verstand gar nichts mehr. »Was hat das mit dem Tod meiner Eltern zu tun?«

Der Bader schüttelte nur mit dem Kopf.

»Tut mir leid, ich darf dir nichts mehr sagen.«

Verdammt, eine wichtige Frage hatte Jacob noch.

»Sag mir wenigstens noch, wie mein Vater gestorben ist.«

Eilers sah ihn überraschter an als zuvor.

»Du weißt auch nicht, wie dein Vater gestorben ist?«

»Sonst würde ich nicht fragen.«

»Hm, das ist zwar gleichermaßen etwas, das man wissen sollte, aber ich glaube, das sollte ich dir nicht erzählen, wenn es noch kein anderer getan hat. Ich weiß nicht, ob das gut wäre.«

Es war doch zum Verrücktwerden. Offenbar wusste außer ihm alle Welt, wie sein Vater gestorben war, aber niemand wollte es Jacob sagen. Er ballte die Fäuste.

»Dann ist er wohl nicht mit meiner Mutter zusammen vom Balkon gestürzt«, motzte er den Bader an. Er musste sich zusammenreißen, nicht noch lauter zu werden. »Welchen unnatürlichen Todes mag er wohl stattdessen erlegen sein? Aus welchem Grund musstest du ihn untersuchen?«

»Deinen Vater musste ich nicht untersuchen. So viel kann ich dir sagen. Die Todesursache war eindeutig.«

»Sie war ...?« Jacob stutzte. Das wurde ja immer merkwürdiger. »Das verstehe ich nicht. Er war in seinem Alter ja keines natürlichen Todes gestorben. Und trotzdem musstest du ihn nicht untersuchen?«

Eilers sah ihn mit mitleidigen Augen an. Er schien unschlüssig zu sein, ob er doch noch mehr sagen konnte oder nicht.

»Eigentlich hätte ich dir gar nichts erzählen dürfen«, sagte er schließlich. »Und ich weiß wirklich nicht, ob es gut ist, dir das zu erzählen. Andererseits hast du wirklich ein Recht, es zu wissen. Pass auf, Jungchen: Ich muss eine Nacht darüber schlafen. Komme morgen früh wieder. Bis dahin habe ich mich entschieden, ob ich es dir sage.«

»Morgen? Aber ich will es heute wissen.«

»Diese Dinge sind vor 20 Jahren geschehen und du wusstest dein ganzes Leben lang nichts davon. Dann kommt es auf einen Tag mehr wohl nicht an.«

»Aber es könnte sein, dass ich morgen keine Zeit habe.«

»Wenn du es wissen möchtest, sieh zu, *dass* du Zeit hast.«

Jacob stöhnte.

»Ginge es nicht doch heute?«

Der Bader schüttelte den Kopf.

»Morgen.«

Wie konnte man nur so verstockt sein? Nur der heiße Draht, der dort immer noch vor sich hin schmullte, hielt Jacob davon ab, mit der Faust auf die Stuhllehne zu schlagen. Zitternd schaffte er es, sich zu beherrschen, und beruhigte sich dann wieder. Vielleicht hatte Eilers recht, dass es auf einen Tag länger wohl nicht ankam.

»Na gut.« Er sprang auf, den Blick weiterhin auf das stinkende Instrument geheftet. »Eine Sache möchte ich doch noch wissen: Was hast du mit dem rauchenden Ding da gemacht?«

Eilers lächelte wieder.

»Mit dem Kauter? Damit habe ich dem Patienten gerade die Blutung gestillt, nachdem ich ihm einen Zahn gezogen hatte. Der Herr war hart im Nehmen: Hat nicht mal das Bewusstsein verloren und wollte hinterher auch keine Arsenpaste zur Schmerzstillung.« Er grinste und schüttelte den Kopf. »So etwas erlebt man selten.«

»Und wie funktioniert das? Warum raucht der so?«

»Wie das funktioniert? Daran ist kein großes Geheimnis: Der Draht wird einfach in den Ofen gelegt bis er so richtig schön heiß ist. Dann wird er an das Gewebe gehalten, sodass es zerstört wird. Das stillt die Blutung. - Wie sieht es bei dir aus? Der eine Zahn wird dir bald Ärger bereiten. Das könnten wir jetzt schnell erledigen.«

Jacob wich ein paar Schritte zurück. Schon der Gedanke an eine solche Behandlung ließ ihn erschaudern. Niemals würde er das über sich ergehen lassen.

»Nein ... äh ... ich muss jetzt los. Wir sehen uns morgen.«

»Warte doch, das geht wirklich ganz flott.«

Eilers griff nach seinem Arm.

Jacobs Panik kehrte zurück. Hektisch zog er den Arm weg, bevor der Bader ihn greifen konnte, drehte sich um und rannte aus dem Raum, wobei er fast wieder hinfiel. Auf dem Flur verlor er vor lauter Hektik die Orientierung. Wo war noch mal der Ausgang? Kopflos hastete er zu der Tür, die er als erstes sah und riss sie auf. Doch dahinter war es stockduster, er konnte nichts sehen. Er wunderte sich zwar kurz, dass es draußen schon so dunkel sein sollte, eilte aber trotzdem durch die geöffnete Tür und ... polterte mehrere Stufen einer Treppe hinunter. Wie durch ein Wunder stürzte er nicht, und er kam sogar auf beiden Füßen aufrecht stehend unten an. Sofort rannte er weiter, kam jedoch keine zwei Meter weit, bevor er auf etwas in Tischhöhe prallte. Es kippte um und Jacob hatte noch so viel Schwung, dass er der

Länge nach darüberfiel. Er lag auf etwas Weichem, Kaltem. Und es roch ekelhaft.

Dann wurde es heller und er erkannte, dass er auf einer Leiche lag. Angewidert stieß er sich von ihr ab, um sich zu erheben, aber das war gar nicht so einfach. Überall gab sie nach und er rutschte immer wieder weg. Die Hand des Baders war plötzlich bei ihm und half ihm auf die Beine. In der anderen Hand hielt er eine Laterne.

»Was machst du denn, Jungchen?«, sagte er.

Jacobs Herz schlug ihm bis in den Hals. Im Laternenschein sah er, dass er den schmalen Tisch, auf dem die Leiche aufgebahrt war, umgeschmissen hatte. Daneben standen zwei weitere Tische, auf denen ebenfalls Leichen lagen. Jacob sah angeekelt von einer zur anderen.

Der Bader stellte die Laterne ab und schimpfte.

»Wie kann man nur solch ein Angsthase sein? Ich habe ja schon viel erlebt, aber in meinen Keller ist noch nie vorher jemand geflüchtet. Nun steh nicht blöde rum, sondern hilf mir, hier wieder Ordnung zu schaffen.«

Unwirsch fuchtelte er mit der Hand in der Luft.

Jacob hatte ein schlechtes Gewissen, weil er das hier angerichtet hatte. Also kämpfte er gegen seinen Ekel an und kam zum Helfen näher.

»Fass du ihn an den Füßen an. Wir müssen ihn zuerst beseite legen, damit wir den Tisch wieder aufstellen können«, kommandierte Eilers. »Aber vorsichtig!«

Zusammen schleiften sie den nackten, glatzköpfigen Mann zur Seite. Jacob musste schlucken, um das Würgegefühl zu unterdrücken. Sie stellten den Tisch wieder auf, und Jacob fragte sich, wie sie zu zweit den Mann dort hinauf bekommen sollten. Aber Eilers machte dazu gar keine Anstalten. Er begab sich zur anderen Seite des Kellerraumes, griff nach einem Tau und zog es mit sich. Jacob erschrak, als es über ihm zu rumpeln begann. Unter der Decke befand sich eine Konstruktion, die er im Halbdunkel nicht bemerkt hatte. Auf zwei Holzbalken fuhr in der Höhe ein kleiner hölzerner Wagen hinter dem Bader her. Darunter erkannte Jacob ein Gewirr von Tauen, an denen Eilers zog, sobald sich der Wagen über der Leiche befand. Ein dickes Leinentuch fiel vom Wagen herunter, bis auf den Boden. Eilers sortierte die Taue, war endlich damit zufrieden und wandte sich dann dem Toten zu.

»So, hilf mir, ihn auf das Tuch zu legen.«

Wieder zerrten sie so lange herum, bis sie die Leiche dorthin bewegt hatten, wo sie hinsollte, und zwar mitten auf das Tuch. Nun zog Eilers an einigen der Taue, in die dicke Knoten gemacht waren. Scheinbar mit Leichtigkeit erhob sich die Leiche mit dem Tuch vom Boden. Jacob sah jetzt, dass die Taue über mehrere Rollen umgelenkt wurden. So etwas hatte er schon mal bei dem Bau eines Hauses beobachtet. Mit einer derartigen Konstruktion konnte man seine Kraft vervielfachen und dadurch sehr schwere Lasten heben. Er war so gebannt davon, dass er seine Übelkeit ganz vergaß. Herold hätte hier sein müssen, er wäre restlos begeistert.

Eilers bemerkte wohl Jacobs Faszination.

»Das habe ich mir von einem Tischler einbauen lassen, damit ich die Leichen, die ich untersuchen muss, besser handhaben kann. Aber jetzt schiebe ihn bitte über den Tisch, während ich ihn hochhalte.«

Jacob tat wie ihm geheißen, der kleine hölzerne Wagen unter der Decke rumpelte ein Stück weiter und Eilers ließ die Leiche wieder hinunter. Durch mehrmaliges Hin- und Herrollen des Toten bekamen sie mühevoll das Tuch drunter weg und der Wagen wurde zurück zu seinem angestammten Platz gezogen.

Jetzt hatte Jacob Gelegenheit, die anderen beiden Leichen anzusehen. Eine davon war der Mann, bei dessen Bergung er dabei war. Der abgetrennte Unterarm lag neben ihm auf dem Tisch, durch seine Nacktheit war das offene Fleisch des Armstumpfs und des Gegenstücks zu sehen. Das Würgegefühl kehrte in Jacobs Hals zurück.

»Warum liegen die hier?«, fragte er mehr, um sich abzulenken, als dass es ihn interessierte.

Eilers hatte alle Taue der Hebekonstruktion wieder verstaut.

»Hier untersuche ich sie. Eine Weile bleiben sie noch hier, falls ich noch etwas nachsehen will. Hier ist es kühl genug, damit sie nicht so schnell verwesen, aber so langsam müssen sie hier weg.«

Verwesen! Jacob hatte das Gefühl, dass seine letzte Mahlzeit gerade den Weg nach oben suchte. Er brauchte Ablenkung, um diesen Anflug zu überwinden, und dann musste er schnellstens hier raus.

»Die ... die beiden sind rothaarig«, stellte er fest.

»Ja, was für ein Zufall, nicht?«, antwortete Eilers. »Und einer mit Glatze.«

Jacob besah sich die Schambehaarung.

»Der ist auch rothaarig.«

»Tatsächlich, das war mir gar nicht aufgefallen.«

Nun würde es gehen, dachte Jacob. Er musste raus hier. Aber eine Sache kam ihm noch in den Kopf.

»Waren die Leichen vor 20 Jahren auch rothaarig?«

Der Bader kratzte sich die Glatze.

»Hm ... das weiß ich nicht mehr. Vielleicht sollte ich mal in meinen Aufzeichnungen nachsehen.«

»Bis morgen«, sagte Jacob noch. Er musste nun wirklich hier raus.

Ohne eine Erwiderung abzuwarten, rannte er die Treppe hoch, über den Flur und durch die Haustür auf die Straße. Dort blieb er stehen und sog die Luft ein, bis ihm einfiel, dass es Zeit wurde, die Besorgungen zu erledigen und wieder nach Hause zu kommen. Er hatte schon genug gebummelt und würde bestimmt Ärger mit Herold bekommen.

In aller Eile hatte Jacob die Dinge gekauft, deren Besorgung Herold ihm aufgetragen hatte. Der pralle Sack, den er sich über die Schulter geworfen hatte, war verdammt schwer. Permanent zog er Jacob nach hinten. Angestrengt hatte er den Blick auf den Boden geheftet. Wenn er daran dachte, wie weit er noch gehen musste, verging ihm gehörig die Lust. Er war gerade erst ein Stück vor dem Stadttor.

Er schaute auf. In Oldenburgs Straßen waren einige Leute unterwegs. In kurzer Entfernung vor sich sah er plötzlich den Bader dahinwatscheln. An seinem Gang und dem charakteristischen Bart war er sofort zu erkennen. Er passierte vor ihm das Stadttor und ging weiter stadtauswärts. Wo er wohl noch hinwollte? Jacob beschloss, ihm eine Weile zu folgen. Vielleicht hatte das ja etwas mit seiner Sache zu tun.

Nach einer kurzen Strecke bog er in die Richtung des Hafens ab. Einige andere Männer taten das auch, sodass es nicht auffiel, dass Jacob ebenfalls diesen Weg einschlug. Als sie den Hafen erreichten, bog Eilers in eine Seitenstraße ein. Jacob begann zu ahnen, wohin er wollte. Trotzdem folgte er ihm noch bis zur Ecke und sah ihm nach, um sich zu vergewissern. Ja, eindeutig: Der Bader ging zu den Huren. Einige Männer standen dort schon und handelten mit den spärlich bekleideten Frauen den Preis aus. Derjenige, der am nächsten stand, fiel ihm besonders auf, weil er sich mehr für Eilers zu interessieren schien, als für die Hure, mit der er sprach. Immer wieder drehte er sich zum Bader um. Vielleicht musste er schon mal eine Zahnbehandlung über sich ergehen lassen und hatte Eilers deshalb in schlechter Erinnerung.

Jacob hatte genug gesehen. Wo und womit Eilers sich vergnügte, ging ihn nichts an. Er drehte sich um und wollte den Weg zurückgehen. Doch das, was er in einiger Entfernung vor sich sah, ließ ihn wie angewurzelt stehen bleiben. Zwei Kerle mit wütendem Gesicht kamen auf ihn zu: Die Brüder dieser Clara, die ihn bezichtigte, sie geschwängert zu haben. Der Grund für ihren Groll war eindeutig er. Sie sahen ihn direkt an und steuerten zielstrebig auf ihn zu. Kurz schätzte Jacob seine Lage ein: Die beiden waren zwar noch keine richtigen Männer, aber zu zweit auf jeden Fall stärker als er. Wenn er nicht schon wieder Prügel beziehen wollte, sollte er sich davon machen.

Er drehte sich um und rannte los. Hier am Hafen war es sehr geschäftig, sodass er immer wieder Leute anrempelte, die ihm Flüche hinterherschickten. Zusätzlich behinderte ihn der Sack bei der Flucht. Er sah über die Schulter zurück und erkannte, dass seine Verfolger ein großes Stück aufgeholt hatten. Vielleicht sollte er versuchen, sie durch Verwirrung abzulenken anstatt durch schnelleres Laufen, was ihm mit diesem blöden Sack einfach nicht möglich war.

Im Zickzack lief er durch die Menschen, in der Hoffnung, dass die Brüder ihn dadurch schlechter im Auge behalten konnten. An der nächsten Straße bog er plötzlich rechts ab. Wenn er Glück hatte, hatten sie das so schnell nicht gesehen. Dann bog er gleich wieder links ab. Der Sack stieß dabei gegen die Hausecke. Und bei der nächsten Möglichkeit bog er wieder rechts ab. Bereits nach wenigen Metern merkte er jedoch, dass er jetzt direkt auf das Hafenbecken zulief. Gab es davor noch einen Weg nach links oder rechts? Er wollte lieber zurücklaufen und drehte sich um, aber da kamen schon die beiden Brüder in die Gasse. Also hieß es weiterlaufen und hoffen, dass er Glück hatte.

Doch beim Hafenbecken angekommen musste er feststellen, dass ihn dieses abermals im Stich gelassen hatte: Links und rechts befanden sich Privatgrundstücke, die mit einem hohen Zaun abgesperrt waren. Er war in einer Sackgasse.

Die Brüder hatten ihren Schritt verlangsamt. Mit einem hämischen Grinsen kamen sie gemächlich auf ihn zu. Was sollte er nun tun? Für eine Flucht gab es nur noch einen Ausweg.

Jacob ließ den Sack auf den Boden gleiten, stieg über die Absperrung und sprang in das schmutzige Hafenwasser. Die Kälte schlug über ihm zusammen und ließ seinen Herzschlag beschleunigen. Er strampelte wild, durchbrach die Wasseroberfläche und sog gierig die Luft ein.

Die Brüder standen an der Absperrung und glotzten zu ihm herunter. Damit hatten sie nicht gerechnet. Jacob grinste sie an und begann zur anderen Hafenseite zu schwimmen. Offenbar konnten sie nicht schwimmen, denn sie sprangen nicht hinterher. Sie waren wohl nicht, so wie Jacob, an einem See aufgewachsen.

Schnell hatten sie ihre Verblüffung wieder abgelegt.

»Wir kriegen dich schon noch irgendwann«, riefen der eine und schüttelte seine erhobene Faust nach ihm.

»Oh, sieh mal, was hier liegt. Ein herrenloser Sack«, sagte der andere übertrieben laut, sodass Jacob es verstehen konnte.

Sie hoben ihn auf, nahmen einige der Lebensmittel und weitere Dinge hinaus und hielten sie nacheinander hoch.

»Das wird uns schmecken. Offenbar hat der vorherige Eigentümer dafür keine Verwendung mehr.«

Dann warf einer der beiden sich den Sack über. Sie grinsten noch einmal in Jacobs Richtung, bevor sie damit davongingen.

Die ganzen Einkäufe waren verloren. Er hatte weder Geld noch Zeit, sie neu zu besorgen. Was sollte er nur Herold sagen? Dass er sie feige zurücklassen musste, weil er vor zwei Halbwüchsigen fliehen musste? Aber wenn er sich ihnen gestellt hätte, wäre er erst verdroschen worden und anschließend hätten sie ihm trotzdem die Einkäufe weggenommen. Nur mit dem Unterschied, dass *sie* dafür auch ein wenig hätten einstecken müssen.

Gerade wollte er seinen Weg zur anderen Hafenseite fortsetzen, da überlegte er es sich und schwamm dorthin zurück, wo er hineingesprungen war. Es war ihm jetzt egal, wenn er die Brüder erneut treffen sollte. Er hatte nun solch eine Wut im Bauch, dass er ihnen ordentlich Widerstand leisten würde.

1768

Wo war sie denn nun? Gerade hatte Diether sie noch gesehen. Er verrenkte sich den Hals, um zwischen den anderen Gästen des Konzertabends hindurchsehen zu können.

»Bitte, Diether, nun warte doch.« Utz hetzte hinter ihm her, während Diether sich durch die Menschen schlängelte, die teilweise von weit her gekommen waren, um diesem Ereignis beizuwohnen. Wann fand zu diesen Zeiten schon ein Konzert im Schloss von Oldenburg statt? »Hör mir bitte nur einen Moment zu.«

Doch Diether wollte nicht schon wieder mit den Vorschlägen für irgendein Geschäft gelangweilt werden. Ihm war nicht besonders wohl in seiner Haut, weil es mit der Geburt jetzt jederzeit losgehen konnte, und er Alheyt trotzdem alleine zu Hause gelassen hatte. Das schlechte Gewissen ließ ihn nicht los. Da konnte er nicht noch weitere negative Gefühle gebrauchen. Eher brauchte er Ablenkung.

Der erste Teil des Konzertes, es war wohl eine Komposition Mozarts, hatte ihm gut gefallen und jetzt, in der Pause hatte er Enngelin kurz gesehen. Wo war sie nur geblieben? Er blieb stehen und sah sich um. Utz prallte gegen seine Seite.

»Dieses mal ist es etwas ganz anderes«, sagte er. »Und du brauchst nichts weiter zu machen, als ...«

»Utz, lass mich damit in Ruhe. Wie oft soll ich es dir noch sagen?«

Dann sah er sie. Sie stand mit einigen Frauen, die alle ein Stielglas in der Hand hielten, bei einem Vorhang, der Enngelin halb verdeckte. In dem Moment, als Diether sie entdeckte, schaute sie zufällig in seine Richtung und ihre Blicke trafen sich. Ein wohliger Schauder kitzelte Diethers Körper. Die Winkel ihres rot geschminkten Mundes hoben sich zu einem leichten Lächeln. Diether nickte ihr zu und sie deutete mit ihrem Glas einen Gruß an.

»Wo ist ihr Mann? Ist sie etwa alleine hier?«, sagte Diether mehr zu sich selbst.

»Ach, darum geht es«, meinte Utz neben ihm. »Wieder diese Frau. Da du es so gerne wissen willst: Herr Henningsen ist auf einer Dienstreise nach Eutin. Er wird wohl für einige Zeit weg sein. Die Leute zerreißen sich schon die

Mäuler darüber, dass seine Gattin die Dreistigkeit besitzt, ohne die Begleitung ihres Mannes Veranstaltungen wie diese zu besuchen.«

Diether konnte sich ein Grinsen nicht verkneifen. Die Frau gefiel ihm
immer besser. Er war schon im Begriff zu ihr zu gehen, doch Utz hielt ihn
am Arm fest.

»Warte, was ist nun mit dem Geschäft?«

Diether seufzte.

»Du gibst wohl nie auf, was? Aber du weißt doch, dass ...«

»Diether, ich brauche dich bei diesem Geschäft.« Utz' Stimme war fast
flehend.

Diether sah ihn überrascht an. Das waren tatsächlich neue Töne.

»Was soll das heißen?«

»Der Kapitalbedarf ist zu groß für mich alleine. Ich brauche einen finanz-
kräftigen Partner. Du bist der Einzige, den ich kenne, der die benötigte
Summe aufbringen könnte. Oder anders ausgedrückt: Ohne dich kann ich
das Geschäft nicht machen.«

Auch das noch. Jetzt war es sozusagen seine Freundschaftspflicht, Utz
bei dieser Sache beizustehen. Diether sah zu Enngelin, die sogleich kokett
die Augenbrauen anhob. Er wollte gerne zu ihr, bevor dieser Moment zwischen ihnen wieder verflogen war.

Er schaute Utz an und dachte nach. Bisher liefen seine Geschäfte ja fast
alle gut. Es wäre also nur ein kleines Risiko. Und Utz konnte er bedenkenlos
vertrauen.

»Na gut«, sagte er. »Lass alles soweit vorbereiten. Ich werde dann unterschreiben und dir die benötigte Summe zukommen lassen. Das Weitere klären wir dann später.«

Diether wandte sich wieder zum Gehen ab.

»Aber willst du denn gar nicht wissen, worum es dabei überhaupt geht?«,
rief Utz ihm nach.

»Erspare mir die Details«, antwortete Diether und hatte die ganze Angelegenheit in der nächsten Sekunde vergessen.

Enngelin merkte, dass er auf dem Weg zu ihr war. Sie entschuldigte sich
bei ihrer Damengesellschaft und kam ihm entgegen. Ihr Kleid, das heute von
einem tiefen Blau war, schaukelte hin und her. Als sie voreinander standen,
sahen sie sich für ein paar Sekunden an, ohne ein Wort zu sagen.

»Es freut mich, Sie wiederzusehen, Enngelin Henningsen.«

»Die Freude ist ganz auf meiner Seite, Diether von Riekhen.«

Sie kannte seinen Namen also auch noch. Das war schon mal sehr aufschlussreich.

Er bemerkte, dass ihr Glas geleert war, und winkte einem Diener, der einfach nur herumstand und das Geschehen beobachtete. Als dieser nicht sofort reagierte, winkte er noch einmal und rief ihn an. Der Diener sah sich um, als ob er nicht wahrhaben konnte, dass er gemeint war, und kam schließlich her. Wer hatte bloß dieses Personal ausgesucht?

»Bring uns zwei Gläser Wein«, sagte Diether und drückte ihm Enngelins leeres Glas in die Hand. »Und beim nächsten Mal lass dich nicht zweimal bitten.«

Der Diener machte eine knappe Verbeugung und ging.

»Dieses Personal!«, sagte Diether zu Enngelin und schüttelte den Kopf. Sie lächelte nur milde, doch ihre Augen funkelten ihn an. »Unseren Tanz auf dem Ball habe ich sehr genossen.«

»Ja, das war zweifelsfrei der Höhepunkt dieses Abends«, gab sie zurück.

»Ich fühle mich sehr geschmeichelt, diesen Eindruck hinterlassen zu haben.«

Diether deutete eine Verbeugung an.

»Oh, dazu besteht keine Veranlassung. Es bedeutet lediglich, dass alles andere an diesem Abend langweiliger war.«

Ein Schmunzeln umgab ihre vollen Lippen. Sie spielte mit ihm. Er schmunzelte zurück.

Ein anderer Diener als der von gerade kam heran und reichte zwei gefüllte Weingläser.

»In dem Fall bin ich froh, dass meine Wenigkeit zu den weniger langweiligen Ereignissen zählte.«

»Ich würde nicht so weit gehen, Sie als Ereignis einzustufen. Aber es könnte noch dazu kommen.«

Sie nippte lächelnd an ihrem Wein und sah ihn über den Rand des Glases hinweg an. Diether trank ebenfalls einen Schluck. Er musste sich eingestehen, dass er ihr in puncto Schlagfertigkeit nicht gewachsen war.

»Gerne hätte ich dem Abend ja zu einem weiteren Höhepunkt verholfen, aber Sie waren so schnell verschwunden.«

»Ja, mein Gatte ist nicht mehr der Jüngste«, seufzte sie. »Er pflegt sehr früh schlafen zu gehen.«

»Damit wäre die Frage nach weiteren Höhepunkten an dem Abend also auch beantwortet.«

Diether zwinkerte ihr grinsend zu. Ein rötlicher Hauch legte sich auf ihre hellen Wangen. Entweder war sie wirklich peinlich berührt oder sie konnte es hervorragend spielen.

Die Gläser waren inzwischen geleert und Diether tauschte sie bei einem vorübergehenden Diener gegen zwei volle aus. Dabei bemerkte er, dass der trotzige Diener von vorhin wieder auf seinem Beobachtungsposten stand. Offenbar oblag ihm die Aufgabe der Koordination der anderen Diener, also war er sozusagen ein Oberdiener. Er lächelte die ihn umgebende Obrigkeit an, aber es war nicht das unterwürfige Lächeln der übrigen Bediensteten. Es war vielmehr ein erzwungenes, falsches Lächeln, das eine innere Erbostheit überdeckte.

Diether wandte sich wieder Enngelin zu. Was ging es ihn an, was in diesem Menschen vorging? Er reichte ihr das neue Glas und sie stießen an.

»Die Leute reden schon über Sie. Recht dreist, ohne Ihren Gatten hierher zu kommen«, sagte er mit einem Lächeln.

Sie lächelte schalkhaft zurück.

»Was meinen Sie, wie die Gespräche jetzt erst ausarten werden? Nachdem wir beide hier stehen und ... uns unterhalten. Beide ohne die jeweils angetraute Hälfte. Denn Ihre Gattin habe ich heute Abend auch noch nicht gesehen.«

»In der Tat, meine Gattin ist unpässlich. Sie konnte mich heute nicht begleiten.«

»Was aber unübersehbar auch keinen Unterschied macht: Selbst wenn sie dabei ist, sind Sie alleine.«

Diether sah sie ernst an.

»Ja, da haben Sie wohl recht.«

Ihr Lächeln war nicht verschwunden.

»Wenn Sie mich nun entschuldigen würden? Ich gehe mich kurz frisch machen.«

Sie drückte ihm ihr leeres Glas in die Hand, kehrte ihm den Rücken und schwebte davon.

Nach einigen Schritten fiel ihr ein Tuch zu Boden und nach zwei weiteren Schritten warf sie ihm über die Schulter hinweg einen Blick zu, den er nicht missverstehen konnte. Schnell war er bei dem Tuch und hob es auf. Die Gläser drückte er einem Diener in die Hand.

Er bemühte sich, das blaue Kleid nicht aus den Augen zu verlieren, und ging ihr, so unauffällig wie er konnte, hinterher. Unterwegs hielt er sich das Tuch, das vom gleichen Blau war wie das Kleid, unter die Nase. Es roch nach ihrem Parfüm. In seinem Magen begann es zu kitzeln.

Er sah, wie sie den Saal, in dem sich die meisten Gäste während der Pause aufhielten, verließ. Als er ebenfalls die Tür passiert hatte, konnte er gerade noch am Ende des Ganges einen blauen Stofffitzel hinter der Ecke verschwinden sehen. Schnellen Schrittes erreichte er die Ecke, aber auf dem prunkvollen Korridor, der sich vor ihm erstreckte, war sie nicht mehr. Sie musste in eine der Kammern, die sich links und rechts des Korridors befanden, entschwunden sein.

Diether ging den Korridor entlang zur ersten Kammer und versuchte, die Tür zu öffnen, doch sie war verschlossen. Das erinnerte ihn an das Techtelmechtel, das er kürzlich mit Duretta hatte, und im nächsten Moment musste er an Alheyt denken. Das schlechte Gewissen bahnte sich seinen Weg. Dann sah er, dass die Tür zur Kammer schräg gegenüber nur angelehnt war und die Schmetterlinge in seinem Bauch wurden wieder aktiv.

Er betrat die Kammer und zog die Tür hinter sich zu. Es handelte sich um eine Rückzugsmöglichkeit für Besucher des Schlosses, um ihnen Gelegenheit zur Auffrischung ihrer geschminkten Gesichter und Herrichtung ihrer Perücken zu geben. Die hauptsächlichen Einrichtungsgegenstände der kleinen Kammer waren eine Frisierkommode mit Spiegel sowie ein gepolsterter Hocker davor. An der Seite befand sich ein Sofa für die kleine Pause zwischendurch. Und darauf lag Enngelin seitlich, den unteren Teil ihres Kleides ausgebreitet wie ein blauer See auf dem roten Polster.

Sie lächelte ihn an, als hätte sie ihn erwartet, sagte aber: »Was tun Sie hier? Gönnen Sie einer Dame nicht einmal die Gelegenheit zum Rückzug?«

»Ich war mir sicher, dass Sie Ihr Eigentum dringend brauchen.« Er ließ ihr Tuch an einer Ecke herunterhängen. »Deshalb sah ich es als meine Pflicht an, es Ihnen zu bringen.«

Er setzte sich vor sie auf den Rand des Sofas.

»Ich weiß gar nicht, wie ich Ihnen danken soll«, sagte sie.

Ihre Hand legte sich hinter seinen Nacken und zog ihn leicht zu ihr, während sie sich etwas aufrichtete. Ihre beiden Münder näherten sich so weit, dass sie nur noch einen Hauch voneinander entfernt waren. Sie umspielten einander, sahen sich in die Augen oder schlossen diese. Er spürte ihren Atem auf seiner Haut und ergötzte sich an ihrem Duft. Dann, nach einer Weile, berührten sich ihre Münder. Zuerst ganz zart, dann immer verlangender. Sie küssten sich, ihre Lippen öffneten sich, ihre Zungen fanden sich.

Diether war mit ihr verschmolzen.

Gerade eben stand der arrogante Geldsack doch noch dort und poussierte in aller Öffentlichkeit ganz unverfroren mit dieser ... dieser Edelhure. Ja, anders konnte man sie wohl nicht nennen, so wie sie sich benahm. Der Ehemann war kaum aus dem Hause und sie bändelte mit dem ersten Kerl an, der ihr über den Weg lief. Aber wo waren die beiden nun hin? Er hatte sie doch nur einen Moment aus den Augen gelassen.

Barthel Zölder verließ seinen Platz, von dem aus er die Aufsicht über die Dienerschaft führte, um sich im Pausensaal ein wenig umzusehen. Jedoch konnte er beide nirgendwo entdecken.

Dieser Großkotz meinte, ihn wie einen gewöhnlichen Diener behandeln zu können, ihn, Barthel Zölder, der lange für seine Position gerackert hatte. Aber woher sollte der das auch kennen. Ihm war ja alles von Geburt an in den Schoß gefallen, so wie allen anderen dieser ach so erlauchten Gesellschaft hier. Oh, wie er sie alle hasste!

Doch irgendwann würde er es schaffen. Er würde aufsteigen in der Gesellschaft. Er würde wohlhabend oder sogar reich werden. Er würde Einfluss erlangen. Und dann, ja dann würde er ihnen allen zeigen, wer etwas Besseres war. Mit gleicher Münze würde er es ihnen heimzahlen.

Der Gong verkündete das Ende der Pause. Zölder musste zusehen, dass die Gläser eingesammelt wurden, dass der Weg für jene gewiesen wurde, die sich nicht auskannten. Er musste alles im Griff haben.

Eilig ging er auf seinen Posten.

»Was war das?«, fragte Enngelin.

Diether reckte aus der liegenden Stellung den Kopf hoch, um zu lauschen.

»Die Pause ist zu Ende. Das war der Gong«, antwortete er und fuhr damit fort, ihre Brust zu liebkosen. Ihr weißer Busen besaß genau die Formvollendung, die er sich unter dem Kleid vorgestellt hatte.

»Wir müssen zurück. Bevor es auffällt, dass wir gemeinsam fort waren.« Sie richtete sich auf und begann, ihre Kleidung zu richten. Diether lachte.

»Und du glaubst ernsthaft, dass es noch nicht aufgefallen ist?«

»Natürlich nicht, ein wenig werden die Leute sich denken können. Aber es ist noch etwas anderes, wenn wir beide als letztes mit einem glückseligen Lächeln im Gesicht im Konzertsaal erscheinen.« Sie knöpfte die unzähligen Knöpfe ihres Mieders zu. »Geh du vor, du bist schneller fertig als ich. Und wenn eine Dame länger für die Pause braucht, ist das einleuchtender.«

Diether sah ein, dass sie recht hatte. So schnell es ging, knöpfte er Hemd und Hose zu, zog den Rock an und verließ vorsichtig in beide Richtungen blickend die Kammer. Im Pausensaal fiel es nicht auf, dass er sich zu den anderen Gästen dazu schummelte und sich mit ihnen in den Konzertsaal begab. Er gehörte bei weitem nicht zu den letzten Gästen, die auf ihre Plätze zurückkehrten.

Enngelin dagegen schon. Zusammen mit zwei anderen Damen kehrte sie zurück und setzte sich auf ihren vorherigen Platz. Die Frisur saß perfekt, das Kleid hatte sie ebenfalls in den ursprünglichen Zustand gebracht. Nur ein sehr aufmerksamer Beobachter hätte vielleicht merken können, dass ihre Wangen von ihrer inneren Glut noch leicht gerötet waren.

Zölder war nicht entgangen, was hier passiert war. Zuerst waren dieser Arroganzling und die Hure, die sich vorher schon öffentlich angenähert hatten, zeitgleich verschwunden. Dann tauchten sie fast gleichzeitig wieder auf, wobei er seinen Rock falsch zugeknöpft hatte und sie förmlich noch vor Fleischeslust glühte. Unschuldig wie die Lämmer setzten sie sich auf ihre Plätze. Dabei war nicht zu übersehen, wie er sie musterte, als wollte er sichergehen, dass sie wieder alles angezogen hatte.

Sehr interessant, diese Herrschaften. Sie glaubten, sie wären etwas Besseres, aber hatten die gleichen niederen Gelüste wie jeder normale Straßenköter.

Diesen Vorfall wollte Zölder sich merken. Man konnte nicht wissen, wozu ihm das einmal nützlich sein konnte.

HEUTE

Editha hatte gerade eine besonders schwierige Formulierung, die den letzten Abschnitt der ersten Artikelfolge einleiten sollte, in ihren Computer eingetippt. Sie las den Satz noch mal durch, um ihn auf sich wirken zu lassen, und entdeckte dabei in der reflektierenden Oberfläche des Notebook-Displays das Spiegelbild ihres Untermieters. Inzwischen war das so sehr an der Tagesordnung, dass sie sich nicht mal mehr erschrak, geschweige denn wunderte. Wie lange stand er dort wohl schon hinter ihr und sah ihr bei ihrer Arbeit zu?

Sie seufzte und ließ die Schultern sacken.

»Herr Burges, wie oft soll ich Ihnen noch sagen, dass Sie sich nicht in meine Räume schleichen sollen?«

»Ich schleiche nicht«, erwiderte er. »Das hier wurde gerade für Sie abgegeben.«

Editha erhob sich und drehte sich zu ihm. Wie üblich sah er aus wie der schleichende Tod: Die schwarzen Schatten unter den roten Augen wurden immer undurchdringlicher, die ganze Gesichtshaut wirkte wie eingefallen. Was trieb er nur, wenn normale Menschen schliefen? Sie wollte ihm zwar nicht hinterherschnüffeln, so wie er es bei ihr tat, aber ihr war zufällig aufgefallen, dass er oft am späteren Abend das Haus verließ und am Morgen zurückkehrte. Offenbar arbeitete er nachts. Als sie ihn einmal danach fragte, hatte er mit seiner merkwürdigen Art reagiert, und sie erhielt natürlich keine Antwort. Sie sagte sich dann nicht das erste und auch nicht das letzte Mal, dass sie es sich schenken konnte, ihm irgendwelche Fragen zu stellen. Also fragte sie ihn nicht, warum er denn nicht wenigstens tagsüber schlief, wenn er nachts dazu keine Zeit hatte.

Er überreichte ihr ein kleines Paket.

»Ja, das ist sehr freundlich von Ihnen, dass Sie das für mich angenommen haben, aber zukünftig wäre es mir doch lieber, Sie würden so etwas einfach auf den Flur legen. Dort finde ich das dann schon.«

Sein Gesicht blieb völlig ausdruckslos, nur sein Blick huschte mal hierhin und mal dorthin. Bei so wenig Schlaf, wie er wohl hatte, musste man ja nervös werden.

Er sah nicht so aus, als hätte er vor, bald zu gehen.

Editha legte den Kopf schief und hob die Brauen.

»Ist sonst noch was?«, fragte sie genervt.

Burges sah sie kurz an, kehrte ihr den Rücken zu und ging. Sie sah ihm kopfschüttelnd hinterher.

Mit dem Paket setzte sie sich zurück an den Schreibtisch. Eigentlich erwartete sie keine Sendung. Von wem stammte die wohl? Sie las die Absenderangaben: Antiquariat Gruning. Nanu, er hatte doch nicht etwa ...

Hastig schlitzte Editha mit einer Schere das Klebeband ein und öffnete das Paket. Zum Vorschein kam ein Stapel Blätter, bedruckt und geheftet wie die beiden anderen Heftchen, die sie bereits von Gruning erhalten hatte, nur um einiges dicker. Darauf lag ein handbeschriebener Zettel. Sie nahm ihn hoch und las ihn.

»Hallo, mein Mädchen! Ich konnte es einfach nicht abwarten. Nun habe ich alles übertragen, was da war. Eine tolle Geschichte, aber das Ende ist ziemlich überraschend, wundere dich nicht. Ach ja: Bezahle es mir einfach, sobald du das Geld dafür hast, es eilt nicht. Dein Onkel Gruning.«

Editha musste lächeln. *Onkel* Gruning! Und er hatte einfach alles übertragen.

Sie nahm das Heft aus dem Karton heraus. Darunter lag Jacobs Buch. Wenn Gruning alles übertragen hatte, brauchte er es nicht mehr.

Zum Glück war heute Freitag. Am Abend würde sie den Rest des Buches durchlesen, ganz egal, wie lange das dauern würde.

Heute hatte Editha vorgesorgt: Sie hatte sich wohlweislich ein Glas Rotwein eingeschenkt. Sie wusste ja nun aus Erfahrung, dass sie den bei der Lektüre des Buches gut gebrauchen konnte. Die Beine hochgelegt saß sie auf dem Sofa, nippte an dem alten Weinglas aus Opas Fundus und betrachtete das Buch und das neue Heft, die beide vor ihr auf dem Tisch lagen. Die vergangenen Male hatte sie das Lesen ziemlich mitgenommen. Deshalb wollte sie sich erst sammeln, bevor sie begann.

Eine Weile schwirrten ihre Gedanken umher. Sie dachte an Timo und daran, dass die ersten Babysitting-Termine bei Tante Gerda gut geklappt hatten. Sie ging gedanklich nochmal ihre Arbeit an der Artikelserie durch, wie weit sie damit gekommen war und was sie noch daran machen musste. Sie

wunderte sich erneut über Gruning, der einfach den Rest des Buches übertragen hatte. Ja, und sie hoffte, dass ihr Mieter nicht wieder plötzlich vor ihr
stand, während sie sich inmitten einer emotionalen Lesestunde befand.

Sie stellte das Glas ab und nahm das Heft an sich. Es fühlte sich ziemlich
schwer an. Sie hätte schwören können, dass ihm der muffige Geruch des
Antiquariats noch anhaftete.

Nein, sie war noch nicht so weit. Sie legte das Heft auf die Armlehne des
Sofas und trank einen weiteren Schluck Wein. Aber der schmeckte ihr jetzt
nicht mehr oder auch *noch* nicht, also stellte sie das Glas wieder weg.

Erneut nahm sie das Heft in die Hand und blätterte die erste Seite um.

In dem Moment wurde ihr klar, dass sie das Heft nicht lesen durfte. Bisher hatte sie darin immer von ihrer Vergangenheit gelesen, wenn Jacob über
seine Visionen schrieb. Oder es waren keine wirklichen Ereignisse, von denen er berichtete, sondern nur für ihn unglaubliche Dinge, wie Handys und
Autos. Was wäre aber, wenn er im weiteren Verlauf etwas über ihre Zukunft
geschrieben hatte und sie davon erfuhr? Das wäre nicht richtig. Sie spürte,
dass sie es nicht lesen durfte. Sie durfte nicht erfahren, was ihr in Zukunft
widerfahren würde. Denn sonst würde sie stets darauf lauern, dass diese Ereignisse passierten, und sie würde sich wahrscheinlich nicht mehr normal
verhalten. Sie würde mit diesem Wissen nicht glücklich werden.

Zu dumm nur, dass Gruning sie mit seinem Hinweis auf das Ende neugierig gemacht hatte. Hätte er nur nichts dazu geschrieben. Dann würde es
ihr jetzt viel leichter fallen, das Heft wieder wegzulegen.

Sie nahm das Heft und ließ die Blätter an ihrem Daumen entlanggleiten,
sodass sie in schneller Abfolge umgeblättert wurden. Unschlüssig wiederholte sie den Vorgang, immer wieder. Wie bei einem Daumenkino. Die Ta-
gesdaten, die immer an der gleichen Position am oberen Seitenrand einge-
druckt waren, zählten hoch wie eine Digitalanzeige. Immer wieder bis zu einem Datum im Jahre 1788. Und mit jedem Durchblättern wuchs ihre Ge-
wissheit, dass sie das Heft nicht lesen durfte.

Aber, Moment mal. Wieso 1788? Mussten die Aufzeichnungen Jacobs
nicht viel später enden?

Sie griff sich das Buch mit dem Originaltext und ließ dessen Seiten an
ihrem Daumen entlangrauschen. Und dann wurde ihr klar, was Gruning
meinte: Ungefähr in der Mitte des Buches endete der Text, die restlichen

Seiten waren leer. Das Datum des letzten Eintrags kam ihr vage bekannt vor. Sie musste einen Moment nachdenken, bevor ihr einfiel, wo sie es gesehen haben konnte: im Übertragungskontrakt. Sie nahm sich die Kopie, die neben dem Buch lag, und schaute schnell nach. Das letzte Datum war einen Tag vor seinem zwanzigsten Geburtstag.

Wie konnte das sein? Warum sollte jemand, der so viel von seinem Leben aufschrieb, damit plötzlich aufhören? Welchen Grund konnte es dafür geben? Editha konnte sich keinen vorstellen, außer ... Jacob war in dem Jahr gestorben.

Erschrocken ließ sie das Buch fallen und hielt sich die Hand vor dem Mund. Sollte Jacob wirklich schon so jung gestorben sein?

Sie schüttelte den Kopf. Nein, Jacob konnte nicht so früh gestorben sein. Sie hatte doch als Kind diese Vision, in der sie am Stock lief. Die ganze Zeit, seit ihr das wieder eingefallen war, hatte sie angenommen, dass das der alte Jacob gewesen sein musste. Täuschte sie sich hierbei? Wie ließ sich diese frühere Vision aber sonst erklären? Oder spielte ihr Erinnerungsvermögen ihr einen Streich?

Sie nahm sich nochmal das Heft von Herrn Gruning und schlug die letzte Seite auf. Wenn er in seinem letzten Eintrag nicht von ihr berichtete, könnte sie ihn vielleicht lesen. Nur einen ganz kurzen Blick könnte sie darauf werfen und sobald sie merkte, dass von ihr die Rede war, das Lesen sofort wieder beenden. Sie atmete tief durch und begann mitten im letzten Eintrag. Doch sie hatte noch nicht einmal einen kompletten Satz gelesen, als sie das Heft wieder von sich warf. Denn Jacob erzählte von einer »sie«, und dass es ihr schlecht ging. Das war schon mehr, als sie wissen wollte.

Nein, sie konnte das nicht lesen. Aber sie wollte erfahren, was mit Jacob passiert war. Warum er nicht weiterschreiben konnte. Wie konnte sie das herausfinden?

Sie dachte an die Übertragungskontrakte und die Ungereimtheiten damit. Dieser »von Zölder« hatte doch damals die ganzen Ländereien mit allem Drum und Dran von ihrem Vorfahren quasi geschenkt bekommen. Das war die einzige Spur zu Jacob, die sie momentan hatte. Und der wollte sie ja eigentlich hinterhergehen.

Sie legte Buch und Heft auf den Tisch, nahm das Weinglas und ging damit in die Küche. Den Inhalt schüttete sie in die Spüle und das Glas stellte sie in den Geschirrspüler.

Morgen war Samstag. Ein guter Tag einem Unbekannten einen Besuch abzustatten.

Das hätte Marko sich auch denken können. Natürlich war Vater an einem Samstag in der Firma. Sogar in seinem todkranken Zustand. Dort hätte er dann direkt hinfahren können und hätte nicht den Umweg über Vaters Privathaus machen müssen, wo ein Hausangestellter ihm sagte, dass Vater *selbstverständlich* arbeitete.

Marko schüttelte bei der Firma angekommen noch immer ungläubig den Kopf und lenkte den Porsche zu den Parkplätzen des Führungspersonals. Er fand den leeren Platz seines Bruders direkt neben dem belegten seines Vaters und stellte den Wagen grinsend dort ab. Als er ausstieg, kam bereits der Pförtner aus dem Gebäude gelaufen, um ihn zurechtzuweisen. Einige Meter vor Marko blieb er stehen, runzelte die Stirn und kratzte sich am Kopf. Hatte man es noch nie gesehen, war die Ähnlichkeit zwischen ihm und Klemens überaus verblüffend, obwohl sie zweieiige Zwillinge waren. Wenn Marko wirklich sein Bruder gewesen wäre, hätte dieser sich allerdings von heute auf morgen einen komplett anderen Style zugelegt, von spießig zu cool, inklusive neuer Luxuskarre. Aber er konnte wohl nicht erwarten, dass der Pförtner so schnell die richtigen Schlüsse zog.

Immer noch grinsend warf er ihm im Vorbeigehen die Autoschlüssel zu, die dieser reflexartig auffing.

»Ich besuche dann mal meinen Vater«, sagte Marko. »Oberste Etage, nehme ich an?«

Der Pförtner nickte mit offenem Mund.

Viele Angestellte nahmen sich an ihrem Chef ein Beispiel und waren ebenfalls an diesem Samstag anwesend. Die meisten, denen er begegnete, reagierten ähnlich wie der Pförtner, im Zweifel, ob er es nun war oder nicht, der Juniorchef. Es war sehr amüsant.

Das Grinsen verging ihm allerdings, als er vor Vaters Bürotür stand. Die zum Anklopfen erhobene Faust verharrte in der Luft. Er zögerte. Was sollte er sagen? Darüber hatte er bis jetzt noch nicht nachgedacht, einfach weil er nicht an den alten Sack denken *wollte*. Er war drauf und dran, wieder umzukehren. Aber das kam gar nicht in Frage. Er drückte die Türklinke und betrat, ohne anzuklopfen, das Büro.

Vater saß über einen Haufen Papiere gebeugt an seinem Schreibtisch. Als er die Tür hörte, sah er davon auf. Marko hatte ihn etliche Jahre nicht gesehen, aber er fand, dass er nicht viel anders aussah als damals. Natürlich war er etwas älter, die Haare ein wenig grauer, es gab jedoch nichts, was Marko überraschte. Krank sah er nicht unbedingt aus. Die Mattigkeit, die um seine Augen lag, konnte genauso gut von einem Übermaß an Arbeit herrühren.

Marko schritt über den Marmorfußboden des riesigen Büros, als ginge er hier täglich ein und aus. Er taxierte seinen Vater und dieser ihn, wie bei einem Duell zweier Kontrahenten, die lange nicht mehr aufeinandergetroffen waren. Vielleicht waren sie sich doch ähnlicher, als er immer dachte.

Vater verlor das Duell, denn er sprach zuerst, noch bevor Marko ihn erreichte.

»Da bist du ja schon. *So* bald habe ich dich nicht erwartet, nachdem Klemens mir erzählte, dass du herkommen willst.«

War ja klar, dass Klemens das ausplaudern musste.

»Manche Dinge sollte man möglichst schnell hinter sich bringen«, erwiderte Marko. »Vor allem die unangenehmen.«

Das war vielleicht nicht die geschickteste Eröffnung.

Sei es drum.

Marko blickte sich in dem Büro um. Alles war vom Feinsten: Große gläserne Schreibtische, eine dezent beleuchtete Schrankwand aus edlem Holz, eine Sitzecke mit bequem aussehenden Ledersesseln, stilvolle Kunstgegenstände zur Dekoration. Das sah alles verdammt teuer aus. Es hätte auch das Büro eines älteren Marko sein können.

»Suchst du etwas Bestimmtes?«, fragte Vater.

»Irgendwo hast du hier doch bestimmt eine Bar versteckt.«

»Du willst um diese Uhrzeit schon etwas trinken?«

Vater erhob sich, ging zu der Schrankwand und drückte auf einen verborgenen Knopf. Die Oberseite eines niedrigeren Schranks öffnete sich und ein Glasboden mit verschiedenen Flaschen, Karaffen und Gläsern hob sich daraus hervor.

»Bitte, bedien dich. Dieser Besuch scheint dich ja mehr mitzunehmen, als man dir ansieht, wenn du so was schon brauchst.«

Offenbar hatte die Plaudertasche Klemens seine Trinkgewohnheiten nicht erwähnt, und auch Gerhard Breimer, der Familienanwalt, hielt sie wohl nicht für wichtig.

Marko roch an einer der Whisky-Karaffen, befand den Inhalt für gut genug und schenkte sich davon ein Glas ein. Der erste Schluck tat gut und beruhigte ungemein.

Mit dem Glas in der Hand drehte er sich zu Vater um, der wieder auf seinem Sessel platzgenommen hatte.

»Du arbeitest also an einem Samstag, sogar jetzt noch.«

»Gerade jetzt. Ich habe noch viel zu erledigen, bevor ich abdanke. Mit einem so baldigen Austritt aus dem Unternehmen habe ich nicht gerechnet.«

Er lächelte schief und lehnte sich zurück. Marko ging zum Besuchersessel, der dem Sessel seines Vaters gegenüber stand, und setzte sich.

»Was ist mit Klemens? Der ist doch lange genug im Unternehmen und müsste das Geschäft kennen wie den Inhalt eines seiner spießigen Hemden.«

»Du weißt so gut wie ich, dass Klemens nicht mit deinem Geschäftssinn gesegnet ist. Nicht einmal mit meinem.«

»Du glaubst also, dass ich den größeren Geschäftssinn von uns beiden habe?«, fragte Marko, wobei er erst auf Vater und dann auf sich zeigte.

Er wusste natürlich, dass das so war, aber er wollte es aus dem Munde seines Vaters hören.

»Es ist eine Sache, eine geerbte Unternehmensgruppe auf der wirtschaftlichen Höhe zu halten, bei der man es übernommen hatte, so wie ich es getan habe. Aber es ist eine andere Sache, so wie du aus dem Nichts eine eigene Unternehmensgruppe aufzubauen. Das habe ich schon immer zu schätzen gewusst. Auch damals, als du während des Studiums in den USA deine erste Firma gegründet hattest.«

Hört, hört, im Alter schlug Vater ja ganz andere Töne an. Das lag bestimmt am nahenden Tod.

»Aber da ich nicht wusste ... oder besser gesagt ‚weiß‘, wie es sich mit dir entwickelt - ob du Klemens unterstützen wirst - muss ich die wichtigsten Dinge so lange regeln, wie ich es kann.«

Es ging Vater also nur um das Geschäft, selbst bei der ersten Begegnung mit seinem Sohn nach etlichen Jahren. Sicherlich, Marko war auch Geschäftsmann, bei ihm gab es allerdings noch andere Dinge im Leben. Das glaubte er jedenfalls.

Aber er war ja hier, um vor Vaters Tod Frieden mit ihm zu schließen. Also schluckte er die Erwiderung, die ihm bereits auf der Zunge lag, herunter. Bei allen Differenzen, die sie hatten, war es auch nicht in *seinem* Interesse, dass der Besitz, der seit Generationen der Familie gehörte, den Bach runterging. Es ging ihm dabei nicht um das Erbe. Er hatte so viel Geld mit eigenen Unternehmen eingenommen, dass er es in mehreren Leben nicht ausgeben könnte. Das Erbe brauchte er nicht. Es hatte vielmehr etwas mit Loyalität zu tun.

»In Ordnung«, sagte Marko deshalb. »Ich werde Klemens unterstützen.«

Das hätte er in jedem Fall getan. Für seinen Zwillingsbruder würde er alles tun.

Vater nickte.

»Ich habe gehofft, dass du das sagst. Aber auch in dem Fall, gibt es noch eine Menge zu tun. Zumal ich nicht weiß, wie viel Zeit mir noch bleibt. Die Ärzte sagen, dass es zu einer Bewusstseinsveränderung kommen kann. Es kann also sein, dass ich die Zeit bis zu meinem Ableben nicht voll nutzen kann, falls ich beispielsweise von einem Tag zum nächsten zu einem hohlköpfigen Weltverbesserer mutiere, der alles verschenken will. Die verbleibende Zeit muss ich dich mit so vielen Dingen wie möglich vertraut machen, damit du im entscheidenden Augenblick bescheid weist.«

Marko lachte auf.

»Vater, ich bin im Besitz von neun Firmen, die ich alle selbst soweit aufgebaut habe, bis sie wie ein Uhrwerk liefen. Dann habe ich Geschäftsführer eingesetzt und sehe einfach nur noch zu, dass sie weiterhin so laufen, wie ich es will. Es langweilt mich fast, wie reibungslos das funktioniert.« Als Marko jetzt davon sprach, stellte er fest, dass es ihn nicht nur *fast* langweilte. »Glaubst du wirklich, dass ich nicht damit klarkommen würde, ohne deine Einweisung die Zölder-Gruppe zu leiten?«

Eine Zornesfalte erschien auf Vaters Stirn. Der Sohn hatte es tatsächlich gleich wieder gewagt, zu widersprechen.

»Trotzdem will ich dir die Besonderheiten *dieses* Unternehmens zeigen. Damit ich beruhigt sterben kann.« Die Zornesfalte verschwand und Vater grinste, als hätte er einen Riesenwitz gerissen. Doch das Grinsen erstarb sofort wieder, als er weitersprach. »Und dann ist da noch eine andere Sache, die ich erledigt wissen will: Diese Frau von dieser Sippschaft schnüffelt in Dingen herum, die sie nichts angehen. Dem muss unbedingt Einhalt geboten werden.«

Marko stöhnte und verdrehte die Augen. Sofort riss er sich wieder zusammen. Zum Glück hatte Vater gerade nicht hergesehen. Wenn er bei diesem Thema widersprach, war ein riesiger Streit vorprogrammiert, so wie es früher schon immer war.

»Na ja, so viel Schlimmes wird sie wohl nicht entdecken können«, sagte er vorsichtig, um seiner Meinung zumindest ein wenig treu zu bleiben.

»Das weiß man nicht. Es steht einfach zu viel auf dem Spiel, wenn sie in der Vergangenheit herumwühlt. Ich muss etwas gegen sie unternehmen.«

Nicht nur, dass Vater diese Paranoia immer noch nicht abgelegt hatte. Im Gegenteil: Marko hatte das Gefühl, dass sie sich sogar verstärkt hatte. Was, zum Henker, sollte jemand über ihre Vergangenheit herausfinden können, das ihnen heute noch schaden konnte?

»Du nimmst das noch immer nicht ernst, das sehe ich dir an«, sagte Vater. »Glaubst du, ich schicke dir die ganzen Jahre den Paragrafen-Hengst auf den Hals, wenn es keine ernsthafte Bewandtnis damit hätte? Aber auch das gehört zu den Dingen, die ich noch erledigen will, bevor ich sterbe. Ihr sollt beide noch aus meinem Munde von dem Familiengeheimnis erfahren und nicht so wie ich. Denn ich habe es erst nach dem Tod meines Vaters schriftlich mitgeteilt bekommen.«

Marko fuhr mit gemischten Gefühlen nach Hause. Eigentlich war seine Grundstimmung seit Langem mal wieder positiv, und er musste fast den ganzen Heimweg überlegen, bis er darauf kam, woran das lag. Der Grund war, dass er sich auf die neue Aufgabe freute, auf die Herausforderung: die Arbeit in einer neuen Firma. Er fühlte sich nämlich immer genauso, wenn er ein neues Unternehmen aufbaute. Dumm war nur, dass dieses Gefühl nie lange anhielt. In ein paar Monaten würde er wieder das Gröbste geregelt haben, alles würde so laufen, wie er wollte, und dann konnte jeder Esel das Unternehmen leiten, solange Marko ab und zu nach dem Rechten schaute.

Ein weiterer Grund für seine gute Laune war natürlich, dass er das Gespräch mit Vater hinter sich hatte. Er wollte es zwar nicht wahrhaben, aber seit er Klemens zugesichert hatte, dass er mit Vater sprechen wollte, lastete dieses Vorhaben enorm schwer auf seinem Gemüt. Umso befreiter war er jetzt.

Außer Vaters nahendem Tod gab es jedoch noch etwas, das seine Laune dämpfte: Vaters Verfolgungswahn. Marko konnte diese Sache nicht ernst nehmen, sie war in seinen Augen völlig absurd. Doch für Vater war sie eines seiner verbliebenen größten Probleme. Und da Marko in den nächsten Wochen oder Monaten viel Zeit mit ihm verbringen musste, blieb ihm nichts anderes übrig als sich auch damit auseinanderzusetzen. Er wusste noch nicht wie, aber irgendwie musste er die Sache angehen. Es widerstrebte ihm, die vorgefertigte Meinung seines Vaters vorgesetzt zu bekommen. Vielleicht sollte er selbst ein wenig herumforschen, ob es damit etwas auf sich haben konnte, und was der Kern an Wahrheit war, der in diesem Hirngespinst steckte. Beziehungen genug hatte er dafür.

Marko bog in seine Straße ein und fuhr auf seine Auffahrt zu. Auf der anderen Straßenseite fiel ihm eine brünette Frau auf. Sie saß auf einem Fernmeldekasten und las in einem Bündel zusammengehefteter Blätter. Sein unvermeidbarer Frauen-Bewertungs-Scan schaltete sich ein: relativ groß, schlank, kleiner Busen, wenig Rundungen, ganz hübsches Gesicht, insgesamt eher unscheinbar. Im Notfall wäre sie durchaus etwas für ihn.

Als sie merkte, dass sein Tor sich öffnete und er hineinfuhr, packte sie schnell die Blätter in ihre Tasche und sprang geschmeidig von dem Kasten. Im Rückspiegel sah er, wie sie über die Straße lief, was ebenfalls sehr sportlich aussah. Er mochte Frauen, die sich so bewegten. Vielleicht war sie doch nicht nur etwas für den Notfall. Und offensichtlich wollte sie zu ihm.

Das Tor hatte er noch nicht wieder geschlossen, aber sie blieb vor der Grenze zu seinem Grundstück stehen. Marko stieg aus dem Porsche und setzte sein charmantes Lächeln auf.

»Wollen Sie zu mir?«, rief er ihr zu.

»Wenn Sie Marko von Zölder sind?«

Ihre Stimme war eher tief für eine Frau. Ziemlich sexy, fand er.

»Haben Sie Lust auf einen Kaffee?«

Sie trat durch das Tor und lächelte verwundert. Jetzt sah sie gar nicht mehr so unscheinbar aus. Ihr Lächeln gab ihr eine ganz besondere Ausstrahlung, sehr einnehmend.

»Wollen Sie nicht erst wissen, was ich von Ihnen will?«, fragte sie.

Hauptsächlich wollte er sie in sein Haus kriegen.

»Das können Sie mir dann ja beim Kaffee erzählen.«

Sie saß mit übereinandergeschlagenen Beinen an seiner Küchentheke, die Ellenbogen aufgestützt, die Hände unterm Kinn. Inzwischen hatte Marko einige Gelegenheiten gehabt, sie genauer zu betrachten. Das erste, was ihm auffiel, war, dass sie irgendeinen intensiven Sport treiben musste. Ihre Arme waren ziemlich definiert und muskulös, wie er feststellte, nachdem sie ihre Jacke ausgezogen hatte. Er schätzte sie auf Mitte zwanzig. Sie hatte blaue Augen, ein Grübchen im Kinn und ein kleines Muttermal über der Oberlippe. In einem Ohr trug sie einen herunterbaumelnden Ohrring.

»Wie möchten Sie ihren Kaffee denn gerne, Frau ...?«

»Nennen Sie mich einfach Editha.«

»Marko.« Er zeigte auf sich. »Und, der Kaffee?«

»Hätten Sie auch Tee? Kaffee ist nicht gerade mein Fall.«

Er hätte sich fast geschüttelt. Tee kaufte er nur, wenn er krank war, was nicht oft vorkam.

»Tee ist gerade aus«, sagte er.

»Hm, dann kann ich ja mal einen Kaffee mit viel Milch probieren.«

»Einen Latte Macchiato?« Er öffnete den Vorratsschrank und fand noch eine Packung haltbarer Milch. »Ja, das kriege ich hin.«

So sicher war er sich dabei gar nicht, denn die Milchdüse benutzte er nicht sehr oft.

Inzwischen war er neugierig, was sie von ihm wollte.

»Sind Sie von der Presse?«, fragte er. Es wäre nicht das erste Mal, dass die sich für ihn interessiert hätten.

Sie lachte.

»Woher wissen Sie das? Ja, ich bin tatsächlich freiberufliche Journalistin.«

Schade, dann würde das wohl bei einem kurzen Kaffeetrinken bleiben. Er hatte keine Lust, in irgendeinem Klatschblatt darüber zu lesen, wie Deutschlands erfolgreichster Jungunternehmer im Bett war.

»War so dahingeraten. Wenn Sie ein Interview mit mir wollen, müssen Sie sich aber an meine Pressestelle wenden.«

Die würden sie dann schon abwimmeln.

»Wie? Nein, nein, deshalb bin ich nicht hier. Es ist etwas Privates. Ich bin eigentlich nur wegen Ihres Nachnamens bei Ihnen.«

»Mein Nachname? Was ist damit?«

Sie musste mit ihrer Antwort ein wenig warten, weil er beim Aufschäumen der Milch einen beachtlichen Lärm produzierte. Das Ergebnis war leider nicht gerade beachtlich, denn viel Schaum hatte er nicht zustande gebracht, als die Milch heiß war.

»Jemand mit Ihrem Nachnamen und meine Vorfahren hatten in der Vergangenheit gewisse Berührungspunkte«, erklärte sie ihm, nachdem der Geräuschpegel wieder gesunken war. »Da meine Vorfahren in Oldenburg lebten und Sie der einzige ‚von Zölder‘ im Telefonbuch Oldenburgs sind, habe ich mich gefragt, ob dieser ‚Jemand‘ von damals vielleicht Ihr Vorfahre war.«

Marko war dabei, den Espresso in die Milch zu gießen, als er für einen Augenblick in der Bewegung innehielt. Jetzt wurde ihm klar, wen er hier in sein Haus eingeladen hatte. Das hier war die von Vater gefürchtete »Frau von der Sippschaft«.

Er stellte den missglückten Latte Macchiato vor ihr ab, platzierte seinen Espresso auf dem Platz gegenüber und setzte sich.

»Meine Vorfahren kommen aus Oldenburg, das stimmt«, sagte er. »Im Telefonbuch bin ich allerdings nur deshalb der Einzige meiner Familie, weil der Rest entweder außerhalb Oldenburgs wohnt, Geheimnummern verwendet oder inzwischen andere Nachnamen trägt.«

Sie nickte mit offenem Mund.

»Geheimnummern?«

Offenbar sagte ihr der Nachname »von Zölder« wirklich gar nichts, weder im Zusammenhang mit ihm, dessen Antlitz diverse Male die Cover verschiedener Wirtschaftsmagazine geziert hatte, noch mit der Zölder-Gruppe, die ja immerhin eine größere mittelständische Unternehmensgruppe war. Er fragte sich, wie eine Frau ihnen etwas Böses wollen sollte, wenn sie nicht mal wusste, wer sie waren.

»Ja, meine Familie hat in Oldenburg eine gewisse ... Prominenz. Solche Kontaktdaten kann man dann nicht auf dem Silbertablett servieren.«

»Ach, das wusste ich gar nicht. Und was ist mit Ihnen?«

»Ich schere mich nicht um solche Dinge. Soll mich doch anrufen, wer will. Es erreicht sowieso erst mal jeder nur meinen Anrufbeantworter.«

Sie nickte weiter. Als hätte sie gemerkt, dass sie gerade nicht sehr vorteilhaft wirkte, schloss sie plötzlich den Mund und räusperte sich.

»Um noch mal darauf zurückzukommen: Dann kann es also sein, dass sie ein Nachfahre der von Zölders aus dem 18. Jahrhundert sind?«

»Möglich. Um welcher Art Berührungspunkte handelt es sich denn?«

»Das ist ein wenig kompliziert«, antwortete sie und erzählte ihm etwas von Ländereien und Übertragungskontrakten.

So wie er es aus ihrem Gerede heraushörte, wollte sie herausfinden, wann und wie einer ihrer Vorfahren gestorben war und erhoffte sich neue Hinweise, die sich aus der Begegnung ihrer Ahnen ergeben könnten. Wenn es stimmte, was sie sagte, wollte sie also etwas über *ihre* Familie herausfinden und nicht über *seine*. Trotzdem wollte er vorsichtig sein.

»Können Sie mir irgendwie helfen? Gibt es vielleicht alte Aufzeichnungen in ihrer Familie, aus denen man etwas schließen könnte? Alte Besitzurkunden oder dergleichen?«

Eigentlich war es beeindruckend, was diese Frau schon alles herausgefunden hatte. Er sollte sie einfach weitermachen lassen und mit ihr in Kontakt bleiben. Ihre Entdeckungen könnten auch ihm die Informationen liefern, die er haben wollte. Und er glaubte nach wie vor nicht, dass irgendjemand ihnen schaden konnte. Außerdem hatte er noch ein gewisses anderes Interesse an weiteren Kontakten mit ihr.

»Wenn überhaupt, dann sind solche Dinge im Besitz meines Vaters. Vielleicht weiß er ja auch etwas darüber. Ich werde ihn in den nächsten Tagen sowieso besuchen. Dann kann ich ihn mal fragen.«

1788

Über den Wiesen hingen noch dichte Nebelschwaden. Gespenstisch griffen sie mit kalten Händen um sich. Spinnen hatten, wo sie nur konnten, ihre Netze gesponnen. Diese waren überall mit Tröpfchen behangen, sodass die eigentlich feinen Fäden wie dicke Schnüre aussahen. Jacob war zeitig aufgebrochen, um die Dinge, die ihm am Vortag weggenommen wurden, neu zu besorgen. Wie früher als Kind brach er sich von einem Strauch eine Astgabel ab und sammelte die Spinnweben unterwegs damit. Bald hatte er eine dicke weiße Schicht zusammen.

Herold hatte sich wegen der gestohlenen Sachen gar nicht so besonders aufgeregt. Er meinte nur, dass Jacob ja nichts dafür konnte, und die beiden Halunken ihm das schon zurückzahlen würden, wenn sie ihm jemals begegnen sollten. Jacob schämte sich trotzdem wegen seines feigen Verhaltens.

Aber ein Gutes hatte diese Sache: Er hatte dadurch einen Vorwand, heute wieder in die Stadt zu gehen. So konnte er den Bader nochmals aufsuchen. Er hoffte nur, dass der sich dafür entschieden hatte, ihm mehr zu erzählen.

Kurz vor der Stadtmauer warf Jacob seinen Zweig weg und marschierte auf das Tor zu. Von innen kamen ihm zwei Männer in den Dreißigern entgegen, die so aufgeregt miteinander sprachen, dass er bereits von Weitem jedes Wort verstehen konnte.

»... schon wieder eine Leiche«, sagte der eine der beiden, ein kleiner, dünner Kerl mit einer enormen Nase und lückenhaftem Bart.

»Ich frage mich, warum die Leichen immer im Stadtgraben gefunden werden. Angeblich soll keine davon ertrunken sein«, meinte der andere, der etwas größer war und einen Lockenkopf hatte.

»Irgendwo muss er sie ja lassen. Ich bin nur gespannt, wer es dieses mal ist. Vielleicht kennen wir ihn ja.«

»Ja, aber hoffentlich nicht zu gut. Es wäre schlecht ...«

Die beiden waren an Jacob vorüber und bogen in Richtung des Stautores ab.

Also gab es wieder eine Leiche. Wie zuvor fühlte Jacob sich wie magisch davon angezogen. Er wollte den Männern folgen und sich ansehen, wen der Mörder jetzt getötet hatte. Aber er konnte sich noch sehr gut entsinnen, wie es ihm gegangen war, als er sich die letzte Leiche angesehen hatte. Danach hatte er nun gewiss kein Verlangen.

Doch er konnte nicht anders und folgte den beiden Kerlen. Er musste sich ja nicht unbedingt in die vorderste Reihe drängen. Nur einen kurzen Blick wollte er drauf werfen. Sobald er etwas von sich anbahnender Übelkeit merken sollte, würde er sofort wieder weggehen.

Er ging wie die beiden vor ihm am Staugraben entlang. Einen Augenblick später kam eine Menschenmenge in Sicht. So groß wie beim letzten Leichenfund war sie nicht, wahrscheinlich weil es noch früh am Tage war. Teilweise erkannte er die gleichen Männer wieder, die auch schon beim letzten Mal dabei waren.

Vorsichtig näherte er sich der Wand aus Männerrücken. Demnach zu urteilen, wohin sie sahen, war die Leiche bereits aus dem Stadtgraben geborgen. Jacob versuchte, zwischen den Männern etwas zu erkennen, aber er schaffte es nicht. Er entdeckte einen größeren Stein und stellte sich drauf. Es war immer noch schwierig, doch irgendwann tat sich vor ihm für ein paar Sekunden eine Lücke auf und er konnte die Leiche sehen. Vor Schreck wäre er beinahe von dem Stein gefallen. Denn es war eindeutig der Bader, der dort auf dem Boden lag. Er sah gar nicht aus, als wäre er tot. Genauso gut hätte er schlafen können, bis auf den Umstand, dass er über und über mit Matsch bedeckt war.

Nun konnte Jacob nicht mehr von ihm erfahren, wie sein Vater ums Leben gekommen war. Er ließ die Schultern hängen und sprang vom Stein.

Dann wurde ihm bewusst, dass seine Kopfhaut schon seit ein paar Sekunden kribbelte. Im nächsten Moment war er nicht mehr in seinem eigenen Körper im Jahre 1788.

1768

Diesen weiteren schönen Herbsttag wollte Diether nochmal für einen ausgiebigen Ausritt nutzen. In seiner Reitmontur trat er vor das Haus und atmete die Luft ein, die noch ein wenig nach Sommer roch. Die Sonne erzeugte ein angenehm warmes Gefühl auf der Haut, sehr ungewöhnlich für diese Jahreszeit. Die Kastanien neben den Stallungen hatten trotzdem gemerkt, dass es schon spät im Jahr war. Ihre Blätter wurden bereits braun und ein Teil der Baumkronen zierte den Boden.

Diether sah zum Garten und bemerkte, dass Alheyt sich dort auf eine Liege gelegt hatte. Sie lag auf dem Rücken. Der dicke Bauch sorgte für eine interessante Silhouette. Die Augen hatte sie geschlossen und das Gesicht der Sonne zugedreht. Umso mehr würde sie sich schminken müssen, um die braune Hautfarbe der Arbeiterklasse abzudecken. Doch das schien sie nicht zu kümmern. Sie sah aus, als würde sie den Augenblick genießen, als herrschte tiefster Frieden in ihr. Der Eindruck wurde von ihrem leichten Lächeln noch verstärkt.

Vielleicht war dies ein guter Moment, sich ihr zu nähern. Da er immer wieder von ihr abgewiesen wurde, hatte es Diether zuletzt vermieden, ihr nahe zu kommen. Doch er wusste nicht, was schwerer zu ertragen war: von ihr zurückgewiesen zu werden oder ihr von vorne herein fern zu bleiben. Denn er vermisste sie so sehr. Er *musste* es immer wieder versuchen.

Auf dem Weg zu ihr sah er sich um. Es war niemand sonst im Garten zu sehen. Das Dienstpersonal hatte wohl woanders zu tun, und Herold half bestimmt Klatti bei den Pferden.

Alheyt lag noch so da, wie er sie von Weitem gesehen hatte. Sie hatte nichts von seiner Annäherung bemerkt. Eine Weile betrachtete er sie noch. So wie sie da lag, war sie die Alheyt, die er von früher kannte und die er über alles liebte. Ein warmes Gefühl breitete sich in seiner Brust aus. Wenn es nicht jetzt zwischen ihnen wieder in Ordnung kommen konnte, wann denn sonst?

»Es freut mich, dass du den Moment genießen kannst«, sagte er leise.

Schon beim ersten Wort zuckte sie zusammen und das Lächeln erstarb augenblicklich. Sie öffnete die Augen und ihr Gesicht nahm den verächtlichen Ausdruck an, den es in letzter Zeit immer hatte, wenn sie mit ihm sprach.

Seine Hoffnung schwand dahin. Was hatte er ihr nur getan? Was hatte sie so verändert? Warum war sie nicht mehr wie früher?

»Ja, auch wenn es nur ein kurzer Moment war«, antwortete sie und richtete sich auf der Liege auf. »So wie du gekleidet bist, willst du mal wieder ausreiten. Was hält dich davon ab? Geh doch einfach.«

Diether wusste nicht, was er darauf antworten sollte. Er wandte sich rasch von ihr ab, damit sie die Tränen nicht sah, die sich ihren Weg bahnten. Schnellen Schrittes ging er zu den Stallungen. Wäre es doch nur so wie früher. Oder täuschte er sich? War es früher gar nicht besser? Hatte er es früher vielleicht nur nicht bemerkt?

Als er außer Sichtweite war, wischte er sich mit dem Ärmel die Tränen weg. Doch den Schmerz konnte er nicht wegwischen. Der saß tief in seiner Brust.

Er hatte die Stallungen noch nicht ganz erreicht, als Herold ihm entgegenkam.

»Vater, hier ist ein Bote für dich«, rief er. »Er will nur dir persönlich seine Nachricht übergeben.«

Diether runzelte die Stirn. Eine Nachricht? Was hatte das denn zu bedeuten?

Er folgte Herold bis vor den Stall zu einem Knaben, der nur wenig älter war als sein Sohn. In der einen Hand hielt dieser Bote einen Umschlag und in der anderen den Zügel seines Pferdes, das ruhig neben ihm stand.

»Sind Sie der Freiherr Diether von Riekhen?«, fragte der Knabe.

»Ja, der bin ich.«

»Ich habe hier eine Nachricht, die ich nur Ihnen persönlich übergeben darf.« Mit vor Stolz geschwollener Brust trat er einen Schritt vor und überreichte ihm den Umschlag. »Außerdem soll ich Ihnen noch mitteilen, dass Sie die Nachricht alleine lesen sollen.«

Der Knabe machte eine Verbeugung, stieg auf sein Pferd und ritt wieder davon.

Der Umschlag war mit dem Siegel der Stadt Oldenburg versehen. Ansonsten war er außen nicht beschriftet.

Herold sah Diether fragend an.

»Du hast es gehört: Ich soll alleine sein, wenn ich den Umschlag öffne.« Klatti kam aus dem Stall und führte Diethers Lieblingspferd herbei. Alles war schon vorbereitet, er musste nur noch aufsteigen und losreiten. Den Umschlag verstaute er in seinem Rock. Er schwang sich in den Sattel, nickte den beiden zu und preschte davon.

Nach etwa einer Viertelstunde hielt er es vor Neugier nicht mehr aus. Er war gerade am Rande eines kleinen Waldes, wo er sein Pferd zügelte und abstieg. Bevor er es brach, betrachtete er das Siegel mit der Stadtmauer und den drei Türmen noch einmal. Dann öffnete er den Umschlag und zog den Brief heraus.

Die Handschrift sah nach einer weiblichen Verfasserin aus und nun nahm er auch den Geruch wahr, der von dem Schreiben ausging. Enngelin! Das war der Duft ihres Parfüms, den er schon auf dem Ball und in der Konzertpause an ihr gerochen hatte.

Die Nachricht war knapp: »Komme am nächsten Donnerstag abends um sechs zu dieser Adresse.« Es waren eine Straße und eine Hausnummer angegeben, die sich am Rande der Stadt Oldenburg befanden.

Offenbar war es nun vorbei mit dem schönen Herbstwetter. Seit dem Vortag regnete es ununterbrochen. Alle hatten diese ungewöhnlich warmen Herbsttage genossen, aber nun mussten sie sich wohl darauf einstellen, dass der Winter bald kam.

Für Diether hatte das Wetter durchaus Vorteile: Die Menschen hatten sich, sofern ihre Kleidung damit ausgestattet war, Kapuzen über den Kopf gezogen, und ausnahmslos alle gingen mit gesenkten Häuptern durch die Stadt. Niemand achtete auf Diether. Er lugte unter seiner Kapuze hervor, um den richtigen Weg zu der Adresse zu finden, die Enngelin ihm mitgeteilt hatte. Er musste vorsichtig gehen, denn die Straßen waren, wie es in Oldenburg bei starkem Regen üblich war, durch die von den Wällen nach innen flutenden Wassermassen kaum sichtbar.

Er fand das Haus in einer einsamen, heruntergekommenen Gasse. Wieso um alles in der Welt wollte Enngelin sich gerade hier mit ihm treffen?

Kurz nach seinem Klopfen öffnete sich die Tür. Ein Mädchen in typischer Dienstkleidung des Hofes stand darin und sah nach links und rechts die Gasse hinunter.

»Kommen Sie herein«, sagte sie und gab die Türöffnung frei.

Diether folgte ihrer Aufforderung. Der Flur, den er danach durchquerte, sah nicht minder schäbig aus als das Haus. Doch dann kamen sie in einen Raum, der sehr schön hergerichtet war. Der Einrichtung nach zu urteilen, war es das Zimmer des Dienstmädchens, das ihm die Tür geöffnet hatte. Er drehte sich um und stellte fest, dass diese nicht mit eingetreten war, sondern die Zimmertür hinter ihm geschlossen hatte.

»Nicht so schüchtern, du kannst ruhig näherkommen«, hörte er plötzlich Enngelins Stimme sagen.

Er sah sich um und entdeckte sie auf dem Bett liegend. Die Haare fielen ihr lang über die Schultern und reichten bis auf die Matratze. Sie trug kein Kleid, sondern ein dünnes Gewand, das sich ihrer Körperform in einer aufregenden Weise anschmiegte. In ihrer Hand hielt sie ein Glas mit einem schäumenden Inhalt, wahrscheinlich Champagner.

»Man kann mir vieles nachsagen«, entgegnete Diether und näherte sich dem Bett. »Aber nicht, dass ich schüchtern bin.«

Die Luft war geschwängert von ihrem Parfüm.

Diether entdeckte die Champagnerflasche und ein weiteres Glas. Er ging hin und schenkte sich ein.

»Wo sind wir hier?«, fragte er.

»Du hast die Bewohnerin dieses Zimmers gerade kennengelernt. Sie ist eines meiner Dienstmädchen. Ihr kann ich vertrauen.«

Diether nickte, das hatte er sich wohl gedacht.

»Und der werte Gatte?«

»Der ist mal wieder verreist. Dienstlich.«

Er nickte wieder, ging zum Bett und setzte sich auf den Rand.

»Auf den Dienst«, sagte er und stieß sein Glas an ihres.

Beide nippten an ihrem Getränk.

»Als wenn es einen Unterschied machen würde, wenn er hier wäre«, antwortete sie. »Er arbeitet meistens und kümmert sich kaum um mich. Und er ist alt. Die Art und Weise, *wie* er sich um mich kümmert, hat nichts mit dem zu tun, was gleich in diesem Raum passieren wird.«

Sie lächelte ihn schelmisch an.

»Warum hast du ihn dann geheiratet?«

Sie lachte auf.

»Es ist nicht so, dass ich das wollte. Dabei hatte ich kein Mitsprache-recht.«

Einen Augenblick lang herrschte Schweigen. Sie nahmen einige Schlucke von ihrem Champagner.

»Und was macht dein Dienstmädchen unterdessen?«

Enngelin zuckte mit den Schultern.

»Solange sie nicht hier ist, soll es uns nicht kümmern.«

Sie rückte ein Stück näher, stellte ihr Glas ab und begann, seinen Rock aufzuknöpfen.

»Du kommst ja schnell zur Sache«, sagte Diether.

»Ewig kann ich nicht fernbleiben. Es sollte möglichst nicht auffallen.«

Er stellte ebenfalls sein Glas auf den kleinen Tisch neben dem Bett und entledigte sich seines aufgeknöpften Rocks. Dann zog er die Stiefel aus und legte sie unter das Bett. Er wandte sich wieder Enngelin zu und begann nun seinerseits mit bebenden Fingern ihr dünnes Stückchen Stoff zu öffnen. Es war nur vor dem Hals mit einer Schleife zugebunden. Nachdem er diese ge-löst hatte, klappte die untere Seite herunter und gab eine von Enngelins auf-regenden Brüsten frei. Diether legte die andere Brust auch noch frei und be-trachtete kurz die hellen, prallen Wölbungen mit den kleinen rosa Brustwar-zen. Er beugte sich vor und küsste sie. Enngelin stöhnte und lehnte sich zu-rück. Da seine Hose entschieden zu unbequem wurde, zog er sie ebenfalls aus und legte sich mit auf das Bett. Enngelin schlüpfte aus ihrem Gewand und legte sich auf ihn. Sie begannen, sich zu küssen und zu streicheln.

Der Regen und die kühle Nacht konnten Diether auf dem Weg nach Hause nichts anhaben, denn er glühte noch immer von den Stunden, die er mit Enngelin verbracht hatte. Diese waren mit nichts vergleichbar, was er zuvor erlebt hatte. Keine Frau, weder Alheyt noch eine der anderen, die er nebenher gehabt hatte, konnte ihn jemals so ausfüllen.

Es war mitten in der Nacht als er auf den Hof ritt, und er rechnete damit, dass alle tief und fest schliefen. Um so verwunderter war er, dass ihm sogleich Duretta entgegeneilte.

»Alle haben nach Ihnen gesucht«, rief sie schon von Weitem. »Kommen Sie schnell mit ins Haus.«

Klatti stolperte aus dem Stall. Er schien bereits geschlafen zu haben. Diether überließ ihm die Zügel und wandte sich Duretta zu.

»Was ist denn los? Ist etwas passiert?«

»Die Hebamme ist da. Sie haben vor ein paar Minuten einen zweiten Sohn bekommen.«

Oh nein, und er war in dem Augenblick nicht zu Hause gewesen. Die Glücksgefühle, die er gerade noch empfunden hatte, waren im Nu verschwunden. Stattdessen ärgerte er sich, dass er bei der Geburt seines Sohnes nicht dabei gewesen war. Aber noch größer war sein schlechtes Gewissen. Wie sollte er Alheyt bloß in die Augen sehen?

Er eilte Duretta hinterher, ins Haus, die Treppe hinauf und bis zum Schlafzimmer Alheyts. Er hörte einen Säugling weinen.

»Warten Sie hier«, sagte Duretta. »Ich sehe nach, ob Sie eintreten dürfen.«

Sie öffnete die Tür einen Spalt, zu klein, als dass er etwas dadurch erkennen konnte, und schlüpfte hinein.

Einige quälende Minuten verstrichen, bis Duretta wieder herauskam.

»Es tut mir leid. Ihre Gattin möchte Sie nicht sehen«, sagte sie.

Diether senkte den Kopf und wandte sich ab. Hatte er es sich jetzt endgültig mit Alheyt verscherzt?

»Ihr Sohn heißt Jacob.« Duretta legte ihm eine Hand auf die Schulter. »So möge Gott ihn dann auch beschützen, wenn sein Name schon diese Bedeutung hat.«

HEUTE

Die Mauer, die das Zölder-Grundstück umgab, war so hoch, dass man sie ohne Hilfsmittel nicht überwinden hätte können. Doch selbst mit einer Leiter wäre es nicht einfach gewesen, denn obendrauf schlängelte sich ein Stacheldraht der fiesesten Sorte. Die Klingen daran sahen aus, als könnten sie ganze Arme aufschlitzen. Beim Tor angekommen stellte Editha fest, dass auch dieses gut gesichert war: Es war genauso hoch wie die Mauer und oben mit langen Spitzen versehen. Die Leute hier mussten sich ja ziemlich davor fürchten, dass jemand bei ihnen eindringen könnte.

Doch das wollte Editha ja nicht. Sie konnte es nur nicht aushalten, darauf zu warten, dass Marko von Zölder irgendwann mit seinem Vater sprach. Wer wusste, wann das geschehen würde. Vielleicht vergaß er diese Sache sofort wieder. Sie war zwar für Editha wichtig, aber für ihn deshalb noch lange nicht. Außerdem erhielt sie ihre Informationen gerne aus erster Hand. Ihrer Erfahrung als Journalistin nach kam sonst nur ein Teil davon bei ihr an, und dieser war zudem durch die Ansichten des Übermittlers eingefärbt. Das typische Stille-Post-Phänomen eben.

Also hatte sie mit den Informationen, die sie von Marko von Zölder erhalten hatte, ein wenig recherchiert und herausgefunden, wo sein Vater wohnte. Dass es sich dabei um eine Art Festung handeln würde, konnte sie ja nicht ahnen.

Sie sah erneut auf ihren Notizzettel mit der Adresse. Die Straße stimmte, die Hausnummer ebenfalls. Sie betätigte den Klingelknopf und es erklang ein elektronisches Signal, das nur der Bestätigung ihres Klingelns dienen konnte, denn in dem noch weit entfernten Haus war es ganz bestimmt nicht zu hören.

Während sie wartete, versuchte sie, durch die Stäbe des Tores hindurch auf dem Grundstück etwas zu erkennen. Doch die Zufahrt verlor sich zwischen Bäumen, die so dicht standen, dass ein Hindurchsehen nicht möglich war. Nur das Dach des großen Hauses und die obersten Fenster waren oberhalb der Baumkronen auszumachen.

»Ja, bitte?«, meldete sich eine weibliche Stimme aus dem Lautsprecher, der sich über der Klingel befand.

Editha bemerkte, dass ein roter Punkt aufleuchtete, und begriff, dass sie durch eine Kamera betrachtet wurde.

»Guten Tag, mein Name ist Editha Riekmüller. Bitte entschuldigen Sie, dass ich an einem Sonntag störe, aber ich würde gerne Herrn von Zölder sprechen.«

»In welcher Angelegenheit?«

Editha überlegte kurz, ob sie ihren Beruf als Journalistin vorschieben sollte, entschied sich aber für die Wahrheit.

»In einer familiären. Ich betreibe eine Art Ahnenforschung und habe Berührungspunkte mit den Ahnen der Zölder-Familie entdeckt. Deshalb habe ich mich gefragt, ob Herr von Zölder mir vielleicht weiterhelfen kann.«

Die Antwort dauerte einige Sekunden.

»Bitte warten Sie. Ich werde nachfragen.«

Das rote Lämpchen der Kamera erlosch.

Nach mindestens fünf Minuten dachte Editha schon, dass man sie vergessen hatte, als das Lämpchen wieder aufleuchtete. Kurz darauf ertönte eine männliche Stimme aus dem Lautsprecher.

»Herr von Zölder möchte Sie nicht sprechen. Bitte gehen Sie.«

Im ersten Moment war Editha so überrascht, dass sie keine Worte fand.

»Aber ... aber, warum denn nicht? Soll ich vielleicht ein anderes Mal wiederkommen? Ich will auch nicht lange stör...«

Sie brach ab, weil ihr klar wurde, dass die Gegensprechanlage ausgeschaltet war und sie niemand hörte. Irritiert betrachtete sie den Lautsprecher. Hatte sie etwas Falsches gesagt? Gefiel denen das Gesicht nicht, das sie auf ihrem Monitor gesehen hatten? Irgendwie war das schon sehr merkwürdig.

Dann blendete sie ein Lichtreflex, der vom Haus zu kommen schien. Als sie in die vermutete Richtung des Ursprungs blickte, meinte sie, eine Bewegung in einem Fenster gesehen zu haben. Eine Weile starrte sie noch dorthin, aber es war alles still.

Editha wandte sich ab und ging zu dem Auto zurück, das sie sich von ihrer Tante geliehen hatte.

Sie fuhr zunächst nach Hause. Timo konnte sie noch nicht abholen, weil ihre Tante und ihr Onkel vorhatten, mit ihm zusammen etwas zu unternehmen. Damit, dass sie so schnell zurück sein würde, hatte sie nicht gerechnet.

Was sollte sie jetzt mit der unverhofft erhaltenen Zeit anstellen? Vielleicht sollte sie sich mal wieder ein wenig entspannen. Aber irgendwie wusste sie gar nicht mehr, wie das ging. Außerdem konnte sie sich nicht in einem Haus entspannen, in dem sie jederzeit damit rechnen musste, dass der Untermieter vor ihr stand. Und sie hatte noch jede Menge zu arbeiten, abgesehen davon, dass es sie wurmte, mit ihren Nachforschungen zu Jacob kein Stück weiter gewesen zu sein. Wie sollte sie sich da entspannen?

Dann hatte sie eine Idee, wie sie ihre Arbeit und Entspannung kombinieren konnte: Sie würde in eine Sauna gehen, und in den Pausen würde sie arbeiten. Irgendetwas, das nicht allzu sehr anstrengte. Ja, genau, sie musste das, was sie zuletzt geschrieben hatte, sowieso noch mal kritisch durchlesen. Das konnte sie dort gut machen.

Im Internet fand sie heraus, wo man in Oldenburg in eine Sauna gehen konnte. Sie packte ihre Sachen, auch den Stapel Papier, den sie sich zum Lesen bereits tags zuvor ausgedruckt hatte, und fuhr mit Tante Gerdas Wagen zu der ermittelten Adresse.

Die Sauna war wirklich toll. Sie hatte so etwas schon lange nicht gemacht. Umso mehr genoss sie es. Besonders gefielen ihr die Saunen, die im Außenbereich angelegt waren. Nach dem Saunagang ging sie in ein eiskaltes Tauchbecken. Als sie mit Duschen und Abtrocknen fertig war und mit ihrer Tasche in den Ruheraum kam, bereute sie es fast, dass sie ihre Arbeit mitgebracht hatte. Gerne hätte sie jetzt einfach die Augen geschlossen und ein wenig geschlummert. Deshalb machte sie mit sich einen weiteren Kompromiss: In der ersten Pause würde sie arbeiten und in der zweiten ausruhen.

Sie griff in ihre Tasche, um sich die Papiere herauszuholen, bekam sie aber nicht richtig zu fassen, sodass die untersten auf den Boden fielen. Sie hob sie wieder auf und bemerkte, dass es sich dabei um die Übertragung von Jacobs Buch handelte. Sie musste auf dem Schreibtisch unter den Ausdrucken ihres Artikels gelegen haben, und Editha hatte sie mit gegriffen und eingepackt.

Normalerweise glaubte sie nicht an Schicksal oder Zeichen, aber Jacobs Buch drängte sich ja geradezu auf. Sie lehnte sich mit den Blättern in der Hand auf der Liege zurück. Sollte sie es wagen, weiter darin zu lesen? Es war möglich, dass ihr das bei ihrer Suche weiterhalf. Wo sie doch bei dem alten von Zölder nicht weitergekommen war und auf den jungen womöglich noch lange warten konnte, hätte sie nicht mehr das Gefühl auf dem Trockenen gelandet zu sein. Sobald es um ihre Zukunft ginge, würde sie das Lesen sofort abbrechen.

Sie atmete tief durch, schlug die erste Seite auf und begann zu lesen. Erleichtert stellte sie nach wenigen Worten fest, dass Jacob nicht von einer Vision berichtete, sondern von Erlebnissen in seiner Zeit. Ausführlich beschrieb er die Rückreise aus Hamburg und die Arbeit an einer Mühle. Gleich danach erzählte er von dem Besuch bei einem Bader, von dem er erfahren wollte, wie seine Eltern gestorben waren. Es war schon eigenartig: Jacob wollte damals herausfinden, wie seine Eltern gestorben waren und Editha wie Jacob gestorben war.

Im nächsten Eintrag war Jacob auf dem Weg in die Stadt gewesen und hatte gehört, dass man eine Leiche im Stadtgraben gefunden hatte. Daraufhin war er dorthin gegangen und hatte festgestellt, dass der Tote eben jener Bader war, von dem er eine wichtige Information bekommen sollte.

Jacob schrieb, dass die Leiche im Staugraben gefunden wurde. Editha war sich ziemlich sicher, dass sie auf dem Oldenburger Stadtplan eine Straße dieses Namens gesehen hatte. Falls sie nach der Sauna noch etwas Zeit haben sollte, würde sie dort kurz anhalten und sich ein wenig umschauen. Tante Gerda hatte erzählt, dass sie eine Vision haben würde, wenn sie an dem gleichen Ort wie Jacob wäre. Aber das konnte ja gar nicht sein, denn dann würde es doch wohl in Jacobs Buch stehen. Das war etwas, was sie rausfinden wollte.

Nach dem zweiten Saunagang döste sie dann tatsächlich ein wenig und wachte davon total benommen wieder auf. Das gab sich aber wieder, nachdem sie zuerst normal und anschließend kalt geduscht hatte. Wieder angezogen sah sie auf die Uhr und entschied, dass die Zeit für einen Abstecher zum Staugraben noch ausreichte.

Mithilfe des Stadtplans war die Straße schnell gefunden. Am Rand befanden sich genug Parkmöglichkeiten. Sie stellte das Auto ungefähr in der Mitte der Straße ab und lief auf dem Fußweg in die Richtung, in der auch der Lappan lag. An einer Fußgängerampel überquerte sie den Staugraben. Zwischen ihm und der Parallelstraße war ein schmaler Fluss, über den eine Brücke führte.

Sie hatte die Brücke noch nicht betreten, als ihre Kopfhaut zu kribbeln begann. Dann gab es ein kurzes Lichtflackern und sie befand sich im nächsten Moment in Jacobs Körper.

Es war genauso wie beim letzten Mal, nur dass sie jetzt darauf vorbereitet war. Wieder hatte sie keine Macht über den Körper, in dem sie steckte, doch dieses Mal ließ sie ihn einfach gewähren und versuchte gar nicht erst, ihren Willen durchzusetzen. Sie ließ sich mit der Strömung treiben, anstatt gegen sie anzukämpfen. Beim ersten Mal quälte sie eine innere Gefühlsspannung, als würde ihr Bewusstsein zerreißen, weil ihr Wollen und ihr Tun nicht zusammenpassten. Aber jetzt konnte sie ganz entspannt einfach nur beobachten. Sie sah, was Jacob sah und dachte, fühlte und hörte, was er dachte, fühlte und hörte.

Sie lief mit ihm die letzten Schritte auf die Menschenmenge zu, zweifelte mit ihm, ob er sich das überhaupt ansehen sollte, nachdem es ihm bei der anderen Leiche so schlecht ging. Sie stieg dann aber doch mit ihm auf einen Stein, erhaschte einen Blick auf die Leiche und erkannte den Bader. Schließlich bedauerte sie mit ihm, dass er nun nicht erfahren würde, wie sein Vater starb.

Und dann war es schon wieder vorbei.

Sie stand vor der Brücke, zurück in ihrem Körper, und die Fußgänger auf der anderen Straßenseite waren nur wenige Schritte gegangen. Das flaue Gefühl in ihrem Magen setzte ein, stärker als beim ersten Mal. Sie schwankte zum Brückengeländer und stützte sich darauf ab. Einen Moment glaubte sie, sich übergeben zu müssen, aber dann fühlte sie sich schon wieder besser. Nur dieses flaue Gefühl blieb. Nach ein paar Minuten, in denen sie am Geländer gelehnt aufs Wasser starrte, ging es ihr bereits so gut, dass sie zum Auto zurückschlurfen konnte. Dort angekommen, setzte sie sich hinein und schloss für eine Weile die Augen.

Wie konnte das passieren? Wieso hatte sie diese Vision, obwohl Jacob nichts davon in sein Buch geschrieben hatte? So etwas hätte er doch wohl aufgeschrieben. Oder waren diese Visionen für ihn so alltäglich, dass er sie nicht mehr für erwähnenswert hielt?

Vielleicht hatte er sie nur in einem Nebensatz erwähnt und sie hatte das überlesen. Sie reckte sich zum Rücksitz, wo ihre Saunatasche stand, und hievte sie auf den Beifahrersitz. Aus dem Seitenfach holte sie die Abschrift von Jacobs Buch und blätterte zu der Stelle, die sie heute gelesen hatte.

Moment, das konnte doch nicht sein. Nach dem Satz, der vorher noch der letzte gewesen war, und da war sie sich verdammt sicher, befand sich nun weiterer Text. Und zwar einer, in dem Jacob in ihrem Körper auf der Brücke stand. Es waren nur ein paar Sätze, doch es waren Sätze, die vorher nicht vorhanden gewesen waren.

Entweder drehte sie jetzt völlig durch oder sie hatte durch ihr Erscheinen am Staugraben gerade die Vergangenheit verändert.

1788

Jacob fühlte sich schlechter als sonst, wenn er nach einem seiner Gesichte zu sich kam. Er torkelte von den Menschen ein Stück weg, um sich einen Platz zum Hinsetzen zu suchen.

»Seht nur«, hörte er einen Mann rufen. »Der kleine Waschlappen hat es noch mal probiert und konnte es wieder nicht aushalten.«

Anschließend lachten einige.

Das galt wohl ihm, aber es scherte ihn nicht. Er setzte sich an den Rand des Grabens, damit er in Ruhe durchatmen konnte. Dass sein Hosenboden dabei vom Morgentau nass wurde, scherte in ebenfalls nicht.

Was er gerade durch Edithas Augen gesehen hatte, überraschte ihn nicht. Das hatte er schon bei vielen Gesichten vorher gesehen. Auch wenn es immer wieder interessant war, wie sich die Umgebung in der Zukunft verändern würde. Wo jetzt der breite Staugraben war, würde es künftig ein schmales Gewässer geben, das links und rechts von diesen glatten, harten Straßen gesäumt war. Darauf würden zu hunderten die Kutschen ohne Pferde dahinsausen und dabei ihren Lärm und Gestank verbreiten.

Was ihn eher überraschte, waren die Gedanken Edithas. Es waren so viele auf einmal, die auf ihn einstürmten. Er hatte Mühe, sie alle zu erfassen. Nun versuchte er, sie sich in Erinnerung zu rufen und zu ordnen. Wie war das noch? Genau: Sie war gerade aus seinem Körper zurückgekehrt und hatte ihrerseits über das nachgedacht, was sie gesehen hatte.

Zu allererst einmal hatte sie sich darin bestätigt gefunden, dass sie und Jacob diese Verbindung miteinander hatten, wenn sie sich am nahezu gleichen Ort aufhielten. Ja, das war etwas, das Jacob schon lange vermutete, weil die Umgebung in sämtlichen Gesichten, die er hatte, zwar immer anders, aber doch ähnlich aussah, halt wie eine spätere Version seiner Umgebung.

Dann hatte sie gedacht, dass es wieder alles wie *im Buch* beschrieben passierte. Und sie hatte sich gewundert, dass von einer Vision nichts *im Buch* stand. Sie bezeichnete das, was er »Gesichte« nannte, also offenbar als »Visionen«. Aber an welches Buch dachte sie ständig? Was konnte es für ein Buch geben, in dem geschrieben war, was ihm widerfuhr? Das konnte doch nur sein Tagebuch sein. Sein eher ungewöhnliches Tagebuch, weil er es, vor allem als Übung seiner schriftstellerischen Fähigkeiten, in Form einer Geschichte aufschrieb. Würde dieses Buch bis in Edithas Zeit überdauern und dann von ihr gefunden werden?

Aber da war noch etwas anderes, das ihn viel mehr beschäftigte. Editha hatte durch seine Augen die Leiche gesehen. Das überraschte sie nicht weiter, denn sie wusste bereits, dass er bei der Bergung der Leiche dabei sein würde. Doch dann fragte sie sich, ob er wohl auch ein Opfer des Mörders werden würde. Warum fragte sie sich das?

Jemand legte eine Hand auf seine Schulter.

»Alles in Ordnung mit dir?«

Eine ältere Frau beugte sich zu ihm hinunter und sah ihm ins Gesicht.

Jacob rappelte sich hoch. Die Übelkeit war verschwunden. Sein Hintern war nass und kalt, aber sonst fühlte er sich gut.

»Ja, es geht schon wieder.«

Die Frau lächelte ihn an und reihte sich in die anderen ein, die sich zurück auf den Weg in die Stadt machten.

Für Jacob war es auch Zeit. Er hatte noch allerhand zu besorgen und sollte früh wieder bei der Mühle sein.

Jacob richtete sich auf und setzte sich auf die Bettkante. Er konnte nicht schlafen. Seit Stunden schon wälzte er sich hin und her, trotz der Müdigkeit und Erschöpfung, die vom stundenlangen Graben auf dem Hügel herrührten. Dieser eine Gedanke Edithas ließ ihn einfach nicht zur Ruhe kommen: Warum glaubte sie, dass er eines der nächsten Mordopfer werden könnte?

Sie würde irgendwann sein Buch lesen. Würde sie dadurch erfahren, dass er bald sterben würde?

Doch irgendwie ergab das keinen Sinn. Wie sollte er das dort hineinschreiben können, wenn er dann schon tot war? Dazu musste er ja vorher wissen, dass er das Zeitliche segnen würde. Und woher sollte er das erfahren? Von Editha? Aber wenn sie es wiederum aus dem Buch wusste, musste er es ja davor gewusst haben, damit er es aufschreiben konnte. Jacob hatte das Gefühl, dass er den Verstand verlieren würde, wenn er darüber weiter nachdachte.

Er erhob sich und ging nach draußen, um seine Notdurft zu verrichten.

Als er wiederkehrte und sich ins Bett legte, fielen ihm zwei andere Möglichkeiten ein, wie Editha von seinem Ableben erfahren könnte.

Die erste war einfach eine Vision, wie sie es nannte. Aber diese Möglichkeit konnte er auch gleich wieder ausschließen. Wenn sie beim Mord an ihm dabei sein würde, wäre sie sich sicher, dass er ermordet werden würde. Und das war sie nicht. Im Gegenteil: Er hatte sogar den Eindruck, dass sie daran zweifelte.

Die zweite Möglichkeit, wie sie davon erfahren könnte, waren irgendwelche Dokumente, etwa in den Kirchenbüchern. Das war seines Erachtens am wahrscheinlichsten.

Eines stand jedenfalls fest: Er würde ab jetzt ganz gehörig auf der Hut sein.

1768

Diether klopfte, wie inzwischen schon so oft, an die Tür des schäbigen Hauses. Enngelins Dienstmädchen öffnete, vergewisserte sich wie immer, dass kein Beobachter in der Nähe war, und ließ ihn eintreten. Kurz darauf befand er sich in dem Zimmer, wo Enngelin in gewohnter Weise auf ihn wartete.

»Ist Herr Henningsen schon wieder verreist?«, fragte er, während er sich seiner Kleidung entledigte.

»Dieses Mal nicht«, antwortete Enngelin, die sich ebenfalls entblößte. »Er arbeitet. Wie fast jeden Abend. Er kommt erst heim, wenn ich schon lange schlafe, bisher ohne Ausnahme. Trotzdem sollten wir es heute kürzer machen.«

Sobald sie beide nackt waren, fielen sie übereinander her und liebten sich stürmisch. Seit der anfänglich zarten Annäherung hatte ihr Liebesspiel bereits einige Phasen durchlaufen. Im Moment befand es sich in einer wilden Phase. In jeder einzelnen Phase glaubte Diether, es könnte nicht mehr besser werden.

Hinterher lagen sie trotz der eher kühlen Luft verschwitzt nebeneinander. Beide waren sie aus der Puste.

»So wundervoll wie mit dir war es noch mit keinem anderen Mann«, sagte Enngelin nach einer Weile.

Diether wusste, dass Enngelin verheiratet wurde, als sie dem Kindesalter nicht einmal ganz entwachsen war. Er hatte deshalb angenommen, dass ihr Ehemann bisher ihr einziger Mann war.

»Das klingt, als hättest du schon vor mir andere Kerle neben deinem Gatten gehabt.«

»Ein paar waren es schon.«

Diether spürte so etwas wie Eifersucht, obwohl er ja gar kein Anrecht auf sie hatte. Trotzdem war er jetzt verstimmt.

»Das gehört sich nicht für eine Dame«, murrte er.

Sie lachte.

»Du hast deine Frau sicherlich auch schon vor mir mit anderen Frauen betrogen.«

»Das ist ja wohl etwas anderes. Schließlich bin ich ein Mann.«

Außerdem empfand Diether seine Liebeleien nicht als Betrug an Alheyt. Geliebt hatte er immer nur sie.

»Nur weil du ein Mann bist? Pah!« Sie setzte sich auf und zog ihren Umhang über ihre nackten Schultern. »Und du hast nicht mal einen Grund, sie zu betrügen. Deine Frau ist jung und schön. Mein Mann dagegen ist alt und hässlich.«

»Trotzdem ist es etwas anderes bei einer Frau.«

Diether zog seine Kleidung wieder an. Er hatte plötzlich das Gefühl, sich mit einer Frau abgegeben zu haben, die leicht zu haben war. Die vor ihm schon viele Männer hatte, wie eine Hure. Und das machte ihn wütend.

Auch Enngelin war dabei, wieder ihre Kleidung anzulegen. Sie war ebenfalls zornig. Ihre Augen schienen Blitze zu schleudern und mit ruckartigen Bewegungen zog sie an den Schnüren ihres Unterrocks.

»Betrug ist Betrug, ob Mann oder Frau«, schimpfte sie.

Dann hatten sie jetzt also ihren ersten Streit. Diese Stimmung konnte er zu Hause auch haben. Er hatte genug und wollte nur verschwinden. Naturgemäß war er mit dem Ankleiden viel eher fertig als Enngelin. Er schlüpfte noch in seine Stiefel und stürmte ohne ein weiteres Wort aus dem Zimmer.

Auf dem Gang saß das Dienstmädchen. Sie sah überrascht auf, als Diether die Zimmertür aufriss. Er kümmerte sich nicht darum und schritt auf die Haustür zu.

»Halt, warten Sie«, sagte das Mädchen. »Lassen Sie mich nachsehen, ob auch die Luft rein ist.«

Doch bevor sie sich erhoben hatte, war Diether schon zur Haustür hinaus. Erst nach mehreren Querstraßen hatte die kalte Nachtluft sein Gemüt soweit abgekühlt, dass er wieder normal gehen konnte.

Barthel Zölder hasste es, durch diese Straßen Oldenburgs zu gehen. Sie waren schäbig und heruntergekommen. Hier wohnte der Abschaum. Und immer wenn er seinen Bruder aufsuchte, wurde er daran erinnert, dass auch er von hier stammte.

Aber das würde sich ändern, hier würde er nicht für immer herkommen müssen. Wenn er es erst mal zu etwas gebracht hatte, würde er dafür sorgen, dass auch sein Bruder von hier wegzog. Der Name Zölder sollte zukünftig mit Wohlstand und Macht in Verbindung gebracht werden, nicht mit Armut und Bedeutungslosigkeit.

Ein paar Häuser vor ihm wurde plötzlich die Haustür aufgerissen. Gerade noch rechtzeitig konnte er sich hinter einer Hausecke verstecken. Ihm war es lieber, wenn ihn niemand hier sah.

Vorsichtig spähte er um die Ecke, um zu sehen, was dort vor sich ging. Nanu, war das nicht dieser arrogante von Riekhen? Was hatte der in dieser Gegend verloren? Glücklicherweise preschte er schnellen Schrittes in die andere Richtung davon.

Anschließend kam eine junge Frau aus der Haustür heraus. Sie sah zuerst von Riekhen hinterher und drehte den Kopf dann in seine Richtung. Doch er hatte sich schon wieder komplett in seine Deckung begeben, sodass sie ihn nicht sehen konnte.

Die junge Frau trug die Kleidung eines Dienstmädchens aus dem Schloss. Hatte von Riekhen etwa eine Affäre mit einem Dienstmädchen? Das sah ihm ähnlich.

Zölder beschloss, lieber nicht direkt an diesem Haus vorbei zu gehen. Er würde einen Umweg nehmen, um kein Risiko einzugehen. Doch nach ein paar Schritten in die Seitengasse blieb er wieder stehen. Dieses Dienstmädchen kam ihm bekannt vor. Natürlich kannte er sie aus dem Schloss, wie viele andere Hofangestellte auch, aber was war noch mal bei dieser besonders? Richtig, sie war im Dienste der Frau Henningsen. Hatte das mehr zu bedeuten, als er auf den ersten Blick erkennen konnte?

Er drehte sich um und ging zu der Hausecke zurück. Kaum hatte er sie erreicht, musste er sich an die Hauswand in den Schatten drücken, denn Frau Henningsen stürmte an der Seitengasse vorbei und das Dienstmädchen hinterher.

Jetzt war Zölder klar, was hier vor sich ging. Von Riekhen hatte sich nicht mit dem Dienstmädchen getroffen, sondern mit der Dame, der es diente. Natürlich, das passte ja auch zusammen. Erst kürzlich bei dem Konzert hatte er doch beobachtet, dass die beiden in der Pause miteinander poussiert hatten. Und dann waren sie plötzlich verschwunden und tauchten leicht derangiert wieder auf.

Zölder nickte und setzte den Weg zu seinem Bruder fort. Das war eine wahrlich wertvolle Information, die ihm der Zufall hier zugespielt hatte. Er musste sich nun überlegen, wie er daraus den größten Nutzen für sich ziehen konnte.

Anklopfen tat Zölder nie bei seinem Bruder Lynhardt, er trat einfach ein. Schließlich war es nicht nur das Haus seines Bruders, sondern auch seines, das ihre Eltern ihnen vererbt hatten. Wenn man diese Bruchbude überhaupt als Haus bezeichnen konnte. Es hätte ihn nicht gewundert, wenn es an allen Ecken und Enden hereingeregnet hätte, bisher hatte ihm Lynhardt allerdings nicht dergleichen berichtet. Vielleicht hätte er es aber auch nicht einmal bemerkt.

Schnell hatte Zölder die wenigen Räume durchquert und fand ihn natürlich in der kleinen Kammer, die er als Betstube benutzte. Hier hielt er sich meistens auf, eben weil er seinem Glauben sehr zugetan war. Wie üblich war es dunkel bis auf den Schein zweier Kerzen, die direkt vor dem großen Kruzifix standen. Das Licht reichte nicht einmal aus, um die Jesus-Figur an dem Kreuz ganz zu beleuchten. Was aber auch gut war, denn Zölder fand, dass es eine ziemlich misslungene Skulptur war, die Lynhardt nichtsdestotrotz über alles liebte. Sein Bruder selbst kniete im Gebet versunken davor, wie er es mitunter stundenlang tat. Zölder wusste, dass er ihn unterbrechen musste, wenn er nicht ewig darauf warten wollte, dass er seine Fürbitte von alleine beendete. Er trat zu ihm und berührte ihn an der Schulter.

»Lynhardt, ich bin es«, sagte er leise.

Er wusste, dass er ihn nicht erschrecken konnte, aber trotzdem näherte er sich stets vorsichtig. Auch wenn es nicht *seine* Art zu leben war, hatte er dennoch einen gewissen Respekt davor, wie sein Bruder sich ihr hingab.

Lynhardt blieb noch für eine Weile in seiner Gebetshaltung, dann richtete er sich auf und wandte sich Zölder zu.

»Willst du mal wieder sichergehen, dass ich keinen Unsinn mache?«, fragte er geradeheraus.

Es war schon eigenartig: Die meiste Zeit konnte man mit ihm reden, als wäre er ein ganz normaler Mensch. Und Zölder hoffte, dass niemand diesen Schein infrage stellte. Denn in Wirklichkeit verbarg sich hinter dieser Fassade ein außerordentlich kranker Geist. Lynhardt schien das selbst auch zu wissen und dagegen anzukämpfen. Bisher hatte seine normale Seite zum Glück immer noch die Oberhand behalten und nur Zölder kannte die andere Seite seines Bruders. Aber es konnte auch jederzeit umschlagen.

»Irgendjemand muss ja nach dir sehen«, antwortete er. »Wie geht es dir?«

Trotz der Dunkelheit konnte Zölder erkennen, wie sich das Gesicht seines Gegenübers veränderte. Das gerade noch entspannte Antlitz verzog sich zusehends zu eine Fratze des Hasses. Zölder bereute es fast, überhaupt gefragt zu haben, doch es war die einzige Möglichkeit herauszufinden, wie weit Lynhardt davon entfernt war, gänzlich den Verstand zu verlieren.

»Wie es mir geht?« Er spuckte die Wörter geradezu. »Wie soll es mir gehen mit dem Wissen, was ich zu tun habe, wenn ich es doch nicht tun darf. Innerlich zerrissen bin ich. Diese Hexen und Komplizen des Teufels gehen durch unsere Reihen und vollbringen ihr sündiges Werk. Jeder kann sie erkennen, doch keiner unternimmt etwas gegen sie.«

Zölder beobachtete seinen Bruder genau. War es schlimmer geworden? Musste er handeln, um dem entgegenzuwirken? Und wenn ja, wie?

Eines hatte er gelernt: Es war falsch zu versuchen, ihm seine fixe Idee auszureden. Das hatte er bereits getan und dadurch die Situation eher verschlechtert.

»Und das wirst *du* auch nicht tun, hörst du? Wir haben doch schon oft darüber gesprochen. Das ist nicht deine Aufgabe.«

»Ich weiß nicht. Ich glaube, dass es *doch* meine Aufgabe ist. Sie müssen einfach von der Welt entfernt werden, ausgelöscht werden. Ich glaube, *ich* muss es tun.«

»Nein, wenn du es tätest, wäre es Mord. Dafür würde man dich hinrichten.«

Zölder durfte nicht zulassen, dass das passierte. Schließlich war er sein Bruder und einziger lebender Verwandter. Doch noch schlimmer war, dass es auf Zölder ein schlechtes Licht werfen würde.

»Vielleicht würde ich mein Leben ebenfalls hergeben müssen. Aber die Welt wäre wenigstens ein wenig besser.«

Mit einer normalen Argumentation kam Zölder mal wieder nicht weiter. Er musste in dieselbe Bresche schlagen wie Lynhardt, auch wenn er nicht wusste, ob er ihn damit vielleicht immer weiter in sein Hirngespinst trieb.

»Du nützt der Welt aber viel mehr, wenn du lebst«, sagte er deshalb. »So kannst du die Menschheit warnen, sobald die Zeit gekommen ist.«

Er beobachtete seinen Bruder, um einschätzen zu können, wie dieses Argument bei ihm ankam. Seine Miene wurde nachdenklich.

»Meinst du?«

»Ja, und du kannst sie beobachten und Beweise sammeln. Wenn sie schon gar nicht mehr damit rechnen, schlägst du dann zu.«

»Aber ich habe schon Beweise. Sie begehen Sünden noch und noch. Doch viel schlimmer ist es, dass sie andere Menschen zur Sünde verführen.«

Zölder musste eine ganze Weile auf diese Art und Weise auf ihn einreden, bis Lynhardt einräumte, ein wenig warten zu können. Es war spät in der Nacht, als Zölder seinen Bruder verließ. Er glaubte, dass er ihn fürs erste wieder in die richtige Spur gebracht hatte. Oder vielmehr: Er hoffte es.

HEUTE

Marko fühlte sich um Jahrzehnte in der Zeit zurückversetzt. Nie hätte er es für möglich gehalten, noch einmal so hier zu sitzen, wie er es früher jeden Sonntag musste. Ihm gegenüber hatte sein Zwillingsbruder Platz genommen, in seinen spießigsten Klamotten und mit einbetoniertem Seitenscheitel, eloquent und souverän wie immer. An der einen Stirnseite des langen Tisches saß Vater, der die Situation zu genießen schien. Der einzige Unterschied zu früher war, dass sich an der anderen Seite seine Stiefmutter befand, und nicht seine Mutter, die Vater schon in den Tod getrieben hatte, bevor Marko zwanzig Jahre alt war. Beate, ihre Nachfolgerin, war nur wenig älter als Marko und hatte somit alles richtig gemacht, denn bald war sie den alten Sack los und konnte ordentlich erben.

Alle schnitten sie schweigsam von ihrem Braten ab und schauten auf ihre Teller. Marko war es einerlei, sollten sie doch schweigen. Er war nicht jemand, der ein Schweigen unbedingt brechen musste, weil er die Stille nicht ertragen konnte. Trotzdem konnte er sich spaßigere Situationen vorstellen.

Ein Whisky wäre jetzt nicht schlecht.

»Ich habe gehört, dass du Besuch von dieser Frau hattest«, sagte Vater nach einer Weile.

Überrascht sah Marko auf. Er wusste natürlich sofort, wen Vater meinte.

»Woher weißt du das denn?«

»Glaubst du, ich lasse sie einfach so unbeobachtet agieren?«

Ja, das hätte Marko sich eigentlich denken können.

»Und, was wollte sie?«, fragte Vater nach.

»Du brauchst dir keine Sorgen zu machen. Sie will nur etwas über ihre Vorfahren herausfinden. Wie einer davon gestorben ist. Von uns will sie nichts.«

»Aha?«

»Ja, wirklich, sie ist völlig harmlos.« Zu hundert Prozent wusste Marko das nicht, aber vielleicht schaffte er es ja, Vater diese Besessenheit auszutreiben, wenn er sich überzeugt gab. »Sie sprach nur von Übertragungskontrakten für Ländereien und solch ein Zeugs.«

Vaters Miene blieb ausdruckslos.

»So?«

»Ja, und sie fragte, ob wir noch Unterlagen von früher haben, die ihr helfen könnten, irgendwelche Besitzurkunden und dergleichen. Ich habe ihr zugesagt, dass ich dich mal frage.«

Vater schob sich eine Kartoffel in den Mund, kaute in aller Ruhe und schluckte sie herunter.

»Wenn ich ihr helfen wollte, hätte ich das getan, als sie hier war«, sage er dann.

Wieder war Marko überrascht.

»Sie war hier?«

Donnerwetter, diese Frau zögerte nicht lange. Sie zog es offenbar vor, zu handeln, statt zu warten.

»Allerdings, letzten Sonntag.«

»Was hast du ihr gesagt?«

»Nichts, ich habe sie nicht einmal reingelassen.«

»Aber warum denn nicht? Das wäre doch die Gelegenheit gewesen, zu sehen, wie harmlos ...«

»Wenn du glaubst, sie sei harmlos, dann täuschst du dich gewaltig«, unterbrach Vater ihn. »Sie ist alles andere als harmlos. Genau um diese Ländereien geht es doch unter anderem. Nach dem zu urteilen, was du mir gerade erzählt hast, weiß sie schon viel zu viel. Bisher habe ich sie nur observieren lassen. Ich denke, es wird nun Zeit, Küster auf sie anzusetzen.«

Küster! Den Namen kannte Marko noch von früher. Er gehörte zu einem dünnen Mann mit kaltem Blick, der bereits lange in Vaters Diensten stand. Wenn Marko ihm als Kind begegnet war, war ihm immer ein Schauder durch den Körper gelaufen. Er wusste nicht, welche Aufgaben dieser Mann in Vaters Unternehmen hatte, aber es war ganz bestimmt nichts Angenehmes.

Vielleicht sollte er diese Editha Riekmüller lieber warnen.

Bah! Widerlich, Ölgeschmack.

Editha hatte ganz vergessen, dass sie sich schon die Arbeitshandschuhe übergezogen hatte, als sie die Hand automatisch beim Gähnen an den Mund hielt. Sie hatte die Handschuhe in einer Schublade im kleinen Schuppen hinterm Haus gefunden. Igitt, was hatte Opa damit denn gemacht?

Mit Ekelgesicht spuckte sie auf den Rasen und wuchtete sich die Leiter wieder auf die Schulter. Obwohl das lange Ding aus Alu bestand, hatte sie kurz mit dem Gleichgewicht zu kämpfen. Ganz schön schwer. Aber es war ja auch ein Riesenteil und zudem noch doppellagig, weil es ausfahrbar war.

Sie stakste über das Grundstück und kam sich vor wie in einem Slapstick-Film mit ihrer alten, viel zu weiten Jeans-Latzhose. Während sie das Haus umrundete, versuchte sie, gleichzeitig auf das vordere und hintere Ende der Leiter achtzugeben, um nichts zu beschädigen. Als sie an der Eingangsseite angekommen war, ließ sie das schwere Miststück fallen und legte den Kopf in den Nacken, um einen Blick aufs Dach zu werfen. War sie an der richtigen Stelle? Ja, dort guckten die drei Dachziegel aus der Regenrinne heraus, diese Mistdinger.

Mitten in der letzten Nacht hatten sie nämlich eine Rutschpartie veranstaltet und dabei einen Höllenlärm gemacht. Editha hatte senkrecht im Bett gestanden, weil es sich direkt unter der Dachziegel-Piste befand. Das Herz hatte ihr bis zum Hals geschlagen, denn sie hatte nicht gewusst, woher plötzlich dieser Lärm gekommen war. Eine Weile hatte sie in die Stille gelauscht, dann hatte sie sich auf die Suche nach der Ursache des Radaus gemacht. Als sie schließlich mit einer Taschenlampe aus dem Fenster geleuchtet hatte, hatte sie die drei Dachziegel in der Regenrinne stecken gesehen. Den Rest hatte sie sich denken können.

Jetzt sah sie das Loch, das in der ansonsten lückenlosen Dachfläche entstanden war, eben in der Breite von drei nebeneinanderliegenden Dachziegeln. Zu groß, um es dabei zu belassen, es musste geschlossen werden. Das hatte sie schon heute Morgen entschieden, als sie es das erste Mal betrachtet hatte. Doch da sie keine Handwerker mehr bezahlen wollte, musste sie es selbst versuchen.

Sie ging zu dem Ende der Leiter, das nach oben gehörte, hob es vom Boden hoch und richtete das Monstrum von Sprosse zu Sprosse greifend immer weiter auf. Als sie so eine senkrechte Position herbeigeführt hatte, drehte sie die Leiter zur Hauswand hin und legte sie daran an. Nun musste sie ausgefahren werden, doch das konnte auf diese Weise nicht funktionieren. Also bugsierte sie die Leiter auf umgekehrten Wege zurück auf den Boden, fuhr sie etwa zwei Meter aus und brachte sie mit derselben Methode wie vorher wieder an die Hauswand.

Nach einem letzten, prüfenden Blick zum Fuß der Leiter, machte sie sich an den Aufstieg. Als sie sich der Mitte näherte, begann das lange Ding bedrohlich zu schwanken, doch Editha war nicht nur schwindelfrei, sondern hatte es durch ihr Karate-Training zu einem hervorragenden Gleichgewichtssinn gebracht, sodass ihr das nichts ausmachte.

Bei der Regenrinne angekommen, langte sie durch die Sprossen hindurch und griff sich den ersten Dachziegel. Auch der war schwerer, als sie dachte. Sie hoffte, dass sie alle auf einmal tragen konnte, denn sonst musste sie drei Mal zwischen Regenrinne und oberem Dach hin und her steigen. Sie schaffte es dann aber, die drei Ziegel aufeinanderzulegen und sie Sprosse für Sprosse bis zu der offenen Stelle zu transportieren.

Dort baute sie die Dachziegel so in das Gefüge ein, wie auch die anderen Ziegel angeordnet waren. Nur beim letzten war es schwierig: Dadurch, dass es mittlerweile alles enger und strammer war, klemmte sie sich den Zeigefinger ein.

»Autsch!«, rief sie und zog sich den Arbeitshandschuh herunter, um nachzusehen, ob der Finger verletzt war. Er sah zwar ganz normal aus, nicht einmal rot, pochte aber, als hätte sie sich mit dem Hammer draufgeschlagen.

Gerade wollte sie sich den Handschuh wieder anziehen und sich an den Abstieg machen, da wäre sie fast vor Schreck von der Leiter gefallen.

»Ich halte das wacklige Ding mal fest, damit Sie heil runter kommen«, brüllte es so laut von unten, dass man es zwei Straßen weiter noch hören können musste.

Editha klammerte sich an die Leiter, während ihr Puls in die Höhe schnellte. Dann sah sie hinunter und erblickte einen älteren Mann mit vollen, schneeweißen Haaren, die er in einen akkuraten Seitenscheitel gelegt hatte.

»Sie haben mich vielleicht erschrocken«, rief sie runter.

»Das kann ich mir nicht noch mal mit ansehen«, brüllte der Mann, als hätte er sie nicht gehört. »Bei Ihrem Aufstieg wäre ich vor Angst ja beinahe gestorben.«

Vielleicht ist er ja schwerhörig, dachte sich Editha und stieg die Leiter weiter hinab.

»Mensch, Mädchen, so was könn' Se doch nich' alleine durchzieh'n«, brüllte ihr der Mann ins Ohr, kaum dass sie auf dem Boden stand. Sie drehte sich zu ihm um und schaute in sein krebsrotes, ernstes Gesicht. »Nichts ahnend guck' ich aus dem Fenster und mir fällt beinahe die Kaffeetasse aus der Hand, als ich seh', was Sie vorham. Mensch, Trude, sag' ich zu meiner Frau, nu' guck ma', was Wilhelms Enkelin da vorhat. Wollte sofort herkomm', aber Trude hat darauf bestanden, dass ich erst mein' Kaffee austrink'. Hab' ihn dann schnell runtergestürzt und bin hergelaufen, hab' nich' ma' meine Schuhe angekriegt.«

Editha senkte den Blick und sah zwei braune Cord-Puschen unter den Bügelfalten der Stoffhose hervorlugen. In dem Moment musste sie prustend loslachen. Der Mann hielt irritiert inne mit seinem Wortschwall und legte die Stirn in Falten.

»Ich bin Editha Riekmüller«, kicherte sie mehr, als dass sie es sagte. »Und ich nehme an, dass Sie ein Nachbar sind.«

Die Stirn krauste sich noch stärker und der Herr rief: »Wie bitte?«

Also doch, dachte Editha und wiederholte alles ein wenig lauter.

Jetzt glättete sich die Stirn ihres Gegenübers wieder, jedenfalls soweit sein Alter es zuließ, und auf seinem Gesicht machte sich ein Lächeln breit.

»Mensch, weiß ja, wer Sie sind.« Er nahm ihre Hand und schüttelte sie. »Ja, ich wohn' hier schräg gegenüber, dort.« Mit der anderen Hand wies er auf ein für diese Gegend verhältnismäßig kleines Haus. »Heinrich Klöse heiß' ich. Ihr Opa und ich, wir ham' uns gut verstanden. Zu schade, dass er schon von uns gegangen ist. Ich hab' Sie schon auf der Beerdigung gesehen.« Editha konnte sich nicht daran erinnern, ihn auch gesehen zu haben. »Übrigens müssen Sie 'n bisschen lauter reden, hab' mein Hörgerät nicht drin. Mach' ich öfter mal, wenn ich keine Lust auf Trudes Gerede hab'.« Beim letzten Satz senkte er die Stimme und zwinkerte ihr zu.

Editha musste wieder lachen, kam aber nicht zu Wort.

»Na, viel zu hör'n gibt es in unser'm Haus schließlich nicht. Begnüge mich damit, aus 'm Fenster zu gucken. Vor mir bleibt nichts von dem verborgen, was hier so vorgeht. Krieg' alles mit.« Er strahlte Editha an, als hätte er dafür einen Preis verdient. »Ich war der erste, der letztes Jahr das Feuer bei Piepenjohanns bemerkt hat. Die Feuerwehr war da, bevor es sich ausbreiten konnte.« Doch plötzlich wurde sein Gesicht ernst. »Und dieser Kerl, der sich hier ständig rumtreibt in letzter Zeit. Kenn' Sie den?«

»Was für ein Kerl?«

»So ein großer, dünner Mann mit einer runden Brille. Ein paar Tage geht das jetzt schon so. Kein' blassen Schimmer, was der für 'n Auftrag hat. Aber das krieg' ich noch raus.«

»Aha.«

»Heiniii!«, schallte es dann aus der Richtung des Klöse-Hauses, so laut, dass selbst Herr Klöse ohne Hörgerät es verstehen konnte. »Kommst du wieder her? Dein zweiter Kaffee wird ja sonst kalt.«

»Hmpf«, machte Edithas Nachbar. »Die Alte kann es nur nicht verknusen, dass ich hier mit Ihnen rede. Aber dann will ich ma' lieber zurückgehen, sonst gibt's noch schlechte Stimmung. Wenn Se mal wieder Hilfe brauchen, scheun' Se sich nich, mich zu fragen.«

Er hob die Hand zum Gruß und trottete über den Rasen davon mit seinen Cord-Puschen.

In sich hineinlächelnd schüttelte Editha langsam den Kopf. Was für ein Kauz. Viel zu Wort kam man bei dem ja nicht. Aber dafür wurde man gut informiert, auch über Dinge, die man gar nicht wissen wollte. Was ging sie irgendein Typ an, der sich hier herumtrieb.

Editha wusste nicht, warum sie so aufgeregt war. Es war ja eigentlich kein Date, mehr so eine Art Geschäftsessen, das sie mit Marko von Zölder haben würde. Trotzdem fühlte es sich eher wie ersteres an. Dabei wusste sie nicht einmal, wohin er sie einladen würde. Davon hatte er am Telefon nichts gesagt, nur, dass er inzwischen bei seinem Vater gewesen war und ihr dringend etwas erzählen musste. Vielleicht lag es daran, dass er sie ein wenig an Timos Vater erinnerte, was nun wirklich nichts Positives war. Doch leider fühlte sie sich nach wie vor zu dem Typ Mann hingezogen, der seine schwangere Freundin sitzen ließ, anstatt die Verantwortung zu übernehmen. Sie sollte wohl mal einen Psychologen konsultieren und ihrem Hang zur Selbstkasteiung auf den Grund gehen.

Sie prüfte im Spiegel ihre Frisur, deckte einen roten Punkt, der noch von einem Pickel herrührte, mit Schminke ab und legte den blauen Ohrring an, der so gut zu ihren Augen passte.

Wieder hörte sie ein Auto vorbeifahren und wie jedes Mal in den letzten Minuten sah sie aus dem Fenster. Anhand des Klangs bemerkte sie bereits, dass dieser Motor anders war, und der Blick bestätigte ihr, dass es der protzige Porsche Marko von Zölders war, der vor ihrem Haus hielt.

Schnell schnappte sie sich ihre Jacke und eilte ihm entgegen. Es musste nicht unbedingt sein, dass er ihren merkwürdigen Untermieter kennenlernte. Sonst zog er womöglich die falschen Schlüsse.

Als sie rauskam, war von Zölder bereits an ihrem Vorgartentor angelangt. Er sah sie kommen, öffnete es und machte eine Handbewegung samt leichter Verbeugung wie ein Moderator auf der Bühne, der seinen nächsten Gast hereinbittet. Das Spiel wiederholte sich bei der Wagentür.

Innen roch der Wagen neu. Wahrscheinlich hatte ein Auto keine Chance, im Besitz eines solchen Mannes alt zu werden. Inzwischen hatte sie recherchiert und wusste, wen sie neben sich am Lenkrad sitzen hatte. Unabhängig von seiner Familie hatte Marko von Zölder sich schon in jungen Jahren eine eigene Firma aufgebaut, der anschließend weitere Firmen folgten, sowohl in den Vereinigten Staaten als auch in seiner Heimat. Er gilt als der erfolgreichste Jungunternehmer Deutschlands mit einem geschätzten Vermögen von drei Milliarden Euro.

Und wenn sie sich ihn jetzt so ansah, war er zudem noch attraktiv. Er hatte etwas Lockeres, Unbeschwertes, als könnte ihn nichts schocken oder aus der Ruhe bringen. Wahrscheinlich gab es auch nicht viel, das man mit einem solchen Reichtum nicht regeln konnte. Allerdings machte ihn diese unvorstellbar große Menge an Geld auch ein wenig unheimlich.

»Ich hoffe, du magst Sushi«, sagte er nach einer Weile. »Dort wo wir hinfahren, gibt es das beste in der ganzen Region.«

Aha, er war also zum Duzen übergegangen. Warum auch nicht?

»Das ist gut. Ich hatte schon lange kein Sushi mehr. Müssen wir weit fahren?«

»Hält sich in Grenzen.« Er grinste sie an. »Wo hast du deinen Sohn gelassen?«

»Du hast doch wohl nicht gedacht, dass der mitkommt?«

»Damit gerechnet habe ich schon.«

»Der ist bei meiner Tante und bleibt dort auch über Nacht. Und woher weißt du, dass ich einen Sohn habe?«

»Von meinem Vater. Ich habe doch gesagt, dass ich mittlerweile mit ihm gesprochen habe. Er hat sich ein wenig über dich erkundigt.«

»Warum das?«

Ein mulmiges Gefühl ergriff von Editha Besitz.

Marko zögerte mit der Antwort.

»Das ist so ein Spleen von ihm. Du warst bei seinem Haus und wolltest ihn sprechen, habe ich gehört.« Das war keine Frage, also erwiderte Editha auch nichts. »Da wollte er wohl wissen, mit wem er es zu tun gehabt hätte.«

Edithas Alarmglocken begannen zu läuten. Irgendetwas stimmte hier nicht.

»Das hätte er aber einfacher haben können, indem er mit mir gesprochen hätte.«

»Ja, das habe ich ihm auch gesagt. Aber das musst du verstehen. Mein Vater ist ein sehr vorsichtiger Mensch. Er hat schon zu viel Negatives erlebt. Die meisten Menschen wollen irgendwie an sein Geld kommen.«

Er warf ihr einen Seitenblick zu, als wollte er ihre Reaktion sehen. Editha tat so, als würde sie es nicht merken, und sah geradeaus auf die Straße.

»Hast du ihm denn nicht gesagt, was ich will?«

»Doch, natürlich. Aber er hat sich da in etwas verrannt und glaubt, dass das halt *deine* Art ist, an sein Geld zu kommen.«

Wieder dieser Seitenblick.

»Ich gebe zu, dass ich knapp bei Kasse bin. Aber ich versichere dir, dass mich weder das Geld deines Vaters noch *dein* Vermögen interessiert.«

»Aha, offenbar weißt du jetzt etwas mehr über uns, als bei deinem Besuch bei mir. Hast wohl deine Hausaufgaben gemacht.«

»Wie du weißt, bin ich Journalistin.«

»Für welche Zeitung arbeitest du denn?«

Den Rest der Strecke zum Restaurant unterhielten sie sich über Edithas Tätigkeit. Er hatte so viele Fragen zu den Details ihrer Arbeit, dass sie sich beinahe ausgehorcht fühlte. Die Zeit verging dabei wie im Fluge.

Beim Restaurant zeigte sich, dass man ihn dort sehr gut kannte. Er hielt direkt vor der Eingangstür, obwohl dort kein Parkplatz ausgewiesen war. Sofort kam aus dem Restaurant jemand herausgelaufen, der den Autoschlüssel entgegennahm, um den Wagen zu parken. So kannte sie das bisher nur aus amerikanischen Spielfilmen. Marko und sie wurden von einer anderen Person zu einem Tisch begleitet, der für sie vorbereitet war: Er stand in einem

Bereich, den sie ganz für sich alleine hatten, alle anderen Tische waren entfernt worden. Der Tisch war aufs Feinste mit Kerzen und Blumen dekoriert. Und ohne fragen zu müssen, wusste man, was Marko und sie trinken würden, alles stand schon bereit.

Na, das konnte ja ein interessanter Abend werden.

Marko hätte sich immer noch ohrfeigen können. Warum musste er sich bei solchen Dingen auch immer so dusselig anstellen? Eindeutig hatte sie gemerkt, dass er versucht hatte, etwas über ihre Motive herauszubekommen. Zukünftig musste er dabei vorsichtiger sein.

Als er sie angerufen hatte, um sie einzuladen, hatte er die feste Absicht gehabt, sie zu warnen und ihr von der ganzen Verrücktheit seines Vaters zu erzählen. Aber in der Zwischenzeit hatte er es sich anders überlegt. Es konnte schließlich sein, dass an dem Verfolgungswahn ein Fünkchen Wahrheit dran war. Besser war es, zuerst herauszufinden, ob das so war und woraus dieses mögliche Fünkchen bestand. Bloß, wie stellte er das an?

Jetzt am Tisch schien sie von der Exklusivität ihres Restaurantbesuchs ziemlich beeindruckt zu sein. Das konnte er vielleicht ausnutzen, um das Gespräch im Auto ein wenig in Vergessenheit geraten zu lassen und eine Vertrauensbasis herzustellen. So, wie er es mit dem Geplauder über ihren Beruf versucht hatte.

»Ich bin öfter hier«, sagte er, weil ihm keine bessere Eröffnung für einen harmlosen Smalltalk einfiel.

»Und ich dachte schon, jeder bekommt hier einen eigenen Raum und Einheitsgetränke. Die andere Möglichkeit wäre gewesen, dass das Personal hier hellsehen kann und deshalb schon wusste, was wir trinken wollen.«

Sie blinzelte ihm zu.

Marko lachte. Die Frau hatte genau seinen Humor.

»Als Aperitif nehme ich tatsächlich immer diesen Pflaumenwein und zum Essen den Riesling, den man uns bereits auf den Tisch gestellt hat.«

Sie nahm die Riesling-Flasche und sah auf das Etikett.

»Ich kenne mich mit Weinen ja nicht besonders gut aus, aber bei diesem habe ich das Gefühl, dass er nicht zu der günstigsten Sorte gehört.«

Geld war nicht gerade das, worüber er reden wollte. Also ließ er ihre Feststellung unkommentiert.

»Die Japaner trinken ja eigentlich grünen Tee zum Sushi, aber daran könnte ich mich nicht gewöhnen. Deshalb der Riesling.« Ihm fiel ein, dass Editha eine Teetrinkerin war. »Wenn du möchtest, kannst du natürlich auch gerne Tee zum Essen bekommen.«

»Ich kann ja erst mal den Wein probieren und dann mal sehen.«

Ein Kellner kam und schenkte ihnen vom Pflaumenwein ein.

»Süß aber lecker«, sagte Editha nach dem ersten Schluck.

»Wie Aperitifs so sind«, erwiderte er.

Dann kam auch schon das Essen. Eine Weile unterhielten sie sich weiter über solch belanglose Dinge, wie dem Geschmack der Sojasoße und den Zutaten, die im ersten Sushi-Häppchen enthalten sein könnten. Dann kam sie auf das zu sprechen, worum es ihr eigentlich ging.

»Was hat dein Gespräch mit deinem Vater denn nun ergeben? Hat er noch alte Besitzurkunden der Ländereien?«

Marko kam ein neuer Gedanke: Hatte sie es vielleicht auf irgendwelchen Landbesitz seines Vaters abgesehen? Aber warum sollte sie das? Es gab bessere Möglichkeiten an Geld zu kommen, als sich Land zu ergaunern. Es sei denn, dieses Land wäre aus irgendeinem Grund viel Wert oder würde in absehbarer Zukunft an Wert gewinnen.

»Welche Ländereien meinst du denn? Meine Familie besitzt eine Menge Land. Da musst du schon ein wenig genauer werden«, fragte er zunächst vorsichtig zurück.

Editha machte ein verdutztes Gesicht.

»Ach so«, sagte sie. »An diese Möglichkeit hatte ich noch gar nicht gedacht.«

Er konnte sich nicht vorstellen, dass sie so gut schauspielern konnte. Wenn sie seinem Vater mit irgendwelchen Mitteln Ländereien abspenstig machen wollte, dann hätte sie genau gewusst, welche es waren.

»Vielleicht kann ich es aber herausfinden«, meinte sie nach einer Weile.

»Wie das?«

»Mit der Kopie des alten Übertragungskontraktes. Darauf befinden sich natürlich Angaben, wo sich das Land befindet.«

Oder wusste sie eigentlich doch, welche Ländereien es waren? Tat sie nur so, als wüsste sie es nicht, um genau diesen harmlosen Eindruck bei ihm zu erwecken? Er beschloss, sie noch nicht vor Küster, diesem Angestellten seines Vaters, zu warnen. Der würde sie ja nicht gleich umbringen, höchstens ein wenig Angst einjagen. So lange, bis er sich sicher war, was sie wollte, würde Marko noch warten.

»Und was hat dein Vater nun gesagt?«, fragte Editha.

»Dass er mal in seinen Unterlagen nachsehen kann, wenn er weiß, um welches Land es sich handelt«, log Marko sie an.

Editha wusste nicht, warum sie eigentlich mit zu ihm nach Hause gefahren war. *Für einen Kaffee*, hatte er gesagt, aber sie machte sich ja überhaupt nichts aus Kaffee. Den Latte Macchiato, den sie letztes Mal hatte, musste sie mehr runterwürgen als trinken. Wahrscheinlich erinnerte Marko sie einfach zu sehr an Timos Vater, diesen Blödmann. Sie hätte sich nach dem Essen lieber direkt nach Hause bringen lassen sollen. Aber nun waren sie schon hier. Das Tor fuhr zur Seite und Marko lenkte den Porsche auf sein Grundstück.

»Verdammt, was will *der* denn jetzt hier?«, grummelte er.

»Wer?«

»Mein Bruder. Sein Auto steht an der Straße. Er kann mich ja sonst gerne besuchen, aber heute Abend ist es eher ungünstig.«

Er warf ihr einen Seitenblick zu, bei dem sie sich nicht entscheiden konnte, ob sie ihn erhofft oder befürchtet hatte.

Sie stiegen aus und gingen ins Haus. Sein Bruder hatte offenbar einen eigenen Schlüssel, denn er war schon drinnen. Er saß im Wohnzimmer und sah Fernsehen.

»Darf ich bekannt machen? Mein Bruder Klemens. Editha Riekmüller, die Frau, von der ich euch erzählt habe.« Marko zeigte auf seinen Besuch und auf sie. »Ich gehe dann mal die Getränke zubereiten. Espresso für dich? Und für dich einen Tee?« Und schon war er verschwunden.

Editha war beeindruckt. Wie aufmerksam. Er hatte für ihren nächsten Besuch Tee gekauft. Wobei das natürlich auch bedeutete, dass er damit gerechnet hatte, dass sie wieder zu ihm nach Hause kam.

»Sie sind also diejenige, wegen der mein Vater so besorgt ist?«, riss Klemens sie aus ihren Gedanken.

»Ich weiß nicht, warum man wegen mir besorgt sein müsste.«

Sie betrachtete Markos Bruder. Die Ähnlichkeit der beiden war verblüffend. Sie waren bestimmt eineiige Zwillinge. Wenn sie nicht einen komplett unterschiedlichen Stil gehabt hätten, wäre eine Verwechslung unausweichlich gewesen.

»Das weiß nur mein Vater allein. Fest steht jedenfalls, dass mein Bruder und Sie sich gut zu verstehen scheinen.« Er kam näher, bis er direkt vor ihr stand. »Wenn ich Ihnen einen guten Rat geben darf: Lassen Sie die Finger von meinem Bruder. Trinken Sie gleich Ihren Tee und verabschieden Sie sich brav. Gehen Sie nach Hause und treffen Sie ihn hinterher nicht wieder.« Er nahm einen Mantel auf, der über der Sofalehne lag. »Glauben Sie mir: Das ist besser für Sie.« Er legte den Mantel über den Unterarm und ging. Kurz vor der Tür sagte er noch: »Richten Sie Marko aus, dass er meinen Espresso gerne trinken darf.« Dann war er weg.

Was war das denn jetzt? Eine Drohung? Warum sollte Markos Bruder ihr drohen? Oder war es eine Warnung? Zum zweiten Mal an diesem Abend läuteten bei Editha die Alarmglocken. Sie sollte hier verschwinden.

Sie drehte sich um und eilte aus dem Haus.

Verdutzt stand Marko in seinem Wohnzimmer. Es war keiner mehr da. Wo waren sie hin? Er setzte sich auf das Sofa, stellte das Tablett mit den Getränken auf den Tisch und lehnte sich mit einer der beiden Espressotassen zurück. Dann musste er grinsen bei dem Gedanken, dass Klemens und Editha vielleicht spontan beschlossen hatten, sich gemeinsam ein Hotelzimmer zu nehmen. Sein Bruder und spontan: ziemlich abwegig.

Marko dachte gerade darüber nach, ob er sich einen Schuss Whisky in den Espresso geben sollte, als es an der Haustür klingelte. Kamen sie jetzt doch zurück? Womöglich hatte sein Bruder ja noch gemerkt, dass es für ihn *zu* spontan war.

Grinsend ging er öffnen.

Mit demjenigen, der dort vor seinem Tor stand, hatte er nie im Leben gerechnet. Und er brauchte auch eine Weile, um ihn auf dem Monitor zu erkennen, denn er hatte ihn seit etlichen Jahren nicht gesehen. So lange, dass ihm der Name nicht einfallen wollte. Es war einer seiner vielen Vettern. Glaubte Marko zumindest. Er stieg bei den Verwandtschaftsverhältnissen seiner großen Familie nicht so richtig durch.

Marko betätigte den Knopf, der das Tor öffnete und ließ seinen Vetter damit herein. Schlurfend kam er über die Auffahrt zur Haustür.

»Hallo, Marko«, sagte er.

Er sah sich nervös um. Schon immer galt er als leicht bescheuert und das hatte sich allem Anschein nach auch nicht gebessert.

»Hallo. Was willst *du* denn hier?«, fragte Marko.

»Kann ich reinkommen?«

Marko zögerte kurz, aber er hatte ihn bereits auf sein Grundstück gelassen, dann konnte er ihn auch noch in sein Haus lassen.

»Meinetwegen, komm mit.« Sie gingen zusammen ins Wohnzimmer. »Lust auf einen Tee?«

Er reichte dem Trottel die Tasse, aus der es immer noch heiß dampfte.

»Sie war hier«, sagte er und nahm einen Schluck.

»Wer ...? Meinst du Editha?«

Marko hob überrascht die Augenbrauen. Dann war es also kein Zufall, dass er unmittelbar nach ihr hier auftauchte?

»Was wollte sie von dir? Hast du ihr etwas gesagt?«

»Wieso willst du das wissen? Arbeitest du für meinen Vater?«

»Mit deinem Vater habe ich nichts zu tun.«

Eigentlich hätte Marko sich das auch denken können. Solch einen Vollidioten würde nicht mal sein Vater engagieren. Alleine schon wie der herumlief. Ziemlich abgerissene Kluft. Und dann diese dämliche Kappe auf dem Kopf. Den Spruch darauf nahm Marko ihm absolut ab: »Nix drunter«.

Marko riss für heute der Geduldsfaden. Er hatte keine Lust mehr auf irgendwelche komischen Leute in seinem Haus.

»Jetzt pass mal auf.« Und in dem Moment fiel ihm der Name wieder ein. »Mads, entweder du sagst mir jetzt sofort, was du hier willst, oder ich schleife dich an deinem zauseligen Bart auf die Straße.«

Er machte einen Schritt auf seinen Vetter zu.

Der wich zurück und machte ein quiekendes Geräusch.

»Ja, ja, schon gut«, schrie er. »Ich geh ja schon.«

Er stellte die Teetasse auf den Tisch und verließ fluchtartig sein Haus. Marko sah ihm kopfschüttelnd hinterher und beobachtete aus dem Fenster, wie Mads durch das Tor auf die Straße ging und zur Seite davonstürmte.

Unglaublich! Was wollte der denn nun wieder von Editha?

1788

Inzwischen war Jacob klitschenass. Überall lief ihm das kalte Wasser hin: in den Kragen, den Rücken hinunter, in die Hosen, in die Stiefel. Er konnte kaum die Augen geöffnet halten, so sehr prasselte der Regen auf sie hinab. Wie konnte Conrad, sein Mitreisender, nur das Fuhrwerk lenken? Jacob hätte es bei dieser Sicht schon lange aufgegeben.

Als sie in Oldenburg losgefahren waren, hatte nicht gerade die Sonne geschienen, aber von diesem Unwetter war weit und breit noch nichts zu sehen gewesen. Doch kurze Zeit später war es immer dunkler geworden, ein heftiger Wind war aufgezogen und der Regen hatte begonnen, sich wie Bäche auf sie zu ergießen. Das war kein gutes Zeichen für ihre Reise.

»Wir kommen gleich in Rastede an«, schrie Conrad gegen das Brüllen des Sturmes an. »Dort werden wir Halt machen. Bei diesem Wetter hat es keinen Zweck, weiterzufahren.«

So früh wollten sie eigentlich nicht pausieren. Der ursprüngliche Plan sah vor, dass sie in der ersten Etappe bis über die Grenze der Vogtei Jade fuhren, um sich dort eine Unterkunft für die Nacht zu suchen. Dann sollte es in zwei weiteren Etappen bis zur Vogtei Blexen weitergehen. Dort mussten sie den alten Müller ausfindig machen, von dem Herold wusste, dass er einen gebrauchten 16er rheinischen Mühlstein aus bester Basaltlava zu verkaufen hatte. Nachdem sie mit ihm den Kaufpreis ausgehandelt, das steinerne Ungetüm verladen und sich kurz erholt haben würden, sollte dann der Rückweg in vier bis fünf Etappen stattfinden. Doch wenn es *so* losging, würde die ganze Reise wohl viel länger dauern.

Aber Jacob war auch froh, diesem Unwetter entkommen zu können.

In Rastede kannte Conrad, der als Fuhrunternehmer öfter Transportreisen in alle Himmelsrichtungen unternahm, eine günstige Bleibe bei einem seiner entfernten Verwandten. Sie mussten nur für die Unterkunft, ein einfaches Zimmer, einen kleinen Obolus entrichten, für die Speisen und Getränke mussten sie nicht bezahlen.

Den ganzen Tag regnete es so weiter. Conrad machte sich bereits Sorgen wegen der aufgeweichten Böden, die ihnen am nächsten Tag Scherereien bereiten konnten. Gleichzeitig war er froh, dass sie nicht auf dem Rückweg waren und den schweren Stein auf dem Fuhrwerk mit sich führten.

Gegen Abend, kurz nach dem Dunkelwerden, ließ der Regen nach. Sie hatten eine kleine Mahlzeit eingenommen und Jacob drängte es, die beengten Räume für eine Weile zu verlassen. Also warf er sich seinen Rock über und machte sich auf zu einem Spaziergang durch den Ort. Von seinem Freund, Pastor Gabriel, wusste er, dass es hier in Rastede eine hübsche Kirche gab, die Sankt-Ulrichs-Kirche. Die wollte er sich ansehen und selbstverständlich auch darin beten.

Von ihrem Gastgeber hatte er erfahren, dass sie auf dem Herweg schon an dieser Kirche vorbeigefahren sein mussten. Wegen des starken Regens hatte er sie nicht gesehen. Also ging er die Straße ein Stück zurück, bis nach einer Weile rechter Hand der rote Backsteinbau erschien. Er wusste, dass er als Kind schon mal hier war, doch er konnte sich beim besten Willen nicht daran erinnern.

Kurz blieb er beim Glockenturm stehen, ein separates Bauwerk ein Stückchen vor der Kirche. Dann ging er in die Kirche. Sie war menschenleer, seine Schritte hallten durch den Raum. Er begab sich zur vordersten Bank und ließ sich darauf nieder. Vor ihm gingen einige Stufen hoch zum Altar.

Er verschränkte die Finger und wollte beginnen zu beten, doch so weit kam er nicht mehr. Die Vorboten eines Gesichtes ereilten ihn und im nächsten Moment war er in Edithas Körper.

Sofort spürte er eine tiefe Trauer in ihr und eine große Niedergeschlagenheit. Was war mit ihr? Warum war sie so traurig? Er versuchte, ihre Gedanken aufzuschnappen, die in unzählbarer Menge auf ihn einströmten. Immer wieder dachte sie an Timo, ihren Sohn. Er war einfach so gestorben, ohne besonderen Grund, ohne Vorankündigung. Editha gab daran sich selbst die Schuld, weil sie irgendetwas nicht geschafft hatte, was mit ihm, Jacob, zu tun hatte.

Seit es aufgehört hatte zu regnen, hatten sie Glück mit dem Wetter. Ein schöner Sonnentag war dem nächsten gefolgt. Die Straßen besserten sich zunehmend: Aus den Matschwegen wurden nach und nach befahrbare, einigermaßen feste Straßen. Der Kauf und die Verladung des Mühlsteins verliefen ebenfalls reibungslos, sodass sie sich jetzt, auf dem Rückweg, wieder im Zeitplan befanden.

Jacob musste während der Reise und auch jetzt ständig an sein letztes Gesicht denken. Dass er irgendwie mit dem Tod von Edithas Sohn zu tun haben sollte, machte ihm schwer zu schaffen. Er erinnerte sich, ihn durch Edithas Augen gesehen zu haben. Das war, als er beim Lappan überfallen wurde und wieder einmal plötzlich in Edithas Körper gewesen war. Sie hatten in einem Kaffeehaus gesessen und der Junge hatte eine braune Masse gegessen, die ihm scheinbar sehr geschmeckt hatte. Und dieser Junge sollte sterben?

In der Rasteder Kirche war Editha älter gewesen, als er sie sonst aus den Oldenburger Gesichten kannte. Jacob hätte nicht erklären können, woher er das wusste, doch er war sich genauso sicher, wie in Hamburg, als ihm sofort klar war, dass er in einer jüngeren Editha war. Vielleicht würde ihr Sohn ja erst sterben, wenn er schon älter war. Aber immerhin vor seiner Mutter, und das war definitiv zu jung.

Jacob strengte sich an, um sich an die Gesichtszüge des Jungen zu erinnern. Er sah seiner Mutter nicht besonders ähnlich. Vielleicht kam er mehr nach seinem Vater. Ja, und er hatte rote Haare. So, wie auch die Leichen, die er beim Bader gesehen hatte. Gab es da einen Zusammenhang oder waren das Zufälle?

»Bei dem Findling dort drüben machen wir eine kleine Pause«, sagte Conrad und wies dabei auf einen gewaltigen birnenförmigen Stein. »Ich muss mal pinkeln.«

Jacob musste ebenfalls und hatte diese Angelegenheit schnell erledigt. Conrad musste wohl noch mehr, danach zu urteilen, wie lange er brauchte. Deshalb hatte Jacob Gelegenheit, sich ein wenig die Beine zu vertreten. Er bummelte zu dem Stein hinüber, der für diese Landschaft eher ungewöhnlich war. Ob den jemand hierher transportiert hatte? Er strich mit der flachen Hand über die raue Oberfläche. Und dann ging es wieder los: Die Kopfhaut kribbelte, das Licht flackerte und er konnte gerade noch denken, dass es ungewöhnlich war, dass Editha und er beide an *diesem* Ort waren, bevor er mit ihren Ohren hörte.

Ein Mann, der sehr gepflegt aussah, erzählte Editha etwas. Er sagte, dass sich das Land, auf dem sie stand, inklusive des darauf befindlichen Reiterhofs, schon seit Generationen, und zwar seit dem 18. Jahrhundert, im Besitz seiner

Familie, den von Zölders, befand. Weiterhin sagte er, dass immer noch Dinge vom Vorbesitzer auf dem Speicher des Hauses waren, und fragte, ob sie diese sehen möchte. Sie stimmte zu, sie entfernten sich vom Stein und Jacobs Verbindung mit ihr brach ab.

Anschließend wurde ihm so schlecht, dass er sich neben dem Stein übergeben musste. Mit der Hand stützte er sich ab, während sein Körper krampfartig zuckte. Noch eine ganze Weile stand er so dort. Sein Atem beruhigte sich langsam wieder.

Dieses Land würde in der Zukunft der Familie von Zölder gehören, hatte er erfahren. War das die gleiche Familie wie in seiner Zeit? Und wem gehörte das Land vorher? Warum würde Editha sich dafür interessieren?

Er sah sich noch einmal um und entdeckte einige Meter weiter einen Pfad. Der führte vermutlich zu einem Anwesen.

»He, Jacob, es geht weiter!«, hörte er Conrad rufen. »Bald haben wir es geschafft, nur noch ein kleines Stückchen.«

Das stimmte auf ganzer Linie. Das Stückchen Weg, das sie noch zurücklegen mussten, war so klein, dass Jacob es nicht schaffte, während der Fahrtzeit Ordnung in seine Gedanken zu bringen.

Als sie zu Hause ankamen, grübelte Jacob bereits wieder über den Tod des kleinen Timo nach. Ein Gedanke drängte sich ihm ständig auf: Wenn er damit zu tun haben sollte, dann musste er doch auch einen Weg finden können, es zu verhindern. Schließlich würde das noch lange nicht passieren, er hatte Zeit genug.

Und noch etwas ging ihm einfach nicht aus dem Kopf: Dass der Junge rothaarig war, genau wie die meisten Leichen, die in seiner Zeit gefunden wurden.

Conrad lenkte das Fuhrwerk zu der Mühle und Herold kam ihnen entgegen. Kurz bevor sie ihn erreichten, sprang Jacob vom Kutschbock und ging zu seinem Bruder.

»Sei gegrüßt«, sagte dieser. »Wie war die Reise?«

Jacob ignorierte die Frage. Er hatte selber eine Frage, die er jetzt unbedingt stellen musste.

»Sag mir: War unsere Mutter rothaarig?«

Herold sah ihn verdutzt an.

»Rothaarig? Nein.«

Jacob nickte und ging an seinem stirnrunzelnden Bruder vorbei, runter zu ihrem Haus und in seine Kammer. Dort warf er sich auf sein Bett und dachte weiter nach.

Auch wenn seine Mutter nicht rothaarig gewesen war, so war es doch auffällig, dass so viele der Toten es waren. Und vielleicht musste der Bader sterben, weil er ebenfalls, durch Jacobs Hilfe, auf diese Gemeinsamkeit gekommen war.

1768

Hinterher lagen sie sich lange in den Armen. Jetzt war alles wieder gut. Anfänglich waren sie immer noch ergrimmt gewesen, wegen des Streits ihres letzten Treffens. Wenn ihrer beider Verlangen nicht größer gewesen wäre als ihre Wut, hätte es wahrscheinlich gar kein weiteres Treffen gegeben. Doch ihr Liebesspiel war wie eine Versöhnung gewesen, die sämtliche Missstimmung in Vergessenheit geraten ließ. Diether war es nun einerlei, dass Enngelin mehrere andere Männer vor ihm gehabt hatte, denn er wusste, dass sie jetzt nur noch ihn wollte.

»Ach, könnten wir doch immer zusammensein«, sagte Enngelin nach einer Weile. Sie legte ihren Kopf auf seine Brust.

Diether streichelte ihr über das Haar.

»Ja, das wäre schön.«

»Und auch, wenn wir heiraten könnten. Wir müssten nichts mehr heimlich machen und würden niemanden betrügen.«

Diether machte ein zustimmendes Geräusch und verlegte sein Streicheln vom Haar auf ihre Hüfte. Er liebte es, mit der Hand die Rundung zu erfühlen.

»Ich müsste mich nicht mehr mit dem alten, hässlichen Kerl abgeben. Müsste mich ihm nicht hingeben, wenn er doch mal seine ehelichen Pflichten erfüllen will. Müsste nicht mit ihm zu seinen offiziellen Anlässen gehen und mich schämen, so einen Mann zu haben.«

Langsam kam es Diether eigenartig vor, wie sie redete. Wo sollte das hinführen? Er zog es vor, zu schweigen.

»Stattdessen würden wir beide uns zeigen können. Ich hätte einen hübschen, jungen Mann an meiner Seite. Sag, willst du mich nicht fragen, ob ich dich heiraten möchte?«

Diether war so erstaunt, dass er das Streicheln unterbrach.

»Aber, ich kann dich doch nicht heiraten. Ich bin schon verheiratet.«

Sie erhob ihren Kopf von seiner Brust und sah ihn trotzig an.

»Dann musst du deine Frau halt verlassen.«

»Verlassen?« Er war vor Verblüffung sprachlos. Niemals würde er Alheyt verlassen, er liebte sie. Er liebte zwar auch Enngelin, jedoch auf eine andere Art als seine Gattin. Außerdem war Alheyt die Mutter seiner beiden Söhne und einer davon war gerade erst geboren worden. Aber das konnte er Enngelin natürlich nicht so sagen. »Aber ... aber es hätte doch gar keinen Sinn, Alheyt zu verlassen. Du bist doch ebenfalls verheiratet.«

»Das bräuchte ja nicht mehr lange so zu sein. Mein Mann könnte sterben.«

»Aber Enngelin, dein Mann ist zwar schon recht alt, aber er könnte noch lange leben. Vielleicht noch Jahrzehnte. Ich kann doch Alheyt nicht verlassen, wenn ...«

»Du Dummkopf. Glaubst du, ich will darauf warten, bis er freiwillig geht? Wir müssen eben ein wenig nachhelfen.«

»Nachhelfen?«

»Ja, nachhelfen. Vielleicht könnte sich bei einer Jagd ein Geschoss verirren und zufällig ihn treffen.«

Jetzt verstand Diether, was sie von ihm wollte und konnte es nicht glauben. Er setzte sich im Bett auf und sah ihr in die Augen.

»Aber Enngelin! Schlägst du etwa vor, deinen Mann zu ermorden?«

Auf ihrem Gesicht breitete sich ein Lächeln aus.

»Für alle Welt, außer uns beiden, wäre es ein Jagdunfall«, sagte sie.

Diether schüttelte den Kopf.

»Nein, das kann ich nicht tun.«

Ihr Lächeln verschwand.

»Dann können wir uns nicht mehr treffen.«

Sie schwieg und sah ihn kalt an.

Was sollte er machen? Er könnte es nicht ertragen, Enngelin nicht wieder zu sehen.

Als ob sie seine Gedanken lesen konnte, kehrte ihr Lächeln zurück.

»Ich werde dafür sorgen, dass er am nächsten Sonntag an der gemeinschaftlichen Jagd teilnimmt. Und du wirst für diesen Zufall sorgen, der zu dem Jagdunfall führt. Ansonsten war das hier heute unser letztes Treffen.«

Der Rappe bäumte sich auf, als Diether am Zügel zog. Er wollte nicht anhalten, sondern weiterlaufen. Die anderen Pferde preschten vorbei und das übte auf ihn den Drang aus, es ihnen gleichzutun. Doch sie mussten sich ein Stück zurückfallen lassen, denn Herr Henningsen war kein geübter Reiter und kam in weitem Abstand der Jagdgesellschaft hinterher. Das war für Diether natürlich nur gut, weil er so sein Vorhaben ungestörter durchführen konnte.

Jetzt kam er endlich in Sichtweite. Diether stieg ab und tat so, als müsste er seinem Pferd etwas vom Huf entfernen, damit Henningsen an ihm vorbeireiten konnte. Nun hatte er ihn vor sich.

Diether stieg wieder auf und ritt ihm nach. Seine Büchse hatte er schon vor dem Beginn der Jagd geladen. Ideal wäre es nun, wenn ein Wild in Sichtweite käme, sodass er hinterher sagen könnte, er habe darauf gezielt. Aber er konnte das natürlich auch einfach behaupten.

Er musste das Temperament seines Rappen zügeln, damit er nicht gleich wieder an Henningsen vorbeiritt. Einen solch schlechten Reiter hatte er noch auf keiner Jagd gesehen. Er fragte sich, wie Enngelin ihn dazu bewegen konnte, an der Jagd teilzunehmen. Wenn es nicht auffallen sollte, dass Diether als guter Reiter hinter ihm blieb, musste er bald handeln.

Einige Jagdhörner erklangen. Diether entnahm dem Signal, dass Wild gesichtet wurde. Henningsen hörte es auch und brachte sein Pferd zum stehen. Verdammt noch mal, wie sollte er so hinter ihm bleiben?

Doch zum Glück ritt er dann weiter. Und es kam sogar besser: Diether sah ein Stück vor Henningsen einen Hirsch seitwärts herankommen. Henningsen sah ihn auch und blieb erneut regungslos stehen, ebenso wie Diether. Vorsichtig spannte er das Schloss seiner Büchse und legte auf Henningsen an. Er hatte zwei Schuss. Wenn er Henningsen nicht gleich mit dem ersten treffen sollte, hätte er noch einen in Reserve.

Das stolze Tier kam näher und würde jeden Moment die Bahn der Reiter kreuzen. Diether zielte auf Henningsens Rücken. Sein Zeigefinger berührte den Abzug. Er konnte Henningsen nicht verfehlen, weil der sich wegen des Hirsches absolut regungslos verhielt. Diether hatte ihn im Visier und bewegte den Abzug vorsichtig, nur ganz langsam, damit er die Waffe beim Auslösen nicht verzog. Er erreichte den Punkt, von dem er wusste, dass nur ein weiterer Millimeter fehlte, um den Schuss auszulösen, und hielt den Abzug in dieser Stellung. Die Sekunden verstrichen. Schweißperlen rannen über Diethers Gesicht. Der Hirsch kam jetzt vollends aus der Deckung der Bäume und war schutzlos ausgeliefert. Plötzlich hielt er in der Bewegung inne. Seine Nüstern gingen wild. Er witterte etwas, wurde misstrauisch. Dann bemerkte er die beiden Reiter, aber es war zu spät: Der Schuss aus Henningsens Waffe löste sich. Der Hirsch ruckte ein Stück zur Seite und brach zusammen. Henningsen konnte besser schießen als reiten.

Diether ließ seine Büchse sinken und lockerte seinen Zeigefinger. Der Abzug federte in die neutrale Position zurück. Diether entspannte das Schloss. Er konnte es einfach nicht. Es musste einen anderen Weg geben. Er konnte einem unschuldigen Mann nicht in den Rücken schießen.

Er würde Enngelin erzählen, dass sich die Gelegenheit nicht geboten hatte und sie auf die nächste Jagd vertrösten.

Bis dahin musste er sich etwas einfallen lassen.

Zölder drückte dem Jungen ein paar Schwaren in die Hand.

»Das hast du gut gemacht«, sagte er zu ihm. Nach kurzem Überlegen tat er einen Groten hinzu. »Der ist dafür, dass du niemandem davon erzählst.«

Der Junge machte eine Verbeugung und rannte davon.

Auch Zölder machte sich auf den Weg. Er wollte es noch einmal mit eigenen Augen sehen. Zwar glaubte er nicht, dass der Junge ihn anlog. Bestimmt war es so, wie er sagte, dass von Riekhen erneut seine Bettgefährtin aufgesucht hatte. Aber er wollte persönlich dabei sein, wenn er Frau Henningsen wieder verließ.

Schnell hastete er durch die Straßen, mit der Kapuze über den Kopf, damit Leute, die ihn kannten, später nicht davon berichten konnten. Man konnte nie vorsichtig genug sein. Als er das Haus der Sünde endlich erreichte, versteckte er sich in der gleichen Seitengasse, in der er durch Zufall vor einiger Zeit Zeuge dieser Ungeheuerlichkeit wurde.

Die Eile wäre nicht nötig gewesen, denn er musste lange warten. Immer wieder zählte er die Steine des Straßenpflasters. Wenn jemand vorbeikam, drückte er sich in den Schatten eines Hauseingangs und hoffte, dass der Passant nicht gerade dort hinein wollte.

Schließlich, nach bestimmt zwei Stunden, als Zölder schon glaubte, der Junge hatte ihn doch angelogen, hörte er, wie sich die Tür öffnete. Inzwischen wusste er, wie sich diese Tür beim Öffnen anhörte. Er spähte um die Ecke und sah von Riekhen aus dem Haus heraustreten. Wie immer schritt er eilig in die andere Richtung davon. Ein paar Minuten später, betrat Frau Henningsen die Straße und lief an seiner Seitengasse vorbei. Er war natürlich längst wieder im Schatten des Hauseingangs. Als sie vorüber war, trat er hinaus und sah ihr hinterher.

Zölder nickte. Er konnte nun mit absoluter Sicherheit sagen, dass die beiden ein Verhältnis hatten. Mehrmals hatte er es jetzt beobachtet.

Es wurde Zeit, dass er etwas unternahm. Hieraus konnte er einen Nutzen ziehen.

Die Zeiten der Armut und Mittelmäßigkeit waren bald vorbei.

HEUTE

Der Himmel war zwar mit grauen Wolken so weit zugezogen, dass sich kein einziges blaues Fleckchen zeigte, aber Editha glaubte trotzdem nicht, dass es regnen würde. Dennoch beschloss sie, ihr Glück nicht herauszufordern und zügig loszuradeln, um nicht nass zu werden.

Als sie schon vom Fenster wegtreten wollte, fiel ihr Blick noch auf die Straße. Dort stand ein Mann. Er war groß und dünn und hatte eine runde Brille. Editha runzelte die Stirn. Hatte ihr Nachbar den Mann, der sich hier herumtrieb, nicht genauso beschrieben?

Sie sah auf die Küchenuhr und erschrak. Jetzt musste sie sich aber wirklich beeilen, nicht nur wegen des Wetters. Sonst kam sie zu spät bei ihrer Tante an. Timo sollte dort mit zu Mittag essen. Wenn sie auf ihn warten müssten, wäre ihr das ziemlich unangenehm. Also schnell Timo fertig machen und dann los.

Keine zehn Minuten später stand sie unten vor ihrem Fahrrad, half ihrem Sohn auf sein Trailerrad und setzte ihm seinen Helm auf.

„Wir fahren ganz schnell, ja?", jauchzte er. „Dann können wir alle überholen." Aufgeregt klatschte er in die Hände.

„Schon gut, wenn gleich die Möglichkeit besteht, fahren wir auch mal schnell."

Sie küsste ihn auf die Nase, woraufhin er eine Grimasse zog, stieg auf das Fahrrad und fuhr los.

„Jaaaa!", kam es von hinten.

„Halt dich gut fest!", ermahnte Editha ihren Sohn. „Und strampele auch ein bisschen mit."

Ihr Blick ging von links nach rechts, als sie auf die Straße fuhr. Sie hörte, wie ein Auto angelassen wurde, und sah kurz hin. Der Mann, den sie gerade vom Fenster aus gesehen hatte, saß darin. Offenbar hatte er beendet, was auch immer er hier gemacht hatte. Er beachtete sie gar nicht und fädelte sich hinter ihr in den Straßenverkehr ein.

Timo trat ordentlich in die Pedalen, sodass sie sich noch nicht sehr anstrengen musste. Aber sie wusste, dass diese Euphorie nicht lange vorhalten würde. Er verlor immer schnell die Lust und dann blieb die ganze Arbeit an ihr hängen.

Als sie bei der Cäcilienbrücke ankamen, wurde diese gerade gehoben, um ein Schiff passieren zu lassen. Mist, das würde sie noch mal mindestens fünf Minuten kosten. Sie fuhr bis vor die Ampel und hielt dort an.

„Weiterfahren", rief Timo von hinten.

„Geht nicht. Sieh mal, die Ampel ist rot."

Am Wackeln des Fahrrads merkte sie, dass Timo nicht mehr ruhig in seinem Sattel saß. Sie sah sich um, aber er reckte sich nur, um einen Blick auf die Brücke zu erhaschen.

Inzwischen stand hinter ihnen ein Pulk von Radfahrern. Ein ganz eiliger schulterte sein Fahrrad und wartete darauf die Brücke zu Fuß überqueren zu können, sobald sie ihre obere Position erreicht hatte. Die Autos stauten sich bereits weit zurück.

Drei Autos weiter hinten stand der Wagen mit dem Mann, den sie vom Fenster aus gesehen hatte. Offenbar hatte er den gleichen Weg wie sie. Der Mann sah gelangweilt aus dem linken Seitenfenster. Doch in diesem Moment drehte er den Kopf und sah Editha direkt in die Augen.

Mit dem Gefühl, erwischt worden zu sein, wandte sie sich wieder nach vorn, wo das Schiff gerade begann die Brücke zu unterqueren.

Die Verkäuferin reichte ihr das Wechselgeld und die Tüte mit dem Brot über den Tresen. Editha lächelte ihr zu, nahm Timo an die Hand und verließ den Bäckerladen mit einem „Tschüss". Ihr war unterwegs noch rechtzeitig eingefallen, dass sie für Tante Gerda ein Graubrot mitbringen sollte.

„Kann ich jetzt die Semmel haben?"

Das war klar, dass er sofort quengeln musste. Immer das Gleiche.

„Wenn wir bei Tante Gerda sind. Unterwegs sollst du dich festhalten."

„Aber warum denn nicht?"

„Das habe ich dir doch gerade gesagt."

Überraschenderweise gab er Ruhe.

Sie zog die Gummibänder über den Fahrradkorb, in den sie die Tüte gelegt hatte und half Timo wieder auf sein Trailerrad.

Dann sah sie es: Auf der anderen Straßenseite stand das Auto des Mannes, den sie vom Fenster aus gesehen hatte. Es parkte längs zur Straße hinter einem Lieferwagen. Niemand saß darin, der Mann war weit und breit nicht zu sehen. Wenn er sich hinter dem Lieferwagen versteckte …

Sie schüttelte den Kopf. Langsam wurde sie paranoid. Als ob sie jemand verfolgen würde, so ein Quatsch.

War es wirklich das gleiche Auto oder sah es nur so ähnlich aus? Sicher war sie nicht. Das Auto des Mannes war zwar auch ein schwarzer Mercedes, aber auf die genaue Type hatte sie nicht geachtet. Und das Nummernschild hatte sie sich schon gar nicht gemerkt. Sie musste zwei Schritte machen, um es erkennen zu können. Es war kein Oldenburger Nummernschild, sondern ein Westersteder Kennzeichen. Das wäre ihr doch sicher aufgefallen, oder?

„Mama, weiterfahren!"

Timo saß auf dem Trailerrad und wippte vor und zurück. Er zog einen Schmollmund und seine kleine Stirn lag mal wieder in tausend Falten. Sie musste lachen.

Noch einmal sah sie zum Lieferwagen. Sie bückte sich und versuchte darunter hindurch zu gucken, aber sie sah nur die Bordsteinkante auf der anderen Straßenseite.

Wieder schüttelte sie den Kopf und lachte über sich selbst. Paranoid!

In diesem Moment brach die Wolkendecke auf und die Sonne kam heraus. Lächelnd ging sie zum Fahrrad, stieg auf und fuhr weiter.

Schon wieder standen sie vor einer roten Ampel. Wahrscheinlich würden sie eine Viertelstunde zu spät kommen. Wie peinlich. Während sie auf das Grünsignal wartete, trommelte sie mit den Nägeln von Zeigefinger und Mittelfinger auf der Fahrradklingel herum.

Aus der rechten Straße der Kreuzung kamen die ersten Autos und ordneten sich in die Linksabbiegerspur ein.

„Weiterfahren!", krakeelte Timo schon wieder.

Sie antwortete nicht und ermahnte sich innerlich, ruhig zu bleiben. Langsam baute sich ein Überdruck in ihr auf. Der Stress und die Belastung der vergangenen Wochen setzten ihr immer mehr zu, da war jede zusätzliche Nervenbelastung zu viel.

Inzwischen standen einige Autos von rechts kommend vor der Ampel. Plötzlich sah sie wieder den schwarzen Mercedes und sie spürte die Angst wie einen Stich in die Brust. Er stand auf der Geradeausspur ganz vorne. Deutlich konnte sie das Nummernschild erkennen: Das gleiche Westersteder Kennzeichen, das sie vor dem Bäckerladen gesehen hatte. Den Fahrer konnte sie nicht erkennen. Die Sonne machte aus der Scheibe einen für das Auge undurchdringlichen Spiegel.

War dieses Auto doch hinter ihr her? Zu doof, dass gerade jetzt die Sonne so schien. Wenn sie wüsste, dass er der gleiche Mann wie vor ihrem Haus war, könnte sie sicher sein. Ganz schön warm, die Sonne. Sie spürte, wie ihr der Schweiß auf die Stirn trat. Ihre Knie wurden weich.

Jeden Moment würde die Ampel auf Grün springen. Dann musste sie direkt vor dem Wagen entlangfahren. Das behagte ihr gar nicht. Gab es nicht eine andere Möglichkeit? Sie könnte eine Ampelphase abwarten. Dann wäre er weg, wenn sie die Straße überquerte. Aber sie war sowieso schon so spät dran. Noch eine Ampelphase würde sie wieder fünf Minuten kosten.

Ihre Beine fühlten sich trotzdem an, als würden sie aus Pudding bestehen, und sie spürte ihren Puls in der Stirn pochen.

Hatte sie sich nicht vor ein paar Augenblicken erst selbst als paranoid beschimpft? Es war doch unsinnig, anzunehmen, dass jemand sie absichtlich überfahren wollte. Wie konnte man nur so ein Angsthase sein? Sie würde einfach losfahren, wenn die Ampel auf grün springen würde. Sie trommelte weiter auf der Fahrradklingel herum.

Dann wurde es grün.

Der Radfahrer, der neben ihr stand, fuhr sofort an. Sie zögerte, aber hinter ihr betätigte jemand seine Fahrradklingel und ein anderer zog kopfschüttelnd an ihr vorbei. Langsam setzte sie sich in Bewegung. Noch mehr Radfahrer fuhren an ihr vorbei, bis sie schließlich die Letzte war. Ein Umkehren war nun jedoch auch nicht mehr möglich, da sie fast mitten auf der Straße war. Unmittelbar vor dem Mercedes.

Wie gebannt starrte sie auf die Windschutzscheibe des schwarzen, glänzenden Autos. Doch die Reflexionen durch die Sonne waren so stark, dass sie immer noch nichts sehen konnte.

Dann befand sie sich direkt vor dem Wagen und durch den veränderten Winkel konnte sie plötzlich erkennen, wer im Auto saß. Es war der Mann, der vor ihrem Haus stand.

Im selben Moment hörte sie, wie der Motor aufheulte, und sie sah, wie der Wagen einen Satz nach vorne machte.

Einen Überraschungsmoment gab es nicht, denn eigentlich hatte sie ja damit gerechnet. Als der Mercedes plötzlich ruckartig losfuhr, reagierte sie sofort, der Pudding in ihren Beinen war vollständig verschwunden.

In einer einzigen Bewegung richtete sie sich aus dem Sattel auf, stieß das Fahrrad mit Füßen und Händen nach hinten weg und sprang dem Mercedes auf die Motorhaube. Jedenfalls wollte sie springen. Sie bekam die Hände, die sich eben noch am Fahrradlenker befanden, nicht rechtzeitig hoch und landete unsanft mit ihrer Schulter zuerst. Der Stoß ging ihr durch Mark und Bein. Doch sie nahm den Schmerz nur für den Bruchteil einer Sekunde wahr. Denn während sich ein Teil ihres Gehirns um ihren Sohn sorgte, koordinierte der andere Teil den weiteren Bewegungsablauf. Jahrelanges Kampfsporttraining zahlte sich nun aus, als sie instinktiv die Bewegungsrichtung beibehielt, sich über die lädierte Schulter abrollte und auf der anderen Seite des Wagens, mit dem Rücken zu ihm, auf die Füße kam.

Sofort wirbelte sie herum. Der Motor des Mercedes heulte weiter auf, der Wagen beschleunigte, rumpelte über das Vorderrad des Fahrrades, das inzwischen umgekippt war, und brauste davon. Die Reifen der Autos, die aufgrund ihrer Grünphase von links kamen, quietschten, als sie Vollbremsungen ausführen mussten.

Das bekam Editha allerdings nur noch am Rande mit, denn nun galt ihre ganze Aufmerksamkeit ihrem Sohn. Aus vollem Halse kreischend lag er neben seinem Trailerfahrrad auf der Straße. Sie eilte zu ihm, und als sie die Arme nach ihm ausstreckte, spürte sie den Schmerz in ihrer Schulter, so stark, dass ihr die Tränen in die Augen stiegen. Doch sie musste ihn ignorieren. Sie kniete sich hin.

„Timo, alles ist vorbei, Mama ist hier", versuchte sie, ihn zu beruhigen. Sie hob das Trailerfahrrad an und zog ihn darunter weg. Offenbar war sie durch das ohrenbetäubende Schreien zu ihm durchgedrungen, denn es ging in normales Weinen über. Editha sah das als Zeichen dafür, dass der Schreck wohl größer war, als alles andere. „Wo tut es denn weh?"

Timo zeigte ihr seine kleinen Händchen, die er sich auf dem rauen Straßenbelag aufgeschürft hatte. Zum Glück hatte er sie reflexartig nach vorne gestreckt, sodass sein Kopf unverletzt geblieben war. Als Editha vor einiger Zeit einmal das Fahrrad versehentlich umgekippt war, als Timo gerade auf dem angekuppelten Trailerrad saß, war ihm gar nichts passiert, wobei er damals auf eine Rasenfläche fiel.

„Mein Knie tut auch weh", bibberte Timo. Die Tränen kullerten nur so über seine Wangen und der Rotz floss aus seiner Nase.

Die Hose war unversehrt, nur ein wenig schmutzig. Editha schob sie bis zum Knie hoch und sah, dass hier ebenfalls Haut abgeschürft war.

„Da machen wir bei Tante Gerda ein Pflaster drauf. Du wirst sehen: Dann tut es gar nicht mehr weh."

Das schien ihn schon etwas zu beruhigen, denn er weinte nun nicht mehr, sondern zog nur ab und zu scharf die Luft durch den Mund ein.

„Krieg ich denn ein buntes?"

„Ja, bestimmt. Ich puste mal", sagte sie und blies auf seine Handflächen.

Mittlerweile waren die Fahrer einiger Autos ausgestiegen und zu ihnen gekommen. Neben ihnen stand ein Mann in grauem Anzug und knallrotem Schlips, der sicherlich aus dem Audi von der Linksabbiegerspur kam.

„Ist alles in Ordnung", fragte er.

„So ein Arschloch, hat sich einfach verpisst", meinte ein anderer mit längeren Haaren und Zickenbart. „Das sah ja fast nach Absicht aus."

Das sah nicht nur so aus, dachte Editha. Sie erhob sich mit Timo auf dem Arm der unverletzten Seite.

„Das hier lag dort auf der Straße", sagte der Audifahrer und hielt ihr demoliertes Handy in der Hand. »Kann ich Ihnen irgendwie helfen?«

Editha sah ihn an. Er machte einen sympathischen und besorgten Eindruck. Schien ganz nett zu sein.

„Es wäre schön, wenn jemand mein Fahrrad von der Straße holt." Sie hob ihren linken Arm, um auf das Drahtgebilde mit dem verbogenen Vorderrad zu zeigen. Der Schmerz durchzuckte ihre Schulter dieses Mal so stark, dass sie aufstöhnte. Erneut schossen ihr Tränen in die Augen. „Und wenn Sie ein Handy haben, rufen Sie mir bitte einen Krankenwagen."

Sie hielt ihre Schulter und sah in die Richtung, in die der Mercedes verschwunden war. Der eine Mann hatte schon Recht: so ein Arschloch.

Ihr einziger Trost war, dass er dort, wo sie auf der Motorhaube mit ihrer Schulter aufgeschlagen war, eine dicke Beule haben musste.

Dann wurde ihr schwarz vor Augen.

Marko überflog die Listen, die ihm sein Vater gerade gegeben hatte. Er las die Tabellen mit den Umsatzaufstellungen diagonal und fasste dabei doch das Wesentliche auf. Details musste er jetzt noch nicht kennen. Normalerweise würde er so etwas am Bildschirm lesen, aber Vater war einer von der alten Schule: Er musste sich alles, was er lesen wollte, erst ausdrucken.

»Alles nicht sonderlich überraschend«, sagte Marko und legte die Blätter auf den Tisch zurück, wobei er eine bestimmte Seite aufgeschlagen ließ und auf eine Zeile zeigte. »Nur dieser eine Posten ist ungewöhnlich hoch. Wie ist das entstanden?«

Vater sah kurz hin und dann Marko überrascht an.

»Das ist dir auf den ersten Blick aufgefallen? Meine Analysten brauchten Monate, bis sie diese Ungereimtheit entdeckten.«

Marko verkniff sich ein Lächeln. Natürlich bekam er von seinem Vater kein Lob, aber das brauchte er schon lange nicht mehr. Dieser Blick, in dem ganz deutlich die Anerkennung zu erkennen war, kam einem Lob jedoch fast gleich.

»Hier steht, dass diese Firma 118 Mitarbeiter hat. In diesem Marktsegment sind bei der Mitarbeiterzahl die hier ausgewiesenen Umsätze nur möglich, wenn entweder ein hoher Anteil an Fremdleistungen eingekauft, also Arbeit outgesourct wurde, oder indem jeder Mitarbeiter ein doppeltes Arbeitspensum vorgelegt hat. Eine Mischung aus beidem ist natürlich auch möglich.«

»Tatsächlich ist es eine Mischung aus beidem, wie wir jetzt festgestellt haben.«

Vater sah ihn immer noch verwundert an.

»Und was wurde unternommen?«

»Noch nichts.«

Marko nickte und machte sich eine gedankliche Notiz, dass er sich mit dieser Firma befassen musste. Hier war womöglich ein wesentlich höherer Profit erzielbar, wenn die Arbeit besser verteilt würde. Er sah hier auch mögliche Synergieeffekte mit anderen Sparten des Konzerns.

Vater rieb sich die Schläfen. Er nahm eine Tablettendose aus der Schublade, schüttelte sich zwei in die Hand und schluckte sie mit Wasser herunter. Das ging ungefähr in Fünf-Stunden-Intervallen so, Tendenz sinkend. Offenbar machten ihm die Kopfschmerzen immer mehr zu schaffen.

»Lass uns eine Pause machen. Es ist ohnehin gleich Mittagszeit.«

»In Ordnung.«

Vater lehnte sich zurück, schloss die Augen und stützte seinen Kopf in der Hand ab.

Marko nahm die Listen und einen anderen Ordner mit Geschäftsberichten an sich. Die konnte er nebenbei in der Pause durchsehen. Er wollte aufstehen und gehen, aber ihm fiel ein, dass er noch etwas fragen wollte.

»Sag mal, was genau unternimmst du jetzt eigentlich in Bezug auf Editha Riekmüller?«

Vater öffnete kurz die Augen.

»Ach, die«, sagte er mit einer abwinkenden Handbewegung. »Das ist alles geregelt und geht seinen Weg.«

»Wie meinst du das?«

Aber Vater machte jetzt nur noch die Handbewegung und runzelte die Stirn stärker als zuvor.

Marko nahm die Unterlagen auf und verließ das Büro.

Vor der Tür blieb er stehen. Was sollte das bedeuten? Was meinte sein Vater damit, dass alles seinen Weg gehen wird? Jetzt machte Marko sich aber doch Sorgen. Hätte er Editha vielleicht doch schon vorher warnen sollen? Er holte sein Smartphone heraus und wählte aus den gespeicherten Kontakten ihre Mobilnummer. Sie ging nicht ran. Ihre Festnetznummer hatte er nicht.

Er beschloss, sofort zu ihr nach Hause zu fahren.

Die Krankenschwester stopfte das Kissen in Edithas Rücken zurecht, damit sie bequemer sitzen konnte.

»Noch einen Moment bitte«, sagte sie. »Dr. Klötzer wird sofort zu Ihnen kommen.«

Sie lächelte Editha zu und verließ das Zimmer.

Editha sah aus dem Fenster. Es begann inzwischen, dunkel zu werden. Spät war es mittlerweile geworden. Ihren Termin bei der Zeitung hatte sie bereits abgesagt, während sie darauf gewartet hatte, beim Röntgen an die Reihe zu kommen. Zum Glück hatte Tante Gerda Timo schon vorher abgeholt, sodass ihr zumindest sein Gequengel beim Warten erspart geblieben war. Der Arme. Er hatte ganz schön was mitgemacht heute. Zuerst der Unfall, sofern man das so nennen konnte, und dann war seine Mutter auch noch ohnmächtig geworden. Das war wohl nur für einen Moment gewesen und glücklicherweise hatte der Audifahrer sie aufgefangen, bevor sie auf den Boden gefallen war. Aber trotzdem musste es für Timo schlimm gewesen sein, seine Mutter schlaff in sich zusammensacken zu sehen. Da war die anschließende Fahrt mit dem Krankenwagen wohl nur eine *kleine* Entschädigung für ihn gewesen.

Die Zimmertür wurde geöffnet. Ein recht junger Arzt mit einer Tätowierung auf dem Unterarm trat ein und strahlte sie an. Auf dem Schild an seiner Brust stand »Dr. Klötzer, Assistenzarzt«.

»Hallo, Frau Riekmüller. Wie geht es Ihnen denn jetzt? Ich habe gehört, dass Sie nach Ihrem Unfall einen kleinen Schwächeanfall hatten.«

Editha winkte ab.

»Ach, das war nichts. Mir wurde nur für einen Moment schwarz vor Augen. Jetzt geht es mir wieder gut.«

Dr. Klötzer nickte.

»Ich werde Sie gleich noch untersuchen, und ich denke, dass Sie danach wieder nach Hause fahren können.«

Er ging zu dem Schirm für Röntgenbilder, der sich neben der Krankenliege befand, und steckte die Aufnahme ein, die gerade von ihrer Schulter gemacht wurde. Mit einem Kugelschreiber zeigte er auf die deutlich erkennbaren Knochen.

»Wie man hier sehen kann, sind alle Knochen in einem tadellosen Zustand. Eine Fraktur ist nicht zu erkennen. Da haben Sie noch mal ziemlich viel Glück gehabt.« Ja, das hatte ihr der Röntgenarzt auch schon gesagt. »Die Schmerzen rühren wahrscheinlich von einer Prellung her. Bitte machen Sie doch mal die Schulter frei.«

Editha zog unter Schmerzen ihren rechten Arm aus dem Shirt. Dr. Klötzer tastete die Schulter ab und Editha sollte ein paar Bewegungen ausführen.

»Ja, wie ich schon sagte: Eine Prellung«, schloss er dann.

Anschließend maß er noch Puls und Blutdruck.

»Sehr schön«, sagte er. »Sie können dann gleich gehen. Für die Schulter verschreibe ich Ihnen eine Salbe und Tabletten gegen die Schmerzen. Das

Rezept können Sie sich vorne geben lassen. - Draußen warten zwei Herren von der Polizei. Die werde ich dann gleich zu Ihnen hineinschicken.«

Editha beeilte sich damit, ihr Shirt wieder anzuziehen, aber Dr. Klötzer hatte den Herren offenbar gesagt, dass sie ihr ein wenig Zeit geben sollten. Editha stand von der Liege auf und ging im Zimmer herum. Nach fünf Minuten klopfte es an der Tür und die Polizisten kamen herein: Zwei Männer in Uniform, beide um die vierzig und leicht übergewichtig, einer blond, der andere dunkel. Der Blonde war wohl der Wortführer, denn er kam direkt auf sie zu und gab ihr die Hand.

»Guten Tag, Frau Riekmüller. Ich bin Kriminalhauptmeister Blumste und das ist mein Kollege Kriminalobermeister Liekert.« Der Zweite gab ihr ebenfalls die Hand, bevor Blumste fortfuhr. »Wir waren bereits am Unfallort und haben uns die Sachlage angesehen sowie die Zeugen befragt. Könnten Sie aber bitte den Unfallhergang zunächst aus Ihrer Sicht beschreiben?«

Er zückte einen Notizblock und blätterte darin einige Seiten um.

Editha schilderte das Geschehene, wobei die beiden Polizisten nur zuhörten, ab und zu nickten und Blumste seine Notizen in zwei bis drei Punkten ergänzte.

»Ja, das deckt sich mit dem, was uns die Zeugen erzählt haben«, sagte Blumste, als Editha fertig war. »Ein Zeuge hat ausgesagt, dass es aussah, als wäre der Fahrer des schwarzen Mercedes mit Absicht losgefahren, als Sie sich direkt vor ihm befanden. Können Sie das bestätigen?«

Editha nickte.

»Nicht nur das. Dieser Wagen ist mir von meiner Haustür aus gefolgt.«

Der Polizist sah sie überrascht an.

»Konnten Sie sich denn das Nummernschild merken?«

Editha hätte sich ohrfeigen können, denn das hatte sie leider nicht getan.

»Ich weiß nur, dass es ein Westersteder Kennzeichen war.«

Blumste schenkte ihr einen tadelnden Blick.

»Wissen Sie, wie viele Autos mit Westersteder Kennzeichen in Oldenburg herumfahren?«

»Aber es war der gleiche schwarze Mercedes. Und den Fahrer habe ich auch wiedererkannt.«

Er überlegte kurz und nickte dann.

»Ja, dann können wir davon ausgehen, dass es höchstwahrscheinlich Absicht war. Ich nehme an, dass Sie Anzeige erstatten möchten?«

»Hat das denn viel Sinn, wenn ich das Nummernschild nicht kenne?«

»Also zunächst können Sie uns ja eine Personenbeschreibung geben. Sie können dann gegen eine unbekannte Person des beschriebenen Aussehens Anzeige erstatten. Die Polizei wird nach dieser Person und nach dem schwarzen Mercedes suchen. Das Nummernschild hätte Ihnen übrigens nicht weitergeholfen.«

Jetzt war es an Editha, überrascht zu sein.

»Warum das denn nicht?«

»Einer der Unfallzeugen konnte das Kennzeichen erkennen und hatte es sich gemerkt. Wir haben natürlich versucht, den Halter des Fahrzeugs zu ermitteln. Doch herausgekommen ist dabei nur, dass es dieses amtliche Kennzeichen nicht gibt.«

Marko ließ seinen Autoschlüssel auf den Küchentisch fallen und öffnete die Kühlschranktür, um nachzusehen, was er zu essen da hatte. Die restlichen zwei Gurken in dem Glas auf der untersten Borte zeigten zwar keinen Schimmelbefall, aber die befanden sich schon seit einigen Wochen dort. Da würde er nicht mehr beigehen. Ansonsten fand er eine offene Packung Salami mit zwei leicht angetrockneten Scheiben, die er sich direkt in den Mund stopfte, eine halbleere Tube Senf und die Packung Milch, die er für Editha vor kurzem geöffnet hatte. Es sah ganz so aus, als müsste er sich etwas zu essen liefern lassen. Während er darauf warten musste, könnte er sich mal wieder einen Whisky gönnen.

Zu Hause hatte er Editha auch nicht angetroffen. Er hatte noch mehrmals versucht, sie auf dem Handy zu erreichen, aber ohne Erfolg. Im Moment wusste er nicht, was er außer dem noch machen sollte. Er würde es einfach weiter versuchen.

Es klingelte. Marko ging zur Haustür und schaltete den Monitor ein. Sein Vater stand vor dem Tor. Als könnte er dem Bildschirm nicht trauen, schob Marko den Vorhang des kleinen Fensters neben der Haustür beiseite und sah auf die Straße. Natürlich stand dort sein Vater. Im Hintergrund war seine Limousine zu erkennen. Offenbar war er ohne Fahrer gekommen. Was wollte der denn hier? Noch nie hatte Vater ihn zu Hause besucht.

Marko betätigte den Taster, der die Eingangstür entriegelte und öffnete die Haustür.

»Womit habe ich diese Ehre denn verdient?«, fragte er, als sein Vater nur noch einige Schritte entfernt war.

»Ich will nicht sterben, ohne gesehen zu haben, wie du lebst«, antwortete Vater. »Viel Zeit wird mir nicht mehr bleiben. Also dachte ich, dass ich heute komme.«

Marko wusste nicht, wie er darauf reagieren sollte. Er drehte sich um und überließ seinem Vater die geöffnete Haustür.

»Möchtest du einen Kaffee?«

Seine Standardfrage bei Besuch.

»Nein, danke. Es reicht ein Glas Wasser.«

Marko zapfte Leitungswasser in ein Glas, gab es Vater und begann, sich einen Espresso zu bereiten. Vater ging zur Terrassentür und sah hinaus, obwohl im Dunkeln nicht mehr viel zu erkennen sein konnte.

»Nettes Grundstück«, sagte er.

»Vielleicht solltest du mal bei Tageslicht herkommen«, entgegnete Marko und bereute es sofort, einen weiteren Besuch provoziert zu haben. Aus den Augenwinkeln taxierte er Vater. Die Kopfschmerzen schienen vorerst besiegt zu sein. »Gibt es schon einen neuen Stand bezüglich dieser Editha Riekmüller.«

Er hatte gerade spontan beschlossen, eine neue Strategie anzuwenden. Wenn er vorgab, auf der Seite seines Vaters zu sein, würde er vielleicht mehr Informationen von ihm erhalten.

»Wieso fragst du?«

Vater sah immer noch in die Dunkelheit und nippte an seinem Wasserglas.

»Wäre ja schön, wenn zumindest schon mal *eine* Angelegenheit erledigt wäre, damit man sich ganz auf die wichtigen Dinge konzentrieren könnte.«

Lächelnd wandte sich Vater ihm zu.

»Es freut mich, dass du endlich vernünftig wirst. Diese Angelegenheit wäre heute fast erledigt worden. Küster hat versucht, sie zu überfahren. Das Ganze hätte dann wie ein Unfall mit Fahrerflucht ausgesehen. Leider hat sie es geschafft auszuweichen und wurde wohl nur leicht verletzt.«

Marko musste sich verdammt anstrengen, damit sein Vater nicht merkte, wie geschockt er von dieser Neuigkeit war. Er stellte die Espressomaschine ein, die ziemlichen Lärm machte, sodass nicht auffiel, dass er für einige Zeit nichts sagen konnte. Der Maschine zugewandt kniff er die Augen zusammen. Diese halbe Minute half ihm, sich soweit wieder zu sammeln, dass er sich umdrehen und weiterreden konnte.

»Was für ein Pech«, sagte er. »Was ist als nächstes geplant?«

»Noch nichts, aber da wird sich schon etwas finden.« Vater sah ihm in die Augen. »Ich denke, dass die Zeit gekommen ist, die ganze Geschichte zu erfahren. Am kommenden Wochenende könnt ihr, Klemens und du, wieder zum Essen kommen. Dann werde ich euch alles erzählen.«

»Du könntest es mir auch jetzt schon erzählen. Es ist gut möglich, dass sie wieder bei mir auftaucht. Dann wäre ich schon entsprechend vorbereitet.«

Vater sah Marko eine Weile an. Schließlich schüttelte er den Kopf.

»Nein. Sonntag. Dein Bruder und du sollt es gemeinsam erfahren. So lange musst du dich schon noch gedulden.«

Vater stellte sein Glas ab und ging.

Sobald er den Raum verlassen hatte, holte Marko sein Handy heraus und versuchte erneut, Editha zu erreichen, aber wieder ohne Erfolg.

Was konnte er jetzt unternehmen? Zuerst würde er die Krankenhäuser abklappern und es dann noch mal bei ihr zu Hause probieren.

Er griff nach dem Autoschlüssel und eilte los.

Editha zahlte dem Taxifahrer die von ihm genannte Summe und stieg aus. Am Eingangstor wollte sie auf die Klingel drücken, doch dann sah sie, dass es nur angelehnt war. Sie drückte es auf und ging hinein. Eigenartig: Wieso hatte Marko diese ganzen Sicherheitseinrichtungen, wenn er so lax damit umging? Auch die Haustür stand leicht offen. Sie schob sich durch die Öffnung hindurch. Die Drehung des Oberkörpers bestrafte ihre Schulter mit einem stechenden Schmerz. Editha stöhnte leise und ging weiter. Aus der Küche hörte sie Stimmen und vor allem ihren Namen. Eigenartig, dachte sie, wenn man auch sonst kein Wort verstand, den eigenen Namen hörte man überall heraus. Aber was hatte man dort über sie zu reden? Die Küchentür stand weit auf. Sie stellte sich so daneben, dass man sie von innen nicht sehen konnte.

»Wieso fragst du?«, sagte eine ihr unbekannte ältere Stimme.

»Wäre ja schön, wenn zumindest schon mal *eine* Angelegenheit erledigt wäre, damit man sich ganz auf die wichtigen Dinge konzentrieren könnte.« Das war Markos Stimme.

»Es freut mich, dass du endlich vernünftig wirst«, sagte wieder die andere Stimme. »Diese Angelegenheit wäre heute fast erledigt worden. Küster hat versucht, sie zu überfahren. Das Ganze hätte dann wie ein Unfall mit Fahrerflucht ausgesehen. Leider hat sie es geschafft auszuweichen und wurde wohl nur leicht verletzt.«

Editha setzte der Atem aus. Dieser Mann wusste den Namen des Mannes, der sie überfahren wollte. Und sogar, was genau geplant und wie es dann abgelaufen war. Das konnte nur bedeuten, dass er damit zu tun hatte, ja, wahrscheinlich sogar der Auftraggeber für diese Tat war.

Im nächsten Moment wurde es laut. Marko hatte die Espressomaschine eingeschaltet.

Sie musste wissen, wer dieser andere Mann war. Vorsichtig schob sie den Kopf am Türrahmen vorbei, um einen Blick in die Küche zu werfen, und zog ihn sofort wieder zurück. Marko stand mit dem Rücken zu ihr an der Maschine und der andere Mann sah ihn an und war dadurch im Profil zu sehen. Sie hatte ihn wiedererkannt. Es war eindeutig Markos Vater. Sie hatte bei ihrer Recherche im Internet viele Bilder von ihm gesehen.

Der Lärm der Espressomaschine verstummte.

»Was für ein Pech. Was ist als nächstes geplant?«, sagte Marko.

Was für ein Arschloch! Spielte ihr gegenüber den hilfsbereiten Charmeur und in Wirklichkeit wollten er und sein Vater sie aus dem Weg räumen. Aber warum?

»Noch nichts«, sagte Markos Vater. »Aber da wird sich schon etwas finden.« Kurze Stille. »Ich denke, dass die Zeit gekommen ist, die ganze Geschichte zu erfahren. Am kommenden Wochenende könnt ihr, Klemens und du, wieder zum Essen kommen. Dann werde ich euch alles erzählen.«

Das hörte sich nach Abschied an. Es war Zeit, zu verschwinden. Sie drehte sich von der Küchentür weg in Richtung Haustür. Doch sofort erstarrte sie in ihrer Bewegung, denn unmittelbar vor ihr stand Markos Bruder. Dann waren Schritte aus der Küche zu hören. Klemens trat zu ihr, packte sie am Ärmel und zog sie rasch mit sich ins dunkle Wohnzimmer. Im nächsten Moment lief der alte von Zölder an der Wohnzimmertür vorbei.

Editha wollte Klemens fragen, was denn hier eigentlich gespielt wurde. Aber während sie zu diesem Zweck Luft holte, hielt der ihr seine linke Hand auf den Mund und den rechten ausgestreckten Zeigefinger auf seine Lippen. So verharrten sie einige Sekunden und sahen sich dabei in die Augen. Dann stürmte Marko an der Wohnzimmertür vorüber. Sie hörte, wie die Haustür ins Schloss fiel. Klemens nahm die Hand von ihrem Mund. Das charakteristische Geräusch von Markos startendem und davonfahrendem Porsche erklang und dann war es still.

»Ich sagte es Ihnen ja bereits: Lassen Sie besser die Finger von meinem Bruder«, unterbrach Klemens die Stille.

Editha verstand gar nichts mehr. Sie war komplett verwirrt. Der alte von Zölder wollte sie aus irgendeinem Grund umbringen lassen. Marko tat so, als würde er zu ihr halten, aber in Wirklichkeit steckte er mit seinem Vater unter einer Decke. Und Klemens, den sie anfangs gegen sich wähnte, hatte sie schon vorher gewarnt und ihr jetzt geholfen, nicht entdeckt zu werden. Ihr schwirrten so einige Unklarheiten durch den Kopf, doch eine davon schrie förmlich danach, zuerst geklärt zu werden.

»Warum will Ihr Vater mich umbringen lassen?«

»Auch das sagte ich Ihnen schon: Nur mein Vater selbst weiß, warum er Sie so sehr fürchtet.«

Editha schüttelte den Kopf.

»Aber ich verstehe das nicht. Warum sollte man mich fürchten? Beim letzten Mal sagten Sie, er mache sich Sorgen wegen mir. Warum?«

»Sie haben es gerade gehört: Kommenden Sonntag werden mein Bruder und ich es erfahren.«

Er drehte sich von ihr weg und ging zur Wohnzimmertür.

»Warten Sie«, sagte Editha. »Wie kann es sein, dass Ihr Vater und Marko gemeinsames Spiel machen. Sie hatten sich doch jahrelang nicht gesehen.«

»Das ist für mich genauso neu wie für Sie«, sagte Klemens, mit dem Rücken zu ihr. »Aber eigentlich nicht besonders überraschend. Im Grunde genommen sind die beiden absolut gleich. Sie denken gleich, sie handeln gleich.«

Editha realisierte jetzt, dass schon die ganze Zeit, seit sie Marko belauscht hatte, etwas auf ihr lastete. Die Enttäuschung versetzte ihr einen Stich ins

Herz. Warum fiel sie nur immer auf die gleichen Typen rein? Sie betrachtete Klemens, der trotz der äußerlichen Ähnlichkeit, ein völlig anderer Typ war.

»Und was ist mit Ihnen?«, fragte sie.

Er drehte den Kopf und sah sie über die Schulter hinweg an.

»Ich war meinem Vater gegenüber schon seit jeher loyal. Also was erwarten Sie von mir?«

»Sie verhalten sich aber nicht gerade so.« Er entgegnete nichts. »Jetzt, wo ich weiß, dass Ihr Vater dahinter steckt, könnte ich ihn ja auch anzeigen.«

Klemens lachte.

»Das können Sie gerne machen. Bringen wird es Ihnen allerdings nicht das Geringste. Sie können glauben, dass absolut nichts zu meinem Vater hinführen wird. Selbst, wenn dieser Mann, der sie überfahren wollte, geschnappt würde. Beweise gegen meinen Vater wird es nicht geben.«

»Sie könnten gegen ihn aussagen.«

»Wie ich schon sagte: Ich bin meinem Vater gegenüber loyal.« Er drehte den Kopf wieder nach vorne und sah in den dunklen Flur. »Aber vielleicht gibt es eine andere Möglichkeit, Ihnen zu helfen. Darüber muss ich erst noch nachdenken.« Er ging wieder los. »Kommen Sie, ich fahre Sie nach Hause.«

Editha zögerte einen Moment, bevor Sie ihm folgte. Schließlich wollten sein Vater und sein Bruder sie umbringen. Irgendwie hatte sie aber das Gefühl, dass sie sich in ihm ebenfalls getäuscht hatte. Und wenn er ihr nicht direkt in Markos Wohnung etwas antat, würde er es im eigenen Auto wohl auch nicht tun.

1788

Jacob wachte auf. Es war dunkel, mitten in der Nacht. Er wurde nie einfach so wach. Was hatte ihn geweckt? Ein Geräusch?

Sollte er lieber Herold wecken? Und wenn gar nichts war, sondern er es sich nur eingebildet hatte?

Er richtete sich halbwegs im Bett auf und lauschte. Doch es war nichts zu hören. Er musste sich getäuscht haben. Aber da er sowieso wach war, würde er kurz pinkeln gehen.

An seiner Lieblingsstelle für diesen Anlass, hinter dem Haus, wollte er gerade die Hose öffnen, als er dann doch ein Geräusch vernahm. Es hörte sich an, als würden zwei hölzerne Gegenstände aufeinander geschlagen werden. Schnell rannte Jacob zur Vorderseite des Hauses und versuchte, in der Dunkelheit etwas zu erkennen. Aber vergeblich. Es war bewölkt, kein einziger Stern war zu sehen, geschweige denn der Mond. Stockdüster war es. Das Geräusch erklang in gewissen Abständen immer wieder. Das ging nicht mit rechten Dingen zu. Er musste Herold wecken. Er lief zurück ins Haus und in Herolds Schlafkammer.

»Herold!«, rief er und rüttelte seinen Bruder. »Wach auf, ich glaube, da macht sich wieder jemand an der Mühle zu schaffen.«

Er hatte kaum ausgesprochen, da war Herold schon auf seinen Füßen und stürmte an ihm vorbei. Jacob eilte hinterher. Vor dem Haus stand eine Holzlatte, die wohl nach der Arbeit des Vortages dort vergessen worden war. Im Vorbeigehen griff er danach und nahm sie mit. Außer dem weiterhin auftretenden hämmernden Geräusch war nichts zu hören. Herold schien sich leise zu bewegen, um mögliche Saboteure nicht zu warnen. Jacob lief genauso leise hinterher. Ihm fiel ein, dass er besser einen Bogen laufen konnte, um Flüchtenden den Weg abzuschneiden. Eine Weile hörte er nur seinen eigenen Atem, der laut genug war, die anderen Geräusche zu übertönen. Dann war ein Schrei zu hören, und noch einer, und Herolds Schimpfen.

Den Weg, der von der Mühle wegführte, erreichte er keine Sekunde zu früh, denn schon näherten sich schnelle Schritte. Er stellte sich mit der Holzlatte neben dem Weg bereit und wartete. Die Schritte wurden lauter. Schließlich war der Heranlaufende nah genug, damit Jacob seine Bewegungen trotz der Dunkelheit ausmachen konnte. Er hoffte, dass der Läufer ihn nicht sehen würde, wenn er sich still verhielt, und so war es dann auch. Erst in dem Moment als der Mann an ihm vorbeilaufen wollte, schlug er mit der Latte, so stark er konnte, gegen seine Knie. Der Mann schrie auf, stolperte, fiel hin, rappelte sich sofort wieder auf und lief humpelnd weiter. Jacob überlegte, ob er ihm hinterherlaufen sollte, entschied dann aber dafür, lieber Herold zu helfen. Er folgte dem Weg bis zur Mühle. Dort war jedoch niemand. Er ging am Becherwerk entlang Richtung Hügel. Nach einigen Metern sah er in der Dunkelheit jemanden stehen und näherte sich vorsichtig. Bald erkannte er, dass es sich um Herold handelte. Er untersuchte das Becherwerk.

»Was haben die gemacht?«, fragte Jacob, als er näherkam.

Zu seiner Überraschung grinste Herold ihn an.

»Sie haben einige Becher zerschlagen.«

»Und was ist daran so lustig?«

»Dass wir die Becher ersetzt haben werden, lange bevor einer der beiden sich von der Prügel erholt hat, die er von mir bekommen hat.«

Jetzt musste ebenfalls Jacob grinsen.

»Der andere wird auch eine Weile mit seinen Knien zu tun haben.«

Er wog die Holzlatte in der Hand.

»Für diese Genugtuung, die wir dank deiner Wachsamkeit noch erhalten haben, nehme ich die kleinen Schäden gerne in Kauf.« Herold klopfte Jacob auf die Schulter. »Komm, lass uns wieder schlafen gehen. Um die Schäden kümmern wir uns morgen.«

Jacob ließ die Holzlatte fallen und sie gingen zum Haus zurück.

»Konntest du erkennen, wer es war?«

»Leider nein«, sagte Herold »Es war zu dunkel. Und schließlich konnte er sich losreißen und flüchten. Hast du den anderen erkannt?«

»Nein, auch nicht.«

»Aber ich könnte wetten, dass es die gleichen waren, wie beim ersten Mal.«

»Vielleicht erfahren wir noch, wer es war«, sagte Jacob. »Wir müssen uns nur nach zwei Männern umsehen, von denen der eine hinkt und der andere grün und blau geschlagen ist.«

Am nächsten Morgen betrachteten sie den Schaden und stellten fest, dass Herold mit seiner ersten Einschätzung recht hatte. An anderer Stelle hätten die Saboteure einen wesentlich größeren Schaden anrichten können. So mussten sie insgesamt sieben Becher neu fertigen und gegen die zerschlagenen austauschen. Nach zwei Tagen müsste das erledigt sein.

Dennoch wollten sie zukünftig des Nachts Wachen aufstellen. Eine zusätzliche aber notwendige Anstrengung. Bei einem weiteren Sabotageakt würde womöglich größerer Schaden angerichtet und das wollten sie unbedingt vermeiden. Beim Frühstück stellte Herold einen Plan auf, in dem er festlegte, wer zu welcher Zeit mit der Wache dran war. Jacob war nicht gerade begeistert und auch die Tagelöhner grunzten missgelaunt, als Herold sie davon in Kenntnis setzte.

Glücklicherweise sollte Jacob wieder ein paar Dinge besorgen. Früh machte er sich auf den Weg und er beeilte sich, damit er noch Zeit hatte, das zu machen, was er sich vorgenommen hatte. Denn er hatte beschlossen, dieser Gemeinsamkeit der Toten nachzugehen, der roten Haare. Dafür war der Bader seine einzige Spur. Der musste er folgen, um herauszufinden, wie seine Eltern gestorben waren. Aber vor allem, um zu verhindern, dass Edithas Junge sterben würde, wie auch immer er das anstellen würde. Also musste er mit der Person sprechen, die er zuletzt zusammen mit dem Bader gesehen hatte. Jacobs erstes Ziel war deshalb heute der Hafen.

Dort herrschte zu dieser frühen Stunde schon ein geschäftiges Treiben, auch wenn dieses noch nicht den Höhepunkt erreicht hatte. Jacob schlängelte sich durch die Menschen bis zu der Seitenstraße, zu der er dem Bader kurz vor seinem Tod gefolgt war. Doch von den Huren, die hier an diesem Tage ihre Dienste angeboten hatten, war nichts zu sehen. Vielleicht lag es an der Tageszeit. Möglich, dass sie zu dieser Zeit nicht hier waren.

Jacob ging trotzdem weiter bis zur nächsten Straße und schaute um die Ecke. Tatsächlich standen dort zwei Frauen des besagten Gewerbes, die eindeutig an ihrer Aufmachung zu erkennen waren, und unterhielten sich. Er ging zu ihnen hin. Natürlich sahen sie ihn schon von Weitem und witterten ein Geschäft.

»Heda, Hübscher«, sagte die Ältere der beiden, die bereits in den Dreißigern sein musste und sehr füllig war. »So früh am Tag schon auf der Suche nach Vergnügungen?«

Jacob grinste sie an.

»Nein, nein, ich bin nur auf der Suche nach einer Kameradin von euch.«

»Aber, warum denn? Was sollte die denn haben, was *ich* dir nicht bieten könnte?« Sie zog ihren ohnehin sehr kurzen Rock ein Stück höher, sodass man ihren Oberschenkel sehen konnte. »Für so einen hübschen Kerl wie dich würde ich sogar mit dem Preis runtergehen.«

Sie gab ihm einen Klaps auf den Hintern.

»Ja, mag sein, aber ich will nichts dergleichen, nur mit ihr sprechen. Sie ist ungefähr so groß«, er zeigte mit der flachen Hand die Größe, »sehr schlank und hat schwarze Haare. Als ich sie zuletzt gesehen hatte, trug sie ein rotes Kleid.«

Die Füllige runzelte die Stirn.

»Das kann eigentlich nur Ella sein.« Sie drehte ihren Kopf weg und hielt sich die Hände wie ein Sprachrohr seitlich an den Mund. »Ella!«, rief sie laut. »Ella, wach auf, Kundschaft für dich!«

Es dauerte eine Weile, bis Geklapper von einem der Fenster auf der anderen Straßenseite zu vernehmen war. Dann öffnete sich das Fenster, und die Hure, bei der Jacob den Bader gesehen hatte, schaute heraus. Jacob erkannte sie sofort. Verglichen mit den anderen beiden, war sie eindeutig die Hübscheste. Der Bader hatte einen guten Geschmack.

Sie musterte Jacob mit zusammengekniffenen Augen und nickte schließlich.

»In Ordnung, das macht fünf Grote, im Voraus.«

Jacob beschloss, dieses Missverständnis erst aufzuklären, wenn er ihr gegenüberstand, und nickte nur.

Die füllige Hure öffnete ihm die Eingangstür zu dem Haus und zeigte ihm, wohin er gehen musste. Als er in den Raum eintrat, lag die Dunkelhaarige, die Ella hieß, nur mit einem leichten Hemdchen bekleidet auf einem Bett. Sie hatte die Zeit genutzt, um ihre Haare zu kämmen und sich ein wenig Farbe ins Gesicht zu malen. Sehr verführerisch sah sie aus. Jacob musste sich beherrschen. Schließlich wollte er von ihr etwas anderes und bezahlen wollte er für diese eine Sache sowieso nicht.

»Lege bitte zuerst das Geld auf den Stuhl dort«, sagte Ella.

Jacob räusperte sich.

»Ich muss dir etwas beichten«, sagte er. »Es geht mir nicht um ... deine Dienste. Ich möchte dich nur etwas fragen.«

Ella richtete sich ruckartig im Bett auf, sodass ihr üppiger Busen unter dem dünnen Stoff hin und her schaukelte.

»Was fällt dir ein, einfach vorzugeben, dass du ein Freier wärst?«, schimpfte sie. »Verschwinde, sofort!«

Sie zeigte mit ausgestrecktem Arm auf die Tür. Eine Haarsträhne hatte sich in ihrer Rage über ihr Gesicht gelegt und sie pustete sie wieder fort.

»Aber es ist sehr wichtig. Es geht um den Bader, der kurz vor seinem Tod noch mal bei dir ...«

Weiter kam er nicht.

»Schhhhh! Bist du wohl still«, zischte sie.

Sie sprang aus dem Bett, hastete zu dem offen stehenden Fenster und zog es zu, dass es krachte. Jacob kam dabei in den Genuss, ihre gesamte entzückende Figur betrachten zu können. Das Hemdchen endete zwar knapp unterhalb des Gesäßes, aber als sie sich nach dem Fenster streckte, erhielt er einen Einblick, der ihn wieder auf eine harte Probe stellte.

Sie drehte sich um, griff nach einem Morgenmantel und hängte ihn sich zu Jacobs Bedauern über.

»Woher weißt du das mit dem Bader?«, fragte sie zornig, aber mit gedämpfter Stimme.

»Ich war an jenem Tag vorher bei ihm«, antwortete er ebenso leise. »Wir hatten hinterher zufällig fast den gleichen Weg und aus Neugier bin ich ihm dann gefolgt, bis er dich traf. Dann habe ich mich abgewendet. Am nächsten Tag war ich dabei, wie sie ihn aus dem Graben gezogen haben.«

»Und was willst du jetzt von mir?«

Sie zog den Morgenmantel enger zusammen und setzte sich mit untergeschlagenem Bein auf den Stuhl neben dem Fenster.

»Vielleicht hat er ja noch irgendetwas gesagt. Oder du weißt, wo er hinterher hingegangen ist, wen er getroffen hat. Irgendetwas in der Richtung.«

Eine kurze Weile sah sie ihn mit großen Augen an, dann schüttelte sie langsam den Kopf.

»Er war nur hier, hat seinen Druck abgelassen und ist wieder gegangen.«

Jacob spürte, dass sie mehr wusste. Warum hatte sie sonst gerade gezögert?

»Denk bitte noch mal gut nach. Vielleicht fällt dir ja doch noch etwas ein.«

»Nein, es war genauso wie immer.«

In dem Moment sah er ihr an, dass sie sich am liebsten auf die Zunge gebissen hätte.

»So wie immer?«, fragte er. »War er also öfter bei dir?«

Jetzt schüttelte sie den Kopf heftiger.

»Es tut mir leid, aber es ist gefährlich darüber zu sprechen. Ich war froh, dass ich nach seinem Tod bisher unbehelligt geblieben bin, obwohl er vorher noch bei mir war. Ich möchte, dass das auch so bleibt.«

»Aber es ist wirklich sehr wichtig. Nicht nur mein Leben könnte von diesen Informationen abhängen, sondern auch noch weitere. Von mir wird ganz sicher niemand erfahren, was du mir sagst.«

Sie wandte den Blick zum Boden und kaute auf der Unterlippe.

»Also gut, aber nur wenn du mir dein Ehrenwort gibst, dass du mich anschließend für immer damit in Ruhe lässt.«

Jacob legte seine rechte Hand aufs Herz.

»Ich gebe dir mein Ehrenwort, dass ich niemandem sage, was ich von dir erfahre und dass ich dich hinterher nicht wieder behellige.«

Sie sah noch eine Weile auf den Boden und begann dann zu erzählen.

»Eilers war regelmäßig bei mir. Er war immer nur bei *mir*, zu einer anderen Hure wollte er nicht. Er hat mich immer großzügig bezahlt und sich hinterher stets lange mit mir unterhalten. Nicht nur einmal hat er mir Dinge anvertraut, von denen sonst kaum jemand wusste.«

»Was waren das für Dinge?«

»Hauptsächlich über seine Arbeit.«

»Und kurz vor seinem Tod hatte er dir auch etwas anvertraut?«

»Ja, er war am Grübeln, über eine Entdeckung, die er gemacht hatte. Und zwar war ihm aufgefallen, dass die Ermordeten alle rothaarig waren.«

Ihm war es aufgefallen, hatte der Bader also erzählt. Eine Frechheit. In Wirklichkeit hatte Jacob in darauf mit der Nase gestoßen.

»Und weiter?«, fragte er aber einfach, ohne Ella darüber aufzuklären.

»Er war deshalb ganz aufgeregt. Diesem Hinweis wollte er nachgehen. Er wollte prüfen, ob das bei den früheren Ermordeten auch so war.«

»Wie wollte er das denn anstellen?«

Ella spielte mit einer Haarsträhne und hatte dabei nicht bemerkt, dass sich der Morgenmantel vorne etwas geöffnet hatte. Jacob war wieder leicht abgelenkt.

»Er wollte alte Aufzeichnungen durchsuchen. Von allen untersuchten Leichen hatte er nämlich Akten angelegt. Alle Fakten der Untersuchungen waren darin enthalten. Bei früheren Morden waren ihm auch schon Ungereimtheiten, wie er es nannte, aufgefallen. Das wollte er sich noch mal ansehen.«

Das war es, dachte Jacob. Er musste an die alten Aufzeichnungen des Baders rankommen. Dann konnte er alles nachlesen, was ihm der Bader eigentlich erzählen wollte, wenn er nicht ermordet worden wäre.

»Sonst noch was?«, fragte er.

Ella überlegte kurz.

»Nein, mehr fällt mir nicht ein.«

Jacob holte seinen Geldbeutel hervor, um ein paar Grote herauszusuchen.

»Dafür möchte ich kein Geld«, unterbrach Ella ihn dabei. »Gehe einfach weg und komme nicht wieder.«

Jacob nickte und steckte das Säckchen wieder weg.

»Vielen Dank, Ella. Das werde ich dir nicht vergessen.«

Er drehte sich um und verließ ihre Stube.

Die Straßen Oldenburgs waren zu dieser Stunde wie ausgestorben. Die Straßenbeleuchtung brannte noch, aber bei Jacobs Rückkehr würden sie vermutlich erloschen sein. Dafür hatte er vorgesorgt und eine Laterne mitgebracht. Er hoffte nur, dass die Torwachen dann keine unbequemen Fragen stellen würden, doch auch dafür hatte er sich etwas ausgedacht. Nun galt es erst einmal, unbemerkt in das Haus des Baders zu gelangen, damit er sein Vorhaben ausführen konnte.

Dort angekommen suchte er das Werkzeug, das er sich von Herold »ausgeliehen« hatte, aus seiner Tasche hervor. Immer wieder sah er sich dabei in beide Richtungen der Straße um. Seine Tasche wurde stetig leichter, während er ein Ding nach dem anderen vor sich auf die Türschwelle legte. Von den meisten wusste er nicht einmal, wie man sie nannte. Er hoffte nur, dass er die richtigen Dinge mitgenommen hatte und es trotz seines mangelnden technischen Verständnisses schaffte, in das Haus zu gelangen. Wieder schaute er die Straße hinunter und bückte sich dann, weil er sich das Schloss ansehen wollte. Dabei stützte er sich auf dem Knauf der Tür ab. Fast wäre er der Länge nach hingefallen, denn zu seiner Überraschung schwang die Tür auf. Sie war nicht verschlossen.

Verdutzt glotzte Jacob einige Sekunden auf die geöffnete Tür. Schließlich verstaute er Stück für Stück das Werkzeug wieder in der Tasche. Noch einmal sah er sich um und betrat das Haus. Drinnen wurde ihm klar, dass er die Laterne schon viel früher als für den Rückweg brauchte, denn es war hierstockfinster. Er entzündete den Docht und schob die Scheibe runter. Mit hochgehaltener Laterne ging er weiter.

Zuerst fiel ihm auf, dass die Stühle, die bei seinem Besuch auf dem Flur standen, allesamt verschwunden waren. Das war auch kein Wunder, wenn das Haus für jedermann zugänglich war. Die Leute hatten sich geholt, was sie gebrauchen konnten. Er war gespannt, ob überhaupt etwas übrig geblieben war.

Nach ein paar Schritten bemerkte er einen süßlichen Geruch, der ihn sofort an sein Erlebnis mit dem abgerissenen Arm der geborgenen Leiche erinnerte. Obwohl es nur eine leichte Spur in der Luft war, ereilte Jacob vor Ekel ein Brechreiz, den er mit Gewalt unterdrücken musste. Das waren vermutlich die Leichen, sie lagen wohl noch im Keller. Er wünschte, er hätte ein Tuch dabei, damit er es sich vor Mund und Nase binden konnte. Doch so musste es reichen, dass er sich den Ärmel vorhielt, während er die Treppe hinunterstieg. Er versuchte, sich vorzustellen, der Geruch würde von verfaultem Essen herrühren. Tatsächlich half es ihm, den Ekel vorerst zu besiegen.

Im Keller ging er mit der Laterne an jeder der Leichen entlang, um sie sich noch einmal zu betrachten. Sie sahen inzwischen ein wenig anders aus, als bei seinem letzten Besuch. Die Haut wirkte schlaff und teigig. Auf keinen Fall wollte er sie berühren. Der Glatzköpfige hatte jedenfalls ganz bestimmt rote Körperbehaarung, das fand Jacob noch mal bestätigt. Bei den anderen beiden war die Rothaarigkeit ja sowieso auf den ersten Blick sichtbar. Er sah sie sich trotzdem alle noch mal genau an, jeden Flecken der Haut, den er erkennen konnte, ohne sie berühren zu müssen, doch er konnte nichts Besonderes feststellen. Wahrscheinlich fehlten ihm dazu einfach die Fachkenntnisse, die der Bader hatte. Er sah sich um, ob außer den Leichen etwas anderes hier war, aber dem war nicht so. Also schnell wieder nach oben, raus aus diesem Gestank.

Oben konnte er wieder besser durchatmen. Da er gerade aus dem Keller kam, wo der Geruch viel intensiver war, bemerkte er ihn hier kaum noch. Er ging in den Behandlungsraum und musste feststellen, dass die Plünderer ganze Arbeit geleistet hatten. Sie hatten fast nichts dagelassen. Sogar der Behandlungsstuhl fehlte. Der war so speziell, dass man ihn für etwas anderes, beispielsweise als normales Sitzmöbel, eigentlich nicht gebrauchen konnte. Jacob fragte sich, wer so etwas stahl. Er erinnerte sich, dass verschiedene anatomische Abbildungen an den Wänden gehangen hatten. Sie waren ebenso verschwunden. Vielleicht glaubte so manch einer, dass sie ein Wohnzimmer verschönern konnten. Jacob ging durch alle Räume, aber wohin er mit seiner Laterne auch leuchtete, war nichts mehr vorhanden.

Dann rutschte er fast aus. Er hielt die Laterne tiefer, um zu sehen, ob es dort nass war. Doch nicht Nässe machte den Boden rutschig, sondern Lagen von Papier, die über den Fußboden verteilt waren. Offenbar hatten die Leute dafür keine Verwendung gehabt, für die Behälter, in denen der Bader das Papier aufbewahrt hatte, allerdings wohl. Jacob hob eines der Blätter auf und hielt es vor die Laterne, damit er lesen konnte, was darauf geschrieben war. Es handelte sich um die Akte eines Patienten. Der Bader hatte sich notiert, was er bei ihm diagnostiziert und wie er ihn behandelt hatte. Jacob nahm ein weiteres Blatt ein Stück weiter weg auf. Darauf waren die Ergebnisse der Untersuchung einer Leiche beschrieben. Genau das, was Jacob suchte. Er beleuchtete die Stelle auf dem Boden, von der er dieses Blatt genommen hatte. Trotz der Unordnung, in der das Papier dort lag, war zu erkennen, welche anderen Blätter dazu gehörten. Der ehemalige Papierstapel war flach auseinandergeschoben, aber folgte einer unregelmäßigen, fließenden Linie. Jacob schob die Blätter zusammen und verstaute, so viel er konnte, in seiner Tasche. Immer noch lagen dort stapelweise Blätter. Was sollte er der Torwache erzählen, wenn er sich diese einfach unter den Arm klemmte? Er öffnete seine Tasche und sah hinein. Das Werkzeug musste heraus, und sein Tintenfass war auch zu groß. Wo konnte er die Sachen lassen, ohne dass es von den Leuten gestohlen wurde?

Er hatte eine Idee, aber dafür musste er wieder in den Keller zurück.

1768

Diether legte zwei Holzscheite in die Glut und beobachtete, wie kurz darauf die Flammen an ihnen hochzüngelten. Dank des Kamins war es trotz der Eiseskälte draußen hier im Zimmer angenehm warm. Aus diesem Grund hielten sich auch alle hier auf. Alheyt saß mit dem kleinen Jacob im Schaukelstuhl am Fenster, Herold saß am Tisch, wo er in einem Schulbuch las, und Diether spielte mit Utz von Elmendorff am Kamintisch Schach. Utz brütete immer noch über seinen nächsten Zug, als Diether sich wieder setzte.

Duretta trat ein und kam zu ihnen herüber.

»Der wurde für Sie abgegeben«, sagte sie zu Diether und überreichte ihm einen Brief.

Sein Blick zuckte sogleich zu Alheyt, doch sie war mit dem Säugling beschäftigt und hatte scheinbar nichts mitbekommen. Duretta ging wieder. Diether roch an dem Kuvert, aber dieses Mal war Enngelins Parfüm nicht zu vernehmen. Utz sah auf und seine Miene verfinsterte sich.

»Wie lange soll das noch so weitergehen?«, brummte er, schüttelte den Kopf und wandte sich wieder dem Spielbrett zu.

Diether sparte sich eine Antwort und öffnete unterhalb der Tischkante den Umschlag. Irgendetwas stimmte damit nicht, er war anders als die bisherigen Briefe von Enngelin. Er entnahm den Bogen Papier und entfaltete ihn. Das Schreiben war nicht von ihr, es war nicht ihre Schrift. Schnell überflog er den Text und spürte förmlich, wie er blass wurde.

»Entschuldige mich«, sagte er leise zu Utz. »Ich muss das hier ungestört und in Ruhe lesen.«

Utz sah auf.

»Was ist denn in *dich* gefahren? Du siehst ja aus, als hättest du ein Gespenst gesehen«, sagte er.

Doch Diether war bereits aufgestanden und verließ schnellen Schrittes den Raum. Er ging in die Bibliothek, wo er sich in einen der Sessel setzte. Hier war es nicht so warm, aber er spürte die Kälte kaum. Er las den Brief erneut langsam Wort für Wort durch.

Der unbekannte Verfasser - weder unter dem Text noch auf dem Kuvert war ein Absender angegeben - sprach ihn mit vollem Namen und Titel an: »Freiherr Diether von Riekhen«. Offenbar wollte er keinen Zweifel daran aufkommen lassen, dass er *ihn* meinte. Ohne Umschweife kam er dann mit kurzen, prägnanten Sätzen sofort zur Sache, nämlich dass er von Diethers Liaison mit Frau Enngelin Henningsen wusste. Er hatte ihn mehrfach beobachtet und konnte mit einem weiteren Augenzeugen aufwarten, der im Falle des Falles gegen ihn aussagen würde. Diether sollte mit fünfzig Reichstalern am kommenden Freitag bei einem im Brief angegebenen Treffpunkt erscheinen und das Geld aushändigen. Andernfalls wollte der Verfasser nicht nur Frau von Riekhen über die Affäre informieren, sondern diese auch anderweitig publik machen.

Diether ließ den Brief sinken und biss die Zähne aufeinander. Utz hatte recht gehabt, er war ein riesiger Hornochse. Er hätte diese Sache gar nicht erst anfangen dürfen. Er hätte sich auf die Geburt seines Sohnes freuen und seine wollüstigen Gefühle so lange unterdrücken sollen, bis sich zwischen ihm und Alheyt wieder alles normalisiert hätte. Aber nun war es zu spät, nun musste er mit dieser Situation zurechtkommen. Doch was sollte er tun? Er durfte nicht riskieren, dass Alheyt von seinem Verhältnis zu Enngelin erfuhr. Er überlegte hin und her, es fiel ihm jedoch keine andere Möglichkeit ein, außer der, dem Willen dieses Erpressers nachzugeben. Fünfzig Reichstaler waren eine hohe Summe, aber es würde ihn keinesfalls in den Ruin treiben, wenn er sie zahlte. Er hatte viel mehr Geld als das. Gleich morgen müsste er dafür sorgen, dass der Betrag rechtzeitig zur Verfügung stand. Und dann würde er in den sauren Apfel beißen und dem Erpresser bei dem geforderten Treffen das Geld übergeben.

Diether versuchte, sich so zu verhalten, wie immer, aber das war gar nicht so leicht mit dermaßen viel Geld in der Tasche. Er sagte sich, dass er einfach zu dem Treffpunkt gehen sollte, als würde er sich dort mit Utz treffen. Doch im nächsten Moment erwischte er sich wieder dabei, wie er sich über die Schulter blickte, um zu prüfen, ob ihn jemand verfolgte oder ob sich jemand mit der Absicht näherte, ihn zu bestehlen. Das war natürlich beides nicht der Fall. Woher sollten die Menschen auch wissen, dass er so viel Geld bei sich trug. Das wusste nur einer und dem würde er gleich gegenüber stehen, was ihn noch zusätzlich nervös machte.

Die Geldsumme zu besorgen, war nicht schwierig gewesen. Seine finanziellen Mittel überstiegen diesen Betrag um ein Vielfaches. Es war zwar bitter, diese Summe zu zahlen - was hätte er nicht alles damit anfangen können - aber es war auch absolut notwendig. Er war froh, wenn er die Angelegenheit gleich aus der Welt geschafft hatte. Danach würde sein normales Leben weitergehen. Er wollte sich dann wieder mehr auf seine Familie konzentrieren und alles dafür tun, dass es zwischen Alheyt und ihm wieder in Ordnung kam. Mit Enngelin würde er sich noch einmal treffen, um sich von ihr zu verabschieden. Er wusste nicht, ob er das schaffen würde, ob er über die Liebe zu ihr hinwegkommen würde. Aber ihrer Forderung, ihren Mann zu töten, könnte er nicht nachkommen und sie würde ihn dann ohnehin verlassen wollen.

Diether holte den Brief heraus, um sich die Beschreibung des Weges zum Treffpunkt noch mal anzusehen. Bisher war er richtig gegangen. Hinter der nächsten Hausecke musste das Gebäude, von dem der Verfasser des Briefes geschrieben hatte, eigentlich zu sehen sein. Diether verlangsamte sein Gehtempo, als wollte er sich an ein Wild heranpirschen. Vorsichtig schaute er zuerst um die Hausecke herum, bevor er sie passierte. Das beschriebene Gebäude sah er sofort: Es war ein altes, verfallenes Haus, dem sämtliche Fenster und Türen fehlten. So war es auch im Brief geschildert. An der Stelle, wo einmal ein Dielentor gewesen sein musste, klaffte ein großes Loch in der Hauswand, sodass man weit in den Innenraum hineinsehen konnte. *Dort* wollte der Erpresser sich treffen, wo jeder, der vorbeikam, sie sehen konnte? Allerdings schienen sich in diese Gasse nicht viele Leute zu verirren: Diether hatte auf dem Weg hierher schon länger niemanden mehr gesehen und auch jetzt war weit und breit keine Spur eines Menschen zu erkennen.

Genauso vorsichtig, wie er sich dem Gebäude genähert hatte, betrat Diether es nun, gespannt darauf, mit wem er es gleich zu tun bekommen würde. Weit kam er indes nicht, bevor ihn von links aus dem Schatten eine Stimme ansprach.

»Bleiben Sie stehen, Freiherr.«

Die Stimme klang unsicher, ängstlich. Gar nicht passend zum bestimmenden Ton des Briefes. Hatte der Erpresser sich vielleicht übernommen mit seinem Vorhaben? Bekam er es womöglich mit der Angst zu tun, jetzt, wo er einem Mann höheren Standes gegenüberstand, der einen Degen mit sich trug? Diether sah eine gewisse Chance, dass er sein Geld behalten konnte, wenn er forsch genug auftrat.

»Sind Sie alleine?«, fragte die Stimme.

»Sie sehen mich doch hier stehen. Wonach sieht es denn aus?«, antwortete er mit einem gering schätzenden Lachen in der Stimme.

»Vielleicht stehen Ihre Begleiter ja noch hinter der Hausecke und warten nur auf Ihr Zeichen. Geben Sie Ihr Ehrenwort, dass Sie alleine gekommen sind.«

»Ja, Sie haben mein Ehrenwort: Ich bin alleine.«

Der Eigentümer der Stimme trat aus dem Schatten heraus, doch an einer ganz anderen Stelle als Diether aufgrund der akustischen Wahrnehmung vermutet hätte. Auch er war vorsichtig und näherte sich langsam nur wenige Schritte, gerade mal so viel, dass er komplett im Licht stand. Es war ein eher kleiner Mann, ungefähr Diethers Größe und Statur, doch Diethers Erwartung ihm ins Gesicht blicken zu können, wurde enttäuscht: Er trug eine schwarze Maske, die das ganze Antlitz bedeckte. Nur die Augen waren durch zwei Löcher zu sehen, aber es war nicht einmal hell genug, ihre Farbe zu erkennen. Diether machte einen Schritt auf ihn zu.

»Bleiben Sie dort stehen«, sagte der Mann sogleich. »Bewegen Sie sich keinen Schritt weiter, oder ich werde sofort verschwinden und die Androhung aus dem Brief wird in die Tat umgesetzt.«

Diether verharrte auf der Stelle. Der Mann brauchte nur einen Schritt nach hinten zu machen, um wieder im Schatten zu verschwinden und für Diether nicht sichtbar über einen Fluchtweg zu entkommen. Hier würde ihm weder Forschheit noch Degen etwas nützen. Es blieb ihm nichts anderes übrig, als das zu tun, was der Mann von ihm verlangte.

»Wie haben Sie es herausgefunden?«, fragte Diether.

Der Mann schien nicht zu verstehen, was Diether meinte, denn er schwieg zunächst, ganz so als würde er überlegen.

»Was meinen Sie?«, fragte er schließlich zurück.

»Woher wissen Sie von dem Verhältnis?«

Jetzt nickte der Mann langsam.

»Ich weiß von keinem Verhältnis. Und ich will es auch gar nicht wissen. Ich habe nur den Auftrag, von Ihnen etwas entgegenzunehmen. *Was* das ist, weiß ich auch nicht mal. Mein Herr sagte, es würde ausreichen, wenn *Sie* es wissen und was die Folgen wären, wenn es nicht seinen Forderungen entspräche.«

Das war also offensichtlich nicht der Erpresser selbst und genauso wenig der andere Augenzeuge, sondern nur ein Gehilfe.

»Es hat wohl keinen Zweck, zu fragen, wer dich schickt?«

»Nein, nicht den geringsten. Ich rede jetzt schon viel zu lange mit Ihnen. Legen Sie es, was immer es auch sein mag, auf den Boden und gehen Sie.«

Diether zögerte, aber er konnte weiterhin keinen Ausweg aus dieser Lage erkennen. Also tat er, was der Mann verlangte. Er nahm die Tasche mit dem Geld von seiner Schulter und ließ sie an dem Riemen auf den Boden gleiten.

»Gehen Sie!«, wiederholte der Mann.

Diether drehte sich um und trat durch die große Toröffnung ins Freie. Bei der Hausecke sah er sich noch einmal um, aber da lag die Tasche bereits nicht mehr dort, wo er sie liegengelassen hatte. Von ihr und dem Mann war nichts mehr zu sehen.

Zölder schaute noch eine Weile auf die Stelle, wo Diether von Riekhen hinter der Hausecke verschwunden war. Langsam wich die Anspannung und eine Erleichterung stellte sich ein. Erleichterung darüber, dass es so reibungslos geklappt hatte. Es war fast zu einfach gewesen. Offenbar hatte von Riekhen mit dem Bezahlen der Summe gar kein Problem gehabt. Zölder bereute in diesem Moment, nicht mehr gefordert zu haben.

Er wandte den Kopf und sah in die große Öffnung, die das frühere Dielentor hinterlassen hatte. Von seiner Position aus dem leer stehenden Gebäude gegenüber konnte er durch das Fenster alles gut überblicken. Deshalb hatte er diesen Ort für die Übergabe ausgewählt. In die Suche nach dem geeignetsten Platz hatte er einige Mühe investiert.

Sein Handlanger und die Tasche, die von Riekhen dagelassen hatte, waren nicht mehr zu sehen. Wahrscheinlich wartete er bereits an dem vereinbarten Treffpunkt. Für seine Hilfe und sein Schweigeversprechen würde er einen ganzen Reichstaler bekommen. Das war eine großzügige Entlohnung für so eine einfache Aufgabe. Eine Aufgabe, die er, Zölder, aber auf keinen Fall selbst erledigen wollte.

Zölder verließ das Zimmer und das Gebäude, um sich schnell die Tasche mit dem Geld von seinem Handlanger zu holen. Er wollte nicht, dass dieser noch auf dumme Gedanken kam.

Diether saß vor dem Kamin und schaute ins Feuer, so wie er es bereits seit einer Stunde tat. Er hätte Utz heute wieder einladen sollen. Nicht nur, dass ihm langweilig war. Bei einer Partie Schach wäre er vielleicht auf andere Gedanken gekommen. Seitdem er das Geld übergeben hatte, war seine Laune nicht wieder besser geworden. Es wurmte ihn ungemein, dass er das Geld einfach so losgeworden war, ohne dass er etwas dagegen tun konnte. Sein Verstand sagte ihm, dass er das hinter sich lassen sollte, da er es sowieso nicht mehr ändern konnte, gefühlsmäßig kam er jedoch nicht darüber hinweg.

Der kleine Jacob begann zu krähen. Diether spähte um die Sessellehne herum, um nachzusehen, was los war. Aber er lag einfach nur in Alheyts Armen und weinte. Er war halt ein Säugling, der das bei jeder Gelegenheit tat. Herold war nicht hier. Diether hatte keine Ahnung, wo er war.

Duretta betrat den Raum. Sie hatte wieder einen Brief in der Hand. Die Situation kam Diether ziemlich bekannt vor. Aber er hatte den Erpresser ja bezahlt. Sollte der etwa so unerhört sein und noch mehr Geld fordern? Oder war das jetzt wieder eine Nachricht von Enngelin?

Duretta erreichte ihn, übergab ihm den Umschlag und entfernte sich nach einem Knicks wieder. Ihr war wirklich absolut nicht anzumerken, dass sie gelegentlich miteinander schliefen. Diether betrachtete den Brief. Er war weder von dem Erpresser noch von Enngelin, denn er trug das dänische Siegel auf der Vorderseite. Auf der Rückseite war der Absender vermerkt. Der Brief kam von der dänischen Lokalkommision. Es handelte sich also um Steuerfragen. Das hatte ihm noch gefehlt. Diether bekam einen Kloß im Hals. Bei der Erhebung zur Steuerfestlegung hatte er einige Dinge geschönt. Die Steuern, die er an Dänemarks König zahlen musste, waren hoch genug, da hatte er es für sein gutes Recht gehalten, in manchen Punkten zu untertreiben, um die Steuerlast nicht übermäßig ausufern zu lassen. Er hoffte, dass dieser Brief damit nichts zu tun hatte.

Leise erhob er sich aus dem Kaminsessel und begab sich in die Bibliothek, wo er für derlei Dinge einfach mehr Ruhe und Ungestörtheit hatte. Er setzte sich und wendete den Brief hin und her. Doch warum sollte er es weiter hinauszögern, er musste der Wahrheit ja sowieso irgendwann ins Auge sehen.

Er brach das Siegel, entnahm das Schreiben, faltete es auseinander. Es war mit einer feinen, verschnörkelten Schrift bedeckt, wie die beamteten Schreiber sie meist verwendeten. Zunächst wurde noch einmal klar gestellt, von wem das Schriftstück kam und auf welcher rechtlichen Grundlage es beruhte. Dass die Oldenburgische Lokalkommision im Auftrage Dänemarks handelte, von König Christian VI. autorisiert, der am 23. August 1743 das entsprechende Steuergesetz erlassen hatte. Dann wurde aufgelistet, welche Dinge er bei der Befragung durch den Erhebungsbeamten angegeben hatte und welcher Steuerbetrag sich daraus ergab.

Diether zuckte zusammen, als er las, dass er dafür 194 Reichstaler und 63 Grote Steuern zahlen sollte. Aber dann kam es schlimmer.

Anschließend wurde ihm mitgeteilt, dass der Amtsvogt im Auftrage der Lokalkommision eine Prüfung seiner Angaben durchgeführt hatte. Wieder gab es eine Auflistung, die jetzt allerdings fast alles wiedergab, was Diether dem Beamten bei der Steuererhebung verschwiegen hatte, geordnet nach den Steuerarten Vermögenssteuer, Nahrungssteuer, Kopfsteuer, Carossensteuer und Pferdesteuer. Besonders bei der Vermögenssteuer schlugen einige Landgüter und Häuser zu Buche, von denen er gedacht hatte, es würde nicht auffallen, wenn er diese nicht angab. Hinter jeder Position der Auflistung war die Steuerschuld angegeben. Ganz unten war die Summe von 52 Reichstalern und 15 Groten genannt.

Der alles vernichtende Satz war aber, dass aufgrund seiner nachweislich falsch gemachten Angaben gemäß eben jenem Gesetz des Jahres 1743 der doppelte Steuersatz erhoben wurde.

Diether rechnete im Geiste die beiden genannten Summen zusammen und verdoppelte sie. Er kam auf rund 494 Reichstaler. Der Betrag entsprach dem Wert eines seiner größeren Anwesen.

Er sank rückwärts in die Sessellehne und ließ pustend die Luft entweichen. Um diese Summe aufzubringen, brauchte er eine Weile. Er musste sich Gedanken machen, wie er das bewerkstelligen sollte.

Momentan hatte sich anscheinend alles gegen ihn verschworen. Er war gespannt, was als Nächstes kommen würde.

HEUTE

Wieder drehte sich Editha vom Rücken auf die linke Seite. Seit Stunden ging das bereits so: immer hin und her. Auf der rechten Seite konnte sie nicht liegen, wegen ihrer Schulter. Weil sie schon nicht mehr wusste, wie sie sich sonst hindrehen sollte, probierte sie es ab und zu mit einem Zwischending, weder auf der Seite noch auf dem Rücken. Doch auch in dieser Stellung konnte sie nicht einschlafen. Ihre Gedanken ließen ihr einfach keine Ruhe. Sie versuchte, an nichts zu denken, aber über kurz oder lang geriet sie erneut ins Grübeln. Sie war hellwach, als hätte sie zwei Liter Kaffee getrunken.

Es hatte keinen Sinn. Die Ereignisse des Tages und insbesondere das belauschte Gespräch zwischen Marko und seinem Vater drängten sich immer wieder in ihre Gedanken. Sie sollte aufstehen, zumindest für eine Weile. Vielleicht konnte sie es später noch mal probieren. Sie schlug die Bettdecke zurück und schwang ihre Beine aus dem Bett.

Bereits auf dem Weg in die Küche kreisten ihre Gedanken wieder um die gleichen Fragen: Warum fürchtete von Zölder sie? Warum ging er sogar so weit, dass er sie umbringen wollte?

Störte ihn schon ihre bloße Anwesenheit in Oldenburg? Das glaubte sie eigentlich nicht. Sie vermutete eher, dass ihre privaten Nachforschungen ihm ein Dorn im Auge waren. Aber warum? Sie wollte doch nur etwas über ihre Vorfahren herausfinden. Was konnte daran so schlimm für ihn sein? Hatte er wirklich Angst, dass sie an sein Geld wollen könnte?

In der Küche nahm sie ein Glas aus dem Schrank und schenkte sich Mineralwasser ein. Damit setzte sie sich an den Tisch und schlug die Beine unter. Der Fußboden war zu kalt für ihre bloßen Füße. Sie trank in kleinen Schlucken und beobachtete den Sekundenzeiger der Wanduhr. Es war eigenartig, wie gefasst sie war. Vor ein paar Stunden hatte man versucht, sie umzubringen, und sie saß hier und war die Ruhe in Person. Sie musste sich über sich selbst wundern.

Eine Frage kreiste wie bei einem inneren Selbstgespräch kontinuierlich durch ihren Kopf: *Was konnte daran so schlimm für ihn sein?*

Sie war bei ihrer Ahnenforschung ja ohnehin in eine Sackgasse geraten. Ihre einzige Hoffnung auf ein Weiterkommen war die Familie von Zölder gewesen. Sie hatte geglaubt, dass die ihr etwas zu diesen Ländereien sagen konnte, aber das konnte sie jetzt ja wohl vergessen.

Was konnte daran so schlimm für ihn sein? Was konnte ...

Ruckartig stand sie auf, stellte das Glas ab und ging in ihr Büro. Sie begann, die Unordnung auf ihrem Schreibtisch zu durchwühlen. Wo hatte sie ihn bloß gelassen? Sie räumte die Papiere von einer Seite auf die andere. Ah, da war er ja. Sie zog den Übertragungskontrakt unter einem Papierstapel hervor.

Der hatte sie erst auf die von Zölders gebracht. Und sie hatte ja nur vor, damit mehr über Jacob herauszufinden, wie und wann er gestorben war. Hatte sie *dadurch* vielleicht alles ins Rollen gebracht? Und wenn sie diese Nachforschungen nun aufgab? Würde man sie dann in Ruhe lassen? Oder war das schon nicht mehr aufzuhalten?

Sie betrachtete den Übertragungskontrakt. Aber wie sie zuvor bereits festgestellt hatte, gab der nicht allzu viele brauchbare Informationen her. Zum einen natürlich den Namen von Zölder, der das Grundstück damals mit allem Drum und Dran erhielt. Und zum anderen die Beschreibung des Landstückes. Zu der Zeit gab es offenbar noch keine Daten, die auf einer Vermessung des Landes beruhten. Die Grenzen des Landstückes waren anhand natürlicher Landschaftsmerkmale beschrieben. Eine Begrenzung war ein Fluss oder Bach, der Ofener Bäke hieß.

Editha fuhr ihr Notebook hoch und öffnete im Internet einen Kartendienst. In das Suchfeld gab sie den Namen des Rinnsals ein. Tatsächlich wurde es gefunden. Es war eine dünne blaue Linie, die westlich von Oldenburg in mehreren Knicken von Nord nach Süd verlief. Irgendwo entlang dieser Bäke befand sich also das Landstück.

Sie sah sich die weitere Beschreibung im Übertragungskontrakt an. Da war von einem Wald die Rede, den sie auf der Karte nicht entdecken konnte. Weiterhin waren verschiedene Wege genannt, die es damals schon gegeben hatte. Ob es sie wohl heute noch gab? Gleich beim ersten Weg wurde sie fündig. Das Landstück musste sich demnach nord-westlich von Oldenburg befinden. Mit ihrer Handy-Navigation müsste sie dort eigentlich hinfinden. Mist, sie hatte ja gar kein Handy mehr, das war kaputt. Zu dumm. Aber sie würde dorthin fahren. Notfalls würde sie sich die Karte aus dem Internet ausdrucken und so den Weg finden. Gleich morgen nach dem Frühstück würde sie losfahren.

Sie lehnte sich im Stuhl zurück und machte sich gedanklich einen Plan für den kommenden Tag: Aufstehen, Tante Gerda anrufen, frühstücken ...

Irgendwann fiel ihr auf, dass der Anrufbeantworter blinkte. Sie beugte sich über den Schreibtisch und drückte die Abspieltaste. Die automatische Stimme nannte eine Zeit vom Nachmittag des Vortages, anschließend erklang eine Frauenstimme. Sie war von der Zeitungsredaktion und fragte nach den angekündigten Entwürfen der Artikelserie, an der sie gerade arbeitete. Die hatte sie ganz vergessen. Es war zum Verzweifeln. Wann sollte sie das denn noch machen?

Nach kurzem Zögern beugte sich Editha vor und drückte eine weitere Taste. Der Anrufbeantworter meldete: »Alle alten Nachrichten gelöscht.«

Dafür hatte sie jetzt keine Zeit. Das musste warten.

Das schlechte Gewissen und die Gedanken an mögliche Konsequenzen einer verspäteten Abgabe verdrängte sie.

Sie schaltete das Licht aus und begab sich wieder ins Bett. Dort lag sie etwa zehn Minuten, und war gerade dabei wegzudämmern, als es an der Haustür klingelte. Verdammt noch mal, wer war das denn jetzt noch? Sie hätte beinahe geschlafen und dann das. Sie ließ das Licht aus, ging zurück in die Küche und schob den Vorhang leicht beiseite. Vor der Haustür stand Marko von Zölder. Vorsichtig ließ sie den Vorhang wieder zurückgleiten und lehnte sich neben dem Fenster an die Wand. Mit angehaltenem Atem wartete sie, bis sie den startenden und wegfahrenden Porsche hörte. Dann ging sie zurück ins Bett.

»Ja, mir geht es wieder gut. Die Schulter schmerzt ein wenig, aber sonst ist alles in Ordnung.«

Tante Gerda war nicht einfach zu beruhigen. Die Frage, warum sie sich gestern nach der Entlassung aus dem Krankenhaus nicht bei ihr gemeldet hatte, beantwortete sie wahrheitsgemäß damit, dass sie es vergessen hatte. Dass der Besuch bei Marko von Zölder der Grund dafür war, verschwieg sie dabei lieber.

»Aber wie kann es sein, dass der Fahrer des Wagens nicht gefasst werden kann?«

Das fragte sie jetzt schon zum dritten Mal.

»Tante Gerda, das Nummernschild war doch gefälscht. Deshalb konnte die Polizei den Fahrzeughalter nicht ermitteln.«

»Aber wer macht denn so was? Das ist ja wie in einem Krimi.«

Nicht nur *wie* in einem Krimi, dachte Editha. Dabei kannte Tante Gerda nicht einmal das ganze Ausmaß des Geschehens. Dass man versucht hatte, sie umzubringen. Und dass der Mann da mit drin steckte, mit dem sie sich in letzter Zeit getroffen hatte. Der Mann, in den sie sich fast verliebt hätte.

»Jedenfalls musst du dich erst mal davon erholen. Mach dir um Timo keine Gedanken. Der ist bei uns gut aufgehoben.«

Editha fiel ein Stein vom Herzen. Das war genau das, worum sie Tante Gerda bitten wollte.

»Du bist ein Goldstück«, sagte sie. »Ich komme später dann mal vorbei.«

Sie verabschiedeten sich und Editha legte auf.

Während sie Müsli frühstückte und Kaffee dazu trank, überlegte sie, wie sie zu dem Grundstück gelangen könnte. Sie könnte sich mit einem Taxi dorthin bringen lassen. Das wäre allerdings ziemlich teuer. Mit dem Bus wäre es dagegen sehr umständlich. Das würde zu lange dauern und sie wäre zu unflexibel. Schließlich wusste sie ja nicht genau, wohin sie musste.

Die Haustürklingel riss sie aus ihren Überlegungen. Hoffentlich war das nicht wieder Marko. Sie ging zum Fenster und schob wie in der letzten Nacht den Vorhang ein Stück zur Seite. Es war ihr Nachbar. Wie hieß er noch gleich? Genau, Klöse. Ihr erster Impuls war, nicht die Tür zu öffnen, um keine Zeit zu verlieren. Aber da er nach eigener Aussage den ganzen Tag aus dem Fenster schaute, war er wahrscheinlich bestens darüber informiert, wann sie zu Hause war und wann nicht. Sie begab sich also zur Haustür und öffnete sie.

»Moin, Herr Klöse«, sagte sie laut, damit er sie auch verstand. »Heute steige ich auf keine Leiter, ich verspreche es.«

Er sah sie mit einem breiten Lächeln an.

»Moin, mein Kind. Sie brauchen nich' so zu schrei'n. Hörgerät ist eingestöpselt und eingeschaltet.« Dann wurde er ernst. »Alles in Ordnung bei Ihnen? Ich habe gestern gesehen, dass dieser komische Typ, der hier immer rumlungert, in dem Moment aufbrach, als Sie mit dem Rad losfuhren. Und abends sind Sie ohne Rad und ohne ihren Sohn nach Hause gekommen. Ich habe mir Sorgen gemacht.«

»Ja, alles in Ordnung.« Das war ja süß, dass er sich Sorgen um sie machte. »Außer einer geprellten Schulter, aber das geht heute schon wieder einigermaßen.«

»Wie ist das denn passiert?«

Er schaute abwechselnd ihre Schultern an, als ob er damit herausfinden könnte, welche der beiden die verletzte war.

Editha überlegte, wie viel sie ihm anvertrauen sollte. Es war eigentlich nicht notwendig, dass er von dem Vorfall erfuhr. Aber andererseits wollte sie es auch jemandem erzählen.

»Sie hatten recht: Der Mann, der Ihnen hier aufgefallen war, hat versucht, mich zu überfahren.«

Seine Augen wurden größer.

»Oh, mein Gott! Und wo ist Ihr Sohn?«

»Bei meiner Tante. Ihm ist nichts passiert.«

Er wirkte beruhigt.

»Waren Sie bei der Polizei?«

»Sie war bei mir. Als ich im Krankenhaus war. Aber dieser Mann konnte noch nicht gefasst werden.«

Herr Klöse öffnete ein paar Mal den Mund, ohne etwas zu sagen, wie ein Fisch, der nach Luft schnappte.

»Ich hätte die Polizei verständigen sollen, als er mir hier auffiel«, sagte er schließlich.

»Das hätte auch nichts geändert. Er hat hier ja nichts Verbotenes getan. Und dann hätte er mich ein anderes Mal erwischt.«

Herr Klöse griff nach ihrer Hand.

»Wenn ich Ihnen irgendwie helfen kann ...«

Im Moment wollte sie eigentlich nur zu diesem Grundstück, dachte sie. Aber vielleicht konnte er ihr ja dabei helfen.

»Haben Sie ein Auto?«, fragte sie.

»Ja, warum?«

»Würden Sie mir das leihen? Ich möchte zu einem Grundstück fahren und es mir ansehen.«

»Was für ein Grundstück? Sie haben dieses Haus doch gerade erst bezogen.«

Editha lachte.

»Nein, das will ich nicht kaufen. Es geht um eine Sache, der ich nachgehe. Die hat vielleicht etwas mit diesem ... Unfall zu tun. Aber das ist eine lange Geschichte.«

Herr Klöse überlegte kurz.

»Ich habe eine bessere Idee: Ich fahre Sie hin. Es kann bestimmt nicht schaden, wenn jemand an Ihrer Seite ist.«

»Hm ... und was sagt Ihre Frau dazu?«

Er winkte ab.

»Ach, die ist heute mit ihren Klatschtanten frühstücken gegangen.«

Es stellte sich heraus, dass Herr Klöse die Straßen, die Editha herausgefunden hatte, kannte. Er als Alt-Oldenburger kannte sich sowieso bestens aus. Auch wo die Ofener Bäke verlief, wusste er ungefähr. Die Fahrt in diese Gegend dauerte deshalb nicht sehr lange. Keine Viertelstunde waren sie unterwegs. Die Zeit reichte aber dafür, dass Editha in groben Zügen von ihrer Ahnenforschung erzählen konnte. Ihre Visionen ließ sie dabei wohlweislich aus.

Als sie an der Stelle eintrafen, wo eine der Straßen auf die Bäke zulief, parkte Herr Klöse den Wagen und sie versuchten, zu Fuß herauszufinden, wo das Grundstück früher gelegen haben könnte. Die Gegend war hier sehr ländlich und die einzelnen Grundstücke groß. Sie mussten an langen Abzäunungen entlanggehen, bevor sie zum jeweils nächsten Grundstück kamen. Die meisten Tore besaßen opulente Schilder mit den Namen der Bewohner. Die Häuser, die sie von der Straße aus sehen konnten, waren entsprechend pompös. Eines stand fest: Hier wohnten Leute mit Geld.

»Gut möglich, dass das hier früher *alles* zu dem Grundstück Ihrer Vorfahren gehörte«, sagte Herr Klöse.

»Ja, ich glaube, bis zu einem bestimmten Zeitpunkt gehörten sie dem Adel an. Da hatte man, soweit ich weiß, zwangsläufig einen größeren Besitz.«

Jetzt wusste sie zwar, wo der Besitz ihrer Vorfahren früher gewesen war, aber nützen würde ihr das nichts. Über Jacob würde sie dadurch nicht mehr herausfinden.

Die Zaunanlage des Grundstücks, an dem sie gerade entlangliefen, erstreckte sich besonders ausgedehnt die Straße entlang. Das Grundstück musste um einiges größer sein, als die anderen. Die Zufahrt war aber nicht mehr weit. Die wollte sie sich noch ansehen, bevor sie umdrehen und zum Auto zurückkehren würden. Doch als sie bei der Zufahrt ankamen, wurde sie enttäuscht: Weder konnte man vom Haus etwas erkennen, noch war am Tor ein Namensschild angebracht.

»Was könnte das bedeuten«, sagte Herr Klöse und zeigte auf ein Schild in der Mitte des Tores. »Vielleicht die Initialen des Eigentümers?«

Auf dem Schild standen die Buchstaben »KvZ«. Moment mal, »KvZ« wie »Klemens von Zölder«?

Das musste Editha jetzt wissen. Sie drückte auf die Klingel und zuckte zusammen, weil dabei der Schmerz in ihre verletzte Schulter schoss.

»Kennen Sie den Inhaber dieser Initialen?«, fragte Herr Klöse, der von ihrer plötzlichen Bewegung scheinbar nichts bemerkt hatte.

»Ich gehe jede Wette ein, dass es Klemens von Zölder ist. Ich hatte Ihnen doch von meiner Ahnenforschung erzählt. Der gehört zu der Familie, die das Land später bekommen hatte.«

Der Lautsprecher der Gegensprechanlage knackte.

»Ja, bitte?«

Editha wandte sich der Anlage zu.

»Hallo, hier ist Editha Riekmüller.«

Eine kurze Pause trat ein.

»Kommen Sie rein.«

Ein Summen ertönte. Editha drückte die entriegelte Tür auf. Sie und Herr Klöse betraten das Grundstück und ließen die Tür hinter sich wieder einschnappen. Der Weg, der zum Haus führte, machte eine seichte Kurve und war auf beiden Seiten mit hohen Büschen bepflanzt, sodass sie ihn nie besonders weit im Voraus einsehen konnten. Sie schritten ihn schweigend entlang. Editha hatte gemischte Gefühle wegen der Begegnung, die sie mit Klemens von Zölder gleich haben würde. Was wollte sie eigentlich hier? Was sollte sie zu ihm sagen? Darauf war sie nicht vorbereitet.

Viel Zeit zu überlegen hatte sie nicht, denn Klemens kam ihnen auf dem Weg bereits entgegen. Er fuhr mit einem Elektrowagen, der den Fahrzeugen glich, die auf Golfplätzen verwendet wurden. Der Wagen hatte drei Sitzplätze, die von einem Textildach überspannt waren. In dem piekfeinen Anzug machte Klemens darauf einen komischen Eindruck. Nicht mal in seinem Zuhause lief er leger herum. Seine Kleidung war genauso adrett wie bei den beiden Begegnungen zuvor. Davon einmal abgesehen, war die Ähnlichkeit mit Marko wieder verblüffend.

Er fuhr das Fahrzeug bis kurz vor einen riesigen, birnenförmigen Stein, der am Wegesrand aufrecht stand. Sie versuchte einzuschätzen, was er von ihrem Erscheinen hielt, doch er stieg mit neutraler Miene von dem Gefährt und kam ihnen entgegen. In der Höhe des Steins trafen sie aufeinander.

»Was für eine Überraschung«, sagte er, als sie nahe genug waren.

»Ja, für mich auch«, entgegnete Editha.

Sie schüttelten Hände und Editha stellte Herrn Klöse vor.

»Ich verstehe nicht, warum es auch für Sie eine Überraschung sein soll?« Klemens lächelte schief und mit gefurchter Stirn.

»Weil es ein Zufall ist, dass ich hier bin.«

Editha erklärte ihm, wie es dazu gekommen war. Von dem Übertragungskontrakt, dass das Land einmal ihren Vorfahren gehört hatte, es dann an seine Familie übergangen ist und sie dem nachging, um über Jacob etwas herauszufinden. Falls Klemens irgendetwas davon bereits wusste, ließ er es sich nicht anmerken.

Kaum hatte sie ihre Ausführungen beendet, fühlte sie ein Kribbeln auf der Kopfhaut. Sie spürte, dass sie gleich eine Vision haben würde. Das war jetzt natürlich äußerst ungelegen, wo sie Klemens direkt gegenüber stand. Irgendwie musste sie es kaschieren. Sie tat so, als wäre ihr schwindelig geworden, stützte sich mit einer Hand an dem Stein ab und wandte sich mit geschlossenen Augen ab.

Im nächsten Moment war sie in Jacobs Körper und fühlte sich hundeelend. Er übergab sich neben diesem Stein. Die Umgebung sah natürlich anders aus: kein Weg, keine angelegten Büsche. Nur der Stein schien unverändert an Ort und Stelle geblieben zu sein über die Jahrhunderte. Dann wurde Jacob gerufen und sie ging mit ihm zu einer Kutsche. Er kletterte hinauf und sie fuhren los. Es passierte nichts Besonderes, nur Jacobs Gedanken rasten hin und her. Er war ziemlich verwirrt. Und er hatte Angst. Angst um sein Leben und Angst um ... *Timos Leben*. Bevor sie sich weiter darüber wundern konnte, kam sie wieder zu sich.

» ...eht es Ihnen nicht gut?«, hörte sie Klemens sagen.

Sie wusste ja, dass sie von den beiden Männern nur eine Sekunde abwesend war. Eigentlich konnten sie nichts von ihrer Vision bemerkt haben.
»Mir ist ein wenig schwindelig«, sagte sie. »Nur einen Moment, es geht gleich wieder.«

Sie wartete einen Augenblick ab, bis der Ansturm von Übelkeit einigermaßen erträglich geworden war. Dann riss sie sich zusammen und wandte sich Klemens zu. Der sah sie besorgt an. Sie zwang sich zu einem Lächeln.

»Keine Sorge«, sagte sie. »Nur ein kleines, monatliches Frauenproblem.«
Bei dieser Art von Problemen fragten Männer für gewöhnlich nie weiter nach.
»Wo waren wir stehen geblieben? Ach ja: Bevor das Land Ihrer Familie gehörte, war es im Besitz meiner Familie.«

Klemens war sichtlich immer noch irritiert, aber er fuhr trotzdem mit der unterbrochenen Unterhaltung fort.

»Das Anwesen gehörte meiner Familie schon lange, bevor ich geboren wurde. Wie lange, wusste ich bisher nicht, aber wenn dieser Übertragungskontrakt echt ist, muss er den Zeitpunkt wohl angeben.« Er fasste sich ans Kinn. »Mir fällt da gerade etwas ein: Vor ein paar Jahren habe ich hier alles von meinem Vater übernommen. Das alte Herrschaftshaus war baufällig. Deshalb habe ich es abreißen lassen und neu gebaut. Auf dem Dachboden wurden aber einige Dinge gefunden, mit denen niemand etwas anzufangen wusste. Soweit ich weiß, wurden die zwischengelagert und anschließend wieder auf den Dachboden des neuen Hauses gebracht. Vielleicht hat das etwas mit ihren Vorfahren zu tun.«

Edithas Herzschlag beschleunigte sich. Sollte dieser Ausflug doch nützlich gewesen sein?

»Dürfte ich mir die Sachen ansehen?«
»Selbstverständlich. Steigen Sie bitte auf.«

Sie stiegen alle in das Elektrofahrzeug, Klemens wendete es und lenkte es den Weg weiter entlang. Außer, dass sich die Richtung der Krümmung ab und zu änderte, war der Rest des Weges genauso angelegt, wie der erste Teil. Irgendwann kamen sie auf einen ausgedehnten Platz. Sie fuhren auf ein riesiges Haus zu. Es war sehr neu und modern gebaut, aber sah doch irgendwie aus wie eine alte Villa. Davor stand eine schöne weiße Skulptur eines sich aufbäumenden Pferdes.

»Wohnen Sie hier ganz allein?«

Klemens warf ihr einen Blick zu.

»Glauben Sie mir: Mit mir würde es niemand auf Dauer aushalten. Aber was noch viel wichtiger ist: Ich würde es auch mit niemanden aushalten.« Er lenkte das Fahrzeug bis vor die Haustür und stieg ab. »Bitte, treten Sie ein.«

Er öffnete die Haustür und hielt sie für sie auf.

»Haben Sie gar kein Personal, wie Ihr Vater?«

Er lachte.

»Nicht so viel. Nur eine Putzfrau und einen Gärtner. - Kommen Sie, hier geht es entlang.«

Sie gingen eine gewundene Marmortreppe zwei Stockwerke hoch, dann eine schmale Holztreppe, hinter der sich ein Dachboden auftat.

»Die Sachen müssten dort hinten in der Ecke liegen, in einer Truhe«, sagte Klemens.

Er ging auf das kleine Fenster an der Stirnseite des Dachbodens zu. Der aufgewirbelte Staub tanzte in dem Licht, das schräg hereinfiel.

»Hier ist sie ja.«

Editha glaubte, ihren Augen nicht trauen zu können. Klemens zog eine große Kiste über den Boden, die der auf ihrem Dachboden, in der sie Jacobs Buch gefunden hatte, zum Verwechseln ähnlich sah. Die Holzschnitzereien an den Seiten wiesen andere Motive auf, waren aber von der gleichen Art, wie bei ihrer Truhe.

»Darf ich?«, fragte sie.

»Sie können sich den Inhalt in Ruhe ansehen«, sagte Klemens und zu Herrn Klöse: »Wie wäre es, wenn wir uns derweil etwas Leckeres gönnen?«

Die beiden Männer verließen den Dachboden und ließen Editha alleine. Im Weggehen hörte sie Klemens noch von einem Weinkeller reden.

Sie setzte sich vor der Truhe auf den staubigen Boden. Das Licht, das durch das Fenster drang, reichte aus, um genug sehen zu können. Die Truhe zog sie ein Stück zu sich heran. Wie bei dem Gegenstück, das sie zu Hause hatte, musste sie zuerst den Metallbügel hochklappen, bevor sie sie öffnen konnte. Selbst der Geruch, der ihr von innen entgegenschlug, war von der gleichen Muffigkeit.

Der Inhalt der Truhe war mit einem grünen Tuch abgedeckt. Editha nahm es herunter. Dabei rutschte es sofort auseinander, denn es war mehrfach gefaltet. Sie hielt es hoch und ließ es gänzlich auseinandergleiten. Es sah aus wie eine Art Umhang. Die Ränder waren säuberlich umgenäht und in der Mitte befand sich ein Wappen: ein sich aufbäumendes Pferd inmitten von symbolisierten Bäumen.

Sie legte das Tuch beiseite und wandte sich wieder der Truhe zu. Darin befanden sich noch viele Sachen, die meisten uninteressante Alltagsgegenstände. Hier ein rotes Schleifenband, dort ein Paar weißer Handschuhe, zwei Perücken, ein verzierter Dolch, eine Haarbürste und vieles mehr, auch einige Sachen, von denen sie gar nicht wusste, was sie sein sollten. Drei Dinge fielen ihr besonders auf.

Zuerst war da ein wuchtiger, goldener Ring, der mit Edelsteinen besetzt war. Warum lag der in dieser Kiste? Der musste ziemlich wertvoll sein. Warum hat ihn noch nie jemand an sich genommen? Sie überlegte kurz, ob *sie* das tun sollte, legte ihn aber doch in die Truhe zurück.

Dann fand sie eine schwarze Schachfigur. Es war lange her, dass ihr Vater ihr die Grundregeln des Schachspiels beigebracht hatte und seitdem hatte sie auch nicht wieder gespielt, aber es war offensichtlich, dass es sich bei der Figur um den König handelte. Sie fragte sich nur, warum man eine einzelne Figur aufbewahren sollte und nicht gleich das ganze Spiel.

Der dritte Gegenstand, der ihr auffiel, war eine Spieldose. Sie war sehr kunstvoll gearbeitet und musste ebenfalls ziemlich kostbar sein. Auf der einen Seite steckte ein platter Schlüssel, wahrscheinlich aus Messing, mit dem man die Spieldose aufziehen konnte. Sie versuchte, den Schlüssel zu drehen, aber er bewegte sich nicht ein Stück. Dann entdeckte sie einen Spalt in der Spieldose: Offenbar war sie schon lange kaputt.

Editha legte alle Sachen so in die Truhe zurück, wie sie sie vorgefunden hatte. Das Tuch faltete sie wieder zusammen und bedeckte damit den Inhalt. Dann klappte sie den schweren Deckel hinunter und legte den Metallbügel um. Sie setzte sich auf die geschlossene Truhe und dachte nach. Das Grundstück ging von Diether an die Stadt Oldenburg über, als seine beiden Söhne noch klein waren. Die Gegenstände in der Truhe mussten also von Diether stammen und nicht von Herold oder Jacob.

Jacob! Die Vision! Sie hatte bisher gar keine Gelegenheit gehabt, darüber nachzudenken. Sie spürte immer noch die Angst, die in seinem Körper gesteckt hatte. Warum hatte er um sein Leben gefürchtet? Hatte es eine direkte

Bedrohung gegeben oder hatte er in ihren Gedanken von seinem möglichen Tod erfahren? So, wie sie in seinen Gedanken lesen konnte?

Timo! Warum hatte er Angst um Timo? Er kannte ihn aus seinen Visionen, seinen Ausflügen in ihren Körper. Aber warum glaubte er, dass Timo etwas passieren könnte? Editha musste bei ihrer nächsten Vision versuchen, mit ihm zu kommunizieren. Denn sie musste wissen, warum er sich um Timo sorgte, und sie musste ihm etwas mitteilen. Schließlich musste er erfahren, dass er an seinem Geburtstag vorsichtig sein musste.

Bisher war sie ja immer davon ausgegangen, dass Herold ihr Vorfahre war und Jacob halt der Bruder. Aber eigentlich nur, weil sie von Herold zuerst erfahren hatte. Vielleicht war ja doch Jacob ihr Vorfahre. Warum sollte sie sonst gerade mit ihm diese Verbindung haben?

1788

Jacob zündete eine Kerze an und schloss anschließend die Tür seiner Kammer. Es war schon spät. Sie schufteten jetzt alle mehr als je zuvor an dem Mühlenumbau, jeden Tag noch lange nach dem Dunkelwerden im Licht von Laternen. Herold meinte, dass es Zeit wurde, mit den Arbeiten fertig zu werden. Ständig trieb er sie alle zur Eile an. Die Pausen hatte er sowohl hinsichtlich ihrer Länge als auch ihrer Häufigkeit halbiert, sodass ihnen täglich nur zwei Stück zu je einer Viertelstunde reichen mussten. Dementsprechend geschafft war Jacob deshalb nun. Aber er wollte unbedingt heute die Aufzeichnungen des Baders durchsehen. Viel Zeit blieb ihm dafür vermutlich nicht, bevor ihm die Augen vor Müdigkeit zufielen. Immer noch hatte er den Geruch vom Pech in der Nase. Wahrscheinlich stank er fürchterlich danach. Den ganzen Tag hatte er nämlich damit die Holzplanken an den Seitenwänden des Beckens eingepinselt, um diese abzudichten. Mit dieser Arbeit würde er noch Tage beschäftigt sein.

Er holte die Aufzeichnungen des Baders aus der Tasche und stapelte sie auf seinem Arbeitstisch. Dabei fiel ihm ein, dass er dringend das Werkzeug und sein Tintenfass aus des Baders Wohnung zurückholen musste. Herold hatte ihn kürzlich schon gefragt, ob er eine merkwürdig klingende Zange gesehen habe, die er vermissen würde. Jacob hatte ausweichend mit »heute noch nicht«, geantwortet.

Er nahm sich mehrere Blätter vom Stapel herunter. Das oberste betrachtete er zunächst genauer. Als Titel hatte der Bader in einer schnörkellosen, geraden Handschrift »Leichenuntersuchung« geschrieben. Darunter standen verschiedene Daten, wie Datum der Untersuchung, Vor- und Nachname, Größe und Gewicht des Toten. Dann folgte ein längerer Text, in dem festgehalten war, was bei der Untersuchung aufgefallen war.

Die nächsten Seiten ließ er an seinem Daumen entlanggleiten, ohne sie genauer zu lesen. Sie waren alle nach demselben Muster aufgebaut. Er achtete nur auf die Namen. Die meisten Blätter waren leider Patientenakten, nur einige wenige Leichenuntersuchungen waren dazwischen. Und dabei musste irgendwo die Untersuchung seiner Mutter sein. Von seinem Vater gab es ja keinen Bericht, wie der Bader ihm bereits erzählt hatte.

Dann fand er das richtige Blatt. Er zog es aus dem Stapel heraus und las den Inhalt. »Alheyt von Riekhen« stand unter dem Titel. Vor Aufregung war Jacob wieder hellwach. Die Versuchung war groß, den Text zu überfliegen, um schnell seine Neugier zu befriedigen, doch er zwang sich dazu, langsam und konzentriert jedes Detail aufzunehmen.

Das Untersuchungsdatum war ein Tag im Jahre 1768. Dem Bericht entnahm Jacob, dass die Untersuchung einen Tag nach dem Tod seiner Mutter stattgefunden hatte. Der Bader hatte damals unzählige Knochenbrüche, Prellungen, Quetschungen und Abschürfungen festgestellt. Die Todesursache war eindeutig gewesen: innere Verletzungen aufgrund eines Sturzes aus großer Höhe. Unter ihren Fingernägeln hatten sich Hautreste befunden, was darauf hindeuten konnte, dass vorher ein Kampf stattgefunden hatte. Das war alles, was Jacob dem Bericht entnehmen konnte.

Damit wusste er keinen Deut mehr, als der Bader ihm schon erzählt hatte. Von ihm wusste er ja sogar noch Dinge, die über die reinen Fakten aus dem Bericht hinausgingen. Nämlich, dass seine Mutter von einem Balkon gestürzt war. Ob sie nun gestoßen worden oder selbst gesprungen war, blieb weiterhin offen. Und von seinem Vater wusste er wie bisher gar nichts. Aber das hatte er ja auch nicht erwartet. Er wollte sich ja vor allem mit den weiteren Todesfällen befassen, um über diesen Umweg vielleicht etwas herauszufinden.

Also nahm er sich den Stapel wieder vor und zog aus den vielen Blättern die Leichenuntersuchungen heraus. Damit war er eine Weile beschäftigt, aber danach war der Stapel um einiges kleiner geworden, denn der größere Teil entfiel natürlich auf die Patientenakten. Dann sortierte er die verbliebenen Blätter nach dem Untersuchungsdatum. Diese stupide Fleißarbeit ermüdete ihn wieder, die Lider wurden schwerer. Der Bader musste weitaus älter gewesen sein, als er aussah, denn die ersten Untersuchungen reichten einige Jahrzehnte zurück. Jacob interessierten aber vor allem die Fälle, die ungefähr zur Todeszeit seiner Eltern auftraten.

Genau am Todestag seiner Mutter war damals eine andere Frau gestorben. Sie war eindeutig ermordet worden. Der Bader hatte ausführlich ihre ganzen Stichverletzungen beschrieben. Sämtliche Müdigkeit fiel wieder von Jacob ab, als er sich weiter oben die Personenbeschreibung durchlas, denn die Frau war rothaarig.

Aufgeregt blätterte er zurück. Eine kurze Zeit vor dem Tod seiner Mutter hatte es einen Mord an einen Mann gegeben. Hier schaute Jacob zuerst auf die äußerliche Beschreibung, doch dieser Mann hatte keine roten Haare gehabt, sondern schwarze. Wahrscheinliche Todesursache war bei ihm ein hoher Blutverlust aufgrund einer Kopfverletzung gewesen, aber er hatte auch Blutergüsse an den Armen sowie Würgemale am Hals gehabt.

Der Bericht davor lag noch mal über ein Jahr zurück und konnte deshalb mit dem Tod seiner Mutter nichts zu tun haben. Also blätterte er wieder vor.

Nach der Untersuchung der rothaarigen Frau namens Enngelin Henningsen hatte es in kurzer Folge mehrere Morde gegeben, bei denen die Leichen im Stadtgraben gefunden wurden. Das war dann wohl die damalige Mordserie gewesen, die heute fortgesetzt wurde.

Aber die anderen beiden Morde wichen schon ziemlich von dem Schema der Mordserie ab. Es lohnte sich vielleicht da weiter hinterherzugehen, denn so eindeutig war es nicht, dass seine Mutter gesprungen war. Und womöglich fand er so auch etwas über den Tod seines Vaters heraus. Er fragte sich nur, wie er das anstellen sollte.

Wie immer herrschte in der Hafengegend reges Treiben. Jacob kam an einem Schiff vorbei, von dem gerade Unmengen von Tüchern abgeladen wurden. Die Arbeiter bildeten eine Kette. Jeder gab einen Batzen an den nächsten weiter und der letzte stapelte sie auf einem großen Karren, der zum Schutz der edlen Stoffe mit Sackleinen ausgelegt war. In allen erdenklichen Farben tanzten die Tücher vom Schiff durch die Hände der Männer bis zu dem Karren. Wer wohl so viele Tücher bekommen sollte?

Jacob ging weiter. Er kam in die Gegend, wo sich bei seinem letzten Besuch die Huren aufgehalten hatten. Das schlechte Gewissen drängte sich immer wieder in seine Gedanken, und er versuchte, es stets von Neuem zu unterdrücken. Er hatte dieser Hure, dieser Ella, versprochen, dass er sie nicht wieder aufsuchen würde und jetzt war er gerade auf dem Weg zu ihr. Aber er musste ihr unbedingt eine letzte Frage stellen. Danach würde er sie dann ganz bestimmt in Ruhe lassen. Im Moment wusste er einfach nicht, wie er weiter nachforschen sollte. Sie hatte gesagt, dass der Bader ihr von Merkwürdigkeiten und Ungereimtheiten erzählt hatte. Vielleicht wusste sie ja noch irgendetwas über die betreffenden Todesfälle. Das musste Jacob noch herausfinden, nur diese eine Sache.

Er kam bei ihrem Haus an. Von den anderen Huren war weit und breit nichts zu sehen. Auf sein Klopfen gab es keine Reaktion. Er versuchte es erneut. Nach einer Weile trat er einfach ein und ging den ihm bekannten Weg zu Ellas Kammer. Dort klopfte er wieder und sagte laut ihren Namen, aber wie vorher kam keine Reaktion. Er öffnete die Tür, doch in der Kammer war niemand. Ella war nicht da. Es hatte keinen Zweck zu bleiben. Bis zu ihrer Rückkehr konnte es lange dauern. Er würde halt später wiederkommen.

Nachdem er das Haus verlassen hatte, ging er den gleichen Weg zurück, den er hergekommen war. Zwei Straßen weiter sah er eine der bekannten Huren an einer Häuserecke stehen, als würde sie nach Kundschaft Ausschau halten. Es war diejenige, die dabei war, als die ältere Hure ihn zu Ella geschickt hatte. Jacob ging auf sie zu.

»He, du, sag mal, weißt du, wo ich Ella jetzt finde?«, fragte er sie.

Sie sah ihn mit unbewegter Miene an. Ihr blondes Haar umspielte im Wind ihr Gesicht.

»Ella hatte gestern einen Unfall«, sagte sie.

Einen Tag, nachdem er bei ihr war? Konnte das ein Zufall sein?

»Was ist passiert?«

»Sie ist aus dem Fenster gefallen.«

»Hat sie sich schlimm dabei verletzt?«

»Sie hat sich den Kopf aufgeschlagen. Sie ist tot.«

Sie wandte sich ab, als hätte sie beschlossen, dass damit alles gesagt wäre.

Jacob ging wie betäubt an ihr vorbei. Das Treiben um ihn herum nahm er kaum mehr wahr. Er konnte es nicht fassen. Nie und nimmer war das ein Zufall. Er war sich sicher, dass Ella nicht aus dem Fenster gefallen war. Sie wurde ganz bestimmt gestoßen. Sie musste sterben, weil sie zu viel wusste.

1768

Barthel Zölders Gedanken schweiften ab. Er schaute auf die Wand hinter dem kleinen Tisch, ohne sie wahrzunehmen. Bisher hatte er für jede Aufgabe einen anderen Gehilfen bezahlt, damit einer alleine nicht zu viel wusste. Aber langsam gingen ihm die Gehilfen aus. Vielleicht sollte er einfach wieder von vorne beginnen und als Nächstes den Brief von dem Jungen überbringen lassen, der eine der ersten Aufgaben erfüllt hatte. Die zweite Geldübergabe sollte auf jeden Fall der gleiche Mann durchführen, der die erste so gut gemeistert hatte. Dabei hätte man sich wesentlich dümmer anstellen können.

Aber zuerst musste er den Brief fertigstellen. Er wandte sich wieder dem Schreiben zu. Im Grunde genommen hatte es denselben Inhalt wie das vorherige, soweit er sich erinnern konnte. Nur den Geldbetrag, den hatte er verdoppelt. Denn er hatte gleich nach der Übergabe gespürt, dass die erste Summe für von Riekhen nicht wirklich viel war. Er hoffte nur, dass er mit der neuen Forderung den Bogen nicht überspannte.

Er las den Text nochmal durch, ergänzte einen Satz und räumte die Schreibutensilien beiseite, während die Tinte trocknete. Dann faltete er den Brief und steckte ihn in einen Umschlag. Wenn von Riekhen den heute bekommen sollte, musste er sich sputen. Er warf seinen Mantel über und machte sich eilends auf den Weg.

Mit übergestülpter Kapuze hetzte er durch die Straßen in das Viertel, das er so hasste. Bei einem kleinen, schäbigen Haus klopfte er an die Tür. Zum Glück erschien der Junge selbst. Er zahlte ihm ein paar Grote und trug ihm auf, den Brief sofort zu überbringen. Dann stellte er sich unweit in den Schatten und wartete, bis sich der Knabe auf den Weg gemacht hatte. Das war also erledigt.

Wenn er schon in dieser Gegend war, konnte er mal wieder bei seinem Bruder nach dem Rechten schauen. Widerwillig ging er ein paar Straßen weiter, bis zu seinem Elternhaus. Er trat ein und begab sich unmittelbar zur Betstube. Doch zu seiner Überraschung betete Lynhardt nicht. Jedenfalls nicht direkt. Er sprach mit Jesus, der ihn vom Kreuz herunter anschaute, aber es war kein Gebet. Noch hatte er Zölders Anwesenheit nicht bemerkt.

»Ich muss sie töten«, quietschte er und duckte sich von dem Kruzifix weg, als würde es nach ihm schlagen. Der Schweiß glänzte auf seiner Stirn. »Sie ist eine Sünderin.« Er schaukelte vor und zurück und brabbelte immer wieder »Sünderin«. Plötzlich schrie er laut auf, sodass Zölder zusammenzuckte: »Von Satan wurde sie entsendet.«

Zölder fasste sich an sein stark klopfendes Herz. So schlimm war es noch nie. Ob er wohl von einer bestimmten Frau sprach? Oder war das alles nur ein Produkt seines kranken Verstandes?

»Männer soll sie angeblich verführen. Zur Sünde. Ich muss ihr Einhalt gebieten«, quiekte er, und dann wieder lauter: »Ich muss es tun!«

Barthel von Zölder schüttelte den Kopf. Heute würde mehr Mühe denn je nötig sein, um seinen Bruder soweit zu Verstand zu bringen, dass er keinen Unsinn anstellte. Er hoffte, dass er es überhaupt schaffte.

Diether stand in der Kälte auf dem Balkon und sah hinunter. Es war ganz schön hoch. Wenn er hier herunterfallen würde, wäre es wahrscheinlich um ihn geschehen. Dann bräuchte er sich wenigstens keine Sorgen mehr zu machen. Alles wäre einfach zu Ende. Doch das war nicht seine Art. Er wusste, dass es auch wieder Tage des Sonnenscheins geben würde. Alheyt und er würden sich wieder annähern, und er würde mit seiner Familie glücklich leben. Aber dazu musste er diese Zeit der Rückschläge erst einmal hinter sich bringen.

Er hob den Brief an und sah sich erneut den Geldbetrag an, den der Erpresser jetzt forderte. Einhundert Reichstaler. Doppelt so viel wie beim ersten Mal. Außerdem musste Diether die Steuern nachzahlen. Und das Geld, das er in diese Sache angelegt hatte, zu der Utz ihn überredet hatte, war ebenfalls auf längere Zeit festgelegt. Das war alles zu viel auf einmal, solche Summen hatte er nicht als Barschaft verfügbar. Er musste Prioritäten setzen und dann irgendetwas verkaufen, damit er an das Geld kam. Die oberste Priorität hatte dabei das Schweigen des Erpressers.

Doch wie konnte er sicher sein, dass der nicht so weiter machen würde? Das war jetzt bereits die zweite Forderung. Vielleicht würde das ja immer so weitergehen, mit steigenden Beträgen. Beim nächsten Mal würde er womöglich 150 Reichstaler verlangen. Er stand schon kurz vor der Zahlungsunfähigkeit. Deshalb *durfte* das nicht so weitergehen.

Diether erkannte, dass er dem ein Ende setzen musste. Das Geld würde er vorsorglich besorgen, doch nur für den Fall der Fälle. Er hatte vor, es nach dem Treffen wieder mitzunehmen. Und *bei* dem Treffen musste er irgendwie an den Boten herankommen. Er musste ihn schnappen und in die Zange nehmen, damit er verriet, wer ihn schickte. Wenn Diether wusste, wer hinter diesen Erpressungen steckte, würde er demjenigen schon das Handwerk legen.

HEUTE

Auf dem Rückweg nach Hause war Editha sehr schweigsam, weil sie permanent über die Vision nachdachte. Armer Herr Klöse. Er konnte das Schweigen manchmal wohl nicht mehr ertragen und versuchte, ein Gespräch anzufangen, doch Editha antwortete stets einsilbig. Ihr ging immer wieder durch den Kopf, dass Jacob sich Sorgen um Timo gemacht hatte. Sie fragte sich, ob er vielleicht eine Vision in ihrer Zukunft hatte und dabei gesehen hatte, dass Timo etwas zustieß. Und an eine Kirche hatte Jacob auch gedacht.

Zu Hause angekommen, ging sie direkt in ihr Arbeitszimmer und schaltete den Computer ein. Sie wollte herausfinden, welche Kirchen es damals gab. Ungeduldig wartete sie, bis der Computer hochgefahren war, und suchte dann im Internet nach Kirchen in Oldenburg im 18. Jahrhundert. Dabei kam heraus, dass es zu der Zeit in Oldenburg nur zwei Kirchen innerhalb der Stadtmauern gab: die Nicolaikirche und die Lambertikirche. Die Erstgenannte gab es heute nicht mehr. Die Zweite allerdings schon, also würde sie sich diese einmal genauer ansehen.

Sie sah auf die Uhr. Es war noch früh genug dafür.

Da ihr Fahrrad ja geschrottet war, wollte sie mit dem Bus in die Innenstadt fahren. An der Bushaltestelle stellte sie fest, dass sie zehn Minuten hätte warten müssen. Dazu war sie zu ungeduldig. Sie marschierte mit großen Schritten bis zur nächsten Haltestelle, in der Absicht dort zuzusteigen, aber hier waren es immer noch fünf Minuten Wartezeit. Also ging sie weiter und war dann so nahe an der Innenstadt, dass sie auch den Rest zu Fuß lief.

Sie musste diagonal die Fußgängerzone durchqueren, bis sie am Rathausmarkt ankam, wo sich die Lambertikirche in den Himmel streckte. Zum ersten Mal betrachtete sie die Kirche bewusst. Die grünen, spitzen Dächer der Türme ragten hoch hinaus. Die roten Mauern wirkten solide. Während sie auf den Eingang zuschritt, behielt sie das hohe Gebäude im Auge, denn sie liebte es, wie sich die Formen vor dem Himmel verschoben.

Einige Meter vor der Eingangstür begann wieder, ihre Kopfhaut zu kribbeln. Eine zweite Vision am selben Tag? Das hatte sie noch nicht. Vielleicht erfuhr sie dabei ja mehr über das, was Timo passieren sollte. Sie blieb neben dem Gebäude stehen und hielt sich an der Wand fest.

Sie merkte sofort, dass sie nicht in Jacobs Körper steckte, es war jemand anderes. Und überhaupt: Alles war anders. Alles war zerstört. Die Kirche stand dort, wo sie vorher stand und ihre Mauern waren unversehrt. Aber die Häuser drum herum waren völlig heruntergekommen. Die Fensterscheiben waren größtenteils zerschlagen. Überall wuchsen Pflanzen, mitten in der Stadt, als hätte die Natur sie wieder eingenommen. Und nirgends war eine Menschenseele zu sehen.

Halt! Doch, dort war noch jemand. Er trug einen orangenen Schutzanzug und einen Helm, wie ein Astronaut. Jetzt bemerkte Editha, dass sie ebenso durch ein Glasvisier schaute. Wer immer es auch war, in dem sie sich befand, trug ebenfalls einen Schutzanzug. Und er suchte irgendetwas. Er sah sich die Pflanzen an. Sammelte manchmal Blätter von ihnen oder einen kleinen Stein mit einer Hand, die in einem dicken Schutzhandschuh steckte, in einer Plastiktüte. Dann ging er weiter und suchte. Was suchte er bloß? Editha strengte sich an, seine Gedanken zu lesen, aber das war nicht so einfach wie bei Jacob. Nur Bruchstücke bekam sie mit. Er wollte Proben mitnehmen, damit ein Team diese untersuchen konnte. Er hatte Angst hier unten auf der Erde. Er war das erste Mal hier unten auf der Erde!

Unten auf der Erde? Das *erste* Mal? Was sollte das bedeuten? Wo war er denn sonst?

Eine Stimme erklang in Edithas Ohren, oder besser gesagt, in den Ohren des Mannes, in dem sie steckte.

»Also, ich habe gleich genug«, sagte die Stimme. »Lass uns wieder abhauen. Mir ist hier nicht ganz wohl.«

Offenbar unterhielten sich die beiden Männer über Funk.

»Mir auch nicht. Nur eine kleine Beschädigung des Schutzanzugs und es könnte mit uns vorbei sein.«

Das war die Stimme des Körpers, in dem Editha steckte. Und sie war überrascht, denn es war eine weibliche Stimme. Sie wusste nicht warum, aber sie war davon ausgegangen, dass sie, wie bei Jacob, in einem Mann stecken würde. Aber das war natürlich Unsinn. Genauso gut konnte sie ja mit einer Frau eine solche Verbindung haben. Unglaublich, dass sie eine zweite Verbindung hatte. Wenn sie gekonnt hätte, dann hätte sie mit dem Kopf geschüttelt.

»Das glaube ich nicht«, sagte die Stimme des Mannes.

»Was glaubst du nicht?«

»Dass es das Bakterium noch gibt. Überlege doch mal: Wir haben das Jahr 2221. Das bedeutet, seit mehr als 200 Jahren gibt es keinen Wirt mehr, den das Bakterium befallen könnte. Wie sollte es das überlebt haben?«

»Es soll sehr hartnäckig sein.«

»Aber 200 Jahre? Nie und nimmer. Ich würde jetzt nicht soweit gehen, den Anzug abzulegen. Bin ja nicht wahnsinnig. Aber ich würde einiges darauf wetten, dass es hier so viele Bakterien gibt, wie leckeres Essen in der Raumstation.«

Die Frau lachte.

»Also keine. Aber leider würdest du die Wette verlieren. Bakterien gab es auf der Erde schon lange, bevor es Menschen gab. Dafür bedarf es nicht unbedingt eines Wirts. Wusstest du nicht, dass das älteste Lebewesen der Erde ein Bakterium war? Es hatte 250 Millionen Jahre in einem Salzkristall überlebt.«

Der Mann brummte mürrisch.

»Das ist etwas anderes. Uns geht es doch um dieses spezielle Bakterium, welches ja nicht natürlichen Ursprungs war, sondern künstlich hergestellt wurde. Ich bin davon überzeugt, dass dies in einer natürlichen Umwelt nicht ohne den Wirt, für den es gezüchtet wurde, überleben konnte.«

Editha spürte, dass die Frau keine Lust mehr hatte, weitere Widerworte zu geben.

»Um das herauszufinden sind wir ja hier«, sagte sie.

Eine Weile sammelte sie schweigend verschiedene Proben ein und verstaute jede in ein eigenes Plastiktütchen.

»Warum suchen wir eigentlich gerade hier?« Meldete sich der Mann wieder. »Ich habe gehört, dass es in dieser Gegend wilde Tiere gibt.«

»Mach dir nicht in die Hose. Wir haben doch unsere Terzer. Damit könntest du sogar ein Mammut verjagen.«

Was auch immer ein *Terzer* war, dachte Editha. Wahrscheinlich eine Art Waffe.

»An dieser Stelle hast *du* in der Schule wohl nicht aufgepasst. Mammuts gab es auch vor 200 Jahren nicht mehr und sie haben sich auch nicht wieder entwickelt.«

»Ja, ja. Jedenfalls ist der Grund, warum wir gerade hier suchen, dass das der Ort ist, an dem das Bakterium ausgebrochen war, bevor es sich um den Erdball ausgebreitet hatte. Man weiß nicht *ganz* genau wo, aber irgendwo in Oldenburg.«

»Ach, hieß diese Stadt früher so?«, fragte der Mann.

»Ja, Oldenburg. Hier haben meine Vorfahren gewohnt vor der Katastrophe.«

Editha war klar, dass *sie* gemeint war. Diese Katastrophe, von der die Frau sprach, hatte ja wohl etwas mit Bakterien zu tun. Was auch immer passieren sollte, entweder Editha oder Timo würde es überleben, da sie gerade eine ihrer Nachfahren kennengelernt hatte. Aber sie beschlich das ungute Gefühl, dass dies die Sache war, die Timo womöglich zustoßen würde, also die, um die Jacob sich Sorgen gemacht hatte.

»Wirklich?«, sagte der Mann. »Ein Wunder, dass sie mit dem Leben davongekommen waren. Apropos: Wir sollten jetzt wirklich von hier verschwinden.«

Editha spürte, dass der Frau kurz schwindelig wurde.

»Kendrik, ich habe gerade etwas gesehen.«

»Was, ein Tier? Ich komme zu dir her.«

»Nein, kein Tier.« Editha bemerkte eine leichte Übelkeit, wie bei ihrer ersten Vision. Ein flaues Gefühl im Magen. Wahrscheinlich war die Frau gerade in ihrem Körper, der hier vor 200 Jahren an der Kirchenmauer angelehnt stand. »Ich hatte ... ich war ... im Körper von jemand anderen und habe gesehen, wie es hier früher aussah.«

Mehr bekam Editha nicht mehr mit.

Die Vision war schlagartig wieder vorbei und sie in ihren Körper zurückgekehrt.

Dann hatte sie keine Gelegenheit mehr, irgendetwas zu tun, nicht mal zu denken. Schwere Krämpfe zogen ihren Magen zusammen, sodass sie gekrümmt in die Knie gehen musste. Im nächsten Moment übergab sie sich schwallartig. Das Erbrochene rann die Kirchenwand hinunter auf den gepflasterten Boden.

Jetzt ging es ihr zwar besser, aber immer noch entsetzlich schlecht. Sie richtete sich halbwegs auf und sah sich um. Es wurde dunkel. Inzwischen waren nicht mehr viele Menschen in der Stadt. Ein Jugendlicher mit Piercings im Gesicht schlurfte vorbei und sah sie teils interessiert und teils gelangweilt an, die anderen wenigen Passanten nahmen keine Notiz von ihr.

Sie wollte sich hinlegen und ausruhen. Aber hier auf dem Boden, neben ihrer Kotze? In der Kirche mussten doch Bänke sein. Ob sie es schaffte, dorthin zu kommen? Mühsam und weiterhin mit gekrümmtem Oberkörper quälte sie sich zum Eingang und die Stufen hoch. Das Aufdrücken der Tür bereitete ihr höllische Anstrengungen. Drinnen war niemand zu sehen. Sie schleppte sich durch einen Vorraum hin zu der hintersten Bankreihe und ließ sich auf die Sitzfläche nieder. Wenn sie sich hier ein paar Minuten ausruhen würde, käme sie bestimmt wieder zu Kräften.

Dumpf nahm sie wahr, dass ihre Kopfhaut kribbelte. Waren das Nachwirkungen der Vision, die sie gerade gehabt hatte?

Doch dann merkte sie, dass das Kribbeln stärker wurde.

Die nächste Vision bahnte sich an.

Sie rannte zwischen den Bankreihen hindurch auf den Altar zu. In welchem Körper steckte sie nun, in dem der Frau oder in Jacobs? War sie in der Zukunft oder in der Vergangenheit? Obwohl sie von ihrem eigenen leidenden Körper befreit war, hatte sie immer noch mit den Folgen der letzten Vision zu kämpfen. Offenbar hinterließen diese auch Spuren in ihrem Geist. Nur undeutlich konnte sie die Umgebung wahrnehmen.

Dann sah sie verschwommen, dass überall in der Kirche Kerzen brannten. Das bedeutete, dass es sich um Jacobs Zeit handeln musste, denn in der Zukunft würde es nach dem, was sie gerade erfahren hatte, keine Menschen mehr geben, die Kerzen anzünden könnten.

Beim Altar angekommen sah Jacob sich um, als suchte er etwas. Wonach probierte sie, in seinen Gedanken zu lesen, aber sie schaffte es einfach nicht, sie war zu geschwächt. Was bei früheren Verbindungen so leicht erschien, war offenbar doch mit ein wenig Anstrengung verbunden.

Jacob fand beim Altar nicht, was er suchte. Er ging zur Kirchenwand und untersuchte die Steine. Jeden einzelnen klopfte er ab. Bei einem fand er eine kleine Lücke in der Wand. Er wühlte in seiner Felltasche und zog ein Metallkästchen hervor. Das hielt er vor die Lücke, wie um zu prüfen, ob es hineinpasste. Wollte er das Kästchen hier verstecken?

Editha spürte, dass die Vision ihrem Ende entgegenging. Unbedingt wollte sie ihm noch mitteilen, dass er aufpassen musste, weil sein Leben in Gefahr war, aber nach wie vor fehlte ihr die Kraft dazu.

Und dann war es vorbei.

Sie lag auf der Bank in der Lambertikirche, wieder in ihrem eigenen Körper. Zunächst spürte sie gar nichts, doch im nächsten Moment durchzuckten heftige Krämpfe ihren Leib. Sie glaubte, dass sie nun sterben würde.

Und dann wurde es schwarz.

1788

Jacob schaute zum Himmel hinauf. Er war fast komplett blau, nur vereinzelt standen hier und dort weißgeplusterte Wölkchen, völlig bewegungslos. In ihrer Höhe schien es windstill zu sein, während sich die Baumwipfel in einer leichten Brise hin und her wiegten. Die Kraft der Sonne reichte schon aus, dass sich die Wolken nach und nach auflösten, sodass der Himmel immer blauer wurde. Ein vereinzelter Greifvogel zog seine Bahnen. Jacob konnte nicht erkennen, welcher Art er war, so hoch flog er. Geschickt ließ er sich von der Luft tragen und erweiterte gemächlich seine Kreise. Jacob rechnete damit, dass er jeden Moment hinabstieß, weil er ein Beutetier entdeckt hatte, doch er tat es nicht. Dem Vogel schien es genug zu sein, in der stärker werdenden Sonne zu schweben.

Schnell zückte Jacob Papier und Feder und notierte seine Beobachtungen. Wer wusste, wofür er die einmal gebrauchen konnte.

Die Arbeiter trudelten ein. Herold hatte sich schon mehrmals über ihre Unpünktlichkeit beschwert. Es nützte nichts, dass er ihnen mit Lohnkürzungen und Entlassungen drohte. Denn obwohl sie einfache Tagelöhner waren, wussten sie sehr wohl, dass er viel zu sehr auf sie angewiesen war, als dass er diese Drohung in die Tat umzusetzen wagte. Jacob saß auf einem Stein, zwei Drittel den Hügel zum fast fertigen Wasserbecken hinauf. Von hier aus hatte er eine tolle Aussicht. Er genoss die ruhigen Minuten, bevor er mit der Arbeit beginnen musste, und schaute in die Ferne.

Doch dann war es mit der Ruhe vorbei. Dort kam ein Reiter im leichten Trab in die Richtung der Mühle. Jacob sprang auf und verengte die Augen zu Schlitzen, um den Blick zu schärfen. Wer konnte das sein?

Er wartete einen Moment, in dem sich der Ankömmling weiter näherte, und strengte wieder seine Augen an. An der Statur erkannte er Herrn von Elmendorff. Wie eine dicke Kugel saß er auf dem Pferd und wippte bei jedem Schritt hoch und runter.

Schnell packte Jacob seine Sachen zusammen und rannte den Hügel neben dem neuen Becherwerk hinab. Fast überschlug er sich dabei. Er musste sofort Herold bescheid sagen und der befand sich, soviel er wusste, in der

Mühle und tüftelte an irgendwelchen Bauteilen herum, die Jacob nie verstehen würde. Da waren wieder diese »Kupplungen«, oder wie die Dinger *noch* hießen. Er hatte keine Ahnung, wofür die benötigt wurden.

Wie erwartet traf er Herold in der Mühle an und unterrichtete ihn von dem unerwarteten Besuch. Als sie aus der Tür heraustraten, hörten sie auch schon das Hufgeklapper und einen Augenblick später kam der Reiter bei ihnen an.

Trotz der kühlen Morgenluft war sein Kopf hitzig-rot und der Schweiß stand ihm auf der Stirn. Er ließ sich vom Pferd plumpsen, und bevor er sich ihnen zuwandte, zog er ein Taschentuch aus der Brusttasche seines Justeaucorps und tupfte sich das Gesicht damit ab.

»Guten Morgen ihr beiden. Schon ganz schön warm heute früh, nicht wahr?«, wandte er sich dann an sie.

Das fand Jacob überhaupt nicht, doch ebenso wie Herold pflichtete er ihm bei, während sie sich händeschüttelnd begrüßten.

»Ihr Besuch ist eine Ehre für uns. Wir sind sehr erfreut«, sagte Herold. »Ich nehme an, Sie wollen sich mal ansehen, wie Ihre Investitionen voranschreiten?«

»Sehr schlau kombiniert«, entgegnete von Elmendorff, noch immer aus der Puste von dem Ritt. »Man muss ja schließlich wissen, wo sein Geld bleibt. Und außerdem bin ich überaus neugierig.« Er zwinkerte Jacob zu.

»Dann folgen Sie mir doch. Ich werde Ihnen alles zeigen und erklären.«

Herold schritt voran und führte den Gast zu den neu gebauten Erweiterungen der Mühle, wo er mit vor Stolz geschwollener Brust die genaue Funktionsweise erläuterte. Von Elmendorff sagte nicht viel, außer zuweilen ein »oh« oder ein »ah«. Er hörte sich die Erklärungen an und tupfte sich dann und wann das Gesicht mit seinem Taschentuch ab. Jacob folgte eine Weile, bis Herold ihn an seine Arbeit erinnerte.

Also verließ er die beiden vorerst - er verstand sowieso nicht mal die Hälfte - und ging zu den Männern, die gerade die Seitenwände des Beckens mit Holzplanken befestigten. Dort führte er seine wohl nie endende Arbeit fort, die bereits eingebauten Planken mit Pech abzudichten.

Während er das stinkende Zeug auftrug, dachte er abwechselnd an den Fortgang seiner Geschichte und daran, dass er mit seinen Nachforschungen in eine Sackgasse geraten war. Irgendwie musste er damit weiterkommen, aber er wusste nicht wie.

Eine Stunde später wollte er gerade eine Pause machen, da sah er einen Haufen Männer in einiger Entfernung auf dem Weg stehen. Er schätzte, dass es ungefähr zwölf sein mussten, die dort über etwas zu diskutieren schienen. Nach einer Weile lösten sich drei von ihnen aus der Gruppe heraus und gingen auf die Mühle zu. Jacob sah sich nach Herold und Herrn von Elmendorff um und entdeckte sie ganz in seiner Nähe bei den Schleusentoren des Beckens, wo Herold beim Erklären gestikulierte und sein Zuhörer immer wieder interessiert nickte. Jacob ging zu ihnen hinüber und wartete einen Moment ab, in dem er Herolds Erläuterungen unterbrechen konnte.

»Dort kommen drei Männer zur Mühle.« Er deutete auf die sich nähernden Gestalten, die bereits den halben Weg zurückgelegt hatten. »Sie haben gerade noch mit den anderen Männern weiter hinten gesprochen und sich dann von ihnen getrennt, um sich auf den Weg zu machen.«

Herold beschattete mit der Hand seine Augen und kniff sie zusammen.

»Die schon wieder«, sagte er. »Das sind die Bauern. Etliche von denen habe ich in den letzten Wochen immer wieder vertröstet, weil wir momentan ihr Korn nicht mahlen können. Jetzt haben sie sich offenbar verbündet. Na, dann wollen wir mal hören, was sie uns sagen wollen.«

Er schritt voran, den Hügel hinunter, und von Elmendorff und Jacob folgten ihm. Fast zeitgleich mit den Männern trafen sie bei der Mühle ein. Einer der Männer, den Jacob vom Sehen kannte, trat hervor, ein etwa 40-jähriger dünner Kerl mit einem hängenden Auge. Verunsichert sah er Herrn von Elmendorff an, der ja offensichtlich ein Mann von höherem Stand war, wandte sich aber dann an Herold.

»Wir sind gekommen, weil wir dir sagen wollten, dass wir nicht länger warten können. Dass wir das Geld aus dem Mehlverkauf dringend brauchen, sagten wir dir ja schon, und auch, dass wir uns ohne dieses Geld nichts mehr zu essen kaufen können.«

»Jetzt geht das schon wieder los. Darüber haben wir doch schon mehrmals ausgiebig gesprochen. Ihr seht doch, dass der Mahlbetrieb noch nicht wieder aufgenommen werden kann. Bedankt euch dafür bei den Halunken, die die Mühle zerstört haben«, donnerte Herold drauf los.

Für gewöhnlich war Herold ein ruhiger, ausgeglichener Mensch. Manchmal jedoch verlor selbst er die Geduld. Und wenn man ihn nicht so wie Jacob sehr gut kannte, konnte er mit seiner alles überragenden Statur und der tiefen, lauten Stimme äußerst angsteinflößend sein. Das stellte Jacob mal wieder an dem Mann fest, dessen Gesichtsausdruck und Körperhaltung seinen Respekt verrieten, der jedoch trotzdem bei seinem Standpunkt blieb.

»Wir wissen ja, dass euch keine Schuld an der kaputten Mühle trifft. Aber mit eurer Unschuld und unserer Einsicht können wir unsere Familien nicht ernähren. Wir brauchen die Einnahmen aus dem Mehl.«

»Was soll ich denn machen, zum Henker ...«, fuhr Herold aus der Haut, doch der Bauer unterbrach ihn.

»Höre mir zu Herold! Wir sind nur gekommen, um dir zu sagen, dass wir unser Korn wieder von hier wegholen und in einer anderen Mühle mahlen lassen werden.«

Ein Moment der Stille trat ein. Herold starrte sein Gegenüber verzweifelt an und Jacob ging es nicht anders. Wenn er die Folgen bedachte, wurde ihm ganz komisch. Die Einnahmen aus mehreren Wochen Arbeit würden ihnen fehlen. Nicht nur, dass sie das geliehene Geld nicht zurückzahlen und den Pachtzins für die Mühle nicht aufbringen könnten. Sie könnten sich auch nicht ernähren und müssten deshalb doch irgendeiner schlecht bezahlten Tagelöhner-Arbeit nachgehen, vorausgesetzt sie bekämen eine.

Dann fiel ihm aber ein, dass die Bauern damit gegen das Gesetz verstoßen würden. Der Mühlenzwang regelte genau, welcher Bauer bei welcher Mühle sein Korn mahlen lassen musste. Und wenn sie dem zuwider handelten, müssten sie mit einer harten Strafe rechnen.

»Das dürft ihr gar nicht«, platzte er also heraus. »Das ist verboten. Ihr müsst euch an den Mühlenzwang halten.«

»Das wissen wir. Aber wir wollen es trotzdem riskieren. Besser eine Strafe zahlen, als verhungern. Im übrigen sind wir nicht für immer und ewig an den Mühlenzwang gebunden, wenn die Arbeit nicht durchgeführt wird.«

Der Bauer wandte sich ab und gab seinen beiden Begleitern das Zeichen zum Gehen. Jacob sah Herold hilfesuchend an, aber der schien von der Antwort nicht sonderlich überrascht zu sein.

»Wartet einen Augenblick!«

Herr von Elmendorff, der das Gespräch schweigend verfolgt hatte, mischte sich nun ein, in einem Tonfall und mit einer Selbstverständlichkeit, die deutlich machten, dass er einen Widerspruch weder gewohnt war, noch duldete. Die drei blieben stehen und von Elmendorff führte Herold so weit von ihnen weg, dass ein paar leise Worte nicht mehr bei den Männern ankommen konnten. Jacob folgte ihnen.

»Du musst die Bauern unbedingt bei eurer Mühle halten. Hier geht es nicht nur um das Korn, das sie hier wegholen wollen. Auch die zukünftige Arbeit steht auf dem Spiel. Es ist möglich, dass sie wegbleiben, wenn sie erst mal weg sind«, raunte von Elmendorff.

»Aber der Mühlenzwang«, entgegnete Herold.

»Vergiss mal den Mühlenzwang. Bei wem wolltest du den denn einfordern?«

»Na, beim Herzog.«

»Ja, aber mit wem würdest du sprechen? Du glaubst doch nicht wirklich, dass du direkt zum Herzog Peter Friedrich Ludwig reinmarschieren darfst, selbst wenn er gerade in Oldenburg weilen sollte.«

»Mit einem Beamten. Vermutlich mit einem Ratsherrn.«

Herold begann verstehend zu nicken und auch Jacob konnte folgen.

»Genau«, sagte von Elmendorff. »Mit einem Ratsherrn. Und mittlerweile wisst ihr ja, unter wessen Einfluss der Rat steht. Auf welche Seite würde der sich wohl schlagen?«

Diese Frage bedurfte keiner Antwort.

»Ja, aber was soll ich denn machen? Wir können das Korn noch nicht mahlen?«

»Hm, ... tja, da muss *ich* dann wohl wieder einspringen. Ich muss meine Investition schließlich schützen. - Kommt mit.«

Er ging zurück zu den drei Männern. Jacob verstand, dass sich von Elmendorff selbst erst darüber klar werden musste, was zu tun war.

»Wir machen euch ein Angebot, wie ihr die Zeit bis zur Fertigstellung der Mühle überbrücken könnt, ohne euer Korn bei einer anderen Mühle mahlen zu lassen«, richtete von Elmendorff sich an den vorherigen Sprecher.

»Wir hören Ihnen zu«, erwiderte der Mann.

»Jeder, der Geld braucht, um die Zeit zu überstehen, kann ab morgen in mein Büro kommen und sich die Summe ausleihen, die er für ...« Er drehte sich kurz zu Herold um. »Was sagst du, wie lange du noch für die Mühle brauchst?«

»Etwa noch zwei Wochen«, antwortete Herold.

»... und kann sich die Summe ausleihen, die er für die nächsten zwei Wochen braucht. Mein Schreiber wird alles haargenau festhalten und einen kleinen Vertrag unterzeichnen lassen. Die Summe muss dann unmittelbar nach Veräußerung des Mehls zurückgezahlt werden. Ihr müsst keine Zinsen dafür bezahlen. Aber ihr müsst euch verpflichten, in Zukunft den Mühlenzwang einzuhalten und immer bei Herold zu mahlen.«

Der Bauer zögerte.

»Warum sollten wir uns die Mühe machen und extra zu Ihnen kommen, wenn wir doch auch woanders mahlen lassen könnten?«, fragte er.

»Weil ihr euch andererseits die Mühe erspart, euer Korn extra wieder von hier abholen zu müssen.«

»Hm, ich weiß nicht. Das mit dem Vertrag ist mir nicht ganz geheuer.«

»Das ist nur zur Sicherheit, damit ich mein Geld auch zurückbekomme. Keiner ist stets so ehrlich, wie ihr drei hier es sicherlich seid, und wir wollen niemanden in Versuchung führen. Aber als zusätzlichen Anreiz bietet euch Herold noch an, das Korn, das sich bereits hier befindet, um den 15. Teil von Hundert günstiger zu mahlen, als üblicherweise.«

Herold sah von Elmendorff mit großen Augen an, sagte jedoch nichts.

»Wir müssen uns kurz besprechen«, sagte der Bauer.

Die drei Männer entfernten sich einige Schritte und sprachen miteinander, allerdings nicht so kurz wie angekündigt. Einer der drei, der sich bisher eher im Hintergrund gehalten hatte, schien anderer Meinung zu sein als die anderen beiden. Jacob sah diesen das erste Mal richtig an. Seine Augen waren schmale Schlitze, als würde er permanent in die Sonne gucken. Der Mann kam Jacob bekannt vor, aber er wusste nicht woher.

»Na, was haben die denn jetzt noch so lange«, meinte von Elmendorff. »Das ist doch ein hervorragendes Angebot.«

Die beiden Männer gleicher Meinung redeten wütend auf den anderen ein, bis dieser schließlich klein beigab. Sie kamen zurück und der vorherige Sprecher wandte sich erneut an von Elmendorff.

»Wir wollen Ihr Angebot annehmen, aber unter einer Bedingung: Die Verpflichtung bei Herold zu mahlen, soll auf drei Jahre befristet werden.«

»Was soll euch das bringen«, antwortete von Elmendorff. »Ihr seid doch sowieso an den Mühlenzwang gebunden.«

»Gesetze können sich ändern, ein Vertrag tut dies nicht, wenn er erst einmal abgeschlossen ist. Und wir wollen nicht schlechter gestellt werden, als andere Bauern.«

Von Elmendorff sah Herold an.

»Die Entscheidung liegt bei dir«, sagte er zu ihm. »Ich halte das für eine Abmachung, die beiden Seiten gerecht wird.«

Herold nickte.

»Ja, ich bin einverstanden.«

Die Bauern, von Elmendorff, Herold und auch Jacob gaben sich alle die Hand, um die zunächst noch mündliche Vereinbarung zu besiegeln.

Als Jacob dabei dem Schlitzäugigen direkt gegenüberstand, fiel ihm schlagartig ein, woher er ihn kannte: Dies war der Mann, den er bei den Huren gesehen hatte, als er dem Bader dorthin gefolgt war. Er war ihm aufgefallen, weil er sich ständig nach dem Bader umgedreht hatte.

»Wir kennen uns doch«, sagte Jacob.

Der Mann wich seinem Blick aus und wandte sich wieder ab.

»Nicht, dass ich es wüsste. Du musst dich irren«, erwiderte er und folgte den beiden anderen, die sich schon auf den Rückweg machten.

Aber Jacob war sich ganz sicher. Wieso wich der Mann ihm aus? Hatte er etwas zu verbergen? Spontan beschloss Jacob, ihm zu folgen. Es konnte nicht schaden zu wissen, wo er wohnte. Herold und von Elmendorff waren wieder in ihre Gespräche vertieft und achteten nicht auf ihn. Vielleicht konnte er sich einfach wegschleichen. Die letzten Tage hatte er schließlich fleißig gearbeitet. Ihm stand eine kleine Pause durchaus zu, fand Jacob.

Er ging zum See und wusch sich Gesicht und Hände. Dann beeilte er sich, den Männern hinterherzukommen. Ihr Vorsprung musste schon recht groß sein. Unterwegs sah er mal den einen und mal einen anderen auf Querwegen in verschiedene Richtungen gehen. Er hoffte, dass Schlitzauge nicht dabei war, aber er vermutete, dass er ganz in der Nähe der Stadt wohnte.

Dann, es war nicht mehr weit bis zur Stadtmauer, holte er die restlichen Männer ein. Vier waren es noch, von denen sich drei kurz darauf ebenfalls in verschiedene Richtungen abspalteten. Nur Schlitzauge blieb übrig, dem Jacob in einem vorsichtigen Abstand folgte, stets damit rechnend, dass auch er einen Querweg nach Hause nahm. Aber das passierte nicht. Er ging immer weiter, bis er schließlich durch das Heiligengeisttor die Stadtmauer durchschritt. Jacob runzelte die Stirn und beeilte sich, um ihn nicht zu verlieren.

Als sie sich der Stadt näherten, wuchs die Zahl der Menschen auf den Wegen beständig, doch jetzt, innerhalb der Stadtmauern, waren derer so viele, dass Jacob nicht mehr befürchten musste, entdeckt zu werden. Er konnte getrost den Abstand zu Schlitzauge verringern. Und das war sogar nötig, denn gleichwohl konnte Jacob ihn hier auch schneller aus den Augen verlieren. Zum Glück war der Weg, den er nahm, einfach: immer nur geradeaus der Achternstraße folgend. Er drehte sich auf seinem Weg nicht ein einziges Mal um. Dann lief er über den Marktplatz und an der Lambertikirche vorbei, ohne diese nur eines Blickes zu würdigen, und ging geradewegs auf den Eingang des Rathauses zu.

Jacob blieb bei einer Gruppe von Leuten stehen, um zu beobachten, wie Schlitzauge mit den Wachmännern reden würde. Diese begrüßten ihn wie einen alten Bekannten und öffneten ihm ohne viel Federlesens die Tür, durch die er verschwand. Jacob war verblüfft. Er merkte zunächst gar nicht, wie sich die Menschengruppe, bei denen er zur Tarnung stand, auflöste und wegging.

Er drehte sich um und suchte sich einen Platz bei der Kirche, von wo aus er das Rathaus gut sehen konnte. Hier wartete er eine halbe Stunde, aber Schlitzauge tauchte nicht wieder auf.

Schließlich machte sich Jacob auf den Rückweg. Er grübelte unentwegt darüber nach, wie das alles zusammenpasste und was der Bauer wohl im Rathaus machte.

Am nächsten Tag war Jacob immer noch dabei, die Holzplanken mit Pech einzupinseln, als er vernahm, wie Herolds Name gerufen wurde. Schnell krabbelte er aus dem Becken, um zu sehen, was los war. Er glaubte, seinen Augen nicht trauen zu können, als er den Ratsherrn von Zölder persönlich auf einem edlen Ross sitzend bei der Mühle sah. Hinter ihm saßen zwei gut bewaffnete Gefolgsmänner auf ihren Pferden. Herold, der am See gewesen sein musste, ging mit großen Schritten auf den Ratsherrn zu.

Jacob ließ den Pinsel fallen und beeilte sich, ebenfalls zur Mühle zu kommen. Das wollte er auf keinen Fall verpassen, was immer das auch bedeuten sollte. Noch während er den Hügel hinablief, stieg von Zölder von seinem Pferd und ging mit Herold in die Mühle, seine Begleitung folgte auf dem Fuße. Als Jacob eintrat, war Herold gerade dabei, die Funktion der Neuerungen zu erläutern, ähnlich wie am Vortag bei dem Herrn von Elmendorff, nur mit weniger Enthusiasmus. Er machte einen irritierten Eindruck, so als überlegte er zeitgleich zu seinen Erläuterungen, was es mit diesem Besuch auf sich hatte. Der Ratsherr hörte sich alles mit grimmiger Miene an, ohne ein Wort dazu zu sagen oder sein Begreifen durch Gesten zu verstehen zu geben. Jacob, der außer Atem hinzukam, wurde von niemandem eines Blickes gewürdigt.

Herold war mit seinen Ausführungen in der Mühle fertig - er verwendete dafür fast die gleichen Worte wie am Tag zuvor, Jacob verstand trotzdem keinen Deut mehr - und bat von Zölder ihm zum See zu folgen. Hier erklärte er die Funktionsweise des Becherwerks. Sie folgten dem Verlauf des Becherwerks und stiegen dabei den Hügel bis zum Becken hinauf, Herold beständig am Erklären. Oben angekommen erläuterte er, was sie mit dem Becken vorhatten.

Die Arbeiter versuchten, sich nichts anmerken zu lassen, doch Jacob sah die verstohlenen Blicke zu dem Ratsherrn und seinem Gefolge. Es war ihnen anzusehen, dass sie sich bei diesem Besuch unwohl fühlten. Lange mussten sie die Situation nicht ertragen, weil Herold das Becken und die Schleusentore schnell erklärt hatte und mit der Ablaufrinne weitermachte. Sie folgten ihrem Verlauf - oder besser gesagt ihrem zukünftigen Verlauf, denn sie war noch nicht ganz fertiggestellt - und kamen dort an, wo der Hamburger Müller dabei war, das Mühlenrad einzubauen. Auch dieses wurde dem Ratsherrn ausführlich beschrieben und damit war der Kreis der neuen Funktionen geschlossen. Insgesamt hatte die Führung wohl eine halbe Stunde gedauert.

Sie gingen wieder zur Vorderseite der Mühle, wo von Zölder begann auf und ab zu gehen, als müsste er über etwas nachdenken. Herold beobachtete ihn dabei, und auch er schien weiterhin zu grübeln, was los war. Jacob begriff, dass das nichts Gutes zu bedeuten hatte. Irgendetwas würde gleich passieren.

Plötzlich blieb von Zölder stehen, direkt vor Herold.

»Wer hat dir erlaubt, die Mühle dermaßen umzubauen?«, war das erste, was Jacob ihn heute sagen hörte.

Herold war anzusehen, dass er diese Frage erwartet hatte.

»Na, *Sie* haben es erlaubt.«

»Unfug! *Ich* soll es getan haben? Dann wüsste ich ja wohl davon.«

»Sie haben gesagt, dass es Ihnen egal ist, wie wir die Mühle wieder aufbauen. Und das haben wir sogar auch noch schriftlich bekommen. Deshalb haben wir beschlossen, sie verbessert wieder aufzubauen.«

Von Zölder trat ganz dicht an Herold ran.

»Das ‚wie‘ war aber nicht darauf bezogen, in welcher Art ihr die Mühle wieder aufbaut, sondern mit welchen Mitteln«, sagte er so leise, dass Jacob es kaum verstehen konnte.

»Das hatten Sie aber nicht näher ausgeführt«, antwortete Herold. »Ich habe es so aufgefasst, dass sowohl die Mittel als auch die Art gemeint waren.«

Von Zölder sah ihn böse an und lief dann wieder hin und her.

Nach zwei Bahnen blieb er erneut stehen.

»Dir ist aber schon klar, dass das Herzogtum den Pachtzins erhöhen muss?«

Auch hiermit schien Herold gerechnet zu haben. Er war ja bereits durch Herrn von Elmendorff vorgewarnt worden.

»Aus welchem Grund?«, fragte er gelassen.

»Die Mühle ist ja jetzt viel größer als vorher. Und viel leistungsfähiger. Dann ist es doch klar, dass der Pachtzins auch höher sein muss als vorher.«

»Die Erweiterungen der Mühle sind aber nicht Eigentum des Herzogtums. Sowohl das Material als auch die Arbeit haben wir bezahlt. Die Idee stammt ebenfalls von uns. Und ich sage es noch einmal: Wir haben Ihre Erlaubnis, die Mühle so aufzubauen, wie es uns beliebt.«

Herolds Ton war sehr selbstbewusst und nachdrücklich.

Von Zölder starrte ihn einen Moment an und begann dann wieder, seine Bahnen zu laufen. Offenbar hatte er dem Argument, dass er es erlaubt hatte, nichts entgegenzusetzen. Sonst hätte er schon beim ersten Mal als Herold es nannte, eine entsprechende Antwort gegeben, und auch jetzt beim zweiten Mal. Wahrscheinlich befürchtete er, dass seine Wachmänner, die damals alles mit angehört hatten, im Zweifel nicht für ihn aussagen würden. Jedenfalls widersprach er nicht. Stattdessen lief er hin und her. Manchmal blieb er zwischendurch stehen. Einmal schaute er dann zum Becherwerk, einmal zur Mühle selbst, anschließend zur Ablaufrinne. Und wieder laufen. Herold und Jacob sahen sich an. Sie verstanden beide nicht, was das sollte, dieses Hin-

und Her-Gerenne. Von Zölder hielt an und sah zum Becken hoch, machte zwei Schritte und blieb abrupt stehen. Mit gerunzelter Stirn starrte er den Hügel hinauf und plötzlich hellte sich seine Miene für einen Moment auf.

»Nun gut«, sagte er dann und wandte sich wieder zu Herold um. »Nachdem ich jetzt gründlich darüber nachgedacht habe, muss ich dir recht geben. Da habe ich dir wohl einen größeren Handlungsspielraum eingeräumt, als ich wollte. Aber eins habe ich dir noch gar nicht gesagt.« Er sah Jacob kurz an und ein hämisches Grinsen schlich sich in seine Gesichtszüge. »Als Müller wirst du dich ja mit dem Mühlenrecht gut auskennen. Dann hast du ja sicherlich schon von der Wassererkenntnis gehört.«

Die kannte Herold im Gegensatz zu Jacob offenbar, denn er sah nun erschrocken aus, so als hätte er etwas nicht bedacht.

»Dabei handelt es sich um eine Steuer, die für die Nutzung der Wasserkraft erhoben wird«, fuhr von Zölder fort. »Darüber hinaus werden weitere Steuerforderungen für das Stauen des Wassers auf dich zukommen, da das Staurecht ebenfalls dem Herzogtum Oldenburg vorbehalten ist.«

Von Zölder gab seinen Männern ein Zeichen und schritt zu seinem Pferd.

»Ich werde alsbald in den Büchern nachsehen und sobald die Mühle läuft, erhaltet ihr eine entsprechende Zahlungsaufforderung.«

Er saß auf, und seine Männer taten es ihm gleich. Der Donner der Hufe war schon längst verklungen und die Reiter nicht mehr zu sehen, doch Jacob sah noch immer in die Richtung, in der sie verschwunden waren. Bei ihm hatten sich gerade ein paar Gedankenbausteine zusammengefügt, ausgelöst durch diesen eigenartigen Zufall, dass gestern der schlitzäugige Bauer von hier aus direkt ins Schloss gegangen war, und ihnen der Ratsherr von Zölder persönlich gleich am nächsten Morgen einen Besuch abstattete.

Sie hatten wirklich Glück, dass Herr von Elmendorff noch selben Tag Zeit für sie hatte. Wie immer empfing er sie in der Bibliothek. Vor ihnen standen wieder Kaffee und Kekse, woran sich von Elmendorff reichlich bediente, während er ihnen ruhig zuhörte. Herold erzählte von dem Besuch von Zölders und seinen Ankündigungen betreffend der zusätzlichen Steuerforderungen.

»Wenn wir zukünftig mehr Steuern zahlen müssen, werden wir womöglich die ganzen Mehreinnahmen durch die Umbauten dafür aufwenden müssen. Nicht nur, dass wir von den Umbauten dann nichts haben werden, wir werden auch Schwierigkeiten bekommen, das geliehene Geld zurückzuzahlen und den Bauern die Nachlässe zu gewähren«, schloss er seinen Bericht.

Von Elmendorff nickte und schwieg weiterhin. Er schien nachzudenken und mummelte Kekse, als hätte er tagelang nichts gegessen. Erst als sämtliches Gebäck vertilgt waren, räusperte er sich, bevor er sprach.

»Dann lasst uns zu Herrn Pape gehen, meinem Advokaten.«

Er erhob sich aus dem Sessel und schritt voran. Jacob hegte den Verdacht, dass er gar nicht nachgedacht hatte, sondern nur die Kekse aufessen wollte.

Sie mussten nicht weit laufen, denn der Advokat hatte seine Geschäftsräume direkt am Markt. Natürlich hatten sie keinen Termin, aber Herr von Elmendorff war hier hinreichend bekannt. Die hübsche Vorzimmerdame brachte sie in eine kleine Stube, permanent misstrauische Blicke auf Herold und Jacob werfend und weitere neugierige Blicke nur auf Jacob, der ihr frech zuzwinkerte.

Schon nach kurzer Zeit betrat ein schmächtiger Mann die Stube. Er stellte sich nicht vor, aber das musste dann ja wohl Herr Pape sein. Er war hauptsächlich in Grau gekleidet und seine Perücke war für seinen kleinen Kopf viel zu groß. Es schien, als wäre er kopflastig und müsste jeden Moment das Gleichgewicht verlieren und umkippen. Herold und Jacob schenkte er keinerlei Beachtung.

Herr von Elmendorff erzählte ihm die ganze Geschichte. Von seiner Investition wusste Pape schon, da er es war, der die Verträge dazu aufgesetzt hatte. Nachdem er jetzt von den kommenden Steuerforderungen von Zölders erfahren hatte, wollte er noch einige Details zum Umbau der Mühle und zum Wasserbecken wissen. Schließlich hatte von Elmendorff alles erzählt. Pape nickte kurz, ging zu einem Schrank und holte ein dickes Buch daraus hervor.

»Hierin ist das Mühlenrecht enthalten, inklusive Wassererkenntnis und Staurechte. Wenn ich mich richtig erinnere, liegt von Zölder falsch, wenn er meint, hier weitere Steuern geltend machen zu können. Vorsichtshalber schlage ich das kurz nach.«

Er setzte sich mit dem Buch an seinen Schreibtisch und blätterte eine Weile darin herum. Dann fand er die Stelle, die er gesucht hatte, und las zunächst leise für sich.

»Ja, genau«, sagte er bald darauf. »Hier steht es: Die Wassererkenntnis ist für die Nutzung der Wasserkraft von Bächen und Flüssen zu entrichten. Von eurem speziellen Fall, also einer künstlich angelegten Ablaufrinne, ist hier keine Rede.« Er sah von Elmendorff kurz an und schlug das Buch zu. »Was das Staurecht angeht, ist der Fall ganz einfach: Ihr staut weder einen Bach noch einen Fluss oder sonst etwas. Ihr füllt ein Becken mit Wasser aus einem See und lasst dieses Wasser später wieder in den See zurücklaufen. Dafür gibt es kein Steuergesetz.«

Von Elmendorff grinste Herold und Jacob an.

»Seht ihr. Es ist doch immer gut, mit einem Advokaten befreundet zu sein.«

»Heißt das, dass wir die Steuern nicht zahlen müssen?«, fragte Herold.

»Nein«, antwortete Pape und wandte sich dabei an von Elmendorff. »Das heißt lediglich, dass von Zölder kraft Gesetzes nicht das Recht hat, sie einzufordern. Ob er es dennoch tun wird, vermag ich nicht zu sagen.«

Jacob konnte sich nicht mehr länger zurückhalten.

»Aber das kann er doch nicht machen«, rief er.

Pape richtete das erste Mal seinen Blick auf Jacob. Ein leichtes Lächeln lag auf seinem hageren Gesicht.

»Oh, von Zölder kann vieles machen. Er ist ein Ratsherr. Wer will schon gegen ihn vorgehen?«

»Wir vielleicht«, antwortete von Elmendorff, faltete die Hände vor dem Bauch und lehnte sich zurück.

1768

Von Vorsicht, wie bei der ersten Geldübergabe, war heute bei Diether keine Spur vorhanden. Er kannte jetzt ja den Weg und wusste, wie es ablaufen würde. Und seine Entschlossenheit, dem Boten den Namen seines Herrn zu entlocken, hatte sich mittlerweile zu einer regelrechten Wut hochgeschaukelt, die er nur schwer bändigen konnte. Er stampfte um die Hausecke vor dem alten, verfallenen Gebäude herum und stürmte ebenso in das Haus hinein. An der gleichen Stelle wie beim letzten Mal blieb er stehen, noch bevor der Mann im Schatten ihn dazu auffordern konnte.

»Hier bin ich, kommen Sie hervor«, donnerte er in die ehemalige Diele.

Derselbe Mann wie vorher, genauso gekleidet und wieder mit Maske, trat aus dem Dunkel heraus, wenn auch an anderer Stelle. Er war also unvorsichtiger geworden, fragte nicht mehr nach, ob Diether alleine gekommen war, und ließ sich kein Ehrenwort dafür geben. Das konnte zu Diethers Vorteil sein.

Sofort trat er auf den Mann einen Schritt zu, doch dieser wich unverzüglich zurück.

»Bleiben Sie stehen. Wenn Sie weitergehen, werde ich verschwinden«, rief er.

So ging es also nicht.

»Sei doch nicht so nervös«, sagte Diether. »Ich tu dir schon nichts.«

Der Mann schaute an ihm vorbei auf die Straße. Erst jetzt dachte er offenbar daran, sich zu vergewissern, dass Diether alleine gekommen war.

»Lassen Sie die Tasche dort auf den Boden zurück und gehen Sie«, sagte er. »Wie beim letzten Mal.«

Ja, wie beim letzten Mal. Diether erinnerte sich, dass die Tasche schon fort gewesen war, als er sich nach wenigen Schritten umgedreht hatte. Sein Gegenüber hatte sie sich geholt, kaum dass Diether sich abgewandt hatte. Wahrscheinlich würde es heute ganz genauso sein.

Er nahm die neue Tasche von der Schulter und legte sie vor sich auf den Boden. Jeder Versuch, jetzt etwas über den wahren Erpresser zu erfragen, würde den Maskierten nur misstrauisch machen. Diether würde damit nicht das erfahren, was er wollte, und zusätzlich wäre der Mann noch mehr auf der Hut. Also drehte Diether sich langsam um und ging auf den Ausgang zu.

Dann, so plötzlich er konnte, wirbelte er herum und rannte auf den Mann zu, der sich gerade nach der Tasche bückte. Im Lauf zog er den Degen. Der Mann stolperte vor Schreck rückwärts und landete auf dem Allerwertesten. Diether hielt ihm die Degenspitze an die Kehle.

»So, und nun sage mir, wer dein Herr ist.«

Die Augen des Mannes weiteten sich hinter der Maske. Er krabbelte auf dem Boden rückwärts, die Tasche mit dem Geld mit sich ziehend. Diether setzte ihm nach. Der würde ihm nicht mehr davonkommen.

»Na los, raus mit der Sprache«, fuhr er ihn an.

Der Maskierte sah ihn weiterhin entsetzt an, brachte aber kein Wort heraus. Verdammt noch mal, wie war das möglich? Jagte er ihm nicht genug Schrecken ein? Hatte er vor seinem Herrn etwa mehr Angst?

Er krabbelte weiter zurück und Diether schloss auf. Doch langsam wurde es ihm zu bunt. Er wollte endlich wissen, wer ihn erpresste. Und auch, wer hinter dieser dämlichen Maske steckte. Er nahm den Degen zur Seite, trat dichter an den Mann heran und versuchte, ihm die Maske herunterzureißen. Der schien das allerdings geahnt zu haben, denn sofort waren seine Hände vorne und wehrten Diether ab. Es kam zu einem Gerangel, in dem Diether den Degen fallenließ. Dadurch hatte er beide Hände frei, und er hatte nun endgültig genug. Er packte den Mann am Schopf, dieser schrie auf vor Schmerz und langte mit beiden Händen nach oben. Diesen Moment nutzte Diether, griff nach der Maske und riss sie dem Mann vom Gesicht. Sofort erkannte er, dass er den Mann nie zuvor gesehen hatte. Und noch immer wusste er nicht den Namen seines Erpressers.

Er ließ die Haare des Mannes wieder los und begann, ihn zu schlagen und zu stoßen.

»Wenn du mir jetzt nicht auf der Stelle den Namen nennst, dann prügel ich dich ...«

Weiter kam er nicht, denn nach dem zweiten Stoß fiel der Mann rückwärts, knallte auf den Boden und blieb regungslos liegen.

»Ist ja schon gut«, sagte Diether. »Du kannst das hier ganz schnell hinter dich bringen, indem du mir einfach sagst, für wen du das tust. Dann hat diese Angelegenheit auch keine weiteren Folgen für dich. Du kannst einfach gehen.«

Der Mann rührte sich immer noch nicht, geschweige denn, dass er antwortete. Diether bückte sich nach ihm und rüttelte an ihm.

»He!«

Der Kopf des Mannes rollte von der einen zur anderen Seite. Unter dem Kopf breitete sich eine Blutlache aus. Diether sprang auf und wich erschrocken zurück.

Nein, das durfte nicht sein. Der Mann war tot. Und er, Diether, war dafür verantwortlich. Was hatte er nur getan?

Er ging weitere Schritte rückwärts. Er hatte den Mann getötet! Er war ein Mörder. Man würde ihn verurteilen und aufhängen. Er musste hier weg, bevor er bei der Leiche erwischt wurde.

Er konnte nicht mehr denken. Nur noch eines: *Renne, renne!*

Zölder stand an dem Fenster und starrte mit offenem Mund in das alte Haus. Er konnte den liegenden Mann nur ab Hüfte abwärts sehen. Was, zum Teufel, war da gerade passiert?

Er löste sich aus seiner Erstarrung und eilte die Treppen hinunter, raus aus dem Gebäude, über die Straße und in das leer stehende Haus hinein. Dabei versäumte er es nicht, sich unterwegs nach etwaigen Beobachtern umzusehen, aber es war weit und breit niemand zu sehen. Sein Handlanger lag noch genauso auf dem Boden, wie er ihn von oben gesehen hatte. Er ging zu ihm und blieb einen Moment ratlos vor dem reglosen Körper stehen. War er etwa …? Er bückte sich und fühlte am Hals nach dem Puls. Er war nicht tot. Offenbar war er zwar am Kopf verletzt, aber er lebte.

Zölder musste ihm helfen, ihn aufrichten und sich um seine Wunde kümmern, damit er nicht noch mehr Blut verlor. Er fasst ihn unter den Armen und wollte ihn soweit anheben, dass er ihn rückwärts zur Wand ziehen und daran anlehnen konnte. Doch mitten in der Bewegung hielt er inne. Ein Gedanke entstand in seinem Kopf und entwickelte sich zu einem Einfall.

So wie er die Situation einschätzte, glaubte Diether von Riekhen, genau wie er gerade noch, dass dieser Mann tot war. Von Riekhen ist deshalb Hals über Kopf weggerannt, weil er glaubte, dass er den Mann getötet hatte. Vielleicht sollte er ihn in diesem Glauben lassen. Wenn von Riekhen sich für einen Mörder hielt, konnte Zölder das zu seinem Vorteil nutzen.

Er ließ seinen Handlanger wieder zu Boden gleiten und sah sich um. Gleich neben ihm lag die Tasche mit dem Geld. Die hatte von Riekhen in seinem überstürzten Aufbruch ebenso zurückgelassen wie seinen Degen, der einige Schritte daneben lag. Er ging hin und hob ihn auf. Am Griff war kunstvoll ein Familienwappen eingearbeitet. Das war zwar ein Beweis dafür, dass von Riekhen hier war, aber den würde er schön für sich behalten. Was nützte ihm das Ganze, wenn es öffentlich wurde. Nur wenn es außer ihm keiner wusste, konnte er von Riekhen damit erpressen, zu mehr, als es vorher möglich gewesen wäre. Es würde nicht nur um Geld gehen. Nein, er würde dank Freiherr Diether von Riekhens Einfluss endlich gesellschaftlich aufsteigen. Er würde zukünftig jemand sein.

Ein Stöhnen unterbrach seine Gedanken. Er sah zu dem Mann auf dem Boden und bemerkte, dass dieser sich regte. Anscheinend kam er zu sich. Das passte aber gar nicht mit seinen Plänen zusammen. Wenn von Riekhen ein Mörder sein sollte, musste es auch eine Leiche geben.

Zölder ging zu seinem Handlanger und stellte sich über ihn. Der öffnete genau in diesem Moment die Augen und hob leicht den Kopf an. Er sah Zölder direkt an und erkannte ihn.

»Helft mir«, flüsterte er.

Zölder durchdachte auf die Schnelle noch einmal alles. Dann lächelte er seinen Gehilfen an, ging in die Hocke und setzte sich auf seinen Körper, mit den Knien auf seine Arme. Er legte die Hände um seinen Hals und drückte zu, anfangs leicht, dann immer fester. Der Mann unter ihm konnte kein Geräusch mehr von sich geben. Er riss den Mund auf, vielleicht um zu schreien, oder um nach Luft zu ringen, die jedoch nicht durch den zugedrückten Hals gelangen konnte. Ebenso waren die Augen weit aufgerissen, und sie quollen hervor, als wollten sie aus ihren Höhlen springen. Der Mann strampelte mit den Beinen, stärker als Zölder es ihm in diesem geschwächten Zustand zugetraut hätte, aber nicht stark genug, um seinem Schicksal entgehen zu können.

HEUTE

Editha öffnete die Augen nur minimal. Verschwommen sah sie eine helle Fläche vor sich. Wo war sie? Ihre Sicht wurde schärfer und sie erkannte, dass sie auf ein weißes Brett schaute. Sie bewegte sich und stellte fest, dass sie auf einer harten Unterlage lag. Was war passiert?

Beim Versuch, sich aufzurichten, durchzuckten an mehreren Stellen gleichzeitig Schmerzen ihren Körper. Sie fühlte sich, als hätte sie den schlimmsten Kater ihres Lebens. Trotzdem setzte sie sich auf und musste dann vor Schwindel für ein paar Sekunden die Augen wieder schließen. Sie hob ihre Lider ein wenig, die ihr wie zugeklebt vorkamen, um endlich herauszufinden, wo sie sich befand. Vor ihr reihten sich mehrere dieser Bretter. Ihr Verstand wurde zwar allmählich wacher, doch sie brauchte eine ganze Weile, bis sie begriff, dass es sich dabei um die Rücklehnen von Bänken handelte.

Dann fiel ihr alles wieder ein. Sie hatte sich in der Kirche auf eine Bank gelegt, weil es ihr so dreckig ging. Von den Visionen. Schon drei Stück hatte sie heute. Und es reichte bereits eine, damit ihr übel wurde. Ihr war bei den vorherigen Malen schon aufgefallen, dass die Auswirkungen von Mal zu Mal schlimmer wurden. Die dritte Vision am selben Tag hatte ihr deshalb wohl den Rest gegeben. Sie war ja auch nur zur Kirche gegangen, weil Jacob in ihrer ersten heutigen Vision an eine Kirche gedacht hatte. Und weil es immer noch ausstand, dass sie ihn warnen musste und dass sie wissen musste, was mit Timo passieren würde. Wer konnte denn ahnen, dass sie eine zweite Verbindung haben würde, mit einer Frau aus der Zukunft. Eine Zukunft, in der es keine Menschen mehr auf der Erde gab und die gar nicht allzu weit entfernt war, wie sie aus den Jahresdaten leicht ausrechnen konnte. Ihr schauderte bei diesem Gedanken.

Wahrscheinlich war sie der einzige Mensch, der wusste, was passieren würde. Also war sie auch der einzige Mensch, der dagegen etwas unternehmen konnte. Bloß was das sein konnte, das wusste sie ganz und gar nicht. Und ebenso nicht, wie viel Zeit ihr dafür noch blieb.

Was war denn außerdem in der dritten Vision passiert? Sie konnte sich kaum erinnern. Alles war so neblig, sie war bereits ziemlich geschwächt, als sie diese Vision hatte. Jacob hatte etwas gesucht, ein Versteck, für ein Metallkästchen. Editha sah auf, als ihr einfiel, wo Jacob es versteckt hatte. Sie musste nachsehen, ob es immer noch da war nach all den Jahren.

Sie sprang von der Bank auf. Sogleich setzte der Schwindel wieder ein. Ihr Magen krampfte sich zusammen, sodass sie sich krümmen musste. Nein, heute konnte sie gar nichts mehr machen. Sie musste sich ausruhen. Außerdem war Jacob hier überall in der Kirche gewesen. Es wäre zu riskant, jetzt im Versteck nachzuschauen. An jeder Stelle der Kirche könnte sie eine weitere Vision ereilen und sie wusste nicht, wie sie die überstehen würde. *Ob* sie die überstehen würde.

Von rechts hörte sie ein Klappern. Sie blickte hinüber und sah einen Mann in schwarzer Kleidung, der dabei war, die Kerzen zu löschen. Vorher hatte sie ihn nicht bemerkt, obwohl er die Mitte der Kirche überschritten und sämtliche Kerzen davor gelöscht hatte. Ein weiterer Grund, warum sie jetzt nicht hier herumschnüffeln sollte. Sie würde an einem anderen Tag wiederkommen.

Wie spät es wohl sein mochte? Leider konnte sie auf ihrem Handy ja nicht nachsehen, weil sie immer noch kein neues hatte.

So leise, wie es ihr möglich war in ihrer gekrümmten Haltung, schlurfte sie aus der Kirche. Natürlich war es inzwischen stockduster. Einzelne Passanten waren noch in der Stadt unterwegs, die sich aber nicht um sie kümmerten. Eigentlich war ihr das recht, denn sie musste sich stark zusammenreißen, einen Fuß vor den anderen zu setzen, nicht stehenzubleiben und zusammenzusacken. Der Schweiß stand ihr auf der Stirn. Ihr Atem ging, als würde sie rennen. Sie wusste, dass dort, einige Meter weiter, immer Taxis parkten. Dorthin musste sie kommen, nur noch den Platz überqueren, dann wäre sie da. Die Taxikosten waren ihr jetzt egal. So viel konnte es ja nicht sein für die paar Straßen, die sie gelaufen war.

Sie stolperte über ihre eigenen Füße und sackte auf die Knie. Verdammt, sie musste wieder aufstehen und weitergehen. Aber das war so schwer. Dann ging es plötzlich, und erst, als sie schon stand, wurde ihr bewusst, warum. Jemand half ihr, hatte ihr unter die Achseln gegriffen und sie mit angehoben.

»Danke«, lallte sie, als wäre sie betrunken.

»Ja, nun kommen Sie, ich bringe Sie zu den Taxis.«

Die Stimme! Sie kam ihr so bekannt vor. Wer war der Mann?

Während sie vorwärts geschoben wurde, versuchte sie, den Kopf so weit zu drehen, dass sie ihn erkennen konnte. Aber er war fast hinter ihr. Sie konnte nur etwas Grünes sehen. Trug er es auf dem Kopf? Und darauf war eine gelbe Schrift: »Nix drunter«. Woher kannte sie das?

Doch ihr ohnehin schon verlangsamter Verstand kam nicht mehr weiter, weil er nun vollends abgelenkt wurde. Denn ihre Kopfhaut begann in der typischen Art und Weise zu kribbeln, wie sie es heute bereits drei Mal erlebt hatte, oder vielleicht sollte es besser heißen »überlebt hatte«. Sie konnte nichts anderes tun, als es über sich ergehen zu lassen. Mit aller Kraft, die ihr blieb, und das war leider nicht mehr viel, konzentrierte sie sich darauf, Jacob zur warnen.

»Pass auf Jacob«, dachte sie angestrengt, während sie hinüberglitt in sein Bewusstsein. »Pass an deinem Geburtstag auf, sonst wirst du sterben.«

1788

Der Nieselregen war so fein, dass die einzelnen Tropfen gar nicht wahrnehmbar waren. Wie ein filigran gewebter Schleier legte er sich auf sein Gesicht, allerdings ein Schleier, dem sogleich weitere folgten, sodass Jacob ziemlich nass war, als er in den Weg zum schlitzäugigen Bauern abbog.

Jacob hatte inzwischen einiges über ihn herausgefunden und das war viel simpler als gedacht. Um den Namen zu erfahren, hatte er einfach Herold gefragt, der alle Bauern, die bei ihnen mahlen ließen, kannte. Sie hatten sich nochmal über den Tag unterhalten, als die Bauern bei ihnen gewesen waren, und da hatte Jacob sich wie nebenbei nach den Namen der drei Wortführer erkundigt. Der schlitzäugige hieß Clewin Mehrtens. Als er den Namen erstmal wusste, konnte er damit in der Kartei die Adresse nachschlagen. Diese Kartei führte er selbst, weil Herold mit dem schriftlichen Kram möglichst wenig zu tun haben wollte. Dort wurden alle Daten zu den Mahlaufträgen festgehalten und der Ordnung halber war bei jedem Bauern vermerkt, wo er wohnte.

Jacob hatte den Hof nicht ganz erreicht, als ein Hund anschlug. Eine große, schwarze, hässliche Kreatur schoss soweit auf ihn zu, wie es die Kette zuließ, die sie mit der Stallwand verband. Jacob ging noch ein paar Schritte und blieb einige Meter vor der Töle stehen, die einen ohrenbetäubenden Lärm machte. Lange musste er nicht warten, bis Mehrtens mit einer Mistgabel in der Hand aus dem Stall trat. Der Gestank von Mist begleitete ihn. Seine Hosenbeine waren bis über die Knie hochgerollt, wohl um sie vor unnötiger Beschmutzung zu bewahren.

»Still!«, brüllte er den Hund an, der sofort das Bellen einstellte und stattdessen ein tiefes Grollen hören ließ. »Was willst du hier?«, wandte er sich an Jacob.

Der schaute immer noch auf Mehrtens Knie. Knapp unter ihnen verliefen quer über beide Beine verkrustete Wunden, umgeben von blauen Flecken. Mehrtens bemerkte seinen Blick. Er wandte sich um, humpelte zum Stall und lehnte die Mistgabel an die Wand. Dann bückte er sich und streifte die Hosenbeine herunter, bevor er sich ihm wieder zuwandte. Aber das war zu spät, denn bei Jacob hatten sich bereits weitere Gedankenstücke zusammengefügt. Er wusste nun, wen er vor sich hatte.

»Nun sag schon, was du hier willst, sonst lasse ich den Hund von der Kette«, herrschte Mehrtens ihn an.

Jacob hatte die neuen Informationen noch nicht so weit verarbeitet, dass er sich eine andere Strategie für seine Vorgehensweise überlegen konnte. Also wollte er so anfangen, wie er es sich auf dem Weg hierher vorgenommen hatte, aber die Neuigkeit hatte ihn leicht verwirrt.

»Ich ... habe dich letztens gesehen ... im Hafen«, stotterte er.

»Na, und? Was juckt *dich* das?«

Jacob brauchte noch einen Augenblick. Er wischte sich das Regenwasser aus dem Gesicht. Aber dann hatte er seine Gedanken wieder geordnet.

»Du warst bei den Huren, hast dich jedoch mehr für den Bader interessiert, der sich auch dort aufhielt. Warum?«

»Unsinn! Was kümmert mich der Bader? Und wenn ich es täte, wäre es immer noch meine Angelegenheit.«

Er stritt es also ab. Aber das hatte Jacob erwartet.

»Das ist ganz und gar nicht nur deine Angelegenheit. Schließlich wurde der Bader kurze Zeit später ermordet, wie auch später die Hure.«

»Wie gesagt: Ich hatte mit dem Bader nichts zu tun.«

»Na gut, dann noch was anderes: Nachdem du letztens mit den anderen Bauern bei unserer Mühle warst, bin ich dir gefolgt. Ich habe beobachtet, dass du wie ein guter Bekannter in das Rathaus gelassen wurdest und dort eine ganze Weile nicht wieder herauskamst. Gleich am nächsten Tag war der Ratsherr von Zölder bei uns. Was hast du dazu zu sagen?«

Mehrtens sah ihn erstaunt und grimmig zugleich an.

»Schnüffelst du mir etwa hinterher?« Er begann an der Kette herumzufummeln. »Ich glaube, dir muss mal eine Lektion erteilt werden.«

Der Hund bemerkte die Wut seines Herrn und fletschte die Zähne. Jacobs Knie wurden weich. Was sollte er machen? So kam er nicht weiter. Mehrtens würde einfach weiterhin alles abstreiten. Er brauchte irgendein Druckmittel gegen ihn.

In diesem Moment fiel Jacob ein, was er mit der neuen Information anfangen konnte.

»Das würde ich schön sein lassen. Denn so wie es aussieht, bist *du* derjenige, der eine Lektion erhalten muss«, sagte er.

Der andere lachte auf.

»Willst du Hänfling etwa versuchen, mich anzugreifen? Dass ich nicht lache.«

»Nein«, sagte Jacob so ruhig, wie er konnte. »Ich werde jetzt einfach gehen und mit meinem Bruder sprechen. Den kennst du ja. Das ist dieser Kerl, der größer ist, als jeder andere Mann, den du kennst. Und der diese Hände so groß wie Bratpfannen hat.« Jacob wollte anhand eines übertriebenen Abstandes von seiner Hand die Größe andeuten und bemerkte dabei, dass er gar nicht übertrieb. »Mein Bruder ist eigentlich ein sanfter Kerl, weißt du, aber wenn er sauer wird, ist mit ihm nicht zu spaßen. Dort, wo diese Hände dann hinschlagen, wächst kein Gras mehr. Und diesem Mann werde ich einfach erzählen, dass du einer der beiden Halunken bist, die vor ein paar Tagen unsere Mühle sabotiert haben.« Jacob deutete auf Mehrtens Knie. »Ehrlich gesagt, weiß ich nicht, was danach noch von dir übrig bleibt.«

Er genoss einen Augenblick das blass gewordene Gesicht Mehrtens, drehte sich um und ging.

»Halt, warte!«

Aha, das hatte also gewirkt.

Er drehte sich wieder zu Mehrtens um.

»Ja, hast du mir etwas zu sagen?«

Mehrtens zögerte einen Moment und ließ dann vom Hund ab.

»Na schön, von Zölder hat mir sowieso gesagt, dass er mich nicht weiter braucht. Warum sollte ich *ihn* noch schützen, wenn er *mich* nicht schützen kann?« Das sagte er mehr zu sich, doch dann sah er Jacob direkt an. »Du musst mir schwören, dass du deinem Bruder nichts erzählen wirst und dass ihr mich fortan in Ruhe lasst, wenn ich dir alles erzähle.«

»In Ordnung, ich schwöre es.«

Mehrtens ließ die Schultern sinken und atmete tief ein und aus, bevor er begann.

»Ja, es stimmt«, sagte er dann. »Ich war immer wieder bei den Huren. Dort sollte ich für von Zölder den Bader im Auge behalten. Der wusste zu viel und neigte dazu, bei der einen Hure darüber zu reden. Diese habe ich nach ihm besucht und ... aus ihr herausbekommen, dass er begann über früher untersuchte Todesfälle zu sprechen.«

Jacob fragte lieber nicht, wie er das »aus ihr herausbekommen« hatte.

»Genau das wollte von Zölder nicht. Aber mit dem Tod des Baders hatte ich nichts zu tun. Damit war meine Aufgabe ja erledigt. Wenn ich ihn umgebracht hätte, wäre das mein eigener Schaden gewesen.«

»Und warum warst du dann noch mal im Rathaus?«

»Nachdem ich bei euch war, dachte ich, dass ich von Zölder meine Nützlichkeit beweisen könnte, indem ich von dem Fortschritt eures Mühlenumbaus erzähle. Ich wusste ja, dass er euch auf dem Kieker hat. Aber die Belohnung war kärglich, und er hat mich gleich wieder weggeschickt.«

»Und die Sabotage der Mühle?«

»Der gleiche Grund.«

»Und der Tod der Hure?«

»Ich habe gehört, dass sie aus dem Fenster fiel. Mehr weiß ich darüber nicht.«

Jacob nickte. Es sah so aus, als wenn alles bei von Zölder den Ursprung hatte. Jacobs Besuch beim Bader war der Grund dafür, dass dieser wieder anfing über die alten Todesfälle nachzudenken und darüber zu reden. Deshalb wurde er zum Schweigen gebracht. Das Gleiche galt für die Hure, der er alles erzählt hatte. Vielleicht hatte Jacobs Besuch bei ihr auch noch damit zu tun. Jedenfalls stand für ihn fest, dass die Hure nicht durch einen Unfall gestorben war, sondern ermordet wurde. Und zwar im Auftrage von Zölders.

Jacob beschloss, mit diesem Wissen zum Vogt zu gehen. Damit durfte von Zölder nicht davonkommen. Und außerdem war es möglich, dass von Zölder auch mit dem Tod seiner Eltern zu tun hatte.

Er sah Mehrtens an.

»Ich danke dir.«

Dann wandte er sich wieder zum Gehen.

»Moment mal, lasst ihr mich jetzt in Ruhe?«, rief Mehrtens ihm nach. »Ich will mit dieser ganzen Sache nichts mehr zu tun haben.«

Jacob sah über die Schulter zurück.

»Von uns hast du nichts zu befürchten, aber nehme dich vor von Zölder in acht.«

Dann beeilte er sich, in die Stadt zu kommen.

»Der Fall ist bereits abgeschlossen. Sie ist eindeutig aus dem Fenster *gefallen*.«

Jacob sah Grube, den Vogt, verdutzt an. Hatte er ihm denn nicht zugehört?

»Aber ich sagte Ihnen doch: Sie wurde ermordet, weil sie etwas wusste, das sie nicht weitererzählen sollte.« Er überlegte kurz, was er sagen konnte, ohne sich selbst zu gefährden. »Ein Ratsherr hat sie töten lassen.« Den Namen sagte er lieber nicht.

Der Vogt bückte sich zu ihm herunter. Er hatte eine tiefe Furche zwischen den Augenbrauen.

»Du willst einen Ratsherrn beschuldigen? Überlege dir gut, was du sagst, Junge, sonst bekommst du ernste Schwierigkeiten. Und das ohne jede Erfolgsaussicht, da schon bewiesen ist, dass es ein Unfall war.«

»Bewiesen? Wie das?«

»Der Leichenbeschauer hat sie untersucht. Er hat eine ganz klare Meinung von dem Fall und diese ist für uns ausschlaggebend.«

»Der Leichenbeschauer? Aber der Bader ist doch tot?«

Grube richtete sich auf, streifte sein langes Haar nach hinten und wandte Jacob den Rücken zu.

»Wir haben einen neuen ernannt. Es ist der Dr. Freese. Wohnt und arbeitet gleich drüben am Casinoplatz.«

Damit war Jacob entlassen.

Von Dr. Freese hatte er schon gehört. Der war noch ziemlich jung und betrieb seine Praxis seit etwa einem Jahr in Oldenburg. Jacob wusste, wo sie war, und beschloss, dort kurz vorbei zu gehen, es waren nur ein paar Straßen weiter.

Als er bei Dr. Freese ankam, stellte er fest, dass die Praxis noch geöffnet war, wenngleich er der einzige Wartende war. Lange dauerte es nicht, dann öffnete sich die Tür, die wahrscheinlich ins Behandlungszimmer führte. Heraus trat ein Mann, den Jacob kannte: Er diente von Zölder. Als der sich die Mühle angesehen hatte, war dieser Mann einer der beiden Begleiter.

»In Ordnung«, sagte er gerade. »Bis nächsten Freitag.«

Dann ging er, ohne Jacob zu bemerken.

Ein anderer Mann mit Schnauzbart und Brille trat einen weiteren Schritt aus der Tür zum Behandlungszimmer heraus und sah dem Gehenden hinterher. Das war Dr. Freese. Er hielt in der Hand ein kleines Stoffsäckchen. Im nächsten Moment steckte er es in seine Westentasche, wobei ein leises

Klimpern zu hören war. Jetzt war Jacob klar, warum sich der Arzt so sicher war, dass der Hure ein Unfall widerfahren war.

Dr. Freese zog einen Schlüssel aus der Tasche und trat an die Tür, die gerade hinter von Zölders Mann ins Schloss gefallen war. Dabei drehte er sich zum Wartebereich und sah Jacob.

»Oh ... Entschuldigung! Aber ... eigentlich ist schon geschlossen.«

Jacob sprang auf.

»Das macht nichts. Ich komme einfach ein anderes Mal wieder.«

Damit drängte er sich an dem Arzt vorbei und durch die Tür nach draußen.

Aufgebracht stapfte er über den Casinoplatz, wütend darüber, dass die Herren alle unter einer Decke steckten und er nichts dagegen unternehmen konnte.

Nach einigen Schritten begann seine Kopfhaut zu kribbeln.

In ihrem Körper ging es ihm sofort unglaublich schlecht. Selbst während seiner schlimmsten Krankheit hatte er sich nicht *so* elend gefühlt. Was war nur los mit ihr? Konnte es an der Verbindung mit ihm liegen? Er hatte ein einziges Mal zwei Gesichte an einem Tag. Danach war ihm noch übler als sonst, aber nie ging es ihm *so* schlecht.

Er musste sich anstrengen, um überhaupt etwas von der Umgebung sehen zu können. Es war, als wäre er in trübem Wasser untergetaucht, und das bei Nacht. Ja, so viel konnte er schon sagen: Es war dunkel, bei Editha war es Nacht. Das machte das Erkennen der Umgebung nicht gerade einfacher. Doch so, wie man bei schlechtem Licht die Augenlider zusammenkneift, um besser sehen zu können, strengte er sich nun an, um die Umgebung besser wahrnehmen zu können. Wie er das tat, hätte er mit Worten nicht beschreiben können, aber es funktionierte.

Editha befand sich natürlich auf der neueren Version des Casinoplatzes, die gar nicht besonders verändert aussah. Es war jemand bei ihr und der versuchte, ihr aufzuhelfen. Er sagte etwas von »Taxis«, was auch immer das sein mochte. Ohne ihn hätte Editha sich jedenfalls nicht auf den Beinen halten, geschweige denn laufen können. Einmal konnte Jacob einen Blick auf ihn erhaschen und sehen, dass er einen grünen Hut oder Helm trug.

Der Weg über den Platz schien unendlich zu sein. Editha ließ sich mehr tragen, als dass sie selber ging. Irgendwann bemerkte Jacob, dass schon die ganze Zeit eine Art Murmeln vorhanden war, ein Flüstern. Doch er konnte keine einzelnen Wörter heraushören. Der Mann, der Editha half, wurde müder, sie sackte immer tiefer. Schließlich, ein paar Meter vor einigen dieser lauten Kutschen, ließ er sie zu Boden und setzte sich daneben. Er ruhte sich kurz aus, nur einen Augenblick, dann erhob er sich wieder und ging weg.

Moment, das konnte er doch nicht machen, dachte Jacob, sie einfach hier zurücklassen. Aber Editha kümmerte sich nicht weiter darum, es war ihr egal. Jacob spürte jetzt, dass sie sich trotz ihrer Übelkeit und Erschöpfung konzentrierte. Sie strengte sich an, sie wollte ... ihm etwas mitteilen. Plötzlich wurde ihm klar, was dieses Gemurmel war: Das war Editha, die - geschwächt wie sie war - nicht zu ihm durchdringen konnte. Nun wurde sie allerdings lauter und er verstand, was sie offenbar schon die ganze Zeit sagte.

»Pass auf, Jacob«, drang es in sein Bewusstsein. »Pass an deinem Geburtstag auf, oder dir wird etwas passieren.«

Und das dachte sie immer wieder, die ganze Zeit. Diese Botschaft an ihn war ihr sehr wichtig. Sie war davon überzeugt, dass es an seinem Geburtstag für ihn gefährlich war. Vielleicht hatte sie in einem anderen Gesicht, das in seiner Zukunft lag, davon erfahren.

Dadurch, dass sie sich nun mehr anstrengte, wurden auch ihre sonstigen Sinne geschärft. Jacob konnte die Umgebung nun besser erkennen. Der Mann mit dem grünen Hut kam zurück und Jacob sah jetzt auf dem Hut eine gelbe Schrift. Eine dieser Kutschen fuhr wie von Geisterhand geschoben neben ihm her. Er hatte also vor, Editha in die Kutsche zu setzen, damit er sie nicht dorthin schleppen musste.

Als der Mann jetzt auf sie zukam, stellte Jacob fest, dass er ihm bekannt vorkam. Das war jedoch völlig unmöglich. Wie sollte ihm jemand aus Edithas Zeit bekannt vorkommen? Außer er hätte denjenigen in einer ihrer Verbindungen gesehen. Aber es war, als würde er den Mann gut kennen. Die Bewegungen, der Gang, die Gestik und Mimik: Alles war irgendwie vertraut.

Noch bevor Jacob sich weiter darüber wundern konnte, war er wieder in seinem eigenen Körper.

1768

Das Bett war bereits völlig durchnässt vom Schweiß. Schon seit Stunden wälzte Diether sich hin und her, ohne auch nur eine Minute geschlafen zu haben. Zum erstem Mal war er froh, dass Alheyt und er sich momentan nicht ein Bett teilten, sodass sie seine Kämpfe mit dem schlechten Gewissen nicht mitbekam. Und ebenso nicht, wie er gestern Abend völlig aufgelöst von dem Treffen mit dem entsetzlichen Ende heimgekehrt war.

Heute war er in der Stadt gewesen. Überall hatte man davon gesprochen. Es war ihm schwergefallen, so zu tun, als wüsste er nichts. Hoffentlich hatte ihm niemand seine Schuld angesehen.

Eine grausige Entdeckung sollte es gewesen sein. Die Leiche sollte in einer großen Blutlache gelegen haben, den Schädel halb zerschmettert. Ein Diener des Schlosses sollte sie gefunden und dies gemeldet haben. Man sagte, dass es eindeutig ein Mord war, der dort stattgefunden hatte. Was den Täter anging, tappte man allerdings völlig im Dunkeln. Nicht eine Spur sollte er hinterlassen haben.

Letzteres verwunderte Diether jedoch sehr. Kaum hatte er sich nach seiner Tat einigermaßen beruhigt, war ihm gleich aufgefallen, dass er nicht nur die Geldtasche am Tatort vergessen hatte, was für sich genommen schon schlimm genug war. Nein, er hatte auch seinen Degen auf dem Boden liegen lassen. Anhand des eingeprägten Familienwappens konnte man leicht eine Verbindung zu ihm herstellen. Und nun hieß es, dass es keinerlei Hinweise auf den Mörder gab. Was konnte das bedeuten? Wollte man den Täter in Sicherheit wiegen, während man herauszufinden versuchte, wem diese Utensilien gehörten? Oder hatte eine weitere Person die Dinge entwendet, bevor der Diener des Schlosses die Leiche fand? Oder gar der Diener selbst?

Diether stieg aus dem Bett und ging ans Fenster. Er schaute in die Dunkelheit und in den Regen.

Was auch immer passiert war, nachdem er panisch vom Ort seiner Untat geflüchtet war: Er bereute diese Flucht voll und ganz. Wäre er doch bloß dort geblieben und hätte zu seiner Tat gestanden. Er selbst hätte den Vorfall melden sollen. Dann hätte er vielleicht noch glaubhaft darlegen können, dass es sich um einen Unfall gehandelt hatte.

Aber jetzt war es dafür zu spät. Den Unfall würde ihm niemand mehr abnehmen. Allein durch seine Flucht hatte er die Sache wie einen Mord aussehen lassen. Wenn herauskäme, dass er den Mann getötet hatte, würde er deshalb auch wie ein Mörder behandelt werden.

Er konnte nur hoffen, dass er nicht gesehen wurde, als er vom Tatort wegrannte, und dass die zurückgelassenen Dinge, nicht zu ihm führten. Sollte das passieren, wäre sein Ansehen und das seiner Familie dahin. Allzu viel bedeutete seine gesellschaftliche Stellung heutzutage ja ohnehin nicht mehr. Wenn er als Mörder verurteilt würde, wäre diese gar nichts mehr wert. Man würde sie ihm aberkennen.

Und das wäre nicht einmal das Schlimmste. Er könnte ins Gefängnis kommen. Oder, was noch wahrscheinlicher war, er könnte dafür hingerichtet werden.

HEUTE

Pass auf, Jacob. Pass an deinem Geburtstag auf.

Editha riss die Augen auf und musste sie gleich wieder schließen, weil es viel zu hell war.

Wo war sie?

Sie lag auf etwas Weichem und war zugedeckt. Es fühlte sich nach ihrem Bett an.

Was war passiert?

Pass auf, Jacob. Pass ...

Warum dachte sie das ständig? Ihr wurde klar, dass sie es immer wieder im Geiste wiederholte. Dass sie das auch im Schlaf, im Traum getan hatte.

Sie wagte einen neuen Versuch und öffnete vorsichtig die Augen. Sie war in ihrem Schlafzimmer. Das Rollo war nicht heruntergezogen, das grelle Licht war eine Qual.

Wie war sie hierher gekommen? Das letzte, woran sie sich erinnerte, war, dass sie in der Stadt zusammengesackt war und ihr jemand geholfen hatte.

Erschrocken schlug sie die Decke zurück und befühlte ihren Körper. Sie war komplett angezogen. Wer auch immer ihr Helfer war, hatte sie zumindest nicht angerührt.

Allein die Bewegung ihrer Arme und das leichte Anheben des Kopfes hatten eine Welle der Übelkeit ausgelöst. Sie musste sich übergeben. Noch während sie sich mit letzter Kraft aus dem Bett lehnte, stellte sie fest, dass dort eine Schüssel bereitstand, in die sie nicht das erste Mal kotzte.

Anschließend wollte sie den fiesen Geschmack loswerden. Auf ihrem Nachtschrank stand tatsächlich ein Glas, das bis zum Rand mit Wasser gefüllt war. Wer hatte bloß so gut für sie gesorgt? Der Griff zum Glas bedeutete eine enorme Anstrengung. Dafür musste sie sich weiter hinauslehnen. Als sie endlich an das Glas ankam, fuhr der Schmerz in ihre verletzte Schulter und sie stieß es um. Das Wasser ergoss sich in einem Schwall auf den Boden.

Ihr wurde schwindelig. Sie sank zurück auf das Kissen.

Im nächsten Moment wurde ihr schwarz vor Augen.

Schon wieder dieser Braten. Marko fragte sich, warum es ausgerechnet immer Braten sein musste. Den gab es bereits früher ständig und seitdem hatte sich nichts geändert: Jeden Sonntag gab es diesen Braten. Dazu eine gehaltvolle Soße und Salzkartoffeln. Nur das Gemüse variierte, heute war es Rosenkohl. Bei der Nachspeise gab es seit jeher zwei Möglichkeiten: entweder Vanillepudding mit Kirschen oder Schokoladenpudding mit Kirschen. Jedenfalls war es früher so. Doch in jedem Fall der schreckliche Braten. Er mochte ja gerne Fleisch, aber erstens musste es nicht immer dasselbe sein und zweitens nicht gerade dieses. Es war geradezu so, als ob sein Vater den Schlachter seines Vertrauens dazu angewiesen hatte, den trockensten aller verfügbaren Rinderbraten für ihn zu reservieren. Als hätte sein Vater nicht genug Geld, um sich etwas besseres zu leisten. Früher hatte seine Mutter ihm erlaubt, Brot in die Bratensoße zu tunken. So kam er oftmals darum herum, dieses verhasste Fleisch zu essen. Den Ärger mit Vater bekam dann allerdings sie ab. Damals war Marko nur froh gewesen, dass er das trockene Fleisch nicht hatte essen müssen und dafür nicht einmal die Wut seines Vaters auf sich gelenkt hatte. Heutzutage mochte er den Braten kein bisschen mehr, aber um Vater nicht zu verstimmen, wollte er eine Scheibe davon herunterwürgen. Es war gut möglich, dass dies heute das letzte Zusammentreffen dieser Art war.

Vater sah schlimm aus. In den vergangenen Tagen schien er um Jahre gealtert zu sein, seine Erkrankung schritt nun rapide voran. Die Schmerzen schienen ihn jetzt permanent zu begleiten. Offenbar konnten jene Medikamente, die ihn weiterhin klar denken ließen, sie nicht mehr beseitigen. Selbst er schien das gemeinsame Familienessen heute nicht haben zu müssen, wollte seinen Söhnen aber ja noch diese eine große Mitteilung machen. Er aß sehr langsam, machte zuweilen lange Kaupausen, wie um sich auszuruhen, und sah unablässig nach unten auf den Teller.

Marko fand die Situation unerträglich. Er versuchte trotzdem, sich normal zu geben und sich sein Unbehagen nicht anmerken zu lassen. Er hoffte, dass ihm das gelang. Klemens jedenfalls, der ihm gegenüber saß, war entweder dazu sehr gut in der Lage oder er verspürte durch seinen jahrelang anhaltenden Kontakt mit Vater nicht diese Gefühle. Aber natürlich war er auch schon immer schwer zu durchschauen.

Vater räusperte sich.

»Ich will euch jetzt die eine Sache mitteilen, die ihr über unsere Familie wissen müsst.«

Seine Stimme war leise. Marko war bestürzt, dass diese eine Woche so viel verändert hatte. Letzten Sonntag hatte Vater ihn noch zu Hause aufgesucht und nun sah es so aus, als blieben ihm nur wenige Stunden zu leben übrig.

Vater nickte Beate zu, die sich sofort mit der Serviette den Mund abtupfte, aufstand und den Raum verließ, sodass nur noch der Vater und die beiden Söhne anwesend waren. Wahrscheinlich hatte er es vorab mit ihr so abgesprochen. Markos arme Stiefmutter hatte nicht einmal ihren Teller geleert, aber darauf konnte Vater wohl keine Rücksicht mehr nehmen. Marko war jedenfalls froh, dass er nicht weiteressen musste.

Es dauerte eine ganze Weile, bis Vater wieder zum Sprechen ansetzte.

»Was ich euch gleich erzähle, könnt ihr nach meinem Ableben natürlich alles noch mal nachlesen, denn für den Fall, dass ich es euch vorher nicht mehr hätte sagen können, ist es schriftlich bei unserem Anwalt hinterlegt.« Seine Stimme wurde immer leiser und heiserer, als hätte er mit dem Einleitungssatz schon die meiste Kraft verbraucht. »Gerhard wird euch die Unterlagen nach meinem Tod aushändigen, was wahrscheinlich in nicht allzu ferner Zukunft liegt.«

Als Anwalt der Familie würde Gerhard Breimer auch seine noch verbliebenden Jahre tätig sein können, da er fest in einer der Firmen des Zölder-Konzerns angestellt war. Aber als Vaters sehr guter Freund würde er bald einen großen Verlust erleiden.

Vater legte Messer und Gabel, die er noch immer in den Händen hielt, auf den kaum geleerten Teller, rückte ihn ein Stück von sich weg und lehnte sich im Stuhl zurück. Als er Klemens und Marko nun anschaute, sah er noch schlimmer aus, da seine Augenlider halb gesenkt waren, als wäre er unendlich müde. Auch machte er sich nicht mehr die Mühe, die Essensspuren aus seinen Mundwinkeln zu wischen.

»Ich will es euch trotzdem selbst erzählen. Da ich es nach dem Tod eures Großvaters schriftlich erfahren habe, weiß ich wie das ist, und das will ich euch ersparen.«

Ja, ja, wann kam er denn endlich zur Sache. Marko war inzwischen ziemlich gespannt darauf, was es nun war, woraus schon sein ganzes Leben ein Geheimnis gemacht wurde und das so wichtig war, dass sein Vater dafür Menschen umbringen lassen würde.

»Wie ihr ja wisst, geht es um die Familie Riekmüller.« Er machte wieder eine Pause, entweder weil er zu Atem kommen oder weil er erst seine Gedanken sammeln musste. Dann fuhr er fort. »Diese Familie war vor langer Zeit sehr angesehen und wohlhabend. Sie war adelig. Das Oberhaupt war jahrhundertelang in Erbfolge ein Freiherr, mit sehr viel Einfluss bei Jedem der Rang und Namen hatte. Das Vermögen der Familie, die damals noch ‚von Riekhen' hieß, bestand nicht nur aus viel Geld, sondern vor allem aus vielen Ländereien und dem, was sich darauf befand, wie beispielsweise Wälder für die Holzwirtschaft oder verschiedene Mühlen.«

Das war ja schön für die Familie Riekmüller. Falls er Editha mal wieder erreichen würde, was ihm seit Tagen misslang, könnte er ihr davon erzählen. Doch was hatte das mit ihnen zu tun?

»Zu dieser Zeit war unsere Familie arm. Sie hielt sich seit Generationen mit Hilfsarbeiten über Wasser und lebte von der Hand in den Mund. Betteln mussten sie zwar nie, aber so manches Familienoberhaupt musste entwürdigende oder ungesunde Arbeiten leisten, um seine Lieben ernähren zu können.« Er unterbrach sich kurz, um einen Schluck zu trinken. »Dann, im 18. Jahrhundert, zu Zeiten der Grafschaft, als Oldenburg unter dänischer Regierung stand, gelang es einem unserer Vorfahren, genug anzusparen, um ein Haus kaufen und seine beiden Söhne so großziehen zu können, dass sie vernünftige und angesehene Berufe ergreifen konnten. Das war die Grundlage unseres Reichtums.«

Eures Reichtums, korrigierte Marko gedanklich. *Seinen* Reichtum hatte er sich selbst erwirtschaftet.

»Denn einem dieser Söhne«, fuhr Vater fort, »gelang es durch seine Stellung und aufgrund von … besonderer Umstände, die ungewöhnlich aber legal waren, das Hab und Gut der damaligen Familie von Riekhen in seinen Besitz zu bringen.«

Bevor Marko seinen Gedanken aussprechen konnte, kam Klemens ihm zuvor.

»Und warum müssen wir uns jetzt vor der Nachfahrin und deren Nachforschungen fürchten, wenn das doch alles legal war?«, fragte er.

Bei seiner Antwort sah Vater Marko an, als hätte *er* die Frage gestellt.

»Es war zwar legal, aber diese besonderen Umstände sind derart, dass uns nicht daran gelegen wäre, wenn diese aufgedeckt und öffentlich gemacht würden. Trotz der Tatsache, dass es schon lange her ist, könnte dies unserem Ansehen und somit auch unserem Geschäft beträchtlichen Schaden zufügen. Doch das ist nicht einmal das Schlimmste.«

Es war also noch nicht das Schlimmste, dass der Wohlstand seiner Familie, so wie Marko es deutete, *ergaunert* war? Jetzt war er aber gespannt, was dann das Schlimmste war.

»Das würde uns zwar einen Schaden zufügen, der wäre jedoch zu verkraften. Diese Besitztümer waren damals für die Familie wertvoller als heute. Das sind überwiegend Ländereien, die heute sicherlich noch einige Millionen bringen würden, aber was soll's. Da ist aber noch etwas, das wir nicht so ohne Weiteres verkraften würden. Denn eine Sache war nicht legal und gerade die ist das Fundament unseres Vermögens. Dabei handelt es sich um ein Patent, auf dessen Grundlage unser Vorfahr Jahre später das erste Unternehmen unserer Familie gegründet hat.«

Mit Patenten kannte Marko sich ein wenig aus, weil er mit seinen Firmen selbst einige dieser Schutzurkunden hielt. Er wusste, dass Patente irgendwann abliefen und dass dann jeder auf die bis dahin geschützte Sache Zugriff hatte.

»Warum sollte uns noch ein Patent interessieren, das vor ein paar hundert Jahren schon abgelaufen war?«, fragte er deshalb.

»Darum geht es nicht. Das Patent selbst ist heute nichts mehr wert, auch wenn das Grundprinzip der Technik, die darin beschrieben wird, heute noch genutzt wird. Auch die Strafe für die unrechtmäßige Aneignung des Patents ist natürlich längst verjährt. Der Punkt ist aber der: Wem gehört das Kalb einer gestohlenen Kuh, dem Bestohlenen oder dem Dieb? Und was, wenn inzwischen daraus eine ganze Herde geworden ist?«

»Ach komm«, sagte Klemens. »Glaubst du wirklich, dass man uns nach all den Jahren noch unser Vermögen wegnehmen kann?«

Obwohl man es bei Klemens nie so genau wusste, entnahm Marko seiner Reaktion, dass ihm Vaters Enthüllungen ebenfalls neu waren. Dessen war sich Marko bis jetzt nicht absolut sicher.

»Unsere Anwälte halten es nicht für ausgeschlossen, dass es bei einer gerichtlichen Auseinandersetzung zumindest zu einem Vergleich kommen könnte, bei dem wir die Hälfte unseres Vermögens abgeben müssten«, sagte Vater.

Marko lachte auf. Jetzt, da er wusste, worum es ging, hatte er langsam keine Lust mehr auf dieses Getue.

»Na, und? Dann bekommen sie halt die Hälfte. Als wenn das so schlimm wäre. Es ist doch immer noch genug da.«

Vater sah ihn zornig an.

»Du hast gut reden. Dein Vermögen wäre ja nicht betroffen.«

Marko starrte zurück. Ihm wurde erneut klar, dass Klemens ganz und gar nicht recht hatte: Er, Marko, war keinesfalls so wie sein Vater, und er würde auch niemals so sein.

»Was hast du nun mit Editha Riekmüller vor?«, fragte er, denn das andere Thema interessierte ihn absolut nicht mehr.

Vater funkelte ihn weiter an. Die Wut schien ihn gestärkt zu haben, die vorherige Schwäche war kaum noch zu erkennen.

»Nach wie vor muss verhindert werden, dass sie etwas darüber herausfindet. Aber womöglich ist sie jetzt eingeschüchtert genug, denn meine Leute haben mir berichtet, dass sie seit Tagen ihr Haus nicht verlassen hat. Doch es gibt da noch etwas anderes zu erzählen: Einer der beiden Brüder, von denen unser Vorfahr das Patent übernommen hat, konnte irgendwie in die Zukunft sehen und einer Nachfahrin Nachrichten übermitteln.«

Marko musste lachen, obwohl ihm eigentlich nicht danach war. Es war ein bitteres Lachen.

»Jetzt wird es mystisch. Glaubst du diesen Quatsch etwa tatsächlich?«, sagte er.

»Ich habe Schriften im Safe liegen, die von diesem Mann stammen. Er nennt keinen Namen darin, aber er hat Kontakt mit einer Frau in Editha Riekmüllers Alter, die einen Sohn in dem Alter hat, in dem auch Riekmüllers Sohn ist. Der technische Fortschritt und andere Dinge, die in den Schriften beschrieben sind, entsprechen unserem heutigen Stand. Der Mann wusste im 18. Jahrhundert Dinge, die er definitiv noch nicht wissen konnte. Von daher: Ja, ich glaube diesen Quatsch.« Vater sah Marko düster an. »Im Moment verhält sie sich ruhig, wenn sie jedoch wieder aktiv werden sollte ...«

Er ließ das Ende offen, doch Marko war klar, was Vater sagen wollte.

Selbst so kurz vor seinem Tod wollte Marko mit Vater endgültig nichts mehr zu tun haben. Er hatte ihm noch eine Chance geben wollen, damit er mit seinem Sohn versöhnt die Welt verlassen konnte. Aber für Marko war er ohne diese aberwitzige Geschichte schon unerträglich. Und jetzt kam die auch noch dazu.

Marko schob den Stuhl zurück, pfefferte die Serviette auf den Tisch und ging ohne ein Wort des Abschieds.

Jetzt würde er Editha so lange suchen, bis er sie gefunden hatte.

Sie öffnete die Augen nur leicht, weil es wieder sehr hell war. Die ersten Dinge, die sie spürte, waren, dass sie Hunger hatte und dass es ihr viel besser ging. Sogar die Helligkeit nahm sie nicht als grell wahr, sondern als warm. Aber nach der tagelangen Tortur traute sie dem Frieden nicht ganz. Sie bewegte die Arme und dann die Beine. Es fühlte sich steif an, doch es war noch immer alles gut. Sie hob den Kopf und sah sich im Zimmer um. Kein Schwindel bisher. Das Wasserglas auf dem Nachtschrank war gefüllt, der Wecker zeigte ihr an, dass es Mittag war. Sie richtete sich weiter auf. Die Schüssel neben dem Bett war geleert. Offenbar hatte sie sich nun schon länger nicht übergeben müssen. Aber hätte sie das überhaupt können, irgendwann musste ihr Magen ja leer gewesen sein? Doch sie erinnerte sich, dass sie zwischendurch einen Brei gegessen hatte. Sie wurde damit gefüttert. Jetzt fiel es ihr ein: Ihr Untermieter hatte das getan!

Sie stützte sich mit den Armen ab und setzte sich auf. Immer noch alles in Ordnung, auch wenn sie sich ziemlich schlapp fühlte und sich die Schulter bei dieser Belastung meldete. Wie viele Tage hatte sie hier gelegen? Sie sah sich nach einer Möglichkeit um, das herauszufinden. Auf dem Nachtschrank lag das Telefon. Sie nahm es und aktivierte das Display. Heute war Sonntag. Sie hatte eine Woche lang im Bett verbracht!

Da das rote Lämpchen blinkte, rief sie am Telefon die Liste der Anrufe auf. Marko hatte mehrmals versucht, sie zu erreichen, und Nachrichten hinterlassen. Die konnte sie später noch abhören, auch wenn es sie eigentlich nicht interessierte, was dieser Idiot wollte. Aber sie hatte ebenfalls telefoniert, mit ihrer Tante. Ja, richtig, sie hatte sie in einem weniger schwachen Moment angerufen, um ihr zu sagen, dass sie sich keine Sorgen machen sollte. Das hatte sie natürlich trotzdem, doch Editha konnte sie beruhigen und ihr versichern, dass sie wegen ihrer Schulter einfach ein paar Tage Ruhe brauchte. Das war Tante Gerda zwar komisch vorgekommen, das war deutlich zu merken, aber sie hatte es hingenommen. Na, das hatte sie wenigstens geregelt, allerdings hatte sie weder ihre Arbeit gemacht noch sich beim Karateverein abgemeldet. Jetzt musste sie unbedingt endlich aufstehen.

Sie schlug die Decke vollends zurück und schwang die Beine über die Bettkante. Nun war doch ein leichter Schwindel zu spüren, aber nicht so schlimm, dass sie sich wieder hinlegen musste. Sie atmete bewusst langsam und tief mehrmals ein und aus. Der Nebel im Kopf verzog sich mehr und mehr. Sie rutschte noch ein wenig vor und stand plötzlich auf dem Boden. Ihre Beine waren wacklig, sie fühlte sich schlapp, aber sie blieb aufrecht. Zum Glück, es ging bergauf mir ihr.

Wie hatte es nur so schlimm kommen können? Diese Visionen waren schuld. Eine davon zurzeit machte ihr schon zu schaffen und letzten Sonntag hatte sie gleich mehrere hintereinander. Wie viele waren es, drei oder vier? Bei der Kirche hatte sie die meisten.

Sie erinnerte sich, was sie gesehen hatte. Eigentlich wollte sie ja zurück zur Kirche, um nachzuschauen, ob Jacobs Hinterlassenschaft die Jahre überdauert hatte. Aber konnte sie es riskieren? Konnte sie riskieren, *irgendwo* hinzugehen in Oldenburg? Wenn so etwas wie letzten Sonntag noch mal passierte, wäre das womöglich ihr Ende.

Doch was sollte sie jetzt tun? Schließlich hatte sie erfahren, dass nur wenige Menschen eine baldige, weltweite Katastrophe überleben und dass ihr Sohn wahrscheinlich nicht dazugehören würde. Was sollte sie jetzt tun?

Das laute Grummeln in ihrem Magen kam einem Vorschlag gleich. Ja, sie sollte erstmal etwas essen, wieder zu Kräften kommen. Mit leerem Bauch konnte man nicht kämpfen.

Sie schlurfte langsam in die Küche. Im Kühlschrank fand sie eine ungeöffnete Packung Käse. Sie öffnete sie, setzte sich damit an den Tisch und aß zwei Scheiben davon. Sie genoss das wohlige Gefühl, wie sich ihr Magen allmählich füllte. Bis er sich schlagartig zusammenkrampfte, als es an der Tür klingelte. Ihr wurde bewusst, dass sie kurz vorher ein charakteristisches Motorengeräusch vernommen hatte. Es war klar, wer an der Haustür war. Aber heute hatte sie nicht die Kraft, diesem Arschloch die Meinung zu sagen.

Sie zog die Beine an, umschlang sie mit ihren Armen und hoffte, dass Marko von Zölder bald wieder wegfahren würde.

1788

»Dieser verdammte Rechtsverdreher!«, brüllte von Zölder mit hochrotem Kopf.

Er zerknüllte den Brief und holte aus, um ihn in das Kaminfeuer zu werfen, konnte sich im letzten Moment aber noch beherrschen. Natürlich war ihm nicht damit geholfen, den Brief zu vernichten. Vielmehr musste er ihn sich erneut durchlesen und genau studieren. Vielleicht sollte er sogar in Betracht ziehen, ihn seinem eigenen Advokaten zu zeigen. Zwar konnte er mit ziemlicher Sicherheit davon ausgehen, dass das, was dort drin stand, richtig war. Aber da in Rechtsangelegenheiten so manches unterschiedlich ausgelegt werden konnte, war es einen Versuch wert.

Von Zölder breitete das zerknüllte Stück Papier vorsichtig wieder auseinander, darauf bedacht, es nicht auch noch zu zerreißen. Er setzte sich an den Schreibtisch und zog es langsam und mit wenig Kraft mehrmals über die Tischkante, um es einigermaßen wieder zu glätten. Mit dem zerknitterten und nun auch gewellten Brief machte er sich auf den Weg zu einem der anderen Ratsherren, der eine juristische Ausbildung besaß.

Unmittelbar nach seinem Anklopfen wurde er in die Amtsstube des Kollegen von Becker hereingebeten. Von Zölder hatte Glück, dass er anwesend war und, wie sich herausstellte, auch gerade Zeit für ihn aufbringen konnte. Nach einer kurzen Erläuterung, worum es ging, überflog von Becker das Schreiben. Dann sah er auf und schaute von Zölder über seine Halbbrille hinweg an.

»Hierin ist von verschiedenen Steuern die Rede. Haben Sie diese bei den Leuten eingefordert?«, fragte er.

»Nein, noch nicht. Aber ich habe angekündigt, dass ich es tun werde.«

Von Becker sah wieder auf das Schreiben.

»Hm, vielleicht wäre es schlauer gewesen, das nicht zu tun, sondern die Leute vor vollendete Tatsachen zu stellen, direkt mit einem Forderungsschreiben.«

Was bildete dieser Schwachkopf sich ein? Hatte er gerade zu ihm gesagt, dass er nicht schlau war?

»Warum das?«, zischte von Zölder ihn an.

»Weil die Leute dann in einer schlechteren Verhandlungsposition gewesen wären.« Von Becker schien seine Wut nicht zu bemerken. »Sie haben nun genügend Zeit, dagegen anzugehen. Wenn sie nichtsahnend eine Zahlungsaufforderung erhalten hätten, wären sie in Zeitnot geraten und hätten sich mehr unter Druck gesetzt gefühlt. Aber dazu ist es jetzt natürlich zu spät.«

»Eigentlich wollte ich nur von Ihnen wissen, ob dieser Advokat recht hat«, sagte von Zölder knapp.

»Ja, natürlich hat er recht. Sie können für eine Ablaufrinne nicht eine Wassererkenntnis einfordern. Und ein gefülltes Becken ist nach meinem Dafürhalten nicht mit einem gestauten Bach oder Fluss gleichzusetzen. Vor Gericht würden Sie eindeutig den Kürzeren ...«

»Danke«, fauchte von Zölder und riss von Becker den Brief aus der Hand.

Dann stürmte er aus der Amtsstube, knallte die Tür hinter sich zu und lief mit großen Schritten wutentbrannt in seine eigenen Räumlichkeiten zurück.

Das konnte doch nicht wahr sein! Wie war es möglich, dass diese Müllertölpel stets die Oberhand gewannen?

Erneut zerknüllte er den Brief und dieses Mal konnte er sich nicht zusammenreißen, sodass das Papier im nächsten Moment von den Flammen verzehrt wurde. So kurz und einfach diese Aktion auch war, sorgte sie dafür, dass er sich ein wenig abreagierte. Er sah zu, wie das Feuer sein Werk tat, und wurde immer ruhiger.

Die Riekhens konnten die Mühle nur umbauen, weil sie von dem früheren Freund ihres Vaters finanziell unterstützt wurden, diesem von Elmendorff. Das hatte er kürzlich herausgefunden. Und der gleiche Mann war es bestimmt, der es ihnen ermöglichte, juristisch gegen ihn vorzugehen. Ohne ihn könnten sie das nicht. Also musste er herausfinden, wo von Elmendorff seinen wunden Punkt hatte. Dann könnte er ihn kaltstellen. Es wäre nicht das erste Mal, dass er so etwas schaffte. Vielmehr war es seine übliche Vorgehensweise mit Kontrahenten umzugehen.

Doch das war noch nicht alles, was von Zölder tun wollte. Er musste Jacob Riekhen ein- für allemal Einhalt gebieten. Zu viel hatte er bereits herausgefunden. Von Zölders Spitzel hatten ihm berichtet, was die Hure zu erzählen wusste, bevor sie sie getötet hatten. Aber für Jacob Riekhen hatte er ebenfalls eine Idee. Er würde dafür sorgen, dass er für den Mörder des Baders und der Hure gehalten wurde. Das konnte nicht allzu schwer sein, da er beide kurz vor ihrem Ableben aufgesucht hatte. Zwar galt die Hure offiziell als verunglückt, aber das konnte man auch wieder umdrehen. Das würde dann noch weiteren Druck auf die Riekhens ausüben. Wenn er Glück hatte, würde man Jacob Riekhen sogar dafür hinrichten.

Bei dem Gedanken besserte sich seine Laune und ein teuflisches Grinsen breitete sich auf seinem Gesicht aus. Er musste an den Vater der Riekhen-Jungs denken.

Und wenn das alles geregelt war, würde er seinen ursprünglichen Plan weiterverfolgen. Ganz ausgereift war dieser noch nicht, aber eines war sicher: An dessen Ende würde er, von Zölder, das Patent für die Erfindungen Herold Riekhens innehaben.

Sein Bruder Lynhardt machte ihm allerdings auch Sorgen. Er konnte zwar nicht die Anzeichen von damals an ihm erkennen, aber die aktuellen Mordfälle ähnelten den früheren doch sehr.

Die Arbeit an dem Mühlenumbau neigte sich langsam dem Ende zu. Die beiden Tagelöhner hatte Herold bereits vor zwei Tagen entlassen und auch Müller Lamprecht hatte sich gestern auf den Heimweg nach Hamburg gemacht. Die reparierte Mühle war zeitweise wieder im Betrieb, um die ungeduldigsten Bauern zufrieden zu stellen und den restlichen Bauern zu signalisieren, dass es weiterging. Die normale Arbeit machte Jacob fast alleine, weil Herold noch die Restarbeiten am Umbau erledigen musste. Diese, so sagte er, bedurften besonderes Geschick, sodass er sie selbst ausführen wollte und nur dann und wann Jacobs Hilfe dabei brauchte. Überwiegend handelte es sich um Einstellarbeiten und Optimierungen der neuen Einrichtungen.

So kam es, dass Jacob jetzt etwas mehr Zeit hatte. Er wollte endlich wieder schreiben, aber noch ging ihm nicht aus dem Kopf, womit er sich die letzten Wochen beschäftigt hatte. Ständig sah er seine Entdeckungen vor seinem geistigen Auge: Dass die meisten Toten rote Haare hatten, dass einer der Toten Würgemale am Hals hatte und alles weitere. Zu einem stimmigen Ganzen konnte er es noch nicht alles zusammenfügen, aber für ihn stand fest, dass von Zölder dort tief drin steckte und deshalb wahrscheinlich auch mit dem Tode seiner Eltern zu tun hatte. Das war allerdings vorerst schwierig zu beweisen. Der Mord am Bader und an der Hure vielleicht schon eher. Er beschloss, den Vogt noch einmal aufzusuchen. Er musste versuchen, ihn von der Schuld von Zölders zu überzeugen.

Heute wollte er allerdings zu Hause bleiben, denn es war sein Geburtstag. Er wollte kein Risiko eingehen. Editha hatte ihn gewarnt, dass er an diesem besonderen Tag vorsichtig sein sollte, und er hatte vor, ihre Warnung ernst zu nehmen.

Am Vormittag wehte eine leichte Brise, sodass das Mahlwerk der Mühle rotierte. Jacob nahm sich der Kornsäcke aus dem Lager einem nach dem anderen in aller Ruhe an. Doch gegen Mittag flaute der Wind soweit ab, dass die Mühle schließlich still stand. Die Erweiterung der Mühle war wegen der abschließenden Arbeiten noch nicht im Betrieb. Mit dem Mahlen war es also zunächst wieder vorbei. Bis auf ein paar Aufräumarbeiten hatte Jacob nun nichts mehr zu tun, weshalb er zuerst eine Pause einlegen wollte.

Das Sonnenlicht blendete ihn, als er aus der Mühle trat. Blinzelnd schaute er hoch. Bis auf ein einzelnes Loch, durch das die Sonne hindurchstrahlte, war der Himmel bedeckt von grauen Wolken. Jacob klopfte sich hustend den Mehlstaub von der Kleidung und sah sich nach Herold um, weil er mit ihm die Pause verbringen wollte. Hier unten konnte er ihn nirgendwo erblicken, also tüftelte er wohl oben auf dem Hügel herum. Jacob ging zum Haus, holte etwas zu essen für sie beide und machte sich an den Aufstieg. Er fand Herold im Becken kniend vor, wo er dem Ablassmechanismus den letzten Schliff gab.

»He, großer Bruder, wie wäre es mit einer Pause?«, sprach er ihn an.

Herold sah auf und lächelte.

»Die kommt mir gelegen«, antwortete er. »Dieser Mechanismus treibt mich zur Verzweiflung. Der funktioniert noch nicht so, wie ich mir das vorstelle.«

Er kletterte aus dem Becken und klopfte sich den Schmutz von den Knien.

Sie suchten sich eine geeignete Stelle bei der Abflussrinne, wo sie sich setzten und zu essen begannen.

»Der Wind hat nachgelassen«, sagte Herold. »Ich brauche dich heute auch nicht mehr. Du solltest dir in der Stadt ein Bier gönnen. Schließlich hast du heute Geburtstag. Ich komme dann nach, sobald sich dieser verfluchte Mechanismus nicht mehr wehrt.«

Jacob musste lachen.

»Als ob du dich von deiner Arbeit lösen könntest. Nein danke, ich bleibe heute zu Hause.«

Davon, dass es eine Vorsichtsmaßnahme war, erzählte er ihm lieber nicht. Eine Weile aßen sie schweigend vor sich hin.

»Was will der denn hier?«, sagte Herold unvermittelt und sah den Hügel hinab.

Jacob folgte seinem Blick. Dort kam der Vogt mit zwei weiteren Männern zu ihnen hinauf. Ihre Pferde hatten sie unten gelassen. Welch eine glückliche Fügung. Vielleicht hatte er ja über Jacobs Worte nachgedacht. Oder es haben sich andere Hinweise ergeben, durch die von Zölder nun doch mit der ermordeten Hure in Verbindung gebracht wurde. Jacob konnte es kaum erwarten, zu hören, was ihm der Vogt zu sagen hatte.

Oben bei ihnen angekommen, hoben die Männer, die ihre Blicke zu Boden gerichtet hatten, um sicheren Schrittes den Hügel emporzukommen, ihre Köpfe. Alle drei hatten sie versteinerte Mienen, ihre Augen richteten sich auf Jacob.

»Jacob Riekhen«, sagte der Vogt. »Wir müssen dich verhaften.«

Im ersten Moment war Jacob so verblüfft, dass er keine Worte fand, geschweige denn an eine Flucht denken konnte. Er starrte den Vogt einfach nur mit offen stehendem Mund an. Sein Bruder dagegen behielt wie immer die Ruhe.

»Was werfen Sie ihm vor?«, fragte Herold.

»Die Morde an Ella Dankert und an Hermann Eilers. Außerdem wahrscheinlich auch die weiteren Morde, die in letzter Zeit passiert sind.«

Was? Jacob war weiterhin sprachlos. *Er* sollte die Hure und den Bader ermordet haben?

»Das ist doch lächerlich«, sagte Herold. »Jacob ein Mörder? Warum sollte er das getan haben? Und wie kommen sie darauf?«

»Das Motiv kennen wir noch nicht. Aber es gibt Zeugen, die ihn sowohl bei Dankert als auch bei Eilers kurz vor ihren Toden gesehen haben.« Der Vogt griff in seine Tasche. »Außerdem haben wir in dem Haus des Baders dieses hölzerne Tintenfass gefunden. Auf der Unterseite ist der Name ›Jacob Riekhen‹ eingeritzt.«

Jacob wurde ganz schwindelig. Das konnte doch nicht sein, alles verschwor sich gegen ihn.

»Darüber hinaus«, fuhr der Vogt fort und zog ein Schreiben aus seiner Tasche, »haben wir hier einen amtlichen Beschluss, der uns ermächtigt, eure Wohnräume zu durchsuchen. Womöglich ergeben sich dadurch noch weitere Beweise.«

Die Akten des Baders! Jacob bewahrte sie offen auf seinem Arbeitstisch auf, neben seinem Buch und seinen Schreibutensilien.

Das war der Moment, in dem er das erste Mal an Flucht dachte. Doch als hätte Herold es geahnt, fasste er ihn mit festem Griff am Arm.

»Nein«, raunte er ihm zu. »Das wäre dumm. Gehe mit ihm. Von Elmendorff und ich hauen dich da schon wieder raus.«

Wie? Er sollte mitgehen? Sich für etwas verhaften lassen, das er gar nicht getan hatte?

Aber vielleicht hatte Herold recht. Vielleicht war das die vernünftige Entscheidung, die er treffen musste, um Edithas Warnung gerecht zu werden. Sein erster Impuls, die Flucht, hätte ihn womöglich in den Tod getrieben. Das wäre wahrscheinlich seine normale Reaktion, auf der Edithas Wissen über seine Zukunft beruhte.

Er nickte. Von seiner Nase tropfte Wasser. Erst jetzt merkte er, dass es schon eine Weile regnen musste, nass wie er bereits war.

Herold trat zur Seite. Der Vogt nahm Jacob am Arm und zog ihn zwischen sich und seine Männer. In dieser Formation begannen sie neben der Ablaufrinne, in der das Regenwasser hinabfloss, den Abstieg vom Hügel.

»Ich werde gleich zu von Elmendorff gehen. Du wirst sehen: Du bist bald wieder frei«, rief Herold ihm hinterher.

Aber alles in Jacob sträubte sich gegen diese Entscheidung. Was war, wenn *das* hier falsch war? Vielleicht passierte jetzt gerade das, was auch ohne Edithas Warnung passiert wäre. Er sah auf die Waffen der Männer, die ihn abführten. Alle drei trugen sie ihre Degen und die Männer vor ihm noch zusätzlich Armbrüste. Waren diese Männer immer so stark bewaffnet? Womöglich hatten sie die Order, ihn unterwegs zu töten, mundtot zu machen, und behaupteten anschließend, dass er fliehen wollte oder sie angegriffen habe. Vielleicht war genau das hier die falsche Entscheidung.

Jacob konnte nicht anders: Er duckte sich unter der Ablaufrinne hindurch auf ihre andere Seite und rannte den Hügel hinab.

»Jacob, nein«, hörte er Herold hinter sich rufen, aber er rannte unbeirrt weiter.

Da der Vogt und seine Männer wesentlich größer waren, brauchten sie nach dem Überraschungsmoment etwas länger als er, um auf die andere Seite der Ablaufrinne zu gelangen. Doch dann waren sie mit ihren langen Beinen im Vorteil. Das Klatschen der Schritte auf dem nassen Boden schien schon näher zu kommen, und ein kurzer Blick über die Schulter bestätigte diesen Eindruck. Schneller konnte Jacob aber alleine deswegen nicht rennen, weil er dann Gefahr lief, auszurutschen. Neben sich sah er in der Ablaufrinne das Wasser fließen.

Genau, er musste rutschen.

Bei der nächsten Abstützung der Ablaufrinne kletterte er hoch, so schnell er konnte, und schwang sich in die Rinne. Der vorderste Verfolger war bereits da und erfasste seinen Ärmel, doch Jacob konnte sich gleich wieder losreißen. Und dann ging es abwärts, immer schneller, so schnell, dass es im Bauch kitzelte. Der Verfolger machte es ihm nach und setzte sich in die Rinne.

Aber das spielte jetzt keine Rolle mehr. Denn Jacob merkte, dass er auch mit einem Griff an den rutschigen Rand der Ablaufrinne seine Rutschpartie nicht abbremsen konnte. Offenbar hatte er doch die falsche Entscheidung getroffen, denn er schoss so schnell auf das Mühlenrad zu, dass er alles andere nur noch verschwommen wahrnahm. Nichts konnte er mehr daran ändern, dass er in wenigen Sekunden dort aufprallen würde.

Das war sein Ende, dachte er noch einige Meter vor dem Rad. Und Editha hatte ihn doch davor gewarnt, etwas Unvorsichtiges zu tun.

Aber seinem Schicksal konnte ein Mensch nicht entgehen, egal, was er tat.

Er schloss die Augen, lehnte sich zurück und ließ es geschehen.

1768

Eine Woche war wieder herum. Barthel Zölder musste nach seinem Bruder Lynhardt sehen. Streng genommen musste er es sogar öfter tun, so wie es um ihn im Moment stand. Aber er hatte weder die Zeit noch die Lust dazu. Heute musste es jedoch sein. Er eilte durch die schäbigen Gassen, damit er sein Elternhaus möglichst schnell erreichte.

Vier Tage war es jetzt her, seit von Riekhen seinen Gehilfen getötet hatte. Na ja, *fast* getötet hatte. Zölder musste grinsen. Von Riekhen war wahrscheinlich schon völlig am Ende mit den Nerven. Er war schließlich in dem Glauben geflohen, einen Mord auf dem Gewissen zu haben. Im Nachhinein war ihm dann natürlich aufgefallen, dass er belastende Beweise am Tatort hinterlassen hatte. Die Suche nach dem Mörder war in der Stadt das Gesprächsthema schlechthin. Von Riekhen musste annehmen, dass man ihn jeden Moment verhaften kam.

Es war Zeit, etwas zu unternehmen. Zölder wollte einen weiteren Erpressungsbrief schreiben, er wusste nur noch nicht, welches Ausmaß seine Forderungen annehmen sollten.

Bei seinem Bruder angekommen, begab er sich direkt in die Betstube, doch dort traf er Lynhardt nicht an. Das war ungewöhnlich, denn er betete mehr als ein Mönch. Zölder ging in die Küche, wo der Gesuchte an dem kleinen Tisch saß, der schon seinen Eltern und den beiden Brüdern nicht nur als Esstisch, sondern als Tisch für alle Zwecke diente. Vor sich hatte Lynhardt einen Teller mit Suppe stehen. Beim Eintreten seines Bruders sah er auf. Seine Augen waren für seine Verhältnisse ungewöhnlich klar. Vielleicht machte Zölder sich zu viele Sorgen um ihn.

»Setz dich, großer Bruder«, begrüßte Lynhardt ihn und deutete auf den anderen Stuhl. »Darf ich dir auch etwas Suppe anbieten?«

Zölder zog den Stuhl vom Tisch ab und setzte sich darauf.

»Ich habe schon gegessen«, antwortete er.

Das fehlte ihm noch, dass er dieses ungenießbare Zeug essen musste, mit dem sich sein Bruder zufriedengab.

»Womit verdiene ich die Ehre deines Besuches?«, fragte Lynhardt und wandte sich seiner Suppe zu. »Du warst ja schon eine Ewigkeit nicht mehr hier.«

Zölder sah ihn prüfend an. Konnte es sein, dass er von seinen regelmäßigen Besuchen nichts wusste? War es so schlimm? War er soweit weggetreten, wenn er in diesem anderen Zustand war, dass er seine Umwelt nicht bewusst wahrnahm? Vielleicht war es besser, ihn in diesem Unwissen zu belassen.

»Ich dachte, dass ich dir die besten Neuigkeiten berichten komme«, antwortete Zölder. »Bevor du es von anderer Seite erfährst.«

»So, was sind denn das für Neuigkeiten?«

Es war völlig einerlei, was er ihm erzählte. Die meiste Zeit war Lynhardt sowieso geistig umnachtet. Wahrscheinlich erinnerte er sich später nicht einmal an *dieses* Gespräch.

»Ich werde bald aufsteigen am Hof. Ich werde ... Beamter. Ja, genau, Beamter werde ich.«

Das war es! Dafür musste von Riekhen sorgen. Er musste seinen Einfluss als Freiherr spielen lassen und ihn in eine angesehene Position bringen.

Lynhardt sah ihn Suppe löffelnd an, ohne den Kopf vom Teller zu erheben.

»Wie willst du das denn bewerkstelligen?«

Er würde von Riekhen erpressen. Viel Geld würde er von ihm erpressen, das Doppelte von dem, was er beim letzten Mal bekommen hatte. Mindestens! Und darüber hinaus musste er ihm eine gute Stellung am Hof oder im Rathaus beschaffen.

»Ich kenne jemanden, der mir helfen wird. Du wirst schon sehen. Und wenn ich das geschafft habe, werde ich dafür sorgen, dass auch du aus dieser Bruchbude herauskommst.«

Zölder strahlte über beide Wangen beim Gedanken an seine sonnige Zukunft.

Das einzige Problem war, dass sein Gehilfe, den er sonst immer zu den Treffen mit von Riekhen geschickt hatte, nun tot war. Wer sollte sich nun mit dem Erpressten treffen? Aber dafür würde er schon eine Lösung finden. Notfalls würde er das selbst erledigen.

HEUTE

Zwar regnete es heute bereits den ganzen Tag, ein typischer norddeutscher Herbsttag eben, aber nicht so stark, dass Editha sich dadurch von einem Spaziergang abhalten ließ. Nachdem sie gestern nach einer Woche wieder aus dem Bett gestiegen war, hatte sie sich noch nicht getraut, das Haus zu verlassen, heute musste sie jedoch unbedingt frische Luft schnappen. Sie nahm sich den Regenschirm und ging spazieren. Die kühle Brise kam ihr dabei eigentlich sehr gelegen, sie hatte das Gefühl, den Mief der letzten Tage aus ihrer Lunge heraus zu atmen.

Allerdings begleitete sie bei ihrem Spaziergang eine allgegenwärtige Angst. Jederzeit rechnete sie damit, dass sie an einen Ort kam, an dem Jacob in der Vergangenheit ebenfalls war. Sie erwischte sich mehrmals dabei, wie sie ihren Körper auf die ersten Anzeichen einer Vision überprüfte, als könnte sie dieser dann entwischen, indem sie schnell zur Seite sprang. Aber im Dobbenviertel hatte Jacob sich wohl nicht oft aufgehalten, denn zum Glück blieb sie verschont.

Sie näherte sich ihrem Haus und dachte darüber nach, wie sie die Arbeit gleich fortsetzen würde. Früh morgens hatte sie damit angefangen, sich wieder in die Thematik der Artikelserie hineinzulesen und dabei Korrekturen der bereits getanen Arbeit durchgeführt. Sobald es spät genug war, hatte sie bei der Zeitung angerufen. Dort war man nicht gerade begeistert davon, dass sie einige Tage krank war und sich nicht einmal gemeldet hatte, aber andererseits war sie dort nicht angestellt und ihre eigene Herrin. Mit ihren Beschwichtigungen, den gesetzten Termin auf jeden Fall einhalten zu können, gab man sich dann zufrieden. Damit war das wieder im Lot. Ihre Zusagen hielt sie zwar fast für unmöglich, aber mit diesem Problem wollte sie sich später beschäftigen.

Anschließend hatte sie den Rest geklärt. Beim Karateverein war ihr Ansprechpartner ziemlich sauer, dass sie vom Kurs einfach weggeblieben war, ohne Bescheid zu geben. Es hatte einigen Ärger mit den Eltern der Kinder gegeben, die vor verschlossener Turnhalle gestanden hatten. Wenn so etwas noch einmal vorkommen würde, müsste man sich von ihr als Karatetrainerin trennen, musste Editha sich zum Abschluss des Gesprächs berechtigterweise anhören.

Timo ging es bei Tante Gerda gut, er wurde dort nach Strich und Faden verwöhnt. Und Tante Gerda war erleichtert, dass es Editha besser ging. Sie vereinbarten, dass sie Timo am nächsten Tag wieder zu sich holen würde.

Herrn Klöse hatte sie auch schon getroffen. Er sah sie zwar prüfend an, als sie von ihrer Bettlägerigkeit erzählte, sagte dann aber, die Hauptsache wäre, dass es ihr wieder gut ginge.

Nur eines hatte sie nicht gemacht: Marko von Zölder zurückgerufen. Die Nachrichten auf ihrem Anrufbeantworter hatte sie gelöscht, ohne sie abzuhören. Von ihm wollte sie nichts mehr wissen, von dieser ganzen Familie nicht.

Jetzt nach dem Spaziergang war ihr Kopf wieder frei. Sie hatte ihre Gedanken geordnet und wusste nun, was zu tun war: Sie musste die Katastrophe, die bald eintreten würde, verhindern, denn wahrscheinlich war sie der einzige Mensch, der davon wusste. Und sie spürte, dass dieses zukünftige Ereignis irgendwie mit der Vergangenheit zu tun hatte. Dass diese Verbindungen mit Vorfahren und Nachfahren, die hunderte von Jahren vor oder nach ihr lebten, eine Schlüsselfunktion war. Die Vergangenheit und die Gegenwart waren die einzigen Punkte, an denen sie ansetzen konnte, um die Zukunft zu verändern. Also musste sie mit dem weitermachen, womit sie gezwungenermaßen vor über einer Woche aufgehört hatte. Auch auf die Gefahr hin, dass so etwas wie letzten Sonntag erneut passierte. Und für diesen Fall musste sie sich eine Strategie überlegen. Sie könnte beispielsweise Herrn Klöse einweihen und ihm nach einer zweiten Vision ein Notsignal senden, damit er sie an Ort und Stelle abholen kam.

Sie hatte nur noch wenige Schritte zu machen und hob den Regenschirm, um darunter ihr Haus sehen zu können. Vor Schreck blieb sie wie angewurzelt stehen. Dort, vor ihrem Vorgartenzaun, stand Marko von Zölder, die Arme vor der Brust verschränkt, die Haare nass im Gesicht, und starrte vor sich auf den Boden. Er bemerkte sie im gleichen Moment, nahm die Arme herunter und hob den Kopf in ihre Richtung.

Eigentlich fühlte sie sich noch nicht gestärkt genug für eine Begegnung mit ihm. Aber wenn er es denn so wollte, würde sie ihm jetzt gehörig die Meinung sagen.

Sie setzte den Weg zu ihrem Haus fort, nur mit größeren, stampfenden Schritten und aufeinandergebissenen Kiefern.

Marko klingelte jetzt das fünfte Mal an der Haustür, ohne dass etwas passierte. Sie musste aber zu Hause sein. Vater sagte, dass seine Leute ihm dies berichtet hatten. Wenn sie trotzdem nicht zur Tür kam, bedeutete das wohl, dass sie ihn durch eines der Fenster gesehen hatte und ihm nicht aufmachen *wollte*. Bloß, warum nur? Was hatte er ihr denn getan, dass sie ihm nicht mehr begegnen wollte?

Er klingelte abermals.

»Sie ist nich' zu Haus«, hörte er hinter sich eine männliche Stimme. Marko drehte sich um und sah einen älteren Herrn in Hausschuhen vor sich stehen. »Außerdem wird sie Sie wohl nich' seh'n wollen«, fuhr der Mann fort. »Denn sonst hätte sie Ihnen bei einem der unzähligen Male, als Sie hier waren, sicherlich geöffnet.« Ach, zu diesem Schluss war Marko bereits alleine gekommen. »Vielleicht konnte sie aber auch nich' zur Tür kommen, denn sie war krank, wie sie mir heute erzählt hat.«

»Sie war krank? Was hatte sie denn?«

»Das hat sie mir nich' gesagt, nur dass sie im Bett gelegen hat.«

»Darf ich fragen, wer Sie sind? Woher wissen Sie das alles?«

»Ich bin ein Nachbar. Wohne dort drüben, in dem kleinen Haus.«

Er zeigte zur anderen Straßenseite, doch Marko interessierte sich nicht dafür, wo er wohnte, und sah deshalb nicht hin.

»Aber heute haben Sie sie schon gesehen, da Sie ja wissen, dass sie nicht zu Hause ist. Wissen Sie, wohin sie gegangen ist?«, fragte Marko.

»Sie hat das Haus zu Fuß verlassen. Ich nehm' an, sie is' spazier'n gegangen.« Der Nachbar drehte mit einem Mal den Kopf, als ob er etwas hörte, das Marko nicht hören konnte. »Meine Frau ruft. Ich muss geh'n.«

Er wandte sich ab und trappelte mit seinen Hausschuhen davon.

Da sie zu Fuß unterwegs war, überlegte Marko, würde er hier warten. Ewig konnte es dann ja nicht dauern, bis sie zurückkehrte. Er ging zur Straße zurück, stellte sich vor sein Auto und verbrachte die Zeit damit, zu überlegen, was er ihr angetan haben könnte und was er ihr sagen könnte, wenn sie kam.

Tatsächlich musste er keine zehn Minuten warten. Er nahm aus dem Augenwinkel eine Bewegung wahr, die abrupt gestoppt wurde, und sah auf. Dort war sie, überrascht ihn hier zu sehen. Sie sah erschöpft aus, in der Tat ganz so, als hätte sie eine längere Krankheitsphase hinter sich. Aber während sie ihn ansah, stieg ihr die Wut ins Gesicht, und dann kam sie mit energischen Schritten auf ihn zu.

»Was willst du noch hier? Habt ihr mir noch nicht genug zugesetzt?«, fuhr sie ihn schon von Weitem an.

Was meinte sie? Er hatte ihr doch nichts getan. Oder glaubte sie etwa, dass er bei den Machenschaften seines Vaters mitwirkte? Woher sollte sie jedoch überhaupt wissen, dass sein Vater ihren Unfall veranlasst hatte?

»Aber Editha, was ...? Ich habe doch nichts ...«, stammelte er.

»Du brauchst es gar nicht erst abzustreiten. Ich habe alles mit angehört, was du mit deinem Vater in deiner Küche besprochen hast.«

Jetzt wurde Marko klar, was in Editha vorging. Wenn sie sein Gespräch mit Vater neulich mit angehört hatte, dann musste sie einen falschen Eindruck gewonnen haben. Und dann war es auch logisch, dass sie wütend auf ihn war. Aber wie konnte er ihr die Wahrheit so erzählen, dass sie sie glaubte?

»Editha, höre mir bitte zu: Was ich in meiner Küche zu meinem Vater gesagt habe, hatte nur den Zweck, ihn auszuhorchen. Ich wollte wissen, was er vorhat. Für dich muss es sich so angehört haben, als steckte ich mit ihm unter einer Decke, aber das ist nicht so.«

»Ich glaube dir kein Wort! Mit dir und deiner Familie will ich nichts mehr zu tun haben. Verschwinde hier und komme nicht wieder.«

Sie öffnete das kleine Tor und stapfte auf ihr Haus zu. Marko sah ihren unsicheren Bewegungen an, dass sie erschöpft war, entweder vom Spaziergang, von der Begegnung mit ihm oder von beidem. Einige Sekunden später fiel die Haustür hinter ihr mit einem lauten Krachen ins Schloss.

Marko schaute auf die geschlossene Tür. Was sollte er nun machen? Im Moment hatte es keinen Sinn, zu versuchen, mit ihr zu sprechen. Dazu war sie zu wütend auf ihn. Wenigstens wusste er jetzt, dass sie den Anschlag auf ihr Leben überstanden hatte und es ihr gut ging. Das musste erstmal reichen. Alles Weitere musste auf später verschoben werden. Vielleicht konnte er ihr ja irgendwie beweisen, dass es nicht so war, wie sie dachte.

Aber eine Sache musste er jetzt noch tun.

Fünf Minuten später beruhigte sich Edithas Atem allmählich wieder. Der Spaziergang war schon anstrengend genug gewesen für ihren geschwächten Körper. Die Begegnung mit Marko hatte ihr den Rest gegeben.

Sie hatte ihm gesagt, dass sie mit ihm und seiner Familie nichts mehr zu tun haben wollte. Aber wenn sie ehrlich zu sich selbst war, musste sie sich eingestehen, dass dies bei ihrem Vorhaben, das sie gerade beschlossen hatte, Wunschdenken war. Ihre eigene Vergangenheit und auch ihre Gegenwart waren mit der Familie von Zölder irgendwie verstrickt. Es blieb nicht aus, dass sie mit denen zu tun haben würde, wenn sie die Katastrophe verhindern wollte.

Sie wollte sich gerade wieder aus ihrer hockenden Stellung erheben, die sie vor ihrer Haustür eingenommen hatte, als sie den Deckel vom Briefschlitz klappern hörte. Im nächsten Moment fiel ein Zettel hindurch und landete vor ihr auf dem Boden. Er sah aus, als wäre er aus einem Taschenkalender herausgerissen worden, und er war einmal in der Mitte gefaltet.

Editha sah den Zettel einige Sekunden überrascht an. Dann grabschte sie ihn und wollte ihn auf dem Weg zum Mülleimer schon durchreißen. Diese fadenscheinigen Ausflüchte von Marko wollte sie nicht lesen. Nichts wollte sie von ihm mehr hören oder lesen. Wütend stapfte sie in die Küche und sie hatte den Zettel bereits angerissen, hielt dann aber in der Bewegung inne. Es konnte ja nicht schaden, ihn kurz anzusehen.

Vor dem Mülleimer stehend faltete sie das am Rand zerfetzte und halb zerknüllte Blatt Papier auseinander. Und was sie darin las, ließ ihre Knie weich werden, sodass sie ein paar Schritte rückwärts machen und sich auf einem der Stühle niederlassen musste.

Klemens von Zölder stieg die Treppe zum Keller hinab. Unten ging er direkt nach rechts, betrat den temperierten Weinkeller und schloss die Tür hinter sich. Vor dem hintersten Regal, in dem sich durchweg sehr kostspielige französische Weine befanden, blieb er stehen und fragte sich, welchen davon er demnächst probieren könnte. Eine Flasche zog er ein Stück aus dem Regal heraus, studierte das Etikett und schob sie an ihren Platz zurück. Stundenlang könnte er das tun. Es war für ihn das Schönste am Wein, das eigentliche Trinken war zweitrangig. Sobald der erste Schluck genommen war nach dem Öffnen der Flasche, war sein Geheimnis gelüftet und der Wein, mochte er auch noch so gut schmecken, langweilig geworden. Nicht selten überließ er den Rest des Flascheninhalts dann seinen Gästen, ja trank oftmals nicht einmal das Glas leer. Wenn er den Wert der Weine, deren Flaschen meistens im drei- bis vierstelligen Eurobereich kosteten, auf diesen einen Schluck, den er nur nahm, umrechnen würde, käme er vermutlich zu dem Ergebnis, dass er ein ziemlich teures Vergnügen pflegte. Aber hier im Keller die Flaschen zu betrachten, ihre Formen zu bewundern, die Etiketten zu lesen, das war etwas, woran er sich endlos erfreuen konnte. Das machte diese Kosten wieder wett.

Doch heute hatte er keine Zeit dafür.

Er drehte sich zum Regal daneben, das weniger wertvolle Weine enthielt, und schob es zur Seite. Dank einer versteckt installierten, hochwertigen Mechanik war nicht viel Kraftanstrengung notwendig, damit das komplette Regal sanft und geräuschlos in den dafür vorgesehenen Hohlraum der Kellerwand glitt. Trotzdem fragte sich Klemens nicht zum ersten Mal, warum er damals, als das Haus und die Untergeschosse neu errichtet wurden, nicht eine Automatik hatte einbauen lassen, bei der er nur einen Kopf hätte drücken müssen. In das Bedienfeld der Aufzugstür, die hinter dem Regal zum Vorschein gekommen war, gab er seinen sechsstelligen Code ein, damit er eintreten konnte. Auch hier hätte er sich im Nachhinein ein wenig mehr Komfort gewünscht, wie einen Iris-Scanner oder zumindest einen Fingerabdruck-Leser. Im Aufzug betätigte er den Taster mit der »-2«, dem einzigen, der neben der »-1« und der Notruftaste existierte. Vier Sekunden später konnte er in den Laborbereich eintreten.

Er ging direkt zum Büro, wo sein einziger Labormitarbeiter tief über den Schreibtisch gebeugt arbeitete. Insgeheim nannte er ihn »Dr. Seltsam«. Der Grund dafür war, dass er ihn, obwohl er ihn einerseits wegen seiner fachspezifischen Genialität sehr respektierte, doch andererseits von seinem Verhalten her schon immer äußerst eigenartig fand. Die Tür war halb geöffnet, sodass Klemens direkt eintreten konnte.

»Wie ist der Stand der Dinge?«, fragte er, und Dr. Seltsam zuckte erschrocken zusammen.

Wie es seine Art war, schaute er auf, aber guckte ihn zunächst lange an, ohne ein Wort zu sagen. So schnell sein Gehirn bei fachlichen Dingen auch sein musste, im zwischenmenschlichen Bereich arbeitete es im Zeitalter der Supercomputer auf Dampfmaschinen-Niveau. Klemens nutzte die Zeit dafür, zur Kaffeemaschine zu gehen und sich einen Becher halbvoll zu gießen. Mehr wollte er von dieser Brühe nicht. Sein Kaffee aus dem Vollautomaten seiner Küche zwei Stockwerke höher war um ein Vielfaches besser. Er wandte sich wieder Dr. Seltsam zu, der ihn immer noch mit großen Augen ansah.

»Und?«, hakte er nach.

Dr. Seltsams Blick schärfte sich, als wäre er aus irgendwelchen Gedanken gerissen worden. Er machte den Mund ein paar Male schmatzend auf und zu, bevor er zu einer Antwort ansetzte.

»Ich denke, dass es bald losgehen kann«, sagte er dann.

»Bald, bald! Das höre ich schon seit einer Ewigkeit von dir. Wir hatten uns einen Endtermin gesetzt, der mit großen Schritten näherkommt, und eigentlich wollten wir schon lange vorher losgelegt. Ich will etwas Konkretes von dir hören. Schaffen wir es zumindest bis zum Endtermin?«

Klemens nahm einen Schluck aus dem Becher und verzog angewidert das Gesicht. Der Kaffee schmeckte schlechter, als er es in Erinnerung hatte.

Dr. Seltsam wandt sich vor einer Antwort.

»Wir sind fast soweit. Viel fehlt nicht mehr«, kam schließlich.

»Werden wir es schaffen bis zum Endtermin?«, beharrte Klemens.

Die Qual, dass er sich nun festlegen musste, war in Dr. Seltsams Gesicht zu lesen.

»Okay, ich werde es bis dahin schaffen«, sagte er endlich.

Damit konnte Klemens sich zufriedengeben, das war wesentlich besser, als er erhofft hatte, denn er befürchtete schon, dass es sich noch weiter hinauszögern würde. Er stellte den halbvollen Kaffeebecher ab, umrundete den Schreibtisch und klopfte Dr. Seltsam auf die Schulter, was er allerdings wegen des muffigen Geruchs, den er dabei einatmen musste, gleich bereute.

Er drehte sich weg und hustete.

»Sehr gut, Mads. Ich nehme dich beim Wort«, sagte er und schickte sich an, das Büro zu verlassen. Er wollte in seine Küche und erst mal einen vernünftigen Kaffee trinken.

»Eine Sache verstehe ich ja nicht«, sagte Dr. Seltsam und hielt ihn damit auf.

Klemens drehte sich wieder zu ihm um.

»Ja?«

»Warum unternimmst du nichts gegen diese Frau, wie dein Vater? Warum hilfst du ihr sogar? Warum sollte ich ihr helfen?«

Klemens lächelte.

»Warum sollte ich etwas gegen sie unternehmen? Falls sie mit ihren Aktivitäten Erfolg haben sollte, wäre es mir sogar eher recht. Alles, was wir unternehmen, um sie aufzuhalten, würde nur Aufmerksamkeit auf uns lenken.«

Dr. Seltsam runzelte die Stirn.

»Ich weiß nicht«, sagte er.

»Mache dir darüber keine Gedanken. Ich weiß schon, was ich tue. Sieh du nur zu, dass es bis zum Endtermin losgehen kann.«

Klemens wandte sich ab und ging, bevor sein Vetter ihn wieder aufhalten konnte.

Wo war es nur geblieben? Editha hatte bereits das ganze Zimmer durchsucht. Sie hatte Jacobs Buch lange nicht mehr in der Hand gehabt, aber gedacht, dass es auf dem Schreibtisch liegen musste. Doch sie hatte jetzt alles zweimal von links nach rechts und zurück geräumt, ohne es zu finden. Die Schubladen hatte sie auch schon durchwühlt. Hier im Arbeitszimmer war es definitiv nicht.

Sie machte sich in den anderen Räumen auf die Suche, angefangen mit dem Wohnzimmer, nahm die Kissen hoch, schaute, ob es zwischen die Bücher im Regal geraten war, sogar die Polster des Sofas nahm sie heraus, um darunter nachzusehen. Und so machte sie weiter, bis sie die ganze Wohnung Zentimeter für Zentimeter auf den Kopf gestellt hatte. Aber Jacobs Buch blieb verschwunden.

Sie wusch sich die Hände mit Seife, weil sie gerade die Mülltonne komplett aus- und wieder eingeräumt hatte, und ließ sich erschöpft auf einen Küchenstuhl sinken. Der Zettel, den Marko ihr geschrieben hatte, lag noch auf dem Tisch. Die Warnung vor seinem Vater, mit einem Kugelschreiber hingekritzelt, der wohl zu lange im Auto gelegen hatte und deshalb so ausgetrocknet war, dass er zwischendurch ständig seinen Dienst versagte:

»Pass auf Editha, du bist noch immer in Gefahr. Mein Vater glaubt, dass du Nachrichten aus der Vergangenheit erhältst und ihm damit sein Geld abluchsen willst.«

War das nur der Versuch, bei ihr wieder Schönwetter zu machen? Oder stimmte am Ende, was er ihr vor dem Haus gesagt hatte, dass er in seiner Küche seinen Vater hatte aushorchen wollen?

Nachdem sie den Schock überwunden hatte, dass Markos Vater von ihrer Verbindung mit Jacob wusste, hatte dieser Zettel jedenfalls den Anstoß dafür gegeben, dass sie das Buch noch mal lesen wollte. Als Erklärung dafür, wie der alte von Zölder von ihrer Verbindung in die Vergangenheit erfahren haben konnte, kam eigentlich nur Schriftliches in Betracht. Welche anderen *Nachrichten* konnte er sonst schon meinen? Sie hatte zwar keine Ahnung, warum er von dem Buch wissen konnte, aber eine andere Erklärung fiel ihr dazu nicht ein.

Der logische Schluss war, dass das Buch Informationen enthalten könnte, die von Zölder schädigen konnten. Diese Überlegung war zwar sehr verlockend, doch ausschlaggebend für ihr Vorhaben, das Buch erneut zu lesen, war ein anderer Gedanke. Ihr fiel nämlich ein, dass sie die vom Antiquariat Gruning erstellten Zettel noch gar nicht komplett gelesen hatte, aus Angst, ihre Zukunft zu kennen. Genau dieser Aspekt kam ihr jetzt, wo sie zwar etwas, aber zu wenig über die Zukunft wusste, sehr gelegen.

Nun hatte sie jedoch das ganze Haus durchsucht, ohne dieses verdammte Buch wiederzufinden. Es konnte doch nicht verschwunden sein.

Moment! Nicht das *ganze* Haus hatte sie durchsucht, nur das Erdgeschoss, wo sie wohnte. Im Obergeschoss hatte sie noch nicht gesucht. Sollte Burges etwa ...?

Sie sprang auf, verließ die Küche und ging vorsichtig die Treppe hoch. Wahrscheinlich war er nicht da, sonst hätte er schon öfter mal »vorbeigeguckt«. Falls doch, könnte sie ihm einfach sagen, dass sie sich für seine Pflege bedanken wollte. Sie wagte sich langsam vor, aber es war nichts zu hören. Wenn er da war, schlief er bestimmt, da er ja nachts immer arbeiten war. Also schlich sie als erstes zu seinem Schlafzimmer und öffnete so leise wie möglich die Tür. Das Rollo war nicht hinuntergezogen und das Bett leer. Hier war die Luft rein. Sie ging zu seinem Wohnzimmer und legte erst ihr Ohr an die Tür, konnte aber nicht das geringste Geräusch vernehmen. Also wagte sie es, und drückte die Klinke vorsichtig hinunter.

Das Wohnzimmer war ebenfalls leer und sie trat hinein. Lange musste sie nicht suchen, denn Jacobs Buch lag mitten auf dem Tisch, die Blättersammlung mit der Abschrift in lateinischen Buchstaben steckte mittendrin. Burges musste es sich aus ihrem Arbeitszimmer geholt haben, als sie krank war. Eine Veränderung fiel ihr sofort auf: Vorne auf dem Deckel des Buchs war jetzt ein Wappen angebracht. Es sah so aus, wie das Wappen auf dem Tuch, das sie in der Truhe auf Klemens Dachboden gesehen hatte. Dieses Wappen war vorher nicht auf dem Buch, dessen war sie ganz sicher. Warum hatte Burges das gemacht? Warum hatte er überhaupt das Buch an sich genommen?

Die Beantwortung dieser Fragen musste warten. Sie nahm das Buch und ging zurück in ihre Wohnung. Bei dem Gedanken, dass sie gleich wieder darin lesen würde, ergriff eine leichte Aufregung von ihr Besitz.

1788

Jacob hatte mit seinem Leben abgeschlossen. Rundherum spürte er Kälte. Fühlte es sich so an, wenn man starb? Obwohl die Kälte nicht gerade angenehm war, hätte er sich das Sterben schlimmer vorgestellt.

Wie aus einem Reflex hörte er auf zu atmen. Ganz leicht fühlte er sich, als hätte der Herrgott sämtliche Last von seinen Schultern genommen, bevor er ihn zu sich holte. Er schwebte, breitete die Arme aus, ließ sich gleiten, mit geschlossenen Augen. Er war nicht neugierig und würde einfach alles geschehen lassen. Geräusche gab es keine, außer einem leisen Säuseln, das er gar nicht mehr richtig wahrnahm. Wie lange er sich in diesem Zustand befand, wusste er nicht. Vielleicht würde es unendlich lange so weitergehen, schwebend. Oder aber es war eine Reise und irgendwann würde seine Seele dort ankommen, wo sie verdient hatte anzukommen. Ihm war es jetzt einerlei, denn er schwebte, scheinbar ewig.

Doch plötzlich berührte er mit seinem Gesäß etwas. Das ließ ihn zusammenzucken, denn damit hatte er nicht gerechnet. Anschließend passierten einige Dinge nahezu gleichzeitig. Er fuhr mit den Armen nach unten und seine Hände ertasteten etwas Weiches, Schlammiges. Er riss die Augen auf, konnte jedoch nichts sehen, wie in einem dunklen Nebel, und sofort begannen die Augen zu brennen. Er hatte nun doch den Drang zu atmen, merkte aber gleich, dass es nicht ging, denn hier war keine Luft, sondern etwas, das seine Atemwege schmerzen ließ. Kam nun doch noch der schlimme Teil des Sterbens?

Er wurde panisch, ruderte mit den Armen, fing an zu kämpfen. Wo war er hier, wo war oben und wo unten? Er berührte wieder das Schlammige, dieses Mal mit dem Gesicht. Seine Hände wollten es wegdrücken, und trotz der Panik merkte er, dass es fest war. Er zog die Beine an, kniete sich hin, stand auf. Und plötzlich war es hell und Luft war da. Aber er musste husten, wie er noch nie zuvor in seinem Leben gehustet hatte. Als er sich einmal an einem Brotkrümel verschluckt hatte, musste er ebenfalls entsetzlich husten, minutenlang, das war aber nicht so schlimm wie dieses Husten. Doch während er sich die Lunge aus dem Leib bellte, wurde ihm eines klar: Er war nicht tot. Und wenn dieser Husten ihn nicht umbringen würde, wollte er dafür sorgen, dass es so blieb.

In den folgenden Sekunden, die ihm wie Minuten vorkamen, zweifelte er allerdings daran, dass es ihm gelang. Er bekam zunächst gar keine Luft mehr. Nachdem er auch den kleinsten Hauch, der noch in ihm steckte, ausgehustet hatte, wurde sein Körper krampfartig von einem geräuschlosen Würgen geschüttelt. Dreimal, viermal, fünfmal, und dann schoss, begleitet von einem rülpsenden Brechlaut, ein großer Wasserschwall aus ihm heraus.

Anschließend war es ihm möglich, Luft einzuatmen. Aber nicht sehr viel, denn er musste sofort erneut Husten. Und nun wurde er richtig laut dabei. Inzwischen war er trotz – oder gar wegen – der Husterei wieder soweit zu Verstand gekommen, dass er seine Umgebung wahrnehmen konnte. Er stand bis zur Brust im Wasser, im See. Einige Meter vor ihm war das Ende des Wasserablaufs der Mühle, die sich ein Stück weiter weg befand. Neben dem neuen Wasserrad der Mühle kniete der Vogt und betrachtete etwas. An seiner Seite stand einer seiner beiden Männer. Weiter oben kam Herold den Hügel heruntergelaufen.

Was war passiert? Vom Gefühl her war er vor einer Ewigkeit die Wasserrinne heruntergerutscht, einen Verfolger unmittelbar hinter sich, und glitt mit irrsinniger Geschwindigkeit direkt auf das Mühlenrad zu. Er dachte, er würde darauf aufprallen und dabei sterben, so wie es ihm Editha vorhergesagt hatte. Aber jetzt stand er hier und den Mann, der hinter ihm in die Rutsche gesprungen war, konnte er nirgendwo ausmachen. Von hier unten besehen, konnte Jacob es sich nur so erklären, dass er mit seinem kleinen dünnen Körper unter das Mühlenrad durchgerutscht war. Seinem Verfolger, der wesentlich mehr Leibesfülle hatte als er, war das offenbar nicht möglich gewesen. Wahrscheinlich war er steckengeblieben und bei der Wucht, mit der er aufgeschlagen sein musste, war das sicherlich nicht ohne Verletzungen abgelaufen, wenn nicht gar Schlimmeres. Das war wohl der Grund, warum der Vogt dort kniete.

Als Jacob jetzt so laut hustete, lenkte er die Aufmerksamkeit des Vogts und seines Mannes auf sich. Beide drehten ihre Köpfe in seine Richtung und kniffen die Augen suchend zusammen. Der Mann zeigte auf ihn und der Vogt erhob sich. Gemeinsam liefen sie los, nahmen die Verfolgung wieder auf. Bedeutete das, dass dem Mann aus der Rutsche nicht mehr zu helfen war? Jacob fehlte die Zeit, sich darüber weitere Gedanken zu machen.

Was sollte er nun tun? Wenn er das Wasser verließ, würde er dem Vogt geradewegs in die Arme laufen. Parallel zum Ufer entlang zu rennen, sofern das überhaupt möglich war, machte auch keinen Sinn, da waren die beiden Männer auf festem Boden allemal schneller. Die aussichtsreichste Möglichkeit zu fliehen, war über den See.

Zum Glück ließ der Husten jetzt nach. Er sah noch den besorgten Blick seines Bruders, drehte sich um und fing an zu schwimmen.

»Es ist aussichtslos«, rief ihm der Vogt hinterher. »Wir werden dich doch kriegen.«

Aber Jacob schwamm weiter. Er sah sich um, weil es hinter ihm platschte, und erkannte, dass der Mann des Vogts einen neuen Bolzen auf seine Armbrust spannte. Er musste ihn nur knapp verfehlt haben.

Sie schossen auf ihn, würden also in Kauf nehmen, ihn zu töten, ehe er entkam!

Komischerweise sah es jetzt so aus, als würde der Vogt den Schützen davon abhalten noch einmal zu schießen. Vielleicht war aber auch nur die Entfernung zu Jacob inzwischen zu groß. Jedenfalls trennten sich die Männer und rannten los. Der Vogt lief rechts herum um den See und sein Mann links herum. So hofften sie wohl, ihn in die Zange nehmen zu können. Er musste schneller schwimmen, damit er vor ihnen das gegenüberliegende Ufer erreichte und in den Wald fliehen konnte. Aber das war nach dieser Hustenattacke gar nicht so einfach. Zwischendurch musste er noch immer husten und aufpassen, dass beim anschließenden Einatmen kein Wasser in den falschen Hals geriet. Er schwamm, wie er nie zuvor geschwommen war. Seine Arme brannten vor Anstrengung, seine Beine ebenfalls, genau wie seine geschwächte Lunge. Dann passierte es, dass ihm eine Welle ins Gesicht schwappte und er wieder Wasser in den Hals bekam. Er musste anhalten und husten. Es war nicht sehr schlimm, aber kostete ihm wertvolle Sekunden. Er glaubte nicht, dass er noch vor den Männern die andere Seite erreichen würde.

Jacob drehte sich rudernd und hielt nach ihnen Ausschau. Die Ufer waren mit Büschen bewachsen, sodass er seine Verfolger nicht sofort entdeckte. Als er ihre Schemen dann hinter dem Laub entlanghuschen sah, stellte er fest, dass sie weit mehr als die Hälfte ihres Weges geschafft hatten, wogegen er etwa in der Mitte des Sees war. Wenn er an seinem Fluchtweg festhielt, würde er ihnen nicht entkommen. Sie würden ihn am anderen Ufer sogar erwarten. Er musste sich etwas Neues ausdenken.

Der arme Mann, der beim Mühlenrad vermutlich gestorben war, kam ihm in den Sinn. War er Schuld an seinem Tode? Ein Schauer lief ihm über den Körper, entweder wegen dieser Gedanken oder wegen des kalten Wassers. Vielleicht hatte er Gevatter Tod, der ihn heute ereilen sollte, abgewendet, sodass er sich ein anderes Opfer ausgesucht hatte. Andererseits war der Tag noch nicht zu Ende und wie er nun wusste, zögerten seine Verfolger nicht, die Armbrust zu benutzen.

Während er sich mit leichten Bewegungen über Wasser hielt und sich ausruhte, dachte er nach. Er musste ja nicht geradewegs zum gegenüberliegenden Ufer schwimmen. Auch an jeder beliebigen anderen Stelle konnte er den See verlassen. Er sollte die Seite wählen, die der Mann des Vogts entlanglief, der schien langsamer zu sein als sein Herr. Da Jacob ja hier aufgewachsen war, kannte er sich sehr gut aus. Auf dieser Seite war etwas Wald und dann ein paar Felder, wo Herold und er als Kinder das Bogenschießen geübt hatten und zwischendurch in ihren Buden im Wald gehaust hatten.

Ja, das war es. Er musste es schaffen, möglichst ungesehen das Ufer zu erreichen, dann in den Wald zu rennen und seine frühere Bude zu finden. Er war zwar seit Jahren nicht mehr dort gewesen, aber sie musste da noch irgendwo sein. Darin würde er sich verstecken.

Sein Husten hatte sich jetzt ganz gelegt. Er sah sich nach den Männern um, die inzwischen fast an der anderen Seite angekommen waren und gemerkt hatten, dass er nicht mehr schwamm. Sie beobachteten ihn, wollten abwarten, was er vorhatte.

Jacob holte tief Luft und tauchte unter. Mit mehreren kräftigen Schwimmzügen schwamm er unter Wasser in die Richtung des Ufers, für das er sich entschieden hatte. Wenn er Luft holen musste, hielt er sich die Nase zu, drehte sich auf den Rücken, ließ seine Beine hinabsinken und näherte sich mit in den Nacken gelegtem Kopf so weit der Oberfläche, dass er sie mit dem Mund durchbrach. Nachdem er dann erneut tief eingeatmet hatte, immer in der Hoffnung, dass nicht gerade in dem Moment eine Welle kam oder dass die Männer ihn sehen konnten, tauchte er weiter. Endlich, als er schon nicht mehr daran glaubte, erreichte er das Ufer und stieg aus dem Wasser.

Er hockte sich atemlos an die Böschung und sah sich nach den Männern um. Einer der beiden war ins Wasser gestiegen und befand sich jetzt ungefähr in der Mitte des Sees. Sehr gut, den würde er auf jeden Fall abhängen. Der andere, es war der Vogt, lief glücklicherweise am Ufer entlang, das Jacob nun gegenüber lag. Er hatte wohl vermutet, dass Jacob Richtung Oldenburg fliehen wollte, und sich deshalb für dieses Ufer entschieden. Er entdeckte Jacob nun, blieb kurz stehen, vermutlich, um die Situation einzuschätzen, und rannte dann weiter, weil er die andere Seite des Sees bereits mehr als zu Hälfte geschafft hatte. Jacob konnte sich nicht länger ausruhen, er musste los und seinen Vorsprung ausnutzen.

Schon als er die Böschung hoch hetzte, merkte er, dass er mit der nassen Kleidung nicht gut laufen konnte. Da der Regen aber sogar noch stärker geworden war, konnte es dem Vogt nicht viel besser gehen. Im Anschluss an die Böschung musste er ein Stück Wiese überqueren und dann ging es in den Wald. Das Laub der Bäume bremste den Fall der Regentropfen, verwandelte das Prasseln in ein gleichförmiges Plätschern, das dadurch erzeugt wurde, dass das von den Blättern aufgefangene Wasser heruntertropfte. Jacob rannte hindurch. Er wusste genau, wo die Buden waren, als wäre er gestern zuletzt dort gewesen. Sehr oft hatten sie als Kinder diesen Weg genommen. Sie befanden sich am besten Platz in dem Wäldchen: Noch keine Lichtung, aber die Baumwurzeln so weit auseinander, dass sie einigermaßen gut graben konnten. Tagelang hatte er damals gegraben, bis seine Bude, die richtige Tiefe hatte. Dann hatte er Vertiefungen in die Wände gemacht, in die er Kerzen stellen konnte, er hatte einen Eingang gebuddelt und zuletzt alles mit alten Brettern abgedeckt und mit Erde und Laub getarnt. Die unterirdischen Buden konnte man nur entdecken, wenn man wusste, wo sie waren, oder wenn man genau über sie hinwegging und bemerkte, dass der Boden stärker federte.

Dort entdeckte Jacob schon die riesige Eiche, die ganz in der Nähe stand.

Bei seiner Bude angekommen, schob er die kürzeren Bretter des Eingangs zur Seite. Er stieg hinunter und stellte fest, dass es hier noch genauso aussah, wie es zuletzt verlassen hatte. Die Wände waren so gut festgestampft, dass sich daraus kein Erdreich einfach so löste. Er drehte sich um und zog die Bretter wieder an ihren Ort, woraufhin es so dunkel wurde, dass er die Hand nicht mehr vor Augen sehen konnte. Wahrscheinlich standen hier sogar noch

Kerzen, aber er konnte nicht riskieren, sie zu entzünden, wenn er nicht entdeckt werden wollte. Er setzte sich einfach auf seinen Stuhl, den er vor einer Ewigkeit aus Erdreich geformt und mit Leinen von alten Mehlsäcken abgedeckt hatte, und erholte sich von den Strapazen der Flucht. Zitternd vor Kälte schlang er die Arme um den eigenen Leib. Jetzt hieß es, zu warten und zu hoffen.

Nach einer Weile hörte er jemanden langsam vorbeigehen, einen seiner beiden Verfolger. Jacob befürchtete, dass der das laute Klappern seiner Zähne hörte, aber der Mann blieb nicht einmal stehen. Das Laub raschelte im Rhythmus seiner Schritte und kleine Zweige knackten, als auf sie getreten wurde. Zum Glück ging er nicht über das unterirdische Versteck, und so ahnte er nicht einmal etwas, von dessen Vorhandensein. Er lief weiter und es trat wieder Stille ein.

Lange passierte nichts. Jacob vermutete, dass sie die Suche aufgegeben hatten. Er beschloss, dass er versuchen musste zu schlafen, damit er in der Nacht weiter fliehen konnte. Nach Hause konnte er vorerst nicht zurück, und es war auch zu gefährlich, nach Oldenburg zu gehen. Also würde er sich erst einmal nach Rastede wenden und hoffen, dass sich die Lage wieder etwas beruhigte. Und dann musste er die Schuld von Zölders und damit seine Unschuld beweisen.

Vorsichtig hob Jacob die Bretter an, gerade so viel, dass er hinausgucken konnte. In alle Richtungen durchdrang er mit angestrengtem Blick das Zwielicht der beginnenden Nacht, um zu prüfen, ob die Luft rein war. Als er dann ausgiebig sichergestellt hatte, dass der Vogt nebst Gefolgsmann nicht noch irgendwo hier verweilte und er Gefahr lief, ihm geradewegs in die Arme zu laufen, schob er die Bretter zur Seite und kletterte aus der Vertiefung heraus. Erneut sah er sich um, bevor er die Bretter wieder an ihren Platz legte. Aber sie hatten die Suche nach ihm vermutlich aufgegeben, durchnässt wie sie waren. Auch wenn es inzwischen aufgehört hatte zu regnen, hatten sie sich wohl überlegt, dass es unwahrscheinlich war, ihn im Dunkeln zu finden, wo sie es doch schon bei Tageslicht nicht vermochten.

Seine alte Bude richtete Jacob wieder so her, dass sie vom normalen Waldboden nicht zu unterscheiden war. Dann klopfte er sich die Erde einigermaßen von der feuchten Kleidung und machte sich auf den Weg. Er wollte die

Straße nach Rastede erreicht haben, bevor es ganz düster war. Als er den Wald verlassen hatte, stellte er fest, dass der Himmel glücklicherweise wieder aufgeklart war. Der Mond war nahezu voll, sodass er genug sehen können würde, um sich den Weg nicht ertasten zu müssen.

Die Wiesen waren noch nass und Jacob war froh, als er die Straße endlich erreichte. Blieb nur zu hoffen, dass er darauf niemandem begegnete. Er wollte weder die Guten noch die Bösen treffen und einfach unbehelligt nach Rastede gelangen. Dort würde er sehen, wie es weiterging.

Jacob fror, er hatte Hunger und Durst, und seine Füße taten ihm weh. Er hatte keine Ahnung, wie weit er noch gehen musste nach Rastede. Links und rechts des Weges konnte er in der Dunkelheit nicht viel erkennen. Nicht eine markante Stelle der Strecke gab ihm Aufschluss darüber, wo er sich ungefähr befinden mochte. Er hörte einen Wolf heulen und hoffte, dass der nicht gerade Hunger auf einen feuchten, dünnen Menschen hatte. Aber an den Rehen, die einmal zu dritt vor ihm auf dem Weg standen und schnell ins Dunkel sprangen, als er sich näherte, war ohnehin mehr dran, als an ihm.

Dann, nach einer Ewigkeit, kam er doch an eine Stelle, die er kannte: Ein paar Meter neben der Straße erkannte er einen birnenförmigen Findling. Dort hatte er auf dem Rückweg vom Mühlensteinkauf eine Verbindung mit Editha gehabt. Sie sprach darin mit einem Nachfahren von Zölders, der ihr einige Dinge auf seinem Dachboden zeigen wollte. Dem Stein wollte er lieber nicht zu nahe kommen. Nach einem Gesicht stand ihm heute Nacht nun wahrlich nicht mehr der Sinn. Aber irgendwo musste hier der Trampelpfad sein, den er damals gesehen hatte und der wahrscheinlich zu dem Anwesen führte. Dem wollte er folgen, vielleicht erbarmte man sich seiner und bot ihm Unterschlupf für den Rest der Nacht. Er musste nicht lange suchen, bis er den Pfad fand.

Jacob folgte ihm und gelangte zu einer Gruppe von Häusern, größere und kleinere, so viel konnte er im Dunkeln erkennen. Im größeren Haus wohnten die vornehmen Herrschaften, die er lieber nicht stören wollte. Also ging er zu einem Nebenhaus, das sich beim Stall befand, und klopfte leise an. Da sich niemand rührte, wiederholte er sein Klopfen um einiges stärker. Nun hörte er, dass sich drinnen etwas tat. Ein Licht wurde entzündet und kurze Zeit später wurde die Tür geöffnet. Darin stand ein älterer Mann seiner

Größe, aber sehr kräftig gebaut, hielt eine Laterne hoch und sah ihn missgelaunt an. Das war kein Wunder, Jacob wäre auch nicht begeistert gewesen, wenn er mitten in der Nacht gestört worden wäre. Vielleicht hätte er gar nicht erst fragen, sondern sich einfach in den Stall legen sollen.

»Entschuldige die Störung«, sagte er kleinlaut. »Meine Füße sind müde und ich habe mich gefragt, ...«

Weiter kam er nicht, denn der Mann fiel ihm ins Wort.

»Hast dich gefragt? Was fällt dir ein, mich aus dem Bett zu klopfen?«, schimpfte er. »Falls du hier Unterschlupf suchen solltest, sieh zu, dass du von hier verschwindest, bevor ich dir den Buckel versohle. Der Herr hat angeordnet, dass wir keine Fremden aufneh...«

Er brach seine Tirade mitten im Satz ab, als er die Laterne höher gehoben und Jacob ins Gesicht geleuchtet hatte. Seine Miene machte eine Wandlung durch, wie Jacob sie noch nicht gesehen hatte. Die grimmig zusammengezogenen Augenbrauen hoben sich zu einem verblüfften Erstaunen. »Aber das kann doch nicht ...«, stammelte er. Dann weiteten sich seine Augen, seinen offenstehenden Mund öffnete er noch weiter, und er wich schreckensbleich ein Stück zurück. Doch im nächsten Moment schaute er aus, als hätte er soeben ein Rätsel gelöst und um seine Mundwinkel legte sich ein Lächeln.

»Ja, hol mich doch der Henker«, sagte er. »Du bist natürlich nicht der Geist Diether von Riekhens. Du bist sein Sohn. Jacob!« Er zog die Tür weiter auf und fasste Jacob an der Schulter, zog ihn ins Haus und umarmte ihn. »Komm rein, Bub. Du bist ja ganz nass. Als erstes sollten wir deine Kleidung wechseln. Und hast du vielleicht auch Hunger?«

Jacob wusste gar nicht, wie ihm geschah. Offenbar hatte der Mann seinen Vater gekannt. Die Ähnlichkeit musste wirklich groß sein, wenn sogar wildfremde Menschen Jacob sofort als Sohn erkannten.

»Ja, aber dein Herr ...«

»Ach, mein Herr«, winkte der Mann ab. »Der ist doch nie hier. Tut sich in der Oldenburgischen Administration wichtig: *Ratsherr* von Zölder. Pfff! Über den mach dir man nicht mehr Sorgen als ich. Mein Name ist übrigens Ewalt Klatt. Zuletzt haben wir uns gesehen, als du noch ein Säugling warst, von daher nehme ich an, dass du ihn nicht mehr weißt. Aber nenne mich ruhig Klatti. So haben dein Vater und dein Bruder mich früher immer genannt. Warte hier, ich bin gleich wieder da.«

Jacob stand in der Stube und kam aus dem Staunen nicht heraus. Der Mann hier, Klatti, kannte nicht nur ihn, sondern auch Herold. Und das offenbar ziemlich gut. Und ihren Vater. Womöglich hatte er eine Rolle in ihrem früheren Leben gespielt. Dass dieses Anwesen von Zölder gehörte, hatte er sich ja schon gedacht, da er ja wusste, dass es zu Edithas Zeit seinen Nachfahren gehören würde.

»So, man raus aus den Klamotten.« Klatti kehrte zurück und der Redeschwall ging weiter. »Hier hast du etwas zum Abtrocknen und hier Sachen von mir zum Anziehen. Und jetzt besorge ich dir noch etwas für den Magen.«

Als er dann einige Minuten später mit einem Teller Suppe und einem großen Stück Brot zurückkam, hatte Jacob sich inzwischen getrocknet und umgezogen. Klattis Kleidung schlotterte zwar überall, weil sie viel zu weit für Jacob war, aber immerhin passte die Länge ungefähr. Und sie war trocken und das war im Moment das Wichtigste.

Während Jacob aß, gesellte Klatti sich an der gegenüberliegenden Tischseite zu ihm. Die Suppe war zwar kalt und das Brot angetrocknet, aber dennoch mundete ihm beides vorzüglich.

»Du wirst sehen: Wenn dein Magen erst mal gefüllt ist, fühlst du dich wie neugeboren.«

»Woher kennst du uns? Ich meine, warum kennst du meinen Bruder Herold so gut und meinen Vater?«, fragte Jacob zwischen zwei Mundvoll.

»Woher ich euch kenne? Machst du Witze?« Klatti machte ein entrüstetes Gesicht. »Also hör mal, mein Großvater hatte schon für eure Familie gearbeitet. Und dann mein Vater und danach auch ich. Angefangen hatte ich unter deinem Großvater, da waren dein Vater und ich beide noch Jungen. Eigentlich waren wir fast wie Brüder. Dann starb dein Großvater, als dein Vater ungefähr so alt war, wie du jetzt. Und plötzlich war er der Herr des Ganzen, also auch mein Herr. Ich war für die Ställe zuständig, habe alles in Schuss gehalten und mich um die Pferde gekümmert.« Er musterte Jacob. »Es ist unglaublich: Du siehst genauso aus, wie er damals.«

Das war die Zeit, von der Herold ihm erzählt hatte. Die Zeit, als sie noch wohlhabend gewesen waren.

»Und was ist dann passiert? Warum gehört uns dieses Anwesen nicht mehr?«

»Warum euch das Anwesen nicht mehr gehört? Tja, wenn ich das nur wüsste. Ich weiß nur, dass alles losging, als deine Mutter eines Tages tödlich verunglückte.«

»Sie ist vom Balkon gefallen«, sagte Jacob.

»Ja, sie ist vom Balkon gefallen, so hieß es zuerst. Später hieß es, dein Vater habe sie gestoßen. Aber das war völlig abwegig. Nie und nimmer hätte dein Vater das fertig gebracht.«

»Und wie ist mein Vater gestorben?«

Klatti sah in verdutzt an.

»Wie dein Vater gestorben ist? Das weißt du nicht?«

Ging das schon wieder los? Jacob verdrehte die Augen.

»Jetzt sag mir nicht, dass du mir das auch nicht erzählen kannst.«

»Dass ich dir das nicht erzählen kann? Aber natürlich kann ich dir das erzählen. Ich wundere mich nur, dass es noch niemand vor mir getan hat.«

»Na, es will ja keiner, der davon weiß. Alle wollen mich offenbar schonen. Vermutlich war es ein schrecklicher Tod, oder es war etwas damit verbunden, was schrecklich war.«

Jacob schob mit Schwung die leere Suppenschale von sich.

»Ein schrecklicher Tod. Ja, das kann man wohl so sagen. Aber ich will dir jedenfalls davon erzählen. *Und ob* das schrecklich war. Das hatte Diether von Riekhen nicht verdient: Hingerichtet wurde er, aufgehenkt.«

Klattis Gesicht war rot angelaufen vor lauter Entrüstung.

»Hingerichtet?« Jacob lief es eiskalt den Rücken herunter. Er hatte mit verschiedenen Dingen gerechnet, etwa dass sein Vater ermordet worden war oder dass auch er einen tödlichen Unfall hatte. Aber mit einer Hinrichtung hatte er nicht gerechnet. »Weil man glaubte, er hätte meine Mutter gestoßen?«

»Deine Mutter gestoßen? Nicht nur das. Er soll angeblich noch weitere Menschen ermordet haben. Völliger Humbug, wenn du mich fragst. Ich habe dir ja erzählt, dass ich mit ihm aufgewachsen bin. Wie einen Bruder kannte ich ihn, und ich sage dir, dass er nie und nimmer dazu fähig war, jemanden zu ermorden.«

Jacob konnte nicht länger sitzen. Er sprang auf.

»Aber warum konnte es dann zu der Hinrichtung kommen?«

»Warum es zu der Hinrichtung kommen konnte? Das darfst du mich nicht fragen. Er wurde festgenommen, angeklagt und verurteilt, soviel weiß ich. Aber weiß der Geier, welche Einzelheiten dazu geführt haben.«

Jacob lief auf und ab. Er versuchte, trotz seiner Aufgewühltheit einen klaren Gedanken zu fassen. Eines stand fest: Egal wohin er auch sah, immer wieder stieß er auf von Zölder. Er hatte nicht nur mit den heutigen Morden zu tun, sondern hatte seine Finger ebenso in den damaligen Ereignissen. Wahrscheinlich hing alles irgendwie zusammen und wenn Jacob das eine löste, würde er damit auch das andere lösen.

Klatti wusste offenbar nicht mehr davon. Dennoch wollte Jacob so viele Informationen erfahren, wie nur möglich. Vielleicht konnte man daraus irgendwelche Rückschlüsse ziehen.

Er atmete tief durch, um sich zu beruhigen.

»In Ordnung. Was passierte nachdem meine Eltern tot waren? Mein Bruder und ich kamen zu Bernhard und Martha Stuhrke, unseren Adoptiveltern, das ist klar. Aber was passierte mit diesem Anwesen?«

Klatti lehnte sich im Stuhl zurück. Auch er hatte sich wieder einigermaßen beruhigt, seine Gesichtsfarbe hatte sich normalisiert.

»Was mit diesem Anwesen passierte?«, begann er, und Jacob wurde erst jetzt bewusst, dass Klatti die Eigenart besaß, stets den letzten Satz, den man sagte, mehr oder weniger zu wiederholen. »Zuerst hieß es, das Anwesen würde der Stadt gehören. Warum, darfst du micht nicht fragen. Dann hieß es plötzlich, das Anwesen würde von Zölder gehören. Er hatte es wohl der Stadt abgekauft. Das Personal wurde entlassen. Nur ich nicht. Ich habe mich seither um alles gekümmert, also nicht nur um Stall und Pferde, einfach um alles. War die ganzen Jahre so eine Art Hausmeister. Habe mich bemüht, alles in Schuss zu halten. Später, als meine Frau dazu kam, hat die mir dabei geholfen.«

»Und was hat von Zölder hier gemacht?«

»Was von Zölder hier gemacht hat? Nicht viel. Ab und zu kam er mal her, sah nach dem Rechten, blieb ein paar Tage. Aber dieses Anwesen ist ja nur mickerig, gegenüber dem Rest. Sämtliche Ländereien, die früher deinem Vater gehörten, mit allem, was sich darauf befindet, ist in seinem Besitz. Also auch der ganze Ertrag, den diese abwerfen. Es gibt nur eine Ausnahme: die Nordmühle.«

Jacob nickte. Die Nordmühle gehörte der Stadt.

Dann fiel ihm ein, was der Nachfahre von Zölders zu Editha in der Zukunft sagen würde.

»Sag mal, kann es sein, dass sich hier noch irgendwo Sachen von meinem Vater befinden?«

Klatti runzelte die Stirn, als er nachdachte.

»Sachen von deinem Vater. Hm, ... nicht dass ich wüsste.«

»Doch, es gibt noch Sachen«, sagte plötzlich eine verschlafene, weibliche Stimme.

Jacob drehte sich zu ihr und sah eine kleine, dicke Frau im Nachtgewand in der Tür zum Nebenraum stehen.

»Agatha, du bist schon wach?«, fragte Klatti.

»Bei dem Palaver kann doch kein Mensch schlafen«, entgegnete sie. »Jedenfalls habe ich beim Aufräumen auf dem Speicher des Haupthauses eine Kiste mit Sachen gesehen, die noch von früher sein müssen. Die kann ich ihm zeigen. Aber jetzt machen wir erstmal Frühstück.«

Jacob hatte ausgiebig Gelegenheit, seinen leeren Magen wieder aufzufüllen. Klattis Frau, Agatha, hatte am Vorabend einen Teig vorbereitet, sodass im Ofen ein Brot buk, während sie sich an gekochten Eiern und Milch gütlich taten. Das Brot aßen sie dann frisch und heiß mit Schinken belegt und als die ersten Scheiben einigermaßen abgekühlt waren mit dick Butter. Den Leuten hier schien es an Lebensmitteln nicht zu mangeln.

Anschließend ging Agatha mit Jacob ins Haupthaus. Auf dem Weg dorthin kamen sie an einer weißen Pferdeskulptur vorbei. Als Jacob sie sah, meinte er, sich dunkel an diese Skulptur erinnern zu können. Eigentlich war das unmöglich, denn er konnte damals, als er hier mit seinen Eltern lebte, nicht einmal ein Jahr gewesen sein.

»Keine Angst«, sagte Agatha beim Eintreten. »Dass von Zölder hier gerade jetzt auftaucht, ist ziemlich unwahrscheinlich. Du kannst dir so viel Zeit lassen, wie du möchtest.«

Drinnen stiegen sie mehrere Treppen hoch, gingen durch eine Tür und befanden sich dann auf einem Dachboden. Hier führte Agatha ihn zu einer kunstvoll verzierten Holztruhe.

»Dort drin sind die Sachen, die ich meine«, sagte sie. »Die kannst du dir ja in Ruhe ansehen und einfach wieder zu uns rüberkommen, wenn du fertig bist.«

Damit ließ Agatha ihn alleine. Er konnte es natürlich gar nicht abwarten, sich den Inhalt der Truhe anzusehen, denn die Sachen gehörten schließlich mal seinem Vater. Unglaublich, diese Vorstellung!

Er klappte den Metallbügel an der Vorderseite der Truhe hoch und öffnete den Deckel. Ein wildes Durcheinander an Gegenständen befand sich im Inneren der hölzernen vier Seiten, die mit einem grünen Stoff ausgekleidet waren. Nacheinander holte er sie heraus und legte sie vor sich auf den staubigen Boden. Als Erstes fiel ihm ein goldener, mit Edelsteinen besetzter Ring ins Auge. Den wollte er auf jeden Fall an sich nehmen, denn der könnte ihm viel Geld einbringen, wenn er ihn verkaufen konnte. Er tat ihn in seine Tasche und wollte sich schon wieder der Truhe zuwenden, als er es sich anders überlegte. Immerhin war das ein Erbstück seines Vaters, das konnte er doch nicht einfach so weggeben. Momentan hatte er sowieso keine Gelegenheit dazu, und wenn von Zölders Leute oder der Vogt ihn damit erwischen sollten, würden sie ihm den Ring ohnehin abnehmen. Nein, der und alle anderen Dinge sollten erst einmal hierbleiben, wo sie bereits seit Jahren unangetastet überdauert hatten. Später konnte er sich dann immer noch überlegen, was er damit machen würde. Er legte den Ring zu den anderen Sachen, die er schon aus der Kiste genommen hatte, auf den Boden.

Jacob holte weitere Gegenstände heraus, die unterschiedlichsten Dinge, gerade so, als wäre hier und dort mal etwas im Haus liegengeblieben, eingesammelt und in diese Truhe getan worden. Ganz unten fand er eine Spieldose. Sie betrachtete er ein wenig länger, weil sie sehr hübsch war: Überall an den Seiten waren kunstvolle Messingverzierungen angebracht. Er drehte den Schlüssel, um zu probieren, ob der Mechanismus noch funktionierte. Einen Moment später war auf dem Dachboden eine ihm unbekannte Melodie in hohen, metallenen Tönen zu hören.

Dann fiel ihm auf, dass der grüne Stoff in der Truhe nur lose darin lag. Er holte ihn heraus und faltete ihn auseinander. Dabei stellte er fest, dass es sich um einen Umhang handelte, auf dem sich ein Wappen befand. Ein Pferd, das sich, wie die weiße Skulptur vor dem Haus, aufbäumte, inmitten von

Bäumen. Das war wahrscheinlich sein Familienwappen! Plötzlich wurde Jacob ganz warm vor Stolz. Das war *seine* Familie, *er* gehörte dazu. Er lächelte breit und sah auf die aufgereihten Gegenstände hinab.

Doch je länger er sie ansah, desto klarer wurde ihm, dass sie alle nutzlos waren. Nicht einer davon, würde ihm helfen, gegen von Zölder anzukommen. Die Ungerechtigkeit würde weiterhin bestehen und von Zölder würde mal wieder gewinnen.

Jacobs Stimmung schlug innerhalb einer Sekunde um. Er wurde so wütend, wie er schon lange nicht mehr war. Der erste Gegenstand in seiner Reichweite war die Spieldose. Ohne darüber nachzudenken, ergriff er sie und schleuderte sie gewaltvoll quer über den Dachboden. Irgendwo gab es ein krachendes Geräusch, und sofort bereute er seine Tat.

Er lief zu der Stelle, wo die Spieldose aufgeschlagen war. Auf den ersten Blick sah sie unbeschädigt aus, aber als er sie aufhob, sah er einen Sprung an der Seite. Um auszuprobieren, ob der Mechanismus noch funktionierte, versuchte er, den Schlüssel zu drehen, doch er bewegte sich kein bisschen. Die hatte er kaputt bekommen. Er ärgerte sich über seine Unbeherrschtheit. Und es war noch mehr passiert: Da war etwas lose, es klapperte leicht hin und her, wenn er die Spieldose kippte. Zu Schade, das würde er nicht wieder reparieren können. Jacob schwenkte die Dose mehrmals hin und her, als ob das ihren Zustand verbessern könnte. Der Spalt entstand und der Spalt verschwand. Aber Moment mal: Er war ja nun wahrlich kein technisch versierter Mensch, doch warum sollte jemand einen solchen inneren Teil bauen? Der musste irgendeinen Zweck erfüllen, wie eine Schublade. Jacob spähte durch den Spalt. War dort etwas drin? Vielleicht war das ja ein Geheimfach.

Er sah sich um auf dem Dachboden und entdeckte mehrere Pinsel, von denen er einen als Werkzeug benutzen konnte. Mit ihm hebelte er so lange an der Spieldose herum, bis die Schublade endlich herausfuhr. Und tatsächlich enthielt sie etwas: eine Schachfigur und einige Briefumschläge. Bei der Schachfigur handelte es sich um einen schwarzen König. Jacob hatte keine Erklärung dafür, warum man solch eine Figur in einem Geheimfach aufbewahren sollte. Für ihn ergab das keinen Sinn. Er wandte sich den Umschlägen zu.

Schon äußerlich war zu erkennen, dass es sich um sehr unterschiedliche Briefe handelte. Bei einem Teil der Schreiben konnte Jacob bereits erahnen, dass sie von einer Frau stammten. Die Umschläge waren von feiner Art und Jacob hätte wetten können, dass am Tage der Zustellung ein leichter Parfümduft an ihnen gehaftet hatte.

Er öffnete einen Umschlag und zog das gefaltete Papier heraus, welches ebenfalls von hochwertiger, feiner Machart war. Jacob überflog die schnörkelige, weibliche Handschrift. Es war nur ein kurzer Text, in dem es um Liebesbeteuerungen ging und um eine Verabredung zu einem nächsten Treffen. Genau wie in allen anderen Briefen dieser Art, die Jacob öffnete. Nur einer sah amtlich aus, mit Stadtsiegel, weshalb er ihn auch als letzten ansah. So knapp, wie er gehalten war, musste das der erste Brief gewesen sein. Das offizielle Erscheinungsbild diente vielleicht der Tarnung.

Sein Vater hatte also ein Verhältnis. Er hatte seine Mutter mit einer anderen Frau betrogen. Im ersten Moment war Jacob schockiert und böse auf seinen Vater. Doch dann dachte er an seine eigenen Erfahrungen mit den Frauen und wie leicht es ihm passieren konnte, sich in mehrere gleichzeitig zu verlieben. Wie konnte er das also seinem Vater übelnehmen?

Aber da war ja noch eine andere Art von Briefen in dem Geheimfach. Äußerlich war ihnen nicht anzusehen, welchem Zweck sie dienten, so nüchtern und sachlich, wie sie aussahen. Die Umschläge waren schlicht weiß und die darin befindlichen Papierbögen auch, wie Jacob feststellte, als er einen herauszog. Beim Lesen stockte ihm dann aber doch der Atem, denn diesen Inhalt hatte er nicht erwartet: Es handelte sich um Erpresserbriefe. Irgendjemand hatte von dem Verhältnis seines Vaters gewusst und ihm damit gedroht, dieses Wissen an seine Mutter weiterzugeben, wenn er nicht eine bestimmte Geldsumme bezahlen würde. Und diese Summe war enorm.

Jacob sah die Briefe alle durch. In einigen wiederholte sich die Forderung mit wachsenden Geldsummen. Aber dann kam er zu einem Brief, der ihm einen weiteren Schock versetzte. Denn darin schrieb der Erpresser, dass er gesehen hätte, wie sein Vater jemanden getötet hatte.

Stimmte es also doch? War das einer der Morde, für die sein Vater hingerichtet wurde? Jacob schüttelte den Kopf. Das konnte er nicht glauben. Vielleicht hatte es von Zölder ja geschafft, es so aussehen zu lassen, als ob sein Vater die Morde begangen hätte. Schließlich ist es ihm bei Jacob ja auch gelungen. Und Jacob war sich ziemlich sicher, dass es in beiden Fällen von Zölder war.

In dem Moment fiel ihm auf, dass er seinen Geburtstag überstanden hatte. Es war der nächste Tag und er lebte. Entweder hatte Editha sich getäuscht, oder aber er hatte durch ihren Einfluss irgendetwas anders gemacht, als er es sonst gemacht hätte. Vielleicht wäre er unter normalen Umständen doch ein Bier trinken gegangen und der Vogt und seine Leute hätten ihn verhaftet oder angeblich auf der Flucht getötet. Wie auch immer: Er ging davon aus, dass er dank Editha am Leben war.

Er verstand es als Zeichen, dass sein Glück sich gewendet hatte. Eigentlich hatte er vor, sich eine Weile von Oldenburg fern zu halten. Aber vielleicht sollte er noch einmal hingehen, wenn auch nicht sofort, sondern in ein paar Tagen. Mit diesen Briefen konnte er beweisen, dass sein Vater erpresst worden war. Womöglich war eine Übereinstimmung mit der Handschrift von Zölders festzustellen. Inwiefern das als Beweis gelten würde, wusste er nicht, aber einen Versuch war es Wert. Und dazu gab er nur einen Weg: Er musste die Briefe von Elmendorff zukommen lassen, damit der sie seinem Advokaten gab. Sie würden das Einzige sein, was er aus dieser Truhe mitnehmen würde.

Die Briefe steckte er in seine Jacke. Die anderen Gegenstände legte er wieder in die Kiste hinein. Dabei fiel ihm ein kleineres Wappen in die Hände, das aus einem dickeren Stoff bestand und wesentlich detailreicher gestaltet war. Nach kurzem Zögern steckte er das ebenfalls in seine Jacke. Zuletzt faltete er den grünen Umhang zusammen und legte ihn auf die anderen Sachen, bevor er die Truhe wieder schloss.

Inzwischen war es Mittag und Agatha hatte einen deftigen Eintopf aus Steckrüben gekocht. Jacob nahm das Angebot, mit ihnen zu speisen, noch einmal gerne an. Es konnte nicht schaden, sich den Bauch zu füllen, bevor er aufbrach.

»Hast du bei den Sachen deines Vaters etwas gefunden, was du behalten willst?«, fragte Agatha ihn nach einer Weile.

Jacob hatte beschlossen, nichts von den Briefen zu erzählen. Auch wenn er den beiden grundsätzlich vertraute, galt es vorsichtig zu sein, denn schließlich standen sie ja in den Diensten von Zölders.

»Ich habe ein kleines Stoffwappen an mich genommen. Der Rest kann erst mal hierbleiben. So viel kann ich ohnehin nicht tragen«, antwortete er.

»Ach ja, das Familienwappen«, sagte Klatti. »Das war hier früher überall anzutreffen. Nachdem von Zölder Eigentümer wurde, hat er sie alle entfernen lassen. Sogar die Pferdeskulptur wollte er abreißen lassen. Nur sein Bruder konnte ihn glücklicherweise überzeugen, dieses Kunstwerk stehen zu lassen.«

Jacob hatte seine Schüssel leer gelöffelt und wischte den Rest der Flüssigkeit mit einem Stück Brot heraus.

»Er hat einen Bruder?«, fragte er.

»Ob er einen Bruder hat? Und ob: Lynhardt Zölder. Der Erhalt der Skulptur war aber auch seine einzige vernünftige Tat. Wenn du mich fragst, ist der nicht ganz richtig im Kopf. War er noch nie.«

»Warum, was ist mit ihm?«

»Was mit ihm ist? Auf dem ersten Blick scheint er ein ganz normaler Mann zu sein. Sonst hätte Barthel von Zölder es auch nicht geschafft, ihn in ein Kirchenamt zu kriegen. Aber dann und wann verfällt er in einen eigenartigen Zustand. Er bekommt eine Art Wahnvorstellungen und redet nur noch wirres Zeug. Einen verrückteren Menschen habe ich noch nicht erlebt, sage ich dir.«

»Und woher weißt du davon?«

»Woher ist davon weiß? Na, weil von Zölder ihn jedesmal aus der Stadt schafft, wenn es zu schlimm wird. Und jetzt rate mal, wohin er ihn dann bringt.«

Klatti deutete mit einer umfassenden Bewegung, in der er die Arme ausbreitete und mit dem Blick an den Wänden entlangfuhr, auf seine eigene Stube.

Jacob nickte. Von Zölder hatte also einen bekloppten Bruder.

»Ich habe eine Bitte«, sagte er zu seinen Gastgebern. »Darf ich ein paar Tage bei euch bleiben?«

Agatha lächelte und auch Klatti fing an zu grinsen.

»Ob du bei uns bleiben darfst? Was denkst du denn? Eher würde ich mich vom feinen Ratsherrn von Zölder mit einem Stock verprügeln lassen, als dem Sohn meines früheren Freundes und Herrn die Gastfreundschaft zu verweigern.«

1768

Ein Messer könnte er sich ins Herz rammen. Das wäre wahrscheinlich die sicherste Methode. Und die schnellste. Ein kurzer heftiger Schmerz und schon wäre alles vorbei. Sich zu ertränken, stellte er sich demgegenüber sehr qualvoll vor. Womöglich zog es sich über Minuten hin, grausame Minuten, in denen man versuchte, Luft zu holen, obwohl man wusste, dass es unter Wasser keine gab. Er hatte außerdem gehört, dass genau daran schon viele diesbezügliche Versuche gescheitert waren, weil derjenige, der sich umbringen wollte, es nicht aushielt und doch wieder über Wasser schwamm. Jedenfalls dann, wenn er keine entsprechenden Vorkehrungen getroffen und sich selbst gefesselt und mit einem Gewicht versehen hatte, bevor er sich in tiefes Wasser fallen ließ. Desgleichen soll das Aufhängen schon oft schiefgegangen sein, weil die Stabilität des Balkens oder Astes stark unterschätzt wurde. Wenn es dann doch klappte, war es auch nicht gerade eine schnelle Art von der Welt zu scheiden, sondern ein langsamer, leidvoller Erstickungstod. Das Vergiften, für das man erstmal ein Gift haben musste, das Springen aus großer Höhe, das im Flachland eine gewisse Herausforderung darstellte, und das Aufschneiden von Adern, das ebenfalls oft überlebt wurde, sagten ihm auch allesamt nicht sonderlich zu. Nein, das Messer war da die beste Wahl.

Diether faltete den Brief zusammen und steckte ihn wieder in den Umschlag, in dem er übergeben worden war. Natürlich würde er weder das Messer noch eine andere Variante für einen Suizid wählen. Und das nicht nur, weil er nicht in die Hölle kommen wollte. Er hatte schließlich eine Frau, die er liebte, und er hatte Kinder, von denen eines gerade erst zur Welt gekommen war. Die konnte er nicht im Stich lassen. Und das täte er, wenn er sich umbringen würde. Er war zutiefst verzweifelt, und es wäre eine einfache Art und Weise das alles hinter sich zu lassen, aber es wäre auch feige. Er musste sich zusammenreißen und einen Ausweg finden.

Dazu gehörte, dass er zunächst auf diesen Erpresser eingehen musste. Das war nicht leicht, denn er forderte doppelt so viel, wie beim letzten Mal. Diese Summe hatte Diether nun nicht mehr verfügbar. Natürlich hatte er Besitztümer, deren Wert die Forderung um ein Vielfaches überstieg, aber die müsste er erst einmal zu Geld machen. Das war nicht so einfach und schon gar nicht schnell machbar.

Bemerkenswert war, dass es sich offensichtlich um den gleichen Mann handelte, der ihn mit seiner Affäre erpresst hatte. Der Umschlag, das Papier, die Schrift: Einfach alles glich den vorherigen Briefen. Vermutlich hatte er bei Diethers Treffen mit seinem Boten versteckt gewartet und dabei alles beobachtet. So schrieb er es in seinem Brief ja auch: »Ich habe gesehen, wie du ihn getötet hast!« Und dann hatte er die Beweise gegen ihn mitgenommen, was wohl der Grund war, warum man ihn nicht längst verhaftet hatte.

Das Treffen sollte schon morgen stattfinden. Unmöglich bis dahin an das geforderte Geld zu kommen. Aber Diether musste trotzdem hingehen und den Erpresser um Geduld bitten. Wenn er nicht erschiene, würde er riskieren, dass der Mann ihn verriet.

Dieses Mal sollte das Treffen außerhalb der Stadt stattfinden, in einer Schenke in Osternburg. Offenbar wollte der Erpresser, oder vielleicht auch wieder ein Bote von ihm, dieses Mal keine Maske tragen, da er sich in der Öffentlichkeit treffen wollte. So wie Diether es sah, würde es ihm aber nichts nutzen, wenn er das Antlitz des Mannes kannte.

Er hatte den Kragen hochgeschlagen und den Hut tief ins Gesicht gezogen. Falls ihm ein Bekannter begegnen sollte, wäre es in seinem Sinne, dass dieser ihn nicht gleich erkannte, obgleich das hier in Osternburg eher unwahrscheinlich war. Sein Pferd stellte er hinter einem Haus in einiger Entfernung zur Schenke ab und ging den Rest des Weges zu Fuß.

Das Lokal hieß passenderweise »Räuberhöhle«. Das Schild, auf dem der Name mit geschnörkelten Buchstaben geschrieben war, hing so tief, dass selbst Diether, der ja verhältnismäßig klein war, seinen Kopf noch weiter in den Kragen ziehen musste, als er darunter durch zum Eingang ging. Die Tür öffnete sich mit einem lauten Knarren, das sogar die Geräuschkulisse übertönte, die ihm von drinnen neben dem Tabakrauch entgegenschlug. Die Schenke war gut besucht, hier würden sie wahrscheinlich nicht auffallen. Diether brauchte eine Weile, bis er den Mann sah, der alleine an einem Tisch saß, vor sich einen Bierkrug und das Erkennungszeichen: Die Tasche, in der Diether zuletzt das Geld übergeben hatte. Der Mann war etwas älter als er, sah geradezu ausgemergelt aus und kam Diether vage bekannt vor. Er sah ihm mit unwilliger Miene entgegen und Diether konnte sich schon denken, warum.

»Warum haben Sie keine Tasche dabei?«, war des Erpressers erste Frage, mit der er Diethers Vermutung bestätigte.

Diether setzte sich und sah sich um. Die anderen Männer interessierten sich nicht im Geringsten für sie. Sie konnten ihren »Geschäften« nachgehen, ohne befürchten zu müssen, belauscht zu werden.

»So schnell geht das nicht«, antwortete er. »Meine Barschaften sind nahezu erschöpft.«

»Das ist aber schlecht für Sie. Sie wollen doch nicht für Ihre Tat verhaftet werden, oder?«

Diether blieb ruhig, denn er wusste, dass es sich nur um eine Drohung handelte. Solange der Erpresser Aussicht auf das Geld hatte, würde er ihn nicht verraten.

»Ich brauche nur mehr Zeit. Für diese Summe muss ich einiges veräußern. Das geht nicht von heute auf morgen.«

Der Wirt kam mit einem Tablett voller Bierkrüge vorbei und stellte nach Diethers Wink einen vor ihm auf den Tisch.

»Sie haben doch Geld wie Heu. Das soll Ihnen ausgegangen sein? Das nehme ich Ihnen nicht ab.«

»Das täuscht. Das meiste des Familienvermögens besteht aus Sachwerten: Ländereien mit allem, was darauf ist.«

Der Mann grummelte vor sich hin und schien dabei nachzudenken.

»In Ordnung, ich gebe Ihnen zwei Wochen, die Summe aufzubringen. Sehen Sie zu, wie Sie das fertig bringen. Wenn ich das Geld dann nicht habe, Gnade Ihnen Gott. Dann werde ich zu keinem Zugeständnis mehr bereit sein.«

Zwei Wochen waren nicht viel, aber Diether musste nehmen, was er kriegen konnte.

»Ich werde mein Bestes tun«, sagte er, nahm einen Schluck von seinem Bier, legte zur Bezahlung eine Münze auf den Tisch und wollte sich schon erheben, als der Mann, der ihn erpresste, ihn zurückhielt.

»Einen Moment, da ist noch etwas.«

Diether sah ihn überrascht an.

»Mehr geht nicht. Diese Summe wird mich wahrscheinlich schon in den Bankrott führen.«

»Es geht nicht um mehr Geld. Ich will, dass Sie mir einen guten Posten als Beamter verschaffen. Als Freiherr haben Sie sicherlich eine Menge Kontakte und Beziehungen. Lassen Sie diese spielen. Sorgen Sie dafür, dass ich beim Hof oder bei der Stadt angestellt werde. Dann werden Sie für immer Ruhe vor mir haben.«

Diether sah den Mann fassungslos an. Dieser Verbrecher wollte eine Anstellung als Beamter? Doch er hatte ihn nun mal in der Hand. Er würde tun, was der Mann von ihm verlangte, und er hatte auch schon eine Idee, wie er es tun könnte.

HEUTE

Mit einem Glas Wasser in der Hand kam sie zurück ins Wohnzimmer. Sie setzte sich auf das Sofa und als sie nun das Buch so vor sich liegen sah, betrachtete sie das Wappen, das vorher noch nicht auf dem Deckel gewesen war, genauer: Es war ein sich aufbäumendes Pferd inmitten von Bäumen. Exakt das gleiche Wappen aus Stoff, das sie in der alten Truhe auf dem Dachboden bei Klemens von Zölder gesehen hatte. Merkwürdig! Wie kam Burges an dieses Wappen? Das konnte sich Editha unter Aufbringung ihrer gesamten Fantasie nicht erklären. Und die zweite Frage war: Warum hatte er es auf den Lederdeckel des Buchs genäht?

Editha schüttelte irritiert den Kopf und öffnete das Buch. Sie entnahm das Zettelwerk, das der Antiquariat ihr vor einer gefühlten Ewigkeit erstellt und das sie im Buch aufbewahrt hatte. Und sie begann zu lesen. Sie wollte gründlicher vorgehen als beim ersten Mal, für den Fall, dass sie etwas übersehen hatte. Bald merkte sie allerdings, dass ihr jede Einzelheit frisch im Gedächtnis war. Trotzdem las sie weiter. Die ganze Nacht las sie, obwohl immer noch eine gewisse Erschöpfung als Folge ihrer Bettlägerigkeit sie belastete. In den ersten Stunden des nächsten Tages wurde die Müdigkeit so groß, dass sie kurz vor dem Einschlafen war. Sie machte sich einen Kaffee, ging ein wenig im Zimmer umher, während sie ihn trank, und las anschließend weiter. Bald darauf kam sie zu der Stelle, an der sie damals das Lesen abgebrochen hatte, aus Angst, etwas über ihre Zukunft zu erfahren. Dann kamen die Seiten, die sie einige Zeit später weitergelesen hatte, bis dahin, wo die Leiche eines Baders im Stadtgraben gefunden wurde. Weiter war sie bisher noch nicht gekommen. Zuerst aus Angst und anschließend, weil sie so damit beschäftigt war, den von Zölders nachzuforschen, dass sie keine Zeit mehr dazu hatte. Ja, und dann hatte sie eine Woche im Bett gelegen.

Sie prüfte, wie viele Blätter sie noch lesen musste. Es war eine ganze Menge und es war fast halb drei Uhr morgens. Aber wenn sie jetzt keinen brauchbaren Anhaltspunkt fand, bei dem sie wieder ansetzen konnte, würde sie ab morgen mit ihrer Arbeit weitermachen müssen und Karatetraining geben und natürlich Timo abholen. Sie wusste nicht, wann sie dann wieder die Zeit und den Mut finden würde, alles zu Ende zu lesen.

Also las sie weiter.

Gleich die nächste Schilderung in Jacobs Buch behandelte tatsächlich ihre Zukunft. Er war damals im Zuge des Mühlenumbaus von seinem Bruder Herold zur Vogtei Blexen geschickt worden, um dort einen Mühlstein zu erwerben. Die Reise ging über Rastede, wo er in der Kirche eine Vision hatte. In seiner Verbindung mit ihr erlebte er Editha sehr traurig und erfuhr, dass Timo sterben würde.

Editha sah auf. *Diese* Kirche hatte er also gemeint und nicht die Lambertikirche. Aber warum würde sie in Rastede sein? Vermutlich würde die Katastrophe schon ausgebrochen und sie aus Oldenburg geflohen sein.

Anschließend hatte Jacob von seinen Überlegungen zu den ganzen Leichen, die er gesehen hatte, geschrieben. Ihm war aufgefallen, dass sie alle rote Haare hatten und dass Timo ebenfalls rothaarig war.

Aber warum sollte das in einem Zusammenhang stehen? Auch wenn es eine Gemeinsamkeit war: Die anderen Rothaarigen waren vor mehr als zweihundert Jahren gestorben. Was sollte das mit den heutigen Geschehnissen zu tun haben?

Jacob war nach Blexen gereist, hatte den Mühlstein gekauft und war ohne weitere Zwischenfälle zurückgereist, bis er kurz vor Oldenburg einen Halt gemacht hatte. Dort hatte ihn wieder eine Vision ereilt, in der er erfahren hatte, dass das Land den von Zölders gehörte und dass sich im Haus Dinge vom Vorbesitzer befanden.

Das war, als Editha ihre Vision bei diesem birnenförmigen Stein auf Klemens Anwesen hatte.

Danach hatte Jacob einige Seiten den Fortbau der Mühle geschildert und dass ein Sabotageversuch stattgefunden hatte, den sie aber glücklicherweise hatten verhindern können. Dann hatte Jacob eine Hure aufgesucht, die der Bader kurz vor seinem Tod besucht hatte. Von ihr hatte er erfahren, dass der Bader auch dieser Erkenntnis der Rothaarigkeit nachgehen wollte und dass er alle Untersuchungsergebnisse der Leichen fein säuberlich dokumentiert hatte. Jacob wollte daraufhin in das Haus des Baders einbrechen, um sich diese Ergebnisse anzusehen. Er hatte das Haus offen und geplündert vorgefunden, die Untersuchungsergebnisse waren neben Patientenakten auf dem Fußboden verteilt. Jacob hatte sie kurzerhand mitgenommen und sie in der darauffolgenden Zeit durchgelesen. So hatte er erfahren, dass bei seiner Mutter nicht einwandfrei festgestellt werden konnte, ob sie vom Balkon gestürzt oder gestoßen worden war. Von seinem Vater hatte es keine Aufzeichnungen gegeben, aber von den weiteren Leichenfunden hatte er die Umstände erfahren. Er hatte geglaubt, dass er mehr über den Tod seines Vaters herausfinden würde, wenn er den anderen Todesfällen hinterhergehen würde, und hatte noch mal die Hure besucht, um von ihr mehr zu erfahren. Doch die Hure war inzwischen tot, angeblich bei einem Unfall gestorben.

Editha holte tief Luft und nahm einen Schluck Wasser. Damals hatte es ja verdammt viele Tote gegeben. Eigentlich hatte sie deswegen gar keine Lust mehr weiterzulesen, einmal abgesehen von ihrer Müdigkeit. Aber wenn sie daran dachte, dass diese bevorstehende Katastrophe fast die ganze Menschheit ausradieren könnte und in diesem Buch von Jacob vielleicht etwas stand, durch das sie das verhindern könnte, war sie wieder motiviert genug.

Es folgte ein Bericht über die Probleme bei dem Umbau der Mühle. Die Bauern, die ihr Korn nicht hatten mahlen lassen können, hatten Schwierigkeiten gemacht. Darunter war ein Bauer gewesen, den Jacob glaubte, bei der Hure gesehen zu haben, als auch der Bader dort gewesen war. Der Mann war ihm komisch vorgekommen, sodass er ihm gefolgt war. Jacob hatte dann beobachtet, dass er wie ein guter Bekannter ins Rathaus eingelassen wurde. Am nächsten Tag hatten die Riekhen-Brüder einen Besuch vom Ratsherren von Zölder erhalten. Er hatte sich alles angesehen und verkündet, diverse Steuern erheben zu wollen. Für Jacob war klar gewesen, dass der besagte Bauer in den Diensten von Zölders gestanden hatte. Deshalb hatte er ihn aufgesucht und ihm entlockt, dass er für von Zölder den Bader im Auge behalten sollte. Das war für Jacob Beweis genug gewesen, dass von Zölder hinter den Morden stand. Er wollte ihn anzeigen, aber ihm wurde gesagt, dass der neue Leichenbeschauer bei der Hure eindeutig einen Unfalltod festgestellt hatte. Jacob war zu diesem Leichenbeschauer gegangen und hatte beobachtet, wie dieser von einem Bediensteten von Zölders Geld entgegengenommen hatte. Deprimiert hatte Jacob ihn wieder verlassen.

Das war der letzte Text. Editha sah auf das Datum: Er wurde einen Tag vor Jacobs Geburtstag geschrieben. Hier war alles zu Ende.

Aber merkwürdig war das schon. Editha hatte doch noch Verbindungen mit Jacob, von denen hier gar nichts stand, wie die in der Lambertikirche oder gleich danach auf dem Kasinoplatz. Ziemlich komisch, dass er die nicht aufgeschrieben haben sollte.

Editha durchschoss es wie ein elektrischer Schlag: Oder hatte ihre Warnung vielleicht Erfolg gehabt?

Hastig griff sie nach dem Buch und ließ die Seiten durch ihre Finger blättern, bis sie zu Jacobs Geburtstag im Jahre 1788 kam. Als sie die Stelle erreichte und das Unglaubliche sah, fasste sie sich mit der Hand vor den geöffneten Mund.

Die Seiten, die einmal weiß und leer gewesen waren, waren nun gefüllt.

Klemens tupfte sich mit seinem Handtuch den Schweiß von der Stirn und sah auf die Wanduhr. Sie zeigte sieben Uhr und damit das Ende seines morgendlichen Trainings an. Wie immer hatte er alle seine Übungen in exakt einer Stunde geschafft. Er griff sich die Wasserflasche, die er auf der Beinpresse abgestellt hatte, und ging durch die Reihen der Trainingsgeräte, um seinen Fitnessraum zu verlassen.

Oben angekommen rasierte er sich, stutzte seinen Bart und nahm eine Dusche. Danach machte er sich ein Porridge aus Haferflocken und Heidelbeeren. Während er aß, sah er sich auf einem Nachrichtensender die aktuellen Meldungen an. Verrückt, was in der Welt geschah. Im Moment drehten sie *alle* durch, nicht nur das Babyface aus Nord-Korea: von Ausweitung der eigenen präsidialen Befugnisse bis hin zu manipulierten Wahlen. Den meisten Nachrichten war eines gemein: Es ging um Macht. Und das war etwas, das er gut nachvollziehen konnte. Denn wenn er darüber nachdachte, war es eigentlich auch seine Triebfeder. Aber keine geschenkte Macht, das war zu einfach. Er wollte es selber schaffen. Nur deshalb hatte er mit der Hilfe seines genialen Vetters dieses Projekt gestartet, das die Grundlage für einen neuen Konzern sein würde. So wie Marko hätte er es dann ohne Vaters Zutun auf die Beine gestellt. Und genau deshalb musste der Termin unbedingt eingehalten werden, damit Vater es auch noch miterlebte.

Er schaltete den Fernseher aus und trank schluckweise den Rest seines Kaffees. Konnte ihm jetzt noch irgendetwas dazwischen kommen? Höchstens diese Riekmüller, aber die fischte trotz ihrer Bemühungen im Trüben. Selbst wenn sie das Geheimnis, das Vater ihnen offenbarte, aufdeckte, ginge es nur um Geld. Daran lag ihm zwar nichts, doch wenn sie es zu früh schaffte, würden ihm vielleicht die Mittel für sein Projekt ausgehen.

Vielleicht sollte er der Gründlichkeit halber zu ihr fahren und sehen, was sie so machte, damit er bei Bedarf gegensteuern konnte. Das war eigentlich die Aufgabe seines Vetters Mads. Dazu war er extra als Untermieter in ihr Haus gezogen. Es hatte Klemens einiges an Mühen gekostet, die anderen Bewerber auf die Wohnung abzuschrecken, sodass nur sein Vetter übrig blieb. Doch Klemens hatte den Eindruck, dass der momentan mit seinen Aufgaben ein wenig überfordert war. Es konnte nicht schaden, wenn er selbst einmal nach dem Rechten sah. Jetzt war es kurz vor acht. In einer halben Stunde konnte er bei ihr sein.

Er band sich eine Krawatte um, zog sein Sakko an und verließ das Haus. Der Berufsverkehr war bereits etwas abgeebbt, sodass die Uhr im Armaturenbrett erst zwanzig nach acht anzeigte, als er seinen silbernen Audi A8 vor Editha Riekmüllers Haus parkte. Die Frau hatte ein kleines Kind, sie würde schon auf sein. Er ging zur Haustür und klingelte.

Nach einer ganzen Weile wurde die Tür einen Spaltbreit geöffnet und Editha Riekmüller blinzelte ihn schlaftrunken an. Da hatte er wohl falsch gelegen, sie hatte doch noch geschlafen.

»Oh, entschuldigen Sie«, sagte er mit seinem sympathischsten Lächeln. »Habe ich Sie etwa aus dem Bett geklingelt?«

»Ja.« Sie gähnte. »Habe nur drei Stunden geschlafen. Gut, dass Sie mich wecken, ich habe heute einiges vor.« Sie gähnte wieder. »Aber was machen Sie eigentlich hier?«

»Ich wollte nur sehen, ob bei Ihnen alles in Ordnung ist. Darf ich reinkommen?«

Sie gähnte, nickte dabei, ließ die Haustür weiter aufschwingen, drehte sich um und ging voraus in die Küche. Klemens folgte ihr und sah dabei, dass sie nur ein sehr langes T-Shirt und dicke Socken trug.

Er fragte sich, warum sie wohl nur so kurz geschlafen hatte. Soweit er wusste, war sie eine Weile krank gewesen und hatte deshalb nichts mehr unternommen. Wurde sie jetzt wieder aktiv?

»Möchten Sie auch einen Kaffee?«, fragte sie.

»Gerne.«

Sie nestelte an ihren Küchenschränken und der Kaffeemaschine herum.

»Ihr Bruder war gestern hier.«

Das überraschte ihn nicht wirklich. Er kannte Marko in- und auswendig und wusste, dass er sich in diese Frau verliebt hatte. Eher hätte es ihn überrascht, wenn Marko nicht wieder hier aufgetaucht wäre. Editha Riekmüller schätzte Klemens hingegen so ein, dass sie ihm nicht einmal zuhören würde. Und Klemens irrte sich nur selten in der Einschätzung der Menschen.

Marko wollte ihr wahrscheinlich von dieser Patent-Geschichte erzählen, aber sie ließ ihn sicherlich nicht mal zu Wort kommen. Über kurz oder lang würde sie es bestimmt von ihm erfahren, und wenn es schriftlich war.

»Ach, wirklich?«, spielte er den Überraschten. »Was wollte er denn?«

»Erklären, warum er an allem und jedem unschuldig ist.«

»Und?«

»Keine Ahnung. Ich habe ihn nicht zu Wort kommen lassen.«

Na also.

»Er hat mir aber danach einen Zettel unter der Tür durchgeschoben«, fuhr sie fort. »Mit der Nachricht darauf, hat er mich vor Ihrem Vater gewarnt. Er meint, ...« Sie zögerte kurz. »... ich soll mich weiterhin vorsehen, weil der glaubt, ich hätte es auf sein Vermögen abgesehen.«

Dieses Zögern gerade: Irgendetwas von diesem Zettel erzählte sie ihm nicht. Hatte Marko doch bereits etwas von dem Patent geschrieben? Oder von den Nachrichten, die sie angeblich aus der Vergangenheit erhalten sollte? Klemens tippte auf Letzteres. Eigentlich hatte er das genauso wie Marko für großen Unsinn gehalten, aber wer wusste es schon: Vielleicht hatte sie ja irgendein Schriftstück geerbt, auf dem ihr alles mitgeteilt wurde.

»Und? Haben Sie das?«, fragte Klemens.

»Quatsch! Ich hatte immer nur vor, etwas über meine Vergangenheit und über meine Vorfahren herauszufinden.« Der Kaffee war durchgelaufen. Sie schenkte ihm ein und stellte die Tasse vor ihm auf den Tisch. »Sagen Sie: In Markos Haus meinten Sie, dass Sie mir eventuell helfen könnten. Wie meinten Sie das?«

Richtig, das hatte er ganz vergessen. Eigentlich hatte er das nur gesagt, um ihr Vertrauen zu gewinnen. Er hatte gedacht, dass ihm schon etwas Passendes einfallen würde. Diesen Einfall hatte er allerdings nicht und der war auch nicht mehr notwendig.

»Ich hatte eine Idee, wie ich meinen Vater davon überzeugen könnte, sie in Ruhe zu lassen«, log er. »Aber das ist jetzt gar nicht mehr nötig, machen Sie sich keine Sorgen.«

»Warum? Werde ich nicht mehr von Ihrem Vater überwacht?«

»Doch, werden Sie, auch wenn Sie niemanden sehen. Aber das wird nicht mehr lange andauern, ein paar Tage vielleicht, maximal eine bis zwei Wochen. Wissen Sie, er liegt im Sterben. Seine Ärzte wundern sich, dass er überhaupt noch so lange durchhält. Aber bald wird er tot sein. Verhalten Sie sich bis dahin ruhig, unternehmen Sie nichts weiter in Richtung Ahnenforschung. Danach haben Sie nichts mehr zu befürchten.«

Edithas Gesicht blieb ausdruckslos, doch Klemens spürte, dass sie wider Willen Mitleid mit ihm hatte, weil sein Vater bald sterben würde.

»Aber was wird Marko dann machen?«, fragte sie.

Klemens musste jetzt aufpassen. Er könnte Marko bei ihr noch mehr in Misskredit bringen, doch wenn er das übertrieb, würde es auffallen oder irgendwann herauskommen. Und Klemens log immer so, dass er des Lügens nicht überführt werden konnte.

»Man weiß nie, wie Marko reagieren wird. Wie ich Ihnen schon sagte, ist er wie unser Vater, auch wenn er es nicht wahrhaben will. Vielleicht glaubt er, dass er das, was Vater angefangen hat, fortführen muss. Aber das halte ich für unwahrscheinlich.«

»Warum?«

»Eben weil er so ist, will er meistens das genaue Gegenteil machen.«

Klemens sah, dass sie vergeblich versuchte, diesen Gedanken nachzuvollziehen. Aber es war nicht notwendig, dass sie ihn verstand. Entscheidend war, dass er es geschafft hatte, sie um den Finger zu wickeln. Vermutlich würde sie zumindest so lange stillhalten, bis Vater das Zeitliche gesegnet hatte.

Er hoffte nur, dass das nicht zu schnell passierte, damit er seine Pläne noch vorher umsetzen konnte.

Editha lehnte sich von innen gegen die Haustür, die sie gerade hinter Klemens von Zölder geschlossen hatte. Sie sah zur Flurdecke und runzelte die Stirn. Irgendetwas war ihr bei ihm merkwürdig vorgekommen. Deshalb war sie vorsichtig gewesen mit dem, was sie ihm erzählte. Womöglich tat er nur so nett und war in Wirklichkeit auch ein Diener seines Vaters. Aber irgendwie passte das alles nicht zusammen.

Sie sollte also nichts unternehmen in den nächsten Tagen bis Wochen. Unmöglich! Bereits die drei Stunden, die sie nun mal schlafen musste, waren eine Verzögerung, die sie kaum ertragen konnte. Sie wusste nicht, wann die Katastrophe eintreten würde, dieses Bakterium. Es könnte schon morgen sein, oder vielleicht heute. Sollten diese Typen ihr halt folgen. Zumindest bei ihren nächsten Aktivitäten würden sie wohl kein Vorgehen gegen die Familie von Zölder vermuten, sodass sie keinen weiteren Anschlag auf ihr Leben befürchten musste. Sie musste unbedingt als erstes zum Antiquariat Gruning gehen, damit die neuen Seiten aus Jacobs Buch in die lateinische Schrift übertragen werden konnten.

Hinter sich hörte sie Klemens Wagen starten und davonfahren. Sie fröstelte. Jetzt würde sie zum Munterwerden eine Dusche nehmen und sich dann anziehen. Einen Kaffee hatte sie schon gehabt, unterwegs würde sie sich beim Bäcker etwas zu essen kaufen.

Sie stieß sich von der Haustür ab und zog sich im Gehen ihr T-Shirt über den Kopf.

1788

Gegen Mittag näherte sich Jacob der Nordmühle. Er verhielt sich genauso vorsichtig wie auf seinem gesamten Rückweg von dem Ehepaar Klatt, dem gleichen Weg, den er vor einer Woche dorthin genommen hatte, nur in umgekehrter Richtung und ohne den Teil des Schwimmens. Auch wenn er es für unwahrscheinlich hielt, dass der Vogt immer noch hier nach ihm suchte, musste er aufpassen. Womöglich hatte er einen Helfer hier irgendwo postiert, und dem wollte Jacob nicht geradewegs in die Arme laufen.

Trotz des reichhaltigen Frühstücks, das er kurz vor seinem Aufbruch eingenommen hatte, zeigten sich erste Anzeichen eines aufkommenden Hungers. Wahrscheinlich hatte er sich in den Tagen des Genusses von Agatha Klatts vorzüglicher Küche den Magen verwöhnt. Am liebsten wäre er dortgeblieben. Nicht nur wegen des guten Essens fiel ihm der Abschied schwer, sondern auch wegen der herzlichen Art seiner Gastgeber. Gerne hatte Jacob sich erkenntlich gezeigt, indem er ihnen auf dem Landgut half, wo er nur konnte und vor allem Arbeiten erledigte, die Klatti in seinem Alter nicht mehr so gut ausführen konnte.

Die Mühle kam in Sicht. Herold schleppte gerade einen Mehlsack hinein, niemand anderes war zu sehen. Jacob ging geduckt bis zur Wasserrinne und dann in deren Deckung zur Mühle hoch. Vielleicht saß ja irgendwo jemand auf einem Beobachtungsposten. Schnell huschte er Herold hinterher in die Mühle.

Herold hatte den Mehlsack gerade an einem Seil ein Stück vom Boden abgehoben. Als er Jacob sah, ließ er das Seil los, sodass der Sack wieder hinunterplumpste.

»Bist du verrückt, hier aufzutauchen? Mindestens einmal am Tag kommt der Vogt oder einer seiner Männer hier vorbei«, sagte er, während er zu ihm trat.

Er zog ihn von der Türöffnung weg und sah besorgt hinaus.

»Keine Sorge«, sagte Jacob. »Ich habe gut aufgepasst.«

»Du Wahnsinniger! Was willst du denn hier?«

Jacob hatte eigentlich mit einem erfreuten Empfang gerechnet und ließ die Schultern hängen.

»Aber ich muss dir doch erzählen, was wirklich passiert ist. Sonst glaubst du noch, ich wäre tatsächlich ein Mörder.«

»Blödsinn! Du sollt ein Mörder sein? Obwohl ich mich schon frage, wie du dich da nun wieder hineinmanövriert hast.«

»Und außerdem konnte ich nicht gehen, ohne mich von dir zu verabschieden. Denn es kann sein, dass ich wieder fliehen muss, und dann weiß ich nicht, wann ich zurückkehren kann oder ob ich es überhaupt jemals können werde.«

Herold steckte noch mal den Kopf zur Tür hinaus und sah in alle Richtungen.

»Im Moment wird es wohl einigermaßen sicher sein. Der Vogt war erst vor einer Stunde hier. Falls er kommen sollte, verstecken wir dich in einem Mehlsack. In den Säcken haben sie bisher noch nie nachgesehen.«

Er nahm einen der leeren Säcke von der Ablage, schüttelte ihn so, dass er sich öffnete, und legte ihn für den Notfall bereit.

»Also gut, dann erzähle mal«, sagte er dann und setzte sich auf den vollen Sack mit dem Seil dran.

Jacob setzte sich ebenfalls und berichtete von den Dingen, die er bisher unternommen hatte, ohne dass Herold davon gewusst hatte, angefangen bei seinem ersten Treffen mit dem Bader bis hin zu seinem Besuch beim neuen Leichenbeschauer. Nur seine Gesichte ließ er aus, weil er wusste, dass Herold sie für Hirngespinste hielt.

Als er fertig war, folgte ein Moment des Schweigens. Dann holte Herold Brot und Schinken, sodass Jacob endlich seinem Magen etwas bieten konnte, auch wenn es nicht so reichhaltig war wie bei Agatha Klatt. Sie aßen eine Weile schweigsam vor sich hin.

»Da hast du dir ja schön was eingebrockt«, unterbrach Herold irgendwann die Stille.

»Warum hast du mir nie erzählt, dass unser Vater gehenkt wurde?«

Diese Frage beschäftigte Jacob am meisten.

Herold senkte den Blick.

»Ich konnte es nicht. Du solltest nicht wissen, dass unser Vater ein Mörder war.«

Jacob sprang auf.

»Aber verstehst du denn nicht? Er war kein Mörder. Genauso wie von Zölder mir diese Morde in die Schuhe schiebt, hat er es damals mit unserem Vater gemacht. Dessen bin ich mir ganz sicher.«

»Wie kannst du dir da so sicher sein?«

»Weil jede Spur immer wieder zu von Zölder führt.« Er konnte Herold ja nicht sagen, dass auch die zukünftigen Spuren es tun würden. »Wusstest du, dass unser früheres Familienanwesen heute in seinem Besitz ist?«

»Ich habe davon gehört. Aber das beweist doch noch nicht, dass ...«

»Na gut, dann will ich dir mal etwas zeigen, dass einem Beweis sehr nahe kommt.«

Jacob hob seine Tasche auf und holte die Erpressungsbriefe heraus. Er nahm den letzten Brief, in dem der Erpresser behauptete, ihren Vater dabei gesehen zu haben, wie er einen Mann getötet hätte, und legte ihn Herold vor. Sein Bruder, der es nicht gewohnt war mit Schriftstücken umzugehen, brauchte eine Weile, bis er ihn durchgelesen hatte.

»Der Brief ist weder unterschrieben noch steht drüber, an wen er gerichtet ist. Was soll der beweisen?«, sagte er dann.

»Diese Briefe gehörten unserem Vater, ich habe sie bei seinen Sachen gefunden. Und anhand der Handschrift kann man sicherlich feststellen, dass von Zölder sie geschrieben hat.«

Herold seufzte.

»Jacob, du verrennst dich da in etwas. Das ist doch zwecklos.«

»Ich muss meine Unschuld beweisen, und die unseres Vaters. Das kann ich am besten, indem ich beweise, wer der wahre Mörder ist. Dazu werde ich heute noch in die Stadt gehen.«

Jetzt sprang auch Herold auf.

»Bis du wahnsinnig? Du wirst doch überall gesucht. Und dann willst du nach Oldenburg gehen?«

»Dort wird man mich am wenigsten vermuten. Ich will die Briefe zu von Elmendorff bringen, damit er sie seinem Advokaten gibt. Das könnte ich auch dir überlassen, ich weiß. Aber ich muss dort auch ein paar Dinge herausfinden. Und ich will zu Pastor Gabriel gehen. Er ist mein Freund und wird mir helfen. Dort kann ich ganz gewiss auch untertauchen.«

Herold sah aus, als hätte er Jacob am liebsten angekettet.

»Wie sieht es denn jetzt mit der Mühle aus? Schaffst du die Arbeit alleine?«, fragte Jacob, nicht nur, um von seinem Vorhaben abzulenken.

Ein Schatten legte sich über Herolds Gesicht.

»Der normale Mühlenbetrieb läuft sehr gut. Der Rückstand ist noch nicht wieder aufgearbeitet, aber ich bin gut dabei. Mit dir zusammen würde es natürlich viel schneller gehen.«

»Und die Erweiterungen der Mühle? Das Wasserrad?«

Der Schatten auf Herolds Gesicht verdunkelte sich weiter.

»Die funktionieren noch nicht. Keine Ahnung, woran das liegt. So viel es meine Zeit zulässt, bin ich am Tüfteln. Das Mühlenrad war nach deiner Flucht nur leicht beschädigt, das hatte ich schnell wieder repariert.«

Jacobs Nackenhaare stellten sich hoch. Den Mann des Vogts hatte er ganz vergessen.

»Bei meiner Flucht ... der Mann, der mir in die Wasserrinne gefolgt ist ... ist er ...?«

Herold nickte.

»Ja, der hat den Aufprall auf das Mühlenrad nicht überlebt. Aber ich bin froh, dass es *ihn* getroffen hat. Als ich hinter euch den Hügel herunterkam, dachte ich schon, *du* stecktest noch dazwischen. Bis ich dich im See stehen gesehen habe.«

Jacob war erstaunt über Herolds Abgebrühtheit. Ihm lief bei dem Gedanken, für den Tod dieses Mannes verantwortlich zu sein, ein Schauer den Rücken herunter.

»Es gibt noch etwas zu erzählen«, sagte Herold. »Ich habe ein amtliches Schreiben bekommen, in dem Abgaben für die Wassererkenntnis und das Staurecht eingefordert werden. Wir haben vierzehn Tage Zeit, sie zu bezahlen. Wenn wir es nicht tun, behält die Stadt sich vor, zu pfänden.«

»Aber der Advokat sagte doch, das wäre nicht rechtens!«

»Ja, aber er sagte auch, dass von Zölder es trotzdem einfordern könnte. Aber wir waren darauf ja vorbereitet. Von Elmendorffs Advokat hat dagegen bereits Klage eingereicht. Er glaubt allerdings, dass wir keine sehr große Aussicht auf Erfolg haben, weil von Zölder zu viel Einfluss hat. Und bezahlen müssen wir auf jeden Fall erstmal, um Pfändungen zu vermeiden.«

Jacob brannte vor Wut der Magen. Wo von Zölder nur konnte, machte er seiner Familie das Leben schwer. Was hatten sie ihm bloß getan, dass er es dermaßen auf sie abgesehen hatte? Umso mehr musste er jedenfalls gegen ihn vorgehen, um ihm endlich Einhalt zu gebieten.

Er beschloss, so zeitig aufzubrechen, dass er noch kurz vor Dunkelwerden die Stadtmauern passierte. Zu der Zeit würde er am wenigsten auffallen, da die meisten dann in die Stadt zurückkehrten, um einer Zahlung aus dem Wege zu gehen. Er hatte auch schon einen Einfall, wie er ihrer Aufmerksamkeit am besten entgehen würde.

»Sag mal«, fragte er Herold. »du hast nicht zufällig noch Mehl in die Stadt zu liefern?«

Wie Jacob richtig vermutet hatte, kamen kurz vor dem Schließen der Stadttore einige Bürger in die Stadt zurück, insbesondere vom Hafen: Arbeiter, Kaufleute und andere, die dort etwas zu erledigen hatten. Zwischen diese Leute mischten sie sich. Als sie sich dem Tor näherten, duckte er sich noch weiter unter den Mehlsack, der schwer auf seinen Oberkörper drückte. Er war froh, wenn diese Tortur bald vorbei sein würde. Der Schubkarren, auf dem Jacob zwischen den Säcken lag, fand zielsicher jedes Loch auf dem Weg und gab die Stöße unbarmherzig an ihn weiter.

Herold schob den Karren langsam aber ohne Unterbrechung durch das Tor, an den Torwachen vorbei. Wahrscheinlich haben sie nicht einmal großartig Notiz von ihm genommen: Halt der Müller, der mal wieder fertig gemahlenes Mehl zu seinen Kunden brachte, nichts Ungewöhnliches.

Jacob wagte wieder, zu atmen, und hielt seine Nase in den Spalt zwischen den Säcken. Herold schob ihn weiter die Straße entlang, am Brunnen vorbei, und bog dann in die Kurwickstraße ein. In diese ging er noch ein gutes Stück hinein, bevor er anhielt. Es war schon fast dunkel.

»In Ordnung, du kannst rauskommen. Schnell!«, raunte Herold ihm zu.

Jacob quetschte sich durch die Säcke hindurch, sprang vom Karren und huschte in einen Hausschatten. Herold setzte seinen Weg fort, ohne ihn eines weiteren Blickes zu würdigen. Sie hatten vereinbart, dass Herold die Erpresserbriefe zu von Elmendorff brachte, damit Jacob direkt zu Pastor Gabriel gehen konnte. Darüber, wie er wieder aus der Stadt herauskommen sollte, würde er sich Gedanken machen, wenn es soweit war. Vermutlich mit der Hilfe des Pastors.

Er wartete, bis Herold nicht mehr zu sehen war. Dann schlich er vorsichtig, darauf bedacht, sich möglichst im Schatten zu halten, durch die Straßen, die sich jetzt glücklicherweise leerten. Es war nur ein kleines Stück bis zur Nikolaikirche. Bei seinem Freund, dem Pastor, würde er vorerst in Sicherheit sein. Nur noch eine Straße musste er überqueren. Doch schnell duckte er sich wieder in den Schatten, als er aus dem Augenwinkel eine Bewegung wahrnahm. Im ersten Moment glaubte er, eine Uniform im Zwielicht zu erkennen, aber dann sah er, dass es ein Mann in Zimmermannstracht war, der an ihm vorüberging, ohne ihn im Hausschatten zu bemerken. Sobald er um die nächste Ecke gebogen war, huschte Jacob über die Straße.

Ein paar letzte Schritte und er war bei der Eingangstür zur Kirche. Er zog daran, aber ... nichts tat sich. Die Tür, die er stets offen vorgefunden hatte, war verschlossen. Um sicherzugehen, rüttelte er erneut daran, doch die Tür blieb zu. Gut, um diese Uhrzeit wollte er hier bisher nie hinein. Zu späterer Stunde wurde die Kirche wohl abgeschlossen. Das war ja auch sinnvoll bei den Wertgegenständen, die sich im Inneren befanden. Jacob wusste aber, dass es einen kleinen Seiteneingang gab. Er konnte probieren, ob der noch geöffnet war. Und wenn nicht, könnte er daran klopfen. Das würde der Pastor hören, da seine Schreibkammer von dort nicht weit entfernt war.

Um zum Seiteneingang zu gelangen, musste Jacob erst wieder auf die Straße zurück. Inzwischen schien der Mond, und Schatten gab es nur auf der anderen Straßenseite. Also eilte Jacob gut sichtbar an der Kirchenwand entlang und hoffte, dass nicht gerade jetzt jemand die Straße herunterkommen würde. Er hatte Glück und gelangte ungesehen zur Gasse, die zur Rückseite der Kirche führte. Ab hier bestand keine Gefahr mehr, gesehen zu werden. Schnell hatte er die Tür erreicht und fand sie unverschlossen vor.

Jacob trat ein und musste zur Schreibkammer des Pastors quer durch die Kirche gehen. In der Kammer brannte Licht und die Tür stand einen Spalt offen. Er ging hinein und sah, dass der Pastor nicht hier war. Also machte er auf dem Absatz kehrt und begab sich zum Altar. Dort kniete Pastor Gabriel und war offenbar in einem Gebet vertieft. Jacob wollte ihn schon ansprechen, aber dann hielt er sich zurück, weil er nicht stören wollte. Noch hatte der Pastor ihn nicht bemerkt. Er konnte in die Schreibkammer zurückkehren und dort auf ihn warten.

Doch er blieb wieder stehen, als er hörte, was der Pastor in seinem Gebet sagte.

»Herr, bitte hilf mir. Es kann so nicht weitergehen mit diesen Morden.« Jacob runzelte die Stirn. Hatte er wirklich gesagt »mit diesen Morden« oder war es »an diesem Morgen«?

Vorsichtig schob er sich an einen der Pfeiler heran und suchte Deckung hinter einer Bank. Die dicke Kerze, die in einem kunstvoll verzierten, metallenen Ständer vor dem Pfeiler steckte, war nicht entzündet, so dass er sich hier im Dunkeln befand.

»Ich weiß, dass du es von mir erwartest«, vernahm er die Stimme Pastor Gabriels. Sie klang so jämmerlich, wie er sie noch nie gehört hatte. Sie klang einfach ... so anders. »Aber es ist trotzdem Sünde. Bitte bestrafe mich für das, was ich schon getan habe und erlöse mich von weiteren Aufgaben.«

Der Pastor verstummte und erstarrte, als erwartete er, jetzt von einem Blitz getroffen zu werden. Doch es kam kein Blitz, und er fuhr mit seinem Zwiegespräch fort.

»In Ordnung, ich werde tun, was getan werden muss, auch wenn es mich weiter zerstören wird«, jammerte er. »Dieses Mädchen ist zwar genau so eine Hexe, wie die vor 20 Jahren, aber trotzdem gehe ich bei diesen Hinrichtungen selbst zugrunde.«

Dann sagte er eine Weile nichts, schaukelte nur vor und zurück und winselte vor sich hin.

Jacob konnte immer noch nicht glauben, was er dort hörte. Er hatte Schwierigkeiten, das zu verarbeiten. Er hatte geglaubt, er könnte sich beim Pastor, seinem Freund, verstecken, aber es war jetzt wohl besser, wenn er sich leise zurückzog.

Dann fing der Pastor wieder an zu sprechen, sodass Jacob verharrte.

»Bitte gib mir auch die Kraft, meinen Bruder zu hintergehen.« Der Pastor hatte einen Bruder? Das war neu für Jacob. »Seitdem er Ratsherr wurde, ist er noch strenger mit mir. Bitte, bitte, ...«

Was? Wie war das? Mit offenem Mund starrte er den Pastor an, der rhythmisch vor und zurück schaukelte in seiner geknieten Stellung. Von welchem Ratsherrn sprach er? Sollte etwa ...?

Langsam wurde ihm mit Entsetzen klar, wen er hier vor sich hatte. In kleinen Portionen drangen die Erkenntnisse in seinen Verstand vor, als würde der sich weigern, sie anzunehmen. Der Mann, den er für seinen einzigen Freund gehalten hatte, war nicht nur der Mörder, der seit 20 Jahren in Oldenburg sein Unwesen trieb. Womöglich war er auch der Bruder des Mannes, der seit ebenfalls 20 Jahren alles tat, um seiner Familie zu schaden.

Jacob musste unbemerkt von hier verschwinden. Den Pastor im Auge behaltend und jederzeit dazu bereit, in der Bewegung innezuhalten, wich er einen Schritt zurück. Erst in dem Moment, als er gegen ihn stieß, fiel Jacob ein, dass er vor einem Kerzenständer gestanden hatte. Reaktionsschnell wirbelte er herum und konnte den fallenden Ständer noch in der Mitte zu fassen kriegen. Mit einem Ruck bremste er seinen Fall. Doch dieser Ruck war zu viel für die Kerze, die oben auf den Dorn aufgesteckt war. Sie löste sich und fiel herunter, für Jacob unerreichbar.

Mit einem lauten Poltern krachte die Kerze auf die Bank, die neben dem Pfeiler stand. Der Lärm hallte in der vorher stillen Kirche ohrenbetäubend wider, schien es Jacob. Er hatte unbewusst den Kopf eingezogen und die Augen zusammengekniffen. Jetzt sah er zu Pastor Gabriel hinüber, der bereits aufgesprungen war, um die Quelle des Lärms zu suchen. Schnell entdeckte er Jacob und sein Gesicht zeigte für einen Moment einen Ausdruck der Überraschung, um dann sofort erschrocken auszusehen. Ihm war klar geworden, dass Jacob alles mit angehört hatte.

Jacob ließ den Kerzenständer los, der seiner Kerze folgte und auf die Bank polterte. Dann lief er los, so schnell er konnte zum Ausgang der Kirche. Er war sicher, dass der Pastor ihm nicht in dieser Geschwindigkeit folgen konnte. Er hetzte durch die Mitte der Bankreihen, sprang zur Tür und griff nach ihr, um sie zu öffnen. Aber erst, als er an ihr zog und sie sich nicht öffnete, fiel ihm wieder ein, dass sie ja abgeschlossen war. Der Schlüssel steckte leider nicht von innen im Schloss. Er saß in der Falle.

Schnell drehte er sich um und erwartete, dass der Pastor auf ihn zustürmte. Er bereitete sich darauf vor, sich vor ihm wegducken und ausweichen zu müssen. Aber er konnte den Pastor nirgendwo sehen. Warum war er ihm nicht gefolgt? Wollte er ihn gar nicht aufhalten? Jacob rannte wieder los. Die Seitentür war nun die einzige Möglichkeit, aus der Kirche herauszukommen. Immer darauf gefasst, dem Pastor zu begegnen, eilte er dorthin, wo er die Kirche betreten hatte. Er zog an der Tür, aber auch sie war nun verschlossen.

Verzweifelt rüttelte er an ihr, doch sie gab kein Stück nach. Statt ihm zu folgen, war der Pastor also hierhin gelaufen und hatte die Tür abgeschlossen, um ihm den Fluchtweg abzuschneiden.

Das war das letzte, was Jacob begriff, bevor ihm schwarz vor Augen wurde.

Jacob kam wieder zu sich. Sein Schädel brummte. Er musste einen Schlag auf den Kopf bekommen haben. Er wollte die Stelle des größten Schmerzes abfühlen, aber seine beiden Arme waren mit einem Tau an seinen Körper gebunden. Er befand sich in der Schreibkammer. Pastor Gabriel hatte ihn hierher geschleppt, gefesselt und auf den Stuhl gesetzt.

Schnell schloss Jacob wieder die Augen, denn er hörte den Pastor kommen. Er brauchte noch einen Moment, um nachzudenken. Wie könnte er dieser Situation entkommen? Der Pastor war doch immer sein Freund gewesen, das konnte ja nicht alles nur gespielt gewesen sein. Vielleicht konnte er ihn dazu bringen, ihn wieder frei zu lassen.

»Was soll ich nur tun?«, hörte Jacob den Pastor plötzlich sagen. Offenbar führte er Selbstgespräche. »Er ist doch mein einziger Freund.«

Na, also. Jacob fühlte sich bestätigt.

»Aber er weiß nun, was ich getan habe. Und dass Barthel mein Bruder ist.«

»Barthel« hatte er gesagt. So hieß von Zölder mit Vornamen. Er war tatsächlich der Ratsherr, von dem der Pastor gesprochen hatte.

»Mit dem Wissen kann ich ihn unmöglich wieder gehen lassen«, sagte er Pastor weiter zu sich selbst. »Barthel wäre sehr wütend. Hmm ..., aber ich muss ihm ja nicht unbedingt davon erzählen.«

Es trat eine längere Pause ein. Jacob hörte, dass der Pastor hin und her ging. Wahrscheinlich überlegte er, was er tun sollte, hin- und hergerissen zwischen seinem Bruder und seinem Freund.

»Nein, das geht nicht. Er würde irgendwann doch davon erfahren. Am besten, ich hole ihn her, und er entscheidet, was zu tun ist.«

Sofort riss Jacob die Augen auf. Er musste den Pastor aufhalten. Stöhnend tat er so, als wäre er gerade zu sich gekommen.

»Was ist passiert?«

»Jacob«, sagte Pastor Gabriel. »Tut mir leid, dass ich dir auf den Kopf schlagen musste. Aber du hättest dich hier zu solch einer Zeit nicht einschleichen und mich belauschen dürfen. Ich muss jetzt meinen Bruder holen.«

Er wollte sich umwenden und gehen.

»Ihr Bruder? Sie haben einen Bruder? Warum haben Sie mir nie davon erzählt und warum wollen Sie ihn jetzt holen?«

Irgendwie musste er ihn aufhalten. Er musste an ihre Freundschaft appellieren.

Pastor Gabriel schüttelte den Kopf.

»Es hat keinen Zweck, so zu tun, als wüsstest du nichts davon. Da, wo du gestanden hast, musst du meine Gebete gut gehört haben.«

»Ich verstehe das alles nicht. Ich dachte immer, wir wären Freunde.«

»Oh, das waren wir auch. Aber jetzt weißt du etwas, das du nicht hättest wissen dürfen.«

»Aber, Sie können doch nicht der Mörder sein.«

»Ich, ein Mörder?«, fuhr der Pastor entrüstet wieder herum. »Glaube nicht, dass ich das aus freien Stücken getan habe. *Er* hat es von mir verlangt? Ich war nur *Sein* Instrument. *Sein* Werkzeug.«

»Er? Wen meinen Sie mit *Er*?«

Der Pastor war schon halbwegs zur Tür hinaus. Er drehte wieder um, ging langsam hinter seinen Schreibtisch, setzte sich und schaute Jacob lange an.

»Du hast recht,« sagte er schließlich. »Als mein Freund hast Du ein Anrecht darauf, alles zu erfahren.« Er senkte den Blick und begann zu erzählen. »Mein richtiger Name ist Lynhardt Zölder ...«

1768

Diether und sein guter Freund Utz von Elmendorff saßen mit betrübten Mienen zusammen in der Bibliothek und versuchten, Diethers besten Cognac zu genießen. Utz betrachtete eine Weile die goldbraune Flüssigkeit. Dann nahm er einen Schluck, doch Diether sah ihm an, dass er das edle Getränk gar nicht richtig wahrnahm. Schließlich schüttelte Utz den Kopf.

»Nein, das tut mir leid Diether, aber ich sehe da keine Möglichkeit. Das Geld, das du mir für diese Investition gegeben hast, ist fest angelegt. Da kommen wir für einige Jahre nicht ran.«

Diether nickte.

»Das habe ich mir schon gedacht.«

»Aber du musst dir keine Sorgen machen. Wenn es soweit ist, wirst du es mit kräftigem Gewinn zurück erhalten.«

Das würde Diether dann nichts mehr nützen. Er brauchte das Geld jetzt, das wollte er seinem Freund jedoch nicht sagen. Bevor er *ihn* um finanzielle Hilfe bat, würde er erst einmal versuchen, andere Möglichkeiten auszuschöpfen. Diether wusste auch, dass Utz prinzipiell wenig Barschaften hatte, denn sein ganzes Vermögen war immer irgendwo investiert.

»Nein, ich mache mir ja keine Sorgen. Ich klopfe nur die Möglichkeiten ab, an Geld zu kommen, weil eine größere Steuerzahlung bevorsteht. Aber das kriege ich schon hin.«

Utz nickte. Er schien erleichtert.

»Eine Schande, dass so viel unseres guten Geldes als Steuern nach Dänemark geht.«

»Da sagst du was.« Diether war froh, dass er eine Begründung für seine Frage nach Bargeld hatte, die nicht einmal ganz gelogen war. »Aber eigentlich habe ich auch eine andere Bitte an sich.«

»Eine andere Bitte? Hat das etwas mit dieser Frau zu tun?«

Die Art und Weise, wie sein Freund ihn ansah, zeigte deutlich, was er von dieser Sache hielt.

Diether winkte ab.

»Nein, das werde ich bald beenden«, log er. Er wusste nicht, wie er das schaffen sollte. »Ich möchte, dass du jemandem, dem ich einen Gefallen schulde, in einer Anstellung bei der Stadt unterbringst.«

Er wusste, dass Utz viele Kontakte zu hochrangigen Männern aus dem Rathaus hatte. Für ihn dürfte es kein Problem sein, das zu bewerkstelligen.

Utz runzelte die Stirn und schaute seinen Cognac durchdringend an, als könnte er daraus ablesen, wie er vorgehen müsste.

»Hmm, ... das müsste möglich sein. Da hätte ich gleich mehrere Leute, an die ich mich wenden könnte. Um wen handelt es sich denn?«

Diether hatte natürlich damit gerechnet, dass diese Frage kommen würde. Er hatte sich deshalb eine Antwort zurechtgelegt, denn ihm war im Nachhinein wieder eingefallen, woher er seinen Erpresser kannte.

»Er arbeitet zurzeit als Bediensteter am Hof. Aber er glaubt, dass er zu Besserem fähig ist und möchte lieber der Stadt dienen.«

»Was sind seine Qualifikationen?«

Mit dieser Frage hatte Diether allerdings nicht gerechnet, obwohl sie durchaus berechtigt war.

»Seine Qualifikationen? Nun ja, er ist ehrgeizig, fleißig ...« Diether wollte gerade »ehrlich« hinzufügen, aber das verkniff er sich dann doch. »... und er kann sehr gut lesen und schreiben.«

»Welcher Art soll seine Anstellung denn sein?«

»Er will eine Beamtenlaufbahn einschlagen. Er könnte vielleicht als Schreiber anfangen oder als Bote.«

Utz schwenkte den Cognac in seinem Glas.

»In Ordnung, das müsste hinzukriegen sein. Irgendeine einfache Anstellung. Wie heißt denn der Glückliche?«

»Sein Name ist Barthel Zölder.«

Utz kippte den Rest seines Glasinhalts hinunter und erhob sich.

»Ich werde zusehen, was ich tun kann für deinen Barthel Zölder.« Er ging hinter Diethers Sessel entlang und klopfte ihm auf die Schulter. »Und ich frage lieber nicht, warum du ihm einen Gefallen schuldest.«

Dann verließ er den Raum und ließ Diether alleine zurück.

Diether schwenkte nun seinerseits den Cognac. Sein Freund schien zu glauben, dass dieser Zölder ihm einen Gefallen in Bezug auf seine Affäre getan hatte. Der Gedanke lag nahe, da er ein Hofangestellter war und Enngelin am Hof residierte. Wenn Utz wüsste, dass dieser Mann ihm genau das Gegenteil eines Gefallens antat.

Jetzt musste er weiteres Eigentum veräußern, um an Geld zu kommen. Er hatte schon damit begonnen, Interessenten für Ländereien zu suchen. Aber zusätzlich musste er noch Wertgegenstände verkaufen.

Er trank den letzten Schluck und erhob sich, um auf die Suche nach Dingen zu gehen, die genug einbringen würden.

Das Schwert war, genau wie alle anderen in dem Holzkasten, seit Generationen im Familienbesitz. Es besaß eine gerade, zweischneidige Klinge, das Heft war grün verziert, passend zu den eingesetzten Steinen an der gebogenen Parierstange, und unterhalb des Heftes befand sich ein abgeflachter Knauf mit dem Familienwappen. Diether wog es in der Hand und hielt es gegen das Licht, um die tadellose Schneide zu betrachten. Eine Schande, dass er es weggeben musste, aber er würde dafür einiges bekommen. Die zwei Wochen Frist, die Zölder ihm gesetzt hatte, waren bald vergangen, und er hatte die geforderte Summe noch lange nicht zusammen. Immerhin hatte er gestern Nachricht von Utz erhalten, dass es mit der Anstellung im Rathaus klappen würde. Das würde ihm wohl etwas Luft verschaffen, auch wenn er zunächst nicht den gesamten Betrag zahlen konnte. Er legte das Schwert schweren Herzens in den Kasten zurück, schloss den Deckel und drehte sich um. Vor Schreck fuhr er zusammen. Alheyt stand vor ihm und sah ihn wütend an.

»Was machst du hier?«, zischte sie.

»Ich ... ich habe mir nur die alten Schwerter angesehen.«

Ihre Augen funkelten zornig.

»Du glaubst wohl, ich bin dumm? Meinst du, ich kriege nicht mit, dass du unsere Wertgegenstände verkaufst? Vor ein paar Tagen hast du dir die eingelagerten Wandteppiche angesehen und jetzt sind sie verschwunden. Im Stall habe ich bemerkt, dass eines deiner geliebten Pferde fehlt. Irgendetwas passiert hier doch.«

Sie drehte sich weg und stürmte aus dem Raum. Diether eilte hinterher. Er war erschrocken und überrascht zugleich. Sie war sonst immer so lethargisch. Er hätte nicht gedacht, dass sie überhaupt viel mitbekam, und jetzt waren ihr offenbar einige Details aufgefallen.

»Alheyt, warte doch. Ich werde es dir erklären.«

Ja, nur *wie* sollte er es ihr erklären. Während er ihr folgte, überlegte er bereits, welche seiner Lügen er vorbringen sollte.

Alheyt stürmte immer weiter, und er hinterher, bis auf den Balkon, wo sie beide Hände auf die Brüstung legte und die kühler werdende Abendluft tief einatmete. Hier konnte sie ihm nicht weiter entkommen und musste ihm zuhören.

»Ich *muss* ein paar Sachen verkaufen, Liebes«, sagte er leise. »Wir müssen eine Steuerschuld begleichen, wofür uns das Geld fehlt.«

»Erzähle mir keinen Unsinn. Ich weiß, dass wir genug Geld haben ... oder zumindest hatten.« Ihre Stimme war brüchig.

Woher wusste sie das alles? Diether hatte das Gefühl, seine Frau unterschätzt zu haben.

Er sah ihr Profil vor dem rötlichen Abendhimmel und konnte erkennen, dass eine Träne ihre Wange hinunterrollte. Es brach ihm das Herz, sie so zu sehen, doch gleichzeitig war er froh, eine Emotion bei ihr zu erkennen. Jetzt war es soweit, erkannte er. Er musste ihr nun alles erzählen, damit sie einen Schlussstrich ziehen und neu anfangen konnten. Und dann würde alles wieder gut werden.

»Alheyt, ich werde von einem Mann erpresst. Dafür brauche ich das Geld. Er hat gesehen, wie ich jemanden getötet habe.«

Seine Frau drehte sich zu ihm um, und er konnte erkennen, dass die Träne von vorhin nicht die einzige war.

»Es war nicht meine Absicht, diesen anderen Mann zu töten. Es war ein Unfall. Ich wollte von ihm erfahren, wer der Erpresser ist, und dabei ist es passiert. Der Mord, von dem ganz Oldenburg spricht, den habe *ich* begangen und dieser Erpresser weiß es.«

Alheyt sah ihn verwirrt an und Diether wusste auch warum. Ein Detail fehlte noch zur Auflösung des Ganzen. Er musste ihr die volle Wahrheit sagen, damit sie sah, dass er es ernst meinte.

»Dieser Mann hatte mich vorher schon erpresst, wodurch wir unser ganzes Geld verloren haben. Er hatte gesehen, dass ich zu einer anderen Frau gegangen war, und damit gedroht, es dir zu sagen.«

Nun war es raus. Diether war ungemein erleichtert. Auf Alheyts Gesicht glätteten sich die Falten der Verwirrung. Sie wichen einem ungläubigen Entsetzen. Unendlich verletzlich sah sie jetzt aus, als sie ihn mit schreckensgeöffnetem Mund anstarrte.

»Aber glaube mir, das mit der anderen Frau ist vorbei.« Er machte einen Schritt zu ihr hin und ergriff ihre Hände. »Es war ein Fehler, für den ich mich schäme. Ich werde nie wieder zu ihr gehen.« Er war heute Abend mit ihr am gewohnten Treffpunkt verabredet, doch er würde einfach nicht hingehen. »Wir beide können neu anfangen und dann werden wir wieder so glücklich wie früher.«

Ermutigt dadurch, dass sie ihn nicht abgewiesen hatte, wollte Diether seine Frau in den Arm nehmen. Er legte seine Arme um ihre Schultern und zog sie an sich, doch Alheyt schrie auf, stieß ihn von sich und wand sich heraus.

»Wer ist sie?«, kreischte sie. Die Tränen rannen in Sturzbächen aus ihren Augen.

Diether schluckte. Eigentlich wollte er vermeiden, den Namen zu nennen, aber es ging nicht anders. Er musste alles erzählen.

»Enngelin Henningsen.«

Er versuchte es noch einmal, trat auf sie zu und wollte wieder ihre Hände nehmen, um sie zu trösten. Doch Alheyt fuchtelte mit ihren Händen herum, um sie ihm zu entwinden, und stieß ihn erneut von sich. Ihr Gesicht war zu einer Schmerzmaske verzerrt.

Dann drehte sie sich um, und bevor Diether wusste, was geschah, kletterte sie auf die Brüstung und sprang vom Balkon.

Für drei oder vier Sekunden stand Diether vor Schreck erstarrt und konnte nicht glauben, was hier gerade passiert war. Dann eilte er zur Brüstung und sah hinunter. Dort lag sie, in einer verrenkten Position. Unter ihr breitete sich langsam eine Blutlache aus und bildete einen krassen Kontrast zu ihrem weißen Kleid. So einfach war das: Man brauchte nur zu springen.

Diether schickte sich an, die Brüstung hochzuklettern, doch er bemerkte hinter sich eine Regung und drehte sich um. Herold stand dort und sah ihn mit schreckensgeweiteten Augen an. Dann wandte er sich um und rannte davon.

Nein, so einfach war es nicht. Er hatte Kinder, die ihn brauchten, die jetzt keine Mutter mehr hatten.

Alheyt! Was hatte sie nur getan?

Ein unendlich großer Schmerz presste sein Herz zusammen und bahnte sich seinen Weg in Form eines verzweifelten Aufschreis hinaus.

Lynhardt Zölder taumelte in sein Haus. War es real? Hatte er das wirklich gerade getan?

Er schloss die Tür und sah dort, wohin er gefasst hatte, einen Fleck. Was war das? Er hob die Hände und betrachtete sie. Blut! Ja, es war real. Er hatte sie gerichtet, so wie der Herr es schon die ganze Zeit von ihm verlangte. Sie war eine Sünderin. Mehr noch: Sie verführte andere Menschen ebenso zur Sünde. Sie war eine Hexe, wie alle anderen von ihrer Art. Sie musste sterben, weil sie es verdient hatte.

Dennoch: Auch er hatte gesündigt. Denn er hatte getötet.

Er beeilte sich, in seine Betkammer zu kommen. Dort fiel er weinend zu Boden und begann zu beten.

»Herr, bitte sage mir, ob ich das Richtige getan habe«, wimmerte er. »Du wolltest, dass ich sie richte. Ich war nur dein Werkzeug. Aber habe ich nicht trotzdem gegen dein Gebot gehandelt?«

Ihm war fürchterlich zumute, von Zweifeln geplagt. Er hatte einen Menschen ermordet.

Das Schlimmste aber war, dass er noch viele weitere Morde vor sich hatte.

HEUTE

Wie immer verriet das Läuten der Glocke, dass Editha das Antiquariat betrat. Ihr schlug der wohlbekannte muffige Geruch entgegen, die ganzen alten Bücher türmten sich vor ihr in den Regalen auf, aus dem Hinterzimmer hörte sie bereits den sich nähernden Inhaber, kurzum: Es war alles, wie sie es von ihren früheren Besuchen kannte. Sie freute sich, den netten Herrn Gruning endlich mal wieder zu treffen, auch wenn der ziemlich erstaunt sein würde, dass die leeren Seiten des Buches plötzlich gefüllt waren. Sie hatte schon über eine plausible Erklärung nachgedacht, die sie ihm dafür anbieten konnte, aber ihr war keine eingefallen. Hoffentlich würde er ihr die Wahrheit abnehmen und sie nicht verdächtigen, irgendein Spiel mit ihm zu treiben.

Editha lächelte in freudiger Erwartung, als der Vorhang zum Hinterzimmer beiseitegeschoben wurde. Doch es war nicht Herr Gruning, der dahinter zum Vorschein kam, sondern ein schlaksiger Zwanzigjähriger, der ihr kaugummikauend mit schläfrigem Blick zwischen langen fettigen Haaren entgegensah.

»Wie kann ich Ihnen helfen?«, fragte er.

Er bemerkte, dass er auf einer Seite noch einen Ohrhörerstöpsel stecken hatte, zog ihn heraus und ließ ihn am Kabel baumeln.

Der junge Mann war wohl eine Aushilfe, die Herrn Gruning vertrat, wenn er nicht selbst im Laden war. Er war zwar fit, jedoch auch ziemlich alt. Warum sollte er nicht jemanden haben, der ihn hier ab und zu mal ablöste. Vom Äußeren her machte dieser Typ allerdings nicht gerade einen vertrauenerweckenden Eindruck auf sie.

»Wann kann ich denn Herrn Gruning wieder hier antreffen?«

»Falls mein Opa den Laden jemals weiterführen kann, wird das so schnell nicht sein.«

Editha überkam eine böse Ahnung. Was war mit Herrn Gruning passiert?

»Mit einer Fachberatung kann ich Ihnen leider nicht dienen«, fuhr sein Enkel fort. An der Art, wie er es herunterleierte, merkte sie, dass er es mehrmals am Tag sagen musste. »Ich muss hier nur vorübergehend im Laden stehen, bis meine Eltern jemanden dafür gefunden haben.«

»Was ist denn mit ihm?«

Grunings Enkel merkte wahrscheinlich an ihrer zittrigen Stimme, dass diese Nachricht sie emotional mitgenommen hatte. Seine Augen wurden wacher.

»Sie haben ihn wohl gekannt.« Er kaute ein paar Mal sein Kaugummi durch und sah sie an. »Er liegt im Koma. Wenn sie möchten, sage ich Ihnen wo. Dann können sie ihn im Krankenhaus besuchen.«

Im Koma? Wie schrecklich. Der arme, alte Mann. Aber fast noch schlimmer war, dass er ihr nicht mehr helfen konnte, die Katastrophe zu verhindern.

»Wie ist das passiert?«

So wie der junge Mann reagierte, hatte er offensichtlich kein sehr inniges Verhältnis zu seinem Großvater gehabt. Er lachte auf, kaute ein paarmal und sagte:

»Ich sage ja immer, dass alte Leute nicht mehr am Straßenverkehr teilnehmen sollten. Und wenn, dann sollten sie tunlichst an einer Ampel eine Straße überqueren. Opa wurde hier auf der Straße überfahren, vor seinem Laden. Die Zeugen hatten gesehen, dass es ein schwarzer Mercedes mit Westersteder Kennzeichen war. Ist anschließend geflohen. Einer hatte auch die komplette Nummer gesehen, aber der Fahrer konnte trotzdem nicht ermittelt werden. – Alles in Ordnung mit Ihnen?«

Edithas Knie wurden weich, und ihr wurde schwindelig. Sie musste sich auf dem Tisch mit den Büchern aufstützen, damit sie nicht umfiel.

Gegenüber dem Antiquariat, auf der anderen Straßenseite, parkten verschiedene Autos. Darunter war ein grauer Mercedes mit Westersteder Kennzeichen. Ein Mann stieg aus und postierte sich so hinter dem Wagen, dass man ihn von der Straße aus kaum sehen konnte. Der Mann war groß, dünn und trug eine runde Brille. Sein knochiges Gesicht war hochkonzentriert. Dann sah er sich um, stellte fest, dass niemand in der Nähe war, und zog ein kleines Fernglas aus der Innentasche seiner Jacke. Das hielt er sich vor die Augen und richtete es auf das Schaufenster des Antiquariats. Offenbar erkannte er in dem Laden nicht viel, denn schon kurze Zeit später nahm er das Fernglas wieder herunter und verstaute es dort, wo er es hergeholt hatte.

Plötzlich erschien hinter dem dünnen Mann, ohne dass der es bemerkte, wie aus dem Nichts ein anderer Mann. Dieser ragte fast an die Größe des dünnen Mannes heran und machte einen sehr sportlichen Eindruck. Auch er schaute sich kurz um, aber anstatt ein Fernglas zu zücken, hob er seine rechte Hand, in der sich eine Spritze befand. Der Tropfen, der an der Spitze der Injektionsnadel baumelte, fiel herunter, als der Mann sie mit einer schnellen und gezielten Bewegung an den Hals des dünnen Mannes ansetzte. Bevor dieser bemerkte, was mit ihm geschah, hatte der andere Mann die Nadel in den Hals gestochen und den gesamten Inhalt der Spritze injiziert. Die Augen des dünnen Mannes rollten in den Höhlen nach oben, und er sackte in sich zusammen. Der andere Mann hatte die hintere Tür des grauen Wagens schon geöffnet und bugsierte den nun schlaffen Körper auf die Rückbank.

Dann stieg er ein, drehte den Zündschlüssel herum, der noch steckte, und fuhr mit dem Mercedes davon.

Editha betrat mit Timo an der Hand ihr Haus und lauschte kurz zur oberen Etage hin, als könnte sie damit herausfinden, ob Herr Burges zu Hause war.

»Und dann waren da die kleinen Affenkinder.« Timo erzählte ihr schon den ganzen Heimweg über von den Dingen, die er bei den Unternehmungen mit Tante Gerda erlebt hatte. Im Bus hatte er deshalb nicht mal daran gedacht, den Stopp-Knopf zu drücken. »Die hingen manchmal bei der Mama auf dem Rücken. Und als der Mann Erdnüsse hingeworfen hat, haben sie sich darum gestritten.«

»Wirklich? Haben die Mamas dann gar nicht geschimpft?«

Sie war froh, dass sie ihren Timo wieder hatte. Sie hatte ihn so vermisst. Aber andererseits wusste sie nicht, wie sie die Zeit finden sollte, ihn vor der nahenden Katastrophe zu retten, wenn sie sich um ihn kümmern musste.

»Nein, die haben sich sogar auch gestritten.«

Eine Weile erzählte Timo noch weiter, während Editha das Mittagessen vorbereitete. Sie hörte immer nur mit einem Ohr zu und hatte deshalb ein schlechtes Gewissen. Eigentlich sollte sie sich ihm, nachdem er über eine Woche nicht bei ihr war, voll und ganz widmen. Doch ein Teil ihres Verstandes war damit beschäftigt, darüber nachzudenken, wie es weitergehen sollte.

Nach dem Essen machte Timo seinen Mittagsschlaf, sodass sie den Abwasch, um den sie sich auch in seinem Beisein kümmern konnte, stehen ließ und sich an den Computer setzte. Sie musste einen neuen Experten für diese

altdeutsche Schrift finden. Noch bevor sie einen Buchstaben in die Suchmaske eingeben konnte, hörte sie das bekannte Motorengeräusch von Markos Porsche.

Schnell rannte sie zur Haustür. Wenn Marko jetzt im Sturm klingelte,
würde es mit Timos Mittagsschlaf nichts werden. Eigentlich wollte sie mit
Marko ja nicht mehr sprechen, aber nun blieb ihr wohl nichts anderes übrig.
Sie würde ihn halt ein weiteres Mal abwimmeln und ihn vor der Tür stehen
lassen.

Sie riss die Haustür auf. Marko war gerade dabei, die Hand nach der Klingel auszustrecken.

»Was willst du hier?«, fuhr sie ihn an und er hielt in der Bewegung inne.

»Kennst du den hier?«, fragte er, anstatt zu antworten, und zeigte ihr einen
Ausdruck eines Fotos.

Auf dem Bild war der große, dünne Mann mit der runden Brille zu sehen.
Er hielt sich ein Fernglas vor die Augen, das er auf das Antiquariat gerichtet
hatte.

Was wollte er ihr damit sagen? Dass sie noch beobachtet wurde, wusste
sie ja von seinem Bruder Klemens. Sollte ihr das irgendetwas beweisen?

»Die Antwort kennst du. Was soll das?«

Er nickte und steckte, ohne ein Wort zu sagen, ein weiteres Blatt nach
vorne, das vorher hinter dem ersten war. Es zeigte den gleichen Mann aus
verschiedenen Perspektiven. Allerdings befand er sich nun in einem kleinen
fensterlosen Raum und war mit Handschellen an ein Rohr gefesselt.

»Was ...?«, brachte sie nur heraus.

Was sollte das bedeuten? War der Mann nun gefangen? Aber wer sagte
ihr, dass diese Bilder später aufgenommen wurden?

Sie schaute genauer hin und entdeckte Zeitstempel, die auf den Fotos
aufgedruckt waren. Beim Antiquariat war sie heute Morgen, die Bilder in dem
kleinen Raum wurden vor einer Stunde gemacht. Sie sah Marko an.

»Ich habe jemanden engagiert, der ihn erstmal aus dem Verkehr gezogen
hat«, sagte er. »Bevor das meinem Vater auffällt, werden ein paar Tage ver-
gehen. Glaubst du mir jetzt, dass ich auf deiner Seite stehe?«

Sie wusste gar nicht mehr, was sie glauben sollte. Vielleicht war das ja
auch nur wieder ein Trick.

»Ich weiß nicht«, stammelte sie.

Marko verdrehte die Augen.

»Mensch, Editha. Lass mich dir nur fünf Minuten erzählen, wie sich alles zugetragen hat. Und dann muss ich dir noch etwas anderes Wichtiges sagen.«

Editha resignierte. Sie hatte von allem dermaßen genug. Sollte er ihr doch seine Version der Dinge vortragen.

»Na gut, komm rein.«

Sie ließ die Haustür offen und drehte sich um, wie sie es heute Morgen schon bei seinem Bruder gemacht hatte. Er folgte ihr bis in die Küche, wo sie sich an den Tisch setzten.

Dann fing er an, zu erzählen. So wie er es darstellte, hatte er die ganze Zeit nur so getan, als machte er gemeinsame Sache mit seinem Vater. Er wollte herausfinden, was er vorhatte. Von dem Anschlag auf ihr Leben hatte er auch erst gehört, als es zu spät war. Aber er hatte letztendlich erfahren, warum sein Vater meinte, so handeln zu müssen. Offenbar ging es um ein Patent, das rechtmäßig ihrem Vorfahren zugestanden hatte und worauf der Großteil des Zölder-Vermögens begründet war. Dieser Teil würde auch heute noch ihr zustehen.

Als er mit seinen Ausführungen fertig war, sah er sie erwartungsvoll an. Was sollte sie dazu sagen? Das Vermögen hätte ihr schon nützlich sein können, um die Katastrophe abzuwenden. Aber wenn es ihr tatsächlich zustand, müsste sie vor Gericht gehen, und dann würde es Monate dauern, bis sie darüber verfügen könnte. Bis dahin wäre es mit Sicherheit zu spät.

Eines hatte Marko allerdings erreicht: So wie er das alles darstellte, wollte er ihr wahrscheinlich wirklich nichts Böses. Warum hätte er ihr das sonst erzählen sollen? Die andere Frage war, warum Klemens ihr nicht von diesem Patent erzählt hatte, obwohl er auch davon wusste.

Marko schüttelte den Kopf, da sie gar nicht reagierte.

»Macht das denn gar keinen Eindruck auf dich? Hast du kein Interesse an deinem rechtmäßigen Eigentum?«

Editha lachte auf.

»Woran ich momentan Interesse hätte, wäre jemand, der einen altdeutschen Text in die lateinische Schrift übertragen kann. Damit würdest du Eindruck auf mich machen.«

Marko runzelte die Stirn.

»Einen altdeutschen Text? Wovon sprichst du?«

Editha zuckte mit den Schultern. Eigentlich war das jetzt auch egal. Sollte er ruhig davon erfahren.

»Warte kurz«, sagte sie.

Sie ging in ihr Arbeitszimmer und holte Jacobs Buch. Zurück in der Küche legte sie es vor Marko auf den Tisch.

»Davon spreche ich. Dieses Buch hat ein Vorfahr von mir geschrieben, aber ich kann es nicht lesen.«

Marko nahm es und schlug es mittendrin auf. So wie er schaute, konnte auch er mit der Schrift nicht das Geringste anfangen. Er blätterte zu einer anderen Stelle und noch zu einer dritten, bevor er das Buch wieder zuklappte und zurück auf den Tisch legte.

»Also stimmt es doch: Du hast Nachrichten aus der Vergangenheit bekommen.«

Ja, dachte Editha, aber anders als du denkst.

»Ich kann sie nur nicht lesen.«

Ein Lächeln machte sich auf Markos Gesicht breit.

»Mit Geld kann man fast alles erreichen. Ich werde jemanden finden, der das kann.«

1788

Jacob schwirrte noch immer der Kopf. Er konnte kaum glauben, was der Pastor ihm erzählt hatte. Der Mann, den er sein ganzes Leben lang für seinen Freund gehalten hatte, ermordete rothaarige Menschen, weil er glaubte, dass sie des Teufels waren, und fühlte sich dazu von Gott berufen. Deshalb hatte er sich selbst den Namen Gabriel gegeben, wie der Erzengel.

Trotzdem hatte Jacob gespürt, dass der Pastor mit sich gekämpft hatte. Ihm war es nicht leicht gefallen, sich in dieser Situation für eine Seite zu entscheiden. Leider hatte er sich für seinen Bruder entschieden, nicht für seinen Freund, und war dann aufgebrochen, um ihn zu holen.

Jacob musste versuchen, zu fliehen. Bevor die beiden hier waren, musste er sich irgendwie befreit haben und aus der Kirche verschwunden sein. Sonst würde er unter dem Deckmantel einer Verhaftung wahrscheinlich heimtückisch gemeuchelt werden, und die Wahrheit würde nie ans Licht kommen.

Er sah sich in der Schreibkammer um, fand jedoch nichts, womit er seine Fesseln hätte auftrennen können. Aber er war ja nicht an den Stuhl gefesselt. Also stand er ein wenig wackelig auf und hüpfte mit kleinen Sprüngen in die Kirche, um dort nach einer Möglichkeit zu suchen, um sich zu befreien. Auf dem Boden lag noch immer der umgefallene Kerzenständer. Er könnte versuchen, die Fesseln daran aufzureiben, das würde jedoch zu lange dauern. Dann sah er die brennenden Kerzen, die an der Seite in einer Reihe standen. Diese Methode könnte zwar schmerzhaft werden, würde aber wahrscheinlich am schnellsten gehen.

Also hüpfte er zur ersten Kerze in der langen Reihe und beugte sich so darüber, dass die Flamme das Tau umzüngelte, das um seinen Körper geschlungen war. Er durfte nicht zu dicht herangehen, weil sonst seine Kleidung Feuer gefangen hätte, und auch seine Tasche, die ihm immer noch über der Schulter hing, baumelte gefährlich nahe an der Flamme. Es fing an, verbrannt zu riechen. Und es wurde heiß, aber er machte weiter. Dann war das Tau an der Stelle durchtrennt, doch es löste sich trotzdem nicht von seinem Körper. Also nahm er sich die nächste Stelle vor. Erst nachdem er drei weitere Teile des Taus auf diese Weise durchtrennt hatte, merkte er, dass es sich langsam lockerte. Einmal musste er sich schnell auf den Boden schmeißen

und sich wälzen, um Flammen zu ersticken, die auf seine Kleidung überge-
griffen hatten. Aber als er danach noch eine weitere Stelle des Taus durchtrennt hatte, konnte er es endlich abstreifen. Er war befreit, also nichts wie
raus aus der Kirche und weg.

Schnell war er bei der Seitentür, doch diese hatte der Pastor hinter sich
wieder gut abgeschlossen. Er rannte zur Haupttür. Auch wenn er nicht
glaubte, dass sie inzwischen offen war, musste er es dennoch probieren. Es
war jedoch so, wie er erwartet hatte. Er sah sich nach Fenstern um, aber die
waren alle sehr hoch und die meisten ließen sich nicht einmal öffnen. Ihm
fiel ein, dass die Schreibkammer ein kleines Fenster hatte. Vielleicht konnte
er daraus entkommen. Doch es war zu spät. Auf seinem Weg nach vorne
hörte er Stimmen und ein Klappern an der Seitentür. Ihm blieb nichts anderes übrig, als sich hinter einer Bank zu verstecken.

Die Seitentür öffnete sich und Jacob duckte sich geschwind hinter die
Lehne der Bank. Er hörte das Fußgetrappel der Männer, die hereinkamen,
hörte, wie die Tür wieder geschlossen wurde, aber keinen Schlüssel, der anschließend im Schloss herumgedreht wurde. Das war schon mal gut. Die
Männer gingen weiter, quer durch die Kirche.

»Wo hast du ihn denn gelassen?«, hörte Jacob die Stimme des Ratsherrn
von Zölder.

»In meiner Schreibkammer. Er ist gefesselt«, antwortete die Stimme des
Pastors.

Sie hatten, den Geräuschen nach zu urteilen, die Kirche schon mehr als
zur Hälfte durchquert. Jacob linste zwischen die Bänke hindurch und konnte
sie sehen. Er war erschrocken, als er den Pastor sah. Sonst kannte er ihn
immer als aufrechten Mann, der selbstbewusst und erhobenen Hauptes
durch das Leben schritt. Jetzt, im Beisein seines Bruders, waren seine Bewegungen linkisch, der Buckel rund, der Kopf zwischen die Schultern gezogen.
Er wirkte fast so, als erwartete er jeden Augenblick einen Schlag an den Kopf.
Jacob brauchte einen Moment, bis ihm einfiel, an wen ihn das erinnerte: an
den Mann, den er in einer Verbindung mit Editha gesehen hatte. Der Mann
mit dem komischen, grünen Hut, der ihr in die stinkende Kutsche geholfen
hatte. Der sah nicht nur genauso aus, sondern bewegte sich auch auf die gleiche Weise. So wie der Pastor sich gerade gab, könnte er genau dieser Mann

sein. Es war dieselbe Familienähnlichkeit wie die, die er zwischen Herold und Edithas Vater erkannt hatte.

Die beiden Männer betraten die Schreibkammer, jetzt musste Jacob schnell sein. Er schüttelte den Kopf, um die Verblüffung der gerade erlangten Erkenntnis loszuwerden, und stürmte zum Seiteneingang. Den Weg dorthin hatte er nur zur Hälfte zurückgelegt, als die Männer aus der Schreibkammer wieder herauskamen.

»Da ist er!«, hörte er von Zölder rufen, aber er kümmerte sich nicht darum und lief weiter.

Er kam bei der Tür an und vernahm hinter sich die sich nähernden Schritte. Panisch riss er die Tür auf und schlüpfte hindurch. Er spürte, wie nach ihm gegriffen wurde und erkannte aus dem Augenwinkel von Zölder, aber er war eine Sekunde zu spät. Geschickt entwischte Jacob dem Ratsherrn und rannte schon die Gasse entlang. Jetzt war es geschafft, hier würden sie ihn nicht mehr einholen.

Jacob erreichte, nachdem er kreuz und quer durch verschiedene Straßen gelaufen war, die Ritterstraße. Jetzt konnte er sicher sein, einen eventuellen Verfolger abgeschüttelt zu haben. Aber er musste runter von den Straßen. Von Zölder wusste nun, dass er sich innerhalb der Stadtmauern Oldenburgs aufhielt. Es würde hier gleich wahrscheinlich nur so wimmeln von Männern, die ihn ergreifen wollten. Der einzige Mensch, zu dem er jetzt noch gehen konnte, war von Elmendorff.

Jacob kam bei seinem Haus an und klopfte. Es kam ihm wie eine Ewigkeit vor, bis die Tür endlich geöffnet wurde. Wie immer empfing ihn zunächst die Haushälterin. Sie kannte ihn zwar inzwischen, aber man merkte ihr dennoch die Ungehaltenheit an, weil er zu so später Stunde noch störte. Er wurde eingelassen und musste im Flur vorerst warten, was allemal besser war, als auf der Straße zu stehen. Dann führte sie ihn nicht wie sonst in die Bibliothek, sondern in ein Kaminzimmer, wo von Elmendorff auf ihn wartete. Offenbar trug er bereits sein Nachtgewand, denn er hatte einen weiten Hausmantel an, der normalerweise bis fast auf den Boden gereicht hätte, aber wegen der enormen Vorwölbung des Bauches von Elmendorffs bei ihm nur bis zu den Knien ging. Darunter waren seine nackten Waden zu sehen und Füße, die in Filzpantoffeln steckten. Jacob sah ihm gleich an, dass auch er nicht gerade von seinem späten Besuch begeistert war. Dementsprechend fiel die Begrüßung aus.

»Mein Junge, ich will euch ja gerne helfen, wo es geht, aber ihr dürft es mit der Störung meines Privatlebens nicht übertreiben. Dein Bruder war doch gerade erst da und hat mir diese Briefe übergeben. Und überhaupt, was machst du eigentlich hier? Du wirst doch überall gesucht.«

Unter normalen Umständen hätte Jacob das Poltern des mächtigen Mannes nicht sonderlich beeindruckt. Niemand konnte furchteinflößender sein als sein eigener Bruder, wenn der wütend war, und mit dem war er immerhin aufgewachsen und hatte ihn nicht nur einmal verstimmt. Aber heute hatte er schon zu viel mitgemacht, hatte zu viele Dinge erfahren, die sein Weltbild erschütterten.

Mit weinerlicher Miene und hängenden Schultern ging er auf von Elmendorff zu und ergriff seine Hände.

»Bitte zürnen Sie nicht mit mir«, jammerte er. »Ich weiß doch nicht, wohin ich sonst soll. Der Pastor ist jetzt auch nicht mehr mein Freund und sonst habe ich niemanden in Oldenburg.«

Sofort gewann das weiche Herz von Elmendorffs wieder die Oberhand. Er umfasste Jacobs Hände.

»So war es ja nicht gemeint«, sagte er. »Ich wollte nur gerade zu Bett gehen und ... . Aber was soll das heißen, dass der Pastor nicht mehr dein Freund sei. War das nicht Pastor Gabriel?«

Jacob ließ sich in den nächststehenden Sessel sinken.

»Aber das ist ja gerade das Schlimme: Er heißt nicht einmal Johannes Gabriel, wie alle Welt glaubt. Sein richtiger Name ist Lynhardt Zölder, und er ist der Bruder des Ratsherren Barthel von Zölder.«

Von Elmendorffs Unterkiefer sackte herab.

»Wie bitte?« Er fasste sich ans Kinn und ging ein paar Schritte hin und her. »Das würde aber einiges erklären. Als er damals dieses Amt antreten sollte, war umstritten, ob er dafür die Kompetenz besaß. Ich kann mich noch gut daran erinnern, dass die meisten gegen ihn waren. Bei der Abstimmung votierte dann aber unerwarteterweise eine knappe Mehrheit für ihn. Barthel von Zölder war zu der Zeit zwar noch kein Magistratsmitglied, aber von seiner Stelle als Schreiber überraschend schnell zu einem Mann mit Einfluss aufgestiegen. Ich gehe jede Wette ein, dass *er* dafür gesorgt hat, dass sein Bruder das Amt bekam?«

»Aber wie kann er das gemacht haben?«

»Ach, weißt du mein Junge, mit Bestechung ist vieles möglich. Wenn ich damals gewusst hätte, wie sich alles entwickeln würde, hätte ich ihm nicht den Zugang zum Rathaus verschafft.«

»Wie bitte? *Sie* haben von Zölder ins Rathaus gebracht?«

Von Elmendorff nickte.

»Dein Vater hat es von mir erbeten. Er sagte, dass er ihm einen Gefallen schuldete. Worum es genau dabei ging, habe ich nie erfahren.«

Bei Jacob gelangte ein weiteres Mosaiksteinchen an die richtige Stelle.

»Dabei ging es um Erpressung. Von Zölder hat meinen Vater damals erpresst. Vater sollte dafür sorgen, dass er dieses Amt bekam.«

»Erpresst? Womit? Doch nicht etwa mit dieser lächerlichen Affäre deines Vaters? Dafür hätte er nicht so viel verlangen können.«

Also wusste von Elmendorff davon. Gut, er war ja auch ein guter Freund von Jacobs Vater.

»Nein, er hat ihn erpresst, weil er angeblich einen Mann ermordet hat. Und später hat er ihm noch einen weiteren Mord angehängt. Seine Ziele hat er damit erreicht: Er hat es geschafft, in den Dienst der Stadt zu kommen und so ein Mann mit Einfluss zu werden, und er hat es irgendwie hinbekommen, sich die ehemaligen Besitztümer meiner Familie unter den Nagel zu reißen. Mein Vater konnte dagegen nichts mehr machen, weil er ja hingerichtet wurde.«

Von Elmendorff nickte.

»Du weißt jetzt also über den Tod deines Vaters bescheid. Und du sagst trotzdem, er hätte diese Morde nicht begangen? Woher willst du das wissen?«

»Weil ich weiß, dass die Zölder-Brüder die wahren Mörder sind.«

Und nun begann Jacob, das zu erzählen, was er nur kurz zuvor vom Pastor erfahren hatte.

1768

Barthel Zölder war zuversichtlich, dass es ihm in ein paar Tagen in jeglicher Hinsicht besser gehen würde. Er hatte davon gehört, dass Diether von Riekhen Dinge veräußerte. Also hatte er nicht gelogen und tatsächlich zuerst an Geld kommen müssen, damit er ihn auszahlen konnte. Aber das war Zölder einerlei. Von Riekhen hatte ja genug. Und wenn er Willens war, *diese* Forderung zu erfüllen, dann würde Zölder bestimmt bald durch von Riekhens Einfluss eine Beamtenlaufbahn einschlagen. Irgendwie würde Zölder es danach schaffen, auch seinen Bruder in einer guten Position unterzubringen.

Jetzt war er gerade auf dem Weg zu ihm. Er wollte ihm sagen, dass er nur noch eine Weile warten musste und dass er bis dahin keinen Unsinn machen durfte. Dieses Gefasel, das Zölder manchmal von ihm hörte, beunruhigte ihn.

Zölder kam bei seinem Elternhaus an. Gleich an der Eingangstür merkte er, dass etwas nicht stimmte. Sie war nicht, so wie sonst, ganz geschlossen, sondern nur angelehnt. In Brusthöhe sah er einen dunklen Fleck. Was war das? Er fasste hin und spürte Feuchtigkeit, konnte aber mangels Licht nicht erkennen, was es sein könnte. Er hielt sich die Hand unter die Nase. Blut? Im Haus näherte er seine Hand der Laterne an der Wand. Seine Finger waren dunkelrot. Ja, es war Blut. Er sah sich zur Tür um. Dort waren weitere Blutflecken. Was war hier los? Zölder fuhr erschrocken zusammen, als ihm die Erkenntnis durch den Kopf schoss: Hatte er es getan?

Schnell hatte Zölder sich wieder gefasst. Jetzt musste er alle Sinne beisammen behalten und sehen, was zu retten war. Er ging weiter ins Haus und sah sich um. An einer anderen Stelle an der Wand sah er noch einen Blutflecken, aber der konnte warten. In der Küche fand er mehrere Stofflappen, von denen er sich zwei nahm. Einen feuchtete er an und ging damit zur Haustür. Er öffnete sie und sah hinaus. Es war niemand zu sehen. Mit dem feuchten Lappen entfernte er das Blut, das von außen an der Haustür war, mit dem anderen Lappen trocknete er die Stelle. Nun war nur noch ein wenig Feuchtigkeit vorhanden, die bis zum Hellwerden weggetrocknet sein würde. Er sah sich um, ob von außen sonst noch etwas mit Blut beschmiert war, aber soweit er es erkennen konnte, war das nicht der Fall.

Zölder ging wieder ins Haus, schloss die Tür sorgfältig und verriegelte sie von innen. Er überlegte kurz, ob er sich jetzt erst um die Blutflecken im Inneren kümmern sollte, entschied aber, dass er zuerst nach Lynhardt sehen sollte. Mit den Lappen in der Hand begab er sich in die Betkammer.

Wie Zölder es erwartet hatte, kniete sein Bruder dort auf dem Boden. Er schaukelte, wie so oft, hin und her und murmelte leise vor sich hin. Sein Gesicht war nass vor Tränen. Zölder ging ein Stück an seiner Seite entlang, um ihn besser ansehen zu können. Vor Schreck fielen ihm die Lappen aus der Hand. Lynhardt war über und über mit Blut besudelt.

In dem Moment stellte er das Schaukeln ein und ließ sich vornüber fallen.

»Bitte verlange es nicht noch einmal von mir«, jammerte er. »Ich weiß nicht, ob ich es noch mal kann. Ja, die rothaarige Hexe hatte es verdient. Mit ihrer Schönheit hat sie zur Sünde verführt. Aber das kann sie jetzt nicht mehr.«

Zölder hatte genug gehört. Er sprang vor, packte seinen Bruder am Kragen und schüttelte ihn.

»Was hast du getan, du Wahnsinniger? Sprich!«

Lynhardt sah ihn mit glasigen Augen an, völlig der Gegenwart entrückt. Das Gesicht war nass vor Tränen, im Kinnbereich durchmischt mit schaumigem Speichel.

»Nun sprich!«, schrie Zölder ihn an. »Hast du die Rothaarige, von der du immer faselst, umgebracht?«

»Ja, umgebracht ...«, stammelte Lynhardt.

»Wer war es? Sage mir den Namen!«

Lynhardts Gesicht nahm einen Ausdruck an, der seinen Abscheu widerspiegelte.

Diether rannte die letzten Meter zum Treffpunkt. Er konnte es nicht mehr abwarten, Enngelin zu sehen. Nachdem er Alheyt mit Klattis Hilfe ins Haus gebracht und seinen Stallburschen losgeschickt hatte, den Arzt zu holen, musste er unbedingt doch noch zu Enngelin aufbrechen. Sie war jetzt seine einzige Liebe. Nun konnte er sie unmöglich verlassen. Nur mit ihrer Liebe konnte er den heutigen Schicksalsschlag überstehen.

Schon als er die Tür erreichte, merkte er, dass etwas nicht stimmte, denn sie war nur angelehnt. Damit Diether hineinkommen konnte, war sie zwar stets unverschlossen, seit Enngelins Dienerin bei den Treffen nicht mehr dabei war. Aber einfach nur angelehnt war sie noch nie. Er drückte sie auf und spürte etwas Feuchtes an den Fingern. Was war das? In der Dunkelheit konnte er es nicht erkennen. Er wischte es an seinem Rock ab und ging weiter. Es roch merkwürdig. Was war hier bloß los?

Auf dem Flur waren Möbel umgeschmissen. Diether ging langsam an ihnen vorbei. Ein Teil von ihm wollte umdrehen, wollte schnell wegrennen. Aber er konnte es nicht, er musste zu Enngelin. Dann kam er in das Zimmer, in dem sie zusammen so viele schöne Stunden verbracht hatten.

Im ersten Moment sah es so aus, als läge sie, wie so oft, lasziv auf dem Bett: Ein Arm hing über der Bettkante, das Gesicht war abgewandt, das mit zarter Seide umhüllte Bein war leicht angewinkelt.

»Enngelin?«, sagte er, doch es kam keine Antwort, keine Regung.

Diether näherte sich weiter, blieb dann aber vor Schreck stehen. Hier war überall Blut: Auf dem Boden, auf dem Bett, wo er auch hinsah. Sogar seine Hand war blutig und sein Rock, wo er sie sich abgewischt hatte. Plötzlich begriff er, was geschehen war.

»Enngelin!«

Er sprang den letzten Meter zu ihr und packte sie an den Schultern. Ihr Kopf drehte sich zu ihm. Ihr Gesicht war von roten, blutenden Streifen durchzogen. Diether hörte einen kehligen Aufschrei und realisierte, dass er von ihm kam. Er sprang auf, trat einen Schritt zurück und erkannte jetzt das ganze Ausmaß des Geschehens: Enngelin hatte an mehreren Stellen ihres Körpers Messerstiche, aus denen sie geblutet hatte. Am meisten Blut hatte sie aus einer Wunde am Hals verloren. Das Messer steckte noch in ihrer Seite. Mit einem weiteren Aufschrei beugte Diether sich vor und zog es heraus, um es sogleich fallen zu lassen.

Sie war tot! Enngelin war tot, ermordet. Beide Frauen, die er geliebt hatte, wurden ihm an einem Tag genommen.

Diether wollte schreien, aber plötzlich fühlte er *nichts* mehr. Nur noch eine grenzenlose Leere. *Nichts* hatte für ihn jetzt noch einen Sinn.

Er sackte auf den Stuhl und starrte seine tote Geliebte an.

»Diese Hexe! Diese verteufelte Henningsen!«

Lynhardt spuckte die Wörter geradezu aus. Doch kaum hatte er sie ausgesprochen, wurde er wieder zu der jämmerlichen Gestalt von vorher.

Zölder schüttelte ihn.

»Wurdest du dabei gesehen?«

Doch er kam nicht erneut zu ihm durch. Lynhardt faselte nur noch von
Verdammnis und Vergebung und jammerte vor sich hin.

Zölder ließ ihn los und dachte fieberhaft nach. Bei der rothaarigen Frau,
von der sein Bruder schon so lange sprach, handelte es sich also um Enngelin
Henningsen. Die hatte er doch unmöglich im Schloss anrühren können. Wie
hätte er sie also töten können? Aber Moment: Heute war ja der Tag, an dem
sie sich normalerweise mit von Riekhen traf, in dem Zimmer des Dienstmädchens. Woher konnte Lynhardt das nur wissen?

Das war jetzt nebensächlich. Zölder musste zum Tatort und sichergehen,
dass nichts auf seinen Bruder als Mörder hindeutete. Er hetzte los, eilte aus
dem Haus und schloss die Tür von außen ab.

Dann rannte er durch die Straßen, so schnell er konnte, bis zu dem Haus,
wo von Riekhen und Enngelin Henningsen sich regelmäßig trafen. Zölder
hoffte nur, dass er nicht zu spät kam und der Mord noch nicht entdeckt
worden war.

Die Haustür, die mit Blut beschmiert war wie die Tür seines Bruders, war
nur angelehnt. Zölder drückte sie vorsichtig auf, horchte, und da er keinen
Laut vernahm, trat er ein. Er kam in einen Flur, in dem ein umgeschmissener
Tisch und eine Vase auf dem Boden lagen. Hier war nichts, das auf Lynhardt
schließen ließ. Also ging Zölder weiter. Von dem Flur gingen mehrere Türen
ab, aber die hinterste stand einen Spaltbreit offen und war kaum merklich
ebenfalls an einer kleinen Stelle rot. Auf diese Tür ging Zölder zu und öffnete
sie vorsichtig, darauf gefasst, gleich einen grausigen Anblick geboten zu bekommen.

Was er dann sah, entsprach zwar teilweise seinen Erwartungen, aber ließ
ihn vor Überraschung wie vom Blitz getroffen stehen bleiben: Neben Enn-
gelin Henningsens blutbedeckter Leiche saß auf einem Stuhl Diether von
Riekhen und starrte mit leerem Blick geradeaus. An seinen Händen klebte
Blut, vor ihm auf dem Boden lag ein blutiges Messer, offenbar die Tatwaffe.
Von Riekhen schien sich in einer Art Schockzustand zu befinden.

Zölder verhielt sich ruhig. Seine Augen suchten den Tatort ab, aber er entdeckte nichts, das auf Lynhardt den Verdacht lenken könnte. Nur das Messer stammte aus seinem Besitz, doch das wussten ja nur Zölder und Lynhardt selbst. Leise schlich sich Zölder rückwärts wieder aus dem Zimmer und aus dem Haus. So weit er es beurteilen konnte, hatte von Riekhen ihn nicht bemerkt.

Und dann hatte er eine Idee: Wenn er nicht gewusst hätte, dass sein Bruder den Mord begangen hatte, hätte er beim Eintreffen am Tatort geglaubt, mit von Riekhen den Mörder auf frischer Tat ertappt zu haben. Er saß noch blutverschmiert vor seinem Opfer, das Messer vor sich liegend. Das war der ideale Ausweg aus dieser Situation: Wenn Diether von Riekhen als Mörder verhaftet wurde, hatte man einen Täter und Lynhardt wäre vorerst sicher. Außerdem hatte er noch immer von Riekhens Degen, durch den er mit dem anderen Mord in Verbindung gebracht werden konnte. Es war zwar schade um das Geld, das er von Diether von Riekhen bekommen hätte, aber hier ging sein Bruder eindeutig vor.

Jetzt hieß es, wieder schnell zu sein. Bevor von Riekhen aus seiner Starre erwachte, musste er als Mörder Enngelin Henningens verhaften worden sein.

HEUTE

Das Klingeln an der Haustür hielt Marko von Zölder davon ab, seinen frisch zubereiteten Espresso mit einem Schuss Whisky zu verfeinern. *Merkwürdig*, dachte er, schon seit Langem war er nicht mehr dazu gekommen, seinem heiß geliebten Laster zu frönen. Er stellte die Tasse ab und ging nachsehen, wer ihn heute Abend noch störte.

Es war der Bote eines Paketdienstes mit einer Express-Sendung, die vor einer Stunde aufgegeben wurde. Marko unterschrieb mit der Plastikspitze auf dem Feld des Gerätes, um den Empfang zu bestätigen, und musste dabei lächeln. Denn es gab Momente, in denen empfand er es als Segen, so viel Geld zu besitzen. In diesem Fall hatte er einem seiner Mitarbeiter, von dem er wusste, dass er das gut konnte, aufgetragen, einen Experten für altdeutsche Schriften ausfindig zu machen. Den fand er dann auch in Person eines 58-jährigen Professors aus Kiel. Diesem wurde eine Summe angeboten, die mindestens dem Dreifachen seines normalen Monatseinkommens entsprach, damit er alles andere stehen- und liegenließ, um sich ausschließlich mit der Übertragung der von Editha angegebenen Textpassagen ihres alten Buches in die lateinische Schrift zu kümmern. Das hatte der Professor dann offensichtlich auch getan, denn jetzt, nur einen Tag später, erhielt Marko diese Eilzustellung von ihm. Marko dankte dem Zusteller und nahm die Sendung mit in seine Küche.

Er legte das Paket vor sich auf den Tisch. Während er seinen Kaffee trank, betrachtete er es. Der Professor, oder vielleicht auch einer seiner Mitarbeiter, hatte die Sendung in einem Karton verpackt, der ursprünglich einmal von Amazon gekommen war, wie die Werbeaufschrift an den Seiten verriet. Die Stelle, an der ein perforierter Kartonstreifen herausgerissen war, zierte ein breiter, brauner Paket-Klebestreifen. Wenn Marko das Paket jetzt öffnete, würde Editha auf jeden Fall wissen, dass er es getan hatte. Na wenn schon, er war einfach zu neugierig.

Er stellte seine geleerte Tasse zur Seite, holte eine Schere aus der Küchenschublade und öffnete damit das Paket. Drinnen lag eine dünne, grüne Mappe, wie sie auch für Bewerbungsunterlagen verwendet wurde. Marko nahm sie heraus, öffnete den Bügel und entnahm einen Stapel Blätter. Diese waren dicht mit einer kleinen, aber noch gut lesbaren Computerschrift gefüllt.

Marko blätterte einmal mit dem Daumen durch: Er schätzte etwa 40 Blätter, die einseitig bedruckt waren.

Mit den Blättern ging er in sein Wohnzimmer und machte es sich auf dem Sofa bequem. Viel Zeit durfte er sich nicht lassen, denn Editha hatte daraus, diese Schriftübertragung zu bekommen, eine richtige Notsache gemacht, weshalb er sie ihr möglichst schnell bringen sollte. Aber auf eine Stunde würde es wohl nicht ankommen. Kurz überlegte er, ob er sich einen Whiskey machen sollte, wie er es bis vor kurzem noch aus reiner Gewohnheit getan hätte, doch eigentlich hatte er momentan gar kein Verlangen danach.

Er begann zu lesen und stellte fest, dass es sich um eine Art historischen Roman handeln musste. Allerdings war das Original ja in altdeutscher Schrift verfasst und von daher zum Zeitpunkt des Schreibens vielleicht gar nicht historisch gewesen. Marko zuckte mit den Schultern und las weiter.

Zu seinem Erstaunen war die Handlung in Oldenburg angesiedelt. Der Autor war scheinbar ein Mitbürger. Marko erinnerte sich an den Buchdeckel: Der Verfasser hieß Jacob Riekhen. Hatte die Ähnlichkeit des Namens mit Edithas Namen irgendetwas zu sagen? Der Protagonist der Handlung hatte eine Art Vision. Und plötzlich setzte Marko sich aufrecht in sein Sofa und starrte verblüfft die Blätter an. Der Name Editha war dort genannt! Ein weiterer Zufall?

Noch neugieriger geworden las Marko weiter und erfuhr, dass der Erzähler und sein Bruder eine Mühle betrieben, die sie gerade umgebaut hatten. Das kam ihm alles bekannt vor. War das hier doch kein Roman, sondern eine Art Tagebuch von Edithas Vorfahren? Ein paar Seiten danach wurde dann auch noch der Name von Zölder genannt. Jemand namens Barthel von Zölder sollte diesem Jacob Riekhen einen Mord angehängt haben. War dieser Barthel einer seiner Vorfahren? Vielleicht sogar dieser Mann, von dem sein Vater erzählt hatte?

Hastig verschlang Marko die nächsten Seiten. Es wurde ein Landsitz erwähnt, der dem heutigen Grundstück von Klemens entsprechen konnte. Und dann erzählte irgendein Pastor, der offenbar auch zu seinen Vorfahren gehörte, von den Untaten dieses Barthel von Zölder. Zum Abschluss ist von einer Gerichtsverhandlung die Rede.

Marko legte das letzte gelesene Blatt auf den Tisch und war immer noch so verdutzt, dass er einige Minuten regungslos dasaß und vor sich hinstarrte.

Das konnte doch nicht wahr sein. Sollte es wirklich ein Buch eines Vorfahren Edithas geben? Konnten die beiden Visionen haben, in denen sie Kontakt zueinander aufbauen konnten? Das schien Marko alles sehr unwahrscheinlich. Möglicherweise handelte es sich bei dem Buch nur um eine Fälschung, der vielleicht auch Editha auferlegen war.

Mit einem Ruck erhob Marko sich aus dem Sofa. Ihm war gerade klar geworden, was zu tun war. Die Blätter steckte er wieder in die Mappe. Die würde er zu Editha bringen, auch wenn er nicht wusste, warum das so eine Notsache war. Aber vorher musste er ein Telefonat führen.

Er wählte die Nummer des gleichen Mitarbeiters, der schon den Professor ausfindig gemacht hatte.

»Ich bin es, von Zölder«, sagte er, als dieser Mitarbeiter das Gespräch angenommen hatte. »Bitte finden Sie heraus, wo eine Altersbestimmung von Gegenständen durchgeführt werden kann. Es gibt doch etwas, das sich Radiokarbonmethode nennt, oder so ähnlich. Dorthin lassen Sie dann das Buch schicken. Ich möchte wissen, wie alt es ist. Und ich möchte auch wissen, wie alt die Tinte in dem Buch ist. Die Kosten spielen dabei keine Rolle.«

Editha war an diesem Abend sehr zufrieden mit sich. Obwohl sie sich nebenbei um Timo kümmern musste und trotz des ständigen Gedankens an die bevorstehende Katastrophe im Hinterkopf, hatte sie seit ihrem Treffen mit Marko vor zwei Tagen einen großen Teil ihrer Arbeit bewältigen können. Es war, als hätte ihre Zwangspause massenweise neue kreative Energie freigesetzt. Sie war jetzt guter Dinge, dass sie den Abgabetermin würde einhalten können. Falls dieser überhaupt noch eine Rolle spielen würde. Aber irgendwie hatte sie das sichere Gefühl, mit Jacobs Buch die Katastrophe verhindern zu können.

Das Geräusch von Markos Porsche drang durch das geöffnete Fenster. Editha begab sich zur Haustür und öffnete sie. Marko hielt lächelnd eine grüne Mappe hoch und kam mit großen Schritten auf sie zu. Die Abschrift war also schon fertig.

Er machte den Mund auf, um etwas zu sagen, aber Editha war zu ungeduldig. Sie riss ihm die Mappe aus der Hand, drehte sich um und ging damit in die Küche.

»Du brauchst dich nicht zu bedanken«, rief Marko ihr hinterher und folgte ihr. Als er in die Küche kam, saß sie bereits lesend am Tisch. »Bevor du anfängst zu lesen, möchte ich dich gerne etwas fragen.«

Eigentlich hatte sie schon angefangen, aber es war wohl auch besser, wenn sie Marko erst wieder loswerden würde. Sie sah ihn an, ohne etwas zu sagen.

»Glaubst du wirklich, dass dieses Buch echt ist?«, fragte er und setzte sich ihr gegenüber an den Tisch.

Er hatte die Abschrift also gelesen.

»Allerdings«, antwortete Editha.

Marko nickte, wahrscheinlich, weil er diese Antwort erwartet hatte.

»Du meinst, es wurde vor über 200 Jahren von deinem Vorfahr Jacob Riekhen geschrieben?«

Jetzt nickte Editha.

»Und diese Verbindungen hat er mit dir?«

»Ja, genauso ist es.«

Sie sah Marko an, dass er das nicht glauben konnte. Das war ihr allerdings egal. Sie musste jetzt lesen und konnte ihn dabei überhaupt nicht gebrauchen.

»Ich bin dir wirklich dankbar dafür, dass du für die Übertragung des Textes gesorgt hast«, sagte sie. »Aber sei mir bitte nicht böse, dass ich dich jetzt rausschmeißen muss. Ich muss das hier lesen.«

Eine Stunde später lief Editha in ihrem Wohnzimmer auf und ab und überlegte, was sie jetzt tun sollte. Der neue Text von Jacob war zwar in vielerlei Hinsicht sehr aufschlussreich. Wenn er jedoch den Schlüssel zur bevorstehenden Katastrophe enthalten sollte, war er Editha verborgen geblieben. Das war eine ziemliche Enttäuschung. Aber sie konnte nicht länger warten, sie musste handeln. Die große Frage war nur, was sie tun sollte. Auf jeden Fall musste sie ihr schützendes Haus verlassen und eine neue Vision riskieren. Nein, sie musste sie nicht nur riskieren, sondern sie herbeiführen. Und zwar indem sie nochmal in die Lambertikirche ging und nachsah, ob das, was Jacob damals versteckt hatte, noch immer dort lag.

Eigenartig, dass sie nicht gleich darauf gekommen war. Aber wahrscheinlich wollte sie es nur nicht wahrhaben. Zu groß war die Angst, dass die Folgen der nächsten Vision schlimmer als die der letzten werden würden. Dass sie sogar daran sterben könnte. Doch war das überhaupt möglich? Wenn es zu der Katastrophe kommen sollte, würde nach ihrer Theorie Timo daran sterben und trotzdem würde sie Nachfahren haben. War sie dadurch sozusagen gesichert? Editha hatte das Gefühl, sie würde Kopfschmerzen bekommen, wenn sie über diese Zeitparadoxa weiter nachdachte.

Bevor sie es sich wieder anders überlegen konnte, griff sie zum Telefon und rief ihren Nachbarn, Herrn Klöse, an. Als er fünf Minuten später an ihrer Haustür klingelte, war sie bereits fertig zum Aufbruch.

»Das ist nett von Ihnen, dass Sie kurz auf Timo aufpassen, während ich weg bin, Herr Klöse«, sagte sie. »Sie müssen auch nicht viel machen. Einfach auf das Babyfon aufpassen. Im Normalfall schläft er auch durch.«

Herr Klöse lächelte sie an.

»Kein Problem, hab´ selbst drei Zwerge groß gekriegt. Zeig´ mir einfach wie der Fernseher angeht. Übrigens: Der Typ, der dich vor ´ner Stunde besucht hat, steht immer noch vor dem Haus.«

Er zeigte mit dem Daumen über seine Schulter.

Editha runzelte die Stirn. Marko war nicht weggefahren?

Sie schaltete für Herrn Klöse den Fernseher ein, gab ihm die Fernbedienung und machte sich auf den Weg. Draußen stand tatsächlich Marko an seinen Porsche gelehnt. Sie fragte ihn gar nicht erst, worauf er hier eigentlich wartete, und stellte sich vor ihn hin. Er löste sich von seinem Auto und sah sie an. Editha lächelte, schüttelte den Kopf und griff dann an ihm vorbei nach dem Öffner der Beifahrertür. Sie stieg ein und schnallte sich an. Einen Augenblick später saß Marko neben ihr hinter dem Lenkrad.

Zunächst schwiegen beide und sahen geradeaus.

»Wohin soll es gehen?«, fragte Marko schließlich.

»Innenstadt, Lambertikirche«, antwortete sie.

Marko ließ den Wagen an, legte den Gang ein und fuhr los.

1788

Jacob lag bäuchlings auf dem Boden und schrieb. Er hatte leider keinen Tisch in dieser Behausung und diese Position stellte sich mal wieder als die Alternative heraus, die dann am meisten geeignet war. Ab und zu wechselte er in eine sitzende Position, die jedoch nicht lange durchzuhalten war. Aber bei seinem stundenlangen Schreiben musste ein Positionswechsel manchmal sein.

Er sah kurz auf, weil er nachdenken musste. Sein Blick suchte die kleine Dachluke, die einzige Lichtquelle in dieser Dachkammer, durch die er den blauen Himmel sehen konnte. Das war zwar nicht so gut wie sein See, aber es half ihm ebenfalls, die richtige Formulierung zu finden, sodass er eifrig weiterschreiben konnte.

Nach einer kurzen Nacht hatte er bereits den ganzen Tag damit zuge- bracht, sein Tagebuch auf den aktuellen Stand zu bringen. Seit seinem Ge- burtstag, dem Tag seiner Flucht, hatte er nicht mehr geschrieben, denn er hatte sein Buch ja vor dem Besuch des Vogts auf seinem Arbeitstisch liegen gelassen. Im Nachhinein stellte sich das als großes Glück heraus, denn an- dernfalls wären die Seiten verklebt und die Tinte bis zur Unkenntlichkeit ver- waschen worden, als er durch den See geschwommen war. Bei seinem Zwi- schenhalt bei der Mühle hatte er das Buch dann wieder an sich genommen.

Und nun hatte er es fast geschafft und hatte die weiteren Erlebnisse nie- dergeschrieben. Danach hatte er sich allerdings bereits die nächste Aufgabe vorgenommen: Er wollte eine Kopie von seinem Buch anfertigen. Das be- deutete, dass er alles noch mal abschreiben musste. Und das, obwohl sich seine Schreibhand schon jetzt ganz verkrampft anfühlte. Aber sein Plan war, dass er Editha alles mitteilen musste. Um sicher zu gehen auf zweierlei We- gen: Mit dem Original-Tagebuch und mit einer Abschrift, die er irgendwo für sie hinterlassen musste. Denn wenn sie zukünftig mit den Zölders zu tun haben würde, musste sie über alles Bescheid wissen.

Jacob hörte ein Klappern an der Tür und sprang auf. Die Tür wurde ge- öffnet und von Elmendorff trat schnaubend ein. Nicht einmal ein Wort zur Begrüßung brachte er hervor, sondern ließ sich direkt auf den einzigen Stuhl plumpsen. Die zwei Treppen, über die man in die Dachkammer kam, hatten ihn offenbar schon fast zusammenbrechen lassen. Jacob setzte sich im

Schneidersitz auf den Boden und sah von Elmendorff erwartungsvoll an, während der sich mit einem Taschentuch den Schweiß von der Stirn wischte. »Also, es sieht folgendermaßen aus«, fing er nach einer Weile an. Er wirkte immer noch etwas kurzatmig. »Der Prinzregent Peter Friedrich Ludwig wird in drei Wochen in Oldenburg sein. Das habe ich über meine Kontakte herausgefunden. Ich habe einen Brief an ihn verfasst, in dem ich um ein Vorsprechen während seines Aufenthalts bitte. Du wirst dabei sein. Zusammen werden wir deinen Fall vortragen. Ich bin mir sicher, dass es dann das gerechte Verfahren geben wird, das du momentan unter dem Einfluss von Zölders nicht erwarten kannst, denn Peter Friedrich Ludwig gilt als harter, aber gerechter Mann.«

»In drei Wochen erst?«

Jacob sah sich schon tagelang in dieser muffigen Dachkammer vor sich hinschimmeln.

Von Elmendorff wirkte ungehalten.

»Sei dankbar, für das was du kriegen kannst. Es ist auch nicht einmal garantiert, dass der Prinzregent uns überhaupt einen Termin gewährt.« Er lehnte sich zurück und seine Stirn glättete sich wieder. »Bis dahin musst du dich jedenfalls verstecken. Auf keinen Fall darfst du vorher aufgegriffen werden. Schon gar nicht nach dem, was du jetzt über die Zölder-Brüder herausgefunden und erfahren hast. Barthel von Zölder würde mit Sicherheit dafür sorgen, dass du stantepedes an den Galgen kommst.«

Jacob wusste, dass von Elmendorff recht hatte, aber er konnte unmöglich so lange in dieser Dachkammer eingesperrt bleiben.

»Wir könnten doch schon vorher die Erpressungsbriefe den Behörden übergeben«, sagte er. »Sie beweisen doch von Zölders Schuld.«

Noch während er sprach, schüttelte von Elmendorff den Kopf.

»Nein, sie beweisen lediglich, dass von Zölder deinen Vater erpresst hat. Und das auch nur, wenn die Schrift eindeutig als von Zölders Schrift identifiziert wird. Außerdem würde ich damit mehr in Gefahr geraten als ohnehin schon. Bisher habe ich euch nur beim Aufbau der Mühle geholfen und bei der Bewahrung eurer Rechte in diesem Zusammenhang. Wenn mein Advokat die Beweise einreichte, wäre klar, dass ich ihn beauftragt hätte. Dann wüsste von Zölder, dass ich auch bescheid weiß, und er würde eine Möglichkeit finden, mich aus dem Weg zu räumen. Abgesehen davon, dass mir mein

Leben ganz lieb ist, könnte ich dir dann auch nicht mehr helfen. Nein, unsere einzige Hoffnung ist ein gerechtes Verfahren, das uns der Prinzregent bestimmt ermöglichen wird.«

»Aber was soll das bringen, wenn die Briefe als Beweis nichts taugen? Mehr haben wir gegen von Zölder doch nicht vorzubringen.«

»Das ist richtig, aber er hat auch keine Beweise gegen dich. In erster Linie sollte unser Ziel sein, deinen Freispruch zu bewirken.« Von Elmendorff lehnte sich auf seinem Stuhl nach vorne in Jacobs Richtung. »Deshalb ist es ganz wichtig, dass du hier in Sicherheit auf dein Verfahren wartest. Ich werde dich bis dahin mit allem versorgen, was du brauchst.«

Jacob senkte seinen Blick zu Boden, denn er wollte nicht, dass von Elmendorff etwas darin entdeckte. Keineswegs hatte Jacob nämlich vor, hier in dieser Kammer auszuharren, zum Nichtstun verdammt. Sobald er die Abschrift des Buchs fertiggestellt hatte, musste er sie für Editha irgendwo hinterlegen. Da sie es erst in ferner Zukunft finden würde, war es eigentlich egal, wann Jacob das tat. Er musste es nur tun, solange er dazu fähig war, also, um sicher zu gehen, vor der Gerichtsverhandlung. Und vorher musste er noch eine Verbindung mit ihr haben, um ihr mitzuteilen, wo sie das Buch finden würde.

Aber davon mal abgesehen, reichte es ihm auch nicht, selbst freigesprochen zu werden. Er wollte, dass der wahre Schuldige bestraft würde, dass seine ganze Familie von der Schuld befreit und sie ihren rechtmäßigen Besitz zurückerhalten würde. Das waren ehrgeizige Ziele, die er nicht durch Abwarten erreichen konnte.

»Gut, dann weißt du jetzt ja bescheid«, sagte von Elmendorff und erhob sich. »Ich muss wieder los. Wundere dich nicht, dass ich die Tür von außen abschließe. Das ist nur zu deinem eigenen Schutz.«

Er warf Jacob einen Blick zu, als wüsste er genau, was er vorhatte, und verließ ihn wieder. Nachdem er die Tür geschlossen hatte, hörte Jacob, wie sich der Schlüssel im Schloss drehte.

Jacob legte sich wieder auf den Bauch, um weiter zu schreiben. Doch das Gespräch hallte noch in seinem Kopf nach. Sein Blick wanderte über die Gegenstände, die in der Dachkammer verstaut waren und blieb auf einem Korb mit Nähutensilien hängen. Garne und Zwirne in verschiedenen Farben und Dicken waren darin sowie Nähnadeln in allen möglichen Größen und

Ausführungen. Direkt neben dem Korb hatte er seine Tasche hingelegt. Das Familienwappen aus Stoff, das er vom Zölder-Anwesen mitgenommen hatte, lugte daraus zum Teil hervor. Das brachte Jacob auf eine Idee. Er nahm sein Buch, stand auf und griff sich das Stoffwappen und den Nähkorb. Mit diesen Dingen setzte er sich auf den Stuhl. Er legte das Wappen auf den vorderen Buchdeckel und hielt das Buch am ausgestreckten Arm, um es so zu betrachten. Ja, das gefiel ihm. Nach kurzem Suchen fand er einen geeigneten Zwirn und eine dazu passende Nähnadel.

Mit engmaschigen Stichen begann er, das Wappen auf den Buchdeckel zu nähen.

Viel Licht spendete die Kerze nicht, aber Jacob hatte schon am Nachmittag im Tageslicht alles so weit vorbereitet, dass er die Dachluke auch bei absoluter Dunkelheit hätte öffnen können. Er stieß sie auf, stellte sich auf dem Stuhl, der wiederum auf einer Holzkiste stand, auf die Zehenspitzen und konnte dadurch so weit durch die Öffnung greifen, dass er sich hochziehen konnte. Da er so dünn und schmächtig war, passte er gerade so hindurch. Einen Augenblick später lag er auf dem Dach.

Er prüfte, ob seine Tasche noch in Ordnung war und fühlte das kleine Metallkästchen, das er auf dem Dachboden gefunden hatte, durch das Hasenfell. In dem Kästchen befand sich eine Warnung an Editha und ein Lageplan zu der Stelle, wo er die Abschrift seines Buches vergraben wollte. Drei Tage hatte er an der Abschrift geschrieben, nachdem von Elmendorff ihn das erste Mal besucht hatte. Jacob hoffte, dass er nicht gerade heute Abend einen weiteren Besuch machen würde, aber eigentlich kam er nie zu so später Stunde.

Jacob sah sich auf dem Dach um. Wie konnte er hier am besten hinunterklettern? Vorsichtig rutschte er zum Rand und spähte darüber hinweg nach unten. Er sah keine Möglichkeit, sich irgendwo festzuhalten.

Das nächste Haus hatte eine Regenrinne und ein Fallrohr, das bis zum Boden reichte. Halb aufgerichtet, die Hände kurz über dem Dach, bewegte er sich dorthin. Die Lücke zwischen den beiden Häusern war mindestens zwei Meter breit. Als er hinunterblickte, bekam er es mit der Angst zu tun, aber mit einem beherzten Sprung musste er das eigentlich schaffen können. Er nahm ein paar Schritte Anlauf, rannte los, sprang ab und kam gut auf der anderen Seite an. Da er ein wenig Lärm gemacht hatte, lauschte er kurz, ob sich irgendetwas regte, aber alles blieb ruhig.

Er bewegte sich zu der Stelle, wo er das Fallrohr gesehen hatte, halb gehend, halb rutschend, und sah wieder über den Dachrand hinweg. Das Rohr war in regelmäßigen Abständen mit Schellen an der Hauswand befestigt. Zwischen der Wand und dem Rohr war genug Platz, dass er seinen Fuß dort abstellen konnte. Also schwang er seinen ersten Fuß über das Dach, suchte und fand die entsprechende Stelle. Sie fühlte sich fest an, sodass er seinen zweiten Fuß auf die nächste Schelle, etwa eineinhalb Meter tiefer, aufsetzte, wobei er sich an der Regenrinne festhielt. Diese musste er jetzt loslassen und sich nur noch am Rohr festhalten, damit er den oberen Fuß auf die nächste Schelle setzen konnte. Auf diese Weise kletterte er an dem Rohr hinunter, bis er sicher den Boden erreichte. Das ging besser, als er erwartet hatte.

Schon von oben hatte er gesehen, dass diese Straße menschenleer war. Trotzdem huschte er wieder in den Hausschatten, immer bereit, in einer Seitengasse oder einem Hauseingang zu verschwinden, falls er jemandem begegnen sollte. Da seit seiner Flucht vor den Zölder-Brüdern einige Tage vergangen waren, glaubte er allerdings nicht, dass noch intensiv nach ihm gesucht wurde.

So kam er unbehelligt beim Ziel seines kleinen Ausflugs an: die Lambertikirche. Er hatte sich überlegt, dass dies der beste Ort war, die Nachrichten an Editha zu hinterlassen. In seinen Gesichten, seinen Verbindungen mit Editha, hatte er mehrmals gesehen, dass es die Lambertikirche zu ihrer Zeit noch geben würde, auch wenn sie dann ein wenig anders aussehen würde.

Während der Arbeit an der Abschrift hatte er kurz überlegt, ob er sie überhaupt anfertigen musste. Schließlich wusste er ja, dass Editha sein Buch lesen würde. Aber er hatte gelernt, dass die Zukunft veränderbar war. Hatte sich sein eigenes Schicksal nicht gerade erst geändert, indem er seinen Geburtstag überlebt hatte? Was war, wenn sich allein durch diesen Umstand auch alles weitere verändern und Editha dadurch das Buch nicht mehr bekommen würde? Nein, das war ihm alles zu kompliziert, als dass er weiter darüber nachdenken konnte oder sich gar auf irgendetwas verlassen würde. Er wollte mit einer doppelten Möglichkeit, dass Editha sein Buch erhielt, sicher gehen.

Er sah sich nach allen Seiten um und, da er niemanden entdeckte, rannte er zum Eingang der Kirche. Prüfend zog er an der Tür: Sie war unverschlossen. Er öffnete sie und schlich sich vorsichtig hinein, aber auch hier war es menschenleer. Bevor sich dieser Umstand änderte, sollte er schnell das erledigen, wozu er hergekommen war, um anschließend rasch wieder an weniger öffentliche Plätze zu verschwinden.

Doch er konnte nur einen Schritt in die Kirche hinein machen, bevor ihn fast ohne Vorankündigung ein Gesicht ereilte.

Editha war sehr geschwächt, fast so schlimm wie bei der Verbindung, die sie auf dem Casinoplatz hatten, nur einige Meter weit weg von hier. Jacob vermutete, dass es sich für sie um den gleichen Tag, ja vielleicht sogar die gleiche Stunde handeln würde. Es passierte nicht viel und wahrscheinlich wäre sie auch nicht zu viel mehr fähig gewesen. Sie schleppte sich nur zur nächststehenden Bank und ließ sich darauf sinken. Kaum lag sie, wurde sie von heftigen Schmerzen und Krämpfen geplagt. Jacob fühlte sie, als hätte er sie selbst. Dann, ganz plötzlich, wurde es schwarz, als würde Editha die Besinnung verlieren, und im nächsten Moment war Jacob wieder in seinem eigenen Körper.

Wie immer dauerte die Verbindung mit Editha in seiner Zeit nur einen Lidschlag. Aber Jacob musste zunächst stehenbleiben und über das Gesehene, und vor allem Gefühlte, hinwegkommen. Was würde bloß mit Editha los sein? Warum würde es ihr so schlecht gehen? Jacob vermutete, dass sie zu viele Gesichte hintereinander haben würde.

Er hörte Stimmen von draußen und erstarrte, aber wer auch immer es war, ging scheinbar nur am Kircheneingang vorbei. Das brachte ihn wieder zur Besinnung und erinnerte ihn daran, dass er sich beeilen sollte.

Schnell rannte er zwischen den Bankreihen hindurch auf den Altar zu. Aus den Augenwinkeln sah er, dass überall Kerzen brannten. Wahrscheinlich würde noch jemand kommen, um sie zu löschen, was ihm einen weiteren Grund gab, Eile walten zu lassen. Beim Altar sah er sich nach einem geeigneten Versteck um. Aber war das hier sicher genug? Könnte der Altar nicht im Laufe der kommenden Jahre verändert werden? Er musste ein Versteck finden, das sich zu Edithas Zeit noch im selben Zustand befinden würde.

Sein Blick schweifte durch die Kirche und blieb an der Außenwand hängen. Die Mauern würden wohl das letzte sein, was in einem Gebäude verändert werden würde.

Also ging er zur Wand und untersuchte die Steine. Jeden einzelnen klopfte er ab, bis er an einer Stelle eine kleine Lücke fand. Die Steine lagen hier etwas weiter auseinander, was wohl auch der Grund dafür war, dass sich hier der Mörtel schon gelöst hatte. Er holte das Metallkästchen hervor und hielt es prüfend davor. Hochkant würde es hineinpassen, wenn er noch mehr von dem Mörtel entfernen könnte.

Auf dem Dachboden hatte er ein kleines Messer gefunden und mitgenommen, falls er in die Lage kommen sollte, sich verteidigen zu müssen. Für diesen Zweck wäre das Messer wahrscheinlich kaum zu gebrauchen gewesen, aber zur Erweiterung der Lücke konnte es jetzt ganz nützlich sein. Jacob nahm es aus seiner Tasche und hackte damit auf dem Mörtel herum. Nach einer Weile hatte er so viel davon entfernt, dass er das Metallkästchen weit zwischen die Steine schieben konnte. Selbst bei genauem Hinsehen war es nicht mehr zu erkennen. Zusätzlich stopfte er ein paar von den größeren Mörtelbrocken davor. Er trat einen Schritt zurück, betrachtete das Ergebnis und war sehr zufrieden. Damit, dass die Wand zukünftig einmal abgerissen würde, war nicht zu rechnen. Wahrscheinlich würden die Stellen mit herausgebröckeltem Mörtel irgendwann mal ausgebessert werden. Dann würde Editha sich halt mehr anstrengen müssen, um an das Kästchen zu kommen.

Aber erstmal musste sie erfahren, wo sie danach suchen musste. Dazu musste er eine Verbindung mit ihr haben. Heute hatte er allerdings genug getan. Es war Zeit, in das Versteck zurückzukehren.

Jacob drehte sich um und die nächste Verbindung mit Editha traf ihn so heftig wie nie zuvor.

1768

»Hier entlang«, rief Zölder dem Vogt über die Schulter zu. »Nur noch ein paar Schritte.« Sie kamen in die Straße, in der das Haus mit der Wohnung des Dienstmädchens lag. »Ungefähr hier habe ich diese schrecklichen Schreie gehört. Ich habe sofort gewusst, dass da jemand um sein Leben schreit.«

Zölder hoffte nur, dass sie schnell genug waren und von Riekhen noch bei der Leiche saß. Der Vogt war der erste, den er finden konnte, auch wenn der streng genommen nicht für Gesetzesbrüche innerhalb der Stadtmauern Oldenburgs zuständig war. Aber Zölder brauchte vor allem einen Zeugen, dessen Wort niemand in Frage stellte.

Der Vogt selbst schien sich über Zuständigkeiten keine Sorgen zu machen, denn nicht nur, dass Zölder ihn schnell davon überzeugen konnte, dass er mitkommen musste, er befasste sich auch schon gedanklich mit der Bearbeitung des Falles.

»Gab es weitere Zeugen? Vielleicht andere, die hier vorbeigingen und ebenfalls die Schreie hörten?«, wollte er jetzt wissen.

»Nein, ich habe niemanden gesehen.«

Die Haustür war immer noch offen. Zölder drückte sie weiter auf, trat ein und ging zum hinteren Zimmer durch, dicht gefolgt vom Vogt. Und dort saß von Riekhen genauso, wie er ihn verlassen hatte.

»Da ist er ja noch«, sagte Zölder. »Ich habe gesehen, wie er zugestochen hat. Die arme Frau ist dann verstummt und in sich zusammengesackt.«

Der Vogt trat an ihm vorbei und betrachtete grimmig die Szenerie. Von Riekhen blickte weder in ihre Richtung, noch gab er auf andere Weise zu erkennen, dass er ihr Erscheinen wahrnahm. Völlig apathisch starrte er an die ihm gegenüberliegende Wand.

»Das ist doch der Freiherr von Riekhen«, bemerkte der Vogt.

»Ja«, sagte Zölder. »Jetzt, wo Sie es sagen, erkenne ich ihn auch. Da sieht man es mal wieder: Auch unter den edelsten Menschen findet man Gesetzesbrecher.«

Der Vogt bedachte ihn mit einem Seitenblick. Hatte Zölder es übertrieben? Er sollte jetzt besser still sein. Schließlich hatte er genug gesagt. Der Rest würde von alleine passieren.

»Wie oft hast du ihn zustechen sehen?«, fragte der Vogt.

Nun durfte er nichts Falsches sagen. Vielleicht hatte Lynhardt ja nur einmal zugestochen, und das würde man bei einer nachfolgenden Untersuchung der Leiche feststellen.

»Ich habe ihn nur einmal zustechen sehen. Ob er es vorher schon getan hat, weiß ich nicht.«

Der Vogt nickte und ging auf von Riekhen zu.

»Freiherr von Riekhen, hören Sie mich«, sagte er zu ihm, doch der zeigte keinerlei Reaktion. Der Vogt fasste ihn an der Schulter und rüttelte ihn leicht. Von Riekhens Kopf wackelte zwar hin und her, aber sein Blick war weiterhin ins Leere gerichtet.

Der Vogt ließ von ihm ab und betrachtete die Leiche genauer. Er fühlte ihren Puls, was er mit einem leichten Kopfschütteln abschloss, und besah sie von allen Seiten, so weit es ging, ohne sie zu bewegen. Zölder konnte nicht sehen, ob er irgendetwas dabei feststellte. Plötzlich stutzte der Vogt, strich der Frau die Haare aus dem Gesicht und kniff die Augen zusammen.

»Verdammt noch mal, das ist doch die Gattin von Birge Henningsen«, rief er aus. Dann sagte er, wieder an Diether von Riekhen gewandt: »Freiherr von Riekhen, ich muss Sie wegen des Mordes an Enngelin Henningsen verhaften.«

HEUTE

Marko bog mit einer Geschwindigkeit zum Schlossplatz ein, die Editha gegen die äußere Polsterung des Sitzes drückte. Er folgte der Straße und blinkte dann wieder links, als wollte er seinen Porsche auf den Taxistand stellen.

»Nein, fahr bitte noch ein Stück weiter«, wies Editha ihn an. »Ich will mich zur Vorsicht der Kirche von hinten nähern.«

Marko warf ihr einen kurzen Blick zu und befolgte ihren Wunsch.

»Zur Vorsicht? Was sollte an der Vorderseite der Kirche denn passieren?«

Editha ersparte sich eine Antwort. Sie hätte ihm sonst sagen müssen, dass sie die Vorderseite meiden wollte, um nicht wieder von einer Vision in die andere zu geraten. Da sie ja wusste, was er von ihren Visionen hielt, schwieg sie lieber.

Nach ein paar Metern kam das Schloss in Sicht. Auf beiden Seiten der Straße befanden sich mehrere Parkplätze, von denen zu dieser Uhrzeit jede Menge frei waren.

»Halt hier bitte irgendwo an.«

Mit einer atemberaubenden Geschwindigkeit fuhr Marko in die nächste Parklücke und kam passgenau mit quietschenden Reifen zum Stehen. Editha sprang sofort aus dem Auto und ging los Richtung Schlossplatz. Ihr war es egal, ob Marko mitkam. Sie würde auch alleine klarkommen. Nach ein paar Schritten war er trotzdem wieder an ihrer Seite.

»Darf ich fragen, was du vorhast?«

Ihr erster Impuls war, seine Frage zu ignorieren. Aber eigentlich bemühte er sich wirklich, ihr zu helfen, und er hatte ihr ja auch inzwischen bewiesen, dass er auf ihrer Seite war.

»Ich will etwas finden, was Jacob, mein Vorfahr, versteckt hat.«

Sie bogen links ab und gingen an der alten Schlosswache vorbei.

»Worum handelt es sich dabei?«

»Das weiß ich nicht.«

»Aha. Und woher weißt du, *wo* er es versteckt hat?«

»Sagen wir, er hat es mir mitgeteilt.«

Marko lachte.

»Wie du dir sicherlich schon denken konntest, habe ich den Text, den ich für dich in die lateinische Schrift habe umschreiben lassen, auch gelesen. Ich kann mich nicht erinnern, dass Jacob hierin einen Hinweis auf ein Versteck gegeben hat. Wenn dieser Hinweis im ersten Teil des Buches gesteckt haben sollte, wärst du ihm schon längst nachgegangen. Also kommt er nicht aus dem Buch, ob das nun echt ist oder nicht.«

Editha erwiderte darauf nichts.

Mittlerweile befanden sie sich an der Rückseite der Lambertikirche. Hier gab es mehrere Eingänge, aber keiner sah unmittelbar zugänglich aus, sodass sie erstmal weiterging.

»Soll das heißen, dass du diesen Hinweis in einer deiner Visionen erhalten hast?«

Marko zog die Stirn in Falten, als würde er ernsthaft ihren Verstand anzweifeln. Editha konnte seine Reaktion verstehen. Sie lächelte ihn an und sagte immer noch nichts.

Dann sah sie eine offenstehende Tür und beschleunigte ihren Schritt. Doch in dem Moment ereilten sie die typischen Anzeichen einer kommenden Vision. Wie konnte sie auch annehmen, dass Jacob am Hintereingang nie gewesen war. Wahrscheinlich gab es keinen Fleck innerhalb Oldenburgs, an dem er sich nie befunden hatte. Ihre Kopfhaut begann zu kribbeln, die Lichtveränderungen traten auf und sie merkte bereits, wie ihr Geist in Jacobs Körper vor über 200 Jahren gezogen wurde.

Verdammt, sie wollte es nicht! Wenn sie in der Kirche die nächste Vision haben würde und dann vielleicht noch eine, wäre sie anschließend wieder tagelang krank oder sogar Schlimmeres. Nein, sie *wollte* es nicht. Sie wehrte sich gegen die Vision. Sie zwang ihren Geist, der Einladung nicht zu folgen. Sie wusste nicht, wie das ging, aber sie hatte das Gefühl, auf dem richtigen Weg zu sein. Es war, wie das Erlangen einer Balance, wenn sie auf einem Bein stand. Auch dann schaffte sie nach mehreren Ausgleichsbewegungen mit den Armen und durch Kippen des Oberkörpers in verschiedene Richtungen irgendwann ein sicheres Gleichgewicht, in dem sie länger stehen konnte. Die gleichen Ausgleichsbewegungen und Windungen vollzog nun ihr Geist. Das Lichtflackern, das sonst für einen Sekundenbruchteil auftrat, hielt an und verstärkte sich, ganz so, als würde sie sich länger zwischen den beiden Zeiten und Körpern befinden. Dann war es, als würde es rückwärts flackern und schließlich schaffte sie es, sich dem Sog zu entziehen.

Sie war immer noch in ihrem Körper und blieb leicht außer Atem stehen. Es ging also doch. Sie konnte die Visionen beeinflussen und war ihnen nicht hilflos ausgeliefert.

»Alles in Ordnung mit dir?«, fragte Marko. Für ihn war nur eine Sekunde vergangen, und er sah sie plötzlich schnell atmend stehen bleiben.

»Ja, geht schon.«

Aus dem offenstehenden Hintereingang trat gerade ein Paar mittleren Alters. Ein älterer Mann kam hinterher und griff nach der geöffneten Tür, wie um sie zu schließen.

»Entschuldigung!«, rief Editha.

Der Mann hielt in der Bewegung inne und sah zu Editha, die mit ein paar Schritten bei ihm war.

»Ja, bitte?«, sagte der Mann.

»Ich würde gerne in die Kirche gehen«, sagte Editha.

Der Mann lächelte sie freundlich an.

»Die Kirche hat für Besucher nur bis 18 Uhr geöffnet. Bitte kommen Sie morgen oder an einem anderen Tag noch mal wieder.«

»Gerade sind doch auch noch Leute gegangen und es ist schon nach zehn.«

Der Mann lächelte weiterhin, aber schüttelte dabei den Kopf.

»Die beiden waren die letzten Chormitglieder, die oben im Lambertus-Saal waren. Dort hat gerade eine Chorprobe stattgefunden.«

»Könnten Sie nicht eine Ausnahme machen? Es dauert auch ganz bestimmt nicht lange«, sagte Editha.

Jetzt ließ das Lächeln etwas nach und der Mann bekam einen verständnisvollen Gesichtsausdruck.

»Wenn Sie es ernst meinen, bin ich mir ganz sicher, dass Sie auch erhört werden, wenn Sie außerhalb der Kirche beten«, sagte er.

»Nein, das ist es nicht, ...«

Editha überlegte, wie sie den Mann überzeugen konnte. Sie konnte ihm ja schlecht den wahren Grund nennen. Nebenbei bemerkte sie, dass Marko nach seiner Brieftasche griff. Wollte er den Mann etwa bestechen? Damit würde er ganz bestimmt das Gegenteil von dem erreichen, was sie wollten.

Sie legte ihm die Hand auf den Arm, um ihn daran zu hindern. Doch er lächelte sie beruhigend an und zog die Brieftasche aus der Innentasche seiner Jacke.

»Entschuldigung, Herr ...«, sprach er den Mann an.

»Dannenburg.«

Marko ergriff seine Hand und schüttelte sie.

»Herr Dannenburg, mein Name ist Marko von Zölder.«

Der Mann namens Dannenburg kniff kurz die Augen zusammen. Er hatte offensichtlich in seinem Gedächtnis gestöbert und war fündig geworden.

»*Der* von Zölder, der ...?«

»Genau der«, entgegnete Marko.

»Die Kirche hat Ihnen viel zu verdanken.«

»Ja, aber darum geht es jetzt nicht. Die hübsche Frau hier neben mir ist die Frau Riekmüller. Sie und ich wären Ihnen sehr dankbar, wenn Sie für uns eine Ausnahme machen könnten und uns trotz der fortgeschrittenen Stunde noch kurz in die Kirche lassen würden. Für Ihre Bemühungen und Ihre Zeit würden wir Sie selbstverständlich entschädigen.«

Während er sprach, zog er zwei Einhundert-Euro-Scheine aus seiner Brieftasche.

Oh nein! Editha musste sich zusammennehmen, damit sie nicht vor Scham die Augen zusammenkniff. Sie konnte förmlich spüren, wie beleidigt sich Herr Dannenburg fühlte und wie brüskiert er war. Ernst sah er abwechselnd Marko und das Geld in seiner Hand an und schien nach Worten zu suchen. Aber dann hatte er offenbar einen Entschluss gefasst und lächelte Marko an.

»Naja«, sagte er. »Ein wenig Zeit habe ich wohl noch. Und da Sie, als großer Gönner der Kirche, mich so nett bitten ...« Er streckte die offene Hand aus. »Ihre weitere Spende nimmt die Kirche natürlich gerne an.«

Das Geld wechselte seinen Besitzer und Herr Dannenburg drehte sich ab, um voranzugehen. Marko machte hinter seinem Rücken mit nach oben gehaltenen Handflächen und hochgezogenen Schultern eine Geste, die wohl sagen sollte: »Ich kann auch nichts dafür, dass das immer funktioniert.« Dann folgte er dem Mann und Editha kam hinterdrein.

Sie gingen durch einige Vorräume und kamen hinter dem Altar in die Kirche hinein.

»So, hier sind wir in der Rotunde. Lassen Sie sich die Zeit, die Sie brauchen.«

Mit diesen Worten ließ Herr Dannenburg sie alleine.

Marko drehte sich einmal in die Runde und sah sich um.

»Und nun?«, fragte er dann.

Auch Editha sah sich um. Sie versuchte, sich zu erinnern, aber die Vision, die sie auf der hinteren Kirchenbank gehabt hatte, war sehr undeutlich.

»Hmm, ... ich glaube, er war dort entlang gegangen. Mal sehen, was passiert.«

Sie machte einige Schritte zur linken Kirchenseite und schon spürte sie das Kribbeln. Dieses Mal ließ sie es geschehen.

Jacob wollte die Kirche gerade verlassen. Er hatte hier alles erledigt und wollte in seinen Unterschlupf zurück, das konnte Editha in seinen Gedanken lesen. Aber wenn er ging, würde sie nicht erfahren, wo das Versteck genau war. Sie könnte versuchen, seine Gedanken zu durchforsten, sollte er jedoch nicht daran denken, würde sie nichts herausfinden. Nein, sie hatte ja vor ein paar Minuten festgestellt, dass man den Visionen doch nicht passiv ausgeliefert war. Sie musste ihn dazu bringen, nochmal zum Versteck zurückzugehen.

Sie erinnerte sich, wie sie es gerade geschafft hatte, als sie die Vision abgewendet hatte. Es war wie eine Art Balanceakt mit dem Geist. Sie hätte nicht beschreiben können, wie es funktionierte, aber sie wusste nun, wie sie es machen musste. Ihr Geist wand sich, schlang sich um seinen, führte Ausgleichsbewegungen durch, doch es klappte leider nicht. Jacob war schon fast beim Ausgang. Sie kippte hierhin und dorthin und versuchte alles noch mal von vorne. Und plötzlich konnte sie ihn dazu bringen, stehen zu bleiben. Sie spürte sein Erstaunen, kümmerte sich aber nicht darum. Jetzt hatte sie ihn im Griff.

Sie zwang ihn, sich umzudrehen und dahin zurückzugehen, woher er gerade gekommen war. Da es für sie ungewohnt war, musste sie sich anstrengen, jeden einzelnen Schritt erzwingen. Jacobs Körper wehrte sich, von einem fremden Geist gesteuert zu werden. Doch schließlich hatte sie ihn an der Stelle, wo er etwas versteckt hatte. Das merkte sie daran, dass er diese Stelle wiedererkannte. Nun kam die eigentliche Schwierigkeit: Hier sollte er nicht etwa dorthin zeigen, wohin sie ihn lenkte, sondern auf die Stelle, von der er wusste, dass dort das Versteck war. Aber er machte mit, wohl weil er wusste, dass *sie* es war, die das wissen wollte. Sie befahl: »Zeige mir das Versteck.« Und er tat es und richtete den Zeigefinger seiner linken Hand auf eine kleine Lücke zwischen den Steinen.

Editha betrachtete diese Stelle, versuchte, sich die Abstände zu markanten Punkten zu merken, aber sie hatte das Gefühl, dass der Kircheninnenraum zu ihrer Zeit völlig anders aussehen würde. Als sie glaubte, nicht mehr als bisher erfahren zu können, ließ sie Jacob los.

Einen Moment blieb sie noch bei ihm. Er war verwundert darüber, was mit ihm geschehen war und starrte, ganz außer Atem, an die Wand. Editha entschuldigte sich dafür, dass sie das Kommando übernommen hatte.

Dann verließ sie ihn aktiv, nicht wie sonst, wenn sie das Ende der Vision abwarten musste, um von selbst in ihren Körper zurück zu gelangen. Nein, sie steuerte ihre Rückkehr. Es ging ganz leicht, die nötige Balance zu finden. Es war wie beim Skifahren: Gerade hatte sie noch auf dem Idiotenhügel Probleme gehabt, das Gleichgewicht zu halten, so wie auf dem Weg zur Kirche, wo sie die sich anbahnende Vision abgewehrt hatte. Und jetzt fuhr sie schon intuitiv und sicher die rote Piste hinunter.

Sie war zurück in ihrem Körper und merkte, dass Marko sie anstarrte. Aber das war jetzt nicht ihr Problem. Sie ging zur nächststehenden Bank und hielt sich an der Lehne fest. Gleich musste es losgehen, die Welle der Übelkeit oder vielleicht auch Schlimmeres. Zum Glück würde es heute nur dieses eine Mal passieren, denn sie hatte ja inzwischen gelernt, wie sie den Visionen entgehen konnte. Aber hätte es nicht längst passiert sein müssen? Ging es sonst nicht viel schneller? Sie wartete einige weitere Sekunden, doch nichts geschah. Verwundert sah sie auf, zu Marko, der sie immer noch ansah, wie ein Forscher, der ein Versuchsobjekt beobachtete.

»Was ist mit dir los?«, fragte er.

Sie prüfte sich erneut: keine Kopfschmerzen, keine Übelkeit. Alles war in Ordnung. Hatte sie ebenso wie die bisherige Passivität diesen Aspekt der Visionen auch überwunden? Aber wodurch?

Sie schüttelte den Kopf.

»Nichts. Mir geht es gut.«

Marko kam einen Schritt auf sie zu.

»Hattest du gerade eine dieser Visionen?«

Sie sah ihn an. Glaubte er ihr etwa? Sie nickte.

»Aber mir geht es trotzdem gut«, sagte sie, mehr zu sich selbst. »Es hat sich etwas verändert. Ich kann es jetzt lenken.«

Er runzelte die Stirn und hob die Augenbrauen, wodurch er skeptisch aussah.

»Was hast du denn gesehen?«

Das Versteck!

»Komm mit«, sagte sie. Sie ging zu der Wand und blieb davor stehen. »Hier drin ist es. Mal sehen ...«

Sie betrachtete die Wand, versuchte, den Abstand zum nächsten Knick abzuschätzen, und zum Pfeiler.

»Es sieht heute alles so anders aus. Verdammt schwer, sich zu orientieren. Aber hier ist ungefähr die Stelle, auf die Jacob gezeigt hat.«

Sie wies auf einen Punkt an der makellosen, weißen Wand, die in ihrer Vision noch aus roten Backsteinen bestand.

»Und was heißt das nun?«, fragte Marko.

»Dass es in der Wand ist. Wir müssen sie aufbrechen.«

Marko sah sie an, als hätte sie gerade den Verstand verloren.

»Die Wand aufbrechen? Bist du verrückt?«

»Das ist die einzige Möglichkeit.«

»Die einzige Möglichkeit? Wofür?«

Marko war aufgebracht. Seine Stimme wurde lauter. Editha sah sich um, obwohl sie wusste, dass außer ihnen niemand hier war. Auch Marko sah sich um und wurde anschließend wieder leiser.

»Nenne mir bitte einen plausiblen Grund, warum wir in der bedeutendsten Kirche Oldenburgs, wie die Vandalen eine Wand aufbrechen sollten.«

Editha sah ihm in die Augen. Sie würde ihm jetzt geradeheraus die Wahrheit sagen, und wenn er ihr dann nicht helfen wollte, sollte er sich doch zum Teufel scheren. Sie würde auch alleine klarkommen.

»Ich weiß aus einer Vision mit einem meiner Nachkommen, dass wir kurz vor einer weltweiten Katastrophe stehen, die in Oldenburg ihren Ursprung haben und die Erde für die Menschheit unbewohnbar machen wird. *Wie* kurz wir davor stehen, weiß ich nicht. Aber ich weiß, *dass* es passieren wird und dass ich wahrscheinlich der einzige Mensch bin, der das weiß. Aus Visionen mit einem Vorfahren weiß ich, dass mein Sohn Timo einer der ersten Menschen sein wird, die durch die Katastrophe sterben werden und dass es buchstäblich einen roten Faden gibt: Damals starben Menschen mit roten Haaren, und das werden auch diejenigen sein, die als erste bei dieser Katastrophe sterben müssen. Da muss es einen Zusammenhang geben.«

Sie studierte Markos Gesicht. Er hörte ihr zwar aufmerksam zu, zeigte aber keine Regung.

»Weil nur ich von der Katastrophe weiß, bin ich der einzige Mensch, der sie verhindern kann. Und weil ich diese Gabe habe, glaube ich auch, dass ich es nur mit Hilfe meiner Verbindung zu Jacob kann.«

Sie drehte sich zur Wand und tippte mit dem Finger noch einmal an die Stelle des Verstecks.

»Dort drin hat Jacob für mich etwas versteckt, und das muss ich haben. Aus dem einfachen Grund, dass dies momentan der einzige Anhaltspunkt ist.« Sie wandte sich wieder Marko zu. »Willst du mir nun helfen oder nicht?«

Marko sah sie an und schüttelte leicht den Kopf, was sie aber mehr seinem Widerwillen, ihr zu glauben, als einer Ablehnung zuschrieb. Dann sah er zu Boden, ging ein paar Schritte von ihr weg und schien dabei nachzudenken, kam wieder zu ihr zurück und wollte gerade etwas sagen, als sein Handy klingelte. Er holte es aus der Tasche und nahm den Anruf entgegen.

»Ja?« Er lauschte. »Und das ist sicher, ohne Zweifel?« Er sah sie an, während er weiter zuhörte und nickte. »In Ordnung, vielen Dank.« Er beendete das Gespräch und sah sie weiterhin an. »Na gut«, sagte er schließlich. »Das Schlimmste, was passieren kann, ist, dass ich die komplette Innenrenovierung der Kirche bezahlen muss. In den Knast werden wir dafür wohl nicht gleich kommen. Also was soll's.« Er wandte sich ab, sah sich um und lief dann Richtung Ausgang. »Warte hier.«

Warten? Einen Teufel würde sie tun. Sie begann sofort, alles im Kirchensaal nach einem geeigneten Werkzeug zu durchsuchen. Es musste hier doch etwas geben, womit sie die Wand aufstemmen konnte. Links und rechts neben dem Altar standen Kerzenständer. Die waren jedoch so massiv, dass sie sie nicht einmal würde hochheben können. Ausgeschlossen, dass sie die mehrmals gegen die Wand schlagen könnte. Das Kreuz auf dem Altar war da schon handlicher, aber das konnte sie unmöglich verwenden. In einer

Ecke stand ein schlichter Stuhl. Das war hier die einzige Möglichkeit. Gerade wollte sie ihn holen, als sie Geräusche hörte.

»Das war das Beste, was ich auf die Schnelle finden konnte«, sagte Marko, der mit allerlei Dingen in den Armen in die Kirche zurückkehrte. »Habe ich von einer Baustelle um die Ecke.«

Die Gegenstände legte er neben dem Altar auf dem Fußboden ab. Dann zog er den Gürtel aus seiner Hose, ging damit zur zweiflügeligen Verbindungstür zwischen Kirchenraum und dem Raum, durch den sie hereingekommen waren, und schlang ihn mehrmals um die beiden inneren Türklinken herum. Zuletzt verschloss er den Gürtel und drückte prüfend gegen die Türen, die sich aber so gesichert nur wenige Zentimeter bewegen geschweige denn öffnen ließen. Zufrieden kam er zurück zu seiner Beute, nahm sich eines der Rohre und brachte es zum Haupteingang der Kirche. Dort steckte er es quer durch die Handgriffe, sodass dieser Zugang ebenfalls versperrt war.

Erneut ging Marko zu den mitgebrachten Gegenständen, sammelte sie unter reichlichem Geklirre wieder auf und kam damit zu der Stelle des Verstecks, wo er sie begleitet von noch lauterem Geklirre und Geschepper ablegte. Editha konnte nur staunen, wie geschäftig Marko plötzlich war.

Er zog sich die Jacke aus, schob die Ärmel seines Pullovers hoch und nahm sich eines der Rohre, das neben einem weiteren Rohr, zwei dicken Pflastersteinen und einer verrosteten Maurerkelle auf dem Boden lag.

»Jetzt kann es losgehen. Wo ist das Versteck?«

Editha überlegte noch mal kurz und zeigte dann auf die Stelle. Marko hob das Rohr und fing an, auf die Wand einzuhacken. Ohrenbetäubend war der Lärm, den jeder Schlag auf die Verkleidung erzeugte. Es waren zum Glück nur wenig Schläge nötig, da Marko den Rest mit dem Rohr weghebelte, was relativ leise vonstatten ging. Darunter kam Putz zum Vorschein und Marko begann wieder zu schlagen. Das war zwar laut, aber nicht so laut, wie Editha erwartet hatte. Unter dem Putz befand sich dann der rote Backstein, ganz so, wie Editha ihn in der Vision gesehen hatte. Und als Marko darauf einschlug, hallte es wieder lautstark durch die Kirche.

»Halt! Stopp!«, rief Editha und Marko hielt in der Ausholbewegung inne. »Jacob wird doch nicht die Steine herausgeschlagen und wieder eingemauert haben. Er hat es bestimmt zwischen den Steinen versteckt, in einer Fuge.«

Sie erinnerte sich an das Metallkästchen, das er in der Hand gehalten hatte. Schon aufgrund der Größe des Kästchens konnte es nicht überall hineingepasst haben. Marko hatte etwa einen Quadratmeter der Mauer freigelegt. Sie suchte die Fugen ab, um eine zu finden, die etwas breiter war, als die anderen. Zwei Stellen kamen in Frage. Sie schnappte sich die Maurerkelle und einen Pflasterstein und benutzte sie wie Hammer und Meißel. Die ersten Schläge waren schwierig, doch dann löste sich der Fugenmörtel heraus. Der Grund dafür war der Hohlraum, der sich dahinter befand.

Plötzlich klopfte es.

»Hallo, was machen Sie denn da drin?«

Die Stimme von Herrn Dannenburg war nur dumpf zu vernehmen.

Marko ging zur Tür.

»Uns ist nur etwas heruntergefallen. Wir bringen das schnell wieder in Ordnung, dann lassen wir Sie wieder hinein. Seien Sie versichert, dass ich für den Schaden aufkomme.«

Er lauschte, aber offenbar war Herr Dannenburg mit der Antwort zufrieden.

Editha wartete einen Moment, in der Hoffnung, dass sich Herr Dannenburg wieder entfernte, und setzte ihre Arbeit dann fort, die nur noch darin bestand, dass sie den losen Mörtel wegkratzen musste. Nach kurzer Zeit stieß sie tatsächlich auf etwas, aber sie konnte es nicht herausziehen. Die Kelle war zu groß, damit kam sie nicht ganz in den Spalt hinein. Sie dachte an ihren Hausschlüssel, doch der wäre zu kurz gewesen.

»Moment«, sagte Marko hinter ihr, der das Problem erkannt hatte. Er holte eine Sonnenbrille aus der Jackentasche, brach kurzerhand einen Bügel ab und kam neben sie, um damit sein Glück zu versuchen.

»So teuer war die Brille wohl nicht«, sagte Editha.

»Das war eine Bentley«, murmelte Marko, während er mit dem Bügel zwischen den Steinen herumstocherte. »Hat mal 4.000 Euro gekostet.«

Editha erschrak.

»Was?«

»Macht nichts, war schon älter. Ein paar Monate, oder so.« Er kniff konzentriert die Augen zusammen. »Ah!«

Mit zufriedenem Gesichtsausdruck zog er etwas aus dem Spalt. Es war tatsächlich das Metallkästchen, nur dass es nicht mehr blank, sondern verrostet war.

»Lass mich mal sehen.«

Editha hatte plötzlich ein Gefühl im Magen wie als Kind zu Weihnachten.

»Nein, wir sollten zuerst hier verschwinden.«

Marko steckte das Kästchen in die Hosentasche, schnappte seine Jacke und nahm Editha an die Hand. Zusammen gingen sie zum Hinterausgang, entfernten den Stuhl und kehrten den Weg zurück, den sie hereingekommen waren. Im letzten Raum trafen sie auf Herrn Dannenburg, der mit sorgenvoller Miene auf sie wartete.

»Bitte entschuldigen Sie die Unannehmlichkeiten«, sagte Marko und drückte ihm eine Visitenkarte in die Hand. »Lassen Sie alles wieder fachgerecht in Ordnung bringen und schicken Sie mir die Rechnung dafür. Ich werde alles zuzüglich einer großzügigen Aufwandsentschädigung bezahlen. Vielen Dank.«

Damit eilten sie an ihm vorbei in Richtung des Ausgangs.

»In Ordnung bringen? Aber, was ...?«, hörten sie noch von ihm. Dann waren sie schon draußen.

Marko war völlig perplex, seit sie das Kästchen in der Wand gefunden hatten. Sie hatte doch tatsächlich recht damit, dass es dort versteckt gewesen war. Woher konnte sie das nur wissen? Stimmte es am Ende etwa, dass sie diese Visionen hatte? Er musste es zumindest in Erwägung ziehen, so schwer es ihm auch fiel. Die von diesem Jacob hinterlassenen Worte hatte er genauso gelesen, wie Editha. Darin befand sich jedenfalls kein einziger Hinweis auf dieses Versteck. Aber das Ergebnis der Radiokarbon-Analyse, das er durch den Anruf in der Kirche erfahren hatte, trug einen guten Teil dazu bei, dass er Editha so langsam glaubte. Denn demnach war das Buch tatsächlich über 200 Jahre alt und sogar die Tinte darin hatte dieses Alter.

Beim Auto holte er das Kästchen aus der Hosentasche und sie stiegen ein.

»Lass sehen«, sagte Editha, und er überließ es ihr.

Sie zog den Deckel nach oben ab und es kamen zwei zusammengefaltete Papierstücke zum Vorschein. Editha faltete das erste auseinander. Darauf war eine Art Lageplan gezeichnet. Marko konnte einen Weg, einen Bachverlauf, verschiedene Häuser und ein birnenförmiges Gebilde erkennen. Editha zeigte auf die Birnenform.

»Das kenne ich. Das ist ein Fels beim Anwesen deines Bruders.«

Ja, richtig, dort befand sich ein Stein mit dieser Form.

Auf dem Plan war davon ausgehend eine gestrichelte Linie gezeichnet mit einer Zahl daran, vermutlich eine Entfernungsangabe. Die Linie endete bei einem Kreuz. War das eine Schatzkarte?

Editha öffnete das zweite Blatt Papier. Es enthielt haufenweise dieser altdeutschen Buchstaben. Aber eine Sache verdutzte ihn trotzdem aufs Neue.

»Da steht dein Name«, sagte er.

Editha sagte nichts und sah sich die Schrift nur an. War sie enttäuscht?

»So ein Mist«, fügte er hinzu. »Das müssen wir erst wieder umschreiben lassen.«

»Nein, nein«, sagte Editha. »Das sind Druckbuchstaben. Die kann ich einigermaßen lesen. Sinngemäß steht hier: ›Liebe Editha, auf dem Plan habe ich eingezeichnet, wo ich ein zweites Exemplar meines Buches versteckt habe, für den Fall, dass du das Original nicht erhältst. Viel wichtiger aber ist, dass ich dich warnen muss, und zwar vor dem Mann, der dir auf dem Casinoplatz in die stinkende Kutsche geholfen hat und der den grünen Hut mit der gelben Schrift trägt. Ich glaube, er ist ein Nachfahre Lynhardt Zölders, ein geisteskranker Mörder, der für die Tötung zahlreicher Rothaariger in meiner Zeit verantwortlich ist. Obwohl er dir hilft, habe ich bei dem Mann ein schlechtes Gefühl.‹ Das ist alles.«

Da war er wieder, der rote Faden, dachte Marko, und er sah Editha an, dass sie es auch so sah. Und erneut war seine eigene Familie im Spiel.

»Wer ist dieser Mann, der dir geholfen hat?«, fragte er.

»Das ist mein Untermieter. Als es mir nach den ganzen Visionen so schlecht ging, hat er mich nach Hause gebracht und mich dort gepflegt. Der ist zwar sehr eigenartig, aber ich hätte nicht gedacht, dass er mir etwas Böses will.«

Moment mal, dachte Marko. Ein eigenartiger Mann mit grünem Hut und gelber Schrift?

»Wie heißt dieser Untermieter?«

»Mads Burges.«

Obwohl Marko das jetzt erwartet hatte, trat eine verdutzte Pause ein.

»Mein Vetter«, sagte er dann.

Editha sah ihn mit großen Augen an.

»Wie bitte?«

»Ich wusste zwar schon immer, dass er einen Dachschaden hat. Schließlich hat mein Vater ihn mal aus der Klapse holen lassen, weil er meinte der Ruf der Familie würde dadurch geschädigt. Ich hätte aber nicht gedacht, dass Mads gefährlich ist. Das muss allerdings ja nicht unbedingt stimmen, nur weil ein Mann, der vor über 200 Jahren gelebt hat, das behauptet.«

Editha war anzusehen, wie schlecht sie sich bei dem Gedanken fühlte, mit einem womöglich geisteskranken Mörder wochenlang unter einem Dach gewohnt zu haben.

»Was machen wir jetzt?«

Marko drehte den Zündschlüssel um und legte den Rückwärtsgang ein.

»Jetzt besorgen wir uns einen unauffälligeren Wagen und besuchen deinen Nachbarn.«

1788

Was war gerade geschehen?

Jacob stand in der Kirche immer noch vor der Wand, in der er das Metallkästchen deponiert hatte. In seiner Verbindung mit Editha hatte er soeben gesehen, dass sie das Versteck finden würde. Dieser Punkt wäre also erledigt, darüber brauchte er sich nicht weiter Gedanken zu machen.

Erschreckend war nur, was während der Verbindung passiert war. Er hatte keine Macht mehr über seinen Körper gehabt. Nein, falsch, sein *komplettes Ich* hatte sich seiner Kontrolle entzogen. Er war, wie sonst bei Editha, nur passiver Gast gewesen. Sie hatte ihn dazu bewegt, zur Wand zurückzugehen und auf das Versteck zu weisen. So nützlich es auch dafür war, ihr mitzuteilen, wo er das Kästchen versteckt hatte, so entsetzlich fühlte es sich an, als sie ihn lenkte und er ihr hilflos ausgeliefert war.

Und zum Schluss hatte er gespürt, dass sie seinen Körper verlassen wollte. Sie hatte es beschlossen, sich bei ihm entschuldigt, sich verabschiedet und war nicht etwa, so wie er es kannte, aus seinem Körper herausgeplumpst, sondern war aktiv elegant herausgeglitten. Wie hatte sie all das nur gemacht?

Jacob stand immer noch mit offenem Mund vor der Wand und schüttelte langsam den Kopf.

Dann ging es plötzlich los, mit einer Gewalt, die er nie zuvor erlebt hatte. Er kannte ja die Übelkeit nach einem Gesicht und das gelegentliche Erbrechen. Aber das war gar nichts im Vergleich zu der Heftigkeit, mit der die Nachwirkungen des gerade durchlebten Gesichtes nun über ihn herfielen. Er fasste sich an den Bauch, krümmte sich und sank auf den Boden. Während er von Krämpfen geschüttelt wurde, erbrach er sich und merkte von Schmerzen benebelt nur am Rande, wie er durch das Erbrochene rutschte und sich damit beschmutzte. Eine ganze Weile muss er dort gelegen haben, halb besinnungslos. Wie aus weiter Ferne bekam er mit, dass Leute in der Kirche waren. Er hörte dumpf ihre Stimmen und verspürte trotz seines Zustandes den Drang zu fliehen, doch das war unmöglich. Schließlich verlor er die Besinnung vollends.

Als er wieder zu sich kam, konnte er nicht sagen, wie viel Zeit vergangen war. Einen Moment brauchte er, um seine Sinne zu ordnen. Sobald ihm das gelungen war, verzog er angeekelt den Mund, da er einen widerlichen Geschmack darin hatte. Seine linke Gesichtshälfte fühlte sich kalt an, was daher rührte, dass er damit auf dem Steinboden lag. Er hob den Kopf und merkte, dass direkt vor ihm eine übelriechende Lache von Erbrochenem lag. Das erklärte den ekeligen Geschmack. Er setzte sich auf. Dann fiel ihm ein, dass er Stimmen gehört hatte, und zog instinktiv den Kopf ein. Aber nun war kein Laut mehr zu vernehmen. Wahrscheinlich hatten die Leute nur in der Kirche gebetet und waren längst wieder gegangen, ohne ihn zu bemerken.

Er stand auf und hatte dabei Schmerzen in den Eingeweiden, als hätte er Gift getrunken. Stehend bemerkte er, dass viele der Kerzen inzwischen erloschen waren. War der Pastor der Lambertikirche auch hier gewesen, ohne ihn zu sehen?

Schlurfend ging er auf den Ausgang der Kirche zu. Dann sah er, dass der Pastor gerade dabei war, die Kerzen zu löschen. Bisher hatte er ihn noch nicht bemerkt. Halb gekrümmt, beschleunigte er seinen Schritt. Der Weg zur Tür kam ihm unendlich lang vor, doch er schaffte es, ihn hinter sich zu bringen, ohne dass der Pastor sich umdrehte. Er zog die Tür auf und war endlich im Freien.

Nun galt es, irgendwie zurück in den Unterschlupf zu kommen.

Beim dritten Versuch schaffte Jacob es, sein Bein über die Dachkante zu schwingen. Er hakte den Fuß in die Regenrinne und zog sich auf das Dach. Mühsam krabbelte er ein Stück vom Rand weg und blieb dann völlig erschöpft bäuchlings liegen.

Als er vor einer scheinbaren Ewigkeit vor dem Haus gestanden war, hätte er es nicht für möglich gehalten, dass er es schaffen würde, das Fallrohr hinauf zu klettern. Doch er hatte keine andere Möglichkeit gesehen, wieder in sein Versteck zu kommen, als den umgekehrten Weg zurück zu nehmen. Also hatte er seine schmerzenden Eingeweide ignoriert und den Aufstieg begonnen. Auf halber Höhe wäre er fast gestürzt. Als hätte der Schreck ihm gut getan, ging es seinem Bauch anschließend besser, aber jetzt hatte er das Gefühl, dass seine gesamte Kraft aufgebraucht war. Der schwierigste Teil kam allerdings noch.

Sein Atem hatte sich normalisiert. Er rappelte sich hoch und wankte zu der Stelle, wo er von einem Dach auf das andere springen musste. Wieder sah er sich nach einer anderen Möglichkeit um, doch erneut war dies der einzige Weg. Ein letztes Mal schaute er in die Tiefe, bevor er einige Schritte zurückging, um Anlauf zu nehmen. Er konzentrierte sich, ging den Bewegungsablauf im Geiste durch, wobei er sich die Hand auf den Bauch legte. Von den krampfartigen Beschwerden war nur ein flaues Gefühl geblieben, aber insgesamt fühlte er sich wie nach dem ersten Arbeitstag im Anschluss einer einwöchigen Bettlägerigkeit.

Er wusste nicht, ob er sich genug konzentriert hatte, doch er wollte es jetzt machen. Er rannte los und der Abgrund zwischen den Häusern kam näher. In der Dunkelheit der Nacht war es als noch schwärzeres Schwarz deutlich auszumachen. Dann war er da, und er machte einen letzten kleinen Schritt, um möglichst nahe vom Rand abzuspringen. Er drückte sich mit dem Sprungbein vom Dach weg und im nächsten Moment flog er durch die Luft, unter sich den Abgrund. Tunlichst vermied er es, dorthin zu sehen, und konzentrierte sich auf das andere Dach, auf das er zuflog. Im Flug merkte er, dass der Schwung nicht reichte, damit er, wie auf dem Herweg, komplett darauf landete.

Abrupt und unsanft wurde seine Bewegung beendet, indem seine Körpermitte mit voller Wucht gegen die Kante des Daches prallte. Vor Schmerzen sah er Sterne, spürte aber, dass er rutschte. Mit wilden Armbewegungen suchte er nach einem Halt. Vergeblich, er rutschte und rutschte, bis er an der äußersten Kante des Daches hing, nur gehalten durch die Kraft seiner Finger.

1768

Ein Schmetterling setzte sich auf die Blüte und klappte seine Flügel auf und zu. Er verweilte dort ein wenig und flog dann weiter zu einer anderen Blume. Auf der ganzen Wiese herrschte ein reges Schwirren von Schmetterlingen in den verschiedensten Farben. Sie genossen die Sonne, die auch Enngelin und Diether angenehm wärmte. Er griff in den Korb und holte den Wein hervor, um ihnen beiden nachzugießen. Sie lagen auf ihrer Decke, tranken, streichelten sich gegenseitig und ließen die Zeit verstreichen. Diether war erfüllt von Liebe.

»Du solltest jetzt gehen«, sagte sie nach einer Weile und deutete dabei lächelnd auf das Haus, das plötzlich neben der Wiese stand.

Sie hatte recht. Er erhob sich und ging an der Reiterfigur vorbei in das Haus, das er von seinem Vater geerbt hatte, wie es schon seit Generationen vererbt wurde.

Alheyt kam ihm im Eingang entgegen. Lächelnd nahm sie ihm seine Jacke ab, legte einen Arm um seinen Nacken und gab ihm einen langen, innigen Kuss. Erneut fühlte er eine Woge der Liebe. Sie ergriff seine Hand und führte ihn in das Esszimmer, wo bereits alle beisammen saßen.

Doch dann ereilte ihn einer dieser Anfälle, die er in letzter Zeit immer wieder hatte. Es begann stets mit einem metallischen Klappern. Anschließend hörte er Stimmen, und er bildete sich ein, dass ihm jemand Wasser einflößte oder etwas zu essen in den Mund stopfte. Manchmal variierte es in der Form, dass er mehrere unterschiedliche Stimmen hörte. Genauso schnell, wie sie gekommen waren, gingen die Anfälle mit dem gleichen metallischen Klappern vorüber, und er konnte ungestört das Leben genießen, das er sich seit jeher gewünscht hatte.

Doch auch wenn diese Anfälle immer schnell wieder vorbei waren, machten sie ihm Angst. War er etwa dabei, seinen Verstand zu verlieren?

Grube sah zu, wie der Helfer die daneben gegangenen Essensreste von den Wangen des Gefangenen abwischte. Danach räumte der Mann das Geschirr zusammen und verließ die Zelle. Nachdenklich sah Grube von Riekhen an, der wieder mit leerem Blick an die Zellenwand starrte. Er war nun schon recht lange Vogt, aber so etwas hatte er noch nicht erlebt. Der Geist dieses Mannes war offenbar stark geschädigt, vielleicht als Folge des Mordes, den er begangen hatte, oder auch nur, weil er die Ermordete aufgefunden hatte. Die Zeugenaussage dieses Zölder und die Beweise wiesen auf ersteres hin, aber Grube kam die ganze Sache irgendwie merkwürdig vor. Doch solange von Riekhen dem Zeugen nicht widersprach, konnte er nichts für ihn tun.

Mit einem letzten sorgenvollen Blick auf den verwirrten Mann verließ Grube die Zelle. Die Schlüssel klapperten metallisch gegen die Gitterstäbe, als er die Tür verschloss.

HEUTE

Von Marko hatte eine grimmige Entschlossenheit Besitz ergriffen, seit er wusste, dass sich ein weiteres Mitglied seiner Familie in Edithas Leben einmischte. Immer wieder sah er wütend aus dem Fenster und suchte die Straße nach seinem Vetter Mads ab. Von dem Gespräch, das Editha mit ihren Nachbarn, dem Ehepaar Klöse, führte, bekam er kaum etwas mit. Zu sehr war er im Gedanken damit beschäftigt, die Dinge, die sie erfahren hatten, von einer Seite auf die andere zu drehen, um herauszufinden, was es damit auf sich hatte. Was steckte hinter alledem? Worum ging es hier? Er konnte sich keinen Reim darauf machen.

Er nippte an dem scheußlichen Filterkaffee. Die erste Tasse hatte er aus Höflichkeit ganz runtergewürgt. Nur eine Sekunde war er froh gewesen, es endlich geschafft zu haben. Das war, bevor Frau Klöse sich nicht davon abhalten ließ, ihm eine weitere Tasse nachzuschenken. Er beschloss, dass er den Rest stehenlassen würde.

Über Editha konnte er sich nur wundern. Woher nahm sie diese Ruhe? Sie hörte den Kloses zu, lächelte freundlich, gab höflich Antworten und das alles, obwohl jeden Moment die Welt, die sie kannten, untergehen könnte. Jedenfalls behauptete und glaubte sie das. Und seit sie dieses Kästchen in der Kirchenwand gefunden hatten, war er geneigt, *ihr* zu glauben.

Während er sie ansah, erwiderte sie plötzlich seinen Blick und machte eine Kopfbewegung in Richtung Fenster. Er sah hinaus und erkannte seinen Vetter, der schnellen Schrittes durch Edithas Vorgarten auf ihre Haustür zuging, sie aufschloss und im Haus verschwand.

Marko sprang so abrupt auf, dass er mit den Knien gegen die Kaffeetafel stieß und das Geschirr zum Klirren brachte. Das alte Klöse-Ehepaar sah ihn verwirrt an, aber er hatte gerade andere Sorgen, als sich um seine guten Manieren zu kümmern.

»Wir müssen jetzt leider aufbrechen. Vielen Dank, Herr Klöse, dass Sie uns Ihr Auto leihen«, sagte Editha.

Sie lächelte beiden zu, gab ihnen die Hand und eilte dann Marko hinterher, der bereits auf dem Weg zum Ausgang war. In der Auffahrt stiegen sie in den blitzblank polierten Golf der Klöses, Marko auf der Fahrerseite. Den Porsche hatten sie eine Straße weiter geparkt, damit er nicht auffiel.

»Jetzt heißt es, warten, bis er wieder losfährt«, sagte Marko.

Sie konnten Edithas Haus von hier aus gut beobachten und es auf keinen Fall übersehen, wenn Mads aufbrach.

»Anfangs war er tagsüber immer da und ich fühlte mich regelrecht beobachtet von ihm«, sagte Editha. »Aber jetzt ist er fast immer weg. Er kommt nur ab und zu mal für eine Stunde zum Duschen und so. Kann also schon sein, dass wir eine kleine Weile hier warten müssen.«

»Zum Duschen? Das ist doch bestimmt nur ein Vorwand gewesen. Ich vermute, dass er herkommt, um zu sehen, was du machst. Ob du zu Hause bist.« Marko glaubte nicht, dass es ein Zufall war, dass Mads gerade bei Editha wohnte. »Ich wette, dass er gleich wieder aufbricht, sobald er merkt, dass du nicht im Haus bist.«

Und wenn sie Glück hatten, konnten sie ihm folgen und herausfinden, was er trieb und wer ihn zu seinem Handeln beauftragt hatte.

Tatsächlich dauerte es keine fünf Minuten, bis sich die Haustür wieder öffnete und Mads genauso, wie er hineingeschlurft war, herausschlurfte.

»Ich nehme an, dass er mit dem Bus fährt.« Editha flüsterte, obwohl Mads sie auch bei normaler Lautstärke nicht hätte hören können. »Jedenfalls sehe ich ihn immer nur zu Fuß, nie mit einem Auto.«

Marko ließ ihn so lange die Straße entlang gehen, bis er fast nicht mehr zu sehen war. Dann startete er den Golf, fuhr aus der Auffahrt hinaus und folgte ihm in diesem Abstand. Nach weiteren etwa hundert Metern stieg er in ein Auto ein, das am Straßenrand geparkt war. Editha sah Marko überrascht an.

»Er hat also doch ein Auto«, sagte sie.

Marko schloss ein wenig zu Mads auf, damit er ihnen nicht entwischte. Jetzt konnte er erkennen, dass es sich bei dem Wagen um einen nagelneuen Ford Focus mit einem ortsfremden Nummernschild handelte.

»Sieh mal der Aufkleber dort«, sagte er zu ihr. »Das ist ein Leihwagen.«

Er fuhr noch dichter heran und folgte dem Ford quer durch Oldenburg. Es war nicht immer leicht, an ihm dran zu bleiben. Zwei mal musste Marko über eine rote Ampel fahren, damit Mads ihm nicht entwischte.

Nach einer Weile hatte Marko eine Ahnung, wohin die Reise ging. Auch Editha runzelte die Stirn, als käme ihr die Gegend so langsam bekannt vor. Einige Abbiegungen weiter war es dann klar.

»Ich kenne mich in Oldenburg ja nicht sehr gut aus, aber sage mal, wohnt hier nicht dein Bruder?«, meinte jetzt auch Editha.

»Allerdings tut er das.«

Noch eine Straße weiter fuhr Mads geradewegs auf Klemens Einfahrt zu. Marko war schon vorher langsamer geworden und lenkte nun rechts heran. Sie beobachteten, wie der Focus kurz stehenblieb, wahrscheinlich, um zu warten, bis das Tor geöffnet war, und dann hineinfuhr.

Marko und Editha sahen sich an.

»Und jetzt?«, fragte Editha.

»Hinterher«, sagte Marko und fuhr weiter.

Bei Klemens Grundstück angekommen bot sich ihnen erwartungsgemäß das verschlossene Tor. Sie stiegen aus und standen ratlos davor.

»Ich nehme mal an, dass du keinen Schlüssel oder so etwas hast«, sagte Editha.

»Nein, das nicht. Aber irgendwie werden wir hier wohl reinkommen. Schließlich wohnt hier mein Zwillingsbruder. Wenn wir Glück haben, ist die Putzfrau da, die kennt mich.«

Marko drückte die Klingel. Nach einigen Minuten des Wartens war klar, dass sie wohl kein Glück hatten. Zu Hause hatte Marko die Fernbedienung für das Tor und die Schlüssel für das Haus, aber er wusste nicht einmal, wo er sie gelassen hatte. Er kam so gut wie nie hierher, und wenn, war Klemens immer da. Und die Sachen zu holen, würde zu lange dauern.

»Verdammt«, sagte er laut.

»Kann ich Ihnen helfen?«, fragte plötzlich jemand.

Neben dem Tor stand auf der anderen Seite des Zauns ein Mann und sah zu ihnen durch die Maschen heraus. Marko hatte ihn noch nie gesehen, aber das war wahrscheinlich Klemens Gärtner. Marko ging in seine Richtung.

»Ach, Sie sind es, Herr von Zölder«, sagte der Mann, der ihn entweder kannte oder für seinen Bruder hielt.

Marko wusste nicht, welche der beiden Möglichkeiten die bessere war, also wählte er zunächst eine neutrale Antwort.

»Ja, ich habe meine Fernbedienung und die Schlüssel vergessen. Könnten Sie uns kurz reinlassen?«

»Selbstverständlich, warten Sie einen Moment.«

Der Gärtner wühlte in seiner Tasche, zog ein Schlüsselbund hervor und drückte auf einen Knopf des kleinen, schwarzen Plastikteils, das daran hing. Das Tor glitt daraufhin leise zur Seite.

Marko und Editha stiegen wieder ins Auto und fuhren hinein. Mittlerweile war der Gärtner zum Tor gekommen und gab Marko den Schlüsselbund durch das geöffnete Fenster.

»Entschuldigen Sie bitte, dass ich Sie nicht gleich erkannt habe, aber Sie sehen irgendwie anders aus mit der neuen Frisur. Die Schlüssel kann ich mir nachher ja wiederholen.«

Damit war klar, für wen er Marko hielt. Er nickte dem Gärtner kurz zu und fuhr dann schnell die Einfahrt entlang, in der Hoffnung, den Anschluss an seinen Vetter noch zu behalten.

Sie hatten Glück: Als sie beim Haus ankamen, schloss er gerade die Haustür hinter sich. Sein Leihwagen stand auf dem Parkplatz bei den Ställen. Er war den Weg zum Eingang zu Fuß gegangen. Marko wählte die zeitsparende Variante und fuhr direkt vor die Haustür. Dort stiegen sie schnell aus, um ihm zu folgen. Der Haustürschlüssel war am Schlüsselbund eindeutig zu identifizieren, sodass sie kurz darauf drinnen waren. In der Eingangshalle drehte sich Marko um die eigene Achse, um festzustellen, wohin Mads verschwunden sein konnte, aber es war keine Spur mehr von ihm zu sehen.

»Sieh mal, dort«, sagte Editha. Sie wies auf den Zugang zum Keller. Die Tür bewegte sich noch etwas, bevor sie fast geschlossen stehen blieb. Marko runzelte die Stirn. Soweit er wusste, waren dort unten nur der Fitnessraum und der Weinkeller. Sein Vetter wollte wohl kaum trainieren oder Wein trinken.

Sie liefen hinterher und stiegen die Treppe hinunter. Zuerst wandte er sich zum Fitnessraum, der von der Ausstattung her einem professionellen Fitnessstudio in Nichts nachstand. Der Raum war dunkel und es war keine Spur von Mads zu sehen. Also gingen sie zur anderen Seite, wo der Weinkeller war.

Als sie vorsichtig eintraten, fiel sofort auf, dass Licht brannte. Wenn Marko davon ausgehen konnte, dass es nicht schon länger eingeschaltet war, musste es Mads gerade gewesen sein. Aber der Raum war leicht überschaubar und von seinem Vetter war nichts zu sehen. Wo war er hin? Es gab nur einen

Weg nach oben. Wenn er wieder raufgegangen wäre, hätten sie ihm begegnen müssen.

»Er kann doch nicht verschwunden sein«, sagte auch Editha.

»Ja, ziemlich merkwürdig.«

Marko ging zu den Weinregalen. Er wusste, dass sein Bruder einen totalen Spleen hatte, was Wein anging. Die Exemplare, die hier gelagert waren, gehörten wahrscheinlich zu den besten und teuersten Weinen der Welt. Klemens konnte sich daran ergötzen.

»Man sieht, dass Klemens einige der Flaschen manchmal aus dem Regal herausnimmt. Bei ihnen ist der Staub abgewischt, während andere Flaschen mit einer dicken Schicht bedeckt sind«, sagte Marko.

Deutlich war zu erkennen, welches Klemens Lieblingsweine waren.

»Bei diesem Regal hat er nicht eine einzige Flasche angerührt«, sagte Editha. »Alle Flaschen sind staubbedeckt. Aber man sieht, wo er das Regal angefasst hat.«

Marko drehte sich zu ihr um. Sie hatte recht: Diesen Weinen schien Klemens gar keine Aufmerksamkeit gewidmet zu haben. Die Frage, die sich Marko stellte, war, warum er sie sich überhaupt zugelegt hatte. Auch ohne tiefergehende Weinkenntnisse war offensichtlich, dass es sich hier um ganz gewöhnliche Weine handelte, von denen die meisten Sorten massenweise vorhanden waren. Und die nächste Frage war, warum das Regal gerade an dieser einen Stelle immer wieder angefasst wurde.

Marko legte seine Hand an die staubfreie Stelle, konnte aber nichts Besonderes fühlen. Es war halt ein Holzregal. Weil er nicht sofort aufgeben wollte, zog und drückte er daran herum. Und plötzlich bewegte sich das gesamte Regal ein Stück zur Seite. Verdutzt übte er ein wenig mehr Druck aus und sah dabei zu, wie das Regal in der Kellerwand verschwand und dahinter eine Aufzugtür zum Vorschein kam.

»Jetzt wissen wir, wohin mein lieber Vetter verschwunden ist.«

»Was uns wahrscheinlich nicht viel nützt«, sagte Editha und deutete auf das Tastenfeld, das sich neben der Tür befand. »Es sei denn, du hast eine Ahnung, welchen Zutrittscode dein Bruder verwenden könnte.«

»Hm, mal sehen. Er wird zwar nicht so dumm sein, das Geburtsdatum zu verwenden, aber trotzdem werde ich das als erstes probieren.«

Doch wie viele Stellen hatte der Code: vier oder sechs oder noch mehr?

Was würde *er*, Marko, machen? Einen sechsstelligen Code wählen. Der war schon sehr sicher und dabei kurz genug, damit man sich ihn merken konnte.

Er näherte sich mit den Fingern dem Tastenfeld, hielt aber in der Bewegung inne. Denn er hatte bemerkt, dass sich auch hier Staub abgesetzt hatte. Es war ein Segen, dass der Keller so staubig war. Die oft benutzten Tasten waren leicht auszumachen.

»Es sieht so aus, als wären nur die 0, 1 und 9 verwendet worden«, sagte er zu Editha. »Die Tasten sind in der Mitte, wo sie betätigt wurden, völlig sauber.«

»Gut, das schränkt die Möglichkeiten ja etwas ein. Kann es dann noch euer Geburtsdatum sein?«

»Nein, wir haben im September Geburtstag. Es muss etwas anderes sein, aber ich habe keine Ahnung, was.«

»Denk nach. Es muss eine Zahlenkombination sein, die sich auch dein Vetter Mads gut merken kann. Wozu haben beide einen Bezug?«

»Eigentlich zu nichts. Ich wüsste nicht, was die beiden gemeinsam haben könnten, außer das, woran sie hier scheinbar arbeiten.«

»Vielleicht ist es ja genau das. Irgendetwas, das hiermit zu tun hat.«

Marko sank der Mut.

»Falls es so ist, finden wir den Code nie heraus. Wir wissen doch nichts hierüber.«

Auch Editha schien verzweifelt. Sie fasste sich mit beiden Händen ins Haar und kniff die Augen zusammen.

»Doch«, sagte sie dann. »Ein paar Sachen wissen wir: Wenn das hier etwas mit der bevorstehenden Katastrophe zu tun hat, geht es um ein Bakterium, das alle Menschen töten wird. Und die Sache wird bald passieren.«

»Hm..., nehmen wir mal an, sie haben sich ein terminliches Ziel gesteckt. Welches sechsstellige Datum in unmittelbarer Zukunft kann mit den drei Ziffern 0, 1 und 9 gebildet werden?«

Editha wurde schneeweiß im Gesicht.

»Der 01.11.19«, sagte sie. »Das wäre morgen. Möglich wären auch der 09.11.19 oder 10.11.19.«

Auch Marko blieb einen Moment die Luft weg, bevor er sich wieder sammelte.

460

»Direkt den Monatswechsel halte ich für wahrscheinlicher. Das passt besser zu Klemens. Okay, probieren wir es aus.«

Er tippte die Zahlen entsprechend dem Datum in das Tastenfeld ein. Sie wurden auf dem Display als Sterne angezeigt. Einen Moment später erschien dort das Wort »Freigabe«, begleitet durch einen Piepton, und die Aufzugtür öffnete sich.

»Bingo! Gleich beim ersten Versuch«, rief er und zerrte Editha mit in den Aufzug.

»Marko«, sagte sie, immer noch kreidebleich. »Morgen schon!«

»Sieh es positiv: Es passiert dann immerhin nicht heute. Wir haben noch mindestens ...« Er sah auf die Armbanduhr. »... sieben Stunden Zeit.«

Im Aufzug sah er, dass es nur zwei Stockwerke gab, und drückte auf die Taste des tieferen. Einige Sekunden später gab die Aufzugtür den Blick auf etwas frei, das wie ein Labor aussah. Vorsichtig gingen sie dort hinein und sahen sich dabei nach allen Seiten um. Es war niemand zu sehen. Überall standen Glasgefäße und merkwürdig anmutende Geräte herum, von denen ihm aber einige bekannt vorkamen.

»Das dort ist eine Zentrifuge«, sagte Marko und zeigte zu dem Gerät. »Und das ein Inkubationsschrank.«

»Woher weißt du das?«, fragte Editha.

»Eine der Firmen, die ich gegründet habe, beschäftigt sich mit Bakteriologie. Und eine andere ist im Pharmabereich angesiedelt. Dort werden solche Geräte eingesetzt.«

»Dann sind wir ja wahrscheinlich auf der richtigen Spur, denn Bakterien sind ja die Ursache des ganzen Übels.«

»Psst.« Marko legte den ausgestreckten Zeigefinger auf die Lippen.

Er hatte in einem der abgetrennten gläsernen Räume eine Bewegung gesehen. Unwillkürlich nahmen sie beide eine leicht geduckte Haltung ein und näherten sich so diesem Raum, dessen Wände im unteren Bereich mit weißen Platten verkleidet waren. Dort angekommen richteten sie sich vorsichtig so weit auf, dass sie oberhalb der Verkleidungen durch die Glaswände hineinsehen konnten.

Mads saß an einem Tisch, vor sich drei Bildschirme mit unterschiedlichen Anzeigen, und tippte etwas in eine Tastatur ein. Die Details der Anzeigen konnte Marko nicht erkennen, dazu waren sie zu weit entfernt. Er sah Editha an.

»Kannst du das entziffern?«, flüsterte er, doch sie schüttelte den Kopf.

Dann erhob Mads sich so plötzlich, dass sie keine Zeit hatten, sich zu ducken. Aber sie blieben trotzdem von ihm unentdeckt, denn er hatte nur Augen für seine Arbeit. Hastig ging er zu einem anderen Tisch, wo weitere Bildschirme standen, ließ sich in einen Stuhl fallen und tippte auf die dort vorhandene Tastatur ein.

Marko dachte gerade, dass es keinen Sinn hatte, Mads von hier zu beobachten. So würden sie nie herausfinden, was er trieb. Sie mussten es auf eine Konfrontation ankommen lassen, mit seinem Vetter würde er schon fertig werden.

Aber dann hörte er hinter sich eine wohlbekannte Stimme.

»Was macht ihr denn hier?«

Marko und Editha drehten sich um und sahen einen ungläubig dreinblickenden Klemens vor sich stehen.

»Erstaunlich, ihr seid doch weiter gekommen, als ich je gedacht hätte«, sagte er.

1788

Jacob rutschte weiter, das Dach glitt ihm förmlich aus der Hand. In einem letzten verzweifelten Versuch griff er mit der anderen Hand nach und schrie anschließend vor Schmerz laut auf. Er hatte zwar Halt gefunden, doch der Preis dafür war, dass er in irgendetwas Spitzes, Scharfes gegriffen hatte. Dennoch ließ er nicht los, sondern begann, sich hochzuziehen. Zunächst nur ein kleines Stück, aber das reichte, damit er mit der Hand, die vorher keinen Halt finden konnte, nachgreifen konnte, und dieses Mal bekam er eine Kante zu fassen. So zog er sich Stück für Stück wieder hoch, bis er außer Atem und blutend auf dem Dach lag.

Nach einer Weile betrachtete er die Innenseite seiner Hand. Es war regelrecht ein Loch darin. Er sah sich um und entdeckte einen rostigen und blutfeuchten Nagel, der nicht weit von der Dachkante aus den Schindeln ragte. Na, hoffentlich wurde er hiervon nicht krank, oder Schlimmeres und hatte somit nur einen Aufschub vom Tode, dem er gerade entronnen war. Seine Hand blutete ziemlich stark. Da er nichts hatte, um die Wunde zu verbinden, ließ er das Blut einfach auf das Dach tropfen und machte sich auf den Weg zu seiner Dachluke.

Der restliche Weg hinein war geradezu ein Kinderspiel im Vergleich zu dem, was er bereits hinter sich hatte. Er ließ sich auf den Boden gleiten, fand ein Tuch, das er um seine Hand wickeln konnte und legte sich zum Ausruhen auf sein Lager.

Fünf Minuten später war er eingeschlafen.

»Wie bitte? Das kommt nicht in Frage. Du wirst schön hier in deinem Versteck auf deinen Prozess warten!«

Das Gesicht von Elmendorffs hatte eine hochrote Farbe angenommen. Er lief in der Dachkammer aufgebracht hin und her und war dabei dermaßen kurzatmig, dass Jacob sich ernsthafte Sorgen um seinen gesundheitlichen Zustand machte.

»Aber es *muss* sein. Ich habe außerhalb der Stadtmauern noch etwas Wichtiges zu erledigen«, entgegnete er.

Er senkte den Kopf und schaute auf den Verband an der rechten Hand, weil er dem zornigen Blick von Elmendorffs nicht standhalten konnte.

»Was soll denn im Moment wohl wichtiger sein als dein Prozess? Und überhaupt: Wie bist du eigentlich zu dieser Verletzung gekommen?«

Jacob war froh, dass ihm zwei Fragen zugleich gestellt wurden. So konnte er die erste umgehen, ohne dass es unangenehm auffiel.

»Ich habe mich an einem Nagel im Dach verletzt.«

»An einem Nagel im Dach?« Von Elmendorff brüllte fast.

Nacheinander sah er Jacob, die Dachluke und den Stuhl an, und Jacob konnte förmlich dabei zusehen, wie er sich die Geschehnisse zusammenreimte.

Von Elmendorff setzte seine Rennerei fort und fluchte währenddessen unverständlich vor sich hin. Jacob wollte ihn jetzt lieber nicht stören und sah minutenlang zu.

Plötzlich blieb von Elmendorff stehen und sah Jacob wieder eindringlich an.

»In Ordnung«, sagte er. »Offensichtlich kann ich dich ohnehin nicht davon abhalten, diese Dachkammer zu verlassen.« Er machte eine Kopfbewegung zur Dachluke. »Bevor du noch riskantere Wege suchst, ist es vielleicht besser, wenn du die erbetene Hilfe von mir erhältst. Ich werde darüber nachdenken, wie wir dich aus der Stadt schmuggeln. Morgen oder übermorgen wird jemand kommen und dich abholen.«

Er drehte sich auf der Ferse um und verschwand aus der Tür, dieses Mal, ohne sie zu verschließen. Wahrscheinlich hatte er eingesehen, dass dies keinen Zweck hatte.

1768

Zölder sah sich im Gerichtssaal um. Einige der Anwesenden kannte er bereits, denn sie waren seine neuen Kollegen in seiner neuen Tätigkeit als Schreiber. Wie von Riekhen das hinbekommen hatte, dass er zu dieser Anstellung gekommen war, wusste Zölder nicht. Aber er musste es noch vor den Ereignissen eingefädelt haben, die dazu geführt hatten, dass er heute vor Gericht stehen würde.

Der Eingang öffnete sich und zwei Gerichtsdiener traten ein, Diether von Riekhen zwischen ihnen. Sein Blick war abwesend, als würde er seine Umgebung gar nicht wahrnehmen. So hatte Zölder ihn auch zuletzt bei Enngelin Henningsens Leiche gesehen. Er wurde zu dem Stuhl geführt, der links neben dem Richtertisch stand, und dort draufgesetzt.

Kurze Zeit später kam ein Gerichtsdiener herein, der die Anwesenden aufforderte, sich zu erheben, was auch alle taten. Dann traten der Richter, der zweite Bürgermeister, der Syndikus und einige weitere Ratsherren ein. Der Richter war der erste Bürgermeister, der würdevoll zu seinem Platz ging, dort kurz stehenblieb, in die Runde sah und sich setzte. Sämtliche Personen im Saal folgten seinem Beispiel.

Im Anschluss einer knappen Einleitung wandte sich der Richter direkt an den ebenfalls anwesenden Vogt.

»Verehrter Vogt Grube, würden Sie sich bitte zur Vernehmung nach vorne begeben?«, sagte der Richter, ohne den Blick von den Schriftstücken auf seinem Tisch abzuwenden.

Der Vogt, der nur unweit von Zölder gesessen hatte, erhob sich und schritt zum Richtertisch. Auf der rechten Seite des Richters befand sich ein weiterer Stuhl, auf dem er Platz nahm. Anschließend wurden einige Formalitäten durchgeführt und Grube musste schwören, dass er die Wahrheit sagen würde.

Der Vertreter der Anklage kam dann ebenfalls nach vorne und stellte sich vor den Vogt auf.

»Bitte schildern Sie uns, wie Sie den Tatort vorgefunden haben«, sagte er.

»Nun, die Ermordete, Enngelin Henningsen, lag auf ihrem Bett.« Der Vogt sprach langsam. Zölder hatte ganz den Eindruck, als würde es ihm widerstreben seine Aussage zu machen. »Sie war überall voller Blut. Auf einem

Stuhl vor dem Bett saß Herr von Riekhen. Vor ihm auf dem Boden lag ein Messer, an dem ebenfalls frisches Blut klebte. Weitere Personen waren nicht anwesend.«

»Hat Herr von Riekhen irgendetwas gesagt?«, fragte der Ankläger.

»Nein, er hat nur vor sich hingestarrt.«

Der Richter mischte sich ein.

»Mir ist zu Ohren gekommen, dass der Angeklagte geistesabwesend ist und auf keinerlei Ansprache reagiert.« Er wandte sich an Diether von Riekhen. »Herr von Riekhen, können Sie mich hören?«

Er sah den Angesprochenen erwartungsvoll an, aber der hatte sich einen Punkt in weiter Ferne ausgesucht, auf den er seinen Blick ausgerichtet hatte. Von Zölder war froh darüber, denn so konnte von Riekhen sich nicht verteidigen.

Der Richter wandte sich wieder an Grube.

»War er auch schon in diesem Zustand, als Sie ihn am Tatort vorgefunden haben?«

»Ja, ganz recht. Ich habe ihn angesprochen, aber er zeigte keinerlei Reaktion. So ist er schon die ganze Zeit seitdem.«

»In Ordnung, machen Sie weiter«, sagte der Richter zu dem Ankläger.

»Eigentlich ist dem nichts weiter hinzuzufügen, ehrenwerter Richter. Der Angeklagte wurde vom Vogt Grube am Tatort auf frischer Tat ertappt. An seiner Schuld besteht kein Zweifel.«

Er deutete eine knappe Verbeugung an und setzte sich wieder auf seinen Platz. Ein anderer Mann erhob sich, von dem Zölder wusste, dass es ein Advokat aus der Mühlenstraße war. Das musste der Verteidiger von Riekhens sein. Er begab sich zum Vogt und stellte sich dort genauso auf wie vor ihm der Ankläger.

»Vogt Grube, Sie sagten, dass Herr von Riekhen auf einem Stuhl saß und das Messer vor ihm auf dem Boden lag. Haben Sie zuvor gesehen, dass er damit zugestochen hatte?«

»Nein, als ich ankam war schon alles vorbei.«

Der Verteidiger nickte, so als hätte er mit dieser Antwort gerechnet.

»Und haben Sie denn gesehen, wie er das Messer noch in der Hand hielt, bevor er es auf den Boden fallen ließ?«

Der Vogt schüttelte den Kopf.

»Nein, nichts dergleichen. Wie ich sagte, saß Herr von Riekhen auf dem Stuhl und das Messer lag vor ihm.«

Der Verteidiger nickte wieder und wandte sich an den Richter.

»Herr Bürgermeister, der Fall ist alles andere als eindeutig. Der Mord kann auch von jemand anderes begangen worden sein, der das Messer auf den Boden fallen gelassen hat. Die bloße Anwesenheit meines Mandanten beweist nicht seine Schuld, da er genauso wie der Vogt im Nachhinein dazugekommen sein kann.«

Zölder beschlich ein ungutes Gefühl. Der Verlauf, den der Prozess gerade nahm, gefiel ihm überhaupt nicht. Wenn von Riekhen nicht für schuldig befunden würde, wäre eine Suche nach dem wahren Mörder unausweichlich.

Der Verteidiger verbeugte sich wie der Ankläger vor ihm und begab sich ebenfalls wieder auf seinen Platz. Noch bevor er ganz saß, erhob sich der Ankläger erneut.

»Verehrter Vogt, wie haben Sie von dem Mord erfahren?«

»Jemand kam zu mir und hat mir davon erzählt.« Während er sprach, deutete er auf Zölder. »Der Herr Zölder dort.«

Alle Köpfe im Saal drehten sich zu ihm und Zölder konnte es nicht verhindern, dass ihm die Farbe ins Gesicht stieg.

»Herr Bürgermeister«, sagte der Vertreter der Anklage. »Ich beantrage, dass Herr Zölder als Zeuge aufgerufen wird.«

Der Richter nickte.

»Herr Grube, Sie sind als Zeuge entlassen, zumindest vorerst«, sagte er. »Herr Zölder, bitte treten Sie nach vorne.«

Während der Vogt sich erhob und zu seinem Platz zurückging, stand Zölder ebenfalls auf und ging seinerseits zu dem freigewordenen Stuhl, sodass sie sich auf halbem Weg begegneten. Bei dem Blick, den Grube ihm dabei zuwarf, hatte Zölder das Gefühl zu schrumpfen.

Zölder setzte sich und es wurden die gleichen Formalitäten durchgeführt wie bei Vogt Grube ein paar Minuten zuvor. Der Vertreter der Anklage, der sich zwischenzeitlich gesetzt hatte, kam zu ihm her und sah ihm fest in die Augen.

»Herr Zölder«, sagte er. »Ist es richtig, dass Sie unseren Vogt Grube von dem Verbrechen berichtet haben und ihn zum Tatort geführt haben?«

Zölder hatte einen Kloß im Hals und musste sich erst räuspern, bevor er sprechen konnte.

»Ja, das ist richtig«, sagte er mit belegter Stimme.

»Waren Sie zuvor in den Räumen, in denen der Mord stattgefunden hat?«

»Ja, das war ich.«

»Haben Sie gesehen, wie der Mord begangen wurde?«

Jetzt kam es drauf an: Er konnte nun mit seiner Aussage den ganzen Fall eindeutig machen. Doch, um glaubhaft zu erscheinen, durfte er weder zu kühl noch zu emotional wirken. Er durfte nicht zu viel und nicht zu wenig sagen, so, als würde ihn das eigentlich nichts angehen, er aber nun mal zur Aussage verpflichtet war.

»Ich habe gesehen, wie der Herr von Riekhen dort, mit dem Messer auf Frau Henningsen eingestochen hat. Einmal hat er zugestochen. Dann ist er in den Stuhl geplumpst und hat das Messer vor sich auf den Boden fallen lassen.«

Der Ankläger nickte zufrieden.

»Was taten Sie daraufhin?«

»Da er mich nicht bemerkt hatte, habe ich mich wieder hinausgeschlichen und bin direkt zum Vogt gelaufen, um ihm von diesem schrecklichen Verbrechen zu berichten.« Nach einer kurzen Besinnung fügte er hinzu: »Es kann aber auch sein, dass ich noch gezögert habe, nachdem ich wieder auf der Straße war, weil ich so entsetzt war von dem Gesehenen.«

»Ich fasse also zusammen: Wir haben einen Augenzeugen, der den Angeklagten eindeutig als Mörder identifiziert hat. Bei dem Augenzeugen handelt es sich um einen Beamten der Stadt Oldenburg, also einem leumündigen Bürger, dessen Wort nicht angezweifelt werden darf. Euer Ehren, der Fall ist also sehr wohl eindeutig. Ich plädiere dafür, den Angeklagten wegen Mordes zum Tode zu verurteilen.«

Der Ankläger begab sich zu seinem Platz und setzte sich. Erneut erhob sich der Verteidiger. Zölder sah ihm an, dass er nicht mehr viel Hoffnung hatte. Er kam nach vorne und ging grübelnd auf und ab. Offenbar wusste er nicht recht, was er noch fragen konnte, um dem Fall wieder eine andere Wendung zu geben.

»Herr Zölder«, fragte er schließlich, nachdem er plötzlich stehen geblieben war. »Was haben Sie überhaupt in den Räumen, wo Sie den Mord gesehen haben wollen, zu schaffen gehabt?«

Zölder musste kurz überlegen, wie er es dem Vogt gesagt hatte, damit er sich nicht selbst widersprach.

»Ich ging auf der Straße an dem Haus vorbei. Plötzlich hörte ich die Schreie einer Frau. Mir war sofort klar, dass diese Frau um ihr Leben kämpfte. Ich rannte in das Haus und konnte gerade noch sehen, wie Herr von Riekhen das letzte Mal zustach. Den Rest kennen Sie bereits.«

»Hm ...«, sagte der Verteidiger. »Sie sind außer dem Angeklagten die einzige Person, die dort war. Warum sollte man Ihnen Glauben schenken? Vielleicht war es ja auch so, dass *Sie* den Mord begangen haben und nun die Schuld auf Herrn von Riekhen abwälzen wollen.«

Der Vertreter der Anklage erhob sich abrupt.

»Herr Bürgermeister, das ist doch völlig absurd. Wer ist denn hier nun angeklagt? Der Herr Verteidiger will doch nur von seinem Mandanten ablenken.«

Der Richter wandte sich an den Verteidiger.

»Haben Sie Beweise für diese Behauptung? Wenn nicht, stellen Sie dem Zeugen bitte weitere Fragen oder kommen Sie zu einem Abschluss.«

Obwohl Zölder wusste, dass der Vorstoß des Verteidigers nicht haltbar war, war er zuletzt ziemlich ins Schwitzen gekommen. Nun konnte er sich aber entspannen, denn es war dem Verteidiger anzusehen, dass er sich keinen Rat mehr wusste. Er zögerte noch eine Weile, in der er aussah, als würde er fieberhaft nachdenken. Dann ließ er seine Schultern vollends sacken.

»Ich habe keine weitere Fragen, Herr Richter«, sagte er und begab sich wieder auf seinen Platz.

Auch Zölder wurde als Zeuge entlassen und durfte sich auf seinen vorherigen Platz setzen. Er hatte damit gerechnet, dass der Richter sich zurückziehen würde, um über den Schiedsspruch nachdenken zu können, aber dem war nicht so. Der Richter schlug, kaum dass Zölder saß, drei Mal mit seinem Hammer auf den Tisch und sah in die Runde.

»Aufgrund des Augenzeugen, ein Beamter der Stadt Oldenburg, ist dieser Fall eindeutig. Für mich besteht kein Zweifel, dass Freiherr Diether von Riekhen die Ehefrau des Beamten Birge Henningsen, Enngelin Henningsen, ermordet hat. Deshalb verurteile ich Diether von Riekhen zum Tode durch den Strick.«

Der Richter schlug abermals den Hammer auf den Tisch und fuhr in seiner Anklagerede fort.

»Darüber hinaus entziehe ich der Familie von Riekhen den Adelstitel. Die Nachkommen eines Mörders sind nicht würdig diesen Titel zu tragen. Ab sofort soll der Name nur noch ›Riekhen‹ sein.«

Der Richter erhob sich und verließ den Saal. Die beiden Gerichtsdiener fassten von Riekhen unter die Achseln, zwangen ihn aus dem Stuhl und schoben ihn ebenfalls aus dem Saal. Auch die anderen Anwesenden erhoben sich jetzt, sodass Zölder sich ihnen anschloss.

Nachdem er den Saal verlassen hatte, fiel sein Blick auf eine Person, die etwas abseits stand. Es dauerte einen Moment, bis die Leute so weit an ihr vorbei gegangen waren, dass er sie erkennen konnte. Bei der Person handelte es sich um niemand anderen, als seinen Bruder Lynhardt. In sich zusammengesackt stand er dort und schaute auf seine Schuhe. Sein Gesicht war nass, als wäre er durch einen Regen gelaufen und Zölder brauchte eine Weile bis ihm klar wurde, dass es sich dabei in Wahrheit um Tränen handelte.

HEUTE

»Wie seid ihr hier reingekommen?«, fragte Klemens. Sein Blick huschte kurz zu dem Glasraum, in dem Mads arbeitete. »Hat *er* etwa ...«

»Das tut doch nichts zur Sache«, erwiderte Marko. Die Zeit war knapp. Die Klärung dieser Details konnte auch später folgen. »Klemens, ich weiß nicht, was ihr hier macht, aber ihr müsst unbedingt sofort damit aufhören. Die Bakterien, mit denen ihr vermutlich arbeitet, werden sonst die Ursache einer Katastrophe sein.«

Durch die leicht gerunzelte Stirn erschien ein Ausdruck von Unverständnis auf Klemens' Gesicht.

»Bakterien? Was wir hier machen, hat nichts mit Bakterien zu tun.« Er fasste sich an die Schläfen und senkte den Blick. »Eigentlich will ich erst morgen damit an die Öffentlichkeit gehen. Und es vor allem Vater sagen.«

An die Öffentlichkeit gehen? Was sollte das bedeuten? Waren Marko und Editha etwa auf der falschen Spur? Oder wusste Klemens nur nicht von den Bakterien?

»Moment mal, Klemens. Meines Wissens bist nicht du im Labor der Fachmann, sondern unser durchgeknallter Vetter.« Marko deutete mit dem Daumen über die Schulter hinter sich. »Bist du dir absolut sicher, dass er nicht mit Bakterien rumhantiert?«

»Sein Auftrag ist vielmehr im Gebiet der Gentechnik angesiedelt, aber wir können ihn ja mal ...«

Während er sprach, hatte er den Kopf gehoben. Doch seine Bewegung erstarrte im gleichen Moment, in dem er den Satz abbrach.

Marko folgte seinem Blick. Er und Editha wichen erschrocken zurück, als sie Mads mit einer auf sie gerichteten Pistole vor sich stehen sahen.

»Ihr wisst also von dem Bakterium«, sagte Mads. Seine Augen waren stark gerötet, vermutlich von der langen Computerarbeit. Als er sie nun so ansah, den Kopf nach unten geneigt, heraufblickend aus konzentrierten Augen, wirkte er zugleich verrückt und böse. »Dann kann ich euch unmöglich gehen lassen, einen Tag vor dem Abschluss. Geht da rein.«

Er winkte mit dem Lauf der Pistole in Richtung des gläsernen Raumes.

Marko wechselte mit Editha einen Blick. Es war also vermutlich sein Vetter, der für alles verantwortlich sein würde. Klemens hatte ganz offensichtlich keine Ahnung gehabt.

»Na los, macht schon«, sagte Mads, nun nachdrücklicher.

»Du würdest doch nicht auf deine Verwandtschaft schießen«, sagte Marko und setzte sich, gefolgt von Editha, langsam in Bewegung. Nur Klemens blieb, wo er war, sichtlich verwirrt und schockiert.

»Darauf würde ich mich an eurer Stelle nicht verlassen«, antwortete Mads. »Du auch«, sagte er dann an Klemens gewandt.

Marko sah, wie sein Bruder sich fügte und hinter ihnen hertrottete.

In dem Glasraum deutete Mads auf zwei Bürostühle.

»Setzt euch dort drauf.« Dann wühlte er kurz in einem Schubfach, holte eine Rolle Paketklebeband hervor und reichte sie Klemens. »Fessele sie damit. Die Hände hinter dem Rücken an die Stuhllehne und die Beine unten an den Stuhl.«

Klemens starrte auf das Klebeband, als hätte er ihn nicht verstanden.

»Ich begreife das nicht«, sagte er heiser. »Was für ein Bakterium?«

Marko hatte sich bereits gesetzt und Editha auch, sodass Mads jetzt außerhalb ihrer Reichweite war. Deshalb hielt er es wohl für sicher genug, die Pistole nicht mehr auf sie, sondern auf Klemens zu richten.

»Tu, was ich dir gesagt habe«, fuhr er ihn an.

Nun änderte sich der Ausdruck in Klemens' Gesicht. Sein Blick wurde düster und grimmig, doch angesichts der auf ihn gerichteten Pistole fügte er sich und begann, Marko zu fesseln. Allerdings war er nicht besonders gut darin oder er stellte sich absichtlich ungeschickt an. Marko merkte sofort, dass das Klebeband viel zu locker saß.

Nachdem auch Editha an ihren Stuhl gefesselt war, schob Mads seinen eigenen Drehstuhl heran.

»Gib das Klebeband her und setz dich hierauf«, sagte er.

Dann fesselte er Klemens in gleicher Weise, wie der es vorher mit Marko und Editha getan hatte, und rollte den Stuhl neben sie.

»Heißt das, dass du kein Haarfärbemittel entwickelt hast?«, fragte Klemens.

Mads lachte auf.

»Du mit deinen Träumen«, sagte er und wandte sich dann an Marko. »Dein Bruder ist so davon besessen, es eurem Vater zu beweisen, dass er Logik und Menschenverstand dafür allzu bereitwillig über Bord wirft.« Marko bemerkte, wie Klemens ihren Vetter hasserfüllt ansah.

»Beweisen? Was wollte er Vater beweisen?«, fragte Marko. Es war an der Zeit, dass er endlich herausfand, was hier vor sich ging.

»Na, was schon? Dass er genauso gut ist wie du, natürlich. Komisch, dass du das nicht weißt«, sagte Mads, legte die Pistole auf seinen Schreibtisch und stellte sich, da er keinen Stuhl mehr hatte, so vor seine Tastatur, dass er etwas eingeben konnte. Vor ihm auf dem Monitor erschien ein Bild von etwas, das Ähnlichkeit mit einem Hubschrauber hatte.

»Dass er ...?«

Marko konnte seine Überraschung nicht verbergen. Er sah seinen Bruder an, der jetzt zu Boden blickte. Das sollte die Triebfeder seines Tuns sein?

»Seine Geschäftsidee ist eine Methode, Haare mittels Eingriff in die Epigenetik zu färben. Durch das Schlucken einer Pille sollte die Genetik so verändert werden, dass die Haare in der gewünschten Farbe nachwachsen. Kein Färben oder Nachfärben sollte mehr nötig sein.« Während Mads sprach, rief er immer wieder Bilder von diesen Hubschraubern auf, die alle unterschiedlich nummeriert waren. Unter den Bildern waren Felder mit Zahlen, von denen er manchmal einige änderte. »Eigentlich eine ganz gute Geschäftsidee. Aber selbst, wenn das technisch möglich gewesen wäre, hätte es unendlich viele Hürden gegeben, bevor dieses Mittel auf den Markt gekommen wäre. Die gravierendste davon wäre wohl die Zulassung eines Mittels, das in die Genetik eingreift, gewesen.«

Marko war nun unbeobachtet, und er hatte seine Überraschung soweit überwunden, dass er sich um seine Fesseln kümmern konnte. Er begann, das Klebeband weiter zu lockern und zu lösen.

Editha bemerkte, dass Marko seine Fesseln bearbeitete. Allein um ihn abzulenken, musste sie Burges weiter in seinem für ihn ungewöhnlichen Redefluss halten. Aber natürlich musste sie auch endlich erfahren, was er vorhatte. Sie hatte zwar keine Ahnung von dem, was er dort am Computer machte, aber für sie sah es verdächtig nach letzten Vorbereitungen aus. Sie musste sich zwingen, ruhig zu bleiben.

»Und stattdessen haben Sie ein Bakterium erschaffen?«, fragte sie.

Burges warf ihr einen kurzen Seitenblick zu, bevor er fortfuhr, Daten einzugeben. Er betätigte die Eingabetaste und der Bildschirm füllte sich mit vielen kleinen Hubschraubern, die alle grün eingefärbt waren, bis auf einen, der rot blinkte.

»Da Sie es ohnehin nicht mehr verhindern können, kann ich es Ihnen jetzt erzählen. Ja, tatsächlich habe ich ein spezielles Bakterium erschaffen. Ohne meinen Vetter hier, wäre mir das niemals möglich gewesen. Sein Geld und vor allem seine Beziehungen waren absolut nötig. Deshalb habe ich so getan, als würde ich mit ihm zusammenarbeiten.«

Er klickte auf den roten Hubschrauber, woraufhin sich wieder eine Eingabemaske öffnete. Hier passte er einen Wert an, drückte die Eingabetaste und erneut erschienen die vielen kleinen Hubschrauber, die nun alle grün waren. Zufrieden richtete Burges sich auf. Er sah aus, als hätte er sein Werk vollbracht.

Panik ergriff Besitz von Editha. Sie konnte sich nicht länger zusammenreißen. Sie musste Burges davon überzeugen, dass sein Vorhaben eine Katastrophe auslösen würde.

»Herr Burges, Sie müssen damit aufhören. Durch das Bakterium wird Schlimmes passieren. Ich weiß es, bitte glauben Sie mir ...«

Burges drehte sich schlagartig vom Bildschirm weg zu Editha und funkelte sie an.

»Ja, ja, ich weiß, was Sie glauben. Schließlich habe ich Ihre Fantastereien gehört, als Sie krank in Ihrem Bett lagen und fiebrig vor sich hinlamentierten. Aber ich bin Wissenschaftler. Sie können doch nicht allen Ernstes annehmen, dass ich Ihnen eine Kommunikationsmöglichkeit mit einem Menschen, der schon seit Jahrhunderten nicht mehr lebt, abnehme.«

Verblüfft ließ Editha die Schultern sinken. Sie riss sich sofort zusammen, doch Burges ließ sie gar nicht erst wieder zu Wort kommen.

»Und dann haben Sie noch Ihr Buch. Aber so etwas Besonderes ist das nicht. Sie sind nicht der einzige Mensch, der von seinen Ahnen ein Buch hat.« Er ging zu einem Schreibtisch, der weiter hinten stand, zog einen Schlüssel aus der Tasche und schloss eine Schublade auf. Diese öffnete er und zog ein Buch heraus, dass ihrem Buch von Jacob gar nicht so unähnlich war. »Auch ich habe ein Buch, geschrieben von meinem Weiß-der-Teufelwie-viel-Ur-Großvater Lynhardt Zölder. Ich weiß alles aus dieser Zeit. Ich weiß, wer damals wirklich die Morde begangen hat, für die Ihr Urahn Diether von Riekhen hingerichtet wurde. Ich weiß, dass von Riekhen von niemand anderen erpresst wurde, als von den Vorfahren Markos hier. Steht alles hier drin, weil Lynhardt es mit seinen eigenen Augen gesehen hatte.«

Er hielt das Buch hoch und schwenkte es, als wollte er einen neuen Bestseller präsentieren.

»Hier steht auch drin, was Lynhardt damals vorhatte. Er wollte nämlich alle Rothaarigen töten. Deshalb gingen die Morde an Rothaarige auch damals auf sein Konto. Er hielt rothaarige Menschen für Teufelswerk, das die Gottesfürchtigen zur Sünde verführen wollte. Dieses Vorhaben werde ich zu Ende führen, nur um einiges effektiver als er.«

»Sie wollen mit ihrem Bakterium also alle Rothaarigen töten?«, keuchte Editha und die Angst um Timo presste ihr Herz zusammen.

Mads lachte.

»Die Drohnen, die ich gerade eben synchronisiert habe, werden morgen um Punkt zehn Uhr an verschiedenen Stellen über Oldenburg aufsteigen und mit einem Vernebler eine Flüssigkeit freisetzen, von der die Menschen nicht einmal etwas bemerken werden. Diese Flüssigkeit enthält das Bakterium, das sich an ein Gen andocken wird, das ausschließlich bei rothaarigen Menschen vorhanden ist. Da das Bakterium aber auch in Nicht-Rothaarigen überleben und durch Tröpfchen-Infektion von Mensch zu Mensch weitergegeben werden kann, wird es wie ein Lauffeuer um die Welt gehen und über kurz oder lang alle Rothaarigen befallen. Und die werden daran ... nun ja ... sterben.«

Er zuckte die Achseln.

Mittlerweile rannen Editha Tränen über die Wangen. Nur noch mühevoll konnte sie ihr Entsetzen zurückhalten.

»Aber Sie glauben doch nicht etwa wie Ihr Vorfahre, dass Rothaarige vom Teufel kommen?«, fragte sie.

»Nein, natürlich nicht.«

»Warum machen Sie das dann?«

Er legte den Kopf schief und lächelte.

»Na ja, weil ich die Idee ganz gut fand ... und weil ich es kann.«

Damit drehte er sich wieder zu seinem Computer und drückte eine Tastenkombination, die den Sperrbildschirm erzeugte.

Im nächsten Moment sah sie aus dem Augenwinkel bei Marko eine ruckartige Bewegung und hörte gleichzeitig ein reißendes Geräusch. Er erhob sich halb aus dem Stuhl, an den Unterarmen nur noch Fetzen des Klebebands, warf sich von hinten auf Burges und umklammerte ihn so, dass er sich nicht mehr auf den Füßen halten konnte. Burges fiel nach vorne um, schlug mit dem Kopf an die Tischkante und blieb reglos liegen. Sofort band Marko nun auch seine Beine los. Nachdem er frei war, fühlte er zunächst den Puls des Gefallenen. Dann nickte er zufrieden, nahm sich die Kleberolle, die noch auf dem Tisch lag und fesselte Burges damit. Erst danach kam er zu Editha und Klemens und befreite sie ebenfalls von ihren Fesseln.

»Wir müssen diese Drohnen irgendwie stoppen«, sagte er und sprang an den Computer.

Editha sah, dass er es dort mit dem gleichen Passwort wie beim Aufzug versuchte, doch es funktionierte nicht.

»Klemens, kennst du das Passwort?«

»Nein, leider nicht«, sagte Klemens.

»Mist!«, fluchte Marko. »Aber ich kenne einen Spezialisten. Der kann diese Drohnen mit Sicherheit hacken und ...«

»Halt, halt«, unterbrach ihn Editha. »Ich weiß etwas Besseres: Wir müssen versuchen, das hier zu unterbinden, bevor es sich anbahnen kann.«

1788

Jacob war schon lange zum Aufbruch fertig, als es an der Tür klopfte. Der Mann, dem er öffnete, war noch kleiner und schmächtiger als er selbst. Mit Reden hielt er sich nicht auf, sondern winkte Jacob zum Zeichen, dass er mitkommen sollte. Jacob war es recht.

Auf seinen kurzen Beinen war der Mann, der weiterhin kein Wort sagte, erstaunlich schnell unterwegs. Die Laterne, die er dabei hatte, baumelte wild hin und her. Jacob hatte Mühe, an ihm dran zu bleiben, geschweige denn, dass er Gelegenheit gehabt hätte, ihn etwas zu fragen. Etwa wie der Plan aussah, oder warum sie in Richtung Stadtwesten gingen. Dort arbeiteten doch die Gerber. Sollte er vielleicht unter Fellen, die zur Lederfertigung gebracht werden sollten, aus der Stadt geschmuggelt werden? Wie es schien, musste er seine Neugier zügeln und die Dinge auf sich zukommen lassen.

Kurz darauf kam das Haarentor in Sicht. Der kleine Mann hielt ihm die flache hochgehaltene Hand entgegen, was Jacob so deutete, dass er stehenbleiben sollte. Das tat er und beobachtete, wie der Mann zur Wache ging, die nur aus einem Posten bestand. Die beiden redeten miteinander, einer fast doppelt so groß wie der andere, ein Stoffsäckchen wechselte seinen Besitzer, wobei Jacob ein leises Klimpern hörte, und der Wachtposten wandte sich ab und öffnete das Tor. Anschließend trat er einige Schritte beiseite und drehte ihnen den Rücken zu, was der kleine Mann zum Anlass nahm, Jacob herbei zu winken. Bei ihm angekommen, drückte er Jacob die Laterne in die Hand und schob ihn durch das Tor, das er hinter ihm schloss. Erstaunt stand Jacob davor und sah durch die Gitter zurück in die Stadt. Aber der kleine Mann fuchtelte wild mit den Armen, damit Jacob sich davon machte.

Jacob drehte sich ab und entfernte sich schnellen Schrittes vom Stadttor, den Weg mit der Laterne ausleuchtend. Er wusste nicht, ob er heute Nacht noch den ganzen Weg bis zum Birnenstein schaffen würde, aber ein guter Teil davon sollte es auf jeden Fall sein.

Rundherum war alles schwarz, sodass Jacob im ersten Moment nach dem Aufwachen nicht wusste, wo er sich befand. Durch den Geruch nach Erde fiel es ihm dann wieder ein. Er war in seinem alten Versteck, der unterirdischen Bude, die er sich als Kind gebaut und die ihm erst kürzlich das Leben gerettet hatte. Zuerst hatte er zu Hause bei Herold in der Mühle übernachten wollen, aber er hatte befürchtet, dass diese immer noch seinetwegen beobachtet wurde. Deshalb hatte er dieses Versteck vorgezogen. Nur kurz hatte er geschlafen, vielleicht zwei oder drei Stunden. Das musste reichen, denn er musste weiter.

Er kletterte nach oben, arrangierte alles wieder so, dass es sich vom übrigen Waldboden kaum unterschied, und machte sich auf den Weg zum Reiterhof. Da es nicht lange her war, dass er ihn gelaufen war, fand er den Pfad auf Anhieb wieder. So dauerte es nur etwa zwei Stunden, bis er beim birnenförmigen Stein ankam.

Sein erster Drang war, zu Klatti und Agatha zu gehen, sie zu begrüßen und bei ihnen eine leckere Mahlzeit einzunehmen. Doch er widerstand dem, denn zuerst musste er das erledigen, wofür er hierher gekommen war. Er musste die Abschrift seines Buches für Editha vergraben. Während er zum Stein ging, um von dort die Schritte abzumessen, musste er sich über sich selbst ziemlich wundern. Früher hätte er solche Überlegungen gar nicht angestellt, sondern wäre seinem ersten Impuls direkt nachgegangen. Offenbar hatte er inzwischen zu viel erlebt.

Er ging vom Stein aus die Anzahl Schritte, die er in die Beschreibung eingetragen hatte, in die von ihm angegebene Richtung.

Bei den letzten drei Schritten bemerkte er das zunehmende Kribbeln der Kopfhaut.

HEUTE

»Was hast du vor?«, hörte Editha Marko hinter sich fragen.

Er war außer Atem, was kein Wunder war, denn sie rannte zwischen den Bäumen vorweg die Auffahrt hinunter und er hinterher. Klemens war bei Burges geblieben.

Das Buch, das Mads Burges Vorfahre ihm hinterlassen hatte, hielt sie noch immer in der Hand. Auf die Schnelle hatte sie sich die Details zu seinen Behauptungen durchgelesen. Das war notwendig, damit sie Jacob überzeugen und den richtigen Weg bieten konnte.

»Zum Stein«, keuchte sie. »Wir müssen zum Stein.«

»Zum Stein? Welchen ...? Ach ja, der Stein. Aber, warum?«

Vor ihr am Wegesrand kam der birnenförmige Fels nun zum Vorschein. Editha fiel in einen Trab und blieb schließlich vor dem Stein stehen.

»Weil Jacob doch hierher gekommen ist, um die Kopie des Buches für mich zu verstecken.«

Marko war jetzt auch angekommen und stützte sich mit einem Arm am Stein ab, seine Brust hob und senkte sich.

»Aber die Kopie brauchen wir doch gar nicht mehr. Wir haben doch das Buch.«

Offensichtlich begriff Marko noch immer nicht ihren Plan.

»Darum geht es mir doch gar nicht. Ich muss Kontakt zu Jacob aufnehmen. Und wir wissen, dass er hier war.« Sie ging um den Stein herum, aber sie spürte nicht die typischen Anzeichen einer sich anbahnenden Vision. »Merkwürdig, dass nichts passiert.«

»Na schön, dann sehen wir mal auf dem Lageplan nach.«

Marko ging an ihren Rucksack und holte das Stück Papier mit dem Plan hervor, den Jacob vor über 200 Jahren angefertigt hatte. Einige Male sah Marko zwischen Plan und Umgebung hin und her, dann stellte er sich mit dem Rücken an den Stein und marschierte schnurstracks zu den Bäumen.

»*Da* soll es lang gehen?«, fragte Editha und folgte ihm.

»Ja«, sagte Marko. »Und zwar nicht mal sehr weit. Dort drüben muss ...«

Und dieses Mal ging es so schnell, dass Editha nicht mal ein Kribbeln spürte.

JENSEITS DER ZEIT

Obwohl sie die Vision ja erwartet hatte, kam sie für Editha überraschend. Als hätte sie im Schwimmbad am Beckenrand gesessen, unmittelbar davor ins Wasser zu springen, und wäre plötzlich hineingeschubst worden. So wie sie dann hektisch vor dem Untertauchen hätte nach Luft ringen müssen, war sie jetzt gezwungen, das Gleichgewicht ihres Geistes wiederzuerlangen, damit sie ihre Vision, wie beim letzten Mal, lenken konnte und ihr nicht willenlos ausgeliefert war. Doch sie hatte es nicht wieder verlernt, im Gegenteil, sie konnte es besser als vorher. Wie in der Kirche drehte und wendete sie ihren Geist und führte die notwendigen Ausgleichsbewegungen durch, bis sie genau dort war, wo sie hinwollte.

Jacob machte gerade die letzten drei Schritte bis zu der Stelle, wo er die Kopie des Buches vergraben wollte. Sie spürte seinen Unwillen darüber, dass ihn jetzt eine Vision ereilte, wo er doch nur noch kurz die »Abschrift«, so wie er es nannte, verstecken wollte, um dann zu Klatti und Agatha zu gehen. Sein Geist machte sich auf den Weg zu ihrem Körper, aber sie fing ihn ab. Ihre Geister trafen sich in der Mitte zwischen ihren beiden Welten, weder in ihrer Zeit noch in seiner. Es war, als würden sie schweben. Um sie herum war der Raum erfüllt von hellgrauen Wirbeln, im Aussehen Wolken sehr ähnlich.

Editha trat Jacob im Geiste gegenüber, so wie sie sich vor einen Gesprächspartner gestellt hätte, dem sie etwas mitteilen wollte. Und es funktionierte: Sie hatte seine gesamte Aufmerksamkeit, auch wenn er durch diese ungewohnte Situation verwirrt war.

»Jacob, ich werde dir jetzt einige Dinge erzählen, die ich mehr oder weniger direkt von Lynhardt Zölder weiß.« Bei der Nennung des Namens spürte sie bei Jacob ein Gefühl wie Traurigkeit oder Enttäuschung. Gleichzeitig bemerkte sie die Verwunderung darüber, wie sie etwas von Lynhardt erfahren konnte. »Frage mich bitte nicht, wie ich zu diesem Wissen gekommen bin, dafür müsste ich jetzt zu viel erklären, sondern vertraue mir einfach.«

Jacob wusste nicht, wie sie das machte, aber Editha stand ihm gegenüber, und er konnte sie sogar *sehen*. Um sie herum war alles grau mit jeder Menge Wirbeln, wie Wolken im Sturm. Irgendwie musste sie es geschafft haben, dass sie sich in der Mitte, zwischen ihren Zeiten, treffen konnten.

Sie sprach von seinem früheren Freund Lynhardt Zölder und behauptete, von ihm Informationen erhalten zu haben. Wie sollte das möglich sein? Aber andererseits: Wenn sie diese Begegnung hier ermöglichen konnte, warum nicht auch das?

»Gehen wir am besten chronologisch vor«, sagte sie. »Die Morde, für die dein Vater Diether von Riekhen verurteilt worden war, hatte er natürlich nicht begangen. Lynhardt hat mit eigenen Augen gesehen, dass sein Bruder Barthel seinen eigenen Gehilfen getötet hat. Er wollte deinen Vater auch damit erpressen. Von den anderen Erpressungen weißt du ja bereits. Später wurde deinem Vater dieser Mord dann in die Schuhe geschoben.«

Einen Teil davon hatte sich Jacob ja schon gedacht, doch dass Lynhardt ein Augenzeuge des Mordes war, konnte tatsächlich noch eine nützliche Information sein.

»In Ordnung, das habe ich verstanden. Aber was ist mit dieser Enngelin Henningsen, die mein Vater auch getötet haben soll?«

»Die hat Lynhardt selbst umgebracht, weil sie rote Haare hatte und er glaubte, dass rothaarige Menschen vom Teufel besessen seien. Aus dem gleichen Grund hat er dann auch weiterhin Rothaarige umgebracht.«

Jacob wusste allerdings nicht, wozu er diese Informationen noch verwenden sollte. Seinem Vater würden sie nicht mehr nützen.

»Gut, jetzt weiß ich, dass Lynhardt die Wahrheit kennt. Aber was soll ich mit diesem Wissen anfangen?«, fragte er.

»Du musst ihn irgendwie dazu bewegen, an entscheidender Stelle die Wahrheit zu sagen.«

Na, die hatte gut reden.

»Er war zwar mal mein Freund, aber ich glaube nicht, dass er seinem Bruder oder sich selbst schaden wird. Und, ehrlich gesagt, verstehe ich auch nicht, was das noch nützen soll.«

Editha sah ihn ernst an.

»Das wird sich jetzt etwas verrückt anhören, Jacob«, sagte sie, »aber die Zukunft der gesamten Menschheit hängt davon ab, dass die Zölders aufgehalten werden. Pass auf, ich erkläre es dir: Genau wie du, habe ich auch noch eine Verbindung mit einem Nachkommen in der Zukunft. Dadurch weiß ich, dass die Zölders etwas tun werden, womit sie fast die gesamte Menschheit auslöschen. Ich habe alles versucht, aber ich kann sie in meiner Zeit nicht mehr aufhalten. Deshalb müssen wir sie schon viel früher aufhalten. Verstehst du das? *Du* musst sie aufhalten.«

Jacob verstand es eigentlich nicht. Für die Zukunft der gesamten Menschheit sollte er jetzt auf einmal verantwortlich sein?

»Ich versuche es«, antwortete er. »Doch selbst, wenn ich es schaffe, dass Lynhardt die Wahrheit sagt, wäre mein Vater zwar entlastet, auch wenn es ihm nichts mehr nützt. Vielleicht würden Lynhardt und Bathel von Zölder sogar bestraft werden. Aber mir würden weiterhin die Morde an den Bader und der Hure angelastet bleiben.«

»Diese Morde wurden im Auftrage Barthel von Zölders begangen. Lynhardt weiß, welche Männer für ihn solche Dinge erledigen.«

Jacob lachte auf.

»Ich soll ihn also auch noch dazu bringen, die Auftragsmorde seines Bruders auszuplaudern.«

»Ich fürchte, ja.«

»Na, wenn es weiter nichts ist«, sagte Jacob bewusst spöttisch.

Editha ließ sich von seinem Ton nicht irritieren, sondern sah ihn mitleidig an.

»Mir ist bewusst, dass ich dir eine große Last aufbürde. Aber ich weiß leider keinen besseren Weg.«

Jacob erinnerte sich, dass ihr Sohn sterben würde, der auch rothaarig sein würde. Wahrscheinlich würde das mit alledem zu tun haben. Er dachte, daran, wie traurig er Editha gesehen hatte, und plötzlich hatte er den Drang, alles für sie tun zu wollen.

»Na gut, ich kriege das schon irgendwie hin«, sagte er.

Er und Editha sahen sich einige Augenblicke schweigend an.

»Ich muss nun gehen«, sagte sie dann. »Ich wünsche dir viel Glück. Wahrscheinlich werde ich gleich nach der Rückkehr in meine Zeit feststellen, ob du es geschafft hast.«

Damit wandte sie sich um und schwebte davon.

So hätte er auch gerne die Verbindung mit ihr verlassen, doch er wurde abrupt von den Füßen gerissen und in seine Zeit zurückgeschleudert.

HEUTE

»... es eigentlich sein.«

Editha hörte noch die Vollendung des Satzes, den Marko vor ihrer Vision begonnen hatte. In ihrer Zeit war sie nur für den Bruchteil einer Sekunde abwesend gewesen.

Sofort war sie sowohl erstaunt als auch enttäuscht: Wenn Jacob Erfolg gehabt hätte, müsste jetzt alles verändert sein. Aber es war alles absolut genauso wie vor ihrer Vision.

Marko drehte sich zu ihr um und als er sie ansah, bekam er einen sorgenvollen Gesichtsausdruck.

»Was ist mir dir?«, hörte sie ihn sagen, und sie wollte schon »Warum?« erwidern, weil sie nicht wusste, was er meinte. Doch dann spürte sie eine Welle der Übelkeit und Erschöpfung über sich hereinbrechen, die alles zuvor Dagewesene übertraf. Ihre Beine gaben unter ihr nach, und sie sackte in sich zusammen. Das letzte, was sie von ihrer Umgebung wahrnahm, war Marko, der zu ihr eilte, um sie aufzufangen. Ob er es rechtzeitig schaffte, sollte sie nie erfahren.

Dann merkte sie, dass irgendetwas in ihrem Kopf passierte. Es fühlte sich an, als hätte jemand ihre Schädeldecke aufgeklappt und rührte nun mit einem Löffel den Inhalt durcheinander. Begleitet wurde das von unglaublichen Schmerzen, als würde ihr Gehirn implodieren.

Schließlich verlor sie vollends das Bewusstsein.

1788

Jacob zog den Fuß wieder zurück, den er vor der Verbindung mit Editha angehoben hatte, um die Strecke abzuschreiten. In seinen Ohren hörte er noch das Echo ihrer Stimme.

»*Du* musst sie aufhalten«, hatte sie gesagt.

Ihm wurde ganz schlecht, wenn er daran dachte, was er alles machen sollte: Er musste noch die Abschrift seines Buches verstecken, sich zurück nach Oldenburg schleichen und es schaffen, erneut unbemerkt durch ein Stadttor zu kommen, er musste wieder in sein Versteck gelangen, Pastor Gabriel aufsuchen, der eigentlich Lynhardt Zölder hieß, und ihn dazu überreden, ihn nicht an seinen Bruder zu verraten, sondern gegen ebendiesen und sich selbst zu handeln ...

Wie sollte er das alles schaffen? Am besten, indem er eines nach dem anderen machte. Also würde er jetzt zuerst die Abschrift verstecken. Er wusste allerdings nicht mehr, wie viele Schritte er bis hierher gemacht hatte. Deshalb musste er wohl zurück zum Fels und von neuem beginnen.

Auf dem Weg dorthin merkte er, dass es mit seiner Übelkeit nicht besser wurde. Aber das waren wahrscheinlich die Nachwirkungen der Verbindung. Er würde sich am Fels ein wenig setzen und ausruhen, dann würde es schnell vorübergehen.

Doch als er mit dem Rücken am kalten Stein saß, wurde ihm nicht kühler, sondern immer heißer. Und auch die Übelkeit nahm zu. Er sackte weiter in sich zusammen und wie zuletzt in der Kirche wurde es so schlimm, dass er sich schwallartig übergeben musste, begleitet von krampfartigen Schmerzen.

Kurz danach fiel er zur Seite um, als er sein Bewusstsein verlor.

1768

Die Urteilsverkündung fand wie immer unter dem Bogengang des Rathauses an der Marktseite statt. Zölder hatte sich so hingestellt, dass er einen guten Blick auf das Geschehen hatte. Das Urteil war natürlich schon allgemein bekannt, ließ es sich doch aus den Aktionen der letzten Tage leicht deuten. Schließlich mussten die Osternburger Bauern den Wagen für den Transport des Verurteilten vorbereiten und herschaffen. Und auch der Galgen musste für die Vollstreckung des Urteils hergerichtet werden. Schon seit ein paar Tagen konnte man ihn kurz hinter dem Bürgeresch an der Straße nach Rastede stehen sehen. Dementsprechend war der Marktplatz gut besucht. Viele wollten das makabre Schauspiel miterleben, möglichst aus der ersten Reihe.

Zölder achtete nicht auf die Worte des Gerichtsschreibers, der das Urteil verlas. Schließlich kannte er dieses ja bereits. Er war viel zu sehr damit beschäftigt, das Geschehen in sich aufzusaugen, in die erwartungsvollen Gesichter der Menschen zu sehen und den ganzen Ablauf zu beobachten. Kaum war das letzte Wort der Urteilsverkündung gesprochen worden, begann die Bet-Glocke zu erklingen. Und da rumpelte auch schon der Wagen über das Pflaster, von den vier davor gespannten Osternburger Pferden gezogen. Er hielt vor dem Rathaus, von Riekhen wurde auf eine Wagenbank gesetzt und ihm gegenüber die beiden Pastoren. Der Kutscher trieb die Pferde an und der Wagen setzte sich wieder in Bewegung, dicht gefolgt von der Menschenmenge einschließlich Zölder. Er sah, wie sich die Lippen der Pastoren während der Fahrt bewegten. Von Riekhen betete nicht mit. Er starrte mit offen stehendem Mund vor sich hin.

So ging es die gesamte Langestraße hinunter, durch das Heiligengeisttor Richtung Nadorst, an der Gertrudenkapelle vorbei und die Straße Richtung Rastede weiter entlang bis schließlich die Richtstätte erreicht war. Der Henker, der dort wartete, hatte es offenbar eilig: Kaum stand der Wagen, kletterte er hinauf, packte von Riekhen unsanft und beförderte ihn vor sich her vom Wagen herunter.

»Der will wohl pünktlich zum Mittagessen zu Hause sein«, sagte ein Mann neben Zölder zu einem anderen Mann, woraufhin beide schallend lachten.

Der Henker schleppte den Verurteilten auf der Treppe zum Galgen hinter sich her und platzierte ihn sorgfältig auf der richtigen Stelle. Dort stülpte er ihm einen Sack über den Kopf, legte die Schlinge um seinen Hals und zog sie soweit zusammen, dass sie überall anlag. Dann ging er zu dem großen Hebel für die Falltür, der einige Schritte entfernt war und ergriff ihn. In diesem Augenblick hielt er aber inne und blickte in die Runde. Zölder tat es ihm gleich und sah vor Aufregung und grausigem Erregen errötete Gesichter. So wie er selbst konnten sie die Vollstreckung des Urteils voller Ungeduld nicht länger erwarten. Nur die Gründe dafür waren verschieden. Denn für Zölder bedeutete es, dass sein Bruder und er vorerst sicher waren.

Dann zog der Henker am Hebel, die Bodenluke wurde vom Mechanismus mit einem lauten Klappern geöffnet und die vermummte Gestalt fiel in das so entstandene Loch, um einige Handbreit tiefer ruckartig von der Schlinge gebremst zu werden.

Vogt Grube sah auf der anderen Seite des Galgens Zölder stehen. Wenn er gesagt hätte, dass der einen sehr zufriedenen Eindruck machte, wäre das noch stark untertrieben gewesen. Zölder sah geradezu erfreut aus. Immer wieder schlich sich ein Lächeln in sein Gesicht, was er dann aber sofort unterdrückte. Als er merkte, dass Grube ihn beobachtete, wich er erschrocken zurück, drehte sich weg und drängelte sich durch die Menschen davon.

Auch Grube wandte sich vom Geschehen ab, angewidert von der Sensationslust der Menge, die noch immer mit aufgerissenen Augen auf den baumelnden Leichnam starrte. Nach wie vor glaubte er, dass hier etwas ganz und gar verkehrt gelaufen war, doch auch im Nachhinein wusste er nicht, was er hätte dagegen tun können. Nichtsdestotrotz plagte ihn deshalb ein schlechtes Gewissen.

In der Nähe stand eine Frau, die einen Säugling auf dem Arm trug und einen etwa achtjährigen Jungen an der anderen Hand hielt. Auch sie ergötzte sich an dem Spektakel, während ihr Sohn verängstigt aussah. Grube schüttelte ungläubig den Kopf und ging die paar Schritte, die ihn von ihr trennten, zu ihr hin.

»Warum tust du deinen Kindern das an? Sieh zu, dass du mit ihnen nach Hause gehst!« In seiner donnernden Stimme spiegelte sich sein gesamter Frust wider.

Die Frau senkte eingeschüchtert den Blick, fasste ihren Sohn fester und ging mit ihm los. Grube sah ihr wütend hinterher. Unglaublich, was es für Menschen gab, fand er.

Die Kinder, die von Riekhen hinterließ, mussten ungefähr in demselben Alter sein wie diese beiden. Sie waren jetzt allerdings Waisen und, so wie er wusste, beim Stallburschen des Anwesens untergebracht. Doch das Anwesen gehörte ihnen auch nicht mehr. In einem weiteren Verfahren, das von der dänischen Regierung aufgrund der immensen Steuerschulden angestrengt worden war, war die Familie von Riekhen enteignet worden. Sämtliche Besitztümer waren an die Stadt Oldenburg gegangen, die dafür einen Obolus an Dänemark bezahlt hatte. Die Zukunft der Kinder war alles andere als gewiss. Was sollten sie bei einem Stallburschen, der zudem Junggeselle war?

Grube fasste einen Entschluss: Zumindest für die Kinder wollte er etwas tun. Er wandte sich von dem schaurigen Geschehen ab und ging schnellen Schrittes davon, in die Richtung seines Hauses. Noch heute Abend würde er auf sein Pferd steigen und zum Anwesen der von Riekhens reiten, um die Kinder dort wegzuholen. Oder besser gesagt: Zum *früheren* Anwesen der von Riekhens. Nein, selbst das stimmte nicht ganz, denn es musste *Riekhens* heißen, ohne *von*.

Nachdem er einige Meter dahingeprescht war, blieb er ruckartig stehen. Er hatte einen Einfall, wohin er die Kinder bringen würde. Zuerst hatte er ja gedacht, dass *er* sie vorübergehend aufnehmen könnte, doch er wusste etwas viel Besseres. Denn das alte Ehepaar Stuhrke, das die Mühle bewirtschaftete, die früher von Riekhens und jetzt der Stadt Oldenburg gehörte, war ideal. Sie waren zwar nicht mehr die Jüngsten, aber immer noch rüstig. Und sie wünschten sich schon ihr ganzes Leben lang Kinder, ohne dass ihnen dieses Glück jemals vergönnt gewesen war. Darüber hinaus konnte der ältere der beiden Jungs bald bei der Müllersarbeit mit zupacken.

Grube war einigermaßen zufrieden mit sich. Das war das Beste, was er für die Kinder tun konnte. Die gesamte Strecke bis zu seinem Haus legte er, trotz des Ereignisses, das gerade stattgefunden hatte, mit einem Lächeln im Gesicht zurück. Und das wich auch nicht, als er sein Pferd gesattelt hatte, losritt und im Galopp das Stadttor passierte, um sein Vorhaben in die Tat umzusetzen.

1788

Wieder erwachte Jacob in völliger Dunkelheit. Er brauchte lange, bis ihm klar wurde, wo er war. Und wieder war es ein bekannter Geruch, der ihn auf die richtige Spur brachte, nur dass es dieses Mal nicht nach Erde roch, sondern nach dem Haus von Klatti und Agatha. Sofort fühlte er sich geborgen und legte sich wohlig mit einem Lächeln zurück in das Kissen.

Er hatte ein flaues Gefühl im Magen. Das erinnerte ihn daran, dass ihm schlecht geworden war und er sein Bewusstsein verloren hatte. Er sollte aufstehen. Klatti und Agatha machten sich womöglich sorgen um ihn. Er sollte zu ihnen gehen.

Langsam richtete er sich im Bett auf. Das flaue Gefühl wurde stärker. Doch es war kein Unwohlsein, sondern eher Hunger. Er brauchte etwas zu essen. Im Dunkeln tapste er zur Zimmertür und öffnete sie. Anschließend musste er wegen der Helligkeit dahinter aber zunächst die Augen fest schließen.

»Da ist er ja endlich wieder«, hörte er Klattis Stimme sagen. »Den ganzen Tag hast du im Bett verbracht. Wird auch mal Zeit, dass du wieder unter die Lebendigen zurückkehrst.«

Blinzelnd konnte Jacob Klattis schelmisches Lächeln sehen, was sofort sein Herz weiter erwärmte. Ach, könnte er doch nur hierbleiben bei diesen netten Leuten. Stattdessen musste er einen Haufen unschöner Dinge erledigen, und das auch noch so schnell wie möglich.

Jetzt fiel ihm auf, dass es im Haus zwar hell war, aber vor den Fenstern eine rabenschwarze Dunkelheit herrschte.

»Den ganzen Tag?«, fragte er. »Heißt das, es ist schon wieder Abend?«

»Ob schon wieder Abend ist? Na klar ist Abend. Wenn man den ganzen Tag im Bett liegt, darf man sich nicht wundern, wenn es dunkel ist. Ich dachte schon, du wachst gar nicht mehr auf, nachdem ich dich heute früh so beim Stein gefunden habe. Hab' mir richtig Sorgen gemacht.«

Agatha erhob sich von ihrem Stuhl und nahm ihn in den Arm.

»Schön, dich zu sehen, mein Junge«, sagte sie. »Was führt dich wieder zu uns? Und was ist mit dir passiert beim Stein?«

Jacob konnte nur daran denken, dass er einen ganzen Tag verloren hatte. Das war viel zu lange, er hatte doch nur wenig Zeit.

»Ich muss wieder los«, sagte er. »Ich habe so viel zu erledigen.«
Agatha sah ihn unter Stirnrunzeln an.

»Unsinn«, sagte sie, schob ihn zum Stuhl und drückte ihn hinein. »Es ist Abend und du hast lange nichts gegessen. Egal, was du erledigen musst, es muss bis morgen warten.«

Sie ging zum großen Topf über der Feuerstelle, schöpfte zwei Kellen dampfenden Eintopfs auf einen Teller und stellte diesen vor ihm auf den Tisch.

Wenn Jacob es so recht bedachte, bestand eigentlich kein Grund zur Eile. Er hatte sein ganzes Leben lang Zeit, die Zölders aufzuhalten, denn sie waren ja erst in der Zukunft so mächtig. Na ja, auf jeden Fall kam es auf ein paar Tage nicht drauf an. Er nahm den Löffel und schaufelte den Eintopf in sich hinein, wie jemand der kurz vor dem Verhungern war. Agatha und Klatti sahen ihm dabei schmunzelnd zu.

Als er nach Beendigung seines Mahls zum Bierkrug griff, den Agatha ihm inzwischen hingestellt hatte, konnte Klatti seine Neugier wohl nicht länger zügeln.

»Nun schieß schon los«, sagte er und Jacob wusste natürlich, was er meinte.

Er erzählte ihnen alles, was passiert war, seitdem er sie verlassen hatte. Nur seine Begegnungen mit Editha ließ er dabei aus, wohl wissend, dass es dadurch einige logische Lücken in der Erzählung gab, die den beiden aber anscheinend nicht auffielen.

»Ich kann immer noch nicht glauben, dass Pastor Gabriel ... ich meine Lynhardt Zölder ... ein Mörder sein soll. Er war immer so gut zu mir«, schloss er seinen Bericht.

»Hmm«, machte Klatti und verengte die Augen zu einem nachdenklichen Gesichtsausdruck. »Das kann aber schon sein. Damals wurde der Mörder ja nie gefasst, aber die Morde endeten mit dem Zeitpunkt, als Lynhardt von seinem Bruder das erste Mal hierher gebracht wurde.«

Jacob seufzte. Es schien so, als würde er das alles langsam glauben *müssen*. Und tatsächlich hatte er das Gefühl, diese ganzen Dinge endlich verarbeitet zu haben. Nur mit seiner neuen Herkules-Aufgabe hatte er sich noch nicht ganz arrangiert. Er würde wohl erneut mit Lynhardt Zölder sprechen müssen, selbst auf die Gefahr hin, dass der ihn wieder an seinen Bruder ausliefern wollte. Anders konnte er ihn ja kaum überzeugen, dass er die Wahrheit sagen musste. Und die erste Hürde dabei war, wieder unentdeckt nach Oldenburg hinein zu kommen.

»Sag mal Klatti, du hast wohl nicht eine Möglichkeit, mich an den Torwachen vorbei, in die Stadt zu schmuggeln?«

Auf Klattis Gesicht breitete sich ein Grinsen aus.

»Dich in die Stadt zu schmuggeln? Och, da würde mir schon was einfallen.«

»Hinter der nächsten Kurve, kommt das Stadttor in Sicht. Es wird Zeit, dass du dich versteckst«, sagte Klatti, während er die Pferde zügelte.

Jacob sprang vom Kutschbock und band die Pferde an einem Baum fest. Klatti stieg währenddessen unter ausgiebigem Gestöhne steif von der Kutsche.

»Und du bist sicher, dass die Wachen den Wagen nicht kontrollieren?«, fragte Jacob.

»Den Wagen kontrollieren? Das hat einmal jemand gemacht, als von Zölder dazugekommen ist. Ich weiß gar nicht mehr, was ich damals geladen hatte. Jedenfalls hat von Zölder einen mordsmäßigen Aufstand gemacht und sich fürchterlich aufgeregt, weil es doch seine persönlichen Sachen wären, die niemanden etwas angingen. Beiden Wachen wurde eine saftige Strafe aufgebrummt. Seitdem hat es nie wieder jemand gewagt.« Klatti grinste zufrieden. »So, und nun rauf mit dir.«

Jacob kletterte hinten zwischen die Holzstapel auf die Ladefläche. Heute hatten sie in aller Frühe die Kutsche beladen und in der Mitte eine Höhlung frei gelassen, in die er hineinpasste. Dann waren sie aufgebrochen und hatten nur kurz beim Birnenstein halt gemacht, damit Jacob sein Vorhaben zu Ende bringen konnte, die Abschrift seines Buches dort zu vergraben. Anschließend waren sie die Strecke in einem Rutsch durchgefahren, bis auf eine kleine Pause, in der sie sich an den Straßenrand stellen mussten, um den Seitenstreifen zu befeuchten.

Während Klatti die Holzscheite so umstapelte, dass der Zugang geschlossen wurde, schaute Jacob hoch und sah graue Regenwolken.

»Was ist, wenn sie von oben hineinschauen?«, fragte er.

»Von oben? Glaub' mir: Das werden sie nicht tun. Sie werden mich genauso durchwinken, wie immer. – So, das wäre geschafft. Weiter geht's.«

Die Kutsche wackelte, als Klatti kurz darauf unter erneutem Gestöhne wieder auf den Kutschbock kletterte. Jacob sah misstrauisch zu den Holzstapeln hinauf. Wenn sie in sich zusammenbrachen, würde er darunter begraben werden. Aber immerhin hatten sie bereits den ganzen Weg bis hierher gehalten.

Unter Quietschen und Knatschen setzte sich die Kutsche in Bewegung und es dauerte nicht lange, bis er vernahm, wie man sich gegenseitig Begrüßungen zurief. Ohne die geringste Unterbrechung fuhren sie in die Stadt. Das Geräusch von Hufen auf gepflasterten Straßen war unverkennbar. Jacob atmete tief durch. Er hatte unbewusst immer wieder die Luft angehalten, um nach außen zu lauschen. Erleichtert freute er sich, dass er die erste Schwierigkeit überwunden hatte. Doch die nächste würde bald folgen.

Die Kutsche blieb stehen, wackelte wieder und einen Moment später hörte Jacob, wie die Holzscheite beiseite geräumt wurden. Er half von innen mit, bis er Klatti vor sich sah.

»Da wären wir«, sagte der, sichtlich mit sich selbst zufrieden.

Genau wie vor nur etwas länger als einer Woche huschte Jacob in der inzwischen eingesetzten Dunkelheit zum Seiteneingang der Kirche, den Haupteingang probierte er dieses Mal gar nicht erst aus. Vorsichtig drückte er die Tür einen Spalt auf und zwängte sich hinein. Innen war es absolut dunkel, aber aus der Richtung der Schreibkammer sah er einen Lichtschein. Um nicht irgendetwas umzustoßen, wie beim letzten Besuch, ging er langsam dorthin. Die Tür der Kammer stand ein wenig offen, sodass er hineinsehen konnte. Lynhardt saß, wie so oft, an seinem Schreibtisch in irgendwelche Schriftstücke vertieft. Jacob musterte ihn und war sich sicher, dass er im Grunde seines Herzens ein guter Mensch war. Es half nicht, jetzt galt es, zu handeln.

Er öffnete die Tür so weit, dass er hindurch passte, und trat ein. Lynhardt bemerkte ihn und sah auf, nicht einmal überrascht war er, sondern sah ihn nur sanft an.

»Jacob«, sagte er. »Ich freue mich, dich zu sehen. Setz dich doch.«

Er wies auf den Stuhl.

Jacob war froh, dass der Mensch, den er hier vor sich sah, wieder sein alter Freund war, und nicht der verwirrte Geisteskranke, mit dem er es letztes Mal zu tun hatte. Er setzte sich und überlegte, wie er anfangen sollte.

»Es tut mir leid, dass es alles so gekommen ist«, sagte Lynhardt. »Das habe ich wirklich nicht gewollt, glaube mir. Aber mein Bruder ist einfach zu stark. Ich kann mich nicht gegen ihn stellen.«

»Doch, Pastor, das können Sie. Das *müssen* Sie. Sonst werde ich für die Morde verurteilt, die *er* begangen hat.«

Jacob hatte seine Formulierung bewusst so gewählt und konnte sich bei Lynhardts Antwort freuen, dass er damit sein Ziel erreicht hatte.

»Ach, Jacob, die Morde hat er doch nicht selbst begangen. Das waren seine beiden Schlägertypen. Der eine heißt Haintz Dinklage, ist groß und pockennarbig, und der andere heißt Ottel Köhler, ist nicht ganz so groß, aber dafür umso gemeiner und ebenso skrupellos. Die laufen immer zusammen herum.«

Jacobs Herzschlag hatte sich beschleunigt. Nun war er sicher, dass Lynhardt zu ihm halten würde.

»Aber das ist ja großartig«, rief er und sprang auf. »Wenn wir diese beiden ...«

»Vergiss es.« Lynhardt schüttelte den Kopf. »Du wirst keine Gelegenheit haben ...«

»Doch! Wenn wir zusammenhalten, dann ...«

Jacob hörte mitten im Satz auf zu sprechen, weil er Geräusche aus dem Kirchenraum gehört hatte.

»Das ist es, was ich dir die ganze Zeit sagen will.« Lynhardt erhob sich aus seinem Stuhl. »Barthel hat die Kirche beobachten lassen. Er hat damit gerechnet, dass du hier irgendwann wieder auftauchst. Sie kommen, um dich zu verhaften.«

Durch den offenen Spalt sah Jacob Schatten auf sie zukommen. Hektisch sah er sich um und wich bis zur hinteren Wand zurück, aber es gab keinen Ausweg. Die Männer stürmten herein, packten ihn unsanft und zerrten ihn mit sich.

»Jetzt haben wir dich«, sagte einer.

Lynhardt sah ihm mitleidsvoll nach.

Vogt Grube folgte der Wache, die ihn zu der Zelle führen sollte, in der Jacob Riekhen eingesperrt war. Alles schien sich zu wiederholen. Er erinnerte sich noch allzu gut daran, wie er damals den Vater, Diether von Riekhen, besucht hatte. Wie ein Häufchen Elend hatte der in seiner Zelle gesessen, zu keinem vernünftigen Gedanken fähig und nur vor sich hinstarrend. Für ihn hatte er nichts mehr tun können, obwohl er von seiner Unschuld überzeugt gewesen war. Das schlechte Gewissen, das er damals gehabt hatte, wurde mit der Zeit schwächer, war aber bis heute nicht verschwunden.

Und nun der Sohn. Auch bei ihm konnte Grube nicht glauben, dass er schuldig war. Er war ordentlich aufgewachsen und hatte sich, bis auf ein paar übermütige Aktionen, nie etwas zu Schulden kommen lassen. Und jetzt sollte er plötzlich, völlig ohne Motiv, zwei Morde begangen haben? Kaum vorstellbar. Aber immerhin war er nicht geistig verwirrt, wie sein Vater damals, sodass er mit ihm reden konnte.

Sie erreichten die Zelle, und der Wächter öffnete sie unter lautem Schlüsselgeklapper, während Jacob darin aufsprang und sie überrascht ansah. Der Wächter ließ Grube eintreten, verschloss die Tür hinter ihm und entfernte sich. Er würde nur so weit gehen, dass Grube ihn jederzeit herrufen konnte, wenn er die Zelle wieder verlassen wollte.

Jacob und Grube standen sich gegenüber, Grube musterte ihn zunächst nur, den Jungen, der seinem Vater so sehr glich, und aus dessen Gesichtsausdruck langsam die Überraschung wich.

»Vogt Grube«, sagte er. »Was wollen Sie hier?«

Grube lächelte mild. Immer noch der ungestüme, junge Bengel, genau wie sein Vater damals, bevor er den Verstand verloren hatte.

»Mit dir reden.«

Jacob lachte hämisch.

»Was gibt es da zu reden? Sie sind doch nur ein Handlanger von Zölders, Sie und Ihre Männer. Sie tun doch alles, was er sagt. Es wundert mich ja schon, dass ich überhaupt lebendig hier angekommen bin.«

Grube war klar, dass Jacob das so empfinden musste.

»Natürlich muss ich tun, was von Zölder sagt. Er ist ein Ratsherr und damit praktisch einer meiner Vorgesetzten. Aber dass ich das, was du da andeutest, nicht tun würde, das weiß er sehr wohl. Und deshalb verlangt er es auch gar nicht erst von mir oder meinen Männern.«

Der Junge sah ihn weiterhin grimmig an.

»Selbst wenn das stimmt, habe ich hier noch einige Zeit zu überstehen. Da kann viel passieren.«

»Es wird dir hier nichts passieren. Allzu lange wird es nicht dauern bis zum Prozess. Von Zölder strebt ein Sofortgericht an. Er will dich möglichst schnell an den Galgen bringen. Von Elmendorff versucht gerade, dagegen anzugehen, aber ob er damit Erfolg haben wird, ist zweifelhaft.«

Jacobs Stirn glättete sich ein wenig. Machte er sich etwa Hoffnungen?

»Die Aussichten für dich sind alles andere als rosig«, sagte Grube. »Es gibt Zeugen, die dich beim Bader und bei diesem leichten Mädchen gesehen haben.«

»Wenn das so ist, kann ich mich meinem Schicksal ja genauso gut ergeben«, sagte Jacob.

Aber Grube sah ihm an, dass er das keineswegs vorhatte.

»Ich glaube nicht, dass du das willst«, sagte er. »Deinem Vater konnte ich damals nicht helfen, weil er nicht mehr in der geistigen Verfassung war, um mir etwas erzählen zu können. Etwas, wo ich hätte ansetzen können, was für ihn beim Prozess nützlich gewesen wäre. Gegen ihn war der Prozess eine einfache Sache, weil ihm niemand helfen *konnte*. Aber das soll sich nicht wiederholen. *Du* bist bei klarem Verstand und kannst mit mir reden. Und *ich* habe Mittel, über die dein Freund von Elmendorff nicht verfügt.«

Grube merkte, dass seine Worte erst wirken mussten, also schwieg er und schaute Jacob abwartend an.

»Ich verstehe das nicht«, sagte der dann. »Warum wollen Sie mir helfen?«

»Weil ich glaube, dass du unschuldig bist. Genau wie dein Vater damals. Und weil sich das nicht wiederholen darf.« Grube senkte die Stimme. »Und auch, weil von Zölder endlich Einhalt geboten werden muss.«

Jacob nickte und der Grimm wich gänzlich aus seinem Gesicht.

Und dann erzählte er ihm die ganze Geschichte von vorne an. Eine Geschichte, die zeigte, dass das Ausmaß der Boshaftigkeit von Zölders weitaus größer war, als Grube je angenommen hatte.

Jacob saß jetzt bereits seit einigen Tagen in dieser Zelle, und wunderte sich, dass dieses Sofortgericht nicht längst stattgefunden hatte. Hatte von Elmendorff tatsächlich einen Aufschub des Gerichtstermins bewirken können?

Oder hatte der Vogt damit etwas zu tun? Fast wünschte Jacob sich, es hätte doch ein Sofortgericht gegeben. Dieses Warten hatte er langsam satt. Er stieß sich von der Wand ab, erhob sich vom Boden und ging zur gegenüberliegenden Wand und zurück, und nochmal hin und zurück, und das wiederholte er immer wieder.

Nach einer ganzen Weile, in der er die Zelle genau 147 Male in beide Richtungen abgeschritten hatte, hörte er Schritte, Stimmen und das Klimpern der Zellenschlüssel. Es war keine Essenszeit. Kamen sie jetzt, um ihn vor das Gericht zu holen? Er blieb stehen und wartete gespannt auf das, was kommen würde.

Um die Ecke kam schließlich ein Wärter, gefolgt vom Advokaten von Elmendorffs, Jacob war der Name entfallen. Der Wärter schloss auf, ließ den Advokaten eintreten, schloss wieder ab und entfernte sich.

»Guten Tag, Herr Riekhen.« Der Advokat streckte ihm die Hand entgegen, welche Jacob ergriff und schüttelte. »Wir kennen uns ja schon, Pape mein Name.«

Pape öffnete die Aktentasche, die er dabei hatte und zog einen Stapel Papiere sowie Tinte und Feder heraus.

»Herr von Elmendorff hat mich mit Ihrer Vertretung vor Gericht beauftragt. Dafür benötige ich zunächst einige Unterschriften von Ihnen.«

Er blätterte die Papiere durch, schlug eine Seite auf, legte sie auf seine Tasche und drückte Jacob die Feder in die Hand. Jacob zuckte mit den Schultern. Ihm war es recht. Er tunkte die Feder in die Tinte, die Pape ihm hinhielt und unterschrieb das Dokument.

»Wann ist denn der Gerichtstermin?«, fragte er.

Pape sah ihn überrascht an.

»Hat man Ihnen das nicht gesagt? Herr von Elmendorff konnte unter Zuhilfenahme seiner Kontakte einen Aufschub erwirken. Bald wird der Prinzregent höchstpersönlich vor Ort sein. Er wird dem Gericht vorstehen.«

»Peter Friedrich Ludwig wird der Richter sein?«

»Ja, er gilt als äußerst gerecht. Und vor allem ist er unbeeinflusst von irgendwelchen Machenschaften von Zölders. Deshalb hielten wir es so für das Beste. Wenn Sie überhaupt eine Perspektive haben, dann so.«

Er blätterte weiter in dem Papierstapel und deutete auf eine andere Stelle, wo Jacob unterschreiben sollte.

»Wann wird er in Oldenburg sein?«, fragte er und tunkte die Feder erneut in die Tinte.

»In etwa drei Wochen, wenn es sich nicht weiter verschiebt.«

»Drei Wochen noch?« Jacob konnte sich nicht vorstellen, so lange hier eingesperrt zu sein. »Bis dahin bin ich hier komplett wahnsinnig geworden.«

Pape zuckte die Achseln und deutete erneut auf die zu unterschreibende Stelle.

»Anders ist es nicht machbar«, sagte er.

Jacob tunkte die Feder noch mal ein, weil sie inzwischen trocken war, und unterschrieb.

»Können Sie mir die hier lassen? Und die Tinte und ein wenig Papier?«

Pape sah ihn verwundert an.

»Meinetwegen«, sagte er dann aber und kramte aus seiner Aktentasche unbeschriebenes Papier hervor.

Jacob fiel ein Stein vom Herzen. Wenn er hier schreiben konnte, würde er die Zeit bis zur Verhandlung besser ertragen können.

»Dann ist da noch etwas anderes«, sagte Jacob. »Etwas sehr Wichtiges. Vor Gericht muss unbedingt Pastor Gabriel als Zeuge auftreten. Und mir muss erlaubt werden, mit ihm zu sprechen.«

Pape runzelte die Stirn.

»Das ist aber unüblich.«

»Ich weiß, aber wenn überhaupt kann nur ich ihn dazu bewegen, für mich auszusagen.«

»Ich kann es versuchen, auch wenn ich noch nicht weiß, wie ich das anstellen soll.«

»Überlegen Sie sich etwas.« Pape war bereits dabei, seine Sachen wieder einzupacken. »Wissen Sie, ob der Vogt die beiden Männer gefunden hat?«

»Von welchen Männern reden Sie?«

Pape schloss die Riemen seiner Tasche und bewegte sich zur Zellentür. Jacob verdrehte die Augen nach oben.

»Die Männer, die für von Zölder die Morde begangen haben, für die ich angeklagt werde. Das habe ich dem Vogt auch schon erzählt.«

Der Advokat drehte sich wieder zu ihm.

»Interessant. Erzählen Sie mir davon.«

Von Zölder saß mit den anderen Ratsherren auf den Plätzen, die ihnen zustanden, als Jacob Riekhen in den Gerichtssaal geführt wurde. Der Junge hatte jetzt einige Wochen in der Zelle verbracht, was ihm allzu deutlich anzusehen war. Er war noch dünner geworden, seine Augen lagen tiefer in ihren Höhlen und waren dunkel gerändert. Sein Blick war dennoch unverändert entschlossen und richtete sich augenblicklich auf ihn, von Zölder. Aber das würde diesem Dickschädel nichts nützen. Zwar hatte es Riekhens Gönner, von Elmendorff, geschafft, den Gerichtstermin hinauszuzögern, und das trotz des Drucks, den von Zölder auf ihn ausgeübt hatte: Nachdem er beim besten Willen keine Schwachstelle an von Elmendorff finden konnte, hatte von Zölder einfach seine Männer auf ihn gehetzt, aber er war plötzlich unauffindbar. Trotzdem schaffte er es dann sogar noch, dass der Prinzregent persönlich sich des Falles annahm. Doch zu welchem anderen Urteil als ein anderer Richter sollte dieser wohl kommen. Die Zeugenaussagen würden nur ein Urteil zulassen. Und die Zeugen würden das aussagen, was von Zölder von ihnen verlangte. Nicht nur, weil sie dafür gut bezahlt würden, sondern auch, weil sie im Falle eines Versagens mit schlimmen Folgen rechnen mussten.

Jacob Riekhen wurde dorthin gesetzt, wo gemeinhin der Angeklagte saß, und nun war ihm sehr wohl anzusehen, dass er nicht mehr viel Hoffnung auf ein gutes Ende hegte. So gefiel es von Zölder schon besser. Er würde wieder gewinnen, wie so oft zuvor. Ach, wie er dieses Gefühl des Triumphs doch liebte.

Was er dann sah, sorgte allerdings dafür, dass seine Stimmung schlagartig ins Gegenteil umschlug. Denn nicht nur, dass Haintz und Ottel, seine beiden Erfüllungsgehilfen, den Gerichtssaal betraten. Nein, direkt hinter ihnen kamen sein Bruder Lynhardt und seine bestochenen Zeugen sowie zwei Frauen, die die beiden Huren sein mussten. Sie alle folgten einem Gerichtsdiener bis zu den Sitzplätzen, die den Zeugen des Gerichts zugedacht waren. Verdammt noch mal, was passierte hier gerade?

Er wollte sich erheben, um zu klären, was hier vorging und um vielleicht in irgendeiner Form einzuschreiten, aber da betrat der Prinzregent den Saal, sodass von Zölder geflissentlich sitzen blieb.

Peter Friedrich Ludwig begab sich ohne Umschweife zum Richterplatz und ließ sich nieder. Normalerweise mussten die Gerichtsdiener dafür sorgen, dass sich die Anwesenden erhoben und setzten, und der Richter musste mitunter mit dem Hammer für Ruhe sorgen. Das war im Falle des Prinzregenten nicht notwendig. Der Respekt der Anwesenden war so groß, dass alles von selbst geschah und anschließend eine Stille herrschte, bei der man eine Ameise hätte husten hören können.

Peter Friedrich Ludwig hingegen verhielt sich, als wäre niemand sonst anwesend und er alleine im Saal. In aller Ruhe studierte er nacheinander eine Reihe von Papieren, blätterte zwischendurch um, machte sich Notizen und sah währenddessen nicht ein Mal auf. Aller Augen im Gerichtssaal waren auf ihn gerichtet und beobachteten ihn. Der Mann machte äußerlich nicht viel her und sein Auftreten war ganz und gar nicht herrschaftlich, und trotzdem strahlte er eine Autorität aus, die jeden in seinen Bann zog. Dabei war nicht einmal er, sondern sein schwachsinniger Vetter der rechtmäßige Erbe des Herzogtums Oldenburg. Von Zölder war auch bekannt, dass Ludwig die Gerichtsbarkeit Oldenburgs kritisch sah und dass er eine neue Verordnung zu deren Reformierung einsetzen wollte.

Nach einer ganzen Weile sortierte Peter Friedrich Ludwig seine Papiere, räusperte sich und sah auf. Sein Blick schweifte einmal durch den Saal, als wollte er jedem Anwesenden einzeln in die Augen sehen. Beim Angeklagten ließ er ihn dann aber länger ruhen. Eine Zeitlang musterte er ihn – und eines musste von Zölder dem Jungen lassen: Er hielt dem Blick stand – bevor er sich an den Advokaten wandte.

»Herr Pape, Sie haben beantragt, die Zeugen nach Ihrer gewünschten Reihenfolge zu befragen. Aus welchem Grund bitte?«

Der Angesprochene erhob sich von seinem Platz.

»Herr Prinzregent, darf ich zur Beantwortung dieser Frage zu Ihnen nach vorne kommen?«

Peter Friedrich Ludwig nickte zur Antwort, woraufhin Pape und der Vertreter der Anklage an das Richterpult kamen. Es folgte ein kurzer Wortwechsel zwischen Ludwig und Pape, eine Frage des Prinzregenten an den Ankläger, der sie kopfschüttelnd beantwortete, und die Rückkehr aller zu ihren vorgesehenen Plätzen.

»Der Verteidiger hat seine Gründe vorgetragen«, sagte Peter Friedrich Ludwig laut in den Saal. »Der Vertreter der Anklage und der Vorsitzende des

Gerichts haben keine Einwände. Rufen Sie also Ihren ersten Zeugen auf, Herr Pape.«

Von Zölder konnte sich keinen Reim darauf machen und wurde zunehmend nervöser. Da er am Geschehen aber ohnehin nichts mehr ändern konnte, versuchte er, sich zu entspannen, als ihm bewusst wurde, dass er mit den Zähnen knirschte. Er musste sich sogar eingestehen, dass er gespannt war, welcher der Zeugen als erster aussagen sollte.

»Ich rufe Haintz Dinklage in den Zeugenstand«, sagte Pape.

Jacob hatte in den Wochen in der Zelle jegliche Hoffnung verloren. Auch wenn er eben gerade, als von Zölder ihn hämisch angegrinst hatte, so getan hatte, als würde er sich nicht unterkriegen lassen, hatte er eigentlich nicht mehr an ein gutes Ende geglaubt. Er war davon ausgegangen, dass weder der Vogt noch der Advokat etwas für ihn bewirken konnten, da er seit ihren Besuchen nichts von ihnen gehört hatte und sie ihn somit im Ungewissen gelassen hatten.

Doch jetzt wurde ein Mann als Zeuge aufgerufen, der nach der Beschreibung einer der Handlanger von Zölders sein konnte, und der andere Mann bei den Zeugen konnte wohl sein Partner sein. Und darüber hinaus saß auch noch Pastor Gabriel bei den Zeugen. Hatten der Vogt und der Advokat doch Erfolg gehabt? Die Hoffnung keimte in Jacob wieder auf.

Der Mann im Zeugenstand, Haintz hieß er, durchlief die Formalitäten, die ein Zeuge über sich ergehen lassen musste, woraufhin sich Herr Pape erhob und zu ihm hinging.

»Herr Dinklage, wissen Sie, wer den Bader, Herrn Eilers, getötet hat?«, fragte Pape geradeheraus.

»Ja, das weiß ich«, antwortete der Zeuge zu Jacobs Überraschung.

Und nicht nur Jacob war erstaunt. Auch die anderen Anwesenden, wie er am einsetzenden Getuschel erkennen konnte.

»Dann teilen Sie es dem Gericht bitte mit.«

»*Ich* habe den Bader getötet.«

Ein Raunen erfüllte den Saal. Peter Friedrich Ludwig schlug mehrmals mit dem Hammer auf den Tisch, um zur Ruhe zu mahnen.

»Und wissen Sie auch, wer diese Hure, Frau ...«, Pape schaute kurz auf das Blatt Papier, das er in der Hand hielt. »... Dankert, getötet hat?«

»Ja, die hat mein Kumpel Ottel getötet.«

Er zeigte auf den Mann, der noch auf der Zeugenbank saß.

Das Raunen im Saal schwoll wieder an, sodass der Prinzregent erneut mit seinem Hammer für Ruhe sorgen musste.

»Warum haben Sie und Herr Köhler die beiden Personen getötet?«, fragte Pape, sobald es die Lautstärke zuließ.

»Wir haben von Herrn von Zölder den Auftrag dazu erhalten, und er hat uns Geld dafür bezahlt.«

Nun wurde es im Saal noch lauter. Peter Friedrich Ludwig benutzte wieder den Hammer, brauchte dieses Mal aber wesentlich länger.

Jacob registrierte das alles wie durch einen Nebel. Er war völlig verdutzt. Wieso belastete dieser Mann seinen Auftraggeber und vor allem sich selbst?

»Ich habe keine weiteren Fragen«, sagte Pape und setzte sich neben Jacob.

Peter Friedrich Ludwig wandte sich an den Vertreter der Anklage.

»Haben Sie Fragen an den Zeugen?«

Jacob sah dem Mann an, dass auch er völlig perplex war. Dann schaute er zu von Zölder, der blass und zusammengesunken auf seinem Stuhl saß. Von der Siegesgewissheit war keine Spur mehr vorhanden.

»Keine Fragen«, antwortete der Ankläger.

Peter Friedrich Ludwig wies daraufhin einen Gerichtsdiener an, Haintz zu den anderen Zeugen zurückzuführen, was dieser tat. Dann wurde Ottel nach vorne geführt, der dieselben Formalitäten wie zuvor Haintz durchlief. Pape stellte ihm anschließend die gleichen Fragen und er beantwortete sie auch so, dass sie vom Ratsherren von Zölder beauftragt wurden, sein Kumpel Haintz den Bader getötet hat und er die Hure.

Als dieses Mal der Vertreter der Anklage an der Reihe war, hatte dieser sich inzwischen gefasst und trat vor den Zeugen.

»Was hat Sie bewogen, Ihre Schuld vor Gericht einzugestehen?«, fragte er.

Es war ganz klar zu erkennen, dass Ottel auf die Frage vorbereitet wurde. Die Antwort kam wie auswendig gelernt.

»Ich habe eingesehen, dass ich Unrecht getan habe und möchte meine Strafe dafür abbüßen.«

Der Ankläger sah Ottel eine Weile an, aber offenbar fiel ihm keine weitere Frage ein.

»Keine weiteren Fragen«, sagte er schließlich und setzte sich auf seinen Platz.

Als nächster Zeuge wurde Pastor Gabriel in den Zeugenstand geführt. Auch ihm war deutlich anzusehen, dass der Verlauf der Gerichtsverhandlung für ihn völlig unerwartet war. Nach den üblichen Formalitäten wandte sich Peter Friedrich Ludwig an Pape.

»Auch für die Vernehmung dieses Zeugen haben Sie wieder eine ungewöhnliche Bitte, Herr Pape.«

Der Advokat erhob sich.

»Ich weiß, was Sie meinen, Herr Prinzregent. Darf ich wiederum vortreten, um meine Bitte zu erläutern?«

Peter Friedrich Ludwig machte eine ungehaltene Miene, nickte aber zur Bestätigung. Pape und der Vertreter der Anklage begaben sich nach vorne zum Richterpult und abermals fand eine Unterredung zwischen den dreien statt, die niemand sonst hören konnte. Es dauerte ein wenig länger als beim ersten Mal, aber schließlich nickten alle drei und die beiden Männer vor dem Pult gingen wieder zu ihren Plätzen zurück.

»Der Angeklagte bittet darum, die Befragung dieses Zeugen selbst durchführen zu dürfen«, erklärte Peter Friedrich Ludwig den Anwesenden. »Das ist zwar, wie gesagt, ungewöhnlich, aber grundsätzlich möglich. Allerdings war er nicht zuvor dafür beim Gericht angemeldet. Nach Erläuterung der Gründe habe ich dennoch beschlossen, dem stattzugeben.« Dann sah er Jacob direkt an, und obwohl er wahrlich keinen übertriebenen Respekt vor Autoritätspersonen hatte, musste er, wie schon zu Beginn der Verhandlung, seine gesamte Willenskraft zusammenreißen, um dem Blick nicht auszuweichen. »Herr Riekhen, bitte stellen Sie dem Zeugen Ihre Fragen.«

Obwohl er das ja wollte, war Jacob erstmal überfordert. Zwar hatte er in der Zelle mindestens hundert Mal verschiedene Herangehensweisen gedanklich durchgespielt, wie er es anstellen könnte, vor Gericht die Wahrheit aus Pastor Gabriel herauszukitzeln. Doch da er es zuletzt nicht mehr für wahrscheinlich hielt, dass er vor Gericht mit dem Pastor sprechen durfte, hatte er es auch nicht zu Ende gedacht. Eines war aber allen Szenarien gemein: Er musste versuchen, beim Pastor an ihre jahrelange Freundschaft zu appellieren.

Jacob erhob sich und ging, so wie er es bei Pape gerade gesehen hatte, nach vorne zum Richterpult. Sein Blick schweifte dabei über die Anwesenden, was ihn eher einschüchterte, als Mut machte. Vor Pastor Gabriel stehend wusste er nicht, wie er anfangen sollte. Deshalb beschloss er, es einfach geradeheraus zu sagen.

»Pastor Gabriel, wir sind nun schon seit Jahren Freunde, wie ich finde, und ...«

»Was willst du denn noch, Jacob«, unterbrach der Pastor ihn. »Die beiden Zeugen vor mir, haben dich ja schon entlastet. Es ist ja jetzt schon bekannt, dass mein Bruder der wahre Täter ist.« Er deutete dorthin, wo die Ratsherren saßen und als Jacob hinschaute, stellte er fest, dass bereits zwei Gerichtsdiener hinter von Zölder Stellung bezogen hatten. »Dafür bedarf es eigentlich nicht mehr meiner Aussage. Aber meinetwegen: Ja, ich bestätige, dass mein Bruder, Barthel von Zölder, der Mörder des Baders und der Hure ist.«

Jetzt wurde Jacob klar, wie schlau es war, die Reihenfolge der Zeugen in dieser Weise festzulegen. Wie auch immer der Vogt oder der Advokat oder auch beide es geschafft hatten, dass Haintz und Ottel gegen sich selbst aussagten, sie erreichten damit, dass Pastor Gabriel gar nicht mehr versuchen musste, seinen Bruder zu schützen. Jacob fiel ein Stein vom Herzen und er fühlte unendliche Erleichterung, als ihm klar wurde, dass er gerettet war. Doch Jacob lag ja nicht nur daran, sich selbst zu entlasten.

»Ich danke Ihnen dafür«, sagte er. »Aber ich möchte noch eine weitere Bestätigung. Mein Vater wurde zum Tode verurteilt für zwei Morde, die er begangen haben sollte. Damals hat der heutige Ratsherr von Zölder vor Gericht als Zeuge gegen ihn ausgesagt. Entsprach seine Aussage der Wahrheit?«

Jacob war gespannt, denn er wusste, dass der Pastor die Wahl hatte. Er konnte entweder behaupten, dass die damalige Aussage stimmte, oder zugeben, dass der eine Mörder sein Bruder gewesen war und der andere er selbst. Oder er konnte, da es nun darauf auch nicht mehr ankam, alles seinem Bruder in die Schuhe schieben.

»Gott weiß, dass es mir nie darum ging, mich selbst zu schützen, sondern nur meinen Bruder. Es ist jetzt wohl an der Zeit, dass ich die Verantwortung für meine Taten übernehme.« Er warf von Zölder noch einmal einen Blick

zu. »Dein Vater hat keinen Mord begangen. Den Überbringer der Erpresserbriefe hat er nur verletzt. Ich habe mit eigenen Augen gesehen, dass mein
Bruder, Barthel von Zölder, ihn anschließend getötet hat.«

Die Anwesenden waren mittlerweile auch mit dem Richterhammer kaum
noch zu beruhigen. Der Pastor musste fast schreien, um sie zu übertönen.

»Was Enngelin Henningsen angeht, ist dein Vater ebenfalls unschuldig«,
fuhr er fort. »Er war damals lediglich zur falschen Zeit am falschen Ort. Diese
Frau habe ich getötet, genauso wie alle anderen rothaarigen Gesandten des
Teufels.«

Vogt Grube stand in der hintersten Reihe. Er war sehr zufrieden mit dem
Verlauf der Gerichtsverhandlung. Haintz und Ottel hatten ein Geständnis
abgelegt, genau wie er es von ihnen verlangt hatte. Den Handel, den er dafür
mit ihnen eingegangen war, konnte er leicht verkraften: Bei erster Gelegenheit würde er ihnen die Flucht ermöglichen, sodass sie ihrer Strafe entkommen konnten. Die Alternative wäre für sie gewesen, dass er sie sofort bei der
Festnahme tötete, sozusagen bei einem Fluchtversuch. Das machte die Entscheidung der beiden für diesen Handel einfach. Und er, Grube, würde sie
nach ihrem Entkommen gut im Auge behalten. Er war sich sicher, dass solche Schurken wie sie schnell wieder hinter Schloss und Riegel waren.

Während er sich zum Ausgang begab, bekam er am Rande noch mit, wie
der Prinzregent Jacob freisprach und die Festnahme von Zölders und Pastor
Gabriels befahl. Vor dem Rathaus stand Jacobs Bruder Herold. Er sah ihm
bereits gespannt entgegen.

»Dein Bruder wurde freigesprochen«, sagte Grube.

Herold nickte und entspannte sich sichtlich.

»Ich habe den Eindruck, dass Sie zu diesem Ende nicht unerheblich beigetragen haben«, sagte er.

Grube lächelte, nicht nur, um das zu bestätigen, sondern auch, weil ein
Teil der Schuld, die er seit Jahren mit sich herumtrug, von ihm abfiel.

»Der Eindruck ist richtig«, sagte er. »Aber sehr viel kam von Jacob selbst.
Ohne sein Zutun, hätte ich nicht die entscheidenden Hinweise erhalten.«

Herold nickte.

»Auch wenn es nicht mehr so richtig etwas nützt, ist es doch schön, dass
unser Vater entlastet ist.«

»Oh, es wird noch eine Menge bringen. Natürlich nützt es eurem Vater nichts mehr, aber ich bin mir sicher, dass es in der Gerichtsverhandlung, die von Zölder zu erwarten hat, neben der Verurteilung zum Tode eine Enteignung geben wird. Und ich kann mir gut vorstellen, dass die Besitztümer, die er eurer Familie abgejagt hat, euch wieder zugesprochen werden. Es tut mir leid um die Familien, die von Zölder und sein Bruder hinterlassen, aber auch für sie wird sich etwas finden lassen.«

Wieder nickte Herold.

»Für Jacob wird das gut sein. Endlich kann er sich dem Schreiben widmen. Ich für meinen Teil will mich weiterhin um die Mühle kümmern. Vielleicht werden die neuen Abgaben, die von Zölder uns auferlegt hat, ja ebenfalls wieder zurückgenommen.«

»Das denke ich schon«, sagte Grube, doch dann musste er einen Schritt zurückweichen, weil Jacob an ihm vorbeistürmte und seinen großen Bruder in den Arm nahm.

Seine Arbeit war gemacht. Soweit es ihm möglich war, hatte er die Gerechtigkeit wieder hergestellt. Er ließ die Brüder in dem Tumult zurück und ging über den Marktplatz.

Heute war eine klare Luft. Er atmete tief ein und machte sich auf den Weg nach Hause. Die funzeligen Talglampen der Straßenbeleuchtung erhellten ihm den Weg.

HEUTE

Editha kam zu sich und merkte, dass sie in einem Bett lag. Schon wieder? Wie lange war sie dieses Mal weggetreten gewesen? Hoffentlich nicht wieder eine ganze Woche.

Sie schlug die Augen auf und rechnete mit Übelkeit und Kopfschmerzen. Aber nichts dergleichen stellte sich ein: Ihr Kopf war völlig klar. Doch sie lag nicht in ihrem Bett zu Hause, sondern in einem Krankenhauszimmer. Auf einem Stuhl neben dem Bett saß Marko. Er war mit verschränkten Armen seitlich in sich zusammengesunken, auf seiner Brust lag eine Zeitschrift, sein Mund stand halb offen. Wie lange er wohl schon hier saß? Jedenfalls so lange, dass er darüber eingeschlafen war.

Sie erinnerte sich daran, was zuletzt geschehen war, und war umso erleichterter, keine Kopfschmerzen zu haben. Hatte Marko es noch geschafft sie aufzufangen? Sie befühlte ihren Kopf, konnte jedoch nicht einmal eine Beule erspüren.

Eigenartig, sie hatte gedacht, dass sie die Visionen jetzt im Griff hatte. Die Geschehnisse bei dem Birnenstein waren allerdings schlimmer als alles zuvor Dagewesene. Egal, was sie nun unternehmen würden: Sie musste weitere Verbindungen mit Jacob unbedingt vermeiden. Aber beim letzten Mal hatte es keine Alternative gegeben, um die ...

Verdammt, die Katastrophe! Wie viel Zeit war vergangen? War es schon zu spät und die Katastrophe nahm bereits ihren Lauf? So lange sie das nicht sicher wusste, musste sie weiter versuchen, sie abzuwenden. Sie hatte auf keinen Fall Zeit, hier im Krankenhaus herumzuliegen.

Sie schlug die Decke zurück und sprang aus dem Bett.

»Marko, aufwachen«, sagte sie und rüttelte an seiner Schulter. »Wir müssen los.«

Er runzelte die Stirn und sah sie durch zusammengekniffene Augen an, doch sie war schon auf dem Weg zum Schrank. Hatte er dort ihre Klamotten hingetan?

»Aber, Editha«, sagte Marko, während er sich schlaftrunken aus dem Stuhl hochrappelte. »Du kannst doch nicht einfach aufstehen. Der Arzt ...«

»Papperlapapp! Was weiß schon der Arzt?« Sie hatte den Schrank geöffnet und fand ihre Hose, ihr T-Shirt und eine ihrer Jacken. Komisch: Sie hätte schwören können, dass sie beim Birnenstein noch andere Kleidung getragen hatte. Hatte Marko neue Sachen aus ihrem Haus geholt? Vielleicht waren die anderen schmutzig geworden. »Mein Plan hat nicht funktioniert. Jacob hat es nicht geschafft. Wir müssen uns etwas Neues ausdenken, falls es noch nicht zu spät ist.« Sie griff in den Bund der Schlafanzughose, um sie herunterzuziehen. »Dreh' dich um.«

»Mich umdrehen? Wieso soll ich mich plötzlich um...?«

»Nun mach' schon, wir haben keine Zeit.«

Marko zog die Augenbrauen hoch und wandte ihr den Rücken zu, woraufhin sie begann, sich umzuziehen.

»Warum soll ich mich nach all den Jahren plötzlich umdrehen, wenn du dich umziehst? Und überhaupt: Was für einen Plan meinst du?« Marko drehte sich wieder in ihre Richtung, aber ihr sollte das egal sein, denn die Hose hatte sie bereits gewechselt. »Du solltest dich erstmal beruhigen und dich wieder hinlegen. Ich glaube, dass du nach deiner Ohnmacht einfach noch ein wenig durcheinander bist.«

»Zum Beruhigen ist später noch Zeit. Oder hast du vergessen, dass wir die Welt retten müssen?«

Sie drehte ihm den Rücken zu, zog das Schlafanzugoberteil über den Kopf und schlüpfte in ihr T-Shirt.

»Ha, ha, sehr witzig. Die Welt retten! Du solltest zuerst auf *dich* aufpassen. Und vor allem auf das Kind.«

Überrascht wandte sie sich zu ihm um.

»Auf das Kind? Soll das heißen, dass Timo auch hier im Krankenhaus ist?«

»Dass Timo hier ist? Editha, ich meine das Kind in deinem Bauch. Auf einen Namen hatten wir uns eigentlich noch nicht geeinigt.«

Marko sah sie vorwurfsvoll an. Aber das ignorierte Editha. Denn es war klar, dass hier irgendetwas nicht stimmte. Ja, Marko sah auch anders aus. Es waren nur kleine Veränderungen: Der Bart war länger, die Haare kürzer, die Kleidung, die er trug, war nicht so lässig wie sonst, keine teure Uhr am Handgelenk. In der Summe war es zu viel, als dass es in so kurzer Zeit alles hätte passieren können.

»Moment mal«, sagte sie langsam. »Müssen wir nicht deinen Bruder aufhalten?«

»Meinen Bruder? Ich habe keinen Bruder. Oder meinst du Klemens?«

»Ja, Klemens.«

Er sah sie an, als hätte sie vollständig den Verstand verloren.

»Klemens ist schon als Kind gestorben. Erinnerst du dich nicht? Ich habe dir doch davon erzählt, dass er nur durch eine Spezialtherapie in den Staaten hätte gerettet werden können, die aber so teuer war, dass meine Eltern sie sich nicht leisten konnten.«

Die Antwort schlug wie eine Bombe in ihren Kopf ein. Und das Erstaunlichste war, dass sie sich jetzt tatsächlich daran erinnerte, dass Marko ihr das erzählt hatte.

»Aber, wieso konnten sie sich das nicht leisten«, stammelte sie. »Deine Eltern sind doch reich, deine ganze Familie ist reich.«

»Reich?« Marko lachte. »Da verwechselst du etwas. *Deine* Familie ist es, die reich ist, nicht meine.«

Editha war völlig verwirrt, erst recht wo jetzt plötzlich Erinnerungsfetzen durch ihren Kopf jagten, von Urlaubsreisen auf Luxusjachten und teuren Appartements in New York. Sie blinzelte und fasste sich an die Stirn.

»Aber ... aber, wie kann das sein?«

»So genau weiß ich das nicht. Hat irgendwas mit einem technischen Patent für eine Mühle zu tun, das vor Jahrhunderten im Besitz deiner Familie war.«

Immer mehr Erinnerungen schossen in ihr Gedächtnis. Erinnerungen, die sie ganz bestimmt früher nicht gekannt hatte.

Es gab nur eine Erklärung hierfür: Jacob hatte es *doch* geschafft und den Verlauf der Geschehnisse damit komplett verändert. Aber konnte sie da wirklich so sicher sein?«

»Und was ist mit deinem Vetter und dem Bakterium?«

»Vetter?« Marko sah sie fragend an. »Wen meinst du?«

»Mads, Mads Burges.«

»Ach, Mads. Ich wusste gar nicht, dass du den kennst. Naja, der ist aber eigentlich nicht mein Vetter, sondern irgendetwas Entfernteres. Und der ist doch schon seit Jahren in einer Klapse.«

»Wie bitte? Wieso das?«

»Früher wurde er gefeiert, als Hoffnung für die Zukunft, weil er in jungen Jahren versprach, ein genialer Wissenschaftler zu werden. Aber irgendwann ist er übergeschnappt und vegetiert seitdem in einer psychiatrischen Klinik vor sich hin. Und was für ein Bakterium meinst du? Ist er krank geworden?« Editha antwortete darauf nicht. Zu sehr war sie damit beschäftigt, das alles zu verarbeiten. Wenn es in der jetzigen Realität Klemens schon lange nicht mehr gab und Mads sozusagen im Gewahrsam war, bestand wohl keine Gefahr mehr durch ein Bakterium. Wie in Trance ging sie zum Bett zurück und setzte sich auf die Kante. Eine tonnenschwere Last fiel von ihr ab. Jetzt konnte der Welt nichts mehr passieren, zumindest dadurch nicht. Sie würde vorerst bewohnbar bleiben und die Menschheit würde nicht fast ausgerottet werden.

Aber dann erfasste sie eine unendliche Traurigkeit, als sie ihre neuen Erinnerungen vergeblich durchsuchte.

»Was ist denn jetzt schon wieder?«, fragte Marko und er wirkte ein wenig genervt. »Warum weinst du denn jetzt?«

Editha spürte nun auch, wie die Tränen ihre Wangen hinunterliefen.

»Ich habe Timo verloren«, sagte sie.

In ihren neuen Erinnerungen war keine Spur von ihrem geliebten Sohn zu finden. Sie hatte in dieser Realität keinen Sohn. Ihre Eltern hatten ihr die beste Universität, die man mit Geld bezahlen konnte, finanziert. Dadurch hatte sie Timos Vater nicht an der Uni kennengelernt, und folglich konnte er sie nicht schwängern und sie anschließend sitzen lassen.

Und was sagte Marko? Sie war schwanger? Sie fasste sich an ihren Bauch, der noch nicht größer war als gewöhnlich.

»Du hast unser Kind nicht verloren«, sagte Marko sanft. »Das wurde überprüft, nachdem du einfach so ohnmächtig geworden bist.«

Er kam zu ihr, setzte sich auch auf die Bettkante und legte einen Arm um ihre Schulter. Sie fühlte sich gleich besser, so geborgen, wie sie sich stets fühlte, wenn er sie in den Arm nahm. Sie erinnerte sich daran, wie sie sich kennengelernt hatten, in der Firma ihres Vaters, und an ihre Verlobung vor einem Jahr, nach einigen Jahren des Zusammenseins, und daran, dass sie bald heiraten wollten. Das war alles echt, das war die Realität. Was war dann das andere? War es überhaupt passiert? Hatte es Timo gegeben oder bildete sie sich irgendetwas ein? Editha schwirrte der Kopf und sie hatte das Gefühl, verrückt zu werden.

»So, und jetzt legst du dich erst mal wieder hin«, sagte Marko und drückte sie sanft ins Bett. »Wenn der Arzt gleich sagt, dass keine Gefahr mehr besteht, können wir heute vielleicht noch nach Hause.«

In dem Moment kam eine Krankenschwester ins Zimmer und sah sie erstaunt an.

Schon auf der Fahrt hierher war Editha klar geworden, dass sie und Marko in dem gleichen Haus im Dobbenviertel wohnten, das sie auch in ihren anderen Erinnerungen besaß. In beiden Fällen hatte sie es von ihrem Großvater geerbt, nur dass es jetzt in einem viel besseren Zustand war. Die ganze Außenfassade war restauriert und dermaßen gut in Schuss gehalten, dass das Haus aussah, wie gerade erst gebaut. In dem Anwesen, das in ihren anderen Erinnerungen von Klemens bewohnt wurde, wohnten natürlich ihre Eltern.

Marko hielt in der Einfahrt und sie stiegen aus. Sie sah die Blumen im Vorgarten und konnte sich daran erinnern, wie sie die im Frühjahr gepflanzt hatte. Die blitzsauberen Fenster reflektierten die Sonne und sie wusste, dass erst vor zwei Tagen ihr Fensterputzer hier gewesen war, um sie zu reinigen. Als sie auf die Haustür zugingen, fingen ihre beiden Hunde an zu bellen, und sie wusste sofort ihre Namen und bekam ein schlechtes Gewissen, weil sie immer noch nicht die Tierarztrechnung überwiesen hatte. Ja, das war *ihr* Leben. Das andere Leben musste sie sich eingebildet haben.

Vermutlich war es eine Folge dessen, was mit ihr passiert war bei dieser ominösen Ohnmacht, für die auch der Arzt keine Erklärung hatte. Sie hatte ähnliche Anzeichen gehabt wie Patienten, die im Wachkoma lagen. Weil man nicht wusste, was mit ihr los war, hatte man sie in einen MRT geschoben, und Gehirnaktivitäten festgestellt, die man sich absolut nicht erklären konnte. Doch dann hatte alles wieder aufgehört und sie befand sich in einer normalen Bewusstlosigkeit, bis sie erwacht war.

Was auch immer es gewesen war, es war sicherlich dafür verantwortlich, dass sie sich diese anderen Erinnerungen einbildete, in denen sie einen Sohn hatte und die Menschheit retten musste, in denen sie Visionen ereilten, Verbindungen mit ihrem Vorfahren. Sie fragte sich bloß, warum diese Erinnerungen so real waren.

»Ich ziehe mir kurz etwas Bequemes an«, sagte sie zu Marko und ging die Treppe hoch.

Im Schlafzimmer öffnete sie den Kleiderschrank und holte eine Jogging-hose heraus. Die Jeans zog sie aus und warf sie auf das Bett. Dann setzte sie sich auf die Bettkante und zog die bequemere Hose über die Beine.

Ihr Blick fiel auf den Nachtschrank, auf die Schublade. Aus einem Grund, der ihr nicht sofort einfiel, wollte sie die öffnen. Hatte sie dort nicht ...?

Mit einer schnellen Bewegung fasste sie nach dem Griff und zog die Schublade auf. Und als sie den Inhalt sah, wurde ihr mit einem Male klar, was los war: *Alle* diese Erinnerungen waren real, denn sie hatte beide Leben ge-lebt, nur in verschiedenen Ebenen. Die beiden Leben waren sozusagen un-terschiedliche Möglichkeiten ihrer Existenz. Und damit auch unterschiedli-che Möglichkeiten der Existenz ihrer unmittelbaren Umgebung. Durch ihr Wirken hatte sie die Variante, in der sie sich jetzt befand, herbeigeführt.

Sie nahm das Buch aus der Schublade und betrachtete es. Auf dem ersten Blick sah es genauso aus, wie in ihren anderen Erinnerungen: ein schlichter, hellbrauner Einband, auf dessen Deckel sich verschnörkelte Buchstaben be-fanden, in altdeutscher Druckschrift geschrieben. Doch dann fiel ihr auf, dass sich die Initialen verändert hatten: Vorher stand dort »J. R.«. Jetzt war hier »J. v. R.« eingeprägt. Das war eindeutig das Zeichen dafür, dass sich bei Jacob ebenfalls alles verändert hatte, was aber ja auch logisch war.

Sie schlug das Buch auf, dessen Inhalt in ihrem anderen Leben unmittel-bar mit ihr zu tun hatte und in diesem Leben bisher nur eine Geschichte war. Zu jeder Seite des Buchs war eine Transkription in lateinische Buchstaben vorhanden und sie wusste, dass ihr Großvater sie hatte vor Jahrzehnten durchführen lassen. Sie blätterte die Seiten schnell durch und überflog den Inhalt, obwohl sie schon wusste, dass er in beiden Leben der gleiche war. Schließlich schlug sie die letzte Seite auf und die kannte sie noch nicht. Dort stand:

»Reise niemals nach Hannover.«

1846

Jacob musste sich stark auf seinem Gehstock abstützen, als er sich die Stufen der Lambertikirche hochquälte. Sehr gut konnte er sich daran erinnern, wie er sie damals, als junger Mann, hochgehüpft war. Es war Nacht gewesen und er hatte befürchten müssen, jeden Moment gefasst zu werden, weil er wegen Mordes gesucht wurde. Zum Glück hatte sich damals alles zum Guten gewendet.

Oben angekommen drückte er die Eingangstür auf, humpelte durch den Vorraum mit den Kunstgegenständen und trat in die Rotunde ein. Hier hatte sich seit damals viel verändert. Er hatte einige Jahre, nachdem er Oldenburg verlassen hatte, um nach Hannover zu gehen, davon gehört, dass fast die ganze Kirche abgerissen worden war, doch glücklicherweise waren die Mauern stehengeblieben. Trotzdem hatte er sein Leben lang befürchtet, dass seine Hinterlassenschaft an Editha beim Kirchenumbau zerstört oder entfernt wurde. Aber wenn er dann darüber nachdachte, wurde ihm wieder klar, dass sie das Kästchen in der Zukunft ja finden und ihm damit helfen würde, sodass alle Sorge unbegründet war.

Er ging an den weißen Bänken vorbei und wandte sich nach links, wo nach seiner Erinnerung das Versteck war. Doch im Gegensatz zu damals war die ganze Wand mit Holz verkleidet. Bei seinem ersten Besuch in Oldenburg nach 57 Jahren und wahrscheinlich zugleich dem letzten konnte er also wieder nicht überprüfen, ob die Nachrichten an seine Nachfahrin noch dort waren, wo sie sein sollten. So musste er weiterhin auf die Logik vertrauen, dass er nicht hier stehen würde, wenn dem nicht so wäre.

Um sich kurz auszuruhen, setzte er sich auf die vorderste Bank und schaute sich um. Schön war sie geworden, die Kirche. Doch einen Gottesdienst würde er hier nie mitmachen. Er war nur nach Oldenburg gekommen, um seinen Sohn und seine Enkel noch einmal zu sehen. Gunther war als junger Mann hierher gegangen, um die Stadt seiner Vorfahren kennenzulernen, war hiergeblieben und hatte die ganzen Jahre im Haus von Jacobs Eltern gelebt. In seinem Alter konnte Jacob nicht mit allzu vielen weiteren Lebensjahren rechnen, und er wollte nicht von der Welt gehen, ohne seine Enkel je gesehen zu haben. Früher hatte er Angst davor, eine Verbindung mit Editha zu riskieren, aber diese Angst brauchte er als Greis wohl nicht mehr zu haben.

Nur eines musst er noch erledigen. Er griff in seine Tasche und zog sein altes Tagebuch hervor. Auf dem Deckel hatte er irgendwann das »v« anbringen lassen. Er war stolz auf seine Herkunft gewesen und hatte das überall auch zeigen wollen. Heute lächelte er darüber, zumal er damals, kurze Zeit später, für seine Tätigkeit als Schriftsteller einen anderen Namen angenommen hatte. Aber das Buch musste noch Gunther gebracht werden, damit es in seinem Haus überdauerte, bis Editha es irgendwann bekommen würde.

Jacob strich weiterhin lächelnd über die Initialen, steckte das Buch wieder ein und erhob sich. Er ächzte dabei, weil sein Rücken schmerzte und die Knie weh taten. Als er die Stufen der Kirche hinunterging, wurde es noch schlimmer, auf dem Kopfsteinpflaster des Rathausmarktes war dann es erträglich. Hier musste er nur aufpassen, wo er seinen Gehstock absetzte.

Mitten auf dem Marktplatz stellte sich ein Gefühl ein, das er schon lange nicht mehr hatte und vor dem er sich gefürchtet hatte. Aber nun kam es und nun sollte es so sein. Er blieb stehen und schloss die Augen, während die Kopfhaut immer stärker kribbelte.

Sofort merkte er, dass es die kleine Editha war und nicht die erwachsene. Aber sie war viel jünger, als bei der Verbindung, die er vor etlichen Jahren in Hamburg gehabt hatte. Es fühlte sich so an, als könne sie noch gar nicht richtig laufen. Alles war so unbeholfen.

An ihrer Seite war ihr Vater, der Herold so ähnlich sah, und hielt sie an der Hand. Sie gingen langsam über den Marktplatz auf die Lambertikirche zu, die aus Edithas Perspektive noch viel gigantischer wirkte.

Jacob genoss diese schmerzlosen Momente. Denn er war sich sicher, dass es gleichzeitig seine letzten Momente überhaupt waren.